MARÉ ALTA

Do Autor:

ATÉ O ÚLTIMO HOMEM
Romance sobre a Primeira Guerra Mundial

MARÉ ALTA

Romance sobre a Segunda Guerra Mundial

Jeff Shaara

Tradução
Marina Slade

Copyright © 2006 *by* Jeffrey M. Shaara

Tradução publicada mediante contrato com Ballantine Books, um imprint da Random House Publishing Group, uma divisão da Random House, Inc.–

Embora *Maré Alta* seja baseado em registros históricos e faça referência a atos e figuras históricas reais, o livro, em si, é obra de ficção e os diálogos e as caracterizações dos personagens refletem o ponto de vista do autor.

Título original: *The Rising Tide*

Capa: Sérgio Campante
Foto de capa: Bettmann/CORBIS/Latinstock

Editoração: DFL

Texto revisado segundo o novo
Acordo Ortográfico da Língua Portuguesa

2011
Impresso no Brasil
Printed in Brazil

CIP-Brasil. Catalogação na fonte
Sindicato Nacional dos Editores de Livros, RJ

S537m	Shaara, Jeff, 1952-
	    Maré alta: romance sobre a Segunda Guerra Mundial/ Jeff Shaara; tradução Marina Slade. – Rio de Janeiro: Bertrand Brasil, 2011.
	    632p.: 16x23 cm
	
	    Tradução de: Rising tide
	    ISBN 978-85-286-1498-5
	
	    1. Guerra Mundial, 1939-1945 – Ficção. 2. Romance americano. I. Slade, Marina. II. Título.

11-1805	CDD – 813 CDU – 821.111(73)-3

Todos os direitos reservados pela:
EDITORA BERTRAND BRASIL LTDA.
Rua Argentina, 171 – 2º andar – São Cristóvão
20921-380 – Rio de Janeiro – RJ
Tel.: (0xx21) 2585-2070 – Fax: (0xx21) 2585-2087

Não é permitida a reprodução total ou parcial desta obra, por quaisquer meios, sem a prévia autorização por escrito da Editora.

Atendimento e venda direta ao leitor:
mdireto@record.com.br ou (21) 2585-2002

Para o coronel Jesse Wiggins,
Força Aérea dos EUA (reformado)

Maré Alta é uma obra de ficção histórica. Exceto as pessoas, eventos e locais reais e conhecidos que figuram na narrativa, todos os nomes, personagens, lugares e incidentes são produto da imaginação do autor e usados ficcionalmente. Qualquer semelhança com eventos ou locais atuais ou com pessoas vivas é pura coincidência.

SUMÁRIO

Ao Leitor   9

Fontes de Pesquisa   13

Lista de Mapas   15

Introdução   19

Primeira Parte   37

Segunda Parte   171

Terceira Parte   451

Epílogo   619

AO LEITOR

Q UANDO COMECEI A PENSAR EM ESCREVER UMA SÉRIE DE ROMANCes sobre a Segunda Guerra Mundial, uma pergunta óbvia me veio à mente. O que seria possível acrescentar que já não tivesse sido escrito muitas vezes antes? Sentia que conhecia bastante da história da guerra, notadamente sobre os acontecimentos de destaque: Pearl Harbor, o Dia D, o Holocausto. Sabia quem era Patton, Rommel, Eisenhower, Hitler, Mussolini e Churchill. Vi filmes sobre personagens fictícios, como o sr. Roberts e o soldado Ryan, para alguns tão familiares quanto as grandes figuras dos livros didáticos do ensino médio. Mas, quando comecei a me aprofundar na pesquisa, nos diários e memórias, na vida privada dos personagens que pretendia usar nesta história, descobri que não sabia tanto quanto imaginava. O que descobri também era uma *história*.

Nenhum de meus livros é um relato abrangente de um acontecimento histórico, fato após fato, detalhado, passo a passo, como você encontra num livro didático. Meu objetivo é descobrir algumas vozes e contar suas histórias através de seus próprios olhos: colocar você e algumas das mais importantes e fascinantes personalidades de nossa História no mesmo espaço. Nesse tipo de narrativa, deve haver uma variedade de personagens, diversas perspectivas e diferentes experiências. Focalizo não apenas os famosos, os homens que mudaram a História, mas também desconhecidos, cujas experiências espelharam as experiências de milhares, ou centenas de milhares, como eles. Os acontecimentos são reais, o relato histórico é meticuloso, as conversas são frequentemente retiradas de memórias documentadas. Mas este é, por definição, um romance, porque eu transporto você, leitor, à mente dos personagens, usando diálogo e ação para contar uma história como eles mesmos a teriam contado.

Maré Alta cobre a guerra no norte da África, da primavera de 1942 até a sua conclusão, em 1943, e, depois, a invasão da Sicília e da Itália pelos aliados, no início de 1944. É o primeiro livro de uma trilogia que o levará ao fim da guerra na Europa. Tenho plena consciência de que, à medida que a linha do tempo deste livro se desdobra, um drama extraordinário se desenvolve em toda a Europa Oriental, outro na Rússia, outro no Oceano Atlântico (e sob suas águas) e outro ainda por todo o Pacífico. Cada uma dessas histórias tem tanto drama, sacrifício e heroísmo quanto esta. Mas são histórias que não cabem aqui. Peço desculpas aos que sentirem que a sua própria história, ou a de seus antepassados, foi ignorada. A guerra no Pacífico, sem dúvida, é um épico que eu gostaria de contar algum dia.

A presente história acompanha vários personagens importantes, entre eles Dwight D. Eisenhower e Erwin Rommel, e dois que são bem mais obscuros, um operador de tanque, soldado Jack Logan, e um paraquedista, sargento Jesse Adams. Também são incluídas as vozes de várias figuras históricas conhecidas, cujos papéis centrais as tornam essenciais à história, como Bernard Montgomery, George Patton, Mark Wayne Clark e Albert Kesselring. Nem todos são heróis, nem todos são "boa gente". Mas todos são importantes.

Uma nota sobre a linguagem deste livro. Eventualmente recebo cartas um tanto hostis condenando o uso que faço até de expressões vulgares amenas. Isso me espanta, pois, com raras exceções, não ultrapasso os limites do que qualquer criança pode ouvir no horário nobre da televisão. Não sou puritano, mas, se decidisse tornar os diálogos de meus romances tão vívidos quanto eles certamente foram, provavelmente eles *me* fariam corar. Alguns de nossos mais ilustres personagens históricos eram famosos pelos palavrões que falavam, mas eu sempre acreditei que, se não for capaz de contar as histórias deles sem bombardear o leitor com vulgaridades cruas, não estarei exercendo o meu ofício. Mas palavrões têm um objetivo. Eles revelam caráter e ilustram e enfatizam emoções. Sei que os jovens leem os meus livros, e fico extremamente gratificado, e não acredito que tenha transposto nenhum limite que torne essas histórias desaconselháveis para jovens leitores. E, acredite, quando se está escrevendo do ponto de vista de George Patton, ou de um sargento paraquedista de 20 anos, muitas fronteiras *poderiam* ter sido ultrapassadas. As expressões mais pesadas deste livro são citações literais, e creio que sua inclusão é inteiramente adequada.

Você pode discordar de minha descrição de certas figuras históricas. Afinal, é a minha interpretação de como essas pessoas eram e como reagiam aos acontecimentos ao seu redor. No entanto, tomo poucas liberdades com personagens cujos pensamentos e ações estão bem-documentados. Em todos os meus livros, orgulho-me da exatidão histórica. Retratar tais eventos e personagens de outra forma seria um enorme desserviço à herança desses homens extraordinários.

Por último, esta é uma história sobre pessoas não muito diferentes de nós, apesar de suas experiências terem sido, na verdade, bem diversas. Alguns descreveriam o mundo atual como uma fonte interminável de más notícias: guerra e derramamento de sangue, horror e luta, bombardeios, caos e guerra civil. Mas imagine um mundo em que um fato corrente, que ocupa todas as reportagens, no final reivindique a vida de *50 milhões* de pessoas. Não é meu papel questionar ou julgar se a Segunda Guerra Mundial foi, como alguns a descreveram, *a última guerra boa*, ou se ela jamais deveria ter existido, se ela poderia ter sido evitada, se houve erros de todos os lados, ou se há lições a tirar dessa catástrofe humana... essas são questões para historiadores e cientistas políticos. Meu objetivo aqui é oferecer ao leitor uma boa história. Espero que você a considere assim.

— JEFF SHAARA
OUTUBRO DE 2006

FONTES DE PESQUISA

A PERGUNTA QUE MAIS ME FAZEM É SOBRE QUAIS SÃO AS FONTES PARA as caracterizações, diálogos e acontecimentos históricos em minhas histórias. No caso presente, fiz uso considerável de memórias, diários, coleções de cartas e documentos variados pertencentes às seguintes figuras históricas, entre muitas outras:

Marechal de campo Sir Harold Alexander, BEF — British Expeditionary Force (Força Expedicionária Britânica)

Marechal de campo Claude Auchinleck, BEF — British Expeditionary Force (Força Expedicionária Britânica)

General de exército Omar Bradley, EUA

Capitão Harry Butcher, USNR — United States Naval Reserve (Reserva Naval dos EUA)

Primeiro-ministro Winston Churchill (Grã-Bretanha)

General Mark W. Clark, EUA

Almirante Lorde Andrew B. Cunningham, BRN — British Royal Navy (Marinha Real Britânica)

Presidente Dwight D. Eisenhower (EUA)

Tenente-general James M. Gavin, EUA

Marechal de campo Albert Kesselring, Deutsche Wehrmacht (Forças Armadas Alemãs)

Historiador Robert Leckie

Jornalista e historiador Sir Basil Liddell-Hart
Coronel Hans von Luck, Deutsches Afrika Korps (Forças Alemãs na África)
Marechal de campo Bernard Law Montgomery, BEF — British Expeditionary Force (Força Expedicionária Britânica)
Jornalista Alan Moorehead
General George S. Patton, EUA
Jornalista Ernie Pyle
General Matthew Ridgway, EUA
Marechal de campo Erwin Rommel, Deutsche Wehrmacht (Forças Armadas Alemãs)
Major Heinz Schmidt, Deutsches Afrika Korps (Forças Alemãs na África)
General Siegfried Westphal, Deutsche Wehrmacht (Forças Armadas Alemãs)
Tenente-general William P. Yarborough, EUA

Também quero agradecer cordialmente às seguintes pessoas, cuja assistência generosa em fornecer material de pesquisa para este livro foi muito valiosa:

Coronel Keith Gibson — Lexington, Virgínia
Sra. Phoebe Hunter — Missoula, Montana
Bruce e Linda Novak — Needham, Massachusetts
Sra. Kay Whitlock — Missoula, Montana
The American Armored Foundation Tank Museum (Museu de Tanques da Fundação Americana de Blindados) — Danville, Virgínia

LISTA DE MAPAS

Norte da África e Sicília (de Casablanca, a oeste, ao Cairo, a leste)   *17*

Ofensiva de Rommel em Gazala ("O Caldeirão")   *64*

Retirada britânica para El Alamein   *78*

Derrota de Rommel no Maciço de Alam Halfa   *97*

Operação Tocha — desembarques aliados no norte da África   *126*

El Alamein — posição em 26 de outubro de 1942   *136*

Batalha de El Alamein — o avanço de Montgomery   *142*

Operação Tocha — desembarques da Força-Tarefa Central
em Orã, Argélia   *177*

Combate final por Orã   *219*

Retirada de Rommel através da Líbia até Mersa El Brega   *233*

Retiradas de Rommel em direção à Tunísia   *254*

Posições na Tunísia (Natal de 1942)   *274*

Plano de Rommel para atacar os americanos   *307*

Ataque alemão em Sidi Bou Zid   *320*

Retirada americana de Sbeïtla   *345*

Plano de Rommel para atacar Tébessa   *360*

Ataque de Rommel   *361*

Posição final dos alemães em Kasserine   *368*

Batalha de Médenine   *386*

Ofensivas de Patton e Montgomery (primavera de 1943)   *409*

Posição para o ataque final na Tunísia   *422*
Plano de ataque à Sicília — "Operação Husky"   *447*
Plano para o lançamento dos paraquedistas
da 82ª Aerotransportada   *479*
Posição aliada em 14 de julho — posições verdadeiras dos saltos
dos paraquedistas   *515*
Plano de Montgomery para a Sicília — a reação de Patton   *540*
Corrida por Messina   *554*
Operação Avalanche — a invasão de Salerno por Clark   *603*

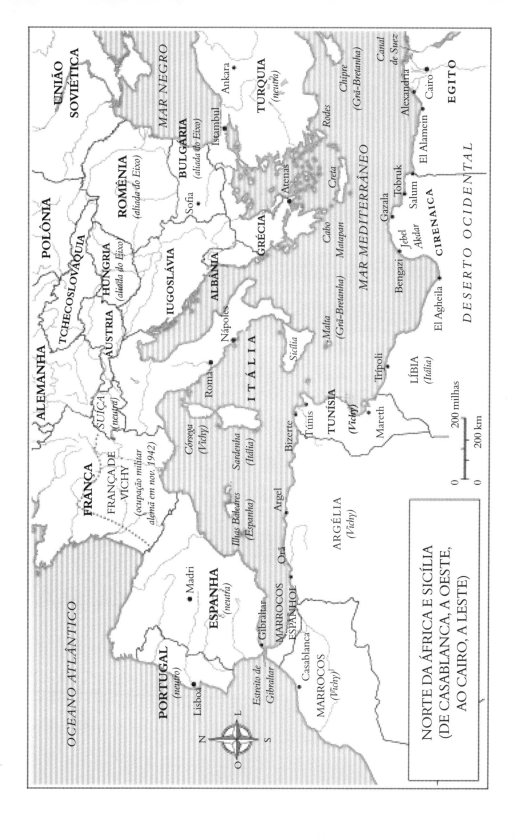

INTRODUÇÃO

Na guerra, é axiomático que os vencedores da última combatam na nova guerra com as táticas da anterior. Por ter vencido, o vencedor se contenta com o que o levou à vitória, mas o derrotado quer saber por que perdeu.

HISTORIADOR ROBERT LECKIE

A SEGUNDA GUERRA MUNDIAL COMEÇA COM A CONCLUSÃO DA Primeira. Em 28 de junho de 1919, a Alemanha é forçada a assinar o Tratado de Versalhes, que oficialmente encerra a que viria a ser conhecida como a Primeira Guerra Mundial. Os termos do tratado são ditados sobretudo pelos dois aliados mais influentes, França e Inglaterra, que procuram punir a Alemanha econômica e geograficamente. Os Aliados acreditam que a linha dura evitará que a Alemanha, enfraquecida, volte a ameaçar a paz. O que eles não preveem é que, quase destruindo a economia alemã, o tratado propiciará exatamente o oposto. Dentro de poucos anos, fortes vozes do nacionalismo alemão se levantam, homens que influenciarão o povo apelando ao medo e à vingança. O mais eficaz é Adolf Hitler. No início dos anos 1920, Hitler é considerado um elemento radical de grupo minoritário pelos políticos alemães no poder, mas sua mensagem encontra eco nos cidadãos que sofrem sob pesada depressão econômica. O número de seguidores de Hitler aumenta durante os anos 1920, e os oponentes políticos não têm a mesma habilidade oratória nem a sua falta de consciência para tratar brutalmente os inimigos. A organização política de Hitler torna-se uma arma mortífera em prol de suas ambições e qualquer um que se oponha a ele está sujeito a um nível de violência que choca e intimida as vozes da razão.

O Partido Nazista de Hitler consegue suficiente apoio popular e, em janeiro de 1933, o velho presidente alemão, Paul von Hindenburg, não tem outra escolha senão nomear Hitler chanceler, esperando que este crie um governo de coalizão. Em lugar disso, Hitler dissolve o Reichstag, órgão central do governo alemão, e, em março de 1933, declara-se ditador. A essa altura, ninguém é forte o bastante para se opor a ele.

Durante os anos 1930, Hitler organiza uma campanha de demonstração de força militar que deixa alarmados os vizinhos europeus. Um aspecto do Tratado de Versalhes do qual Hitler tira grande vantagem é a cláusula que despoja a Alemanha de partes de seu território, cedendo-as a países vizinhos, como Polônia, Tchecoslováquia e França. Mas esses territórios ainda são ocupados principalmente por alemães, que recebem bem os apelos de Hitler para que voltem a fazer parte da Alemanha. Em março de 1936, tropas alemãs ocupam a zona desmilitarizada ao longo da fronteira francesa, o antigo território alemão chamado Renânia. Embora os líderes militares alemães fiquem apreensivos, os franceses praticamente nada fazem em protesto. Hitler aprende a primeira lição sobre a relutância dos aliados em entrar em confronto armado. Uma lição que levará a sério.

Em 1938, Hitler anexa a Áustria, que cai de boa vontade sob seu domínio. O próximo objetivo, que anuncia com grande estrépito, é "resgatar" os alemães que habitam uma parte da Tchecoslováquia conhecida como região dos Sudetos. Finalmente, os governos europeus protestam. O primeiro-ministro inglês, Neville Chamberlain, vai a Munique encontrar-se com Hitler e retorna triunfante, brandindo documentos assinados pelo líder alemão nos quais promete que, se os Aliados permitirem aos alemães tomar posse da região dos Sudetos, ele não fará novas demandas territoriais. A Europa dá um suspiro coletivo de alívio, a despeito de o governo tcheco não ter sido ouvido, nem dispor de meios de apelação. Para outros líderes europeus, é simplesmente o preço da paz.

Em 23 de agosto de 1939, Hitler assina um pacto de não agressão com a União Soviética que lhe permite agir sem medo de represália da Rússia. O próximo movimento acontece em 1º. de setembro de 1939. Tropas, aviões e tanques alemães avançam através da fronteira da Polônia, varrendo o flagrantemente inferior exército polonês. Em pouco mais de três semanas, a Polônia é esmagada. (É pouco divulgado que tropas russas também invadiram e ocuparam cerca de metade da Polônia — termo-chave do acordo de não agressão que Hitler fizera com Joseph Stalin.)

A Europa Ocidental reage com indignação e, em 3 de setembro de 1939, a Grã-Bretanha e a França declaram guerra à Alemanha. Mas é um gesto diplomático, sem peso real. Embora a França possua aquela que é considerada a mais poderosa força militar da Europa, os franceses parecem relutantes em empregar armas num confronto contra a Alemanha. As lembranças da Grande Guerra ainda estão muito intensas. Grande parte do território ao longo da fronteira franco-alemã ainda é terra devastada.

ENQUANTO HITLER FORTALECE O CONTROLE SOBRE O GOVERNO alemão, os militares alemães se envolvem muito pouco nas frequentes manifestações públicas de fervor patriótico de Hitler. O Tratado de Versalhes é específico quanto à Alemanha manter um exército e uma marinha mínimos, mas, entre os veteranos da Grande Guerra, começam a surgir oficiais que entendem que a coluna vertebral da orgulhosa herança militar alemã ainda está intacta. Muito abaixo do radar da Europa oficial, o exército alemão volta a treinar e a se equipar. Embora os oficiais alemães aprendam que, na verdade, não perderam a Grande Guerra, estavam cientes de que foram cometidos erros. No futuro, a tática teria de ser diferente. Enquanto Hitler grita nos microfones de toda a Alemanha, o exército faz discretamente o seu trabalho. Stalin, desconfiado do Ocidente, consente que unidades aéreas e de tanques sejam treinadas no interior do território russo, longe dos olhos dos diplomatas ocidentais.

A tecnologia torna-se tão importante quanto os efetivos, e uma enorme energia é direcionada para o projeto de tanques, aeronaves e submarinos modernos. Quando Hitler abole unilateralmente o Tratado de Versalhes, o exército alemão, Wehrmacht, e a força aérea, Luftwaffe, recebem carta branca para aumentar o contingente de homens e equipamentos, de modo a se tornarem novamente uma força poderosa.

Durante a invasão da Polônia, Hitler se espanta com a eficiência e a habilidade de seu exército para esmagar o inimigo por meio do que ele descobre ser o *Blitzkrieg*. Essa tática fora usada inicialmente na Grande Guerra, com os comandantes alemães ordenando que tropas de choque avançassem numa velocidade de raio, lançando um forte ataque numa frente estreita. Em 1918, a tática não pôde ser sustentada em virtude da escassa tecnologia que lhe dava suporte. Em 1939, Hitler vê com os próprios olhos que tudo mudou.

Por muitos meses depois da invasão da Polônia, tanto a Alemanha quanto seus inimigos declarados parecem parar para respirar, talvez chocados com a constatação de que o que Hitler começara poderia explodir em outra catástrofe humana do tipo que ninguém acreditava que pudesse acontecer novamente. Embora os britânicos conservem sua força expedicionária posicionada na Bélgica e no norte da França de setembro de 1939 a maio de 1940, nenhum combate se dá naquela região.

Os franceses trabalham febrilmente para completar a Linha Maginot, que acreditam ser um muro de defesa intransponível ao longo da fronteira alemã. Os esforços diplomáticos continuam, ministros de todas as partes começam a acreditar que a agressividade de Hitler poderá ser detida. Também há um considerável desgosto com Hitler dentro da Alemanha, e os britânicos recebem discretas sondagens de funcionários alemães sugerindo que muitos oficiais do exército alemão cooperariam com esforços para a destituição total de Hitler. Só conversas sem nenhum resultado.

Os seis meses seguintes permitem ao mundo respirar tranquilamente, e, nas capitais da Europa, a vida retorna a uma espécie de normalidade, e os jornalistas se referem à situação corrente como uma "guerra de mentira".

Durante a calmaria, o Ministério da Propaganda de Hitler, comandado pelo grande manipulador Paul Joseph Goebbels, insufla a paixão pela guerra no povo alemão, exacerbando o medo de comunistas e estrangeiros, convencendo-o de que toda a Europa se prepara para invadir sua terra natal. De acordo com Goebbels, a brutalidade imposta à Alemanha em 1919 será repetida. Embora muitos alemães não queiram outra guerra, a propaganda tem sucesso e garante amplo apoio a Hitler e sua política. Após um longo inverno de manobras e planejamentos tensos de ambos os lados, a guerra de mentira termina. Hitler ataca primeiro.

Em abril de 1940, tropas alemãs se lançam no que se torna uma corrida com os britânicos para ocupar a neutra Noruega, estrategicamente importante para ambos pela proximidade de muitas rotas marítimas que abastecem o norte da Europa. Embora os britânicos afirmem que sua intenção de ocupar os portos da Noruega tem a bênção do povo e do rei noruegueses, os alemães dispensam tais pretextos. Para a consternação da marinha britânica, os alemães ganham a corrida, ocupando, de passagem, a Dinamarca. A queda da Noruega é a última gota para o povo britânico e seu Parlamento, cansados dos constantes apelos de Neville Chamberlain por apaziguamento, por soluções diplomáticas pacíficas contra a agressividade de Hitler. Chamberlain é afastado do poder, e Winston Churchill torna-se o novo primeiro-ministro britânico.

Em 10 de maio de 1940, as forças armadas de Hitler atacam a Holanda e a Bélgica, dois países que, surpreendentemente, haviam se recusado a acompanhar a Grã-Bretanha e a França nas declarações de guerra oficiais contra a Alemanha. Enquanto funcionários belgas e holandeses confiam em esforços diplomáticos, Hitler simplesmente ignora sua neutralidade. As tropas alemãs rapidamente derrotam os dois países, fazendo, pela primeira vez, uso eficaz de paraquedistas e planadores. Em questão de dias, os Países Baixos caem. Mas, para os estrategistas militares de Hitler, o inimigo principal e adversário mais perigoso continua a ser a França, ainda considerada detentora de forças superiores tanto em homens quanto em armamento. Qualquer ataque contra a Linha Maginot certamente causaria um número desastroso de baixas e lembraria demais a carnificina da Grande Guerra. Ao norte da Linha Maginot ficam as densas matas da Floresta de Ardenas, consideradas inexpugnáveis, especialmente para os blindados alemães. Mas a floresta tinha sido cuidadosamente estudada pelos comandantes alemães e, durante o avanço das tropas alemãs através da Holanda e da Bélgica, uma enorme força de tanques repentinamente invade Ardenas, que, afinal, não se mostra assim tão intransponível. Em poucos dias, os tanques alemães se deslocam para o outro lado do Rio Mosa, ultrapassando quase inteiramente a Linha Maginot. O ataque-relâmpago permite aos tanques alemães abrirem uma ampla brecha entre as defesas francesa e britânica. Com os tanques alemães passando rapidamente além de seus flancos, os britânicos não têm outra escolha senão recuar. À medida que os alemães continuam a pressionar, quase a totalidade das forças britânicas e outras tropas aliadas são empurradas em direção ao Canal da Mancha. Sua única rota de fuga é um porto francês chamado Dunquerque.

Durante os primeiros dias de junho de 1940, os britânicos fazem todos os esforços para resistir aos ataques continuados das aeronaves alemãs, embora muitos de seus soldados se encontrem indefesos, expostos nas praias. Para desgosto dos comandantes alemães das unidades de tanques, Hitler ordena que não ataquem as tropas britânicas concentradas. Por motivos que só Hitler conhece, ele é cético quanto aos relatórios de seus generais sobre uma vitória esmagadora, recusando-se a acreditar que seu exército tenha sido tão bem-sucedido contra forças que sabe que superam as suas em número. Além disso, Hitler é convencido por seu arrogante e impetuoso comandante da aeronáutica, Hermann Göring, de que a Luftwaffe sozinha pode destruir os britânicos nas praias de Dunquerque antes que consigam fazer a retirada. Durante dias, os aviões de caça e os bombardeiros da Luftwaffe fustigam os britânicos, mas não conseguem obrigar nenhum comandante britânico a se render. Em vez disso, enquanto as tropas alemãs, frustradas, observam, mil embarcações britânicas, de navios de guerra a barcos de pesca, retiram soldados aliados, desesperados, da praia e os transportam para o outro lado do Canal da Mancha. Cerca de 300 mil soldados britânicos, franceses e belgas são salvos.

Com a maior parte dos britânicos fora da luta na Europa Ocidental, os alemães voltam a atenção para os franceses, que estão preparados para defender seu país como haviam feito em 1914. Mas dessa vez as táticas e técnicas alemãs no campo de batalha superam em muito o que os franceses apresentam em combate. Em 14 de junho de 1940, depois de menos de três semanas de luta, as tropas alemãs entram triunfantes em Paris.

Hitler, então, instaura um governo de marionete na França, conhecido como Vichy, encabeçado por Henri Pétain, um dos mais populares e condecorados heróis franceses da Primeira Guerra Mundial. Pétain é fraco, facilmente manipulável, e acredita que, atendendo aos desejos de Hitler, a França será poupada de uma conquista brutal. Em retribuição pela cooperação de Pétain, Hitler concorda em não invadir o sul da França. Para Hitler, isso não é nenhum sacrifício. Ele havia conquistado Paris, algo que nenhum líder alemão conseguira desde a Guerra Franco-Prussiana.

Com a Europa Ocidental sob o tacão de Hitler, os estrategistas alemães dirigem a atenção para outros lugares. Um desafio crucial para manter o controle sobre uma força militar de tal magnitude é o abastecimento. Os alemães começam a olhar para além da Europa, onde vastos recursos naturais ainda podem ser explorados. Para consternação de muitos militares de carreira no comando das tropas de Hitler, ele cultiva uma amizade com o bombástico ditador italiano Benito Mussolini, formalizada como aliança em setembro de 1938. Mussolini também assina o Pacto Anti-Comintern, um acordo inicialmente redigido em 1936 entre Japão e Alemanha, que garante assistência mútua caso um dos dois seja atacado pela Rússia. O pacto era um tratado mal disfarçado assegurando que Japão e Alemanha não agiriam um contra os interesses do outro.

As ambições de Mussolini o haviam levado ao leste e ao norte da África, e, desde meados dos anos 1930, as forças italianas tentavam subjugar territórios da Tunísia à Etiópia. Mas a máquina de guerra da Itália não se compara à da Alemanha e, na África, Mussolini experimentara grandes reveses diante dos britânicos. Embora os estrategistas alemães prefiram se fixar na tomada dos campos britânicos de petróleo no Oriente Médio, Hitler concorda em fornecer tropas alemãs para ajudar Mussolini naquilo que o ditador italiano acredita ser o seu destino pessoal — conquistar a África como parte de um glorioso novo Império Romano. Mas Hitler tem suas próprias distrações. Com a Europa Ocidental segura, o exército alemão reorganiza seus comandantes e começa a olhar para a frente. Mas Hitler os surpreende com seus planos, insistindo num ataque devastador à Rússia. Embora os russos sejam aliados ostensivos dos alemães, não é possível demover Hitler do sonho de subjugar um inimigo de tal porte, especialmente com as reservas humanas e naturais virtualmente ilimitadas de que a Rússia dispõe. Hitler tem também dois outros motivos. Primeiro, sente um ódio intenso por Joseph Stalin, que se cristaliza numa vingança pessoal que não tem base em prática militar sólida. O segundo motivo é a aversão que Hitler sente pelo povo russo, considerado por ele como subumano. É um modo de pensar devastador que já espalha sua triste sombra pela Alemanha e pelos países que caíram sob o tacão da Alemanha.

Durante anos, parte da atração que Hitler exerce sobre o povo alemão consiste na insistência vociferante de que os alemães são especiais e etnicamente superiores, de que a estirpe alemã deveria prevalecer sobre todas as outras. Com tanto território alemão perdido sob o Tratado de Versalhes, é fácil para Hitler convencer seu povo de que ele precisa de mais *Lebensraum*, ou espaço para viver, que permita às linhas puras de sangue dos arianos alemães florescerem e prosperarem por toda a Europa. Para dar espaço à sua versão de Povo Escolhido, Hitler já começara a ordenar a remoção forçada de grande número de imigrantes e judeus de suas casas na Alemanha, Polônia, Tchecoslováquia e em outros países, incluindo a França. Essas pessoas desenraizadas são transportadas para campos enormes, onde frequentemente lhes é dito que lá permanecerão apenas até que novas casas lhes sejam destinadas. Mas poucos são autorizados a ir embora, e, em vez disso, enormes contingentes de homens, mulheres e crianças são conduzidos a câmaras de gás e sumariamente exterminados.

Nos dois primeiros anos da guerra, o conhecimento dos campos fica restrito sobretudo à Gestapo, a polícia secreta de Hitler. Muitas pessoas chegadas ao círculo próximo a Hitler preferem ignorar os rumores sobre o que está acontecendo aos judeus. Outros aceitam sem escrúpulos a filosofia de Hitler. A maior parte dos militares de carreira, cujos deveres os mantêm longe, em campo, tem pouca ou nenhuma noção do que ocorre nos campos de concentração.

Em 22 de junho de 1941, uma força totalizando mais de 186 divisões alemãs, quase dois milhões e meio de homens, atravessa a fronteira da Rússia. O sonho de Hitler de conquistar o enorme país ocupará a maior parte de sua atenção durante muitos meses.

Enquanto o poder da Alemanha avança para o leste, no norte da África uma força muito menor é sediada. É principalmente uma força móvel e blindada, com muitos dos homens que lançaram o espetacular e bem-sucedido ataque através da França e da Bélgica. Agora se espera que expulsem os britânicos dos lugares caros a Mussolini e, se possível, conquistem todo o norte da África. Comparadas ao enorme exército que avança pelas planícies da Rússia, as duas divisões de tanques que desembarcam na cidade portuária de Trípoli, na Líbia, constituem apenas uma força simbólica, nem de perto o rolo compressor que Mussolini esperava. Mas Mussolini aceita o que consegue obter. Os tanques são liderados pelo homem cujo nome já conquistara uma reputação considerável no alto-comando alemão: Erwin Rommel.

Nos anos seguintes à Grande Guerra, o governo americano está tão dividido quanto seu povo. Como em 1914, muitos americanos estavam extremamente relutantes em se envolver com os problemas do resto do mundo. Nos anos 1920, o sentimento isolacionista retorna com vigor ainda maior.

Quando Franklin Delano Roosevelt assume a Presidência, em 1933, a nação já sofre por três anos com a Grande Depressão, e a política do New Deal (Novo Acordo) de Roosevelt é projetada para colocar a economia americana novamente de pé. A política é bem-sucedida e, durante os anos 1930, os americanos começam a emergir da depressão econômica. Os jornais americanos alardeiam o tumulto que há por todo o mundo: a guerra civil na Espanha, as conquistas de Mussolini na África, as investidas do Japão contra a China. À medida que as conquistas territoriais de Hitler na Europa evoluem para uma guerra em grande escala, celebridades americanas, tais como Charles Lindbergh, previnem a nação de que qualquer aliança dos EUA com os inimigos de Hitler resultará na destruição da América. Roosevelt não concorda.

A relação dos EUA com a Grã-Bretanha baseia-se em mais que uma aliança econômica, e Roosevelt acredita que o povo americano é fortemente pró-britânico. Após a quase catástrofe dos britânicos em Dunquerque, Roosevelt reage com várias medidas de ajuda, inclusive com suprimentos militares e navios, emprestados à Grã-Bretanha em termos que demonstram claramente de que lado está a lealdade americana. Em março de 1941, o Lend-Lease Act (Lei de Empréstimos e Arrendamentos) formaliza essa aliança. Os inimigos de Roosevelt, inclusive Lindbergh, ficam indignados.

Em 7 de dezembro de 1941, essa indignação é silenciada. Os japoneses lançam um ataque surpresa devastador contra a frota americana em Pearl Harbor, no Havaí. Enquanto Roosevelt transmite a notícia para um público americano chocado, os isolacionistas e pacifistas de pronto são ignorados. Roosevelt declara guerra ao Japão e a seus aliados, Alemanha e Itália.

Imediatamente, os líderes militares americanos descobrem que duas décadas de sentimento antimilitar haviam reduzido as forças armadas americanas a um estado deplorável. De aeronaves a tanques, de rifles a homens em condições de lutar, as forças armadas estão lamentavelmente subequipadas para confrontar um inimigo que possui os mais modernos instrumentos de guerra. O general John Dill, o mais graduado oficial britânico sediado em Washington, observa: "As forças armadas estão mais despreparadas para esta guerra do que se possa imaginar. Toda a organização é do tempo de George Washington." Por essa razão se inicia um programa de emergência envolvendo todos os recursos industriais que os Estados Unidos conseguem mobilizar. Em semanas, fábricas de utensílios e utilidades modernas são transformadas em manufaturas de munições. Os fabricantes de automóveis começam a produzir tanques. A ajuda aos britânicos continua, mas em Washington os militares americanos começam a se dividir quanto às prioridades, alguns acreditando que a América deveria enfrentar primeiro o Japão e, outros, a Europa. Segue-se uma disputa por recursos. Um equilíbrio difícil é mantido com habilidade pelo chefe do estado-maior, George C. Marshall, convencido de que, se a Grã-Bretanha cair, a América ficará isolada, espremida entre dois fortes poderes militares. Marshall convence Roosevelt de que Hitler precisa ser derrotado primeiro se quiserem ter qualquer esperança de que os britânicos os ajudarão com seus próprios recursos na luta contra os japoneses.

Enquanto a força das tropas americanas aumenta e voluntários enchem os centros de treinamento, o corpo de oficiais passa por convulsões internas. A tarefa pouco invejável de Marshall é encontrar os homens certos para postos para os quais ninguém foi preparado. O comando do Pacífico é entregue ao ex-chefe de estado-maior Douglas MacArthur, cuja experiência em campo teve lugar sobretudo nas Filipinas. Embora os britânicos também estejam enfrentando ameaças dos japoneses em suas colônias de Cingapura e da Índia, não há uma frente unida, e MacArthur assume o comando de uma vasta área do Pacífico central e ocidental que é, principalmente, problema americano. Na Europa, a escolha de Marshall para comandante é menos definida. Sem forças aliadas realmente lutando no continente europeu, o papel inicial dos EUA deve ser o de apoiar uma invasão e ficar do lado dos britânicos, procurando meios de romper o domínio de Hitler. Os americanos têm preferência por uma invasão pelo Canal da Mancha, diretamente na França. Os britânicos discordam com veemência e Winston Churchill pressiona por recobrar o controle do Mar Mediterrâneo. Churchill acredita que, se a Alemanha dominar o norte da África, a ameaça ao Canal de Suez e aos campos petrolíferos do Oriente Médio não poderá ser evitada. O plano de Churchill é atacar inicialmente os interesses alemães e italianos no norte da África. Desde o começo de 1941, as forças britânicas vinham combatendo Erwin Rommel, num duelo favorável ora a um, ora a outro, no deserto da Líbia. Churchill convence os americanos de que, se os alemães forem varridos do norte da África, todo o sul da Europa, especialmente a Itália, ficará vulnerável a um ataque aliado. Embora Marshall e Roosevelt continuem a pressionar por uma invasão através do canal, a posição de Churchill prevalece. É preciso um comandante, um homem para conduzir as forças conjuntas da América e da Grã-Bretanha. Embora os britânicos tenham experiência na luta contra os exércitos de Hitler, Churchill entende que os recursos americanos são essenciais para o sucesso. Para tanto, o povo americano deve sentir que seu exército está lado a lado com o britânico, e não um passo atrás. Portanto, o comandante geral da campanha deve ser um americano. Embora muitos no exército britânico estejam intimamente convencidos de que ele será apenas uma figura decorativa, George Marshall escolhe o homem que acredita ser o administrador mais determinado e sensato do comando americano: Dwight D. Eisenhower.

DWIGHT DAVID EISENHOWER

Nascido em 1890 em Denison, Texas, é um dos sete filhos (apenas seis chegam à idade adulta) de pais trabalhadores e devotos. Inicialmente David Dwight, ele inverte os nomes depois de se formar no ensino médio. Eisenhower passa a maior parte dos primeiros anos em Abilene, Kansas, e aprende os valores conservadores da vida americana com as experiências de uma cidade pequena, num mundo isolado das vivas tentações dos "alegres anos 1890".

É um atleta excepcional, e é sensível à posição humilde de sua família na comunidade. Hábil com os punhos, rapidamente deixa claro que não tolerará o desdém arrogante dos rapazes mais aristocráticos da cidade.

Em 1911, Eisenhower se inscreve na Academia Naval de Annapolis, Maryland, e, pensando melhor, para aumentar as chances de ser aceito, também se inscreve em West Point. Não tem planos de seguir uma carreira militar, apenas acredita que as academias militares lhe oferecerão a educação universitária de primeira classe que seus pais, de outra maneira, não teriam recursos para pagar. Para seu desapontamento, já havia passado da faixa etária para ingresso em Annapolis, mas West Point o aceita. Aos 21 anos, Eisenhower é o mais velho da turma. A viagem para o leste é a primeira que faz para longe da família, que é muito unida.

Forma-se em 1915, no sexagésimo primeiro lugar da turma, deixando uma reputação de proezas muito maiores no campo de futebol que na sala de aula. Na ocasião, ele não poderia saber que, dos 164 integrantes da turma de formandos, 59 chegariam à patente de general, o maior número alcançado por uma turma em West Point. Entre eles estaria o seu amigo Omar Bradley.

No fim de 1915, é mandado para San Antonio, Texas, onde conhece Mamie Geneva Doud, de uma semelhança impressionante com a atriz Lillian Gish, e que Eisenhower descreve como "a mais linda mulher que eu já vi". Em julho de 1916, eles se casam. Em setembro de 1917, Mamie dá à luz Doud Dwight Eisenhower, mas a vida do bebê é encurtada pela escarlatina, e o primeiro filho de Eisenhower morre em janeiro de 1921, aos 3 anos. Uma tragédia sobre a qual ele raramente falará. Em agosto de 1922, Mamie dá à luz outro menino, que recebe o nome de John.

Durante a Grande Guerra, Eisenhower permanece nos Estados Unidos, treinando equipes de tanques, e serve como comandante de uma brigada de tanques em Gettysburg, Pensilvânia. Conhece e se torna amigo do comandante da escola de tanques do exército, George Patton.

Com o fim da guerra, Eisenhower aceita um posto no exército regular, e serve como chefe do estado-maior do general Fox Connor no Panamá, com a patente de major, que manterá por mais de 15 anos. Connor havia servido com o comandante americano John "Black Jack" Pershing, de quem fora muito próximo, e é uma das melhores cabeças do exército. Ele apresenta a literatura e as artes a Eisenhower, ampliando as perspectivas do jovem oficial, e lhe dá a oportunidade de aperfeiçoar suas habilidades de planejamento e organização militares.

Em 1924, Connor sugere a Eisenhower que ingresse na Escola de Comando e Estado-Maior do Exército em Fort Leavenworth. Depois de dois anos de estudos, Eisenhower surpreende a si próprio mais que aos outros ao se formar em primeiro lugar numa turma de 275 oficiais.

Em 1927, Eisenhower serve como ajudante de ordens do general reformado Pershing, como membro da Comissão Americana de Monumentos de Guerra. Pershing o influencia, como havia feito Fox Connor, e o encoraja a ler e a estudar as táticas e estratégias dos campos sangrentos da Grande Guerra.

Em 1933, Eisenhower aceita a posição de assessor do chefe do estado-maior da época, Douglas MacArthur. Continua servindo com MacArthur nas Filipinas e lá permanece até 1940. Os dois homens são como água e azeite, mas Eisenhower desempenha seus deveres com total profissionalismo, apesar de realmente não gostar de MacArthur. No entanto, Eisenhower respeita a experiência de MacArthur e, muito antes de Pearl Harbor,

MacArthur lhe diz que certamente haverá outra guerra de larga escala, previsão que Eisenhower leva a sério.

Em fevereiro de 1940, encontra-se estacionado em Fort Ord, Califórnia, como subcomandante do Décimo Quinto Regimento de Infantaria. Começa a falar de seus temores, prevenindo a todos os que lhe dão ouvidos que os Estados Unidos não estão preparados para uma guerra que ele considera inevitável. Entre os oficiais próximos, passa a ser conhecido como Ike, o Alarmista.

Em setembro de 1941, Eisenhower é promovido a general de brigada, e, quando chega a notícia sobre Pearl Harbor, é chamado a Washington, onde é nomeado para comandar a Divisão de Planos de Guerra do Estado-Maior. Agora, sob a supervisão direta do chefe do estado-maior, George Marshall, Eisenhower se vê discutindo as estratégias de MacArthur no Pacífico, o que faz sem preconceitos, apesar de muitas vezes encontrar falhas no planejamento de MacArthur. Marshall fica bem impressionado. Em março de 1942, Eisenhower recebe uma promoção a general de divisão. Sua amizade com Marshall continua a crescer, e os dois concordam sobre a maior parte das questões cruciais que surgem em torno deles.

Em 8 de abril de 1942, Marshall viaja a Londres, onde se encontra com Churchill e com os chefes de estado-maior britânicos. A discussão contempla todos os aspectos da próxima campanha contra o exército de Hitler e, pela primeira vez, os comandantes discutem que oficial será escolhido para chefiar o comando aliado. Em 15 de junho de 1942, Eisenhower recebe a palavra final de Marshall. O comando é dele.

ERWIN ROMMEL

Nascido em 1891, em Heidenheim, Alemanha, é filho de um professor e, de cinco irmãos, é o do meio. Passa a infância nas montanhas e florestas da Baviera natal e logo descobre que tem pouca inclinação para os estudos, o que naturalmente desgosta seu pai. Um professor observa: "Se algum dia ele fizer um ditado sem erros, contrataremos uma banda e passaremos um dia no campo." Sempre preferindo atividades atléticas, na adolescência Rommel torna-se um esquiador excepcional e mostra fascinação por aeronaves. Embora a família Rommel não tenha tradição militar, ele começa a se ver como soldado e, em 1910, para grande desapontamento do pai, Rommel ingressa no exército.

Em 1911, enquanto frequenta a Academia Alemã de Guerra em Dantzig, na Prússia Oriental, Rommel conhece Lucy Maria Molin, moça discretamente aristocrática que o impressiona profundamente. Um ano mais tarde, Rommel termina a formação de oficial e é designado para um regimento de infantaria como segundo-tenente, para treinar novos recrutas. Sempre fiel a Lucy, não participa das tentações desenfreadas que se oferecem aos jovens oficiais, bebe raramente e nunca fuma. É considerado maçante pelos colegas oficiais. Seus superiores interpretam seu comportamento de outra forma e percebem que o jovem possui o estofo necessário para se tornar um bom oficial.

Em agosto de 1914, Rommel parte para a guerra com seu regimento. De imediato, os homens sob seu comando reconhecem algo de incomum no tenente, uma destemida dedicação à luta, uma mente afiada que reage com decisão diante do fogo. Corajoso a ponto de se tornar imprudente, cresce em reputação. Em janeiro de 1915, já havia sido condecorado duas vezes com a Cruz de Ferro por heroísmo e liderança sob fogo. Mas, quando o combate na frente ocidental fica paralisado, Rommel se impacienta com a inatividade. Promovido a primeiro-tenente, recebe de bom grado uma nova missão, ingressa num batalhão de montanha e é enviado para a Romênia e, a seguir, para as montanhas da fronteira italiana. Em novembro de 1916, durante uma breve licença, volta a Dantzig e se casa com Lucy.

Continua a se destacar em combate no terreno montanhoso do norte da Itália e, em outubro de 1917, sua unidade é designada para apoiar as forças austríacas em luta contra os italianos perto da cidade de Caporetto. Rommel comanda duas companhias num ataque audacioso contra as defesas italianas e, reunindo mais soldados ao longo das linhas de frente, escala uma montanha difícil e fortificada e captura quase dez mil soldados italianos. Recebe, então, a maior honra militar alemã, a *Pour le Mérite* (também conhecida como Max Azul).

Após o fim da Grande Guerra, Rommel, já capitão, continua no exército regular. Em 1921, é designado para Stuttgart, para comandar um regimento de infantaria, cargo que exerce por oito anos. Lá, em 1928, nasce seu único filho, Manfred.

Em 1929, Rommel é designado instrutor da Escola de Infantaria do Exército, em Dresden. Descontente com a maior parte dos textos e manuais que tem de utilizar, começa a escrever um manual, que seria publicado somente em 1937.

No início da década de 1930, quando oficiais de alta patente começam a estruturar os planos para reconstruir as forças armadas alemãs, o nome de Rommel é frequentemente mencionado. Apesar de nunca participar de tais reuniões fechadas, é muito respeitado, visto como o tipo de oficial que o exército precisa ter. Em 1933, é promovido a major e designado para o comando de um batalhão de montanha em Goslar, no centro da Alemanha. Lá, fica conhecido como um instrutor de treinamento prático sério que exige muito de seus homens. Poucos reclamam, no entanto, pois Rommel exige de si com a mesma intensidade.

Rommel fica chocado com a ascensão de Hitler ao poder, pois deu pouca atenção à disputa política do pós-guerra na Alemanha. Quando Hitler se declara ditador da Alemanha, Rommel fica enojado com as táticas brutais dos seguidores dele. Rommel comenta com sua mulher que os nazistas "parecem um bando de patifes". Mas Hitler começa a interessá-lo, parecendo-lhe um idealista, um homem com energia para resgatar a Alemanha das garras dos inimigos, especialmente do comunismo. Rommel passa a acreditar que Hitler é exatamente aquilo de que a Alemanha precisa: um homem que pode reunificar o povo alemão e recuperar seu orgulho perdido.

À medida que Hitler consolida seu poder sobre os oficiais de patente mais elevada, Rommel sente a pressão para se tornar membro do Partido Nazista. Mas ainda considera a política inadequada para um soldado e não ingressa no partido. Apesar do desconforto em relação a muitas das ideias de Hitler, os militares valorizam o fato de o ditador lhes dar carta branca para se modernizarem e se reequiparem. Assim, mesmo os que fazem objeção à agressividade de Hitler contra a Tchecoslováquia e a Áustria, mantêm as críticas a portas fechadas. Em comparação ao caos dos anos 1920, Hitler proporciona aos oficiais alemães uma estrutura poderosa para exercer seu ofício.

Em fevereiro de 1937, Rommel é designado para comandar a Juventude Hitlerista, uma nova organização que tem por objetivo instruir os rapazes alemães na arte da guerra. Mas Rommel identifica no grupo as características que rapidamente o transformam num ninho de provocadores e desajustados. Rommel considera o cargo por demais repugnante e declara não haver ingressado no exército para treinar "pequenos napoleões". Um ano mais tarde, é-lhe dado o comando da Academia de Guerra em Wiener Neustadt, perto de Viena, na Áustria. Mais uma vez, Rommel chama a atenção de Joseph Goebbels, que providencia para que seu manual, intitulado *Ataques de infantaria*, seja publicado. Por essa razão, Rommel se sentirá devedor de Goebbels pelo resto da vida.

Em agosto de 1939, Rommel é promovido a general de divisão e presencia a invasão da Polônia do quartel-general de Hitler. Ignorando a brutalidade infligida ao povo polonês, Rommel absorve as lições do ataque alemão, que reforçam seus próprios instintos militares: atacar com força e rapidez, com poder esmagador. É atraído sobretudo pelo brutal sucesso dos blindados alemães, os panzers. Percebe claramente que seu lugar é à frente de uma sólida coluna de tanques poderosos.

Durante a invasão da Polônia, e também depois, Rommel é designado para comandar a segurança pessoal de Hitler, tornando-se basicamente o seu guarda-costas. Nessa ocasião, Hitler estabelece um relacionamento com Rommel que influenciará a ambos. Mas Rommel impacienta-se nesse posto, despreza o grupo de oficiais que se reúne em torno de Hitler e se refere a eles como "um bando de pássaros deploráveis". Quando Hitler oferece a Rommel um comando em campo, Rommel não hesita, e Hitler lhe concede o que especificamente pediu, o comando da Sétima Divisão de Panzers. Em semanas, Rommel começa os preparativos para cumprir a ordem de Hitler que lançará o exército alemão em direção ao Ocidente.

Em maio de 1940, a divisão blindada de Rommel irrompe pela fronteira ao sul de Liège, na Bélgica, e ele é o primeiro comandante alemão a cruzar o Rio Mosa. Empurrando o inimigo à sua frente, Rommel quase vai longe demais e escapa de ser esmagado pelos tanques britânicos, que, ao darem por si no flanco alemão, surpreendem-se. Mas a audácia de Rommel o salva e, continuando seu avanço para oeste, ele chega à costa, perto de Dunquerque, e é avisado de que Hitler ordenou uma parada.

Depois da fuga britânica em Dunquerque, Rommel, desgostoso, volta ao ataque e captura várias cidades francesas, esmagando bolsões de resistência francesa e britânica pelo caminho. Em 12 de junho de 1940, captura a cidade costeira de Saint-Valéry, na França, juntamente com 12 mil prisioneiros britânicos e franceses. Dois dias depois de os alemães marcharem sobre Paris, Rommel captura a cidade de Cherbourg e recebe a rendição de 30 mil soldados franceses.

No conjunto da campanha que resulta na conquista da Europa Ocidental por Hitler, as forças sob o comando de Rommel capturam aproximadamente 100 mil prisioneiros, trezentas peças de artilharia e mais de quatrocentos tanques. Sua divisão sofre baixas de menos de 3 mil homens, com a perda de 42 tanques. Embora a estrela de Rommel suba consideravelmente, ele sente o primeiro gosto da inveja e da maledicência de outros oficiais que perseguirão sua carreira. Hitler não muda de opinião ante as observações dos superiores de Rommel, que insistem que ele é impetuoso demais para um alto-comando.

Embora Hitler fique logo obcecado com seus sonhos de conquistar a Rússia, não pode ignorar completamente seus oficiais de gabinete, que sugerem que Mussolini é instável. Hitler está convencido de que, se os italianos continuarem a sofrer reveses diante dos britânicos no norte da África, Mussolini poderá simplesmente ficar fora da guerra. Hitler apela para Rommel e, contra os conselhos de muitos de seus auxiliares superiores, oferece-lhe o comando do que constituiria o Deutsches Afrika Korps (Forças Alemãs na África).

Em 12 de fevereiro de 1941, Rommel chega a Trípoli, no oeste da Líbia.

Quase imediatamente, Rommel muda o panorama da guerra no norte da África e os britânicos são empurrados, cambaleantes, de volta para o Egito. Mas Rommel não recebe recursos nem cooperação de seus superiores italianos, e os britânicos voltam a atacar. Pelo resto de 1941, a campanha pende ora para um lado, ora para o outro, a impulsão mudando de mãos, a audácia e a tática superior de Rommel compensando a incapacidade de se equiparar aos britânicos em número e em rotas de suprimento. Apesar das deficiências de Rommel, entre elas a tendência a se afastar de seu quartel-general, os sucessos eclipsam os erros. A lenda da "Raposa do Deserto" começa a crescer, e até os britânicos compartilham a admiração de Hitler por Rommel e suas táticas. Winston Churchill diz ao Parlamento britânico que Rommel é "um oponente muito audacioso e habilidoso... um grande general".

Em 8 de dezembro de 1941, Rommel recebe a notícia de que os japoneses bombardearam Pearl Harbor. Ele sabe que a entrada dos americanos na guerra ajudará imensamente os britânicos. Quando tem conhecimento dos reveses alemães na Rússia, Rommel percebe que os vastos sonhos de Hitler poderiam ser inatingíveis. E começa a perceber que, a não ser que ele consiga destruir os britânicos que o combatem e conquiste o norte da África, a Alemanha não poderá vencer a guerra.

PRIMEIRA PARTE

Os mais corajosos certamente são aqueles que possuem a visão mais clara do que está à sua frente, tanto a glória quanto o perigo, e, ainda assim, saem ao seu encontro.

— TUCÍDIDES

Prefiro ser o martelo a ser a bigorna.

— ERWIN ROMMEL

1. O RATO DO DESERTO

DESERTO DA LÍBIA
27 DE MAIO DE 1942

ENCOLHIAM-SE DE FRIO DENTRO DAS PAREDES DE AÇO, ESPERANDO, energizados pelos rumores. Atrás deles, a leste, o horizonte negro era visível, delineado pela primeira luz da aurora. O rádio sem fio tagarelava, as vozes dos oficiais muito além da linha, os homens nas tendas, examinando mapas, inseguros, impotentes para fazer qualquer coisa em relação a um inimigo que podia estar em qualquer lugar.

Tinham entrado no tanque ao primeiro sinal da manhã, cada um dos quatro homens tomando o seu lugar, o comandante empoleirado acima dos outros, ajeitando-se na posição bem debaixo da abertura superior da torre de tiro. Ainda estava muito escuro a oeste, e a visão através do prisma do periscópio era muito restrita, por isso ele estava de pé, a cabeça e os ombros para fora da escotilha. O cano longo e fino do canhão de duas libras ficava logo abaixo dele, apontando para oeste, onde se acreditava que o inimigo estaria. Ele fixou a vista até os olhos lacrimejarem, tentando enxergar o horizonte. Mas o horizonte não estava visível, ainda não, não até que a luz do sol fosse suficiente para distinguir o terreno plano e opaco do céu vazio.

O ar estava penetrante e frio, mas aquilo não duraria. Quando o sol se levantasse, voltaria o calor, e a infantaria, uma massa de homens esperando longe, atrás do muro blindado, procuraria qualquer abrigo que houvesse, acordando os insetos, os escorpiões e as cobras. O tanque era um abrigo tão bom quanto qualquer outro que um homem pode ter no deserto, mas havia um preço pela sombra. O aço espesso formava um forno perfeito, e os homens, em seus postos, olhariam instintivamente para as escotilhas, torcendo pelo mais leve sinal de brisa. Ele piscou, esfregou os olhos com a mão suja, aborrecido com a intromissão barulhenta do rádio.

— Desligue isso!

— Senhor, eu não posso, o senhor sabe. Ordens. O capitão...

Ignorou o protesto do rapaz, olhou para fora novamente. O sol se levantaria rapidamente, nada para bloquear a luz, nenhuma montanha, nenhuma árvore, nenhum terreno acidentado. Em poucos e breves minutos podia ver, em detalhes, um terreno desigual marcado por pequenas pedras. Havia uma sombra bem na frente, debaixo do cano do canhão. Era, claro, a forma baixa e pesada do seu tanque. Ela faz de nós um alvo, pensou. Mas os alemães estão a oeste, terão de atacar diretamente contra o sol nascente. Poderemos vê-los primeiro, sem dúvida. Tática estúpida. Mas o que não é estúpido por aqui? Sentar dentro de uma lata grande com uma arma de ar comprimido de duas libras, desejando desesperadamente vê-los antes que eles nos vejam.

O rádio deu um guincho alto.

— Diacho, ao menos baixe o volume desse troço!

— Senhor, acho que é o capitão Digby. Ele está aborrecido com alguma coisa.

Digby. Olhou para o horizonte, claro, distinto, pensou no oficial que ficava sentado chupando um cachimbo idiota. O tanque dele tem um cheiro de bordel turco. E ele está contrariado. Bom. Grande tolo. Carrega rolos grossos de mapas para achar o caminho. Num lugar sem pontos de referência, sem sinalização. Enfia os malditos mapas onde se guarda a munição e, então, fica sem munição. Implora ajuda aos outros. Olhe para o sol, capitão. É toda a sinalização de que o senhor precisa.

O rádio guinchou de novo, e ele agora ouviu a voz. Sim. Digby.

— Comunicado do rec... inimigo em movimento... zzzzzzz... duzentos... zzzzz. — O rádio ficou mudo, ele olhou para o norte e viu os tanques britânicos em linha irregular. As equipes haviam entrado nos veículos e a maior parte dos comandantes dos tanques estava de pé, procurando qualquer coisa no vazio imenso. Ele ainda olhava para o norte e, sim, pensou, lá está Digby. No sexto tanque. Prepare uma xícara de chá, capitão. Não há nada aqui fora senão nós, os Ratos.

Olhou para baixo pela escotilha e pouco enxergou, o tanque estava escuro. Conhecia bem cada homem, eram mais experientes que a maioria, mas muito jovens. Melhores que o tanque que operavam, o A9. Ele era veloz, talvez mais veloz que qualquer um dos que os alemães tinham, podia manobrar facilmente em terreno pedregoso, girar como uma bola de tênis em *top spin*. No treinamento lhes disseram que o duas libras era uma arma antitanque eficaz, que disparava um projétil de aço sólido que perfuraria qualquer coisa que o inimigo tivesse. Certamente havia funcionado contra os italianos, que tinham atacado com máquinas que já eram decadentes em 1918. As batalhas de blindados haviam sido ações de um lado só, a artilharia e os tanques britânicos dizimando as armas primitivas do inimigo. Recordava os primeiros tanques italianos que tinham realmente combatido bem, algo chamado M13. Mas mesmo aquela máquina era pequena e leve demais, acolchoada com uma lamentável pilha de sacos de areia em volta da torre de tiro. Podia ver, mentalmente, o tiro direto num M13 que o fez parecer um saco de farinha explodindo. E alguém que estivesse dentro jamais sobreviveria. Aquilo era horrível. Prática de tiro. Homens corajosos enviados para a morte em brinquedos quebrados.

Mas então chegaram os alemães e trouxeram algo de verdade, tanques mais pesados, mais rápidos, armas maiores, e, de repente, as equipes do A9 já não estavam mais tão satisfeitas com suas máquinas. Havia outra coisa que os alemães possuíam, um talento especial para armamentos. Eles tinham um canhão antiaéreo de 88 milímetros, cano longo, que disparava um projétil numa altura suficiente para revirar as entranhas de qualquer piloto. Mas os alemães perceberam que, abaixando o cano e apontando-o horizontalmente, ele se tornava uma arma antitanque sem igual. A maior parte da artilharia pesada de ambos os lados era semelhante a morteiros básicos, disparando projéteis em arco. Era possível ouvi-los chegando e até ter um breve segundo para se preparar para o impacto, tempo suficiente, talvez, para se jogar dentro de uma trincheira. Mas o cano longo do 88 disparava um obus direto através da pessoa, em linha reta. Nenhum som alto e agudo, nenhum aviso. E não havia uma só máquina britânica que o 88 não deixasse em pedaços.

Abaixou-se para dentro da escotilha, tentou enxergar o operador de rádio, Batchelor, que acumulava a tarefa de municiar o canhão.

— Batch, Digby disse mais alguma coisa?

— Estou tentando contato com ele, senhor. Ele disse alguma coisa sobre *rec*, e então eu o perdi.

Levantou-se, olhou novamente para fora, pensou na palavra *rec*. Reconhecimento. Um trabalho dos diabos, movimentar-se por todos os lugares em veículos blindados leves. Eles vão até os boches, veem o que há por lá e depois saem correndo desesperadamente para escapar. Só metralhadoras para se protegerem. Caras corajosos, aqueles.

Debaixo do cano da arma, à sua frente, uma pequena escotilha se abriu e uma cabeça apareceu. Era o motorista, Simmons.

— Está ficando um bocado quente, senhor.

Simmons era o mais novo da equipe, de pele ruim e um mau cheiro tão desgraçado que nem sabão dava jeito. Mas não havia sabão ali, mal havia água para manter um homem vivo, e então Simmons tinha se tornado apenas mais um tripulante do tanque que tinha de ser aceito por seus companheiros, independentemente das características pessoais desagradáveis que trouxesse para aquele espaço confinado. Agora todos já fediam o bastante para causar repugnância a qualquer um, menos a si próprios. Como a fumaça do cachimbo do capitão Digby, o cheiro havia se tornado parte da personalidade de cada tanque.

— Senhor, o que é isto?

Simmons estava apontando para a esquerda do cano da arma, na posição de onze horas, e ele olhou para onde o rapaz indicava e pôde ver a nuvem subindo, escura, escondendo o horizonte. Simmons disse: — Tempestade de areia. Grande. Diabos.

O rapaz desapareceu dentro do tanque, a escotilha se fechou sobre seu compartimento estreito. A nuvem parecia se espalhar para o sul, mais para a esquerda, redemoinhando escuridão, a luz do sol se refletindo em pequenas partículas. O rádio guinchou novamente, um caos de vozes, e então ele pôde ver um novo movimento, um veículo emergindo da tempestade, depois mais dois, um rastro de poeira ondeando atrás deles enquanto rugiam em direção à linha de tanques. Seu coração deu um pulo e ele levantou o binóculo, viu que eram veículos blindados, deles, os rapazes do *rec*. Olhou para o norte, em direção ao tanque de comando de Digby, procurando a bandeira vermelha, que lhes indicaria que pusessem em ação as máquinas poderosas. Mas a antena de Digby só hasteava a bandeira comum de comando, nenhuma outra sinalização ainda.

Ele olhou para dentro do tanque, disse: — Tirem as mãos do gatilho. São os nossos.

Era uma ordem desnecessária, a grande arma ainda não estava carregada, as metralhadoras ainda esperavam pelos cintos de munição que as alimentariam. Os carros blindados passaram pela linha de tanques e não pararam. Falou em voz alta, para ninguém em particular: — Deus do céu. Estão correndo demais.

E então se acalmou, ignorou os novos sons do rádio, pensou, acho que aqueles caras, como nós, não gostam de comer poeira de tempestade. Olhou para a nuvem escura novamente, a não mais que um quilômetro e pouco de distância, chegando mais perto. Deu um suspiro. Certo. Por que não começar o dia com mais uma dessas malditas tempestades? Sem dúvida, vamos comer poeira no café da manhã. Começou a se mexer, abaixou-se dentro do tanque, então parou, imobilizado por um novo som. Olhou novamente para a grande nuvem que rodopiava, feia e familiar, com um barulho surdo de vento e areia fina, uma dúzia de tornados girando em torno de si mesmos. Mas havia outros ruídos agora, também familiares. Esteiras. Aço na pedra. Motores. Congelou, fixou a vista na direção dos sons, sentiu uma leve brisa no rosto. Não é uma tempestade de areia, seu maldito idiota. São blindados. Provocando sua própria maldita tempestade.

— Boches!

Perto, ouviu motores sendo ligados, grandes jorros de fumaça negra cuspidos dos outros tanques da formação. Olhou para lá, viu homens desaparecendo dentro dos tanques, escotilhas se fechando. Não esperou a ordem de Digby, deixou-se cair em seu assento duro de couro, fechou a escotilha, gritou: — Dar partida!

O motorista respondeu, o tanque pulsando, um rugido ensurdecedor que abafava o ruído constante do rádio. Inclinou-se para a frente, olhou pelo periscópio, tateou a metralhadora, gritou novamente:

— Carregar! Preparar armas!

Os homens se movimentavam com precisão, cada um realizando sua tarefa. Olhou para baixo, viu o operador do canhão, Moxley, logo abaixo e à sua frente. Deslizou para a frente, apoiou os joelhos contra as costas do rapaz. Era uma posição que haviam repetido muitas vezes, e Moxley nunca protestara, o desconforto da pressão proporcionando equilíbrio a ambos quando o tanque se movimentava e os sacudia. Estendeu a mão e tocou o operador do canhão no ombro.

— Espere a minha ordem. Paciência. Use a mira. Quantos tiros?

— Cento e vinte.

— Vão acabar depressa. Não quero ficar sem munição. Não estou disposto a ser um alvo fácil, soldado.

— Nem eu, senhor.

— Municiador!

— Senhor!

— Minha Vickers está pronta?

— Pronta para atirar, senhor!

Seus dedos se fecharam em torno do gatilho, apertou, testando, e a metralhadora deu sinal de vida, uma breve rajada. Era o sinal para Simmons fazer o mesmo, tendo o motorista a bênção de duas metralhadoras Vickers na frente do tanque. Simmons soltou uma rajada curta. Bem, tudo certo então. Estamos preparados para você, boche. Ele respirava pesadamente, a fumaça do diesel girando em torno deles, fez foco através do periscópio, a nuvem de poeira se aproximando.

— Diacho, onde estão eles?

Apertou o botão do sistema de intercomunicação rudimentar, queria dar a Simmons ordem para ir em frente. Não, espere. Tenha um pouco de paciência. Não sabemos o que há lá fora, ainda não. Descubra um alvo. Falou no interfone então, era o único modo de o ouvirem com o barulho do motor.

— Canhoneiro. Alguma coisa?

— Ainda não. Só poeira.

Ele olhava, todos olhavam, a areia fina soprando em nuvens ralas contra o vidro do periscópio, cegando, deixando os olhos lacrimejantes. Tirou os óculos de proteção do gancho ao lado, ajeitou-os sobre a cabeça. Odiava aqueles óculos, as lentes arranhadas, embaçadas, mas eles mantinham os olhos secos. Percebeu um lampejo de movimento vindo na direção deles, acima da nuvem de poeira, rápido, agora bem acima deles. Ouviu um silvo quando ele passou, encolheu os ombros, por instinto, gritou: — 109s!

Mais aviões passaram rugindo, a uns trinta metros acima deles apenas, e ele tentou ignorá-los, pensou, não é turismo, seu maldito tolo. Você conhece um Messerschmitt. E não fomos mandados para o inferno, logo não estão atrás de nós. Os depósitos de suprimentos ou os caminhões de apoio, mais provavelmente. Bombardear a infantaria. Coitados. Pensou nos atiradores da artilharia antiaérea, bem lá atrás, entrincheirados em moitas de arbustos espinhentos, que, com sorte, poderiam acertar uma rápida rajada de tiros nos aviões, que voavam baixo. Atirem bem, rapazes. Derrubem uns boches de seus assentos. Olhou a nuvem de poeira novamente, examinou de um lado a outro. Ainda ouvia os Messerschmitts passarem com estrondo, pensou, uma senhora revoada. Se há essa quantidade de 109s, alguma coisa os acompanha. Vamos lá, onde estão vocês, diabos?

E então ele os viu.

De ambos os lados, os tanques emergiram da poeira, passaram direto por ele, estremecendo o ar com sons surdos e riscos de luz branca. Ele se virou no banco.

— Bombordo! Noventa a bombordo! Mover!

O tanque arrastou-se para a frente, depois girou, rodando para a esquerda. A nuvem de poeira estava em toda parte, transformada em espessa névoa cinzenta pelo movimento das grandes máquinas. O tanque movia-se cegamente para a frente sobre um tapete de pequenas pedras, e houve um clarão, um lampejo forte de luz, trovão, do lado direito. Pulou do banco, sondou a poeira freneticamente. Você não me acertou! Arrá! O operador do canhão girou a torre de tiro, e ele agora via o tanque, cruzes pretas na blindagem de cor amarelo-areia. A torre de tiro alemã também estava se movendo, a grande arma tentando acompanhar o movimento deles. Gritou para Moxley:

— Dez horas! Noventa metros!

A torre continuou a se mover numa lentidão penosa, e ele acompanhou o cano do duas libras deslizar até a posição.

Moxley disse: — Eu o tenho na mira, senhor!

— Atire quando estiver pronto!

As palavras ainda estavam no ar quando o tanque balançou com o coice da grande arma. Esforçou-se para enxergar através da fumaça e da poeira, viu as cruzes novamente, disse: — De novo!

O duas libras atirou novamente, e Moxley soltou um grunhido.

— Acertei! Acertei!

— Fogo novamente!

Eles trabalhavam em perfeita harmonia, o municiador carregando os obuses na culatra do canhão, as cápsulas usadas sendo ejetadas automaticamente no saco de lona pendurado embaixo. Tossiu, o cheiro de cordite enchendo a cabine, e ainda via as cruzes bem à sua frente.

— Pare! Preste atenção nele!

Eles pararam com um solavanco, e ele viu fumaça saindo do tanque alemão; esperou por movimento, viu então a escotilha sendo aberta. Um espesso penacho de fumaça negra subia de dentro do tanque, e os homens apareceram, saindo apressadamente, fugindo da carcaça que queimava. Sua mão apertou o gatilho da metralhadora, e ele viu quatro homens pularem para o chão, cambaleantes, feridos, cegos pela fumaça e pela explosão destruidora que os havia atingido. Puxou o gatilho, desferiu o fogo da metralhadora de um lado para o outro; os quatro homens caíram depressa. Fez uma pausa, inspirou, lutou contra o fedor da pólvora, viu movimento mais adiante, mais tanques, riscos de luz. Havia luta em todo lugar ao redor deles, tanques e carros blindados, confusão completa, inimigos apenas a metros de distância procurando um alvo na poeira, atirando à queima-roupa.

— Mexam-se! Noventa graus a estibordo! Para a frente!

Procurou outro alvo, os quatro homens se portando à altura da batalha, todos fazendo parte do caos, uma dança desesperada de homens e máquinas.

P ERTENCIAM À SÉTIMA DIVISÃO BLINDADA BRITÂNICA E, DESDE OS primeiros dias de combate no norte da África, ficaram conhecidos como os Ratos do Deserto. Receberam esse nome por causa do maior jerboa egípcio, um roedor esquisito e desajeitado que tem uma estranha semelhança com um pequeno canguru. O jerboa surgiu em todos os almoxarifados de suprimentos, em todos os lugares onde o homem havia colocado algo comestível naquele território inóspito. Eles pareciam odiar a luz do sol e evitavam o calor, o que era mais que estranho para uma criatura que fez do deserto o seu lar. Era uma característica que o jerboa partilhava com os homens da Sétima Divisão Blindada Britânica.

O nome do comandante do tanque era Clyde Atkins e, aos 28 anos, figurava entre os mais velhos que comandavam tanques sem ser oficiais de carreira. A maior parte das máquinas grandes era comandada por sargentos, homens chamados inadequadamente de "senhor" por suas equipes. Ninguém parecia se importar com a quebra de protocolo. Para os Ratos do Deserto, ser encarregado de um tanque dava a um homem o direito de ser chamado de senhor. Havia oficiais, claro, à frente de cada esquadrão, homens, como o desprezado Digby, que comandavam grupos de seis a oito máquinas grandes. Mas dirigir um tanque em combate era um jogo para jovens com reflexos rápidos e audácia necessária para trabalhar em condições que nenhum tempo de treinamento poderia reproduzir com exatidão. No caos de uma luta no deserto, cada tanque combatia a sua própria guerra.

Embora os italianos tivessem se saído bem contra as primeiras tropas britânicas que enfrentaram, quando a Sétima chegou a maré mudou. Os britânicos se maravilharam com os homens valentes em veículos obscenamente superados, cujas bravura e espantosa disposição para morrer não evitaram que fossem varridos através da Líbia. O poder dos tanques britânicos chocou os pobres italianos, a quem havia sido dito que seus tanques esmagariam qualquer inimigo. Por mais corajosos que fossem, seus comandantes pareciam absolutamente inúteis, observação que os britânicos fizeram desde os primeiros confrontos. A falta de respeito que os britânicos sentiam pelos comandantes italianos se estendia por toda a cadeia de comando até o próprio Mussolini. Os britânicos logo entenderam que os exércitos italianos estavam sendo sacrificados por um homem arrogante e estúpido, que começou a ser chamado por eles de "ditador de pequeno calibre", fantoche de Hitler. Mesmo agora, os prisioneiros italianos contavam histórias de como Mussolini lhes havia assegurado que a conquista do norte da África seria apenas o primeiro capítulo do nascimento de um novo Império Romano. Mas os prisioneiros que Atkins vira pouco se importavam com qualquer herança gloriosa e pareciam ter pouco apreço pelo próprio Mussolini. Com os oficiais a história era diferente. Eles haviam marchado para os acampamentos britânicos protestando durante todo o caminho, ultrajados por terem sido capturados, insultados com a derrota, inconscientes da inépcia catastrófica que havia matado tantos de seus corajosos soldados.

A Sétima Blindada foi parte importante da ofensiva que empurrara os italianos através de metade da Líbia. Perto de Bengazi, os Ratos do Deserto emergiram de seus tanques com uma aura da vitória, e muitos falavam de um fim rápido para a guerra.

E então chegou Rommel.

Os Ratos do Deserto conheciam pouco sobre o novo comandante alemão, mas, nas batalhas que se seguiram, souberam que ele havia trazido as armas e os blindados mais modernos que existiam em qualquer teatro de guerra. Os italianos que sobreviveram estavam agora lado a lado com um aliado que só tinha conhecido vitórias, que havia esmagado os franceses e os próprios britânicos. O sargento Atkins e os outros comandantes de tanques logo entenderam que seu querido duas libras estava definitivamente ultrapassado. Se o A9 quisesse ser bem-sucedido, teria de ficar a pouca distância e atacar pelo lado, disparando contra o flanco, mais fino e fraco, do blindado alemão. De outra forma, seria necessário sorte para atingir abaixo da torre de tiro para surtir algum efeito. Para muitos, as armas maiores dos tanques alemães, combinadas com os 88 escondidos atrás dos blindados, pareciam tornar Rommel praticamente impossível de deter.

A Sétima tinha sofrido tanto quanto as outras, mas seu moral havia sido mais atingido, pois perdera seu estimado comandante. O general Jock Campbell trouxe vida à Sétima Blindada, mas estava morto; não em combate, mas, por uma ironia cruel, num acidente em que seu carro havia capotado numa reta erma de uma estrada do deserto. Campbell havia influenciado não apenas seus homens, mas também o alto-comando britânico, convencendo-os da importância do ataque maciço e cuidadosamente coordenado dos blindados, o mesmo tipo de tática que o exército de Hitler havia usado na França. A Sétima tinha orgulho de ser reconhecida como a força que lideraria esse tipo de ataque, agora chamado de "colunas de Jock". Embora as melhores máquinas pudessem ser as dos alemães, Campbell havia instilado em seus Ratos do Deserto a confiança de que nenhum exército tinha melhores soldados.

A ESCURIDÃO PÔS FIM AO COMBATE.

Eles se encolheram ao lado do tanque, debaixo de um abrigo de lona fina que haviam desenrolado a partir da parte de trás da torre de tiro. A lona cobria parcialmente o próprio tanque, uma tentativa de camuflagem, escondendo homens e máquina. Estavam imundos e exaustos, e remexiam devagar as latas de ração, sua primeira alimentação do dia.

Simmons despejou uma caneca de gasolina num pequeno buraco redondo na terra, o fogo rodeado por um círculo de pedras, de largura suficiente apenas para apoiar uma vasilha de água. Pelo menos teriam chá.

Ninguém falava. Atkins examinou as bordas da tenda de lona, esticou o braço e empurrou um lado para longe da esteira do tanque. Agia com cuidado, nenhuma luz podia aparecer, nada que servisse de alvo para um atirador. Em algum lugar à volta, por todos os lados, homens faziam como eles, achavam tempo para comer, talvez dormir, tomar um pouco de chá. Os alemães também estavam lá, em todas as direções, dois exércitos perdidos na mesma extensão de deserto, tanques e veículos blindados espalhados, alguns em pequenos grupos, outros sozinhos, todos sabendo que, na escuridão, *lá fora*, o inimigo estava por perto.

O tanque ainda estava quente, mas o ar já estava frio, ficaria ainda mais frio, e os soldados haviam se enrolado em casacos ásperos de pele de carneiro, tirados de cantos escondidos dentro do tanque.

A rotina no fim do dia era reunir os esquadrões de tanques em acampamentos, cobrindo com lonas os tanques estacionados em filas irregulares. Nessa parte do deserto, os britânicos tiravam partido de qualquer cobertura que pudessem encontrar, moitas de arbustos espinhentos que se somariam à camuflagem dos veículos. Se os alemães enviassem uma patrulha para espionar, qualquer dos lados poderia disparar sinais luminosos, e o deserto negro subitamente explodiria em luz, revelando as silhuetas dos tanques por um breve momento, tempo suficiente para um observador da artilharia direcionar bem um obus. Mas, com os perfis dos tanques misturando-se aos arbustos, não haveria tempo para os exploradores inimigos escolherem um alvo. Isso era a rotina. Mas hoje nada havia sido rotina. Os combates haviam acontecido em toda a frente, em toda a extensão para o norte até a grande escarpa que separava o mar desse platô de deserto. E os britânicos tinham levado o golpe mais pesado, com a sólida onda de blindados de Rommel fluindo diretamente através e em torno das unidades britânicas. A confusão e a destruição violenta haviam forçado muitos tanques britânicos para trás, motoristas em pânico procurando às cegas a segurança do apoio da artilharia à retaguarda. Mas muitos não conseguiram chegar tão longe, foram isolados, feitos em pedaços pelo avanço rápido de Rommel. Era o grande talento alemão evitar um combate frontal, varrer o flanco dos blindados britânicos. A tática era óbvia para os soldados dos tanques, no entanto, de algum modo, o comando britânico era frequentemente apanhado de surpresa pelos rápidos ataques em círculo de Rommel. Hoje, o golpe havia sido preciso e aterrorizante, e, ao longo de toda a posição britânica, esquadrões de tanques haviam sido destruídos, alguns dos destroços das máquinas estando ainda visíveis, espalhados pelo deserto, pequenas partículas em chamas.

Atkins esperou Simmons despejar a água fervente, olhou para a caneca que tinha nas mãos contendo o restante de seu estoque especial de chá. Sabia que em algum lugar a leste os caminhões com comida e água esperavam, soldados ansiosos se perguntando se os esquadrões de tanques que eles alimentavam haviam sobrevivido àquele dia. Sim, nós estamos vivos, ele pensou. Não tenho ideia de onde estamos e o que há entre nós e toda aquela comida quente. E água. E gasolina.

— Quanta gasolina ainda temos?

Simmons olhou para ele, disse: — Uma hora. Talvez uns quinze minutos mais que isso. Não o bastante para ficar de brincadeira.

— Quantos obuses?

Moxley também segurava sua caneca de metal, olhando para o pequeno fogo que ia se extinguindo. — Talvez... vinte e cinco. Trinta.

Atkins assentiu, e Batchelor, o municiador, disse: — Quatro caixas para as Vickers.

Quatro caixas. Fogo suficiente de metralhadora para quê? Talvez uma hora de combate? E depois? Será que hoje o maldito Rommel chegou até nossos depósitos de munição também? Mexeu a água da caneca, sabia que o estavam olhando, mediriam o próprio desespero pela reação dele. Assentiu, tentou parecer tão positivo quanto possível.

— É o bastante. Deve nos tirar desta confusão. Temos pelo menos meia dúzia de tanques ao sul. Podemos nos agrupar logo que o dia amanhecer, ir para o leste.

Sabia que eles entenderiam a palavra *leste*. Retirada. Não, mais que retirada. Dar o fora dali de qualquer jeito. Pensou nas grandes tendas, os soldados com os mapas. Diabos, vocês não sabem mais do que nós onde estamos. Mas certamente é melhor que vocês saibam que tipo de golpe nós sofremos hoje.

Simmons empurrou terra no buraco de fogo, extinguindo o último lampejo de luz. Eles ficaram sentados em total escuridão, seus olhos tentando encontrar alguma aparição momentânea a que se ajustar.

Simmons disse: — Senhor, tomamos uma boa surra hoje, hein?

— Não foi nada bonito.

— Eu vi o capitão Digby cozinhando. Parece que um 88 o acertou.

— Você não sabe.

Simmons ficou em silêncio durante um momento. — Eu o vi cozinhando, senhor. Ninguém saiu.

Cozinhando.

Atkins bebeu um gole do chá. Diabo de descrição estranha. Também tinha visto a explosão, mas não teve tempo de pensar no assunto, só viu de relance a bandeira de comando de Digby. Nunca gostei daquele cara. Mas... não era o que eu tinha em mente.

Houve uma rajada de tiros de metralhadora, e Atkins afastou a lona, viu vestígios de balas traçantes fazendo curvas na direção norte. Então outra, um risco nítido de luz branca, depois vermelha, a resposta. Grandes tolos. Atirando em fantasmas. Probabilidade igual de matar os companheiros.

— Fiquem parados, caras. Uma porção de dedos coçando. Talvez feridos, atirando só para mostrar como estão zangados. Não há alvos até de manhã.

Simmons disse: — O senhor acha que eles querem Tobruk novamente?

— Diabos se eu sei. Isso fica a 60 quilômetros daqui. Acho. Rommel nos atacou pelo sul. Poderia ter atacado pelo norte também. Tobruk não é problema nosso.

Fez-se um longo momento de silêncio, Atkins mexeu na lona novamente, jogou-a para trás, o ar frio deslizou sobre eles. Ninguém reclamou, os soldados apenas se juntaram mais, puxando seus casacos. Esgueirou-se para fora do tecido pesado, podia divisar as formas escuras dos tanques, caminhões a distância, silhuetas tênues à luz de uma lua crescente baixa. Ainda havia chamas, mais fracas agora, distantes, mas a maior parte dos vultos queimados estava fria e silenciosa. Olhou para cima, fixou o vasto céu aberto, um milhão de luzes faiscando, a noite clara e perfeita. Olhou as estrelas por um bom tempo, sentiu frio dentro do casaco. Percebeu então como estava realmente cansado, como cada parte sua doía. Olhou para o interior da caverna escura de lona, pensou, é melhor dormir um pouco. Amanhã, se tivermos sorte, podemos dar o fora daqui e nos reagrupar, esperar que aqueles malditos generais resolvam o que devemos fazer agora. Mas não tivemos sorte hoje. Hoje, Rommel nos deu um pontapé na bunda.

2. ROMMEL

DESERTO DA LÍBIA
29 DE MAIO DE 1942

E LE ESTAVA NA FRENTE DE NOVO, SEU CAMINHÃO DE COMANDO sacolejando no meio da tempestade de areia e escombros. As divisões de panzers haviam atordoado os britânicos durante a maior parte do combate, mas este nem de longe estava decidido.

O veículo de comando de Rommel era um "Mamute" britânico, um enorme brutamontes que se movia pesadamente, capturado em um dos muitos combates do ano anterior. Rommel ficava no alto, acima de todos, sentado no metal duro com os pés pendurados para dentro de uma escotilha aberta. O motorista sabia como manobrar o enorme veículo no meio da poeira, pois Rommel não ficava satisfeito se não pudesse ver tudo com os próprios olhos, tanque contra tanque, e se isso não significasse comandar o combate nas linhas de frente, então era para lá que ele ia.

O veículo era um centro de comunicações com tripulação e equipamentos projetados para manter algum controle sobre a batalha ao redor de Rommel. Mas os rádios só traziam confusão, mensagens cifradas que podiam demorar longos minutos para ser decodificadas; ou pior, vozes falando abertamente, sem código, homens em pânico cujos comunicados eram uma perda de tempo, uma vez que o inimigo podia ouvi-los também. As decisões de Rommel se baseavam no que ele via e não no que ouvia, e ele não confiaria num comandante de tanque coberto de sangue para orientar o combate através do buraco cego de seu tanque. Com tantos tanques e transportadores de armas blindados girando em torno uns dos outros, um homem cuja sobrevivência dependia do perfeito controle de uma arma tinha coisa melhor a fazer.

Rommel tinha ouvido todas as discretas reclamações de seu estado-maior, apelos bem-intencionados para que ficasse parado, longe do pior da luta sangrenta. Sabiam que não deviam pressioná-lo demais, e ele tolerava a pressão dos assessores mais graduados, homens que respeitava, como Westphal, um oficial bom e leal que fazia o seu trabalho. No meio de uma grande batalha de tanques, o trabalho do estado-maior era a coordenação a partir da retaguarda, mantendo a chegada dos suprimentos e alimentando aquele maravilhoso exército.

As duas divisões de blindados pesados do Afrika Korps eram apenas uma parte da força total que Rommel comandava, que incluía outras unidades alemãs, motorizadas e de infantaria, cuja mobilidade e poder de fogo haviam em geral sobrepujado os britânicos. No campo de batalha, também comandava os italianos, tanto os blindados quanto a infantaria, soldados que haviam experimentado muitas derrotas. Mas tentava demonstrar respeito pelos italianos, sabia que um combatente não devia ser julgado por seu uniforme, mas pela forma como encarava o inimigo. Seu respeito pelos soldados italianos da linha de frente os havia motivado: aquele alemão calejado esperava que lutassem. Os italianos retribuíam, dedicando mais respeito a Rommel do que jamais haviam dedicado a seus próprios oficiais. Mas os oficiais continuavam a ouvir seus comandantes no papel, homens designados por Roma, a quem haviam informado que eram superiores de Rommel, ou, ilusão ainda maior, que Rommel os obedeceria. Ele conhecia seu lugar na cadeia de comando, entendia a obediência como qualquer bom soldado. Mas havia presenciado muitas vezes a arrogância, a mesquinharia dos italianos, a autoridade pomposa exercida por oficiais imprestáveis que não entendiam nada de estratégia e tática. Os italianos ficaram desconcertados, humilhados, preferiram não entender por que Mussolini havia permitido que os alemães viessem para o norte da África. Pelo que Rommel sabia, até Mussolini sentiu-se humilhado, embora ninguém percebesse resquício disso em suas absurdas declarações.

No início, Rommel realmente havia gostado de Mussolini, o homem a quem os italianos chamavam de *Duce*. Havia sido atraído pelo charme agressivo de Mussolini, e mais ainda por sua habilidade em fazer suas bravatas se tornarem realidade. Era a vantagem de ser um ditador. Por mais que seus pronunciamentos fossem bombásticos, sugeria apenas as estratégias que tinha poder absoluto para levar adiante. Dessa forma, podia manter uma aura de infalibilidade. Mas Rommel logo havia descoberto que o aliado da Alemanha era tudo, menos infalível. O *Duce* faria tudo para manter as aparências, fizessem ou não sentido no campo de batalha.

Mesmo antes de Rommel chegar à África, o sucesso esmagador de Hitler no norte da Europa havia colocado Mussolini em segundo plano. Era uma forma de humilhação que o ditador italiano simplesmente não aceitaria. Por isso, trataria de produzir seu espetáculo glorioso. No fim de 1940, Mussolini tomou a espantosa decisão de invadir a Grécia, sem nem ao menos consultar Hitler. Ficou claro para todos que o *Duce* estava tentando um *Blitzkrieg* próprio, um ataque-relâmpago para vencer um inimigo inferior, mais para impressionar Hitler do que para conquistar algo de valor estratégico. Mas o grande plano de Mussolini falhou dramaticamente. A Grécia não era fraca e fácil de sobrepujar. Os invasores italianos sofreram severas baixas e foram rechaçados. O recado para os alemães foi claro. Apesar de toda a estimulante oratória de Mussolini, seu exército poderia não estar tão motivado quanto seu líder havia prometido. A lição não passou despercebida a Rommel. As ambições de Mussolini para o norte da África tinham pouco a ver com a realidade do que era necessário lá, especialmente no que dizia respeito a enfrentar um exército britânico que estava constantemente reforçando e aperfeiçoando seu equipamento. Apesar da exortação de Roma, na realidade o serviço italiano de suprimento pouco fazia para ajudar sua causa. A marinha parecia muito mais interessada em preservar os navios para a posteridade do que em expô-los, transportando cargas essenciais através do Mediterrâneo. Rommel havia lutado para assegurar não somente um número adequado de soldados e blindados, mas também a comida e o combustível indispensáveis para sustentar seu exército em campo. Choviam promessas de Roma sobre ele, mas a cada dia chegavam menos navios em cumprimento às promessas. Nesse meio-tempo, Mussolini falava alto e bom som sobre sua corajosa campanha para garantir a África como parte do novo Império Romano.

R OMMEL PASSOU PELA RUÍNA FUMEGANTE DE UM CARRO EXPLORAdor britânico, ignorou as formas negras ainda sentadas atrás do para-brisa estilhaçado. A maior parte de seus tanques havia se movimentado na direção norte, em rápida perseguição à desordenada retirada britânica. Tossiu por causa da fumaça, ajustou os óculos de proteção, gritou para dentro do Mamute: — Em frente! Siga a poeira. Não podemos perder contato.

O Mamute continuou a se movimentar, ganhando velocidade, saltando sobre as pedras, desviando dos escombros negros. Rommel agarrou a escotilha com uma das mãos enluvadas, levantou o binóculo com a outra, mas não havia nada para se ver, a fumaça e a poeira bloqueavam qualquer sinal da luta. Ainda podia ouvir as batidas da artilharia, sabia pelo ruído que eram os 88 fazendo um bom trabalho. Mas não havia tantas agora, o fogo da artilharia começava a rarear.

— Pare! Pare agora!

O Mamute se arrastou até parar, e ele examinou o horizonte poeirento. Ainda nada à vista. Baixou o binóculo, apertou-o fortemente com as mãos, podia ouvir combates dispersos em todas as direções, até atrás dele, coisa a que havia se acostumado agora. Mas os sons eram muito raros, muito esparsos.

— Mande um recado para Crüwell. Quero que levante voo. Se seus tanques não estão atirando é porque ele perdeu contato. Precisa encontrar o inimigo antes que escape.

O operador de rádio foi executar a ordem, e Rommel ainda perscrutou o norte. Sim, general, entre em seu avião e encontre-os. É por isso que não ficamos sentados nas tendas.

Ludwig Crüwell, o comandante das divisões de panzers, era um homem em quem Rommel passara a confiar. Tinha a mente rápida e concordava com Rommel que liderança não era para ser exercida da retaguarda. A maior parte dos comandantes graduados tinha pequenos aviões, Rommel inclusive. Eram geralmente Storches, aviões estreitos de dois lugares que podiam levantar voo praticamente em qualquer pequena extensão de terreno plano, e o deserto nada mais era que terreno plano. Crüwell tinha se adaptado bem ao hábito de Rommel de ver uma batalha do ar, embora, ao contrário de Rommel, Crüwell usasse um piloto. Rommel havia aprendido há muito tempo que um piloto era um homem a mais, um *detalhe* a mais com que se preocupar. A forma mais eficaz de se movimentar com um avião era você mesmo pilotar.

— Senhor, o general Crüwell acusa o recebimento de sua ordem. Ele fará o reconhecimento do inimigo imediatamente.

Rommel olhou para a frente; não precisava ter de lhe dizer isso, pensou. Quando suas armas se calam, general, ou você matou todos os inimigos ou eles já fugiram. Não acredito que os britânicos se deixaram dizimar.

A poeira ainda passava por ele, trazida por uma brisa leve e quente. Cuspiu a poeira, puxou o cachecol para cobrir a boca, procurou algum movimento, algum sinal de seus blindados. Ou de quaisquer outros. Sentia a frustração familiar, a cegueira. Para onde foram? Virou-se, olhou mais para o leste, pensou nos britânicos. Vocês ainda estão aí. Não fugiram simplesmente, como gazelas. E eu ainda não acabei meu assunto com vocês.

O ar acima dele foi rasgado por um silvo alto, o som diminuiu, o obus caiu bem longe, a oeste. Riu, disse em voz alta: — Vocês leram meu pensamento, hein? Não gostaram do insulto?

Outro obus passou como um relâmpago acima de sua cabeça, e ele pôde ver a linha fina e branca, o rastro que desaparecia rapidamente. Grande, pensou. Atirando em nada. Um atestado do próprio medo. Então outro obus veio de trás, o rastro mais vermelho, o silvo indo na direção oposta, emudecendo depressa. Esperou, ouviu um leve estouro de trovão a leste. Então sorriu, olhou novamente para cima, esperou pelo próximo. Veio segundos depois, seguido por mais dois. Os projéteis descreviam arcos acima dele, e ele ignorou as vozes nervosas dentro do Mamute, já havia ouvido tudo aquilo antes, a preocupação de que deveriam se movimentar, tirar Rommel da área de perigo. Por quê? Não estão atirando em nós. Estamos no lugar perfeito, exatamente no meio deles. Um duelo, e nós somos a plateia. Sentia-se estranhamente excitado, não pensava nas armas nem nos homens que as manejavam. Pensava, ao contrário, nos observadores, ao longe, em algum lugar à frente, talvez perto, bem ali ao redor, escondidos atrás de um monte baixo de pedras. Esse é o jogo de xadrez, a *diversão*, esperar, vigiar até o inimigo cometer um erro, um atirador inimigo descuidar-se e revelar sua posição. Imaginou-se em alguma moita espinhenta, olhando por sobre as pedras. Sim, lá, o clarão, o breve penacho de fumaça. Eu o vejo, idiota. Reclinou-se ligeiramente, colocou as mãos atrás de si, as luvas protegendo-o do calor escaldante da cobertura do Mamute, sorriu. Então, agora você sabe onde eles estão e, então, dá o sinal para a bateria. O poder é seu, guiado por sua mão. Primeiro um obus, para avaliar o alcance, depois ajustar, mais perto, mais longe, para um lado ou para o outro. E não há escapatória para o inimigo. Ele sabe o que fez, sabe que cometeu um erro fatal e que, em segundos, isso será o fim dele, de sua arma, de toda a sua equipe. E o observador... ele verá isso acontecer. É um momento perfeito.

Esperou mais um minuto, depois mais dois. Mas as armas estavam silenciosas, e ele olhou para trás, para oeste, para onde devia estar a sua artilharia, sabia que estava terminado. Foi nosso. O último tiro do duelo. Sim, bom trabalho. Quem quer que você seja, gostaria de apertar-lhe a mão.

O MAMUTE DIMINUIU DE VELOCIDADE, A POEIRA SUBIU EM ONDAS, cobrindo o pequeno mar de tendas num nevoeiro sufocante. Rommel desceu rapidamente, viu oficiais se reunindo, ficou surpreso ao avistar Kesselring.

— Marechal de campo, eu não esperava vê-lo. Vim receber o relatório do general Crüwell.

— Venha, vamos andar um pouco.

A responsabilidade prioritária de Albert Kesselring era a Luftwaffe, a força aérea alemã, que patrulhava todo o Mediterrâneo. Ele prestava contas a Hermann Göring, que controlava todas as forças aéreas de Hitler. Mas Kesselring tinha patente mais alta que Rommel e estava nominalmente no comando de todo o teatro de guerra meridional, e, portanto, as decisões de Rommel estavam sujeitas à aprovação de Kesselring. Rommel não gostava muito do homem, e suspeitava que o sentimento fosse mútuo, mas, por necessidade, tinham formado uma boa relação de trabalho. Kesselring era bem mais diplomático e, desse modo, tanto em Roma quanto no norte da África, podia lidar mais gentil e eficazmente com os italianos, os quais continuavam a acreditar que estavam conduzindo o espetáculo. A constante solicitação de Rommel por suprimentos o havia tornado uma voz indesejável em Roma e, cada vez mais, em Berlim. Kesselring era muito bem-visto por Hitler e podia suavizar os ataques imprudentes de Rommel contra generais de gabinete e oficiais do estado-maior incompetentes.

Os dois homens se afastaram das tendas poeirentas, e Rommel, sentindo-se impaciente, disse: — Eu não preciso ouvir más notícias logo agora. Não está ouvindo o combate?

Kesselring parou, e Rommel percebeu que não poderia evitar que o homem lhe falasse sobre mais uma calamidade em Roma, sobre alguma nova razão para que a gasolina não pudesse ser enviada.

Kesselring disse: — Eu o incomodarei de qualquer modo. O general Crüwell foi atingido. Recebemos a notícia de que seu Storch pegou fogo e de que ele aterrissou no meio dos britânicos. Não sabemos se está morto e, naturalmente, há a esperança de que ele tenha sido apenas capturado.

— Há quanto tempo?

— Há uma hora. Eu recebi a notícia no meu quartel-general e voei para cá o mais rápido possível. Tentamos... — Kesselring parou, e Rommel sabia o que viria a seguir. — Não sabíamos onde você estava. O coronel Westphal disse que você estava em algum lugar na frente.

— Estou aqui agora. Sabemos a posição inimiga?

Um ronco baixo de trovão irrompeu a leste, para além do terreno plano. Os dois homens se viraram, e Kesselring disse: — Pelo que posso avaliar, o inimigo está defendendo várias posições-chave. Infligimos muitas baixas em seus blindados, mas não os derrotamos. O que pretende fazer?

Rommel olhou para o homem, o rosto cordial, a cabeça calva escondida pelo característico quepe de copa branca da Luftwaffe. A forma de sua boca fazia com que parecesse estar sorrindo, embora Kesselring fosse em geral bastante sério, e certamente estava sério agora. Rommel apontou em direção ao som do tiroteio.

— Pretendo descobrir por que não ouvimos mais disso.

Ele viu as palavras se formando, Kesselring preparando o mesmo protesto cansado. Mas Kesselring não continuou, deu um passo atrás, inclinou um pouco a cabeça.

— Vá. Não deixe que eu o atrapalhe. Esse é um combate seu. Devo notificar Berlim sobre o general Crüwell.

— Isso pode esperar um minuto? Preciso que você faça uma coisa mais importante. Venha.

Rommel levou Kesselring para a tenda maior, onde o estado-maior de Crüwell se reunia. Dirigiu-se a uma pequena mesa, mapas abertos, papéis sobrepostos. Estudou um deles, olhou para fora, escutou, estrondos abafados chegavam até eles novamente. Olhou para Kesselring, disse: — Com a ausência de Crüwell, o oficial mais graduado deste setor é italiano. Eu preferirira... os panzers precisam de um alemão para comandá-los. Preciso que você assuma esta posição, comande esta ala do ataque. Coordene os batalhões de tanques. Descubra onde o inimigo está bem-defendido e leve o combate para o entorno dessas posições.

Houve um murmúrio baixo na tenda, os oficiais do estado-maior subitamente desconfortáveis com o pedido de Rommel. Rommel os ignorou, viu a surpresa no rosto de Kesselring.

— Albert, esta batalha ainda não foi decidida. Eu não posso administrar toda esta tarefa, você mesmo me disse isso muitas vezes. A ausência do general Crüwell nos coloca em desvantagem. Eu preciso de um oficial superior para assumir o comando deste setor. Enquanto conversamos, o inimigo está fugindo ou reagrupando seus blindados. Também é provável que tenha sido severamente atingido e por isso deva ser destruído.

Kesselring examinou os rostos ao redor, disse: — Muito bem, general, estou sob seu comando. Eu compreendo minhas, hã... ordens. Posso perguntar onde poderei encontrá-lo?

Rommel foi rapidamente para o Mamute, o motor arrotando fumaça, a tripulação subindo antes dele.

— Saberei onde devo estar quando chegar lá. Tenho que tratar da rota de abastecimento para esta frente. Sem caminhões de combustível, não travaremos combate algum, e, neste momento, é provável que o inimigo ainda tenha tropas entre nossos depósitos de suprimentos e nossa posição aqui. De qualquer modo, a prioridade *nesta* linha é encontrar o inimigo e combatê-lo onde quer que esteja.

Rommel reassumiu seu posto no alto do Mamute, o veículo afastou-se lentamente, uma nuvem de poeira levantou-se envolvendo Kesselring e os homens que o viam partir.

OS CAMINHÕES DE ABASTECIMENTO CONSEGUIRAM PASSAR COM A ajuda do próprio Rommel, que chefiou o comboio até chegar às tripulações dos tanques, desesperadamente cansadas. Os britânicos haviam se retirado mais para dentro de suas defesas, e Rommel podia intuir a indecisão, a pausa, enquanto o comando britânico tentava se organizar. Tornara-se uma característica particular desse inimigo, qualquer que fosse a gravidade da crise, pesar e avaliar, discutir e deliberar. Era uma forma grotesca e ineficaz de conduzir um exército, especialmente no meio de um combate. Independentemente do combustível e das provisões e do número de tanques, Rommel estava convencido de que a maior fraqueza do inimigo era a cabeça do comandante britânico.

O Mamute desceu para um leito de rio largo e raso, que os árabes chamavam de uádi. Rommel ordenou uma parada, podia ver fumaça agora, riscos de fogo ascendentes. Kesselring estava fazendo o seu trabalho, em terra e com a Luftwaffe. Bombardeiros de mergulho desciam do céu, alvejando posições britânicas com precisão milimétrica. Ele amava o som dos Junkers, o silvo puro e aterrorizante dos aviões de asas de gaivota a mergulharem diretamente sobre os alvos. Os aviões tinham sirenes presas nas asas, uma ideia engenhosa que alguém teve para aterrorizar as vítimas, fazendo com que soubessem que, quando ouvissem aquele som horrível, a morte estava próxima, bem diante delas.

Ficou de pé na cobertura do Mamute, ouviu o tagarelar do rádio subindo até ele, rostos voltados para cima. Podia ver o que eles viam, na margem mais distante do uádi: tanques alemães se retirando, movendo-se em sua direção. Caminhões blindados e semitratores correndo entre eles, todos se movimentando em direção ao largo leito do rio. Havia trilhas demarcadas, os melhores lugares para se atravessar, e os tanques começaram a andar juntos, descendo pelas margens densas, de areia, atravessando rapidamente o leito e depois subindo a margem mais próxima. Rommel levantou o binóculo, olhou o horizonte, a poeira denunciadora subindo, a perseguição de um inimigo que acreditava que os alemães estavam em completa retirada. Ele sorriu. Sim, pensou, venham para a minha festa.

Vindos de trás dele, outros veículos se movimentavam para diante, e rapidamente o uádi se encheu de caminhões, transportadores de armas, descendo com facilidade para a areia seca, virando-se, posicionando os canhões. Rommel amava os 88, a melhor arma que possuía, os canos longos agora colocados na borda da margem do rio, apontando para o inimigo, inimigo que, induzido a acreditar que os alemães haviam batido em retirada, havia mordido a isca.

A nuvem de poeira à sua frente começou a tomar forma, tanques aparecendo, mais carros blindados rápidos, transportadores de metralhadoras, ansiosos por combater, convencidos de que os alemães estavam fugindo. Ele fixou a vista, divisou os veículos maiores, uma forma diferente, o canhão, curto e grosso, posicionado num dos lados. Eram os novos Grants, os tanques de fabricação americana, reputados como sendo iguais a qualquer coisa que os alemães tivessem. Bem, veremos. Seu coração estava disparado, e ele avaliava a distância, mais de um quilômetro talvez, não era necessário esperar mais. As ordens passaram pelas equipes das armas, e o leito do rio irrompeu em explosões de fogo e rugidos de trovão. Por toda a margem do rio, os 88 cuspiam seu fogo mortífero na direção do inimigo. Rommel olhou pelo binóculo e pôde ver os primeiros impactos, explosões de fumaça negra, lençóis de fogo. A poeira do inimigo havia se transformado em fumaça, a coluna britânica se desfazendo, a formação se dissolvendo, homens e máquinas correndo desordenadamente para escapar da emboscada. Alguns começaram a responder ao fogo, e o terreno de ambos os lados do leito do rio explodiu em terra e pedras soltas. Mas os projéteis não tinham alvos, eram mal direcionados pelos atiradores britânicos que agora sabiam o que o inimigo havia feito. De suas posições baixas, os 88 escondidos continuavam a lançar fogo impiedosamente contra o batalhão britânico em desintegração. Rommel baixou o olhar para os rostos que o espiavam, esperando sua ordem.

— Mande-os para combate! Em frente, contornem pela direita! A toda velocidade!

De trás dele veio um novo som, os tanques alemães voltando, entrando no uádi, depois subindo, deslocando-se rapidamente em direção à densa névoa de fumaça negra. Os panzers colocavam-se em formação de ataque, alguns indo para o flanco direito da linha britânica, outros diretamente para a poeira e a fumaça. Com suas próprias máquinas bloqueando sua linha de fogo, as equipes das armas no leito do rio começaram a se reunir, os veículos se movimentando para fixar suas armas. O combate trovejava por todo o terreno visível à sua frente, tanques alemães e britânicos mergulhados num caos mortífero. Mas o choque foi total, e o inimigo, derrotado. Rommel sabia disso sem olhar o que acontecia à sua frente. Sentou-se, gritou a ordem para avançar, e o enorme veículo arrancou, deslocou-se para cima e subiu a margem fofa do rio. Atrás dele, os 88 se movimentavam também, os artilheiros se preparando para seguir os tanques. Não, nós não nos precipitamos contra as suas armas. Nós os convidamos a se lançarem em direção às nossas.

A manobra havia sido aperfeiçoada por todo o norte da África, os tanques lançando a isca e atraindo o inimigo para adiante, enquanto as armas de grande porte esperavam escondidas. Os 88 faziam seu trabalho, e os tanques disparavam novamente para a frente, limpando a área. Eles repetiriam a tática vezes seguidas, o jogo elementar de Rommel do pulo do sapo.

O S NOMES DOS POVOADOS E DOS OÁSIS ERAM PARECIDOS AOS DE tantos outros espalhados por toda aquela região do enorme continente: Sidi Muftah, Bir el Hamat, Acroma, El Adem. Muitas vezes os povoados não eram propriamente povoados, mas uma cabana ou algumas tendas rasgadas localizadas ao redor de um buraco profundo na terra, um lugar em que se podia encontrar a água abençoada, às vezes um conjunto de árvores separando o precioso poço da desolação em torno. Tinha sido assim por toda a Líbia, nomes sem significado, pontos de referência quase invisíveis que um motorista de tanque ignorava ao passar. Não havia parada para encher cantis, nenhuma admiração diante de pedaços esparsos de arquitetura antiga, uma ruína romana ocasional. A região era agora apenas um campo de batalha, um palco para centenas de tanques e transportes de tropas, metralhadoras móveis e semitratores. A infantaria também estava ali, enxames de soldados sofrendo na névoa de poeira que era sua única proteção, procurando um inimigo itinerante ou blindado ou simplesmente metido em trincheiras estreitas no chão duro.

No norte, Rommel havia posicionado os italianos, a infantaria e transportes de tropas móveis, carros blindados e seus tanques obsoletos, pressionando para o leste ao longo da estrada costeira, para forçar o flanco britânico,

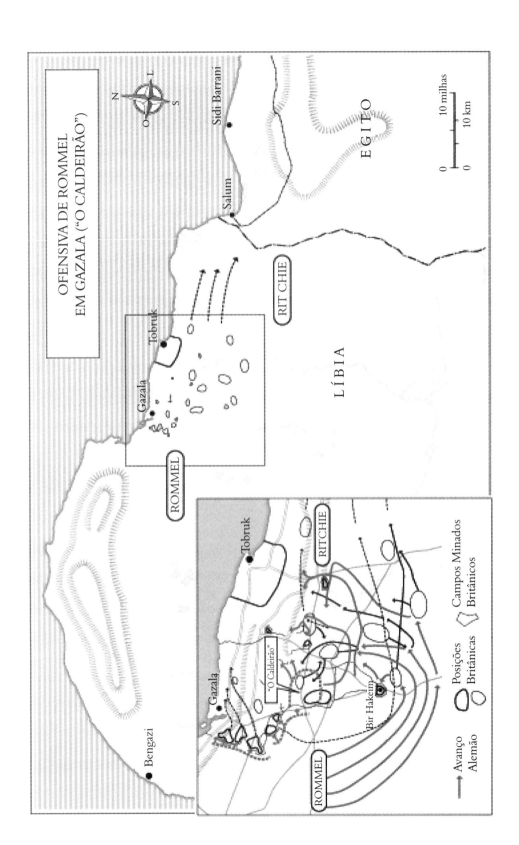

atraindo força militar britânica preciosa da luta no centro. Lá, e no sul, Kesselring, Rommel e os blindados alemães pressionavam e aguilhoavam, tirando todas as vantagens das táticas indecisas dos britânicos. Mas não era uma luta de um lado só, uma vitória fácil. Durante dias, os britânicos mantiveram com firmeza o que eles chamavam de a Linha de Gazala, uma sólida posição defensiva que se estendia do mar, ao norte, por uma grande extensão para o sul ao longo de uma série de campos minados, postos avançados e áreas fortificadas. Desde o primeiro dia do ataque, Rommel havia furado e flanqueado a linha, mas, mesmo assim, os britânicos se agarraram a suas posições fortes e, dessa forma, com o passar dos dias, os dois lados estavam exaustos, um número cada vez maior de veículos e corpos dos soldados que os conduziam no mar de poeira e pedras.

No centro da linha, a luta se dava em qualquer direção, uma confusão total, grandes batalhas e pequenos duelos, tanques combatendo tanques, a infantaria encurralada em meio a tudo isso. O lugar brevemente apareceria nos mapas britânicos. Eles o chamariam de O Caldeirão. Depois de uma longa e desesperadora semana, ambos os lados estavam perdendo energia e equipamentos, mas a tenacidade de Rommel prevaleceu. As posições britânicas começaram a entrar em colapso e, aos poucos, os veículos que ainda podiam se deslocar se dirigiram para o leste, em fuga. Embora Rommel tivesse saído vitorioso, suas divisões de panzers também eram uma sombra do que haviam sido, centenas de veículos quebrados e carbonizados espalhados entre as carcaças das máquinas britânicas. Mas ninguém, nos dois lados, duvidava de que, dessa vez, a vitória pertencia a Rommel. Ao deixarem a Linha de Gazala, os britânicos haviam retirado a proteção de uma cidadela encravada num sólido anel defensivo na costa. A cidade, e seu valioso porto, havia muito chamava a atenção de Rommel. Seu nome era Tobruk.

3. ROMMEL

20 DE JUNHO DE 1942

EM MEADOS DA DÉCADA DE 1930, OS ITALIANOS CHEGARAM A TOBRUK para esculpir mais uma peça do playground de Mussolini. As forças armadas italianas haviam percebido a importância da cidade e sua vulnerabilidade, e, por isso, os engenheiros tinham cercado toda a área com trincheiras, armadilhas para tanques e campos minados. Quando os italianos foram expulsos, os britânicos aperfeiçoaram essas fortificações, tirando vantagem do porto, valioso para ajudar no abastecimento de seu exército no campo de batalha. As principais rotas de abastecimento dos alemães passavam pelo porto de Trípoli, quase 1.500 quilômetros a oeste. Por essa única razão, Tobruk, que estava muito mais próxima das linhas de frente, poderia se tornar um centro inestimável de abastecimento para os soldados e equipamentos alemães. Rommel também sabia que, se Tobruk continuasse como fortaleza britânica, mesmo que ele tivesse sucesso no campo de batalha, os britânicos continuariam a ter uma presença importante na região, um espinho permanente em sua carne. Com a vitória de Rommel no Caldeirão, os britânicos estavam em condição de ser perseguidos, mas qualquer pressão maior para o leste deixaria a fortaleza britânica em Tobruk à sua retaguarda, permitindo que as tropas ali sediadas ameaçassem tanto seus suprimentos quanto seu flanco. Para Rommel, isso era simplesmente inaceitável.

Ele havia estado na mesma situação no ano anterior, mais um capítulo da gangorra de batalhas por toda a Líbia que penderam ora para um, ora para o outro lado. Na primavera de 1941, havia focado a atenção em Tobruk com uma arrogância perigosa, acreditando que nada poderia deter suas forças e que o inimigo simplesmente cederia. Havia errado naquela ocasião, e o resultado foi seu maior fracasso na guerra.

O plano do ano anterior parecia bom no papel, mas fracassou quase imediatamente. Para começar, os italianos não conseguiram fornecer-lhe mapas precisos das fortificações que eles próprios haviam construído, e Rommel teve de imaginar que tipos de obstáculos estariam na rota de seus tanques. Depois, seus ataques não foram coordenados e problemas de abastecimento logo afetaram tanto as forças alemãs quanto as italianas. Inteligência deficiente e má coordenação geralmente arruínam qualquer ataque, mas Rommel defrontou-se com mais uma surpresa, a tenacidade das tropas inimigas, que guarneceram resolutamente suas fortificações, e não estavam ansiosas para abandoná-las como Rommel acreditava.

Qualquer veterano da Grande Guerra ouvira falar dos Anzacs (Australia and New Zealand Army Corps), soldados do exército conjunto da Austrália e Nova Zelândia, homens que se mantiveram confiantes por toda aquela guerra terrível, que haviam lutado com uma impetuosidade que os tornara lendários. Vinte e cinco anos mais tarde, em Tobruk, Rommel enfrentou alguns desses homens, bem como seus filhos. As fortificações que cercavam a cidade foram ocupadas pela Nona Divisão Australiana, sob o comando do general de divisão Sir Leslie Morshead, e os australianos não cederam. O resultado foi um cerco longo e infrutífero que causou baixas que Rommel não podia se permitir. Os britânicos aproveitaram a vantagem e, no fim de 1941, haviam forçado Rommel a voltar para o interior da Líbia.

Mas isso foi naquela ocasião. Dessa vez não haveria fracasso. Dessa vez havia mapas exatos e oficiais em campo que sabiam o que se esperava deles. E o alto-comando britânico havia cometido um erro significativo. Os australianos não estavam mais em Tobruk. Seus substitutos eram sul-africanos, sob o comando do general Hendrik Klopper. Certamente os sul-africanos eram respeitados, e Klopper era um comandante razoavelmente capaz. Mas ninguém acreditava que eles tivessem a fibra dos australianos de Morshead.

Ao amanhecer do dia 20 de junho, os bombardeiros de Kesselring iniciaram o ataque e, dentro de duas horas, Rommel iniciou o tipo de ataque que havia desejado lançar no ano anterior. Em lugar de um avanço diluído em toda a extensão dos quase 50 quilômetros de frente, Rommel fingiu um ataque num setor da linha, depois golpeou com seus blindados as defesas despreparadas numa área em que os sul-africanos quase não possuíam blindados. Os engenheiros alemães rapidamente abriram passagens através das outrora traiçoeiras valas antitanques, e, usando as mesmas táticas de *Blitzkrieg* que haviam subjugado a Polônia e a Europa Ocidental, os tanques de Rommel seguiram em frente de modo firme e cerrado, abrindo brechas nas defesas sul-africanas. Uma vez transpostas, os tanques alemães faziam formações em leque atrás do inimigo, cercando-o e envolvendo-o. Em 24 horas, estava tudo acabado.

22 DE JUNHO DE 1942

Rommel permaneceu algum tempo em Tobruk, permitindo-se o luxo de uma cama. Seu estado-maior estava espalhado e ocupado, coordenando, com os serviços de retaguarda, o tratamento aos prisioneiros e a listagem e distribuição da espantosa quantidade de bens capturados na cidade. Klopper havia se rendido com quase 35 mil soldados, e a vitória alemã acontecera tão rapidamente que os sul-africanos não tiveram tempo de destruir seus valiosos suprimentos. Além de combustível, comida e munição, de importância crítica, os alemães capturaram quase 2 mil veículos de todo tipo, incluindo trinta tanques britânicos em boas condições.

Rommel reuniu-se com Klopper, uma cerimônia breve e formal, o sul-africano preocupado com o tratamento a seus homens. Isso nunca foi uma questão para Rommel, jamais haveria maus-tratos a prisioneiros, mas ele não gastou mais que o tempo necessário na presença do comandante inimigo. Não havia nada a ganhar com humilhação, e Klopper certamente não revelaria os planos britânicos. Além disso, Rommel sabia que seu próprio pessoal da inteligência conhecia mais as intenções britânicas que o único oficial superior que eles haviam deixado em Tobruk.

Ele decidiu dar uma volta rápida pela cidade, foi levado em um novo veículo, um verdadeiro carro de comando, especial para oficiais superiores, mas pouco usual para Rommel. O Mamute fora abandonado temporariamente, mas seus assessores sabiam que deveriam mantê-lo preparado e a postos, que esse breve descanso não seriam férias.

Estavam perto da pequena enseada, e ele ordenou que o carro parasse, saltou, para verificar que navios os britânicos haviam abandonado e quais haviam sido destruídos pelas bombas de Kesselring. Era sempre o preço pela captura de um porto, embarcações inimigas afundadas ou abandonadas por suas tripulações bloqueando os canais, tornando mais difícil para os engenheiros abrir passagem para os navios de suprimentos dos novos donos do porto. Caminhou perto do concreto despedaçado de um píer, pisou sobre os destroços, viu mais ruínas em torno. Se houvera alguma beleza por ali, agora não havia mais. As ruas mal podiam ser consideradas ruas, eram passagens estreitas que serpenteavam por entre crateras de bombas, os destroços e a destruição tendo resultado não apenas dos bombardeiros de Kesselring, mas do cerco do próprio Rommel no ano anterior, de cansativos e prolongados duelos de artilharia que haviam transformado a maior parte daquela cidade portuária em completa ruína.

Sabia que seu exército estava exausto: muitas semanas de deslocamento constante, a dura luta que finalmente lhes dera a vitória. O custo foi alto, em homens e tanques, os números alarmantes. Ele tinha menos de duzentos tanques aproveitáveis, e, mesmo com a preciosa gasolina apreendida em Tobruk, o estoque de combustível estava perigosamente baixo.

Olhou para a baía, viu equipes de trabalho em pequenas barcaças, se esforçando em guindastes para retirar destroços submersos. Podemos utilizar bem este lugar, pensou. Não é tão grande como Trípoli, mas é mais um porto nosso e não deles. Talvez agora Roma possa ser persuadida a nos enviar suprimentos em alguns navios.

— Senhor!

Um segundo carro de comando estacionou junto ao dele, e ele reconheceu o homem grande, enorme para qualquer veículo em que andasse. Era Berndt o homem que se lançava para fora do banco apertado.

Berndt caminhou até ele, todo sorrisos, e Rommel disse: — Você voltou, Alfred. Como estava Berlim?

Berndt parou, fez a saudação formal, sempre um bom espetáculo para os soldados.

— Berlim está comemorando, *Herr* general. O senhor iluminou todas as salas do estado-maior. O *Führer* nunca esteve de melhor humor. Seu nome é falado com grande respeito! E eu trago uma mensagem muito especial. — Berndt parecia se preparar, estufando o peito um pouco mais que de costume. — General Rommel, é uma honra para mim transmitir-lhe os cumprimentos pessoais do *Führer* por sua magnífica vitória. Tenho instruções para notificá-lo de que o *Führer* o promoveu à patente de marechal de campo. A certificação correspondente chegará em breve. Permita-me ser o primeiro, senhor.

Berndt deu um passo atrás, saudou-o e disse: — Marechal de campo Rommel.

Rommel não sabia o que dizer, Berndt parecia esperar um discurso.

— Isto é muito... maravilhoso. Sim, eu estou muito grato.

Houve uma explosão além do píer, os engenheiros detonando alguma obstrução no canal. Rommel instintivamente se virou naquela direção e ficou olhando a fumaça que passava pelos homens dedicados àquela tarefa árdua. Sim, pensou, promoção é uma coisa boa. Lucy ficará orgulhosa. Vou escrever para ela hoje à noite, embora certamente ela já saiba. Em Berlim, sucesso não é segredo.

Berndt estava inquieto, aproximou-se, parecia confuso com a falta de reação de Rommel.

— Será que isto não merece uma comemoração, senhor?

Rommel assentiu devagar. — Sim, suponho que sim. Será bom para os soldados. Eles precisam saber que, longe deste lugar horrível, há alguém prestando atenção em nós.

A<small>LFRED</small> B<small>ERNDT</small> <small>ERA UM OFICIAL DA</small> G<small>ESTAPO ENVIADO À</small> Á<small>FRICA</small> pelo ministro de Propaganda de Hitler, dr. Joseph Goebbels. Berndt não era exatamente um espião, embora, para Rommel, o trabalho dele fosse servir de canal direto entre o seu comando e o círculo mais próximo de Hitler. Houve nervosismo entre alguns assessores de Rommel pela necessidade de ser cuidadosos ao lidar com Berndt. Ele havia chegado à Líbia com certo estardalhaço, parecia ter uma ideia exagerada de sua própria importância. Foi um aborrecimento que Rommel corrigiu rapidamente, e o homem na verdade se adaptou bastante bem, sendo aceito pelo estado-maior como apenas mais uma pessoa com um trabalho a fazer. Se havia um absurdo a perdurar era o de que Berndt tinha, tecnicamente, apenas a patente de tenente. Era uma tentativa ineficaz de esconder a sua influência, uma decisão tomada por alguém em Berlim que, sem dúvida, acreditava que Berndt atrairia menos atenção como oficial menos graduado. Rommel naturalmente não se enganou, logo percebeu que esse homem grande e arrogante não viera à África para ser ignorado. Mas acabou confiando nas intenções de Berndt, acreditando que tudo o que viesse a relatar a Berlim seria preciso e imparcial. Era perfeitamente razoável que Hitler e seus assessores quisessem saber exatamente o que acontecia na África e, ao mesmo tempo, ao se reportar a Goebbels, Berndt passaria o tipo de informação que o ministro da Propaganda considerasse útil. Se esses relatórios eram ou não exatos, não era problema de Rommel. Sabia que não tinha controle algum sobre o que Goebbels colocava nos jornais, ou sobre como ele próprio, Rommel, seria apresentado ao povo alemão. A despeito do desconforto que Rommel havia causado a muitos oficiais "de gabinete" de Hitler, naquele momento ele certamente estava sendo alardeado em toda a Alemanha como um grande herói, o homem da hora. Pelo menos por enquanto seus críticos mais acerbos teriam de ficar calados.

QUARTEL-GENERAL DE ROMMEL, PERTO DE TOBRUK —
22 DE JUNHO DE 1942

A comemoração não foi uma festa, alguns de seus assessores brindaram a ele com uma única garrafa de uísque que haviam conseguido em algum esconderijo não específico em Tobruk. Rommel havia até se permitido tomar um drinque, um acontecimento raro no deserto. Ele acompanhou seu copo de uísque com uma lata de abacaxi da África do Sul. Era todo o luxo que a noite exigia.

Concluída a celebração, os homens voltaram ao trabalho. Ele saiu, o ar estava esfriando, nenhuma brisa, a luz do dia quase desaparecendo. Havia atividade a distância, caminhões e carros blindados, as primeiras patrulhas noturnas saindo, indo para leste, em direção ao inimigo. Era uma rotina incessante, reconhecer, investigar, com o inimigo fazendo o mesmo. As patrulhas muitas vezes se confrontavam, combates breves que quebravam a escuridão com relâmpagos de balas traçantes. Mais frequentemente, porém, as patrulhas passavam umas pelas outras evitando a luta. O combate era um inconveniente para os exploradores, algo que impedia que fizessem seu trabalho. Cada equipe estava patrulhando o deserto com um objetivo, procurando informações sobre algum movimento do inimigo, se alguém estava mudando de posição, somando forças. Antes de o dia raiar, fugiam rapidamente por passagens liberadas em seus próprios campos minados, indo relatar a seus comandantes se o inimigo ameaçava lançar algum ataque ao amanhecer.

Rommel os espiou sair, pensou, não haverá ataque agora, não de nossa parte e certamente não da parte deles. Estamos ambos consumidos, feridos, inúteis de tão desgastados. Os soldados... não, os soldados estão bem. Eles podem descansar agora, ganhar forças. São as máquinas que sofrem, o poder deste exército drenado pela perda de tanto aço. Olhou para oeste, em direção aos portos longínquos de Trípoli e Bengazi, um velho hábito. Tinha cansado de mandar mensagens urgentes pedindo suprimentos, mas ainda as mandava. Os pedidos seguiam a cadeia de comando, normalmente seguiam através de Kesselring, depois subiam a escada mítica da autoridade até o Comando Supremo, em Roma. E lá, ele pensou, meus pedidos urgentes vão para alguma caixa que é empurrada para baixo dos pés de alguém, para servir-lhes de apoio.

Ouviu o som de um motor de avião, lento, nada parecido com os fortes silvos dos Messerschmitts. Viu um Storch descer flutuando como um pequeno pássaro preto, dar um solavanco, diminuir de velocidade, rodar até parar. Equipes de terra movimentaram-se rapidamente, amarraram cordas ao trem de aterrissagem, firmando o avião contra algum súbito vendaval que facilmente o viraria. A porta do avião se abriu e um oficial desceu seguido pelo piloto, e as equipes de terra, rígidas, saudaram-no. Era Kesselring.

Rommel permaneceu parado, esperou Kesselring se aproximar. Era uma pequena demonstração, proposital, um discreto desrespeito. *Qualquer que seja a sua patente, este é o meu território, e o meu exército.* Se você quer me ver, venha até onde *eu* estou. Se Kesselring chegou a notar, não demonstrou sinal algum de aborrecimento. Havia aborrecimento suficiente nas visitas de Kesselring por si mesmas, para ambos. Se ele estava ali, normalmente era porque algo de ruim havia acontecido.

— Boa-noite, Erwin.

— Marechal de campo.

Kesselring riu, surpreendendo Rommel. — Oh, eu me corrijo. Boa-noite, *marechal de campo*.

Rommel ficou subitamente desconcertado, havia passado dos limites, mesmo para ele. — Não, senhor, eu não quis... Eu não o estava corrigindo. Eu me referia ao senhor. Eu lhe fiz um cumprimento.

Kesselring ainda ria, pôs a mão no ombro de Rommel, um gesto raro de familiaridade.

— Humildade. Uma característica rara no Afrika Korps. Não se amole com isto, Erwin. Eu fiz uma brincadeira de mau gosto. Mas parece que você já foi informado sobre sua promoção. Eu tinha a esperança de ser o primeiro a trazer a notícia, mas isso era pouco provável.

— O tenente Berndt voltou de Berlim. Ele trouxe a notícia.

— Berndt. Sim, seu mágico das relações públicas. O homem se desdobra em boas notícias, não é mesmo? E se não houver boas notícias, ele as providencia.

— Ele faz o trabalho dele.

— E muito bem. E o *Führer* o ouve, você sabe. Isso dá a você uma enorme vantagem, se você quiser evitar minhas censuras e fazer com que apenas Berlim saiba de suas reclamações.

Rommel ficou cauteloso, estava desarmado com o bom humor de Kesselring.

— Eu lhe asseguro que não fiz isso.

— Eu sei, Erwin. O *Führer* também me escuta. Podemos andar um pouco?

Rommel não disse nada, acompanhou-o, e Kesselring disse: — O general Bastico está preocupado com as suas intenções. Na verdade, ele está preocupado com muitas outras coisas. Ele não achou engraçado você ter agora uma patente acima da dele. Disseram-me que Mussolini rapidamente o promoverá para manter a autoridade formal sobre você. Eles são muito sensíveis a respeito dessas questões sem importância.

— O general Bastico não é um oficial de combate. *Bombástico*. É assim que os oficiais do estado-maior o chamam.

— Seus oficiais não usariam este termo se você não permitisse.

— Eu permito. Concordo com o termo. Voz alta não faz um soldado. Eu o convidei para uma visita aqui, para inspecionar... o que quer que ache que deva inspecionar. A maior parte do tempo ele simplesmente se recusa a vir, uma desculpa qualquer sobre sua agenda. Mas eu não me engano. Ele não gosta de pisar em lugar próximo à frente.

— Você não pode simplesmente desconsiderá-lo. Ele é o comandante em chefe das forças italianas aqui. Roma fala por intermédio dele.

Rommel ignorou a repreensão, disse: — Prefiro falar sobre o futuro. O senhor sabe qual deve ser nosso próximo movimento. O inimigo está muito avariado. Ele procurará um refúgio seguro, construirá uma poderosa linha de defesa. Devemos atacá-lo antes que isso aconteça. Pretendo acossá-lo. O Cairo está a dez dias de distância.

Kesselring olhou para ele. — Recebi um telegrama de Roma. O Comando Supremo deseja que você não avance para leste além da Linha Capuzzo-Sollum. Eles acham que o risco é enorme.

— Claro que há um risco enorme. Isto é uma guerra. O senhor concorda com eles? Devo simplesmente ficar sentado aqui?

— O Comando Supremo percebe as dificuldades envolvidas no abastecimento deste exército. Não há previsão de quando Tobruk poderá se tornar útil. Os italianos estão muito preocupados com seus suprimentos; eles não serão suficientes se você continuar a estender a rota de abastecimento.

Kesselring parou e, mesmo na luz fraca, Rommel pôde ver a dor no rosto do homem, a frustração de ter de trazer uma mensagem tão absurda. Rommel sentiu a raiva crescer, simplesmente não podia deixar a questão de lado.

— Se estão tão preocupados com a adequação do meu abastecimento, por que não me mandam mais suprimentos? Em vez disso, preferem que fiquemos parados num só lugar para não gastarmos mais gasolina e comida do que é indispensável. Poderíamos ter ficado na Alemanha e o abastecimento não seria absolutamente um problema!

Sua voz havia se alterado, e Kesselring olhava para ele, em silêncio, olhos cansados. Sim, Rommel pensou, ele sabe. Esta não é a sua luta, não é uma discussão que eu possa ter com ele. Kesselring afastou-se para onde acabavam as palmeiras, olhou as estrelas.

— Erwin, se temos de lidar com os italianos, precisamos entender o que eles querem. Esta guerra pertence a Mussolini. O resto deles, por mais que o bajulem com tanta obediência, por mais que professem lealdade... os oficiais superiores não têm paixão por esta guerra. Todos eles estão com os olhos no pós-guerra, todos muito mais interessados em saber se terão algum cargo de poder no que quer que venha depois. Quanto mais gasolina eles embarcarem para cá, menos terão para seus automóveis em Roma.

Kesselring ficou quieto, virou novamente o rosto para o céu noturno.

Rommel disse lentamente: — Os britânicos estão derrotados. Tudo que precisam é de um empurrão e nos entregarão o Cairo e, com ele, Suez. Devemos informar ao *Führer* que é melhor ignorarmos esta oportunidade porque nosso aliado tem medo de que eu vá gastar gasolina demais? O que o senhor quer que eu faça?

Kesselring pensou um momento, olhou para ele, disse: — Você sabe o que eu acho. Sempre acreditei que nossa prioridade deveria ser capturar Malta. Como você espera marchar sobre o Egito quando os britânicos têm um tigre grande e gordo na sua retaguarda, dando patadas em seus navios de suprimentos?

Malta. Era o refrão imutável de Kesselring. A ilha estava atravessada exatamente nas rotas dos navios que vinham da Itália, abrigava aviões britânicos e uma presença naval que atacava qualquer comboio de suprimentos que se aventurasse na direção do exército desesperadamente necessitado de Rommel. A Luftwaffe havia bombardeado a ilha até transformá-la em ruínas, meses de cerco não haviam conseguido nada mais do que se consegue com esse tipo de cerco, não mais do que Hitler havia conseguido bombardeando Londres.

Rommel olhou para cima através do topo das palmeiras, as estrelas cobrindo o céu, o frio mais intenso agora. Olhou para as tendas, examinou o terreno vazio, aberto, satisfeito por não haver ninguém por perto para ouvir. Aproximou-se de Kesselring, disse: — Não haverá invasão. Os assessores do *Führer* não o amolarão com um inconveniente tão pequeno quanto Malta, não enquanto ele tiver os olhos e as mãos na Rússia. Ele não desviará sua atenção.

— Que sabe você da Rússia?

Rommel se surpreendeu com a pergunta. — Sei o que Berndt me conta, o que ele decide trazer de Berlim. Tudo está bem, estamos conseguindo uma grande vitória sobre o exército imprestável de Stalin. Na última vez que estive lá, ouvi a mesma coisa sobre a Líbia. Alguns meses atrás, eles anunciaram que em breve eu empurraria os britânicos para dentro do Canal de Suez. Assim, eles também falam sobre a Rússia. Talvez devêssemos deixar os soldados em casa e combater nessa guerra com publicitários. Certamente venceríamos.

Não havia humor em suas palavras, e Kesselring olhou para além dele, procurando bisbilhoteiros. Depois disse em voz baixa: — Chega. Não quero ouvir mais — Kesselring fez uma pausa. — Nós somos filhos enjeitados, você e eu. Tínhamos aqui a oportunidade de aplicar um tremendo golpe, aleijar os britânicos, passar além do Egito, entrar nos campos petrolíferos. Poderíamos juntar um exército com nossas forças no Cáucaso, entrar em Stalingrado por dois lados.

Rommel percebeu emoção na voz de Kesselring, disse: — Não podemos sonhar, Albert. Podemos realizar. Há uma tarefa à nossa frente, bem aqui, agora. O Egito é nosso, se o tornarmos nosso.

— Mas não podemos ignorar Malta. Devo insistir com o *Führer*.

— E se ele o ignorar?

— É, claramente, simples estratégia. Não se pode atacar um inimigo que detém uma sólida posição na nossa retaguarda. Por que não veem isso? — A voz de Kesselring tinha ficado mais alta, ele se conteve, cochichou: — Jodl e Keitel deveriam falar com ele. Halder deveria falar. Claro que *eles* sabem como se deve fazer uma guerra. Todos leram as lições de Frederico, o Grande. Até o *Führer* conhece esses ensinamentos. Mas não há Fredericos na Alemanha agora. Nem Von Moltkes, nem Von Hindenburgs. O *Führer* só se preocupa com a Rússia. Os italianos são treinados para exibições, para desfiles. Só resta... *você*.

Rommel não deixou de perceber o objetivo de Kesselring; claro, ele não disse *nós*, pensou. Não, se houver fracasso, o fracasso é meu. O que quer que aconteça na África, *ele* há de viver para lutar outro dia.

Rommel disse: — Já discuti um plano de ataque com meu estado-maior. Você pode estudá-lo hoje à noite, se quiser.

Kesselring sacudiu a cabeça. — Já tenho objeções a ele. Não é seguro se não derrotarmos o inimigo em Malta. Por motivos deles, os italianos também farão objeções.

— Permita-me sugerir como lidar com os italianos. Posso requerer ao senhor que informe ao Comando Supremo que ficaríamos honrados se o próprio *Duce* viesse conosco quando *liberarmos* o Cairo. Sugira que ele poderá ser visto como o novo faraó.

Kesselring deu um risinho. — É, talvez isso surta efeito.

No dia seguinte, telegramas atravessaram o Mediterrâneo nos dois sentidos. O telegrama final foi de Mussolini, encorajando Rommel a levar adiante o ataque. E Mussolini também aceitou o convite. O *Duce* concordava em voar para a Líbia para aguardar a gloriosa conquista do Egito por Rommel. Quando ele chegou, os ajudantes de ordens de Rommel viram que a caravana do *Duce* era composta por dois aviões. Um era do próprio Mussolini e seus auxiliares. O segundo avião trazia a sua montaria, um enorme garanhão branco sobre o qual Mussolini entraria triunfalmente na capital do Egito, o homem que havia conquistado a África.

A leste, os britânicos lutavam para organizar os batalhões em frangalhos, preparando-se para o inevitável ataque de Rommel. Este começou em 26 de junho, com a mesma tática que Rommel havia usado antes, deslocando-se com rapidez pelos flancos dos britânicos, que continuavam a procurar pelo inimigo à sua frente. Quando os britânicos tentavam contra-ataques, lançavam seus tanques aos poucos, só para serem triturados pelos panzers alemães e pelos preciosos 88 de Rommel. Em três dias, o porto de Mersa Matruh estava nas mãos dos alemães, os britânicos tendo batido em retirada confusa mais para o leste. Mas os britânicos tinham duas vantagens. À medida que recuavam pelo Egito adentro, deslocavam-se para mais perto de seus depósitos de suprimentos, enquanto Rommel mais uma vez estendia suas frágeis linhas de abastecimento. A segunda vantagem era o próprio terreno. Entre Rommel e o Cairo, o deserto, plano e de terra dura, se tornava bem mais estreito, uma passagem que mal chegava a 65 quilômetros de largura, cortada por serras e montanhas de pedra. O mar era o limite ao norte e, ao sul, o terreno duro e pedregoso descambava para um mar desolado de areia fofa, a depressão de Qattara, um lugar que nenhum tanque poderia atravessar. Os britânicos se espremiam entre essas duas barreiras impenetráveis, enquanto Rommel os perseguia da melhor maneira possível. Ele tinha noção de que, mesmo com a vitória, o sacrifício seria grande demais. Ao se reunir para enfrentar as defesas britânicas cada vez mais fortes, o poderoso Afrika Korps de Rommel possuía exatamente doze tanques intactos.

Embora Rommel tivesse chegado a 100 quilômetros de Alexandria, o primeiro troféu egípcio, foi forçado a ordenar ao exército exausto que fizesse uma pausa. Os britânicos responderam lançando um contra-ataque, que conseguiu pouco mais que aumentar a lista de baixas e de prisioneiros de

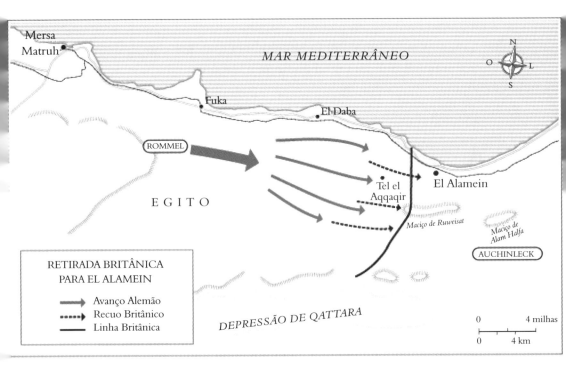

ambos os lados. Nenhum dos lados estava, naquele momento, em posição de causar muitos danos ao outro.

Em qualquer exército, o fracasso leva à mudança, e o comandante em chefe britânico, Sir Claude Auchinleck, destituiu o comandante de campo do Oitavo Exército Britânico, general Neil Ritchie. Mas, como comandante geral do teatro de operações, o próprio Auchinleck era igualmente responsável pela sorte de seu exército. Em 4 de agosto, com as atividades ao longo das linhas de frente relativamente calmas, o primeiro-ministro Winston Churchill voou para o Cairo e destituiu Auchinleck, substituindo-o pelo general Sir Harold Alexander. Mas os britânicos ainda precisavam de um homem para assumir o campo, para revigorar o Oitavo Exército. Sob pressão de Churchill, o alto-comando inglês deu o cargo ao general William "Strafer" ("bombardeador") Gott. Dois dias depois, Gott morreu ao ter seu avião destruído por um Messerschmitt alemão. Foi mais um duro golpe para os britânicos. De Londres, outro nome havia surgido, o de um oficial um tanto desagradável que havia se revelado uma pedra no sapato do alto-comando e que tinha uma abordagem séria e prática de táticas e de combate. Logo após a morte de Gott, até o relutante Churchill concordou que ele poderia ser o homem para lidar com essa tarefa crucial.

4. MONTGOMERY

Cairo, Egito
12 DE AGOSTO DE 1942

Bernard Montgomery nunca havia gostado de Auchinleck e não tinha razão para gostar dele agora. O homem parecia não ter pressa, desfiando monotonamente o que parecia ser um discurso sem-fim. Montgomery já estava impaciente, havia controlado a impaciência todos os dias de sua vida. Mas agora, nos limites opressivos do quartel-general de Auchinleck, sentia de repente uma vontade de explodir, às cegas, jogando a mobília contra as paredes e, possivelmente, Auchinleck junto com ela.

Naturalmente, não poderia. O homem ainda era seu oficial superior. Mas aquela indignação particular só afligiria Montgomery por mais dois dias. O sucessor de Auchinleck, Harold Alexander, era um homem que Montgomery admirava muito, que nunca tentaria ensinar a um homem instruído. Mas primeiro Montgomery teve de aguentar as instruções finais de Auchinleck, as estratégias cuidadosamente planejadas e a posição do Oitavo Exército que Montgomery herdaria. Montgomery não tinha interesse em nenhum dos planos de Auchinleck. Ele se perguntava se Auchinleck estaria gostando daqueles instantes finais. Sim, um lugar ao sol para ele por um momento. Pena nunca ter havido sol naquele lugar.

Auchinleck apontava para um mapa, repassando detalhes das posições da tropa. Montgomery ignorava os mapas, deixava as palavras de Auchinleck deslizarem por ele. Estudava o rosto do homem, sofrido e marcado pelos muitos meses de vida no deserto. Auchinleck tinha só três anos a mais que ele, mas parecia bem mais velho, e Montgomery achava isso totalmente adequado. Sem dúvida, pensou, o tempo dele passou.

Auchinleck fez uma pausa, e Montgomery não pôde deixar de ver a tristeza no rosto dele. Sentiu-se desanimado; viu o homem afastar a cadeira da escrivaninha.

— General, é essencial que o senhor faça o que puder para preservar este exército. Independentemente do que Rommel tente fazer aqui, o senhor não pode permitir que o Oitavo Exército seja destruído. O fracasso sempre é uma possibilidade. Podemos perder o Egito, ou Suez. Mas são apenas pontos no mapa, e esses fracassos podem ser revertidos com o tempo. Mas, se este *exército* não for preservado, não poderemos mais lutar.

Montgomery não respondeu, e Auchinleck ficou de pé, sinal de que o encontro terminara. Montgomery também se levantou, dali a segundos poderia escapar. Eu estive em Dunquerque, seu maldito, burro. Sei tudo o que é necessário para se preservar um exército. Fez um pequeno cumprimento firme com a cabeça e disse: — Senhor.

Montgomery já se movimentava para a porta, abriu-a bruscamente e saiu. O sol cegou-o por alguns instantes e ele pôs o chapéu de aba larga, o característico chapéu molenga australiano, o lado esquerdo da aba preso acima de sua orelha. Montgomery admirava os australianos, não tinha objeções quanto a se parecer com eles. Gostaria de conhecer aqueles caras, pensou. Os neozelandeses também. Faça disso uma prioridade. É bem provável que não estejam tão contaminados com o sentimento de fracasso de Auchinleck. Vá para casa, velho. Este exército agora é meu.

Passou por uma fileira de lojas, andando a passos largos, uma marcha de um só homem. Esperava que mais pessoas estivessem por ali, o que em geral acontecia à volta de um exército em campo. Mas a atmosfera do Cairo era diferente, quieta, tensa e claramente desagradável. Não era segredo que os habitantes agora viam os britânicos como meros ocupantes temporários. Cada novo raiar do sol trazia mais conversas inquietas sobre a probabilidade de os tanques de Rommel chegarem roncando e ecoando pelas ruas. Muitos cidadãos britânicos, a maior parte dos judeus e até mesmo alguns antigos moradores italianos tinham simplesmente desaparecido, fugindo por mar ou pelo ar. Bem, e por que não?, pensou. Nosso comandante em chefe confundiu sua derrota pessoal com a de nosso exército. Vamos ver o que pode ser feito a respeito disso.

Viu uma porta aberta, uma mulher aparecendo enrolada num robe branco. Seus olhos encontraram os dela por um breve minuto e ele sentiu um choque de constrangimento, viu o robe se abrir ligeiramente, uma perna bronzeada surgir de súbito. Franziu a testa, virou-se e mudou de direção, atravessou a rua. Apressou o passo, pensou: *bordel*. O país inteiro é um bordel dos diabos. Bom para os soldados, imagino. Eles realmente parecem precisar de revigoramento horizontal. Devo conversar com os médicos, porém, e certificar-me de que sejam todos examinados. Não posso admitir que o exército seja derrubado por algo tão idiota como uma doença venérea.

Via o caminhão agora, o motorista comendo um pedaço de uma fruta estranha. Montgomery o havia mandado ao depósito do mestre quarteleiro para trocar a roupa pesada que usara no voo da Inglaterra. Ele já estava suando, sentindo coceiras, irritado com o calor.

O motorista ficou ereto, fez continência, disse: — Senhor. Eu tenho um conjunto para o senhor. Tudo cáqui e leve.

— Muito bem, sargento. Então, sem dúvida, está na hora de irmos para o deserto, não é mesmo? Certo. Vamos lá.

Subiu no caminhão cor de areia, viu a metralhadora presa acima do para-brisa. O caminhão pôs-se em movimento e ele estendeu a mão para a metralhadora, agarrou o aço duro, sentiu os grãos de poeira espalhados na película de óleo. Pensou em Auchinleck, em todos os papéis e mapas do homem. Se os seus *planos* fossem tão inteligentes, agora já estaríamos em Trípoli, não no Cairo. Não, senhor. Queime todos eles. Cada pedaço.

À medida que se aproximavam da periferia da cidade, passavam por soldados, homens magros, duros, de rosto queimado. Alguns estavam sem camisa, usavam chapéu em vez de capacete, espiavam-no passar sem sorrisos, saudação ou qualquer sinal da formalidade das paradas militares. Veteranos, pensou. Um exército de bons soldados. Eles merecem um bom líder, alguém *desmedido*, alguém que acredite que possam vencer. Diabos, agora têm um.

O NOVO COMANDANTE DISPAROU RÁPIDAS ONDAS DE CHOQUE NO Oitavo Exército. Alexander havia conferido autoridade a Montgomery para eliminar os pesos mortos, qualquer um que parecesse não estar preparado ou adequado para o trabalho que Montgomery esperava que ele fizesse. Alguns já se tinham ido, homens cujo relacionamento cáustico com Montgomery datava de anos antes da guerra. Eles tinham participado do quartel-general do comando do Oitavo que havia servido com Auchinleck ou com o comandante anterior, Neil Ritchie, um homem que parecia desmoronar sob a pressão de combater Rommel. Poucos desses homens tinham qualquer ilusão de que poderiam trabalhar bem com Montgomery. Oficiais da linha de frente também foram cortados, alguns inesperadamente, homens que falavam mais sobre Rommel que sobre seus planos para derrotá-lo. Era exatamente o tipo de atitude que Montgomery não toleraria, o que via como a grande ênfase de Auchinleck nas linhas de retirada. Montgomery acreditava que lhe haviam dado uma tarefa básica: derrotar o inimigo. Quem quer que se sentisse confortável com a hesitação de Auchinleck não teria lugar em seu exército. Embora alguns veteranos aceitassem as mudanças de pessoal em silêncio estoico, outros resmungavam, questionando se aquele homem entendia alguma coisa de luta no deserto ou era simplesmente um disciplinador vaidoso que, ao ser confrontado com o brilho tático de Rommel, cairia por terra como tantos antes dele. Infelizmente, se Montgomery fracassasse, sem dúvida levaria boa parte do Oitavo Exército com ele.

BURG-EL-ARAB, EGITO — 19 DE AGOSTO DE 1942

O terreno era duro e quente, e homens se movimentavam em todas as direções com passos lentos e cansados. Mas a aldeia de concreto branco e tamareiras oferecia ao estado-maior uma mudança abençoada em relação ao tormento que era o calor de fritar do deserto. Ali, apesar do sol opressivo, os soldados podiam desfrutar do luxo de um lugar para tomar banho, lavar a crosta de fuligem do deserto. Montgomery encorajava isso, sabia que o corpo precisava se refazer do mesmo modo que a mente. Todo dia, os homens podiam desfrutar das águas relativamente frias do Mar Mediterrâneo por um bom tempo.

Permanecera junto ao quartel-general, tinha recebido a notícia de que Alexander lhe traria um visitante. Sempre aguardava com prazer as visitas de Alexander, sabia que seu chefe lhe permitiria conduzir as instruções e as reuniões de estratégia sem a necessidade irritante que alguns comandantes tinham de apartear com as próprias opiniões. Alexander parecia ansioso para dar carta-branca a Montgomery. Mas em Londres nem todos se sentiam inteiramente à vontade com o fato de Montgomery assumir o comando em um teatro de guerra tão vulnerável. Ele não ouvira mais que uma insinuação ocasional de desagrado, mas hoje poderia ouvir muito mais. O visitante era Winston Churchill.

AS EXPLICAÇÕES DE MONTGOMERY SOBRE ESTRATÉGIA FORAM formais e precisas, e ele ficou surpreso por Churchill não demonstrar muitas reações. Primeiro se encontraram no caminhão de mapas de Montgomery, um veículo grande e abafado, mas o único lugar em que poderia mostrar a Alexander e Churchill o que estava preparando para executar. De lá, foram para o campo, Churchill insistindo em um circuito que o levasse para perto dos soldados que iam combater. Eles fizeram questão de visitar os neozelandeses e australianos em particular, passaram pelas linhas dos soldados em frangalhos, que encontraram forças para dar animadas boas-vindas a Churchill. Montgomery presenciara um pouco desse entusiasmo em suas próprias visitas, mas não tanto assim, e certamente não por parte dos oficiais. Até Montgomery ficou impressionado.

Eles retornaram à aldeia, e os oficiais do estado-maior já se ocupavam dos detalhes da refeição da noite. Mas, por enquanto, o jantar podia esperar. Com o sol escaldante ainda alto, Churchill tinha outras ideias.

Saíram da rua de cascalho duro, caminharam até o azul cintilante da água, a imagem da serenidade absoluta, murmúrios suaves que subiam até a areia pedregosa. Montgomery e Alexander seguiam bem atrás de Churchill, ladeando-o enquanto ele se movimentava com passos curtos e precisos em direção à água. Os dois oficiais estavam enrolados apenas em toalhas, mas Churchill se diferenciava bastante, um homem baixo e rotundo, mascando com vontade um charuto, usando chapéu e camisa. Montgomery mantinha os olhos fixos na água.

Churchill parou, olhou a praia. A cerca de 30 metros dali, a água rasa fervilhava com uma massa humana, a calma cristalina quebrada pelo óbvio entusiasmo dos homens. Os mais próximos vestiam uniforme completo, guardas mantendo os soldados a respeitosa distância de seus comandantes. Mas além, na praia, até onde Montgomery podia enxergar, os soldados claramente desfrutavam da mesma experiência que o primeiro-ministro estava prestes a compartilhar.

Churchill apontou com o charuto, exclamou: — Alex, você disse que não tínhamos requisição de calções de banho. No entanto, aqueles soldados evidentemente receberam calções brancos. Você queria dizer que... só os oficiais tem de se banhar sem calções?

Alexander riu, olhou para Montgomery, que também sorriu, o primeiro sorriso com gosto que dera o dia todo.

Montgomery disse: — Senhor primeiro-ministro, aqueles soldados na verdade não estão usando calções. O branco é... hã... a pele deles, senhor. A parte que normalmente estaria coberta pela cueca.

Churchill encaixou o charuto na boca, deu uma risadinha.

— Ah, sim. Eu entendo. Esses rapazes têm um bronzeado e tanto, hein? Compreensível. Acho que me juntarei a eles.

Churchill tirou a camisa, estava só de chapéu agora. Entrou na água e os dois oficiais o seguiram, os três afundando num frescor até a cintura. Churchill submergiu até o queixo, apenas a cabeça e o chapéu redondo fora da água como um cogumelo gordo.

— Esplêndido. Verdadeiramente esplêndido. Lava tudo. Diga-me, Monty. Vi tantas coisas hoje, bons homens, bons preparativos. Mas você pode dizer realmente que está preparado? Há meses Rommel tem tido tudo a seu favor. Sua tática tem sido inigualável. Pelo que vejo, ele só tropeçou quando acabaram os suprimentos, quando seus tanques simplesmente já não podiam continuar. Mas eles têm se saído muito bem ultimamente. Ele é um grande general, não há dúvida. A Raposa, é como o chamam. A Raposa do Deserto. Quando a luta começar, não há dúvida de que ele revelará uma nova tática, alguma coisa para a qual você deve estar preparado. Ele tem um objetivo agora, tomar o Cairo. Há os que consideram isso um fato consumado.

Montgomery olhou para Alexander, sem sorrisos agora. — Não considero isso um fato consumado. De maneira alguma.

— Ah, mas Rommel obteve as maiores vitórias quando encontrou os meios de se esgueirar entre nós, de nos engolir pelo flanco. Ninguém ainda achou a solução para esse dilema.

Churchill não olhava para ele, parecia fixar seu olhar mar afora. Montgomery agora estava aborrecido, pensou, você não ouviu tudo o que foi dito hoje? Não viu com seus próprios olhos os meus planos? Não prestou atenção em nada daquilo? Viu um olhar severo no rosto de Alexander, a ordem silenciosa: *Fale sensatamente*. Churchill ainda olhava para o horizonte, não dava sinal de que esperava uma resposta.

Montgomery tentou se acalmar, disse: — Senhor, Rommel foi bem-sucedido até agora porque combateu um exército que insistia em cometer erros desesperadores. Esses erros foram do meu predecessor e não se repetirão.

Alexander o interrompeu, numa tentativa de diplomacia: — Senhor, como viu hoje, o general Montgomery planejou uma defesa formidável, cujo projeto encoraja Rommel a fazer exatamente o que fez antes. Temos esperança de que Rommel se movimente em torno de nosso flanco. Em vez de vulnerabilidade, ele encontrará uma poderosa força entrincheirada e à sua espera. Estou certo, Monty?

— Mais do que certo. Senhor primeiro-ministro, permita-me exemplificar. Fui autorizado a retirar os oficiais que pareciam não conseguir quebrar nossas tristes tradições aqui. O general Renton, da Sétima Blindada, um bom soldado, certamente. Mas esta semana, quando o encontrei pela primeira vez, sua única pergunta foi se eu o lançaria contra Rommel. O que ele, sem dúvida, acreditava era em entusiasmo para uma boa luta, precisamente a tática que Rommel esperava ver: tanques britânicos liderando a briga, lançando-se de cabeça contra as armas dele. É precisamente por isso que Renton não está mais no comando.

Churchill olhava para ele agora, perguntou: — Wingy Renton? Você o substituiu?

— Senhor, eu estou absolutamente certo de que Rommel adoraria que Wingy Renton fizesse carga com seus tanques diretamente contra o cano daqueles malditos 88. Eu prefiro que Rommel se esmague contra as nossas linhas. Que venha a nós. Estamos num gargalo aqui e só há um único rumo provável para Rommel tomar. Ele não nos atacará de frente e não pode fazer um ataque eficaz aqui, junto ao mar. Nós estamos muito fortes, e ele naturalmente sabe disso. Se ele vier, será pelo sul, o único lugar no qual ele nos imaginaria vulneráveis. Só que... não estamos absolutamente vulneráveis. Estamos esperando por ele.

Montgomery estava realmente zangado agora, não pensou que suas decisões seriam expostas a tantas dúvidas. Viu preocupação no rosto de Alexander, mas não conseguia parar.

— E a artilharia. Até agora, espalhamos nossas armas pesadas por todo o campo, usando-as em pequenos e inócuos grupos. Não mais. Eu as juntei em um único corpo, para focalizar num ponto principal de ataque. Os blindados devem ser usados da mesma forma, com ênfase não apenas na mobilidade, mas no poder de fogo. Um tanque é um canhão móvel, mas ainda é um canhão. Não tenho intenção de jogar tanques fora aos poucos, como fizemos em tantas ocasiões.

Churchill se virou lentamente, o resto de charuto apertado na boca, os olhos em Montgomery por debaixo da aba do chapéu ridículo.

— Eu sei.

Montgomery ficou confuso: — Senhor?

Então Alexander riu, e Churchill sorriu.

— Eu disse que sei. Vi tudo isso hoje, Monty. Só queria ouvir você dizer. Napoleão queria generais com sorte. Eu prefiro ter generais que estejam preparados, que entendam do inimigo. Claude Auchinleck era um bom homem, não importa como você se sinta em relação a ele. Fracassou porque colocou pessoas erradas em lugares errados. Se ele tinha sorte ou não, eu não sei. Mas não estava preparado para o que Rommel lhe apresentou. Fiquei muito triste em destituí-lo, mas não tinha escolha. Ele havia jogado a última cartada.

Montgomery não disse nada, nunca havia considerado que a sorte tivesse alguma influência no que fazia.

Churchill fixou a vista no mar novamente, disse: — Senhores, o fracasso custa mais caro em Londres do que aqui. Tenho de prestar contas ao Parlamento e ao povo, gente que não entende nada de guerra. Mas eles entendem de humilhação e disso já tivemos o suficiente. — Churchill jogou o toco do charuto no mar. — Eu estava em Washington, num encontro com Roosevelt, quando chegou a notícia de que havíamos perdido Tobruk. Não há nada igual a ser humilhado na frente do aliado mais importante. Foi tão ruim quanto em Cingapura, ao ouvir como os japoneses nos tinham chutado direto nos colhões. Posso suportar a derrota. Mas não a desonra. A Inglaterra não aceitará isso. Eu não aceitarei. Precisamos de uma vitória, Monty. Você tem muito mais blindados do que o Oitavo Exército jamais teve. Isso deve estimulá-lo a arriscar aqui e ali.

Montgomery disse: — Não estamos apostando aqui, senhor. Isso não é um maldito jogo político em que a voz mais alta, a retórica mais incandescente leva a melhor. Eu tenho os tanques e a artilharia e, diabos, tenho o terreno. Se Rommel não nos atacar, em seis semanas estou preparado para atacá-lo.

Churchill olhou para Alexander, disse: — Seis semanas? Precisa de seis semanas? Eu esperava que fosse... mais cedo.

Alexander não falou, e Montgomery disse: — Precisamos estar preparados, senhor. Só em seis semanas.

Churchill se virou lentamente na água, olhando para a praia.

Alexander perguntou: — Está tudo bem, primeiro-ministro?

— Sim. Nenhum espectador escondido por aqui. Diga-me, Monty, o que Alex lhe contou sobre a Tocha?

Alexander disse: — Eu não discuti os detalhes com ninguém sob meu comando, senhor. Eu diria que é prematuro. Há muitas coisas a serem decididas ainda.

Churchill resmungou: — Assim são os americanos, se querem saber. Gente decidida. Você tem que levá-los numa maldita coleira. Mas sem eles estaríamos em sérios apuros. Roosevelt é amigo da Inglaterra e o único homem que pode fornecer os meios para vencermos esta guerra. Suponho que isso lhe dá o direito de querer que seu pessoal decida onde a guerra será feita. Tem sido um esforço dos diabos, mas finalmente consegui que eles parassem de olhar para o outro lado do Canal Inglês. Todos eles, de Marshall para baixo, querem invadir a costa francesa. Imagino que todos os generais daquele exército queiram voltar àquele maldito cemitério em Paris só para poderem dizer alguma coisa novamente sobre Lafayette: "Lafayette, estamos aqui." É tudo o que alguns deles lembram sobre a primeira grande guerra. Eles gostam tanto de seus slogans!

— Eu acho que eles estão escondendo alguma coisa de nós, senhor.

As palavras de Montgomery pousaram na água como uma bofetada surda. Alexander olhou para ele, franziu a testa, sacudiu a cabeça, um não silencioso.

Montgomery se surpreendeu com a reação, e Churchill perguntou: — De que diabos você está falando, Monty?

— Dos tanques Grant, senhor. Disseram-me que eles entregariam quatrocentos tanques novos. Eu contei 160. Nenhum mistério aí. Eles os estão reservando, guardando os melhores blindados para si. Deixando que eu combata Rommel com equipamento superado.

Churchill o encarou por um longo momento, os olhos fechados como fendas estreitas.

Alexander disse: — O general Montgomery tem consciência, senhor, de que os americanos têm sido extremamente prestativos.

— Claro que têm sido. Você diz que eles forneceram 160 tanques Grant?

— Sim, senhor.

— Parece-me uma enorme carga de blindados. Você já usou algum deles?

— Estão sendo colocados em posição, designados para os comandos apropriados, senhor.

— Então, antes de se queixar, general Montgomery, talvez você devesse verificar se 160 novos tanques americanos podem ganhar uma batalha para você. Então você acha que eles estão segurando alguns, hein?

Montgomery ignorou a severidade do rosto de Alexander, disse: — Acho que eles deveriam fornecer o que disseram que iam fornecer.

— A Tocha, general. Olhe para além do seu próprio comando. Você tem Rommel sentado bem à sua frente. Não posso imaginar nenhum plano mais inteligente do que mandar um exército direto à retaguarda dele. Esse exército será sobretudo americano. E, a despeito de suas objeções, pode ser justo que eles forneçam alguns blindados para seus próprios soldados.

Montgomery ouvira os primeiros detalhes do que agora eles chamavam de Operação Tocha, o primeiro ataque em larga escala das forças americanas no teatro europeu. Segurou firme suas palavras, então, espiou Churchill se virar, mexendo o queixo, atacando um charuto que não existia. Alexander pareceu relaxar, mas Montgomery recusava-se a se sentir advertido, falou com Churchill mentalmente: "Não precisamos de outro exército neste continente. Mande os malditos ianques para a França, deixe que descubram o que os boches podem fazer com eles. Tenho Rommel exatamente onde quero, e de jeito algum vou deixar um ianque que nunca comandou nada de importante se apossar dessa vitória."

Churchill tirou o chapéu, jogou água na cabeça, então ficou de pé e olhou para o mar aberto. — Algum submarino por aqui?

Alexander respondeu: — Muito improvável, senhor. A força aérea mantém vigilância constante sobre a costa. Destróieres a patrulham regularmente.

Churchill olhou para a vastidão de sua pele branca, colocou a mão gorda sobre o estômago.

— Hum. Que pena. Gostaria de ver um periscópio aparecer bem ali e dar uma boa espiada nisto. Talvez o amedrontasse mais que qualquer maldito destróier.

5. ROMMEL

PERTO DE TEL EL AQQAQIR, EGITO
AGOSTO DE 1942

Querida Lu,
    A situação se modifica dia a dia a meu favor...

Ele detestava mentir para ela.

Afastou o papel, não tinha energia para continuar a carta. O que lhe digo? Ela sabe que o que ouve do Ministério da Propaganda é apenas isto: propaganda. Será que devo simplesmente fazer o mesmo?

Westphal estava fora da tenda, reabastecendo o Mamute. Rommel se levantou, tocou o lugar dolorido do lado do corpo, sentiu uma leve tonteira, a mesma sensação que passara a ter toda vez que se levantava. Tentou ignorá-la, de repente sentiu fome, o que não era usual, chamou: — Coronel, tem uma lata de sardinhas aí?

Westphal apareceu na tenda. — Claro, senhor. Só uma? Temos um caixote cheio.

— Só uma.

Westphal desapareceu, e Rommel foi para o catre baixo e duro, sentou, os joelhos gemeram. Sondou novamente o lugar dolorido, já tão familiar, que drenava sua energia, a dor que geralmente o deixava sem apetite. Isso não é bom, pensou. Nem um pouco. O que há com este lugar que exige tanto do corpo de um homem? Só a guerra não é o bastante para derrubar um exército. Este deserto tem que cobrar o seu preço também.

Olhou as pernas curtas do catre, cada uma delas imersa numa pequena lata de água com óleo. As latas eram uma barreira, uma armadilha para a impressionante variedade de pragas sem asas que podia atacar um homem enquanto dormia. Olhou a variedade de insetos afogados, pensou, meu campo minado particular. E tão ineficaz quanto. Agora... isto. Alongou o lado do corpo, não conseguia se livrar da dor. Que outro animal me invadiu?

Ele havia tido icterícia no ano anterior, que os médicos relacionaram com a comida, uma dieta muito inadequada para o calor e a secura do deserto. Pensou no médico, Horster, o diagnóstico sombrio do homem, a recomendação estrita de que Rommel devia voltar para a Alemanha, recuperar-se da icterícia. Sabia que Horster havia enviado a mesma recomendação para a Alemanha, uma sugestão enfática de que Rommel talvez não estivesse em condições de comandar. Kesselring tinha vindo novamente, estava frequentemente no campo agora. Sim, ele me vigia, estão todos me vigiando. Fiquem aqui por um tempo, todos vocês. Descubram por si mesmos o que o deserto faz com um homem. Há pragas aqui que nenhum homem consegue enfrentar, causadas por... o quê? Apenas olhem para as criaturas espalhadas por aqui. Lutou para respirar profundamente, olhou de novo para a mistura estranha de insetos nas latas de água com óleo. Se não são vocês, então o quê? Não tinha ideia do tipo de ser vivo que causava as doenças que estavam atacando seu exército, se era realmente um ser vivo. Nenhum homem parecia imune, a tortura do sol e poeira e secura abrindo feridas na pele e, depois, quando o exterior do homem estava enfraquecido, o interior era atacado também, todo tipo de doenças se espalhando para o intestino, ou pior, como a icterícia que havia feito o fígado de Rommel inchar. Estou há dezenove meses no deserto, pensou. Horster diz que nenhum oficial com mais de quarenta anos igualou essa marca, como se devessem me dar uma medalha olímpica. Não é uma conquista, doutor, é o dever.

Então seu ordenança, Gunther, apareceu, segurando a lata de sardinhas e um garfo pequeno.

— Senhor, o coronel Westphal me mandou lhe trazer isto.

Rommel pegou as sardinhas, o cheiro do óleo revirando seu estômago. Ele sacudiu a cabeça, devolveu a lata para Gunther, disse: — Agora não, Herbert. Mudei de ideia. Coma-as você. Não as desperdice.

— Tem certeza, senhor? Posso preparar outra coisa para o senhor.

— Não. Tenho de levantar voo no Storch. Investigar as defesas britânicas. Com um novo homem no comando, haverá incerteza, novo planejamento, esse Montgomery está ansioso para imprimir a própria marca em seu exército. Devo ver o que estão preparando. Quer me acompanhar?

— Isso é uma ordem, senhor?

A expressão de Gunther nunca se alterava, uma demonstração de sua lealdade, mas Rommel sabia que o rapaz tinha pavor do pequeno avião.

Rommel sorriu. — Diga ao coronel Westphal que prepare meu avião. Vou voar.

Gunther saiu depressa, e Rommel se forçou a ficar de pé, piscou por causa da crosta seca nos olhos, limpou o rosto com um lenço sujo. Respirou profundamente de novo, uma vã tentativa de tirar o ar viciado de seus pulmões. Ouviu a voz de Westphal, o homem aparecera de repente na tenda.

— Senhor, o cabo Gunther me disse que o senhor deseja sair no Storch. Devo insistir que não vá, senhor.

— Você o quê?

— Senhor, os caças inimigos têm saído em número considerável. Nossos pilotos não conseguem controlar o espaço aéreo.

— Tolice.

— O marechal Kesselring foi muito claro, senhor. A Luftwaffe não pode garantir sua segurança.

Rommel queria protestar, mas não podia negar que Westphal tinha razão. Havia semanas os Spitfires e Hurricanes dominavam os céus, mais uma evidência do fracasso de Kesselring em convencer os italianos a mandarem mais combustível. Mas ele sabia que era mais que falta de gasolina. Os Messerschmitts tinham sido amplamente superados em número, o fluxo de aviões britânicos aumentava numa proporção que os alemães não podiam esperar igualar. Ele podia ver Kesselring mentalmente, o homem que alguns chamavam de Al Sorridente. Mas não havia nenhuma razão para sorrir agora. Até o seu humor tinha voltado à realidade. Kesselring deve suplicar a Göring por aeronaves, e Göring continua a ignorá-lo. Por que mandar Messerschmitts à África quando se obtém muito mais glória conquistando a Rússia? Não, Berlim não ouve Kesselring mais que Roma, e nenhuma das duas me ouve.

— Senhor, devo insistir para que permaneça em terra. Não podemos permitir que nada lhe aconteça...

Rommel levantou a mão. — O que Kesselring lhe disse?

— Ele foi muito claro, senhor. Ele disse...

Westphal fez uma pausa, e Rommel sorriu novamente, disse: — Ele disse "Rommel não vai me obedecer, de qualquer jeito", ou coisa parecida.

Westphal também sorriu. — Está mais ou menos correto, senhor.

— O marechal Kesselring ordenou que eu ficasse sentado em minha tenda?

Westphal parecia não ter certeza se Rommel o estava provocando ou não. — Acredito que não.

— Relaxe, coronel. Deixo os voos para os Messerschmitts, se Berlim se decidir a nos mandar alguns. Você tem algum problema se eu *dirigir* até a frente? Ou estou muito frágil para ver qualquer coisa por mim mesmo?

— O senhor prefere o Volkswagen ou o Mamute?

— O Volkswagen basta. Você permanece aqui. Faça com que cinco carros blindados me sigam a uma boa distância, em formação dispersa, no caso de eu me deparar com uma situação inesperada. Diga-lhes que fiquem atrás de mim. Já comi bastante poeira por um dia. — Saiu da tenda, piscou por causa do sol, viu Gunther lá perto acabando de comer as sardinhas.

— Vamos, cabo. Se você não quer voar comigo, pode andar de carro.

Rommel se dirigiu para o estacionamento dos carros, viu Westphal ao lado do automóvel conversível. O Volkswagen não tinha arma montada nele, mas o motorista e, agora, Gunther carregavam armas na cintura. Rommel não tinha interesse em entrar em tiroteio com ninguém. Seus acompanhantes nos carros blindados eram outra história, cada carro tinha uma metralhadora pesada e uma tripulação cuja única missão era vigiar o horizonte para se adiantar em grupo e proteger Rommel caso o inimigo aparecesse de repente.

Os motores de todos os veículos estavam ligados e Rommel viu Westphal falando com o motorista de um dos carros blindados. Sorriu para si mesmo; não se aflija, coronel, eu não vou fugir e deixar os outros para trás, pensou.

Westphal se aproximava, disse: — Em que direção o senhor vai? No caso...

— Sudeste. Quero ver essa tal Depressão de Qattara. Não acredito que ela seja tão intransponível como ouvi dizer.

ROMMEL ORDENOU QUE O MOTORISTA PARASSE, OLHOU PARA TRÁS enquanto os veículos blindados também paravam. A poucos metros à frente, o terreno duro e pedregoso do deserto caía abruptamente, uma queda a prumo de mais de 30 metros.

Desceu do carro, disse: — Fiquem aqui.

Rommel caminhou pelo terreno duro até a beira do precipício. O deserto se estendia diante dele num mar dourado de montes arenosos, ondas de dunas altas, afundando-se em profundas depressões escurecidas por sombras. Andou ao longo da beirada de terreno duro, viu uma fenda rasa que descia até um declive suave na superfície da escarpa pedregosa. Havia rastros, um tipo de marca de cascos, talvez de um camelo, e ele seguiu a trilha, viu que o animal havia descido para a vasta planície de areia, os rastros se tornando covinhas e, depois, desaparecendo completamente, absorvidos pela paisagem sem-fim. Desceu com cuidado pelo declive, usando as pedras como degraus. Havia saído da área de sombra, sentiu o calor subindo para encontrá-lo, um hálito quente de ar sufocante. Colocou a mão sobre a boca, puxou os óculos de proteção sobre os olhos; estava na areia agora, as botas afundaram na maciez quente até os tornozelos. A brisa cessou e ele levantou os óculos de proteção, olhou as vastas montanhas de areia, as superfícies entalhadas pelo vento, fragmentos de nuvens de poeira na distância, ondeados pelo tremular vítreo do calor e da brisa. Imobilidade e movimento, pensou, como um oceano. Mas há uma diferença, uma diferença nítida. Em toda a vastidão, o calor, as suaves rajadas de areia, só podia ouvir um som, o som de sua própria respiração. Não havia nenhum outro som.

Sorriu.

Até onde isto vai?, pensou. Vira os mapas, detalhes esquemáticos, dezenas de quilômetros, certamente. E depois, para o sul e para o oeste, o mar de areia maior de todos, o Saara. Este é apenas um pequeno pedaço, o filho de uma mãe enorme. E aqui a gente decide fazer uma guerra. Que arrogância qualquer um de nós acreditar que vai *ocupar* este lugar. Não ocupamos o deserto mais que um navio ocupa o oceano. Quantos conquistadores passaram por aqui com a mesma arrogância? Os romanos certamente, e quantos mais? Mas acreditamos que somos superiores, que com nossas máquinas modernas podemos fazer a guerra em qualquer lugar. E, o tempo todo, o deserto nos espia e espera que saiamos, e, se não saímos, se ficamos por muito tempo, o deserto nos consome. Como está me consumindo.

O sorriso desapareceu então, e ele se virou, viu silhuetas ao longo do precipício acima dele. Tudo bem, chega disso. Puxou as botas para fora da areia, lutou para chegar até as pedras. Podemos ter trazido a guerra para o deserto, mas não para este pedaço dele. *Não vou mandar nenhum tanque entrar aqui.*

30 DE AGOSTO DE 1942

Rommel tinha reconstruído seu *Panzerarmee* como uma força de mais de 450 tanques, mas mais da metade era de máquinas italianas inferiores. Do outro lado, ele apenas podia imaginar, os exploradores lhe traziam relatórios de que os britânicos o enfrentariam com cerca de setecentos tanques, incluindo cem ou mais Grants, a nova máquina americana que carregava uma arma de 75 milímetros, quase tão poderosa quanto qualquer uma do exército de Rommel. Não se detinha nos números, apegava-se fortemente à crença de que, tanto fazia que tipo de homem Montgomery fosse, os britânicos ainda eram os britânicos, e lutariam como haviam lutado antes. Os números importavam pouco se o inimigo lançasse seus tanques contra você em grupos pequenos. E se Montgomery planejava lançá-los de algum modo, Rommel sabia que, com os britânicos, tirar partido das baixas se tornara uma opção inaceitável. Todos os dias os britânicos derramavam suprimentos e reforços através do Canal de Suez, e com o exército de Rommel espalhado ao longo do deserto, distante de seus suprimentos minguantes, sofrendo com a negligência e má vontade dos intendentes em Berlim e em Roma, o tempo claramente não estava do seu lado. Só havia um modo de Rommel conquistar a vitória no norte da África. Ele tinha de pressionar para adiante.

O plano era simples: os britânicos estavam espalhados nas escarpas e encostas das montanhas, da costa, em El Alamein, para o sul, deserto adentro. Rommel tinha uma boa opção, avançar em torno e além da posição britânica, depois virar para o norte, cortando pela retaguarda. Se os blindados alemães conseguissem chegar à costa, os britânicos seriam desligados de suas rotas de abastecimento. Montgomery aprenderia, como outros antes dele aprenderam. Blindados significavam mobilidade e blindados significavam poder e Rommel entendia de ambos muito melhor que seus oponentes.

Foi chamada de Batalha do Maciço de Alam Halfa, e Rommel fez como sempre, usando a tática que quase sempre havia funcionado. Em 30 de agosto, ele empurrou blindados e infantaria numa ameaça barulhenta contra a direita e o centro dos britânicos. Mas depois, na escuridão, deslizou os blindados para o sul e, à luz da lua, os pressionou para o leste.

Quase imediatamente, o plano se desintegrou, um campo minado britânico que não tinha sido mapeado causou o primeiro grande atraso. Depois, o terreno abaixo do flanco britânico mostrou-se muito mais macio que o esperado, o que retardou os tanques e os fez consumir mais combustível do

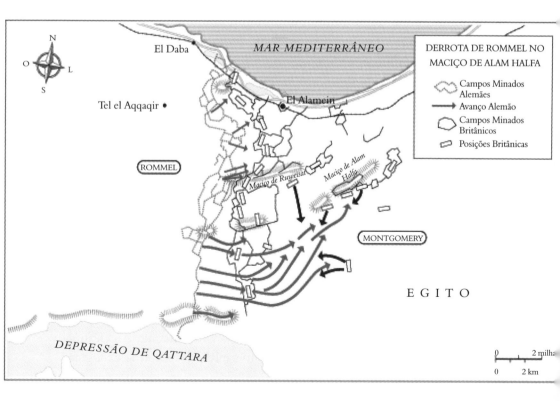

que podiam. Rommel foi forçado a encurtar as rotas dos blindados e a mandá-los para o norte muito antes do que planejara. Isso levou os tanques alemães diretamente à parte mais forte da posição de Montgomery: o Maciço de Alam Halfa. Em vez de contra-atacar os tanques de Rommel, os britânicos se mantiveram firmes em seu terreno favorável e a artilharia britânica e as armas de seus tanques começaram a abrir brechas nas forças de Rommel. Ao cair da noite de 31 de agosto, Rommel foi obrigado a suspender o ataque.

Sul do Maciço de Alam Halfa — 31 de agosto de 1942

— Não há combustível, senhor! Estamos parados!

A voz do homem cortou-o como uma navalha quente e Rommel dominou o impulso de gritar.

— General Von Vaerst, controle-se em minha presença.

Von Vaerst agora comandava o Afrika Korps, e Rommel via a angústia em seu rosto, a mesma dor que cortava as entranhas de Rommel. Estavam ao ar livre, os carros blindados reunidos em fila desigual ao lado deles, silenciosos, os motoristas economizando gasolina.

Von Vaerst olhou para os pés, disse: — Senhor, estamos apenas duelando contra as armas britânicas. Eles estão entrincheirados nas encostas altas. Se permanecermos parados, de madrugada simplesmente forneceremos alvos ao inimigo. E não temos combustível para continuar o ataque ao flanco.

— Retorne ao seu comando, general. Os britânicos não ficarão apenas sentados naquela serra. Pela manhã, Montgomery acreditará que tem uma oportunidade e ordenará que os tanques saiam de seus buracos e os mandará avançar. Eles nos atacarão como sempre fizeram e então os pegaremos! Certifique-se de que seus homens têm munição. Seremos nós que procuraremos alvos.

Von Vaerst assentiu lentamente.

Westphal chegou ao lado de Rommel, disse: — General, pode enviar os relatórios para mim neste local. Ficarei aqui toda a noite.

Von Vaerst parecia compreender, sabia o que todos os comandantes superiores sabiam, que Rommel poderia estar em qualquer lugar, inalcançável, aparecendo subitamente ao lado de um capitão desnorteado para guiar um esquadrão de tanques.

Com um gesto, Rommel dispensou Westphal, disse: — Não vou a lugar nenhum, Siegfried. Agora não. Não há nada para se ver aí fora. Devíamos preparar uma tenda.

— Imediatamente, senhor.

Westphal parecia hesitar, e Rommel perguntou: — O que foi, coronel?

— Se reunirmos uma grande força de tanques hoje à noite, senhor, poderíamos mandá-la contra a posição inimiga numa frente estreita.

Rommel levantou os óculos de proteção, piscou através da poeira.

— Eles virão, Siegfried. Eles sempre vêm. Esperaremos por eles.

R OMMEL OLHOU PARA O LESTE, VIU O PRIMEIRO BRILHO CINZENTO. Ele podia ouvir o estrondo da artilharia, a maior parte britânica, o céu listrado de luzes brancas. Olhou para oeste, esperando ver o mesmo, mas as armas alemãs atiravam apenas esporadicamente, uma bala traçante solitária fazendo um risco em direção aos montes inimigos.

Os relatórios tinham chegado a noite toda, e nenhuma notícia era boa. Os britânicos controlavam o espaço aéreo, e durante o dia seus bombardeiros haviam destruído um número enorme de armas alemãs. À frente, seus blindados esperavam pela oportunidade que ele ainda acreditava que viria, algum sinal de que Montgomery ordenara aos tanques que avançassem para encontrar os atiradores de Rommel cara a cara.

O horizonte estava mais claro agora, e ele subiu para o carro blindado, surpreendendo a tripulação. Não havia sinal de Westphal, mas Rommel sabia que ele estava lidando com a enxurrada de mensagens, gerenciando uma equipe imersa no negócio da guerra. Haviam prometido combustível, deram-lhe a palavra de que os italianos estavam mandando 500 mil toneladas de gasolina preciosa, parte vinda pelo ar, outra promessa de Kesselring. Mas não havia chegado aviso ou relato de que o combustível chegara a qualquer lugar ao longo da frente. Agora já é dia, e vai começar de novo, e quase não podemos nos mover.

A raiva era muito familiar, e ele deu um tapa na chapa de blindagem à sua frente, o para-brisa que apoiava a metralhadora.

— Vamos!

A tripulação obedeceu, Rommel continuou em pé, os óculos de proteção nos olhos, toda a fila de carros blindados se movendo na madrugada cinzenta.

SUL DO MACIÇO DE ALAM HALFA — 1º DE SETEMBRO DE 1942

Houve um ataque de seus blindados, a Décima Quinta de Panzers dando uma curta e rápida estocada numa concentração de tanques britânicos ao longo da serra, infligindo pesadas baixas. Mas, à plena luz do dia, Rommel pôde ver que Montgomery ainda se aferrava ao terreno favorável.

Nada havia mudado. Isso o cortava como uma espada sem fio, rasgando suas entranhas, drenando a energia de que ele necessitava, a força para segurar a náusea, para manter seus soldados no combate. A grande arma roncou dando sinal de vida, mais uma explosão forte que o jogou de lado. Ele olhou para a montanha, pensou em Montgomery. Onde você está? Por que não vem? A luta é aqui, *nós* estamos aqui! Seus ouvidos eram uma confusão de ruídos, mas ele ouviu gritos, virou-se, viu homens correndo, sentiu uma mão em seu braço, um aperto forte. Ele viu rostos olhando para cima, ele próprio viu uma formação de aviões prateados vindo diretamente para si, a não mais que quinze metros de altura. A mão soltou seu braço e Rommel viu soldados entrando em trincheiras estreitas. Os aviões estavam bem em cima dele, um tumulto de sons, e Rommel mergulhou numa abertura, bateu com força, o fôlego o abandonou. O chão ganhou vida ao seu redor, uma explosão ensurdecedora sacudiu-o, atirou-o com força, tirou o ar de seus pulmões. Lutou para respirar, terra caindo sobre ele, prendendo-o, e então apareceram mãos que o puxavam. Não, deixem-me ficar aqui! Ele estava de novo ao sol, o ar denso de poeira, mãos segurando-o em pé, rostos gritando com ele palavras sem sentido. Então ele viu fogo, um caminhão, mais caminhões, fumaça negra, e então as vozes chegaram:

— Senhor!

— Senhor! Está bem?

Ele sentiu o peito, pôs a mão no rosto, olhou para baixo, nenhum sangue.

— Estou bem! Tratem dos soldados! Os feridos!

A fumaça o sufocava, negrume girando, calor no rosto, e ele se afastou, procurou ar puro, um lugar onde pudesse enxergar. O ar começou a limpar, e ele viu o canhão em pedaços, corpos de homens espalhados em volta. Dois dos caminhões blindados estavam em chamas, mais corpos, homens atendendo a todos que ainda estivessem vivos. Olhou para cima, o céu azul, límpido, ouviu o som novamente, o ronco dos motores, outra formação de aviões. Estavam mais longe e ele podia ver todos, um bando de pássaros prateados, círculos de alvos nos corpos, leve inclinação das asas, refletindo o sol, o movimento rápido dos bombardeiros mergulhando em direção aos alvos. As bombas caíam, um breve lampejo, bastões pretos e, de repente, o chão debaixo deles pegou fogo, explosões de terra e aço e homens. Ele se virou, já vira demais essas coisas, seus soldados jogados no chão como gado no matadouro. Se eles tivessem algum combustível, talvez fosse suficiente para fazer uma retirada, para ir para trás de seus campos minados. Ele fixou o olhar na vasta serra, a menos de um quilômetro; pensou novamente em Montgomery. Seu sacana. Você tinha que me negar o combate de que eu precisava, o combate que acabaria com isso, que me daria o Cairo, Suez e toda a África.

EM 4 DE SETEMBRO, OS ALEMÃES HAVIAM SE RETIRADO PARA SUAS posições defensivas. Enquanto Rommel fortificava seus campos minados e aumentava o número de postos de observação, no oceano, ao norte, os preciosos navios-tanque começaram a vir da Itália, impulsionados pela pressão incansável de Kesselring e do próprio Rommel. Rommel só podia esperar, sabendo que, pela primeira vez, não podia forçar o ataque, não podia atacar as vulnerabilidades do inimigo. Pior, suas próprias vulnerabilidades cresciam, e a pressão dos médicos e de Kesselring finalmente superou sua capacidade de negar a doença. Em 23 de setembro, Rommel voou para Roma, uma breve parada antes de viajar para Berlim. Uma vez na Alemanha, a prioridade seria ver Hitler, e depois, dever cumprido, ele se internaria num hospital para tratar a doença e renovar a energia para a guerra da qual ainda esperava participar. Se Montgomery lhe daria tempo para se recuperar e voltar à África, estava fora do controle de Rommel.

Bem a oeste, bem distante dos dois exércitos em El Alamein, começaram a correr rumores, fragmentos de informação e relatórios de inteligência que focalizavam mais e mais os americanos.

6. EISENHOWER

LONDRES
JULHO DE 1942

AS REUNIÕES HAVIAM SIDO INCESSANTES, TANTO AS SOCIAIS QUANTO as contenciosas. Depois de tanta conversa, ele havia aprendido a desprezar conferências, todos aqueles encontros de gente importante com tantas formalidades rígidas, ideias fluindo como a fumaça dos charutos, vagando no ar viciado até serem varridas pelo novo pensamento, nova teoria, novo plano de alguém. As discordâncias sobre estratégia tinham começado há muito, o desespero de uma Grã-Bretanha desgastada pela guerra, confrontado pelo entusiasmo atrevido de americanos mais que ansiosos. Nos dois lados do Atlântico o objetivo era o mesmo, derrotar o inimigo, mas quem era o inimigo, como derrotá-lo e onde o grande golpe devia ser desferido eram questões sobre as quais ninguém concordava.

Quando Eisenhower chegou, em junho, os britânicos lhe ofereceram uma residência no Hotel Claridge, o melhor de Londres. Seu apartamento consistia em uma quantidade de quartos adornados com papel de parede dourado, com teto alto, palaciano, e todo o conforto que os britânicos pareciam achar apropriado ao novo comandante americano. Eisenhower ficou tão incomodado quanto agradecido e imediatamente procurou aposentos menos suntuosos. Agora sua casa era um apartamento de três quartos no Hotel Dorchester, uma escolha modesta que divertia os britânicos. Afinal, ele era um americano, um produto do lugar singular, rústico e remoto que

alguns conheciam como Kansas. Para muitos do alto-comando britânico, era provável que Eisenhower fosse um homem sem experiência.

Sua nomeação tinha sido feita pelo chefe do estado-maior americano, George Marshall, e como todas as nomeações desse tipo, o nome de Eisenhower tinha levantado vozes discordantes em Washington, a mesma espécie de vozes que foram ouvidas em torno de "Black Jack" Pershing, em 1917. A nação enfrentava o mesmo tipo de crise então, uma guerra que se alastrava, com as forças armadas surpreendidas em lamentável despreparo. Como Eisenhower, Pershing fora elevado ao comando quando a cidade estava cheia de oficiais mais graduados, cada um deles insistindo ser a pessoa certa para o cargo. Os críticos de Eisenhower eram um pouco mais discretos que os homens que haviam atacado Pershing. Muitos pareciam estar conscientes de que o mundo se tornara mais complexo desde 1917, que esta guerra exigia um tipo de mente que conseguisse abarcar os enormes desafios envolvidos em construir uma força militar na Europa capaz de enfrentar o apavorante poder de Adolf Hitler. Se os figurões de Washington não conheciam Eisenhower, não tinham escolha senão confiar no julgamento de George Marshall, um julgamento secundado por Franklin Roosevelt. Fora dos escritórios de planejamento e administração do Departamento de Guerra, poucos haviam sequer ouvido falar em Eisenhower.

LARGS, ESCÓCIA — 24 DE JULHO DE 1942

— "Devemos entrar em ação no fim deste ano."

Marshall largou o papel, disse: — Isso é a essência do telegrama do presidente. Estou de acordo com ele, apesar de meus argumentos serem um pouco diferentes. Ele tem de lidar com questões políticas. O presidente está com a atenção voltada para as eleições de novembro. Não vou entrar em detalhes sobre o que isso pode significar para ele. Seu mandato, como sabem, estende-se por mais dois anos. Mas tem muito a ver com a composição do Congresso, e assim por diante. A preocupação do presidente é que, se não mostrarmos ao resto do mundo que podemos contra-atacar o inimigo de forma significativa, os eleitores podem interpretar isso como fraqueza. O presidente Roosevelt não aceitará nada de nossa parte que sugira fraqueza.

A maior parte dos olhares se fixava em Marshall, mas não todos, e, olhando em volta do salão, Eisenhower via um brilho baço em muitos olhares. Marshall estava na Inglaterra havia quinze dias e, juntamente com o assessor de Roosevelt, Harry Hopkins, tinha passado todos aqueles dias em intensas reuniões com planejadores militares britânicos e americanos, funcionários militares e civis, forjando os detalhes de um plano aceitável para ambas as partes, que pudesse fazer o melhor uso dos recursos americanos e da experiência britânica. Eram muitas as discordâncias, e grande a frustração. Eisenhower ponderou sobre as palavras de Roosevelt. É a coisa mais parecida com uma ordem que ele pode nos mandar, pensou. Roosevelt pode não estar aqui, mas sabe como tais coisas se desenrolam. Conversa. Mais conversa. Muito mais conversa.

O salão estava cheio, as cadeiras bem próximas umas das outras, quase setenta oficiais das forças armadas presentes. Os uniformes se misturavam, a maioria britânicos ou americanos, uns poucos da Comunidade Britânica, Canadá e Austrália. Um homem começou a falar, um oficial da marinha britânica, um rosto num mar de uniformes. Eisenhower tentou escutar, mas sua mente também vagava. Agora outros falavam, cada um com um ponto de vista.

Os argumentos se centravam em dois objetivos bastante diferentes. Os americanos, liderados por Roosevelt e Marshall, advogavam a invasão da costa francesa, um duro golpe diretamente na Europa de Hitler. A proposta havia espantado os britânicos, que já haviam travado um desastroso combate na França e que pareciam bem mais propensos a lançar a próxima grande campanha num teatro onde Hitler não os estivesse esperando. Os britânicos já estavam comprometidos no norte da África. Winston Churchill e a maior parte de seus comandantes superiores diziam muito explicitamente que, se Rommel pudesse ser derrotado e expulso do norte da África, o caminho estaria livre para o domínio aliado no Mediterrâneo. Com a força adicional dos americanos, todo o sul da Europa poderia se tornar vulnerável ao ataque, região que Churchill chamava de "calcanhar de aquiles" da fortaleza europeia de Hitler. Eisenhower sabia que Marshall ainda se aferrava ao ataque ao outro lado do Canal da Mancha. Mas os Estados Unidos não podiam montar qualquer tipo de invasão eficaz sozinhos. O exército estava muito imaturo, muito inexperiente, e os comandantes quase não tinham experiência de campo na condução de tropas em combate. Era essencial que britânicos e americanos trabalhassem lado a lado e unissem esforços.

Outro fator fazia a decisão pender para o plano britânico. Uma Rússia sitiada estava enfrentando uma derrota catastrófica para o exército de Hitler, uma derrota que liberaria as tropas alemãs para avançar no Oriente Médio, bem como em toda a Europa. Em Moscou, Stalin exigia com vigor que os aliados parassem de conversar e entrassem em ação, abrindo uma segunda frente que desviasse algumas tropas de Hitler. Marshall teve de admitir que uma invasão poderosa na costa da França não poderia se realizar em menos de um ano. Stalin não podia esperar. Depois de dias de debates, os britânicos simplesmente não concordavam com a estratégia proposta por Marshall. Ele foi obrigado a ceder e concordar com os britânicos. Se houvesse uma campanha em 1942, teria de ser no norte da África.

O salão começava a se esvaziar, e Eisenhower podia sentir as vozes enfraquecendo, um coro de resmungos, o salão inteiro parecia murchar. Marshall levantou-se, e Eisenhower viu o chefe de estado-maior britânico levantar-se também. O marechal de campo Sir Alan Brooke era o único homem que parecia capaz de influenciar e até contradizer os desejos de Winston Churchill. Era reconhecido ali como o mais influente oficial britânico presente. Brooke era um homem magro, de quase 60 anos, um pouco mais novo que Marshall. Ambos infundiam respeito a seus oficiais, e o salão de repente ficou em profundo silêncio.

Brooke disse: — Senhores, não acredito que novas discussões mudarão nosso objetivo. É essencial que o norte da África seja atacado antes do começo do período de chuva, o que significa que o ataque deve ser lançado nos próximos quatro meses. Já que o general Marshall e eu decidimos este rumo, as questões mais urgentes diante de nós são como o ataque acontecerá, onde terá lugar e quem o organizará. Essas discussões são para outra ocasião. Se o general Marshall estiver de acordo... — Todos os olhares, expectantes, fixaram-se em Marshall, que assentiu com firmeza: — Muito bem, esta reunião está encerrada.

Eisenhower levantou-se, sentiu todo o salão dar um último suspiro. Sentiu um toque em seu braço, ouviu a voz baixa:

— Se tivessem pintado este lugar quando chegamos, estaria seco agora.

Eisenhower estava cansado demais para sorrir, olhou para o homem alto a seu lado, a constituição magra encimada pelo rosto longo, o nariz parecia um bico afiado. O homem raramente brincava, mas era muito mais impaciente que Eisenhower e teria anunciado da mesma forma o seu mau humor a todo o salão.

Mark Wayne Clark havia sido a primeira pessoa escolhida por Eisenhower para acompanhá-lo a Londres, e Marshall imediatamente o aprovara para ser o segundo homem no comando de Eisenhower. Clark entrara para West Point dois anos depois de Eisenhower, e já então os dois haviam feito uma amizade que só foi prejudicada pelos caminhos separados que suas carreiras no exército tomaram. Quando ambos retornaram a Washington, a amizade também voltou. Quando Eisenhower se estabeleceu como um oficial de influência no quartel-general de Marshall, rapidamente desenvolveu um instinto para reconhecer os oficiais aptos a gerenciar as extraordinárias tarefas de treinamento, organização e administração, as mesmas tarefas que agora lhe haviam sido atribuídas. Quando Eisenhower partiu para Londres, Clark foi com ele.

Havia vozes em torno deles, o salão cheio de homens impacientes obrigados a esperar algum tempo ainda enquanto os oficiais mais graduados saíam. Eisenhower ficou surpreso ao ver Marshall olhando para ele, sem sorrisos, sem emoção, só um olhar silencioso.

Eisenhower começou a se dirigir para onde estava Marshall, e Clark estava ao seu lado agora, mais alto uma cabeça que muitos homens em volta, dizendo: — Dormir um pouco seria bom. Uma hora, talvez. Parece que terminamos.

Eisenhower acompanhou o fluxo, disse para Clark e para ninguém: — Nada terminou. Está apenas começando.

Hotel Claridge, Londres — 26 de julho de 1942

Marshall olhou para além dele, por uns instantes pareceu perdido, disse: — Caras teimosos. Aferram-se às suas posições com mais intensidade que Katherine, minha mulher.

Eisenhower não disse nada, percebeu que Marshall divagava, pensamentos que iam bem além do quarto suntuoso. Sabia para onde Marshall fora, podia ver no rosto dele, a menção à sua mulher lhe dava uma breve visão de casa. Eram momentos que Eisenhower já conhecia bem.

Marshall focalizou-o novamente, disse: — O presidente os entendeu. Acho que ele tem uma relação bastante sólida com Churchill. No fim, tudo se resumia a se podíamos ou não levar nossa campanha adiante sozinhos. FDR estava me testando, se bem que só Deus sabe por que ele acha que precisa fazer isso. "Claro, George, mantenha-se firme se você pensa que pode embarcar nisso sozinho." Bem, não, sozinhos não vamos a lugar nenhum, ainda não. O almirante King não está convencido de que devamos fazer qualquer coisa aqui, ainda acha que é um erro não pressionar o Japão. Tente dizer a Doug MacArthur como ele *deveria* ter enfrentado o Japão. — Marshall parou, sentou-se de novo sobre o espesso estofado da cadeira. — Você sabe o que está diante de nós, Ike? O que devemos fazer aqui? A coordenação geral do ar, mar e terra. Nunca foi feita antes. Muitos desses oficiais daqui não acreditam que possa ser feita agora. Pessimistas dos dois lados. Se não fosse por Churchill, não tenho certeza de como os britânicos estariam nisso, depois de Dunquerque, Cingapura, Tobruk. Mas eles não estão derrotados, ainda não, e têm a única coisa que não temos: experiência no campo de batalha. Não posso ordenar aos nossos soldados que marchem para uma luta sem acreditar que possamos ganhar e, sem os britânicos... não podemos ganhar. Então, vamos fazer do modo deles.

Havia algo instintivo em Marshall, autoridade silenciosa, nada de conversas grandiloquentes ou dotes teatrais de homens como MacArthur. Eisenhower havia servido com ambos, aprendera muito apenas observando. MacArthur acreditava na força da própria personalidade, como se pudesse, *querendo*, fazer seus homens vencerem, inspirá-los apenas ordenando-lhes que vencessem. Por mais reverenciado que MacArthur fosse, um queridinho especial dos jornais, as forças americanas no Pacífico estiveram a longa distância de ganhar qualquer coisa. O desastre nas Filipinas apagara todo o otimismo que acompanhava MacArthur: a noção absurda de que, uma vez que nossos rapazes lutavam uma luta justa, os japoneses simplesmente haviam de se dobrar. Depois de um combate terrível na península de Bataan e da defesa desesperada da fortaleza de Corregidor, os japoneses haviam capturado 70 mil soldados americanos e filipinos. Antes do colapso final, MacArthur fugiu para a Austrália, inspirando algumas versões de que, afinal, aquilo era uma vitória, pois MacArthur valia para o exército americano tanto quanto cinco unidades de combatentes. César retornaria. Mas qualquer que fosse o respeito que MacArthur inspirasse, Marshall e muitos outros do Departamento de Guerra acreditavam que precisariam mais do que da imagem de um César para derrotar os japoneses ou os alemães.

Marshall fitava Eisenhower agora. — Você sabe o que os britânicos acham de você, Ike. Você os impressionou completamente. Imagino quantos deles esperavam que chegássemos aqui como um bando de caubóis idiotas, atirando para todos os lados. Há bastante desse tipo de ideia, você sabe. Ainda somos colonos para alguns deles. O grande Daddy Warbucks,★ que não toma banho, tem muito dinheiro e nenhuma classe. Alguns esquecem o que Pershing fez aqui, o quanto custou derrotar o kaiser. Cabe a nós mostrar a eles novamente. Bem, não a nós. A *você*.

Eisenhower bebia cada palavra de Marshall; surpreso, disse: — Eu? Por que...

— Você comanda as forças americanas na Europa. Até agora. Os britânicos concordaram... bem, o sr. Churchill concordou comigo, e com o presidente. Resolvemos que juntaremos os dois exércitos numa única força aliada de ataque, incluindo as marinhas e a força aérea. É mais do que simplesmente um esforço em parceria. É um esforço *combinado*, um exército, uma missão. E um comandante. Na verdade, foi o único ponto sobre o qual não houve discussão. Você está no comando, Ike. Tocha. Tudo.

Eisenhower se levantou, sentiu um frio no peito. — Obrigado, senhor. Pensei que Lorde Mountbatten...

— Sim, bem, Louie Mountbatten certamente está capacitado. Mas ele votou em *você*. Ele é um dos seus maiores defensores. E houve muitos mais. Aceite, Ike. Esta guerra precisa ter à frente um homem que saiba *gerenciar* um exército. Você é o melhor homem para este trabalho, Ike.

★ O tenente-general Oliver "Daddy" Warbucks é um personagem fictício da tira de quadrinhos diária *Little Orphan Annie*, de Harold Gray, publicada pela primeira vez em 5.8.1924. (N.T.)

— Obrigado, senhor.

— Estou voltando para Washington logo e encaminharei a papelada formal para os canais competentes. Mas o cargo é seu, Ike. A operação toda tem de ser planejada do zero. E você tem menos de quatro meses para levá-la a bom termo.

Quartel-general de Eisenhower, Hotel Dorchester — 9 de agosto de 1942

Ele mal tinha dormido, rotina agora, a maior parte de seu estado-maior trabalhando tantas horas quanto o comandante. À sua frente, papéis espalhados pela escrivaninha, mais papéis na mesa de reunião, no chão, todos eles a mera ponta afiada de um monstruoso iceberg. Não havia como evitar a praga das reuniões, contínuas discussões sobre várias teorias, uma tempestade de palavras e documentos, tudo fluindo em sua direção. Mas não havia discordância quanto à missão, apenas quanto a como realizá-la.

Lutou com o café frio, pôs a xícara de lado, fixou o olhar vazio na parede. Durante duas semanas, havia se forçado a olhar além das personalidades, focalizando apenas os planos, mapas, alguma estratégia que colocasse as tropas na costa norte da África, onde elas poderiam realmente levar a cabo a sua missão. Naturalmente haveria baixas. Sempre havia baixas num plano desses. Eisenhower tinha passado a maior parte de sua carreira vendo a contagem de tropas como meros números no papel, nunca havia passado pelo possível horror das consequências de suas ordens sobre os homens que as executavam. Recostou-se na cadeira, olhou o reboco fosco do teto. Então, é melhor você dar as ordens certas, decidir pelo plano correto. Porque, se não funcionar, o erro será seu. Sua responsabilidade. E nenhum tempo para chorar. Você pediu isso. Você trabalhou para isso, sonhou que aconteceria e, agora, aqui está você. Não arruíne tudo.

— Senhor?

Viu Butcher aparecer na porta.

— O que é, Harry?

— O general Clark está aqui, senhor.

Eisenhower chamou: — Entre, Wayne.

Butcher virou-se, e Clark apareceu ao seu lado, ambos na soleira. Butcher disse alguma coisa para Clark, em voz baixa, para que Eisenhower não o pudesse ouvir. A expressão carrancuda de Clark transformou-se rapidamente num sorriso contido. Butcher saiu, e Clark entrou no escritório, tirou os papéis de uma cadeira, sentou-se. Houve silêncio por um momento, Clark reprimindo o riso. Eisenhower estava acostumado com isso, sabia que sempre havia a possibilidade de algum comentário inadequado, algo cru e indiscreto, partindo de Harry Butcher. Conhecia Butcher havia mais de quinze anos, seus caminhos tinham se cruzado em Washington, mais em círculos sociais que nos trabalhos específicos de cada um. Butcher, oficial da reserva da marinha, o único uniforme azul no mar cáqui de Eisenhower, agora se referia a si mesmo como "o ajudante de ordens naval de Ike", o que subentendia que tinha alguma influência na relação de Eisenhower e as altas patentes da marinha. Mas Eisenhower sabia que Butcher estava em seu estado-maior somente porque o havia solicitado.

— Você vai contar a piada?

— Não.

— Tanto faz. — Eisenhower soltou um longo suspiro, sentiu uma dor surda nos ombros, havia longos dias presente de um lado ao outro de suas costas como um haltere muito pesado. — Preciso conversar com você sobre os franceses.

Então Clark soltou a respiração. — De Gaulle?

— Diabos, não. Conversaremos sobre De Gaulle apenas quando precisarmos. Estou muito mais preocupado com o contexto mais amplo. Tocha. Os britânicos estão convictos de que, onde quer que desembarquemos, os franceses vão nos combater. Há opiniões diversas sobre a questão. Alguns dizem que, dependendo de onde atracarmos, seremos aclamados como libertadores. Se os franceses livres estiverem dirigindo o espetáculo, quem estiver no comando levantará bandeiras americanas assim que nossos navios estiverem à vista. Começarão a fuzilar os colaboradores de Vichy tão logo consigam pô-los em fila. Outros dizem que a liderança de Vichy tem mais influência do que pensamos, que as tropas seguirão as ordens de Vichy. Você ouviu mais alguma coisa? O que você acha?

Clark se sentiu esmagado pela pergunta. — Você está me pedindo para predizer se nosso desembarque será um passeio na praia ou um massacre sangrento. Eu diria que devemos estar preparados para o pior. Se atirarem em nós, atiraremos de volta.

— Esta é a questão. Só podemos atirar se atirarem primeiro.

— Ike, os nazistas estão comandando o espetáculo, não se engane quanto a isso. Os franceses podem dizer que são neutros ou hostis ou nossos melhores amigos. Mas os boches não vão apenas ficar sentados e permitir que coloquemos um exército no quintal de Rommel. Argélia, Tunísia, o Marrocos francês. Não faz diferença. Os franceses avaliarão o custo de nos combater contra o custo de combater os nazistas. Nós queremos chegar à costa, os nazistas já estão lá.

Houve agitação na sala contígua, uma voz alta.

Eisenhower fez um movimento de cabeça naquela direção, disse: — Bem, se os franceses vão lutar, nós temos o homem certo para mostrar o caminho.

Clark olhou para a porta, pareceu também reconhecer a voz, disse: — Não posso discordar disso, Ike.

Houve movimentação na porta, botas pesadas no chão de madeira. O homem surgiu na sala, bateu os calcanhares, saudou vivamente, disse: — E então, Ike, quando vamos matar uns boches?

Eisenhower levantou-se. — Wayne, acho que você conhece George Patton.

Patton desenrolou um canudo de papel e Eisenhower viu a revista, a capa amassada da *Life*.

— Bem aqui, Ike. Sim, aqui está. Bela foto de nosso corajoso líder, com o nome claramente escrito: "D.D. Eisenberger."

Eisenhower havia visto a foto, tinha torcido para que ninguém se lembrasse. Mas, claro, pensou, George Patton nunca esqueceria uma coisa dessas. Ao menos as iniciais estavam corretas.

Patton sentou-se, apontou um dedo para Eisenhower, disse a Clark: — Eu tinha patentes mais altas que ele, você sabe. Durante toda a maldita carreira dele. Diabos, uns dois anos atrás, quando eu assumi o comando da divisão de blindados, tentei que Ike fosse nomeado chefe do meu estado-maior. Um ótimo emprego, aquele. Você teria feito um bom trabalho também, Ike. Diabos, imagino que alguém lhe fez uma oferta melhor.

Clark riu, disse: — Imagino que o general Marshall também impôs sua autoridade sobre você, George.

— Humm. Sim. Marshall. Ele anda preocupado, você sabe.

O humor de Patton tinha mudado abruptamente, e Eisenhower viu o olhar duro, familiar. Patton havia sido escolhido para ser o comandante superior americano na Operação Tocha, comandaria uma das três pontas da invasão, os desembarques mais a oeste, em Casablanca. Mas Patton não tinha uma necessidade real de estar agora em Londres. Sua parte do ataque viria diretamente da costa leste dos Estados Unidos, uma armada que levaria as tropas para Casablanca através do Atlântico.

Eisenhower perguntou: — O que há, George? Marshall está com problemas com a Tocha?

— Sim. Essa é a verdadeira razão de eu estar aqui. Mandou que eu examinasse a situação, relatasse minhas conclusões a ele. Diabos, não há nada para eu ver em Londres. Malditas mulheres feias. Os tornozelos mais grossos que eu já vi.

Eisenhower pensou: Patton seria o pior espião do mundo. Marshall não mandaria Patton só para bisbilhotar a gente. Claro que ele está preocupado. Qualquer um que veja estes planos deve ficar preocupado.

— Estamos trabalhando em cada detalhe, George. Mas há uma enorme incerteza. Os franceses. Há muitas opiniões sobre o que eles farão, ninguém sabe ao certo.

Patton desdenhou: — Eu posso lidar com os franceses. Arranjaremos um navio de guerra para despejar alguns dezesseis polegadas no centro de Casablanca, e eles vão mudar de opinião. Se isso não funcionar, eu passo uma conversa neles. Vocês já viram algum boche seduzir alguém? Terei Casablanca no meu bolso em dois dias.

Era o estímulo de que Eisenhower precisava. Mas ele percebeu o cenho franzido, o tom de brincadeira de Patton mudando novamente.

Patton disse: — E quanto aos dois outros desembarques, Ike?

— Fredenhall e Ryder vão comandar. Você conhece o plano.

— Sim, eu conheço o plano. Mas, e quanto aos malditos britânicos? Eles vão esperar para a gente ir na frente? Você sabe o que os franceses farão se virem uniformes britânicos naquelas malditas praias. Vai ser o diabo.

Os britânicos haviam admitido o problema desde o começo. Qualquer desembarque que esperasse encontrar uma recepção de colaboração por parte dos franceses tinha de ser liderado por soldados americanos, com oficiais americanos no comando. Esse tipo de aborrecimento havia atormentado os aliados durante toda a Primeira Guerra Mundial, e, agora, os séculos de animosidade entre Inglaterra e França poderiam redundar num grande conflito no norte da África.

— Os britânicos nos esperarão, George. Assim que estabelecermos nossas bases no Mediterrâneo, os britânicos se deslocarão por terra e ocuparão a Tunísia.

Clark disse: — Rommel não saberá o que o atingiu. Será espremido como uma uva.

Eisenhower observou a expressão de Patton, viu um estremecimento de repulsa. Não tinha certeza do que Patton pensava sobre Clark e não tinha tempo nem paciência para conflitos de personalidade. Não, pensou, George não faz amizades.

Patton olhou para Eisenhower por um momento, disse: — Nós fazemos o trabalho e os britânicos agarram a vitória, é isso? Ou os malditos boches vão agarrá-la primeiro? Você acha que podemos coordenar três grandes ataques anfíbios, calar os malditos franceses, depois trazer os britânicos para a luta, com equipamentos e tudo, e mandá-los marchar para a Tunísia? E, o tempo todo, os boches vão só sentar e espiar? Há uma luta a ser travada, Ike. Rommel, ou outro. Eles despejarão reforços na Tunísia, e, se os britânicos não chegarem lá com a pressa do próprio Deus, estarão esperando por eles, implorando àqueles canalhas britânicos que marchem direto contra os tanques deles.

Eisenhower sentiu um aperto no estômago, viu Clark se mexer um pouco na cadeira; diabos, George, não preciso ouvir essa conversa, pensou. Patton parecia não se dar conta de seus insultos aos britânicos.

Eisenhower disse: — Numa coisa você está certo. Esta é uma operação complicada. Não terá sucesso sem cooperação. Os britânicos entendem isso perfeitamente, e cabe a todos nós fazê-la dar certo.

Patton sacudiu a cabeça. — Meio a meio, Ike. Quanto aos desembarques, não vejo grandes problemas. A Tunísia é outra história.

Eisenhower olhou para Clark novamente, viu que ele compartilhava seu desânimo, não esperava pessimismo da parte de Patton.

Eisenhower disse: — Esta pode ser a melhor chance que temos. Mas se não fizermos isso...

— Nós faremos, Ike. É o que direi a Marshall. Nós faremos ou morreremos tentando.

7. EISENHOWER

HOTEL DORCHESTER, LONDRES
16 DE AGOSTO DE 1942

— É A ELEIÇÃO, IKE. UMA PORÇÃO DE PARLAMENTARES TEM MEDO de ter de dar más notícias aos eleitores se quebrarmos a cara aqui. Odeio política.

Eisenhower balançou a cabeça, concordando com as palavras de Clark, olhou para ele através de uma densa névoa nos olhos. — Isso é problema do Marshall. Minhas ordens não mudaram.

Clark apontou para a cópia da carta que cobria um canto da escrivaninha de Eisenhower. — Não sei, Ike. Parece que o chefe do estado-maior não está suportando. A pressão sobre ele deve ser esmagadora.

Eisenhower olhou para o papel, as palavras de Marshall enevoadas. Mas ainda sentia o choque, o ferrão das repentinas dúvidas de Marshall sobre toda a operação.

Há unanimidade nas opiniões de que a operação proposta parece arriscada na proporção de 50% de chances de sucesso.

Unanimidade. Todos. Eisenhower já havia lido a carta vezes demais, disse: — Você acha que ele a cancelará?

Clark sacudiu a cabeça. — Como poderia, Ike? Depois de tudo? Tudo... o planejamento, o pessoal.

— Se resolver, ele pode cancelar, Wayne. Ou Churchill, ou o presidente. Diabos, se dependesse da marinha, jamais haveria plano. Os britânicos acham que vão perder metade da frota só para colocar todo mundo em posição. O almirante King... bom Deus, Wayne. O chefe de operações navais americano fica em Washington lançando despachos para dois dos principais teatros de guerra, dizendo a todo mundo que tudo o que fazemos está errado. Quando ele estava aqui, insistia que focalizássemos no Pacífico. Quando voltou para casa, parecia convencido de que a Tocha era o plano certo. Mas agora que pode se queixar longe dos ouvidos dos britânicos, diz a Marshall que é tudo um erro. Você gostaria de ser o almirante Ingersoll, no comando da frota do Atlântico, trabalhando muito duro para se preparar para este ataque, e ouvir que seu chefe em Washington acha a ideia toda suicida? Ficaríamos melhor servidos se algumas dessas pessoas fossem simplesmente fuziladas.

Clark olhou para ele, e Eisenhower se arrependeu de suas palavras. Graças a Deus posso confiar nele, pensou. Mas isso não é bom. Preciso dar uma caminhada, ir a algum lugar, talvez para o campo. Ele chamou: — Harry!

Butcher apareceu à porta.

— Prepare o maldito carro.

— Para onde vamos, chefe?

Eisenhower recostou-se na cadeira, não tinha explicações a oferecer. — Pegue o carro somente.

Clark disse: — Ike, a marinha está mudando de postura. Pouco importa o que o almirante King diga em Washington, e pouco importam os gemidos dos britânicos aqui, todos estão se unindo. O pessoal da força aérea está todo de acordo, todos pressionando a favor do plano. Jimmy Doolittle parece uma criança com um brinquedo novo, desde que lhe disseram que vai dar cobertura aérea para o desembarque de Patton. O pessoal da força aérea britânica, Tedder, todos eles... e isso se espalhará, Ike. À medida que as peças forem se juntando, todos se encaixarão. Até a marinha. As duas marinhas. Até que alguém diga algo diferente, ainda é o seu espetáculo. E é um bom plano.

Eisenhower viu o sorriso esperançoso no rosto de Clark, sentiu a amizade dele, seu esforço para afastar a cortina escura.

— Só preciso de um pouco de ar, Wayne.

Butcher havia voltado, estava em pé junto à porta. — O carro está pronto, chefe. Ah, antes de o senhor ir, há uma mensagem que acabou de chegar dos franceses. De De Gaulle.

O nome enfiou uma lâmina cega no tórax de Eisenhower. Fechou os olhos por um breve momento. — E?

— O pessoal dele ainda está se coçando para saber quais são os planos. Acho que estão um pouco contrariados.

Eisenhower fechou novamente os olhos, podia ver o rosto de Charles de Gaulle, seu ar de total desdém desenhado na mente. Sua primeira reunião havia sido um evento desagradável e mal-humorado, De Gaulle insistindo em termos absolutamente arrogantes que Marshall o recebesse antes de o chefe de estado-maior americano voltar aos Estados Unidos. De Gaulle havia sido um ministro de governo de nível intermediário e um general de brigada no comando de blindados franceses quando os alemães entraram na França. Em lugar de se render junto com a maior parte do exército francês, De Gaulle havia fugido para a Inglaterra e imediatamente se autoproclamado chefe de um Estado francês livre. O pronunciamento solitário tinha de fato estimulado alguns de seus compatriotas, e uma espécie de resistência clandestina começara a se espalhar pelo território ocupado pelos alemães. A maior parte da França considerava De Gaulle um oportunista, uma voz solitária num mar de propaganda, e, sem maiores preocupações, ele era repudiado pelo governo de Vichy como um rebelde proscrito. Mas De Gaulle não admitia ser ignorado e encontrou espaço em diferentes jornais ingleses. Logo já insistia em mais do que patriotismo de seus seguidores franceses e mais do que respeito de seus anfitriões ingleses. Fez saber que esperava ser considerado chefe de Estado e, como tal, tinha o direito de ter conhecimento exato do que os aliados planejavam para retomar seu país. Havia exigido de Marshall a informação de todos os detalhes de qualquer operação alternativa que estivesse sendo preparada. Ninguém tinha certeza se De Gaulle tinha realmente ouvido falar da Operação Tocha. Independentemente do que De Gaulle tivesse ouvido, por rumores ou vazamento na segurança, Eisenhower não tinha intenção de lhe contar nada.

Butcher disse: — Chefe, o pessoal de De Gaulle está pedindo que o senhor agende uma reunião com um representante deles. Duvido que o próprio De Gaulle venha.

Eisenhower tentou ignorar as palavras dele, forçou-se a se afastar da escrivaninha. Passou por Clark, lutou contra a névoa, pôs a mão no ombro de Butcher, disse: — Você dirige.

— Então, Harry, você acha que eu deveria estar lá fora, inspecionando as tropas? Mais paradas?

Butcher riu. — O senhor é o chefe. Inspeciona quem o senhor quiser.

— Os britânicos esperam isso, você sabe. Maldito ritual, um general se pavoneando diante de seus homens, mostrando as medalhas, assegurando-se de que todos saibam até onde chegaram as suas promoções, o quanto ele é importante. Se pensa nisso, finge certificar-se de que todos os soldados estejam em ótima forma. Como diabos você vai saber se um soldado é bom pelo modo como ele abotoa a camisa?

— Patton discordaria do senhor.

Eisenhower sorriu, assentiu: — Sim. Nunca vi um homem mais obcecado por uma saudação vigorosa. Para ele, isso funciona. Disciplina, não se pode discutir. Apesar do que Georgie possa tentar dizer aos seus soldados, ele não é perfeito.

Butcher olhou para ele, ultrapassou um trator lento, uma visão fora do comum na estrada asfaltada. O racionamento de gasolina tinha tornado o uso de veículos um luxo para os civis britânicos. Eisenhower divagou por um momento, olhou o rosto do fazendeiro, um velho que ignorou o carro oficial quando este o ultrapassou. *O mundo inteiro está passando por aquele senhor e provavelmente ele não dá a mínima atenção. Ele já viu isso antes, provavelmente já fez a sua parte.*

— Então, vai me contar?

Butcher o fez voltar ao foco, e Eisenhower perguntou: — Sobre Patton? Um tempo atrás, jogos de guerra, lá na Louisiana. Uma porção de figurões de Washington, todos olhando, bastante impressionante. Georgie comandava a Segunda Divisão de Blindados. Saiu vitorioso. Usou um truque bastante inteligente, entrou no campo do inimigo, ganhou o prêmio. Os observadores oficiais disseram que o que ele fez era impossível, mudou o evento. Ninguém conseguia imaginar como fez aquilo.

Butcher esperava mais, e Eisenhower fixou a vista em frente, segurou-se por causa de um buraco na pista.

— Bem, como é que ele fez?

Eisenhower olhava em frente, sorriu. — Trapaceou. Levou seus blindados pelo campo fora dos limites determinados. Ele tinha feito um acordo com postos de gasolina particulares ao longo das estradas da região, pagou a gasolina do próprio bolso, foi o que me disseram. Planejou tudo com antecedência.

— Ele trapaceou?

O sorriso se extinguiu, o ritmo do carro dava vontade de tirar uma soneca. Ele se virou para Butcher. — Ele *venceu*.

Butcher riu, e, de repente, Eisenhower não compartilhava mais a graça. — Foi engraçado na ocasião, imagino. Consegui minha primeira estrela pouco depois. Ele já era general de divisão. Agora, tenho de olhar para ele de maneira diferente. Ele fará o que precisarmos que faça, eu sei. Mas ele não gosta de ordens. Talvez não seja o melhor homem para obedecer a um plano. Improvisação é bom, é essencial em combate. Mas ele será apenas uma parte de algo muito mais complicado do que qualquer um de nós já tentou fazer.

— Desculpe-me, chefe, mas é para isso que gente como Patton existe. Não importa o que digam em Washington, não importa quantas reclamações e dúvidas cheguem a Marshall ou Churchill ou FDR, são os soldados na ação do desembarque e do assalto que importam, os homens que disparam as grandes armas. Se fizerem o trabalho deles, então o senhor terá feito o seu. Senhor.

Eisenhower olhou para Butcher, assentiu devagar. — Obrigado, Harry.

Rodaram outro quilômetro, para além de pequenas fazendas localizadas no meio de campos densos e verdejantes. A névoa agora tinha se dissipado, a energia retornava e Eisenhower apontou para um cruzamento à frente. — Dê a volta. Tenho muito que fazer.

Butcher diminuiu a velocidade do carro, deu um giro amplo, tomou o sentido contrário, pisou no acelerador, levando-os de volta ao escritório. Eisenhower sentia a energia do carro, deu-se conta de como Butcher estivera dirigindo devagar. Sabia que era de propósito, que, uma vez que Eisenhower houvesse clareado a névoa do cérebro, ele ia querer voltar ao trabalho *imediatamente*. As fazendas passaram correndo e já estavam chegando aos arredores da cidade.

Ele olhou para a frente. — Certifique-se de que Wayne venha tomar café amanhã de manhã. Faça com que o pessoal de Churchill nos ponha em sua agenda quando ele voltar da África. Quero mandar uma resposta a Marshall cheia de detalhes, números de logística, suprimentos, tropas, ar e mar, para tranquilizá-lo. Patton parte para os Estados Unidos na semana que vem; quero que ele esteja preparado para dar a Marshall um relatório completo sobre avanços, não queixas. Consiga uma reunião com o Ministério do Interior britânico, com o sr. Mack, acho. Ele está envolvido com o problema francês.

— Mack, sim, senhor. Ele está tratando agora com De Gaulle, chefe?

— De Gaulle? Não tenho ideia. Estou falando do verdadeiro problema francês, daqueles caras na África que podem ou não resolver nos mandar para o inferno.

21 DE AGOSTO DE 1942

Na manhã de 21 de agosto, Eisenhower recebeu o relatório oficial de Lorde Louis Mountbatten, o jovem e impetuoso comodoro que então figurava entre os mais influentes chefes de estado-maior britânicos. O relatório confirmava que o ataque a Dieppe havia sido um desastre completo.

O ataque à cidade portuária francesa havia sido planejado basicamente pelos britânicos, notadamente pelo próprio Mountbatten, e tinha como objetivo capturar um alvo médio francês, controlando a praia e o porto por um tempo suficiente para convencer tanto os britânicos quanto seus aliados no continente europeu de que um ataque anfíbio poderia posicionar uma força de dimensões razoáveis por bastante tempo até que reforços importantes chegassem por mar. Não havia a intenção de que Dieppe fosse uma conquista permanente, apenas uma demonstração de que o "Muro Atlântico" de Hitler poderia ser penetrado. Dos 6 mil soldados que participaram do ataque, a maioria era canadense, suplementados por britânicos e por um pequeno contingente simbólico de comandos americanos. O que o planejamento cuidadoso não havia levado em conta fora a defesa alemã, uma sólida barreira feita sob medida para enfrentar aquele tipo de ataque anfíbio. Os relatórios eram desoladores. Metade dos homens que participaram do ataque foi morta ou capturada. Por mais trágico que o ataque tivesse sido, Eisenhower percebia uma sutileza nos despachos britânicos, uma nuança que o público, horrorizado, jamais alcançaria. O ataque a Dieppe era prova de que Hitler não ficaria simplesmente parado permitindo que qualquer porto francês fosse atacado com tal facilidade. Era claro para Eisenhower que a inclusão da pequena força americana, que se saíra tão mal quanto seus companheiros britânicos e canadenses, geraria nos Estados Unidos o tipo de manchetes que ninguém no Departamento de Guerra queria, e isso o aborrecia. Soldados americanos haviam morrido atacando um porto francês, contra uma defesa formidável que dificilmente se esfacelaria. Depois de Dieppe, as vozes que continuavam a se manifestar contra a campanha do norte da África foram virtualmente silenciadas. Se a Operação Tocha não era popular, Dieppe tinha dado um recado convincente de que a Tocha poderia ter uma possibilidade maior de sucesso que outro ataque contra a costa francesa, um ataque que iria bater diretamente contra as defesas mais sólidas de Hitler.

RUA DOWNING, 10, LONDRES — 26 DE AGOSTO DE 1942

O convite partiu de Churchill, jantar em sua residência oficial. Eisenhower já havia enfrentado esse tipo de jantar, compromissos entediantes, arrastados. Como o primeiro-ministro havia chegado recentemente da África e da Rússia, ele certamente dominaria a audiência com detalhes variados das viagens, alguns deles militares, a maior parte sobre ele próprio, Churchill, a deleitar-se com a atenção. Pelo menos Eisenhower tinha um reforço valioso: Wayne Clark o acompanharia.

Foram levados à sala de jantar, e Eisenhower não viu mais ninguém por lá. Clark estava ao seu lado, e Eisenhower comentou: — Parece que chegamos cedo.

Clark verificou o relógio. — Não, não creio.

Ouviram um barulho fora da sala de jantar, e Churchill entrou, com andar pesado.

— Bem-vindos! Sentem-se! Estão com fome?

Eisenhower sentiu o cheiro familiar de charuto, o acessório permanentemente implantado na boca de Churchill. Usando um roupão grande, ele arrastou os chinelos graúdos até a cadeira.

Clark se aproximou do encosto da cadeira de Churchill, instinto de polidez, e Churchill disse: — Eu me ajeito, general. Sentem-se, vocês dois. É bom estar em casa, sabem? Aonde quer que eu vá, não importa a hospitalidade que meus generais ou outras pessoas me ofereçam, nada se compara à própria casa, hein?

Eisenhower percebia que o humor de Churchill estava bem melhor que o seu.

Churchill olhava para ele, disse: — O dia foi ruim, general? Sente falta do chá da tarde? Eu não ligo muito para isso. Chá é para viúvas e diplomatas. Prefiro o *uísque da tarde*.

Eisenhower não disse nada, olhou para Clark. O telegrama sombrio de Marshall havia sido discutido numa reunião convocada às pressas, um assunto americano, com ninguém mais presente. Não foi uma escolha consciente de Eisenhower excluir ninguém — apenas aconteceu daquele modo. Churchill tragou o charuto, a fumaça ficou pairando em torno de seu rosto redondo, a expressão inalterada. Não há dúvida de que ele sabe, Eisenhower pensou. De alguma forma, ele sempre sabe.

— Senhor, ainda há preocupação em Washington.

Churchill bateu as mãos sobre a mesa, parecia ter uma resposta pronta.

— Eis o que eu acho, general. A Tocha oferece a maior oportunidade da história da Inglaterra. É o que vai ganhar a guerra. O presidente Roosevelt acha o mesmo. Ambos estamos preparados para ajudá-lo do modo que pudermos. O mais importante, claro, é que não haja combate com os franceses.

Eisenhower absorveu o entusiasmo de Churchill, sentiu que seu humor sombrio melhorava um pouco.

Clark parecia pulsar ao seu lado, sentado ereto na cadeira, disse: — Senhor primeiro-ministro, fomos submetidos a tantos planos diferentes, tantas estratégias, mudanças de sentimento, mudanças de ideia... o que precisamos, senhor, é que alguém com poder suficiente tome algumas decisões. Ficamos em meio a mudanças diárias. Já tivemos uns dez conjuntos de planos. Estamos tontos com tantas mudanças, tantas opiniões diferentes sobre o que vai ou não vai funcionar... ou se vai mesmo haver uma Operação Tocha!

A voz de Clark tinha ganhado volume, o homem alto inclinava-se para a frente na cadeira, braços sobre a mesa. Eisenhower levantou a mão, mas podia ver que a emoção de Clark ainda crescia, as palavras continuavam a fluir.

— Senhor, nós apenas gostaríamos de ter um conjunto de planos definitivo, uma estratégia, para que possamos trabalhar neles!

Churchill empurrou a cadeira para trás, levantou-se, começou a caminhar lentamente, e Eisenhower olhou para Clark, viu a expressão de um homem cansado que sabe que falou demais. A sala ficou em silêncio por um longo momento, Churchill ainda caminhando, acompanhado por um rastro de fumaça de charuto. Ele olhava para baixo, andava de uma parede a outra, sem nunca olhar para eles.

— Joe Stalin está muito ocupado, vocês sabem. Sérias dificuldades. Seu exército está fazendo uma grande coisa mantendo os boches afastados, mas, na semana seguinte à minha partida, soubemos que os boches haviam aberto uma nova frente de ataque ao sul, contra Stalingrado. Pode ser ruim, muito ruim. Mas não teremos notícias disso pelo tio Joe. Ele guarda segredos, pensa que não somos inteligentes o bastante para saber o que ele está enfrentando, ou como está lidando com isso. É a coisa mais maldita desses soviéticos. Eles insistem que são nossos aliados e esperam que façamos tudo que pudermos para ajudá-los. Mas tente ter uma resposta direta de qualquer um deles, especialmente de Stalin. "E então, Joe, quantos tanques você tem em torno de Moscou?" Ele apenas lhe oferece mais vodca, diz algo sobre os boches não serem tão duros quanto se diz que são, e então, por que não atacamos a França? Todas as perguntas que fiz voltavam direto para mim. "Por que os ingleses não atacam? Quando os americanos vão ajudar?" Tive que admitir que não estamos suficientemente fortes. Não me importei, nem um pouco. Ele também não. E ele está certo em nos infernizar por causa disso. Os boches já lhe chutaram a porta da frente e, se fecharem os soviéticos num caixão, nós seremos os próximos. É por isso que devemos atacar em breve e precisamos fazê-lo onde fizer diferença e ocupar a atenção de Hitler. — Churchill se virou, esfregou as costas na aresta de uma estante alta, coçando-se.

— Uma coisa que peguei no Egito. Pequenos insetos detestáveis. —

Churchil voltou para a mesa, bateu o charuto na beira de um cinzeiro. Olhou, então, para Eisenhower, apontando o charuto em sua direção.

— A Tocha, senhores. Contei a Stalin sobre nosso plano. Ele não gostou a princípio, disse não, vai para a França primeiro. Eu respondi: para que colocar a cabeça na boca do jacaré quando você pode ir até o Mediterrâneo e rasgar-lhe o baixo-ventre? Depois de um tempo... — Churchill parou, sorriu. — Depois de abertas várias outras garrafas, o tio Joe achou que poderia ser uma ideia bastante boa. Então, general, esta é mensagem. *É uma ideia muito boa*. Eu acho que é, Stalin acha que é, e eu me certificarei de que todos os outros achem que é, incluindo o seu presidente. — Olhou para Clark. — Era o que queria ouvir, general?

A boca de Clark estava ligeiramente aberta, e Eisenhower disse: — O que Wayne está pedindo... o que quero do senhor, dos chefes de estado-maior, é simplesmente um sinal verde. O presidente insiste que tropas americanas estejam em campo, em *algum lugar* por aqui, até o fim do ano. Temos trabalhado num plano que fará isso da melhor forma possível. Estamos apenas frustrados com... os obstáculos.

Churchill tirou novamente o charuto da boca e o olhou. — Maldita trapalhada a de Dieppe, hein? Roosevelt captou claramente a mensagem. O único lugar em que suas tropas podem fazer um bom desembarque é no norte da África. Eu lhe direi isso. Novamente. Vocês terão seu *sinal verde*.

Churchill se sentou, e então disse alto: — Queremos a sopa!

Garçons apareceram depressa na sala, pratos de caldo fumegante foram colocados na frente de cada homem. Eisenhower sentia-se tonto com a energia de Churchill, começava agora a entender que ele era o único homem capaz de realmente controlar toda aquela questão. O presidente o escutará, pensou. Posso ficar trocando mensagens com Washington para sempre, continuar essa absurda disputa transatlântica de teorias, mas, no fim, tudo pode se reduzir ao poder da personalidade desse homem, à vontade dele. Roosevelt o escutará, e Marshall escutará Roosevelt. E finalmente, *finalmente*, poderemos fazer as coisas acontecerem.

Olhou para Clark, que mexia a sopa, testando a temperatura. Do outro lado da mesa, irromperam ruídos, Churchill inclinava bastante o rosto banhado em vapor, um barulho alto de sopa sendo sorvida, enquanto a colher fazia o curto trajeto do prato para a boca.

De repente, ele olhou para cima, sopa respingada no queixo, disse: — Ótima sopa, não? Certifiquem-se apenas de achar um jeito de manter os franceses fora da maldita luta.

Em 19 de outubro, Wayne Clark voou para a base britânica em Gibraltar e foi ao encontro de um submarino que o transportou para a costa argelina. A missão era secreta e excepcionalmente perigosa. Clark desembarcou no meio da noite num trecho deserto de praia. A reunião foi um resultado dos esforços eficazes de Robert Murphy, o principal diplomata americano no norte da África. Mas Murphy também tinha outro papel. Era um espião. Durante muitas semanas, tinha enviado relatórios clandestinos para Washington, relatórios que eram encaminhados a Eisenhower. Murphy mantinha vigilância sobre políticos e vários generais franceses e municiava Eisenhower com valiosas informações. Infelizmente, com tanta confusão e incerteza no alto-comando francês, Murphy não podia estar seguro sobre o que poderia acontecer quando os americanos desembarcassem. Nenhum general francês confiaria num simples diplomata. Por insistência de Murphy, o próprio Clark participaria de uma reunião e, como segundo no comando de Eisenhower, presumivelmente estimularia os franceses a estabelecerem um compromisso firme quanto às suas intenções.

Numa casa distante com vista para a praia deserta, Clark reuniu-se com o general Charles Mast, que comandava as forças francesas em toda a Argélia. A reunião foi cordial e construtiva, os franceses ofereceram informações sobre tropas e posições de artilharia, Mast insistindo ser amigo dos aliados. Naturalmente Mast esperava que Clark fornecesse detalhes sobre alguma invasão iminente, coisa que Clark não podia fazer de modo algum. Mas Clark voltou a Londres com a garantia de Mast de que o grosso do exército francês receberia bem os americanos. Claro que era motivo de otimismo, embora Eisenhower soubesse que era provável que houvesse conflito entre os pares de Mast, que o cenário político e militar francês ainda era um campo minado. Quando os navios aliados aparecessem no horizonte, os oficiais de campo franceses e seus comandantes enfrentariam a realidade de uma invasão armada. Como responderiam poderia ter pouco a ver com os apertos de mãos amigáveis entre um general e Wayne Clark.

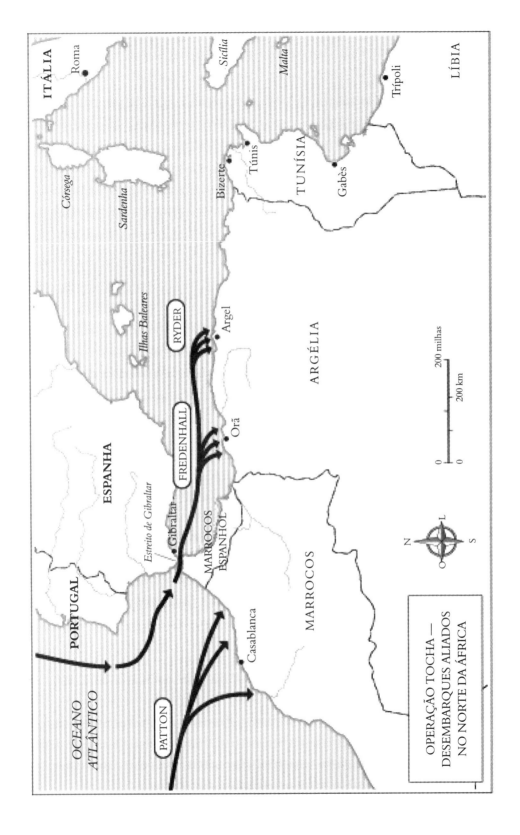

Depois de tantos meses de planejamento e replanejamento, de informações e conselhos, discussões e demoras, a Operação Tocha estava finalmente em andamento. O ataque seria realizado em três principais frentes. O ataque mais a oeste seria comandado por Patton e desembarcaria na costa da África, em Casablanca e seus arredores. Os homens de Patton embarcariam em portos americanos e fariam a viagem sem paradas em terra, navegando diretamente para o seu destino. Patton comandava 34 mil soldados, em combinação com uma frota de navios de guerra e apoio aéreo que ele supunha ser suficiente para suprimir qualquer resistência que pudesse encontrar. As outras duas frentes seriam lançadas dentro das águas relativamente calmas do Mediterrâneo, na costa norte da Argélia. A frente central seria lançada no porto argelino de Orã, 39 mil soldados americanos sob o comando do general de divisão Lloyd Fredenhall.

A frente leste, contra a própria Argel, seria liderada por outro americano, general de divisão Charles Ryder, que comandaria 100 mil soldados americanos e 23 mil britânicos. Os americanos deveriam conduzir o ataque, refletindo a sempre presente necessidade de dar aos franceses a mítica impressão de que não havia britânicos ali. Uma vez em Argel, os britânicos passariam ao comando de seu próprio general, sir Kenneth Anderson, que, quando a base em terra estivesse segura, imediatamente levaria as tropas britânicas para leste, em direção à Tunísia.

O relatório de Clark a Eisenhower sobre sua missão na África havia sido tranquilizador em todos os detalhes, exceto um. Mast era apenas um comandante de divisão, que não tinha autoridade além dos limites da Argélia. Embora Mast parecesse disposto a ser um aliado, Robert Murphy tinha tomado a precaução de ir além de Mast, em busca de um general que tivesse autoridade sobre todo o teatro. Murphy encontrou meios de contatar Henri Giraud, um dos velhos e grandes militares das forças armadas francesas, que havia sido capturado pelos alemães em 1940. Giraud havia fugido e estava escondido, e, apesar de ter feito algumas declarações de apoio ao governo de Vichy, os alemães o consideravam um fugitivo perigoso. Giraud havia começado a dar assistência a agentes franceses em seus esforços contra a ocupação nazista, o que naturalmente parecia fazê-lo um aliado de Charles de Gaulle. Mas Giraud e De Gaulle eram rivais, nenhum deles estava interessado em dividir os holofotes. Na cadeia de comando francesa, Giraud era de longe muito mais importante que De Gaulle, e Eisenhower tinha de confiar na intuição de Murphy de que Giraud possuía autoridade e disposição para assumir o comando das forças francesas no norte da África e contradizer as ordens de Vichy. Se Giraud aceitasse o papel, e se a intuição de Murphy estivesse correta, poderiam evitar um banho de sangue nas praias. Em todos os portos, os franceses operavam fortes baterias de costa, armas pesadas que poderiam devastar um desembarque em larga escala. Cada porto também fervilhava de artilharia e infantaria francesas, os vários campos de aviação repletos de caças franceses. Mas Eisenhower não podia compartilhar cegamente do otimismo de Murphy a respeito do general Giraud. Mesmo que o general Giraud estivesse disposto a oferecer inteira cooperação e mesmo que ele ordenasse a todas as forças francesas que depusessem as armas, Eisenhower ainda tinha uma pergunta irrespondível: será que realmente escutariam Giraud?

Quartel-general de Eisenhower, Hotel Dorchester
Londres — 24 de outubro de 1942

— Notícia recebida de Norfolk, senhor. A força-tarefa está a caminho.

Eisenhower não disse nada, olhou para Clark, que baixou a vista, fechando os olhos por um instante. Eisenhower não faria perguntas, pensou, nós rezamos do nosso jeito. Não tenho nada a ver com isso. Olhou para o mapa pregado na parede a seu lado, disse:

— O inimigo agora é o clima.

Clark também olhou para o mapa.

— Submarinos.

Eisenhower balançou a cabeça.

— Improvável. A frota pode ser um alvo tentador, mas os destróieres da escolta estarão na festa. Nenhum marinheiro gosta de ver um transporte de tropas ser atingido no seu plantão. Não com Patton lá tocando fogo no rabo deles.

Eisenhower estava aliviado, a despeito de si mesmo. Sabia que, com Patton empurrando seu pessoal em Norfolk, Virgínia, não haveria atrasos no embarque dos soldados. Com aquela frota no mar, os transportes na

Inglaterra também estavam se preparando, as tropas que fariam a viagem em direção ao sul já carregando seus equipamentos. Os chefes de estado-maior de ambos os exércitos já haviam recebido os relatórios, e tanto Churchill quanto Roosevelt tinham sido informados dos planos. O desembarque seria em 8 de novembro. Se Berlim tomasse conhecimento disso, não haveria o que fazer.

Uma grande variável ainda estava por ser decidida: como os alemães responderiam? Afinal, eles eram o alvo final da operação. A leste das áreas de desembarque, bem longe, os blindados e a infantaria de Erwin Rommel, cercados, ainda enfrentavam os britânicos abaixo da aldeia de El Alamein, na cintura da ampulheta. Agora já fazia muitas semanas que havia calmaria por lá, tempo para os alemães espalharem minas e cavarem uma sólida posição defensiva na terra dura do deserto. Além disso, os alemães tinham poucas opções, podiam apenas esperar pelo que aconteceria a seguir. Seus blindados não podiam fazer uma movimentação decisiva, as reservas de combustível mal davam para um dia de operação. Qualquer ofensiva só poderia ser feita pelo oponente. Mas Montgomery não tinha pressa, enfurecendo Churchill e testando a paciência de seu comandante, Harold Alexander. Alexander sabia que o objetivo final da Operação Tocha era atingir Rommel por trás, imprensar os alemães entre o Oitavo Exército de Montgomery e as forças combinadas sob o comando de Eisenhower. Mas Montgomery ainda esperava, ninguém o apressaria, nem mesmo Churchill. Não haveria ataque contra as forças de Rommel até que ele estivesse totalmente preparado.

A calmaria tinha sido uma bênção e uma maldição, os britânicos usavam o tempo para reconstruir e reajustar, para aumentar a sua sempre crescente superioridade em números. Para os alemães, a calmaria deveria ter permitido reforçarem suas linhas de abastecimento, estocarem depósitos de combustível e munição. A despeito de tantas promessas dos italianos, a *Panzerarmee* tinha recebido pouco das necessidades vitais para empreender uma guerra móvel. Grande parte do combustível que fora despachado da Itália tinha sido mandado para o fundo do mar, os cargueiros italianos e navios-tanque sendo alvos fáceis dos bombardeiros e aviões torpedeiros britânicos. Os alemães e italianos que resistiam no deserto não tinham escolha senão ceder a Montgomery a próxima jogada. Pior para os alemães, que nem podiam buscar estímulo no homem que lhes havia proporcionado as vitórias que empurraram os britânicos para tão perto de sua base no Egito. A doença de Rommel o havia mantido fora por mais de um mês e, portanto, a demora de Montgomery fora uma dádiva preciosa para o adversário, dando a Rommel tempo para se recuperar. Se Rommel voltaria um dia para a guerra era uma pergunta que ninguém, de nenhum dos dois lados, podia responder.

Independentemente das razões para a demora de Montgomery, a Operação Tocha estava começando a funcionar. Com tanto em jogo, até Eisenhower começara a se perguntar se Montgomery pretendia participar dela.

8. ROMMEL

SEMMERING, ALPES AUSTRÍACOS
24 DE OUTUBRO DE 1942

TINHAM SE PASSADO TRÊS SEMANAS, MAS OS MÉDICOS DISSERAM QUE ele levaria muito mais tempo para recuperar inteiramente a saúde. No Egito, ele havia deixado instruções cuidadosas para a continuação da defesa de seu exército, para se prevenir contra a inevitável ofensiva que Montgomery lançaria. Em todos os relatórios que recebia, era óbvio que os britânicos continuavam a se preparar para uma nova operação, estavam armazenando em grandes depósitos de suprimentos e oleodutos para levar combustível a um exército em constante expansão, um exército que as forças alemãs e italianas talvez não fossem capazes de conter. Rommel sabia que a ofensiva de Montgomery, quando quer que viesse, provavelmente seria bem-sucedida.

O exército de Rommel agora estava nas mãos do general Georg Stumme, um comandante de campo razoavelmente capaz, que ganhara considerável experiência no início da campanha contra a Rússia. Stumme não apresentava o físico de um oficial de panzer magro e faminto, estava com um excesso de peso preocupante e sofrera uma série de doenças. Rommel tinha ficado apreensivo com a aparência do general, e também porque Stumme parecia achar que sua nomeação era permanente. Independentemente do que tivessem dito a Stumme em Berlim, Rommel havia sido específico em suas instruções. Esperava-se que Stumme seguisse as ordens de Rommel quanto ao posicionamento e defesa da tropa, e se os acontecimentos se tornassem particularmente perigosos, Rommel contava poder estar de volta. As cartas de Westphal chegavam com muito mais frequência que as de Stumme, mas, pelo menos, Rommel tinha um retrato preciso de como seu exército, cada vez mais maltrapilho, estava sendo usado.

Durante toda a estada em Semmering, sua única outra fonte de informação tinham sido os jornais. Já aprendera a ignorar a maior parte do que via neles, a dose diária de gracejos que alimentava o povo alemão às colheradas. Ultimamente os jornais pareciam mais interessados em alardear os vários triunfos em outros teatros de guerra, as conquistas japonesas na Ásia, a destruição das forças britânicas e americanas no Pacífico. Mas as maiores manchetes eram reservadas à campanha na Rússia. O nome que os jornais proclamavam mais alto era o de Friedrich Paulus, que comandava a grande onda alemã que certamente engoliria Stalingrado. A notícia sobre o exército de Paulus era apresentada com o mesmo talento dramático que Rommel havia visto brotar da Líbia, zelosamente relatada por homens como Berndt. Era o seu trabalho, afinal, alimentar a máquina de propaganda de Goebbels, máquina que depois alimentaria o povo alemão. Os relatórios da Rússia diziam que Paulus com certeza esmagaria a última grande resistência das forças muitíssimo inferiores de Stalin, abrindo caminho para que os exércitos de Hitler avançassem para os ricos campos petrolíferos e celeiros do Cáucaso e do Oriente Médio sem ser importunados. Antes de Rommel sair da África, Kesselring lhe dera um relatório sucinto, franco, mas esperançoso, com um tênue otimismo, de que poderia haver algo de verdade no que a máquina de propaganda de Hitler relatava. Paulus poderia realmente esmagar as defesas russas em torno de Stalingrado, uma vitória tão significativa que Joseph Stalin seria pressionado a aceitar a paz, a paz de Hitler. Rommel admitiu que Kesselring poderia estar certo, afinal de contas. Ambos sabiam que a energia de Hitler se voltava muito mais para a Rússia do que jamais se voltara para o norte da África.

Na viagem de Rommel para o norte, ele havia parado primeiro em Roma, tendo sido recepcionado com louvores e vivos floreios por Mussolini. A conversa foi a mesma, promessas de grandes frotas de navios-tanque e cargueiros, parecendo que os italianos estavam mais convictos do que nunca de que algum sucesso monumental estava a dias de acontecer.

Rommel trincara os dentes durante os discursos e os parabéns com tapinhas nas costas com que o receberam no Comando Supremo. Havia se acostumado à estranha cegueira dos militares italianos, mas o que viu em Roma foi muito pior. A própria cidade, vastas multidões de civis que pareciam alheios a qualquer crise, deslizando por seu cotidiano como se não existisse guerra. Era um contraste marcante com o que Rommel sabia estar ocorrendo na Alemanha, onde as cidades sofriam constantes bombardeios aliados, e começava a surgir no campo a escassez de alimento e de combustível. Mas Roma não demonstrava quaisquer sinais de escassez ou privações. Por mais que Rommel desprezasse a incompetência e a liderança inepta que acometiam seu governo, não pôde deixar de sentir um estranho respeito por Mussolini. O homem tinha uma espantosa habilidade de exercer um tipo único de poder, não com a bota e a arma, mas com a mente de seus governados. Mussolini contara a mentira perfeita, convencera o povo de que tudo aconteceria como os italianos queriam e eles acreditaram. Se havia uma guerra, era para o bem, garantiria paz e prosperidade aos italianos por gerações. A ambição ridícula de Mussolini de um novo Império Romano na verdade realizara-se nele próprio, em como o povo italiano aceitava, e até comemorava, a sua grandeza autoproclamada. Para Rommel, a Itália parecia um sonho, uma fantasia bizarra. E, então, foi ver Hitler.

O *Führer* demonstrou respeito, ficou satisfeito com o *progresso* de Rommel. Hitler ainda estava claramente fixado no retrato que Goebbels havia feito de Rommel, o Grande Herói. O revés em Alam Halfa era apenas um pequeno atraso no grande plano, Hitler e seus assessores estavam mais que nunca convencidos de que os britânicos estavam fadados a desmoronar diante do grande poder dos tanques de Rommel, tanques que este sabia que simplesmente não existiam. Foram feitas promessas, esforços renovados de abastecer o *Panzerarmee* por mar, uma enorme frota de novos navios cargueiros de fundo chato, inatacáveis por torpedos e fortemente armados contra qualquer ameaça aérea por parte dos britânicos. Rommel havia suportado o derramamento de otimismo exaltado, sentia-se fraco e doente demais para objetar qualquer coisa. Se havia um símbolo perfeito das espantosas visões de guerra de Hitler, este veio de Hermann Göring, o comandante da força aérea alemã. Rommel havia sido claro e direto sobre a superioridade aérea britânica haver mudado inteiramente a campanha na África, afirmando que, se os britânicos continuassem a dominar os céus, só poderia haver um resultado desolador. Mas Göring havia rejeitado vivamente o relatório de Rommel, insistindo que a Luftwaffe era muito superior e em breve destruiria os britânicos. Para sua grande aflição, Rommel pôde perceber que Hitler se apoiava fortemente nas bravatas de Göring. Quando saiu do refúgio de Hitler, Rommel tentou se fixar nas promessas, acreditar que o que o *Führer* lhe dissera podia ser verdade. Mas esse sonho se desfez também, o ar feliz de vitória estava confinado apenas aos escritórios do estado-maior e aos alojamentos dos homens que haviam se colado aos sonhos irreais de Hitler. Além das paredes do quartel-general de Hitler, Rommel sentia a depressão voltar, cravada dentro dele pela doença e pela realidade do que acontecia com seus soldados. Carregou-a consigo para o hospital de Semmering, começou o repouso e a recuperação sob uma nuvem escura. Apesar da atenção dos médicos e três semanas de descanso e paparicos, a nuvem permanecia com ele. Olhava para a beleza tranquila dos Alpes, mas só via a África, não conseguia fugir da visão de seus homens, bons soldados que se agachavam na secura dura e pedregosa, que operavam tanques negligenciados e uma artilharia desgastada, que podiam somente esperar pelo inevitável em El Alamein.

O ALMOÇO TINHA SIDO AGRADÁVEL, UMA DAS PRIMEIRAS REFEIÇÕES que pareceram cair bem no estômago sensível. Era um bom sinal, e Rommel recostou-se no travesseiro, apalpou o abdômen com os dedos, tocou os lugares doloridos, especialmente o lado direito. Uma onda de dor o atravessou, uma surpresa, e ele gemeu, exclamando em voz alta: — Diabo! De novo não! O que é que eu vou fazer?

Viu-as chegando, as enfermeiras acorrendo rapidamente. Era o prazer de ser o *Grande Rommel*, para quem todos da equipe se voltavam quando ele chamava. Seus problemas com o fígado ainda eram agudos, os médicos tão frustrados quanto ele, e todos sabiam que, se alguma coisa desastrosa lhe acontecesse, as primeiras perguntas viriam da Gestapo.

As enfermeiras tinham começado a se juntar, depois se afastaram, abriram caminho para o médico, um homem baixo e atarracado chamado Besser.

— Seu fígado novamente?

— Sim, maldição. — Rommel fez uma pausa. — Doutor, o senhor precisa entender. Eu vim para cá acreditando que teria descanso e recuperação. Já se passaram três semanas e não estou muito melhor do que quando cheguei. Três semanas, e mais um ano.

Besser disse: — Senhor, esse tipo de doença requer tempo. O senhor deveria ficar aqui por dois meses, talvez mais.

— Eu não disponho de dois meses, doutor.

— Senhor!

Rommel olhou na direção da voz de mulher, a enfermeira que se aproximava com passos rápidos e precisos.

Besser disse: — Sim, o que é?

— Com licença, doutor. Há uma ligação para o marechal de campo Rommel. Disseram que é muito urgente, senhor.

Rommel sentiu novamente a dor, a dor vaga, quando se sentou. Olhou para o rosto suave da enfermeira, pensou: ela está com medo. Bom Deus, o que acham que eu vou fazer com eles?

Besser o ajudou a se levantar, e a enfermeira se aproximou, pôs a mão delicadamente sob o seu braço e disse em tom baixo e urgente: — Senhor, é do quartel-general do *Führer*! É o general Keitel em pessoa!

Rommel sentiu o estômago reagir ao nome. O almoço revirava dentro dele, e ele se arrastou a passos lentos para a porta. Havia mais enfermeiras, e ele viu o pequeno escritório, o lugar onde o telefone aguardava, conhecia a voz aguda de Keitel, o marechal de campo cujo talento era funcionar perfeitamente como office boy de Hitler. Rommel olhou para o fone, tentou se acalmar. Só há uma razão para ele me ligar, pensou. A coisa começou.

O segundo telefonema foi de Hitler, várias horas depois das primeiras notícias de Keitel. Hitler fez a mesma pergunta que Keitel: — Você está bem o suficiente para voltar ao comando? — Rommel ficou surpreso que Hitler parecesse genuinamente preocupado; caso Rommel se sentisse incapaz, não haveria nenhuma ordem. Mas a urgência era clara, e Rommel nunca recusaria. Voltaria para a África.

O primeiro sinal do ataque de Montgomery tinha vindo da artilharia britânica, onda após onda de projéteis caindo sobre as posições alemãs e italianas, seguidas de bombardeio maciço, à noite e ao amanhecer, por nuvens

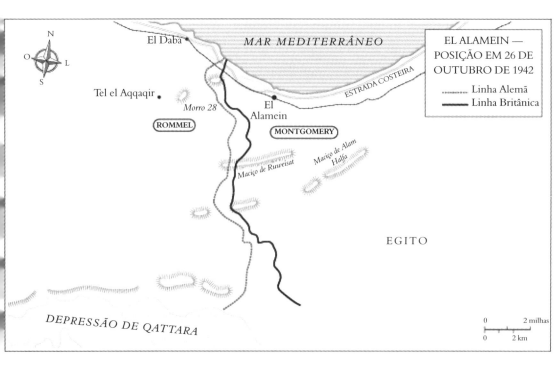

incessantes de bombardeiros britânicos. Os ataques combinados haviam provocado grandes brechas na linha de defesa, algumas unidades italianas simplesmente se desfizeram, cedendo terreno ao que quer que Montgomery enviasse naquela direção. Rommel sabia que o quartel-general de Hitler não teria conhecimento do que estava realmente acontecendo, ainda não, não até que tivesse terminado, quando os relatórios fossem escritos, os números calculados. Mas o primeiro relatório de Keitel era menos sobre fatos e números que sobre a única notícia que Rommel achava difícil de compreender. Em algum lugar, no meio do ataque britânico, o substituto temporário de Rommel havia sumido. Naturalmente Keitel usara a palavra apropriada: desaparecido. Esse detalhe causou a Rommel a pior das agonias, e o manteve acordado durante a noite sem-fim. Quando o *Panzerarmee* mais precisava da força de um líder, Georg Stumme, o homem cujo trabalho crucial era coordenar a defesa, tinha simplesmente sumido.

Perto de Tel el Aqqaqir, Egito — 25 de outubro de 1942

O avião o tinha levado diretamente a Roma, onde lhe deram os detalhes retransmitidos de El Alamein. Aprendera a não confiar nos relatórios da luta em si, pois a guerra no deserto era fluida, as situações mudavam constantemente. Por isso, ele verificaria pessoalmente. Mas muito pior era a confirmação vinda dos oficiais da intendência. Independentemente dos esforços feitos para transportar combustível para o exército de Rommel, os bombardeiros e aviões torpedeiros continuavam a acertar o alvo. Grande parte da gasolina destinada aos blindados estava sendo mandada para o fundo do Mediterrâneo.

Depois de chegar ao campo de pouso de Qasada, fez a última parte da viagem sozinho, no Storch, seu pequeno avião. Voou baixo, planou junto à superfície lisa do deserto, ignorou o que quer que voasse acima dele. O Storch, também, era tão pequeno que o ignoravam: nenhum esquadrão de caças britânicos se importaria muito com um único avião de reconhecimento lento, tão distante na retaguarda alemã.

A fumaça o atraiu ao lugar de aterrissagem, o céu manchado de preto e cinza, mas não fez reconhecimento algum, não teve interesse em observar o movimento de seus panzers. Com o sol de um vermelho profundo a oeste, aproximou-se com o avião devagar, tocou o chão. Quando saiu, enrijecido, do avião, a primeira pessoa que viu foi Westphal.

— O general Stumme está morto, senhor. Achamos o corpo hoje à tarde. Não havia ferimentos. Aparentemente... ele caiu do veículo de comando. Possivelmente o coração parou.

Rommel continuou andando, viu os outros oficiais se reunindo fora das tendas. Westphal o seguia de perto, disse: — Senhor. Não sei o que poderíamos ter feito além disso.

As palavras golpearam Rommel, e ele parou, virou, nunca tinha visto esse tipo de hesitação vinda do rapaz. Westphal pareceu recuar, e Rommel olhou firme em seus olhos.

— Feito a respeito *de quê*, coronel? O que vocês não fizeram?

Westphal olhou além dele, e Rommel sabia que os outros estavam escutando. Rommel não tinha paciência, a agonia em suas entranhas se revolvendo como cubos de gelo. Sabia que tinha havido erro em algum lugar, alguém na linha, alguém nas tendas em pânico por causa de Stumme, porque o exército ficara acéfalo.

— O que aconteceu, coronel?

— Senhor, os britânicos nos deram todas as indicações de que estavam se concentrando para um ataque ao flanco sul. Nossos aviões de reconhecimento localizaram depósitos de combustível lá, e facilmente localizamos um grande número de veículos estacionados sob camuflagem. Uma grande quantidade de soldados foi vista marchando para o sul. Passaram semanas construindo um duto, que observadores acreditavam ser para combustível. Todas as indicações eram de que o inimigo pretendia nos atacar naquela direção.

Rommel fechou os olhos e pensou em Montgomery. — E, em vez disso, o inimigo atacou ao norte.

— Sim, senhor.

Rommel começava a ver tudo em sua mente, tentava imaginar um plano grandioso, algo que ele mesmo seria capaz de arquitetar. Havia pensado a respeito da demora de Montgomery, por que os ingleses haviam permitido ao *Panzerarmee* cavar trincheiras, por que houve tanto tempo para consertar os tanques. Agora fazia sentido. Montgomery é... Rommel procurou a palavra... *meticuloso*.

Virou-se, olhou para os outros, disse: — Se vocês podem localizar facilmente veículos parados debaixo de camuflagem, não é provável que o inimigo queira que vocês os achem? Depois de tudo o que aconteceu aqui, vocês não acham que os britânicos são eficientes no uso de camuflagem? Vocês não lembram o que conquistamos em Trípoli? Quando cheguei aqui, quase não tínhamos blindados! Construímos tanques de madeira, cobrimos Volkswagens com tecido e madeira para que os observadores britânicos pensassem que tínhamos força, quando quase não tínhamos nada! Isso nos deu a vantagem! Agora, vocês a devolveram para eles. Vocês foram enganados pela mesma estratégia.

Sua energia acabara, consumida pela frustração. Olhou para Westphal, examinou os rostos dos outros, queimados e sujos, todos o olhavam.

— Vocês nem sabem do que eu estou falando. Vocês não estavam em Trípoli naquela época. Nenhum de vocês.

Andou devagar em direção às tendas, ignorou a escuridão, sentiu o cheiro de comida, enjoativo, apertando a garganta. Não, eles não lembram quanto custou chegar até aqui, tudo que fizemos. Foi, afinal, há vinte meses. Uma vida. Mil vidas. Pensou em Stumme, o gordo engolido pelo deserto, um comandante que não realizara nada. Rommel sabia que Westphal estava atrás dele, sempre estaria. Gostaria de dizer alguma coisa ao rapaz, sentia-se mal por tê-lo repreendido. Mas, diabos, eles deveriam ter percebido. Eles deveriam ter estado lá, sondando, explorando, testando as linhas, descobrindo a força. Como Stumme, como qualquer um deles, pôde permitir que o inimigo nos enganasse daquela maneira?

— Que sabemos dos movimentos do inimigo, coronel?

A pergunta foi respondida pelo som de um veículo, vozes, e do lado de fora da tenda apareceu um rápido lampejo de lanterna, uma única voz alta:

— *Ele está aqui?*

Westphal se movimentou depressa, disse: — Ele está aqui, por aqui, sim, senhor!

Rommel conhecia a voz, a áspera energia. Era Ritter von Thoma, o mais recente acréscimo ao exército de Rommel. Von Thoma estava ali mal fazia um mês, assumira o comando do Afrika Korps, as divisões blindadas, respondia somente a Stumme. Agora, responderia a Rommel.

Ele irrompeu na tenda, uma lanterna brilhando um instante, procurando na escuridão. Rommel piscou por causa da luz, avistou uma cadeira, sentou-se pesadamente. Von Thoma era um homem alto, anguloso, quase da idade de Rommel, que entendia de tanques como poucos no exército alemão. Rommel gostou dele imediatamente. Ele se parecia muito com Rommel, com uma diferença: estava no deserto há pouco tempo e, portanto, ainda tinha saúde.

— Sente-se, general.

Von Thoma aceitou, inclinou-se para Rommel, disse: — Estamos mantendo a posição na frente norte. Alguns dos italianos cederam, mas, no geral, a infantaria resistiu tão bem quanto poderíamos esperar. O inimigo tentou avançar na escuridão, com algum sucesso. Mas a noite pode ser uma aliada e nós o contivemos. A maior parte. Nossos blindados estão causando danos pesados ao inimigo, a cortina antitanque é muito eficaz.

Parou subitamente, e Rommel esperava mais, ainda não tinha ouvido nada que não soubesse.

Von Thoma olhou para trás, e Rommel disse: — Diga o que pensa, general.

— Há uma brecha importante. O inimigo capturou o Morro 28. O Décimo Quinto de Panzers perdeu muita força. Reforços são essenciais.

Rommel olhou para a escuridão, eu preciso de *mapas*, pensou.

— Coronel, arranje uma luz. General, será que você tem...

Viu o rolo de papel então, Von Thoma estendendo-o em sua direção. Rommel pegou o mapa, foi até uma mesa pequena e a luz chegou, dois ajudantes segurando lanternas. Desenrolou o papel, viu as linhas, uma confusão de garranchos, círculos, números. Esperou Von Thoma começar, ouviu um novo som, distante e baixo. De repente, um grito de Westphal, e as lanternas se apagaram. Rommel fixou a escuridão, podia ouvir claramente, o ronco ficando mais alto, o ruído pesado de bombardeiros. Então as bombas chegaram, trovejando na distância, lampejos iluminando as paredes da tenda. Sentiu o tremor no chão, ouviu homens indo para as trincheiras, gritos, Westphal agarrando o seu braço. Von Thoma também o puxou, e Rommel os seguiu, saindo rapidamente da tenda. Os relâmpagos se espalhavam para o norte e ele parou, fascinado; podia ver as riscas do fogo antiaéreo subindo, ouvir os bombardeiros se afastando.

— Como eles conseguem fazer isso? Está escuro, pelo amor de Deus!

Westphal ainda estava perto dele, disse: — Toda noite agora, senhor. Nunca para.

2 DE NOVEMBRO DE 1942

Ele havia ordenado que o grosso dos blindados reforçasse a brecha no flanco norte, para contra-atacar a investida maciça dos britânicos. O avanço de Montgomery foi contido, as armas antitanque de Rommel abriram grandes buracos nos blindados britânicos, o deserto ficou coalhado de carcaças enegrecidas de tanques e caminhões e dos homens que os dirigiam. O contra-ataque de Rommel parecia ter funcionado e, fiel ao seu estilo, o comandante britânico pareceu mais cauteloso. O avanço britânico parou, e Rommel só podia imaginar que Montgomery havia feito uma pausa por se espantar com a dura defesa dos alemães. Mas então a notícia se infiltrou pelas linhas e também através dos pilotos, os suficientemente corajosos para voar no espaço completamente dominado pelas aeronaves britânicas. Atrás da primeira linha da posição britânica, mais de oitocentos tanques e carros blindados pesados esperavam, sem uso, não envolvidos ainda no combate. Rommel sabia que, quando Montgomery fizesse o próximo movimento, não teria força para conter o inimigo.

Por quase uma semana, o combate havia se espalhado pelos campos minados e defesas de infantaria dos dois lados, e os britânicos conquistaram um pedaço de mais de três quilômetros do terreno antes dominado pelos soldados de Rommel. Quando a luta arrefeceu, Montgomery controlava morros e posições defensivas que as tropas de Rommel tinham sido forçadas a ceder. Rommel não teve escolha senão ordenar que o resto dos blindados alemães se concentrasse no flanco norte, para somar forças para um contra-ataque que pudesse fazer os britânicos recuarem ou, na melhor das hipóteses, provocar um atraso ainda maior de Montgomery.

Agora o único aliado de Rommel era o tempo, o tempo necessário para trazer os navios com combustível e munição preciosos para suprir as necessidades de seu exército. Kesselring havia respondido à crise enviando alguns suprimentos por ar, aviões de carga que, de algum modo, sobreviveram ao corredor polonês dos caças britânicos que controlavam as rotas aéreas do Mediterrâneo. Mas os grandes navios continuavam a ir a pique, e, com eles, afundava qualquer esperança de que os tanques de Rommel pudessem passar à ofensiva.

Ao sul, ao longo dos campos minados e das posições de infantaria que se estendiam até a Depressão de Qattara, as linhas alemãs e italianas tinham sido virtualmente despojadas de qualquer poder defensivo. Aquela parte da linha era operada apenas por infantaria italiana e alemã, caminhões blindados leves e tanques italianos obsoletos. Quando Rommel ordenou que as unidades de panzers fossem para o norte, os comandantes dos tanques sabiam, assim como o próprio Rommel, que simplesmente não havia combustível

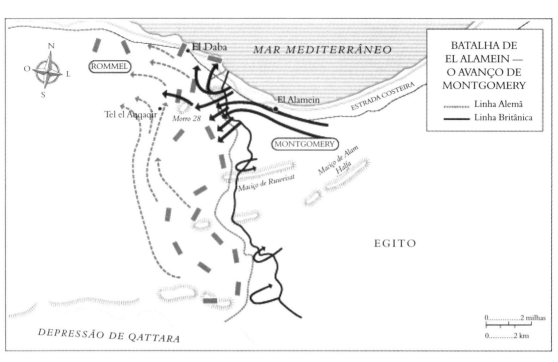

suficiente para trazê-las de volta. Se Montgomery mudasse seu ataque para o sul, nada haveria para contê-lo.

Montgomery não havia ficado parado por muito tempo, a investida renovada golpeando diretamente os tanques e armas pesadas que Rommel esperava que fariam os britânicos recuar. Por mais blindados britânicos que destruíssem, surgiam outros para substituí-los.

OESTE DO MORRO 28, SUDOESTE DE EL ALAMEIN —
3 DE NOVEMBRO DE 1942

Rommel havia viajado pela estrada costeira, tinha descoberto um pequeno morro, uma situação elevada que lhe permitia ver a posição britânica, as linhas que já tinham sido dele, onde agora o inimigo continuava a concentrar sua força bem superior. Von Thoma tinha se juntado a ele, Westphal mantinha-se perto dos caminhões de comando, onde os rádios continuavam a tagarelar, chamados urgentes, comunicados, o caos audível da batalha que consumia mais e mais a posição alemã. Em toda a extensão à frente, a fumaça se movia, escondendo os morros a leste, nuvens negras que abraçavam o terreno, sem-fim, um tapete de fogo e destruição que se estendia além do horizonte para o sul. Rommel examinou o céu, disse: — Nenhum bombardeiro. Somente... artilharia, forças terrestres.

Von Thoma sondou através de seu binóculo também, disse: — Os bombardeiros voltarão. Muito em breve. Tem sido assim todos os dias. A artilharia começa e depois vêm os aviões. Quando isso começou, Stumme não ordenava que nossas armas respondessem ao fogo. Não tínhamos reserva de munição. Temos menos agora. — Von Thoma parou, e Rommel pensou, ele não vai simplesmente ficar aqui espiando, não por muito tempo. O inimigo está vindo e ele vai enfrentá-lo... lá fora.

Von Thoma baixou o binóculo, disse: — Não podemos manter essa linha, senhor. Por maior que seja a destruição que imponhamos a eles, não falta força de vontade ao inimigo.

Rommel baixou o binóculo, lutou contra um calafrio no peito e nos braços. — Não falta nada ao inimigo.

Von Thoma se virou. — Preciso saber... com licença, senhor. Preciso ir até o rádio.

Rommel não disse nada, levantou novamente o binóculo; podia ver nuvens de veículos emergindo da fumaça, veículos alemães, reagrupando-se, formando uma resistência. A fumaça os cobriu de novo, e Rommel avaliou a distância, quilômetro e meio, talvez dois quilômetros.

As palavras lhe ocorreram, saindo de um lugar escuro da mente:

Estamos sendo esmagados pelo peso do inimigo... Estamos enfrentando dias muito difíceis, talvez os mais difíceis que um homem possa suportar. Os mortos têm sorte. Para eles, acabou.

Tinha escrito as palavras para Lucy, uma entre tantas cartas das quais agora se arrependia, palavras honestas demais. O correio era a única carga que parecia conseguir passar, como se os britânicos deixassem de propósito, na esperança de que as notícias sobre o que acontecia em El Alamein alcançassem todos os cantos da Alemanha. Baixou a cabeça, pensou, não devo lhe contar? Há tantas mentiras, mas eu não posso mentir para ela, não para *ela*. Ela saberia alguma coisa, certamente. E se não souber, se os jornais continuam a mentir, então eu lhe direi a verdade. Há uma ocasião para propaganda, para estimular o povo pelo exagero de nossas gloriosas proezas. Mas não há glória aqui, não mais, não há nada a ser aumentado senão nossa destruição. E isso não é absolutamente exagero. É real, está acontecendo bem aqui, na minha frente.

Olhou para trás, na direção dos caminhões, viu Von Thoma falando num rádio, animado, furioso, agitando os braços. Rommel virou-se novamente, levantou o binóculo, agora viu apenas fumaça, ouviu um ronco constante, batidas nítidas, e barulho de trovão baixo. Nada mais havia para ver, os sons lhe contavam o que já sabia, que a batalha continuava, vindo em sua direção.

Não conseguia evitar, não podia conter o ânimo sombrio. Eram reais demais os fracassos, os erros, a brutal e terrível incompetência que estrangulara o seu exército. Apesar das últimas tentativas de trazer pelo ar o combustível precioso, de reabastecer o suprimento de munição, nenhuma aeronave poderia trazer um volume comparável ao que os grandes navios transportavam. E mesmo os aviões não passarão, não durante bastante tempo. Somente as cartas. Ele tocou o bolso, sentiu o papel dobrado, guardara a nota recebida naquela manhã. Vinha de Roma, do Comando Supremo:

O Duce lhe transmite o profundo apreço pelo contra-ataque bem-sucedido conduzido pessoalmente pelo senhor. O Duce também lhe transmite sua total confiança de que a batalha em curso terá um fim exitoso sob seu comando.

A carta era ridícula demais para provocar raiva. Não sabia por que a conservara, por que não a tinha simplesmente rasgado em pequenos pedaços e jogado no chão. Então, *Duce*, é assim que o mundo se apresenta a você. Ainda não estamos destruídos, portanto devemos estar vencendo.

Westphal subiu o morro atrás dele, disse: — Senhor! Recebemos notícias. Tanto o Vigésimo Primeiro quanto o Décimo Quinto estão sofrendo pesadas perdas. O Afrika Korps tem menos de quarenta tanques em condições de operar, senhor. O coronel Greiss comunica que o inimigo está concentrando duzentos tanques na linha em frente a ele. O coronel Fassel confirma.

Von Thoma subiu o morro novamente, disse: — O que quer que eu faça, senhor?

Rommel evitou o olhar triste dele, levantou o binóculo de novo, olhou a luta. A fumaça havia se espalhado para longe abaixo dele, um surto de atividade na direção oeste. Podia sentir a energia de Von Thoma, pensou, não precisa dizer nada, general. Eu vejo. Mais outra brecha. Mais próximos, à sua frente, havia clarões, um tapete de explosões, o som o alcançava em poucos segundos. Agora via os soldados, uma linha irregular, deslocando-se em sua direção, seguidos por outros mais, a tropa saindo da fumaça atrás deles, uma maré lenta, indo para a estrada costeira. Espiou-os por um instante, percebeu que corriam, pensou, os italianos. Não conseguem manter a linha. Não temos nada para dar a eles.

Acima dele, os sons familiares voltaram, e ele olhou para o céu, mais pontos, como bandos de gansos em perfeita formação em V. Os bandos começaram a se desfazer, os aviões desciam bem baixo, lampejos de luz dançando nas asas. As bombas vieram então, explosões entre os homens que corriam, enterrando os italianos sob nuvens de poeira e fogo. Rommel baixou o binóculo, sabia o que estava acontecendo, o que acontecia a pessoas tão expostas. As estradas para oeste já começavam a se encher de veículos, ambulâncias e pequenos caminhões, mas sobretudo de homens, a infantaria, muitas das unidades italianas despedaçadas invadindo as estradas, procurando segurança longe das esteiras de aço do inimigo. No sul, já havia ordenado à infantaria indefesa que recuasse, simplesmente não sacrificaria soldados sem uma boa razão. Mas os aviões também os acharão, pensou. Rommel sentiu a mão em seu ombro, Westphal, com muita urgência na voz:

— Senhor! Precisamos sair daqui!

Rommel baixou o binóculo. — Sim, coronel. É hora de sairmos. É hora de todos nós irmos embora.

Olhou para Von Thoma, viu-o assentir lentamente. Ele entende, claro.

— General, ordene a seus blindados que recuem. Não podemos lutar neste terreno.

Westphal exclamou: — Senhor! Recuar?

Rommel olhou para ele, sentiu o movimento, o fogo crescendo dentro dele.

— É hora, coronel. Nós somos um exército móvel e, para sobreviver, precisamos voltar a ser móveis. Ordene aos comandantes da infantaria que se retirem em ordem, se possível. A artilharia deve se retirar tão rápido quanto possível. Ela é nossa melhor linha de defesa. Todos devem tentar alcançar a linha que estabelecemos abaixo de Fuka.

Westphal o fixou, não disse nada.

Von Thoma disse: — Senhor, se retirarmos a artilharia, o inimigo poderá nos perseguir de perto. Temos que montar uma cortina de retaguarda. Senão... poderá ser um massacre, senhor.

— Obedeça às minhas ordens, general. Mande comunicados a todos os comandantes superiores. Entendido?

Von Thoma o saudou, desceu o morro em direção aos veículos de comando, aos rádios.

Rommel olhou para Westphal, disse: — Montgomery não nos perseguirá. Há surpresa na retirada, do mesmo modo que no ataque. Quando ele perceber que recuamos, avaliará e analisará. Essa ainda é a nossa grande vantagem.

Perto de El Daba, Egito — 3 de novembro de 1942

A batalha de El Alamein fora perdida. Mas o *Panzerarmee* poderia sobreviver e ainda havia muito o que defender se, de alguma forma, o fluxo de combustível e de munição pudesse continuar. Havia bons lugares para luta defensiva em toda a Líbia, obstáculos que Rommel havia rompido antes contra Wavell e Auchinleck, posições fortes que manteriam Montgomery a distância até que alguma decisão fosse tomada em Berlim, uma decisão sobre o que Rommel deveria fazer a seguir. Salvar o que restava do *Panzerarmee* era a prioridade de Rommel e, se Hitler concordasse, os tanques e o equipamento pesado poderiam ser retirados para os portos de mar. Lá, a Luftwaffe poderia mostrar seu poder, protegendo os navios que poderiam retirar totalmente as forças de Rommel da África, forças que ainda seriam capazes de dar bom combate onde o *Führer* precisasse delas. Quando Montgomery percebesse o quanto a sua vitória havia sido total, ele voltaria a atacar. A única dúvida era: quando?

R OMMEL SEGUIU PARA OESTE, POR ESTRADAS SUFOCADAS POR UMA onda desesperada de gente. Durante todo o dia, os britânicos haviam se fixado em sua nova ruptura, nenhum sinal ainda de uma grande perseguição. Rommel só podia acreditar que Montgomery estava simplesmente festejando a vitória, ou, melhor ainda, o comandante britânico estava completamente alheio ao fato de que a vitória lhe havia sido concedida.

O carro de comando seguia pelo deserto, passando por um caminhão estropiado, cuja tripulação abandonava o veículo para fazer a viagem a pé, juntando-se à grande aglomeração de soldados em retirada. O carro dava solavancos e balançava. Rommel, segurando firme do lado, viu um oásis, um grupo de palmeiras. Conhecia o ponto de referência, sabia que estavam a poucos quilômetros da linha onde o exército podia estabelecer a próxima resistência. Seria uma defesa temporária, posicionando os 88 remanescentes e os tanques pesados para proteger o resto do exército enquanto fazia a retirada. Se Montgomery os seguisse, ele primeiro teria de absorver um terrível ataque das armas de Rommel. Rommel apostava que os soldados britânicos estavam tão exaustos quanto os alemães e italianos. Um confronto com a cortina defensiva de Rommel poderia dar às tropas de Montgomery a desculpa para parar.

Pelos mapas e pontos de referência, sabia que ainda estavam a 16 quilômetros a leste da aldeia de El Daba. Havia serras por ali, leitos secos de rios nos quais os 88 haviam começado a se entrincheirar. O carro seguiu por uma trilha em um desses leitos, depois subiu pelo outro lado, e Rommel viu novo grupo de palmeiras, apontou, o motorista obedeceu. Chegaram a um oásis e o carro parou. Rommel viu tendas sendo armadas, oficiais gritando instruções às equipes de trabalho, sem camisa e suados. Desceu do carro, foi na direção deles, e eles então o avistaram, pararam o trabalho, os soldados lhe deram vivas.

Levantou a mão, um gesto silencioso, obrigado, apontou para a lona surrada, disse: — Não parem o trabalho. Este é o novo quartel-general, pelo menos por agora.

Mais carros pararam, e ele ficou olhando os oficiais de seu estado-maior atabalhoados com suas tarefas, homens com rádios, movimentando-se depressa para amarrar uma antena numa das palmeiras. Mais caminhões se juntavam, e, mais além, podia ver a pista de pouso improvisada, uma fileira de aviões de carga, combustível abençoado, suprimento magro que o encontrara de algum modo. Viu oficiais do estado-maior retirando feixes de mapas do carro. Bom, muito bom, pensou. Entraremos em operação rapidamente aqui.

— Senhor! — Westphal vinha em sua direção segurando um papel. — Um telegrama de Berlim, senhor!

Rommel pegou o papel, começou a ler, sentiu uma reviravolta fria no estômago.

...na situação em que você se encontra, não pode haver outro pensamento senão resistir, não ceder um palmo de terreno, e lançar todos os homens e armas na batalha... Quanto aos seus soldados, você não pode lhes indicar nenhum outro caminho que não seja o da vitória ou o da morte.

Adolf Hitler

O papel caiu de sua mão, parou no chão quente a seus pés. Olhou para a estrada, sem fixar os olhos no desfile de homens exaustos e derrotados.

Westphal disse: — Novas ordens, senhor?

Rommel não podia olhá-lo, virou-se, fixou o olhar no deserto vasto e vazio. Havia ignorado a doença tanto quanto pudera, as dores do lado, o aperto na garganta. Havia retirado forças do poder de seu exército, um poder que, mesmo agora, batido e ferido, ainda podia combater bem, se ao menos lhe dessem tempo, o tempo precioso para se reunir, se restabelecer e se reequipar. Sentia-se destituído de força, tão destituído quanto seu exército, podia apenas ver o rosto de Hitler, seu completo alheiamento, sua incapacidade de ver uma verdade desagradável. E agora, você nos ordena que lutemos e morramos e sacrifiquemos este exército, sacrifiquemos os homens que são *devotados* a você... para quê?

— Senhor? O que isso significa?

— Significa, coronel... — Ele parou, aferrou-se às palavras dentro de si, não podia trair aquilo a que se agarrara por tanto tempo. Mas ela está ali, pensou, caída aos meus pés, a simples ordem num pedaço de papel, a ordem de um homem que vive somente em seus sonhos, que acredita apenas no fantástico e no glorioso, e ignora a verdade. Não, isso não é certo. Ele não *ignora*. Ele simplesmente não escuta. Para Hitler, nada disso é... *real*.

— Significa, coronel, que o *Führer* está louco.

4 DE NOVEMBRO DE 1942

Ele havia enviado o tenente Berndt no primeiro avião disponível para fazer um relatório ao alto-comando de Hitler, para explicar exatamente o que estava acontecendo ao *Panzerarmee*. Rommel não tinha sido educado, havia deixado de se preocupar com o tempestuoso oficial da Gestapo. Sempre se soube que Hitler escutava Berndt e, portanto, Berndt iria diretamente ao *Führer* e lhe diria exatamente o que Rommel precisava que ele soubesse. O relatório seria breve e direto: se o *Panzerarmee* defender o seu terreno, em poucos dias será exterminado.

— Eles nunca fizeram isso. Nunca. Houve conselhos e reclamações, mas ninguém, nem mesmo o *Führer*, nunca me disse como conduzir o meu exército.

Kesselring assentiu, esfregou o queixo. Ele tinha aterrissado havia poucos minutos, parecia tão surpreso quanto Rommel com a extraordinária ordem de Hitler.

— Albert, eu obedeci. Parei o exército. Nós só podemos estar aqui agora porque Montgomery está confuso, como eu sabia que ele ficaria. Mas ele está vindo e, quando vier, qualquer um de nós que permanecer aqui será engolido. Não haverá mais o *Panzerarmee*, o Afrika Korps.

Kesselring olhou além dele, na direção dos outros oficiais, os homens parados, em silêncio. Disse devagar: — Esta não é uma ordem a que você deva obedecer. O *Führer* cometeu um erro, não tem a informação adequada. Você disse que Berndt está indo para lá?

Rommel assentiu. — Ele deve chegar em poucas horas. Se não for abatido.

— Eu entrarei em contato com o *Führer* e explicarei a situação. Podemos fazê-lo entender. Ele tem que entender. Se seu exército for destruído, todo o norte da África estará perdido. O *Führer* entenderá que isso não pode acontecer.

Rommel virou-se, não queria ouvir o otimismo de Kesselring. Agora parecia sem sentido, idiota. Olhou para Westphal e disse: — Nós temos uma chance de sobreviver. Temos que ir para o oeste, para a Linha Fuka, nos reagrupar e depois seguir para oeste novamente. Com uma retirada maciça, podemos manter os britânicos afastados. Mas precisa haver *rapidez*.

Houve silêncio por um longo momento e Kesselring disse: — Eu o teria feito recuar muito antes. Você não deveria ter organizado uma resistência em El Alamein.

Rommel olhou para ele. Você está tentando ser paternal? Sentiu a explosão se aproximando, sabia que não devia acontecer, não com os outros ali. Mas as palavras saíram num ímpeto, não tinha mais forças para segurá-las:

— Você quer me ensinar como comandar o meu exército? Vai me dizer *agora* o que eu deveria ter feito? Vai me dar conselhos que ninguém pode seguir? — Ele estava gritando, e sua voz começou a falhar, a vacilar. Começou a tremer, a garganta apertando. Os punhos estavam fechados e ele levou os braços ao peito, refreando-se, tentando manter a raiva dentro de si. Kesselring deu um passo atrás, e Rommel de repente percebeu: ele tem medo de mim. Sim, diabos! Você deveria ter medo de mim! Todos deveriam.

Westphal tinha vindo para o seu lado, e Kesselring falou suavemente, dirigindo-se a Westphal:

— Eu mandarei uma mensagem ao *Führer*. Eu explicarei. A responsabilidade será minha. Faça com que os comandantes se preparem imediatamente para se retirarem para as posições designadas para eles antes da parada. Rapidez é essencial. Mantenha uma forte retaguarda defensiva. Onde está o general Von Thoma? Quantos tanques estão operantes?

Uma voz veio de trás de Rommel: — Senhor, o general Von Thoma foi capturado pelo inimigo. Não sabemos se está vivo.

Kesselring estava de olhos arregalados, disse: — Meu Deus. Temos que saber se ele foi capturado.

Rommel se forçou a falar: — Ele vai sobreviver. É um lutador.

Outra voz atrás de Rommel disse: — Temos apenas 35 tanques em operação, senhor.

— Trinta e... cinco? Só isso?

Rommel olhou novamente para Kesselring, viu o rosto de um homem que estava tentando assumir o comando, ter o controle de uma situação da qual não podia ter controle. Rommel se aprumou, o calafrio tinha desaparecido. Flexionou os dedos, colocou ar para dentro dos pulmões.

— Este ainda é o meu exército.

Kesselring olhou para além dele, parecia avaliar a declaração, medir a reação dos outros. Rommel não olhou para trás, eles ainda são leais a mim, pensou. Eles ainda lutarão por mim.

Então Kesselring assentiu para ele, disse: — Sim. Eu concordo. Eu direi isso ao *Führer*. Mas você deve evitar o confronto com o inimigo, ou que ele o capture. Cada peça de equipamento é valiosa. Agora você tem que fazer uma guerra de pobre.

Rommel olhou duramente para Kesselring, pesou as palavras, disse: — Eu sempre travei uma guerra de pobre. Se eu pudesse ter lutado de qualquer outro modo, nós estaríamos no Cairo agora. — Sentiu suas forças voltarem, a doença o libertar. Virou-se, olhou para os outros, viu a confiança, faces endurecidas de homens que sobreviveram ao pior que o inimigo lhes poderia oferecer. E sobreviveremos agora, pensou. Tudo que precisamos é de tempo. E de um bom comandante para lhes mostrar o caminho.

Em 5 de novembro chegou uma mensagem do quartel-general de Hitler. Influenciado tanto por Berndt quanto por Kesselring, Hitler tinha mudado de ideia, tinha aprovado a decisão de Rommel de retirar o exército. Quando a notícia chegou a Rommel, o *Panzerarmee* já estava fora de perigo. Montgomery tinha demorado mais uma vez, permitindo que Rommel tivesse toda a dianteira de que precisava.

Apesar de os britânicos terem obtido uma vitória decisiva em El Alamein, Montgomery não pôde completar a tarefa, não pôde desferir o golpe final. A luta com Rommel tinha cobrado um enorme tributo ao poder de combate das tropas britânicas e seus equipamentos. Quando Montgomery finalmente saiu em perseguição, os soldados que avançavam pelo deserto souberam que permitir que Rommel escapasse significava que teriam que enfrentar outro combate, e que, por mais tanques que possuíssem, por superiores que os britânicos fossem em número, eles ainda teriam de correr risco em outro duelo caro e perigoso com o *Panzerarmee* e com o homem que o comandava.

9. EISENHOWER

GIBRALTAR
5 DE NOVEMBRO DE 1942

CINCO AVIÕES ESTAVAM EM FORMAÇÃO, CADA UM DELES LEVAVA DEZ oficiais ou ajudantes de ordens, dividindo a equipe do quartel-general de modo que, se um dos aviões fosse abatido, pudesse sobreviver alguém capaz de comandar a operação. Havia neblina, o que, decerto, era uma bênção, pois era pouco provável que algum caça alemão avistasse os bombardeiros, e, a despeito dos dedos aflitos dos artilheiros que perscrutavam a escuridão cinzenta, a viagem era tão sem percalços quanto se poderia desejar. Eisenhower voava no *Red Gremlin*, o mesmo avião que havia transportado Clark até Gibraltar, o primeiro trecho da missão secreta deste na África. O piloto também era o mesmo, o major Paul Tibbets. A decisão de deixar Londres, de fazer o voo, apesar do tempo inclemente, foi de Eisenhower. A decisão sobre como chegar até o destino com segurança coube a Tibbets, que tinha agora a reputação de ser um dos melhores pilotos da força aérea dos EUA.

Após uma descida brusca, eles pousaram abruptamente, e Eisenhower pôde perceber por que o campo de pouso representava tamanho desafio. A pista de aterrissagem era surpreendentemente curta e estava flanqueada por densas colunas de Spitfires britânicos. Estes caças haviam sido reunidos com um único propósito: servir de tela de proteção contra esquadrilhas invasoras, na esperança de deter os aviões inimigos que certamente tentariam intervir na aterrissagem ao longo da costa norte da África. Se tais aviões inimigos seriam alemães ou franceses, nem Eisenhower fazia ideia.

Eisenhower foi recebido pelo governador real, general Sir Frank Mason-MacFarlane, e o comando ficaria hospedado em sua casa, um gesto gentil do anfitrião britânico. Mas havia pouco tempo para amabilidades, o que o governador parecia compreender. Imediatamente, descendo por um corredor que penetrava mais de meio quilômetro em rocha sólida, Eisenhower foi escoltado até seu novo quartel-general. Era uma fortaleza formidável, um local que por séculos protegera os interesses britânicos no Mediterrâneo; Eisenhower, contudo, podia ver agora que aquele extraordinário monumento era muito mais que um grande bloco de rocha. Os funcionários britânicos conduziram-no por longos e úmidos corredores cavados na rocha. O Rochedo de Gibraltar era, na verdade, um enorme prédio de escritórios.

A SALA, ILUMINADA APENAS POR UMA LÂMPADA NUA, MAL TINHA TRÊS metros quadrados. Havia duas escrivaninhas, duas cadeiras; Eisenhower sentou-se em uma delas e ficou olhando pilhas de pastas, mapas e documentos serem trazidas para dentro pelos ajudantes de ordens. Clark ocupava a outra escrivaninha e postou-se próximo à porta estreita, organizando o fluxo, os ajudantes descarregando sua carga e saindo rapidamente. Clark deixou uma caixa atrás da mesa, riu e disse: — Bem, isso é aconchegante. Eu vou lhe fazer o favor de tomar um banho de vez em quando.

Eisenhower tentou sorrir; sentiu o encosto rígido da cadeira contra as costas, a tensão apertando-lhe o peito, rija e desconfortável. Já se sentia assim por quase uma semana, a mesma sensação de ansiedade e desamparo que tomou conta dele assim que as ordens finais foram dadas. Agora estava tudo em andamento, 120 mil homens, aviões, tanques, artilharia, tudo avançando por mar, dois grandes braços se estendendo lentamente em direção à África. Imaginava o avanço como o de uma fera, garras à mostra, um membro a oeste, Patton, no oceano, dirigindo-se lentamente a Casablanca; o outro mais retraído, esgueirando-se pelo Estreito de Gibraltar, e, uma vez em posição, ambos abrindo-se em dois punhos, cada um golpeando o seu alvo, como um boxeador desferindo um potente gancho de esquerda. Mas tais socos só aconteceriam em três dias, e os alvos estavam obscurecidos por dúvidas, pela absurda névoa política dos franceses. Em meio a tudo isso, Eisenhower só podia esperar, sentado na pequena sala cavada no fundo da rocha úmida e fria.

— Ike?

Levantou os olhos para Clark, o homem alto e magro inclinado sobre sua mesa, fixou-o. — O quê?

— Achei que você ia querer mandar algum recado à Inglaterra. O mensageiro disse que tem gente aflita em Londres, sem saber se você chegou aqui inteiro.

Eisenhower atinou que havia outro homem na sala, baixo, em pé atrás de Clark. — Os britânicos não fizeram contato?

Clark meneou a cabeça. — Aparentemente, não. Imagino que o primeiro-ministro esteja subindo pelas paredes do número 10 da rua Downing. Devíamos avisá-los que aterrissamos.

— Sim, claro. Avise. Avise duas vezes. Já estamos dando preocupações demais para eles.

Clark deu as instruções, mandou o ajudante embora, dirigiu-se à sua mesa, sentou-se, disse: — E toda essa gasolina?

— O governador me falou a respeito. Não fui checar.

— Deus do céu! Ike, eles têm barris de gasolina enfiados em cada rachadura desse rochedo. Os britânicos dizem que têm, estocados, um milhão de galões no mínimo, tudo em barris de três galões. Com os duzentos Spitfires expostos lá fora, você sabe, é bem provável que os chucrutes mandem bombardeiros em cima de nós. O governador diz que os alemães têm olheiros espalhados por toda aquela cerca de arame farpado, vigiando tudo que se passa aqui. Se uma bomba atingir essa gasolina... este rochedo inteiro vai pelos ares como os fogos da comemoração do Quatro de Julho.

Eisenhower coçou a cabeça e tentou aliviar a tensão de suas costas. — Em que outro lugar poderiam estocá-la, Wayne? Este é o único posto aliado em todo o maldito continente europeu.

— Bem, em navios, para começar. O governador tinha esperanças de que nós pudéssemos arranjar um navio-tanque para mantê-la no mar.

— Você não acha que um navio-tanque seria um alvo fácil?

— *Nós* não estaríamos nesse navio-tanque, senhor.

Eisenhower escutou um suave gotejar e reparou algo respingar sobre a sua mesa. Olhou para cima e viu uma gota se formando na rocha e outra pingando no chão ao lado. Sentiu um calafrio, percebeu um brilho úmido em todo o teto e manchas de cor ferruginosa, formadas por quaisquer que fossem os minerais presentes na rocha.

— Difícil imaginar que este lugar possa sequer pegar fogo. Esqueça isso. Temos muitas outras coisas com que nos preocupar. Temos notícias do submarino?

— Vou checar. A sala do rádio é seguindo o corredor.

Clark deixou a sala, e Eisenhower viu que havia movimento do lado de fora, mais lâmpadas nuas, a umidade, homens apressados pelo corredor de pedra, caixas, papéis, todos os afazeres da guerra. Olhou os papéis sobre a mesa, começou a organizar a pilha, parou e pensou em Giraud. Quanto disso tudo depende de você? E, diabos, onde você está?

Henri Giraud estava supostamente a caminho de Gibraltar, depois que uma enxurrada de mensagens e requisições congestionou as ondas de rádio em ambas as direções. Segundo o diplomata Murphy, Giraud parecera totalmente receptivo ao papel que os Aliados precisavam que ele desempenhasse, sugerindo até ser levado diretamente à Argélia. Contudo, nem Giraud nem qualquer dos comandantes franceses haviam sido informados dos detalhes específicos da Tocha; ainda não sabiam do cronograma para os desembarques nem tinham ideia de que as forças de invasão já estavam em movimento. Em vez de colocar Giraud bem no meio da zona de combate, fazia mais sentido trazê-lo para Gibraltar para encontrar-se diretamente com Eisenhower, para esclarecer quaisquer dúvidas sobre a lealdade do general francês e o que ele poderia fazer para evitar uma luta sangrenta nas zonas de desembarque. O plano o convocava a deixar seu esconderijo em Lyon e ir para um local designado ao longo da costa, onde um submarino o estaria esperando. Uma vez longe da costa francesa, ele seria recolhido por um avião anfíbio para o trecho final da viagem até Gibraltar. O submarino era o *Seraph*, a mesma embarcação que havia transportado Clark até a costa argelina. Mas, a bem da verdade, o francês não aceitaria ser transportado em embarcação britânica. Eram os velhos problemas vindo à tona, o ressentimento francês contra os britânicos. Parecia não haver possibilidade de ignorar os séculos de rivalidade e animosidade entre os dois países. Os britânicos abriram a última ferida após a queda da França, quando o almirante Darlan, ao se tornar o segundo homem de Pétain no governo de Vichy, não concordou em permitir que a esquadra francesa escapasse ao controle alemão. A marinha francesa era a quarta maior no mundo e, se seus navios navegassem lado a lado com os alemães, os britânicos certamente perderiam o domínio que tinham nos mares. Como Darlan se recusasse a liberar a parte da esquadra ancorada nos portos franceses do norte da África, os ingleses não tiveram opção senão tratar tais navios de guerra como hostis. Em julho de 1940, os navios franceses ancorados em Orã, Argélia, ignoraram os ultimatos britânicos e optaram por lutar. Foi um erro de grandes proporções. A marinha britânica reagiu afundando vários dos principais navios, o que não só custou aos alemães o eventual uso das embarcações, mas representou obviamente um grande embaraço para o Almirantado francês. A despeito da lógica britânica no tratamento da questão, este foi mais um espinho em sua relação com os franceses, um espinho que agora arranhava os planos de Eisenhower. Giraud exigiu ser transportado em um submarino americano, apesar de não haver submarinos americanos disponíveis num ponto próximo ao Mediterrâneo. Então o *Seraph* teria de se tornar americano, com um capitão americano, ao menos o tempo necessário para trazer Giraud em segurança.

GIBRALTAR — 6 DE NOVEMBRO DE 1942

Uma dúzia de ajudantes de ordens espalhava-se pela vasta caverna, vozes baixas, todo o ruído abafado pela rocha densa ao redor deles.

Butcher estava lá agora, e Eisenhower perguntou: — Já temos notícias de George? Como está o tempo no Atlântico?

— Os últimos relatórios não fogem às previsões. Os mares ainda estão agitados.

— Mantenha-me informado. Faltam menos de 48 horas. Eu quero saber como estão as praias.

— Sim, senhor.

Butcher se afastou, e Eisenhower fixou novamente o mapa, enquanto os funcionários britânicos usavam longas varetas para ajustar a posição das embarcações azuis, as esquadras, aproximando-as de seus destinos. Ele escrutinou o mapa, e seus olhos pousaram sobre a Espanha. Pensou em Patton, não pôde evitar um sorriso. As condições de navegação nas proximidades de Casablanca eram notoriamente difíceis, mares bravios que fariam de qualquer desembarque um desafio. Havia a preocupação de que o desembarque pudesse ser cancelado, forçando as tropas de Patton a se mudarem para outra zona, talvez se juntando a um dos outros grupos no Mediterrâneo. A resposta de Patton não foi uma surpresa: *Se não pudermos desembarcar no oeste da África, vamos achar algum outro lugar. Que tal a Espanha? Deixe a cargo de Georgie começar uma guerra totalmente nova. Ele a ganhará também.*

— Senhor, a imprensa está na sala de instruções. O comandante Butcher lhes passou um resumo dos fatos, mas eles querem falar com o senhor.

Eisenhower virou-se para o ajudante de ordens, que fez uma continência vistosa e desnecessária.

— Ótimo. Logo estarei lá.

Em geral lidava bem com repórteres de jornais e de rádio, na verdade construíra uma amizade com Edward R. Murrow. Era uma parte essencial de seu trabalho, uma razão pela qual Eisenhower podia agir fora da vista do público tão efetivamente. E era uma relação mutuamente benéfica. Se os repórteres queriam saber o que se passava, Eisenhower lhes dizia na maior parte das vezes. Em troca, tinha de ficar claramente compreendido ser necessária uma extraordinária discrição a respeito das informações que passariam ao público.

Avistou dois americanos e dois britânicos esperando à porta da sala de instruções, os únicos repórteres com permissão para estar ali. Os repórteres abriram passagem, ele passou por uma nuvem de fumaça de cigarro, examinou os rostos familiares e se dirigiu ao fundo da pequena sala.

Butcher apareceu à porta, Eisenhower olhou na direção dele, disse: — O comandante Butcher já falou com vocês, certo?

Assentiram:

— Sem dúvida.

— Sim, senhor.

— Ótimo. Eu não tenho muito a acrescentar. O cronograma não mudou. O clima ainda pode ser um problema no Atlântico. Imagino que todos vocês tenham trazido uma boa quantidade de roupas de inverno.

Os repórteres riram, e Wes Gallagher, da Associated Press, disse: — Ainda estamos procurando as geleiras, senhor. Tampouco conseguimos achar os fiordes.

— Lamento, nada posso fazer. Nós tivemos de dar indicações, a cada oportunidade, de que íamos para a Noruega. Era importante demais, não podíamos mencionar qualquer outra informação.

Gallagher disse: — Eu doaria meus casacos de lã à Cruz Vermelha local, mas eles não parecem interessados.

Outro repórter, Cunningham, da United Press, disse: — Senhor, se ninguém ainda o fez, permita-me ser o primeiro a congratulá-lo.

Eisenhower olhou para Butcher, viu um sorriso, disse: — O que você quer dizer?

— Temos notícias de que MacArthur, em Ohio, mudou de nome para Eisenhower.

Butcher riu, e os outros se juntaram a ele; Eisenhower ergueu a mão, fazendo-os parar.

— Se isso for verdade... bem, tenho certeza de que, antes que tudo esteja acabado, eles mudarão novamente. Vocês todos sabem muito bem que eu não sou... humm... tão *interessante* quanto o general MacArthur.

Eles ficaram em silêncio, e Eisenhower continuou: — Vocês conhecem o seu trabalho, cavalheiros. O público precisa saber dos fatos, e eu sou totalmente a favor disso, desde que nada que possa ajudar o inimigo vaze. Grande parte do planejamento para esta operação foi extremamente delicada e, por isso, tivemos que evitar lhes contar certas coisas. Sei que vocês querem ganhar esta guerra tão depressa quanto nós, e vocês todos podem ajudar fazendo um trabalho correto aqui. Tanto quanto possível, seremos abertos com vocês, portanto, não nos espionem. Estejam certos de que se alguém violar a fé que depositamos em vocês, se eu puder pegá-lo, eu o mato. Tenham um bom dia, cavalheiros.

Ele deixou a pequena sala e passou por Butcher, que abriu um sorriso e sussurrou: — Muito bom, senhor.

Eisenhower não sorriu, virou-se na direção de seu escritório, disse: — Eu falei sério.

— Senhor, é o almirante Cunningham.

Eisenhower levantou-se, e Butcher postou-se a seu lado, rijos e formais, dando passagem para que um homem mais velho entrasse no escritório. Cunningham adentrou lentamente, apoiado numa bengala. Ele apertava firmemente o chapéu debaixo do braço, o uniforme azul-escuro exercendo tal efeito sobre Butcher que fez Eisenhower rir. Sim, Harry ainda é um homem da marinha.

Andrew Browne Cunningham era um dos mais eficientes marinheiros de guerra da Grã-Bretanha. Ele havia alcançado vitórias impressionantes sobre a marinha italiana no começo da guerra, o que permitiu que os britânicos mantivessem o controle naval do Mediterrâneo. Tinha vários anos a mais que Eisenhower, trazia aquela característica fleuma britânica, mas não guardava semelhança alguma com oficiais empertigados que se arrumavam muito mais do que realmente lutavam. O almirante havia sido nomeado supremo comandante naval das forças aliadas no Mediterrâneo e norte da África, e, desse modo, era o oficial naval de mais alta patente sob o comando de Eisenhower. Era uma escolha feliz, já que Eisenhower simpatizou imediatamente com o homem.

Cunningham manteve a pose, disse: — Percebi por intermédio do seu pessoal que o general ainda não foi informado de nosso mais recente triunfo. Assim, é uma honra vir lhe trazer notícias excepcionalmente positivas. Posso prosseguir?

Eisenhower mostrou a cadeira de Clark. — Por favor, sente-se, almirante. Boas notícias devem ser transmitidas em posição confortável. Se tiver más notícias, permaneça de pé. Assim, pode se retirar mais depressa. Isso impede que eu assassine o mensageiro.

Cunningham sorriu e seguiu o conselho; puxou a cadeira de Clark e sentou-se, a mão sobre a bengala, o chapéu ainda sob o braço.

— Os relatórios vieram de Harold Alexander, no Cairo. Demos uma boa surra em Rommel, em El Alamein. Vinte mil prisioneiros, e destruímos talvez quatrocentos tanques e uma boa porção de artilharia também. Demorou um pouco para Monty fazer as coisas andarem, mas uma vez que o fez, deu um golpe de mestre. Sangrenta como o inferno, pelo que ouvi, mas, ainda assim, vitória.

— Graças a Deus. Graças a Deus. — Eisenhower fez uma pausa e deu um longo suspiro. — Qual a situação de Rommel agora?

— Retirada total, pelo que ouvimos. Monty o está seguindo. Sabe que isso pode tornar o seu trabalho muito mais fácil, não?

— Eu estaria mais descansado se Rommel estivesse morto.

— Dê uma chance a Monty. Ele precisa de uma cutucada vez por outra, mas vai resolver isso. Eu suspeito que isso vá aliviar um pouco a pressão na Tunísia. Os chucrutes podem estar pensando em se retirar antes mesmo que você chegue lá.

— Não sei se concordo com você. Se Rommel escapar de Montgomery, ele se dirigirá para o oeste, direto para a Tunísia. Ele pode ter sido batido, e pode ter perdido a maior parte dos blindados, mas suponho que Hitler não o abandonará. E ele ainda é Rommel. Eu esperava que Monty pudesse eliminá-lo de vez. Parece que podemos acabar combatendo-os de frente e não na retaguarda.

Cunningham pareceu concordar. — Pelo menos, se você está na frente dele, Monty estará atrás. O mesmo princípio se aplica. Rommel estará imprensado.

Não pode ser tão fácil, pensou Eisenhower.

Cunningham continuou: — Na frente local, mais algumas notícias. O serviço de inteligência relata que os chucrutes estão se preparando para nos dar um belo golpe na Sicília. Mas nós teremos nosso SOS no ar esta noite. Estragaremos a festa, por assim dizer.

Esta foi a contribuição perfeita de Cunningham para o subterfúgio da operação. Eisenhower foi levado a supor que os submarinos alemães haviam localizado as esquadras de invasão e, assim, embarcações e operadores de rádio aliados por todo o Mediterrâneo tinham vazado várias mensagens dando conta de que a invasão de fato se dirigia à Sicília. Até agora, as esquadras não haviam relatado maiores perdas, os submarinos alemães conservando-se longe das densas colunas de destróieres que as rodeavam em escolta. Apenas um navio no Mediterrâneo havia sido atingido por um torpedo, sendo inutilizado, mas sem perda de vidas. Agora Cunningham estava preparando um navio a ser enviado como chamariz em direção à Sicília, navio este que emitiria frenéticos SOS conforme o momento dos desembarques se aproximasse. A teoria era de que, se os bombardeiros alemães pudessem ser convencidos a dar uma olhada, talvez patrulhassem a costa siciliana com uma urgência crescente, mantendo-se, então, afastados do norte da África por horas preciosas.

GIBRALTAR — 7 DE NOVEMBRO DE 1942

Apesar das horas de ansiedade e das mensagens de rádio truncadas, a jornada de Giraud se completara sem maiores problemas, a não ser por quase se afogar ao ser levado a bordo do submarino.

Giraud era mais alto do que Eisenhower esperava e usava roupas enrugadas que mostravam os efeitos da imersão em água salgada. Ele se mantinha ereto, parecendo ignorar que seu rosto estava coberto por uma densa sombra de barba por fazer emoldurando os tristes vestígios do que parecia ter sido outrora um orgulhoso bigode.

A jornada secreta havia sido o mais recente capítulo do que Eisenhower presumia ser a difícil e amedrontada existência daquele homem. A fuga de Giraud de um campo de prisioneiros alemão o tornara uma espécie de lenda na França, além de um homem tenazmente procurado pela Gestapo. De alguma maneira, ele havia evitado a captura e, por tudo que Murphy havia dito, Giraud se atinha firmemente à ideia de que a sua vez chegara, e agora queria fazer tudo por uma vitória aliada. Eisenhower estava preparado para oferecer ao homem uma grande autoridade sobre forças civis e militares francesas no norte da África, a de um administrador amigável numa terra onde amigos poderiam ser valiosos. Tudo o que ele queria de Giraud agora era que concordasse em endossar uma transmissão, feita sobretudo em seu nome, avisando aos comandantes militares ao longo da costa africana que estavam prestes a enfrentar uma grande força invasora. Se Giraud dispunha da influência e da autoridade que tanto ele próprio quanto Murphy insistiam que ele possuía, os desembarques poderiam, felizmente, ocorrer sem conflitos.

Giraud apresentou-se ao lado de Jerauld Wright, o homem da marinha americana que havia interpretado o papel de capitão do *Seraph*, sendo bem-sucedido em convencer Giraud de que um americano estava de fato no comando. Wright fez as apresentações, e Eisenhower apertou a mão frágil do homem que parecia um improvável portador da autoridade que poderia ser tão decisiva para o desfecho da Operação Tocha. Eisenhower movimentou-se em direção à porta, um comando tácito para Wright, que pareceu compreender perfeitamente que sua participação naquela estranha missão tinha chegado ao fim.

Wright curvou-se levemente para Giraud, disse: — Eu os deixo agora, general. Que Deus esteja com todos nós.

Wright deixou a sala e foi substituído pelo coronel Julius Holmes, que ali estava para servir de intérprete para Eisenhower. Clark fechou a porta atrás dele, ativando um interruptor que acendeu, do lado de fora do escritório, uma lâmpada vermelha com um significado claro: *Ninguém entra*.

Todos se sentaram. Giraud examinou Eisenhower e deu a impressão de já estar impaciente com uma reunião que sequer havia começado. Eisenhower começou a falar e esvaziou a mente de detalhes, revelou os fatos e o cronograma da Tocha, de tudo que já estava em andamento. Giraud não reagiu; sentou-se imóvel e deixou seus olhos vagarem pelo rosto de Eisenhower. O general parou; havia dito tudo o que pretendia dizer; esperou. Giraud pareceu ganhar vida.

O homem endireitou as costas, sentou-se ereto, disse: — Agora, vamos deixar clara a minha parte. Da maneira como vejo isso, quando eu desembarcar no norte da África, assumirei o comando de todas as forças aliadas e me tornarei o supremo comandante aliado no norte da África.

Eisenhower sentiu a boca abrir; ouviu um grunhido de Clark. Giraud parecia satisfeito, como se tivesse respondido à sua própria pergunta. Eisenhower não tinha palavras e encarou o francês, que inclinou levemente a cabeça, aguardando confirmação. Eisenhower olhou para Holmes; o intérprete, obviamente surpreso, assentia nervosamente com a cabeça para Eisenhower; sim, as palavras eram precisas. Olhou novamente para Giraud, tentou pensar numa resposta e então lembrou-se repentinamente de Murphy. Que tipo de promessas você fez, o que disse a este homem? Foi assim que você conseguiu que ele viesse para cá? Prometeu-lhe o maldito mundo inteiro, seu diplomata amador, filho da puta? Combateu a fúria e a manteve a duras penas dentro de si; tentou sorrir novamente, os punhos crispados por baixo da borda da mesa.

— Deve haver algum mal-entendido.

— Eu acho que não, general. Está perfeitamente claro para mim. Meu dever está no norte da África e Giraud vai cumprir seu dever. Da mesma forma, devo assumir o comando de uma força que vai invadir imediatamente o sul da França. Assim que os nazistas souberem do ataque no norte africano, eles certamente irão responder ocupando o restante do território francês, agora sob o controle do governo de Vichy. Eu temo que, se não agirmos rapidamente, os nazistas possam trazer ainda mais destruição ao meu país. Nós precisamos evitar isso.

Eisenhower olhou para Clark, que fitava o francês sem acreditar. Após um longo momento, Eisenhower disse: — *Está havendo* um mal-entendido.

Giraud se empertigou mais ainda, parecendo crescer na cadeira. — Eu entendo meu papel perfeitamente bem, general. Se há algum mal-entendido, ele deve vir de vocês.

A REUNIÃO CONTINUOU POR TRÊS TEDIOSAS HORAS, COM GIRAUD mantendo total teimosia. Chegou um convite do governador Mason-MacFarlane para que Giraud participasse de um jantar com seu anfitrião britânico oficial. Era uma ótima oportunidade para um recesso, e Eisenhower agarrou-a, se não por outra razão, ao menos para livrar a sua sala daquele francês estarrecedor e desagradável.

OS DOIS HOMENS RECOSTARAM-SE EM SUAS CADEIRAS E ENCARARAM a parede por um longo momento. Eisenhower olhou para Clark e disse: — Você tem certeza absoluta de que o general Mast o compreendeu?

— Totalmente, Ike. Eu não prometi coisa alguma a Mast. Estou certo disso. Deve ter sido Murphy.

Eisenhower balançou a cabeça, levantou-se da cadeira e tentou aliviar a cãibra que lhe atacara os ombros. — Podemos presumir isso. É possível, decerto. Mas eu não posso acreditar que Murphy seja tão estúpido. Ele sabia que não podia fazer promessas sobre autoridade de comando.

Clark ficou em sua cadeira e passou a mão na nuca. — Você sabe como essas pessoas falam, os políticos, com toda aquela untuosidade diplomática.

De qualquer maneira, metade do tempo eu não faço ideia do que estão dizendo. Jesus Cristo, Ike, Giraud refere-se a si mesmo na terceira pessoa. — Clark fez uma pausa. — E então, o que faremos agora?

Eisenhower andou até a porta aberta e lançou o olhar na luz mortiça do corredor. — Foi Mast. Só pode ter sido Mast. Ele insistiu com você que poderia trazer Giraud para a África, e, se não o tivesse feito, sua honra estaria comprometida. Você sabe como essas pessoas são. Honra, tudo diz respeito à honra. Não importa que o país deles esteja no bolso de Hitler, que seu maldito grande herói, o marechal Pétain, não seja mais que o engraxate de Hitler. Todo este maldito plano, Wayne, todo ele, foi arquitetado com um único objetivo: chutar a bunda de Hitler. No fim das contas, isso significa que temos de entrar na França de alguma maneira. *Libertá-los!* E, enquanto isso, temos de nos aliar a autocratas insignificantes. Não, *aliar* não. *Depender.* Nós *precisamos* deles, pelo amor de Deus.

— Eles sabem disso, Ike. É por isso que Giraud acha que pode forçar a barra, que temos de lhe dar o comando. Ele precisa de uma lição de força. Influência não vem de um senso de honra inflado, vem de armas.

— Maldição, Wayne, nós é que estamos na mira aqui. Não sou político e tenho de agir como se fosse. Preciso ir devagar com ele.

Clark recostou-se na cadeira e olhou para o teto. — Ir devagar não vai nos levar a lugar nenhum, Ike.

Eisenhower pensou por um instante. — Eu preciso enfatizar o que lhe estamos oferecendo. Controle civil e militar sobre as forças francesas, sobre os governos locais. É um baita negócio para um sujeito que passou um ano com medo de mostrar a cara, imaginando se a próxima batida em sua porta não seria de um homem com uma metralhadora. — Eisenhower fez uma pausa e viu Clark olhando para o papel sobre a mesa, a carta que Giraud tinha de assinar, a razão pela qual ele estava ali, antes de tudo.

— Maldição, Wayne, nós *precisamos* dele.

Clark ergueu o papel. — Sabe, se ele não assinar isso aqui... bem, nós podemos transmitir de qualquer maneira. Quem vai saber?

— Seria perigoso, Wayne. Poderia ser o inferno pagar por isso em Washington, isso poderia colocar o do presidente na reta, poderia afundar qualquer chance de aliança com os franceses. É a política, Wayne. Existem regras sobre coisas como essa, e eu teria de assumir as consequências disso.

Marshall não aprovaria, com certeza. Não devemos brincar com toda essa baboseira política.

— Mas estamos. Estamos bem no meio disso. A França é o quê? Três países agora? Lealdade a Vichy, lealdade a De Gaulle, lealdade a Giraud. Cada comandantezinho do norte da África controla seu pequeno exército, Ike. Certo, nós precisamos dele. Mas, se ele não se juntar a nós, se ele não assumir da forma que precisamos que faça, vai ser o inferno pagar por isso bem aqui.

Eisenhower pousou a mão sobre o ombro de Clark. — Precisamos manter nossos temperamentos sob controle.

— Por quanto tempo, Ike? Nossos garotos vão começar a desembarcar em menos de oito horas.

Eisenhower olhou o relógio e viu que Giraud já estava fora há aproximadamente uma hora. — O governador vai mandá-lo de volta para cá bem depressa. Nós só temos de fazer o possível para convencê-lo a assinar esta ordem.

A TEIMOSIA DE GIRAUD NÃO HAVIA AMANSADO COM A HOSPITALIDADE britânica. Eisenhower tentou novamente, falou por muitos minutos a cada vez, com razão e lógica, longas preleções sobre a realidade política e militar. Enquanto Holmes traduzia, Eisenhower já estava prosseguindo, impaciente para que Holmes completasse as palavras. Conforme o tempo passava, Eisenhower sentia-se perdendo o controle. A teimosia de Giraud era absoluta e ele apenas repetia o que insistia ser a sua única condição para participar do plano. Eisenhower estava começando a sentir ódio pelo francês, resgatava todas as lembranças dos garotos aristocratas da escola, filhos de pais ricos, desfilando sua superioridade. Agora não se tratava de dinheiro ou de sobrenome importante; era apenas um sujeito que se recusava a moderar o apego à própria importância — e que estava levando Eisenhower a um desespero intensificado pelo tique-taque do relógio, pelo avanço de tantos navios carregando homens cujas vidas dependiam de que aquele tipo irritante concordasse em assinar um pedaço de papel.

Estava quase rouco, perto de simplesmente matar aquele francês que havia se tornado nada mais que um galo alto e empertigado. Houve silêncio por um momento, e Eisenhower lutou para ter ânimo de olhar outra vez para Giraud; ficou surpreso ao perceber um tremor de cansaço, a idade do homem e a dura jornada até Gibraltar mostrando-se nas bordas desgastadas de seus pronunciamentos arrogantes. Mas pouco mudava, e Eisenhower sabia que seu próprio pavio havia sido aceso e estava ficando cada vez mais curto.

Voltou-se para Clark, disse: — General, por favor, faça uma tentativa. Já não tenho mais palavras.

Clark sentou-se, pareceu se concentrar, encarou Giraud e disse: — Nós gostaríamos que o honorável general soubesse que o momento de sua utilidade para os americanos, e para a restauração da glória que outrora teve a França, é *agora*.

Giraud pareceu inabalado pela energia de Clark e meneou a cabeça. — Mas o que pensaria de mim o povo francês? E Giraud? E a família de Giraud?

Clark disse: — Não deveria fazer tanta diferença se *Giraud* for governador do norte da África ou general de todos os exércitos. Nós fizemos todos os preparativos. Nós completamos o planejamento e somos nós que vamos libertar o norte africano dos nazistas. Estamos totalmente prontos a lhe dar o comando de todas as tropas francesas no norte da África assim que tivermos desembarcado com sucesso. Nós simplesmente não podemos lhe dar maior autoridade militar.

Giraud virou-se para o lado e fungou. — Então devo voltar à França.

Clark inclinou-se para a frente, e Eisenhower viu um estranho sorriso em seu rosto.

— E como você vai voltar?

— Pela mesma rota pela qual cheguei até aqui.

Clark riu, e Eisenhower viu a expressão de Giraud mudar, pois até ele entendeu o que Clark estava prestes a dizer.

— Nada disso. Não vai, não. Aquele era um submarino de uma só direção.

Giraud pareceu tremer. Clark era como um animal esquálido, a mandíbula se fechando no pescoço de uma presa há muito perseguida.

— Talvez, então, eu deva esperar para ver se vocês realmente pretendem libertar o povo francês. Nós não permitiremos que conquistadores tirem vantagem de nós.

Era pura manobra, uma jogada que Eisenhower podia descortinar. Ele vai atrasar sua decisão, ver como rolam os dados e aí decidir se está ou não no nosso barco. Não há tempo para isso.

Clark pareceu acompanhar-lhe os pensamentos e disse a Holmes, o intérprete: — Eu não tenho mais nada a dizer diretamente ao general Giraud. — Clark olhou para Eisenhower, que assentiu com um movimento curto. — Diga ao general que se ele não se unir a nós e colocar a assinatura nesta ordem, ficará ao relento e por conta própria.

GIBRALTAR — 8 DE NOVEMBRO DE 1942

Giraud se fora, ainda não havia assinado o papel, e Eisenhower transmitira os incômodos detalhes da reunião para Washington.

Camas de campanha foram trazidas ao pequeno escritório, preenchendo o espaço que sobrava, e Clark e ele repousavam lado a lado, cada um buscando um pouco de sono, algum jeito de varrer para longe o gosto amargo da reunião com o francês. A mente de Eisenhower agarrava-se à esperança de que, se apenas um dos desembarques fosse moderadamente bem-sucedido, Argélia, talvez, e os americanos ocupassem rapidamente a cidade, então Giraud concordaria em autorizar a transmissão. Vidas ainda poderiam ser salvas, e comandantes franceses persuadidos a não contra-atacar os invasores. Certamente ele sabe que eu não vou passar todo esse teatro de guerra para o seu comando. Era só a sua moeda de barganha. Tinha que ser.

Eisenhower virou-se de lado, a rigidez de seus ombros o atormentava. Não conseguia apagar a imagem daquele homem velho, alto e de rosto encovado. Ele não piscava, pensou, não vacilava. Que tipo de negociante seria tão inflexível? Elas *são* de uma espécie diferente, essas pessoas. Giraud está muito mais preocupado com a maneira como será visto pelos livros de História do que com quantos homens morrerão por sua arrogância. Como alguém pode crer estar zelando por sua honra quando senta e permite que um desastre aconteça?

Deitou-se de costas novamente, agora irritado consigo mesmo. Não é um desastre. Não *será* um desastre. Patton, Ryder, Fredenhall, Cunningham,

Doolittle... e Clark. Quantos *Girauds* seriam necessários para chegar aos pés de qualquer um deles? Tenha fé, general.

A porta se abriu lentamente, uma fresta de luz dividindo a sala. Ouviu o sussurro. Butcher.

— Senhor?

Eisenhower sentou-se, e Clark também.

Butcher disse: — Notícias recebidas, senhor. Da Força-Tarefa do Leste. O primeiro relatório do general Ryder indica que o desembarque foi um sucesso em três praias da Argélia. Estamos em terra firme, senhor.

Eisenhower deslizou para a beira da cama de campanha e Butcher estendeu-lhe a mão, ajudando-o a se levantar. Clark também se pôs de pé.

Eisenhower segurou Butcher pelos ombros. — Você tem certeza, Harry?

— Absoluta, senhor.

Eisenhower sentiu um muro ruindo dentro de si; tantos meses de trabalho, o planejamento, as discussões, a política. Nada disso importava agora. Havia apenas um pensamento, e ele o preenchia, corria por sua mente como uma grande rocha, esmagando os medos e as incômodas lembranças de homens como Henri Giraud. Por aproximadamente um ano os Estados Unidos só puderam lutar uma guerra, os esforços de MacArthur no Pacífico, fuzileiros e marinheiros americanos trancados num jogo mortal com os japoneses. Não mais. Agora os alemães vão saber o que podemos fazer, que tipo de luta nós oferecemos. Agora não é apenas uma guerra mundial. É a guerra mundial dos Estados Unidos.

SEGUNDA PARTE

É preciso lembrar que não estamos mais sozinhos. Temos grande companhia. Três quartos da espécie humana agora se movimentam ao nosso lado. Todo o futuro da humanidade talvez dependa de nossa ação e de nossa conduta. Até agora não fracassamos. Não podemos fracassar agora.

— WINSTON CHURCHILL

Você dá os nomes. Eu atiro neles.

— GEORGE PATTON (PARA EISENHOWER)

10. LOGAN

No mar, o Mediterrâneo
8 DE NOVEMBRO DE 1942

ELE HAVIA LUTADO CONTRA O ENJOO NO MAR TODA A SUA VIDA, E lutava agora, olhando a escuridão enevoada, procurando as silhuetas dos outros navios, tentando, com isso, distrair o turbilhão no estômago. A proa do navio elevou-se novamente e ele se segurou, o movimento já tão familiar a essa altura, o leve balanço da embarcação a avançar sobre as ondas, as tripas balançando com ela. Nas trevas, enxergou um pequeno vulto, o vislumbre de uma quebra na linha do horizonte. Destróier, talvez? Não, muito pequeno. Outro dos navios de desembarque, do mesmo tamanho que este aqui. Cheio de miseráveis equipes de tanque. Agarrou a grade da amurada, tentou inventar uma nova oração — mais uma de dúzias agora, outra distração — e disse num sussurro:

— Por favor, ó Senhor, dai-me paz interior eternamente e eu sempre...

Sempre o quê? As palavras se desvaneceram. Tentou divisar a embarcação novamente, procurou no escuro. Nunca havia sido religioso, pensou, será que Deus sabe disso? Sim, provavelmente sabe. *Vá para o fim da fila, Logan. Falo com você depois dos verdadeiros crentes. Se tiver tempo.* Sabe, Deus, eu não pediria se não fosse importante.

Deu-se conta de que o navio havia diminuído a velocidade, sem dúvida, as ondas mais tênues, menos movimento. Havia atividade atrás dele, virou-se e viu a breve cintilação de uma lanterna, uma escotilha abrir-se na divisória, a luz sumir rapidamente. Então ouviu vozes e pensou no capitão Gregg e em Hutchinson. Sim, eu sei. Vão procurar por mim. Diabos, não estou perdido, só estou aqui em cima tentando fazer meu estômago se comportar.

Os outros estavam quase todos lá embaixo, os operadores de tanques em compartimentos apertados que não eram mais que redes pendendo do sólido encanamento do teto. Os odores o haviam surpreendido, óleo e tinta. Os que tinham estômago delicado pouco dormiam, depois surgiram novos odores, vômito e cigarros, o cheiro bolorento de homens demais amontoados em um espaço tão pequeno. Logan tinha ficado a maior parte do tempo no convés e manteve-se imperceptível, fora do caminho dos oficiais e marinheiros britânicos, que pareciam sempre em movimento. Acostumou-se com a umidade, com o árduo frio trazido pelo vento, e descia aos compartimentos internos apenas durante o dia, quando as equipes eram reunidas para serem instruídas e orientadas sobre o que poderiam esperar quando finalmente desembarcassem os tanques na praia.

A embarcação era um navio para desembarque de tanques, um *landing ship, tank* classe Maracaibo, abreviatura *LST,* e havia sido convertido a partir de um navio-tanque de baixo calado, originalmente projetado para flutuar nas águas relativamente rasas do lago Maracaibo, na Venezuela. Os enormes tanques de óleo foram substituídos por uma plataforma, as pranchas revestidas com asfalto, um estacionamento flutuante que podia abrigar dezoito tanques. Tinha mais de 120 metros de comprimento, mesmo com o nariz cortado, e agora a proa da embarcação era uma placa plana de aço com dois centímetros e meio de espessura. Era a "porta", o corredor de passagem que baixaria como a parte móvel de uma ponte levadiça. Afixado ao painel de aço havia uma extensão articulada que se desdobraria, alongando a plataforma e criando uma superfície motriz de quase trinta metros de comprimento, longa o suficiente, esperava-se, para os tanques irem do LST para uma superfície seca. O calado do navio era baixo o suficiente para que, em teoria, os torpedos simplesmente passassem por baixo dele e para que o navio, uma vez alcançada a zona de desembarque, pudesse se aproximar o suficiente para que tanques, caminhões e jipes pudessem se dirigir da embarcação à praia sem que as equipes se afogassem. Logan aprendeu rapidamente que navios de baixo calado tinham uma desvantagem característica, algo que os marinheiros britânicos pareciam se deleitar em chamar a atenção. Com tão pouco do casco dentro d'água, tais embarcações eram instáveis em mares bravios, agitando-se de lado a lado mesmo com as ondas mais suaves. Foi o que Logan percebeu em sua primeira hora no mar.

Haviam embarcado na base naval de Clyde, na Escócia, parte de uma frota que se transformou numa grande armada à medida que navegavam além dos litorais da Inglaterra. Ao redor de Logan, rumores fluíam muito mais rápido que o mar agitado, e ele tentava distrair a tormenta do estômago focando a atenção na impressionante variedade de afirmações sobre para onde exatamente estavam indo. Cada rumor parecia originar-se da fonte mais confiável, cada homem reivindicando passar adiante somente o que havia vindo da boca do oficial mais graduado. A Noruega era uma das mais populares, bem como a França. Alguns estavam totalmente convencidos de que, na verdade, estavam voltando para casa. Mas Logan conhecia as estrelas, havia passado muitas noites quentes nas praias perfeitas perto de casa. A frota estava navegando para o sul, e mesmo o mais teimoso tinha de admitir que a Noruega, afinal, talvez não fosse o destino. Havia uma pista inequívoca: nenhum deles tinha recebido vestimentas de inverno. Aqueles que se agarravam à ideia de um desembarque na França tinham de concordar que tal jornada levaria horas, e não dias. As suposições voltaram-se para o Mediterrâneo e, novamente, os rumores fluíram, falava-se em desembarques na maior parte dos pontos entre Gibraltar e a Palestina. Logan guardou suas ideias, concordando silenciosamente com aqueles que acreditavam que estavam rumando diretamente para Rommel.

Durante toda a viagem rumo ao sul, houve instruções e treinamentos, e Logan não tinha dúvida de que os exercícios eram mais para passar o tempo que para aprimorar as habilidades deles. Cada equipe conhecia o próprio tanque, seus cheiros e sons, a sensação da esteira de aço sobre todos os tipos de terreno. Mas, então, uma reunião de instruções mudou o humor no navio. Eram ordens, atribuições específicas, mapas, diretos e oficiais, passados para os oficiais que liderariam cada esquadrão de tanques. E havia notícias também, relatórios de um lugar chamado El Alamein, uma magnífica vitória britânica, o exército de Rommel em frangalhos. Os relatórios levantaram novos rumores, obviamente, mas um deles havia sido colocado de molho. O alvo, afinal, não era Rommel, ao menos não ainda.

Logan ateve-se a cada palavra do capitão, os outros estavam sentados em um pequeno semicírculo enquanto o oficial lia as ordens deles. Eles eram parte da Força-Tarefa Central e desembarcariam a oeste da cidade argelina de Orã. A zona de desembarque era designada como Praia X, uma pequena baía cavada na costa africana junto a um ponto em terra chamado Cabo Figalo. Os desembarques em Orã seriam em *pincer*,★ três pontas combinando infantaria e blindados. Um ataque seria dirigido aos cais da cidade, uma tomada rápida para impedir os franceses, ou quem quer que fosse, de afundar navios lá ancorados para obstruir o porto com as embarcações naufragadas. Os outros ataques envolveriam mais infantaria e blindados, um rápido desembarque em praias abertas em direção a pequenas colinas. A questão na cabeça de cada homem foi respondida antes que pudessem enunciá-la. Os oficiais não tinham ideia se haveria alguém nas praias, ou além delas, atirando contra eles.

À medida que a embarcação foi se aproximando da zona de desembarque, o falatório tornou-se intenso, vozes baixas, os homens revelando medos, curiosidade, alguns falando alto demais, espetáculos de bravata que pouco mascaravam a luta interna. Ainda assim Logan estava praticamente calado, enfrentando o turbilhão em seu estômago, aumentado agora por uma excitação instintiva — quando o navio finalmente parasse, ia subir a bordo do tanque, plantar-se no assento do artilheiro e começar a busca pelo primeiro alvo.

Outros homens se aproximavam da amurada, e ele podia senti-los, sua energia, homens nervosos demais para dormir. Muitos se inclinavam para fora tentando avistar, além da proa, algum lampejo da terra que com certeza estava próxima, breves comentários da tripulação do navio indicavam que o desembarque estava virtualmente no horário. Ao longo da amurada, ninguém falava, cada homem imerso em seus próprios pensamentos, lembranças, imagens particulares, certamente orações, cartas prontas, envelopes em que estava escrito: *caso eu não retorne...*

Escutou um estrondo e olhou para fora em direção a um clarão no horizonte. Homens apontaram e vieram mais clarões, os sons os alcançavam, batidas suaves. Mais homens começaram a se reunir atrás dele, perguntas, e então ouviu-se uma voz, a velha, profunda e áspera voz do capitão Gregg:

★ Manobra militar que consiste em um ataque pelos dois flancos e pela frente. (N.T.)

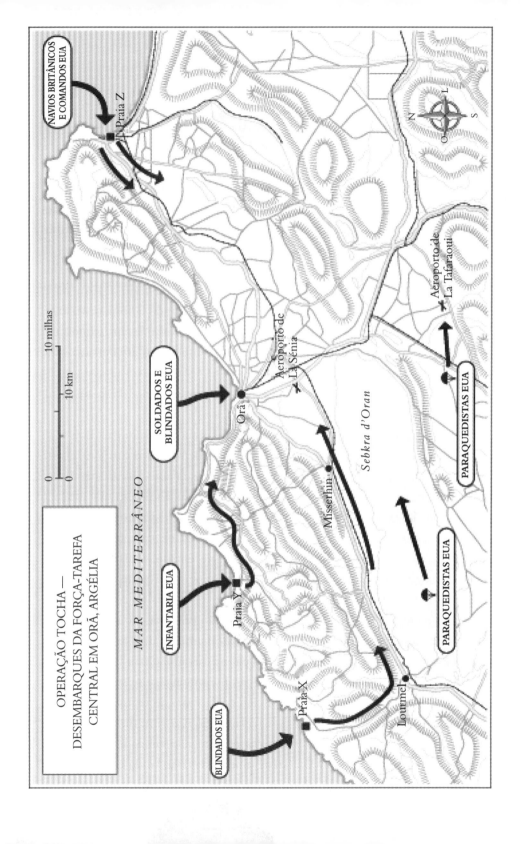

— É Orã. Eles chegaram ao porto.

Logan ficou olhando em silêncio e sentiu uma reviravolta no estômago outra vez, mas era diferente agora. Os homens estavam espremidos ao longo da amurada, lado a lado com ele, vozes baixas:

— Eu achei que eles não fossem lutar.

— Para mim, está parecendo uma batalha.

— Para trás, rapazes. — Era o capitão Gregg de novo, abrindo caminho até a amurada. — Desçam, preparem-se para desembarcar. Vocês receberam suas instruções. Não precisam ficar apreciando a vista daqui de cima.

Eles começaram a se afastar, o burburinho nervoso crescendo, homens tropeçando uns nos outros no escuro. Logan esperou e viu a pequena e densa sombra do capitão em pé junto à amurada olhando lá fora, observando os clarões a leste. Os estampidos continuaram; Logan se aproximou do homem atarracado e perguntou: — Quanto tempo mais até deixarmos a embarcação, senhor?

— Não muito. Você sabe onde deveria estar, soldado? Não aqui em cima, não é?

— Não, senhor. Eu sou um artilheiro de tanque. Soldado Jack Logan.

O capitão o ignorou, e Logan sentiu-se de repente um idiota. Sim, claro, ele quer ser meu companheiro. Sempre simpatizara com Gregg, imediatamente o notara nos campos da escola de tanques, um homem que atraía a atenção pela maneira como andava, pelas ordens que dava. Logan não fazia ideia se Gregg alguma vez tinha estado em combate, ele não parecia velho o bastante para ter lutado na Grande Guerra. No entanto, o capitão era um desses sujeitos que impunham respeito, um homem duro que conhecia seu trabalho, nada da fúria sem sentido que alguns dos oficiais cuspiam sobre seus homens. Se você não lhe desse o que não prestava, ele não lhe daria também. Logan imaginava como seria esse homem fora do exército, casado, talvez com filhos destinados a seguir o pai na carreira. Quando eles chegaram pela primeira vez à Inglaterra, Logan perguntava-se se serviria sob as ordens dele ou se não encontraria oficiais conhecidos, as equipes de tanque dispersas. Tinha escutado os oficiais reclamando e, assim, tinham crescido mais os rumores de que o batalhão seria reorganizado, unidades passadas de um comando para outro. Mas Gregg ainda estava lá, ainda comandaria o esquadrão de M-3 Leves, e, não importava o tipo de inimigo, não importava todo o falatório dos outros tagarelando sobre combate, o desconhecido, o medo, as estúpidas bravatas, Logan estava convencido de que, se havia um homem na Primeira Divisão Blindada que simplesmente não tinha medo, era o capitão Gregg. Essa era a única lição que repetia para si mesmo, que se os homens fizessem exatamente o que o capitão os mandasse fazer não haveria erros, ninguém precisaria temer coisa alguma. O capitão sabe que diabos está fazendo, e se nós mantivermos nossos M-3 próximos ao dele, daremos conta do recado e sairemos inteiros.

Logan sentiu uma sacudida sob os pés, uma forte vibração; agora o navio havia parado completamente. Gregg inclinou-se para fora e olhou as trevas; um homem passou por eles rapidamente, a voz baixa e urgente:

— Dois minutos para a hora H. Equipe, ocupar a prancha!

A voz era britânica, com a incisiva eficiência dos marinheiros, que também havia impressionado Logan.

Gregg afastou-se da amurada e disse: — Mexa-se, soldado!

O capitão mostrou o caminho, e Logan o seguiu, e os dois homens se dirigiram aos degraus que desciam do convés principal. Logan seguiu o sujeito atarracado até embaixo, escuridão completa, seus olhos buscando identificar formas, as colunas de tanques que os aguardavam. Hesitou; podia sentir que Gregg ainda estava à frente e esperou que ele andasse e desobstruísse o caminho. O capitão abaixou-se sobre um joelho; Logan surpreendeu-se; acho que está rezando, pensou. Nunca imaginou que o outro precisasse disso. Vamos em frente, ele que fique aí. Então o capitão curvou-se, o rosto próximo ao piso, e vomitou.

D EPOIS DE PEARL HARBOR, FILAS RODEARAM O EDIFÍCIO DA ADMInistração federal em São Petersburgo* e se estenderam por mais de um quarteirão, jovens deixavam de lado planos sobre escola e garotas e empregos por uma chance de se juntar ao exército. Os cartazes eram coloridos e diretos, projetados para inspirar patriotismo, um chamado aos bravos — mas os bravos não precisam de cartazes para inspirá-los. Havia glória na vida de soldado, ou assim disseram a Logan, histórias dos homens

---

* Cidade localizada na costa da Flórida, EUA, e não a cidade homônima na Rússia. (N.T.)

mais velhos, o pai de seu melhor amigo, seus próprios tios. Eles falaram de heróis, do sargento York, de Eddie Rickenbacker, da vitória sobre os hunos, da marcha até a Alemanha para atirar o Kaiser Bill* numa fossa. Mas Logan surpreendeu os amigos, alistou-se meses antes do ataque japonês, quando muitos ainda acreditavam que o país não tinha que se meter na guerra dos outros.

O exército sempre esteve em seu futuro, o caminho aberto antes de ele nascer. Os que se alistaram antes dele pareciam inspirados por um tipo de patriotismo que Logan não conseguia entender, muita ânsia de glória; meninos que, querendo transformar-se em homens, imitavam Hollywood, Gary Cooper, Clark Gable. Logan tinha seu próprio herói. Seu pai havia sido piloto na Grande Guerra, voara nos incrivelmente frágeis biplanos, voara demais e, por isso, ainda estava na França, enterrado em algum canto ao lado de milhares de companheiros, em algum lugar que Logan nunca vira. Sua mãe lhe havia contado tudo o que pôde, a perda de uma viúva, a dor e a solidão, mas não o que um garoto deseja ouvir. Não havia artefatos, uniformes, legado algum do pai, exceto um punhado de fotografias sem anotações atrás. Sua mãe as tinha mantido cuidadosamente conservadas em molduras de madeira, as poses usuais: o pai de uniforme; outra, um grupo de homens, talvez o esquadrão do pai, sorrisos de garoto. Mas a foto favorita de Logan era a menor, de apenas sete centímetros, seu pai em pé junto a um Nieuport de duas asas, uma das mãos sobre a metralhadora, a outra em punho, levantada como a de um lutador, um esgar de galhofa. Sua mãe não ligava para ela e então ficou sendo sua.

A Grande Depressão não os golpeou tão fortemente quanto o fez com as cidades do norte, e ainda que um sujeito não conseguisse encontrar um emprego com um bom salário, podia manter a família pescando, trocando peixes por vegetais e frutas vindos das fazendas que se espalhavam a leste da baía de Tampa. Henry, tio de Logan, foi um grande professor, levava-o para pescar num barco largo, de fundo chato, e o garoto observava, no fundo das águas cristalinas, as trutas e as cavalas, ou a aparição assustadora dos grandes tubarões. Quando Logan cresceu o suficiente para manejar uma vara de

---

* Guilherme II, *Kaiser* da Alemanha entre 1888 e 1918, visto por alguns como o principal causador da Primeira Guerra Mundial. (N.T.)

pesca, seu tio revelou-lhe segredos bem-guardados: esculpiu um toco de madeira de modo a fazê-lo parecer uma carpa, envolveu-o em fita colorida, com um gancho feito à mão pendendo da cauda. O bastão flutuava, com Henry movendo-o pela superfície ondulante da água, e era irresistível para os predadores abaixo. As explosões aquáticas eram puro deleite para Logan, inspirando o garoto a aprender, e, quando tinha 10 anos, o balde cheio de peixes que levavam para casa podia perfeitamente ter sido pescados por ele. Houve outras lições também, próximas à costa, seu tio controlando o barco silenciosamente em meio às raízes emaranhadas de manguezais, bordejando enseadas rasas, procurando os grandes e turbulentos cardumes de tainhas. Elas eram um alvo fácil para um homem como Henry, cuja habilidade com a rede Logan nunca pôde igualar.

Os encontros familiares geralmente aconteciam aos domingos, na praia ampla e fresca: os homens mais velhos levavam cerveja e peixe defumado, e as mulheres, tigelas de salada de batata e repolho picado bem fino. As crianças pequenas logo corriam para longe, e as mães tinham de lidar com as inevitáveis crises quando os pés macios e descalços colidiam com ocasionais espinhos da vegetação rasteira. Com a cerveja fluindo, os homens contavam histórias, mas, para Logan, elas pareciam mais Hollywood que a própria. Os homens baixavam a voz, atraindo os garotos mais novos para perto, contavam histórias indecentes, piadas sugestivas, aventuras de indiscretas garotas francesas e muito vinho. Era um mistério que o incomodava os veteranos parecerem tão concentrados em histórias sobre festas e peripécias etílicas, como se jamais tivesse havido guerra. Mas Logan tinha visto as fotografias, os registros em filme, fumaça e arame farpado e biplanos mergulhando dos céus. Em 1918 tinha havido *combate*, mortos e feridos, armas extraordinárias, um horror que varreu para sempre 10 milhões de homens. Ele queria ter uma ideia, alguma noção de como tinha sido, e então os pressionava, fazia perguntas difíceis, já começava a duvidar se algum daqueles homens teria realmente estado lá, se suas histórias vinham mais de bares pelo país afora do que de qualquer campo de batalha na França. Sabia por sua mãe que tio Henry havia sido capturado, ao menos tinha estado cara a cara com os alemães.

Mesmo quando adolescente, Logan tinha uma profunda curiosidade a respeito de combates, não o que Errol Flynn lhe mostrara, mas a verdade:

quais os sons, os cheiros e, a mais difícil de todas as questões, como seria matar um homem? Logan havia ensaiado as perguntas, então esperou o momento oportuno, um instante silencioso na baía quando a pesca estava fraca. Seu tio Henry tinha como meta evitar as perguntas de Logan específicas sobre a guerra, o combate, nunca revelou mais que os outros; ao contrário, contava os mesmos casos batidos sobre as peripécias em Paris. Dessa vez, Logan insistiu, sondou o tio em busca de respostas, experiências. Pressionou o tio, pressionou-o demais, e o tio explodiu, pareceu desmontar, gritando com ele que cuidasse de sua vida. Logan ficou chocado com a reação do tio, que se recusou a falar com ele por muitos dias. Mas logo Henry juntou-se novamente aos outros na praia, voltando a entreter os garotos do ensino médio, regalando-os com as mesmas aventuras inofensivas. Logan tentou entender, imaginou que Henry talvez ficasse embaraçado, envergonhado por ter sido capturado, ou quem sabe havia lembranças que Henry tinha trancado dentro de si, segredos sobre os quais era melhor não falar.

Quando Logan se alistou, tentou ser piloto, mas a má vontade de seu estômago o traiu e, assim, ele usou um pouco da sabedoria das narrativas que tinha ouvido sobre a Grande Guerra. Os veteranos falavam sobre marchas brutais, tinham tiradas cômicas sobre estradas sem-fim, marchas para lugar nenhum que acabavam com os pés. Logan absorveu a lição com absoluta clareza. Seria um soldado, mas daria um jeito de evitar a infantaria. Se não podia voar, iria de carro.

A PRIMEIRA DIVISÃO BLINDADA alcançou a IRLANDA DO NORTE em maio de 1942, e as equipes de tanque treinaram lá por quase cinco meses, exercícios que repetiam muitas das mesmas rotinas e manobras por que Logan havia passado em Fort Knox. A Irlanda do Norte não parecia assim tão diferente do Kentucky: enormes campos verdejantes, trechos de florestas; mas as chuvas eram piores, então os homens tiveram que aprender a lidar com a lama, uma grande quantidade de lama. Aprendeu sobre tanques treinando em um M-2, máquina agora considerada obsoleta. Com o sucesso assustador da *Blitzkrieg* de Hitler por toda a Europa, o exército americano pareceu acordar para a brutal necessidade de tanques, como se os generais em Washington tivessem esquecido completamente a utilidade deles na Primeira Guerra Mundial. Com as batalhas de tanques acontecendo no norte da África, a urgência de melhor blindagem cresceu ainda mais, e as fábricas nos Estados Unidos começaram a produzir centenas de máquinas que pudessem ao menos competir nos campos de batalha com a excepcional blindagem alemã. A maior parte dos tanques americanos mais pesados foi enviada aos britânicos, mas uma vez que a Primeira Divisão Blindada americana foi mobilizada e levada à Inglaterra, seus próprios tanques também se tornaram melhores. O M-2 foi substituído pelo M-3 Leve, que os britânicos chamavam de Stuart. Era uma estranha saudação dos britânicos denominar as máquinas americanas com nomes de famosos generais americanos, particularmente generais da Guerra Civil. "Jeb" Stuart foi o maior comandante de cavalaria dos confederados, assim Logan aceitou a lógica de que esse novo e rápido tanque era o que de mais próximo os aliados tinham de um veloz cavalo blindado. Outro grande aperfeiçoamento do M-3 Leve tinha um apelo especial para um homem treinado no manuseio de artilharia pesada. O M-2 era armado apenas com metralhadoras. O M-3 Leve também possuía metralhadoras, mas, incluída nele, havia uma verdadeira peça de artilharia: um canhão de 37 milímetros, armado na torre.

Os americanos também haviam produzido uma arma maior, o tanque M-3 Médio, com um canhão de 75 milímetros. Logan escutava bastante as conversas dos comandantes de tanques e sabia que estavam orgulhosos de os grandes M-3 terem sido enviados aos britânicos, estando agora em uso contra Rommel, respondendo ao poder da blindagem alemã. Os britânicos se referiam aos M-3 Médios como Grants. Logan não havia estudado a fundo a Guerra Civil, mas fazia sentido para ele: o tanque com a arma maior devia receber o nome do homem que havia vencido aquela guerra.

DESEMBARQUE NA PRAIA X, CABO FIGALO, ARGÉLIA —
8 DE NOVEMBRO DE 1942

A infantaria tinha ido à terra firme primeiro, esquadrões de soldados de reconhecimento, espalhando-se por entre as casas escuras que ficavam dispersas ao longo da praia. Atrás deles seguiu mais infantaria, carregadores de morteiros e equipes de metralhadoras. Mas, para os tanques e caminhões pesados, as pranchas de desembarque dos LSTs não haviam proporcionado acesso fácil à praia. Bancos de areia ocultos forçaram as embarcações a pararem a cerca de trezentos metros da praia. O trabalho então recaiu sobre os engenheiros: embarcações de transporte puxando escoras à frente, e os engenheiros trabalhando febrilmente para montar uma ponte provisória. A ponte era apenas um dos atrasos. Assim que as tropas alcançaram a praia, uma das naves de desembarque pegou fogo — nada mais sério que uma falha mecânica. Os homens a bordo escaparam com segurança, mas as chamas do óleo incendiado produziram um farol inequívoco por muitos metros em qualquer direção. Qualquer esperança de que os desembarques pudessem permanecer em segredo desapareceu.

Por volta das sete da manhã, o último dos esquadrões de tanques havia alcançado a praia, as máquinas avançando rapidamente pela areia macia. Além da praia, o terreno se elevava; uma escarpa baixa e pedregosa que seguia a costa até onde a vista alcançava em ambas as direções. Os batalhões de reconhecimento já haviam avançado para o interior e marcado seu deslocamento ao longo de muitas trilhas, abertas nas fissuras da escarpa. Essas trilhas eram largas o suficiente para que os Stuarts passassem, permitindo que galgassem a elevação. Os mapas mostravam uma única estrada deixando a praia, e os batedores encontraram o mesmo, uma faixa estreita de cascalho duro. Conforme os jipes e caminhões leves chegavam à praia, a infantaria começava a avançar, uma densa coluna de soldados ansiosos, engenheiros e atiradores, cada homem se perguntando quando o tiroteio começaria. Ao longe, em águas mais profundas, os navios de guerra britânicos mantinham-se ao longo da praia, seus grandes canhões apontados às alturas, artilheiros nervosos esperando pela ordem de disparar a primeira salva de tiros. Para todos, as ordens eram específicas e concisas, passadas de oficial a soldado, a mesma ordem que os oficiais de tanque haviam recebido, passada do general Oliver para o coronel Todd e deste para o capitão Gregg e, finalmente, para as equipes de cada tanque e para cada homem com rifle. As palavras variavam, mas a mensagem era clara: *Não atire, a menos que alguém atire primeiro em você*. Mas, lá fora, adiante das colunas de tanques, a infantaria havia avançado sem oposição, não encontraram confronto, não encontraram praticamente ninguém.

LOGAN SENTOU-SE EM SEU POSTO, NO ALTO, E VIU A LUZ ESMAECIDA do dia através da lente de mira do canhão. Acima, a escotilha aberta, Hutchinson estava sentado no alto atrás dele, cabeça e ombros expostos. Ainda sem inimigo diante deles, era a melhor posição para o comandante do tanque observar o terreno, avistar o que quer que pudesse estar esperando por eles. Logan tremia, não tinha parado de tremer desde que entrara no tanque. Desembarcar do LST pareceu levar horas infindáveis de frustração, mas, uma vez o tanque em movimento, a impaciência se fora, apagada pelo duro rugir do motor, o M-3 movendo-se rapidamente para alcançar o alto, para achar a estrada, para encontrar exatamente o que estava *lá fora*. Logan passou o pé levemente sobre o pedal que disparava o canhão e depois olhou para fora, pela lente retangular do periscópio. Ninguém falava, todos os olhos focados adiante, vigiando cada movimento, algum clarão, brilho, risco de fogo de artilharia, algum sinal de que a infantaria havia finalmente encontrado combate.

Nada.

O intercomunicador estalou, surpreendendo-o, um som cortante nos fones de ouvido.

— Calma, seus doidos. Olhos atentos.

Era Hutchinson, ao seu lado, uma ordem desnecessária de alguém que Logan sabia que estava, provavelmente, mais nervoso que os três homens sob seu comando. Brinkley Hutchinson tinha quatro anos menos que Logan e ganhara as divisas de sargento mais depressa que a maioria na escola de tanques. Tinha vindo do Kentucky, de perto de Lexington, e alguns fofoqueiros da companhia alegavam que ele tinha conseguido a promoção apenas porque morava perto da base, insinuando indiscretamente, em tom de galhofa, que sua mãe devia ser *amiguinha* do comandante. Logan chegou à base na mesma semana que Hutchinson e ouvia isso todo dia, um impiedoso sargento que os exercitava ridicularizando o infeliz por causa de seu nome estranhamente aristocrático. Se o sargento via Hutchinson como um alvo para sua galhofa sádica, os outros logo aprenderam que *Brinkley* odiava seu nome ainda mais do que odiava o sargento.

Logo no começo do treinamento, Logan fez amizade com o jovem e percebeu imediatamente que Hutchinson preferia manter sua educação privilegiada em segredo. Hutchinson não possuía nem um pouco a arrogância dos aristocratas, não tinha vindo para o exército buscando as vantagens de um garoto rico. Logan sabia que Hutchinson ganhara as divisas de sargento simplesmente porque era um dos melhores comandantes de tanques da companhia. Logan estava certo de que o jovem aristocrata acabaria sendo oficial por seus próprios méritos.

Hutchinson agora comandava o tanque de Logan, adequando-se bem à ideia do capitão Gregg sobre como um esquadrão blindado deveria ser conduzido. À esquerda, na frente de Logan, o motorista, Skip Parnell, dirigia o tanque pela estreita faixa da estrada, e, ao lado de Parnell, ficava o atirador de frente, responsável pela metralhadora e assistente de motorista, Pete Baxter. O tanque deles era o primeiro da coluna, decisão tomada pelo capitão. Atrás deles, outros nove tanques se espalhavam em uma fila única e serpeante, metade da força de tanques que tinha desembarcado na Praia X. O restante do batalhão se manteria atrás, à beira da escarpa, permitindo que um intervalo se formasse no avanço, esperando uma ordem do comandante do batalhão, tenente-coronel John Todd, para avançar pela mesma rota. Era uma precaução contra bombardeiros; se aviões inimigos aparecessem repentinamente sobre suas cabeças, a coluna inteira não se tornaria um alvo fácil. Entretanto, até agora, não havia qualquer sinal de aviões, nem fogo antiaéreo vindo da infantaria mais à frente deles.

A infantaria devia avançar rapidamente até seu primeiro objetivo, uma vila chamada Lourmel, uma encruzilhada, onde a mais importante linha férrea dessa parte da Argélia se estendia a leste e oeste, ligando Orã às fronteiras que levavam ao Marrocos. Em Lourmel, a coluna viraria em direção ao leste no que se supunha ser uma autoestrada principal. Tal rota os levaria até o importante aeroporto de La Sénia, um dos maiores campos de pouso onde os franceses mantinham caças. Tivessem ou não os franceses qualquer intenção de lutar, capturar e ocupar os aeroportos era uma prioridade. Tanto La Sénia como um segundo campo de pouso em Tafaraoui poderiam ser usados por caças e bombardeiros alemães, caso os franceses pedissem reforços para contra-atacar os invasores aliados. Se os franceses recebessem os americanos como amigos, os aeroportos permitiriam que os transportes americanos e britânicos começassem o enorme trabalho de suprir o pessoal das frentes. Tafaraoui era o objetivo do *pincer* mais a leste, outra pesada coluna de blindados e infantaria que deveria ter desembarcado a leste de Orã, em um local designado Praia Z. Apenas quando as forças de infantaria e blindados tivessem estabelecido bases seguras na Argélia, a outra parte da operação começaria: a invasão rápida da Tunísia para ocupar os principais portos que haviam servido como porta de serviço fundamental para o exército de Rommel.

O M-3 tinha uma velocidade máxima de apenas cerca de 60 quilômetros por hora, e Logan conhecia o ritmo do motor, o lamento familiar, as vibrações, sabia, pelo ronco debaixo de si, que Parnell estava seguindo as ordens, o tanque movendo-se a apenas algo próximo de quarenta, uma precaução para garantir que a coluna permanecesse junta. O céu cinzento tinha ficado mais claro, o sol despontava sobre as colinas a leste, elevando-se diretamente sobre a cidade de Orã, que os mapas diziam estar a uns 60 quilômetros dali. As equipes dos tanques não sabiam nada sobre os combates lá, não tinham notícias de como ou por que houvera luta, também não sabiam se os desembarques na Praia Z tinham sido sem transtornos como os da Praia X, os quais, até agora, pareciam manobras de treinamento. Mas os acontecimentos na cidade propriamente dita haviam sido sérios, artilharia pesada dos navios britânicos ou das baterias francesas na costa, ou de ambos; Logan tentou fixar as imagens, aqueles curiosos estampidos e clarões, os primeiros sinais de combate real que jamais vira. Mas a alvorada havia varrido tudo, sua atenção estava focada apenas no trecho de estrada bem à frente, rastros de jipes e pequenos caminhões de infantaria ainda avançando além do alcance da mira de suas armas.

Tinham rodado ao longo da estrada plana por vários minutos, o nervosismo de Logan ia desaparecendo, a tensão de todos dando lugar à curiosidade. Longe da praia, o terreno era um ondeado baixo de rochas e vegetação rasteira. A visão de Logan era mais limitada do que a dos outros três, mas, ainda assim, podia enxergar vastos trechos de campo aberto que se estendiam ao longo de ambos os lados da estrada estreita. Não era lugar para esconder um exército nem sítio apropriado para nenhum tipo de emboscada. Escutou um estalo em seus fones de ouvido; a voz de Parnell:

— Ei, Hutch, isso parece a minha terra. Você tem certeza de que estamos na África?

— Acorda, Skip. Estamos longe como o diabo do Texas.

Skip Parnell tinha crescido no campo, no oeste áspero, em San Antonio, e não era mais velho que Hutchinson. Logan podia ver somente as costas do rapaz, mas sabia que Parnell estava vasculhando o terreno adiante pela escotilha do motorista, uma aba de metal que se abria para fora, dando ao motorista uma visão clara à frente do tanque. O chão pedregoso se estendia em infindáveis ondas cinzentas, a estrada ainda somente uma faixa pálida, esmaecida; Logan pensou no primeiro objetivo deles, nos detalhes do mapa que tinha sido obrigado a memorizar, Lourmel. Quem diabos construiria uma cidade ali? Tornou a olhar, de relance, as costas de Parnell, podia ouvir mentalmente o sotaque, histórias sobre caçadas a cervos, sobre cascavéis. Bem, alguém teve uma razão para construir Uvalde, no Texas, então eu acho que os malditos árabes têm o direito de construir sua cidade lá fora. Eu acho que nós saberemos quando a virmos. Esta estrada tem de acabar em algum lugar.

Uma voz no fone de ouvido; Parnell outra vez:

— Ei, Hutch, eu achei que ia ter uns francesinhos lá fora. Como podemos saber se são amigáveis se não tem ninguém em casa? Você tem certeza absoluta de que estamos na África? Os malditos marinheiros britânicos nos mandam para terra firme Deus sabe onde, e o coronel Todd nem para admitir que estamos simplesmente, totalmente perdidos.

A saraivada de palavras era familiar, o texano nunca permitia que o silêncio perdurasse por muito tempo. Mesmo com o forte rugido do motor do tanque, Parnell parecia pouco à vontade se não houvesse alguém falando. Hutchinson respondeu com sua usual reação às reclamações de Parnell:

— Cale a boca, Skip. Dirija o maldito tanque.

Tinham avançado mais de oito quilômetros e nenhum sinal de inimigo, nenhum sinal de qualquer coisa a não ser rochas e vegetação rasteira. Logan não esperava por isso, não após tantos dias de reviravolta e tensão no estômago. Cada tripulação de tanque havia recebido preleções sobre que tipo de combate poderia estar à frente dela. Certamente estavam preparados, exibições retumbantes de confiança, os oficiais e os instrutores acreditando que tinham o treinamento e o equipamento necessários. Todavia, Logan sabia dos cochichos, das rezas e das cartas para casa. Cada homem se perguntava se os oficiais, ou quem quer que fosse, podiam realmente saber o que aconteceria, se não avançariam com seus tanques diretamente para algum tipo de inferno. Mas agora, entrando mais profundamente no que se supunha ser terreno hostil, ainda não havia inimigo, não havia fogo de artilharia, não havia qualquer manifestação. E assim a tensão começava a dar lugar à usual implicância entre Parnell e Hutchinson, exatamente como havia sido por tantos meses de treinamento. Logan inclinou-se levemente para baixo e olhou as costas do homem sentado bem à sua frente. Durante todo esse tempo, Baxter permanecera calado; o quarto homem da tripulação estava tão silencioso que se poderia pensar que não estava ali. Era outro sujeito que mal completara vinte anos, o primeiro soldado de numa família de fazendeiros de Indiana. Baxter era pequeno, mal tinha altura suficiente para ser aceito no exército, mas passou pelo treinamento tão bem quanto qualquer um dos outros. Seu tamanho era uma óbvia vantagem para um homem cujo lugar era na dianteira da compacta carroceria do M-3.

— Você devia manter a boca fechada sobre o coronel Todd.

— Bem, que inferno, Hutch, ele é um oficial. Ainda não vi um oficial que não preferisse estar sentado em algum buraco bebendo e acariciando uma doçurinha. Até o capitão Gregg...

Logan sorriu; tinha escutado aquilo antes, sabia que Parnell queria provocar Hutchinson, insistiria o suficiente até conseguir a explosão habitual do outro. Ele esperou por isso, mas os fones de ouvido ficaram calados e, de repente, a mão de Hutch pousou sobre o seu ombro, um aperto firme. Parnell falou. Uma única palavra:

— Olá.

Tinham subido uma colina baixa, e Logan agora enxergava: uma silhueta escura, rodando para dentro da estrada à frente deles. O rádio falou, ordens da retaguarda, de Gregg, e Hutchinson respondeu no microfone. Então os fones de ouvido estalaram novamente.

— Alto, motorista! O capitão diz que devemos dar a eles uma chance de se retirarem.

O tanque diminuiu a velocidade, depois parou com um espasmo, e Logan sentiu a mão sobre seu ombro outra vez, disse: — Eu o tenho na mira, Hutch.

— Não é um dos nossos. Uniformes franceses. De onde diabos saiu? A infantaria deve ter passado por ele, provavelmente estava escondido em algum buraco.

Eles estavam a menos de duzentos metros do caminhão. Logan observou pela mira de sua arma o veículo se movendo devagar, virando na direção deles, parando no meio da estrada também. A voz de Hutchinson surgiu novamente:

— Parece uma calibre cinquenta. Não há outros veículos.

Nenhum deles falou, o treinamento presente em cada um. O intercomunicador pertencia ao comandante agora, e não haveria conversa. Logan pôs a mão direita na manivela da torre, girou-a levemente, o sistema hidráulico centralizando a mira da arma logo acima da capota do caminhão. Ele conseguia ver cabeças, três homens, movimentos frenéticos, rifles apoiados no para-brisa, mirando na direção... dele. A voz de Hutchinson mais uma vez:

— Calma. Vamos ver o que eles vão fazer. Não podemos atirar...

Houve clarões vindos do caminhão, o tanque subitamente ressoou com estalos e leves golpes. Hutchinson gritou: — Ah, malditos! Fechar escotilhas! Filhos da puta!

Hutchinson escorregou e foi se colocar atrás de Logan, a escotilha acima dele ainda escancarada. — Filho da puta! Ele é maluco? — exclamou.

Houve uma pausa. A metralhadora pesada do caminhão silenciosa, o único som o rumor do motor do tanque parado. Logan escutou o rádio, Hutchinson ajustou os fones de ouvido, falou ao microfone, mais ordens lá de trás. Logan sentiu a mão outra vez, outro aperto no ombro, a voz em seus fones de ouvido:

— Ordens. Atirador... *fogo!*

Logan inclinou-se para a frente, os ombros se ajustando contra os encostos curvos, o calcanhar apoiado com força sobre o pedal de disparo. Olhou para o caminhão, viu os homens, rifles ainda apontados para ele, um filete de fumaça subindo da grande metralhadora. Sentiu um arrepio, o coração disparado, uma palavra rasgando o cérebro: *estúpidos... estúpidos...*

Pressionou o polegar para a frente e a arma disparou; o coice dela o sacudiu. O caminhão eclodiu num clarão de fogo, fumaça negra, e pareceu se desfazer, as portas caindo longe, metal nos ares... homens. Logan observou fixamente, congelado, sentiu um rápido movimento abaixo de si, Baxter colocando outro projétil no canhão. Baxter então falou, os fones de ouvido estourando na cabeça de Logan:

— Carregado. Pronto!

— Suspender fogo!

Logan reagiu à ordem de Hutchinson e tirou o pé do pedal, percebeu que estava tremendo, o frio se espalhando por todo o corpo. Hutchinson pôs-se de pé atrás dele e espiou por sobre a escotilha. O rádio falou novamente, Hutchinson retransmitiu a ordem.

— Motorista, avance. Vamos lá dar uma olhada, Skip.

O tanque seguiu em frente, o cheiro do escape os envolvendo. Logan manteve o olhar na mira, uma voz na cabeça, as lições, procure movimento, vigie a calibre cinquenta, alguém ainda pode estar na arma. Mas não havia mais arma agora. O caminhão estava em chamas, a fumaça subia de lado, empurrada pela brisa.

— Alto, motorista!

O tanque parou mais uma vez. A voz de Hutchinson:

— Maneje as calibre trinta. Pode haver mais deles por aqui. Mantenha os olhos lá fora.

Logan colocou a mão no gatilho da metralhadora montada ao lado do canhão e tateou buscando a outra metralhadora no lado direito. O M-3 tinha cinco metralhadoras calibre trinta, armas que foram amaldiçoadas durante todo o treinamento, armas que tomavam um espaço precioso dentro da carroceria do tanque. Havia silêncio agora, ninguém estava amaldiçoando nada. Escutou Hutchinson falando do lado de fora do tanque e percebeu que outro tanque havia se colocado ao lado deles. A conversa continuou, vozes, seus fones de ouvido bloqueando as palavras. Passou para o periscópio e viu homens à sua frente, passando pelo tanque, Gregg e mais outros dois. Eles se movimentavam em torno do caminhão, para longe da coluna de fumaça, Gregg segurando uma pistola, os outros portando carabinas curtas, olharam os destroços do caminhão por um bom tempo. Gregg foi em direção aos tanques outra vez, fora da visão de Logan, mais vozes, Hutchinson falou, e os fones de ouvido ganharam vida:

— O capitão diz que foi um bom tiro, Jack. Ele está amaldiçoando feito um louco a infantaria. Eles deviam ter cuidado desses caras. Eram uns francesinhos. Ei, Jack, você foi o autor da nossa primeira morte.

Vieram mais ordens pelo rádio, comando para avançar, para continuar na estrada, procurar alvos, procurar o inimigo ou a cidade ou o aeroporto.

Logan fechou os olhos, recostou-se no assento e sentiu o balanço do tanque, o tremor abaixo dos pés, a potência. Ele ainda podia sentir o cheiro da fumaça do disparo de canhão, os resquícios de pólvora misturando-se ao escape e à poeira, forrando o interior do tanque, cobrindo sua pele, enchendo seus pulmões. Havia pensado sobre aquele momento, como se sentiria, todas aquelas perguntas que o tio não respondia. Em Fort Knox houvera muita conversa sobre matar o inimigo, muito do treinamento focado em *retirar* tal ideia do ato, em ver o inimigo como *inimigo* e não como um homem. Ou como um caminhão cheio de homens. Ele queria pular fora do tanque para ver com os próprios olhos, ver o que Gregg viu, o que o 37 milímetros tinha feito com aqueles homens. Foi minha responsabilidade, diabos. Repreendeu-se, não, a responsabilidade não era sua, não por isso, por nada disso. E se aqueles patifes tivessem um 75 milímetros ou um 88 alemão? Eu não estaria aqui sentado tendo esta conversinha comigo mesmo. Nós teríamos sido mandados para o inferno em mais pedaços que o maldito caminhão. *Aquele maldito caminhão*. A imagem não o abandonava e ele sentiu raiva, pensou nos três homens, o que estava no comando, o que tinha ordenado que uma metralhadora calibre cinquenta atirasse naquela grande máquina de aço. Um erro estúpido e idiota. Minha primeira morte, e eu explodi um caminhão cheio de idiotas.

Então abriu os olhos, sentiu o vento frio e poeirento passando pelo tanque e concentrou-se no periscópio. Havia silêncio nos fones de ouvido, sem mais tagarelice, sem mais insultos brincalhões de Parnell, sem Fort Knox e sem Irlanda, sem exercícios e lições. O treinamento tinha terminado.

11. LOGAN

SUL DE ORÃ, ARGÉLIA
8 DE NOVEMBRO DE 1942,
FIM DA MANHÃ

A INFANTARIA TINHA ENCONTRADO COMBATE, MAS O INIMIGO estava disperso, os confrontos foram na maior parte incidentes breves, unilaterais, não havia sinal de resistência organizada dos franceses. Lourmel já estava nas mãos dos americanos, e os poucos franco-atiradores que ousaram resistir tinham sido mortos, capturados ou simplesmente desapareceram. Como as zonas de desembarque atrás deles, a aldeia e as estradas em ambas as direções foram rapidamente dominadas, guardadas por barreiras fortemente armadas, protegidas por equipes de morteiros e infantaria operando armas antiaéreas.

Os tanques haviam avançado, movimentando-se para leste por uma faixa sinuosa de asfalto que ficava paralela a uma vasta extensão de lama seca. Os mapas a chamavam de Sebkra d'Oran, e Logan supunha que a tradução fosse algo parecido com lago, e que talvez uma vez por ano, ou uma vez em muitos anos, ficasse realmente cheio d'água. Agora era uma planície chata e lisa de areia cinzenta esbranquiçada. Os blindados haviam testado a superfície, os tanques passaram bastante bem, mas a infantaria tinha percebido que o que parecia terreno seco e duro cedia, engolindo as botas até acima dos tornozelos: uma camada bem-disfarçada de argila semelhante a cola debaixo da crosta seca. Era mais uma esquisitice desse lugar bastante estranho.

Quando os tanques, jipes e soldados a pé atravessavam vilas e aldeias, tinham um público, árabes que ficavam de lado enquanto eles passavam, homens escuros, carcomidos, com roupas sujas, geralmente empoleirados no lombo de burros esqueléticos ou de camelos malcheirosos. Atrás deles, caminhavam as mulheres, o rosto escondido, olhos negros mirando as grandes máquinas. Os árabes pareciam completamente desinteressados da guerra, nenhum aceno com bandeiras, nenhum sinal de que considerassem os americanos libertadores. Durante o treinamento, as tripulações dos tanques haviam aprendido que os "nativos" antipatizavam com os franceses, odiavam os italianos e, presumivelmente, não gostavam dos alemães. Tudo isso parecia beneficiar os americanos, para quem os árabes abririam as portas, agradecidos. O que Logan presenciara o convenceu de que os árabes eram simples espectadores, e provavelmente continuariam assim. Aquela guerra não era diferente de outras ocorridas durante séculos em todo o norte da África, guerras entre tribos ou reis ou exércitos muito distantes da vida dos povos por cuja terra brigavam. Os árabes pareciam saber que, independentemente do tamanho dos tanques que passavam por eles, nenhum vencedor, nenhum rei, nenhum exército jamais se apegaria àquela terra por tempo suficiente para afetar o que quer que fosse que os árabes tinham que fazer para sobreviver. Os americanos logo descobriram que, no século XX, sobrevivência parecia significar comércio, e, se os árabes tomavam algum conhecimento dos americanos, era para se oferecer para realizar negócios, comércio. Os soldados aprenderam que lá até papel-moeda comprava ovos e galinhas e cabras e uma variedade de bens, de tapetes a joias. Mas os oficiais perceberam que o bem mais valioso que os árabes tinham era a informação, posições de tropas inimigas. Pouco importava que a lealdade que os aliados compravam fosse válida até que outra pessoa, talvez em outro uniforme, fizesse uma oferta melhor.

Com os americanos avançando para o interior, despachos por rádio, comunicados atualizados, vieram do HMS *Largs*, o navio de comando do general Fredenhall, enviados através dos postos avançados no litoral, passados para a frente ou transmitidos para os oficiais superiores que conduziam tropas e blindados próximo a Orã. Os desembarques na Praia Z, a leste de Orã, também foram bem-sucedidos, ali tropas de choque do exército americano dominaram uma bateria costeira e eclodiram outros pequenos combates contra tropas francesas. Lá, as colunas de tanques e soldados estavam em marcha também, avançando em direção ao sul e ao oeste, desbaratando a maior parte da resistência francesa à medida que se apressavam na direção de seu alvo, o aeroporto de Tafaraoui. Mais para perto de Orã, as defesas francesas estavam mais organizadas e, se ainda havia esperança de os franceses deporem as armas e reconhecerem os americanos como amigos, esse otimismo foi esmagado na própria baía de Orã. Enquanto as tropas de blindados e infantaria se aproximavam das praias fora da cidade, dois pequenos navios britânicos, o *Walney* e o *Hartland*, entraram na baía. Eles transportavam uma força de cerca de quinhentos homens, cuja missão era capturar e ocupar os cais, impedindo que os franceses afundassem as próprias embarcações, mantendo, assim, a entrada da baía desobstruída. Antes que as tropas dos dois navios pudessem desembarcar, os faróis franceses iluminaram as embarcações, e, nos confins estreitos da baía, o fogo de obuses das baterias costeiras francesas devastou ambos os navios. Sem espaço para manobra e sem rota de fuga, o confronto se tornou um desastre para os aliados. Quase noventa por cento das tripulações britânicas e sua carga americana foram mortos, feridos ou capturados. Enquanto ambas as pontas do movimento em *pincer* avançavam para envolver a cidade, os franceses deixavam claro que, dentro dela, haveria luta.

COM LOURMEL SEGURA, A COLUNA FOI REORGANIZADA, DEZOITO tanques eram agora acompanhados por infantaria, engenheiros e artilharia antitanque. A maior parte da coluna aproveitou a estrada asfaltada, os tanques em formação de leque entravam em trechos de terra plana, procurando qualquer resistência, qualquer lugar em que tropas francesas pudessem tentar uma emboscada.

A equipe de Hutchinson ainda orientava o caminho, o capitão Gregg vinha na retaguarda do grupo, três Stuarts enviados para sondar uma estrada menor que mergulhava junto ao grande leito seco do lago. A trilha serpenteava através de uma vegetação baixa e desolada, os tanques subindo e descendo morros pequenos de superfície irregular, passando por atalhos estreitos e ravinas. Hutchinson estava novamente acima da torre de tiro, cabeça e ombros expostos para examinar melhor os pequenos recantos por onde passavam. Atrás dele, os outros M-3 mantinham distância, um espaço de 45 a noventa metros, mais precaução. Os outros comandantes estavam no alto também, sofrendo com a poeira das esteiras de aço de Hutchinson.

Logan olhava pela mira da arma, depois sondava o periscópio, tudo para conseguir um campo de visão mais amplo. Girou levemente a torre de tiro, o cano do 37 moveu-se em direção a nada, apenas terra vazia, morros nus. Mais perto da estrada principal, tinham avistado sinais de luta dispersa, colunas de fumaça, riscos de fogo de artilharia a quilômetros, nenhuma ideia se as armas eram amigas ou se, em algum lugar daquele ermo, uma guarnição francesa decidira montar uma resistência.

— Aviões!

A palavra o golpeou, e Logan olhou para cima, examinou o único pedaço de céu que podia ver, através da escotilha aberta acima de sua cabeça.

Hutchinson ordenou: — Motorista, alto! Vamos ver o que eles vão fazer. Se vierem nessa direção, tente usar a calibre trinta. Atirador, verifique sua elevação. Se voarem baixo, talvez você acerte um tiro.

O intercomunicador voltou à vida. Parnell: — Eu os vejo, Hutch. Três, parecem caças. Fazendo manobras em zigue-zague. Jesus, estão atirando em alguma coisa!

Logan sentiu-se cego, queria levantar, ver algo mais interessante que morros secos através de um periscópio empoeirado.

Hutchinson examinou com o binóculo, disse: — São franceses. Perseguindo alguma coisa por lá. Na beira do lago.

Logan estava frustrado, não disse nada, sabia que não era papel de um atirador se transformar em turista.

Parnell acrescentou: — Estão voando baixo. Jesus, atirando furiosamente em alguma coisa. Espero que não seja nos nossos rapazes.

Logan sentia-se desesperado; exclamou: — Em quem mais, diabos, poderia ser? Nós somos os únicos aqui. Estão atirando em nós ou em seu próprio pessoal.

Hutchinson disse: — Estão indo embora. Terminaram o que vieram fazer, imagino. Talvez devêssemos ver se alguém precisa de ajuda. — Agora ele falava no rádio, passando a mensagem para os outros tanques, depois de novo no intercomunicador: — Motorista, em frente.

O tanque deu um solavanco para a frente, e Logan girou rapidamente a torre de tiro para um lado.

A voz de Hutchinson: — Devagar, atirador. Está tentando me jogar para fora dessa joça?

Logan não respondeu, olhou pelo periscópio, podia ver uma extensão aberta à sua frente, o leito do lago seco estendido até o horizonte.

Hutchinson exclamou: — Santo Deus! Lá estão. São C-47s! O que terá acontecido?

Logan também podia avistá-los. A uns trezentos metros dos morros rochosos, um grupo de aeronaves que pareciam jogadas, sem nenhuma organização. Ao menos uma delas estava destroçada, soltando fumaça. Em volta dos aviões, homens se agitavam como formigas.

Parnell disse: — Há pessoas feridas lá, Hutch. Temos que lhes dar uma ajuda.

Hutchinson não disse nada, e Logan olhou para cima, viu Hutchinson olhando para um lado, depois ouviu no intercomunicador: — Alvo! Motorista, alto!

Logan virou o periscópio tanto quanto dava para torcer seu corpo, pôde ver um único homem, de pé na vegetação rasteira, outro se levantando ao lado dele. Mais outros apareceram então, homens subindo lentamente uma elevação acentuada, vindo de quase todas as direções. A mão de Logan buscou a metralhadora, e ele moveu a torre de tiro para um lado, localizou os homens em sua mira, contou uma dúzia. Mas os capacetes eram inconfundíveis, tirou a mão da metralhadora, focalizou um, um rosto sujo, sorriso dentuço, o soldado segurando uma submetralhadora Thompson, levantando-a acima da cabeça.

Logan disse: — Ei, Hutch. São dos nossos.

— Sim. Motorista, desligue. Mas estes caras não são da infantaria. Deixe-me verificar com o capitão Gregg, ver o que devemos fazer. Preciso de um tempo para mijar.

O tanque ficou silencioso de repente e Hutchinson falou pelo rádio, os dois tanques de trás se aproximaram, seus motores também foram desligados. Hutchinson saiu do tanque pela escotilha, ficou em pé sobre a carcaça do tanque, e Logan deixou seu assento, levantou, esticou as pernas enrijecidas, a cabeça acima da escotilha pela primeira vez em horas. Espiou os soldados subirem a elevação, a maioria carregando submetralhadoras, não o rifle padrão dos soldados de infantaria americanos. Os uniformes também não eram padrão: pernas das calças folgadas enfiadas em botas de cano alto, os bolsos estufados de acessórios volumosos, os soldados pareciam carregar uma mochila em cada coxa. Logan entendia agora, tinha ouvido falar daqueles homens na Inglaterra, *aerotransportados*, havia uma espécie de mística em torno deles, boatos de que não passavam de lunáticos, sua unidade um abrigo para os desajustados e psicopatas do exército. Um dos homens se aproximou, mancando, ajudado por um membro do corpo médico. Logan viu sangue em seu rosto, a camisa aberta sobre um volume de ataduras brancas.

Hutchinson exclamou: — Você não está nada bem, soldado. Podemos ajudar?

Agora Gregg estava lá, descera do tanque, estava de pé ao lado de Hutchinson. O homem ferido pareceu se recobrar, empurrou o médico, esforçou-se para ficar em pé sozinho, apresentou-se: — Tenente-coronel Edson Raff, 509.º Batalhão de Infantaria de Paraquedistas. Acho uma ideia muito boa colocar estrelas brancas nos tanques americanos. Se não as tivéssemos visto, teríamos despejado um saco de granadas dentro da escotilha.

O 509.º HAVIA SIDO DESIGNADO PARA SER A PRIMEIRA UNIDADE AEROtransportada a entrar em combate usando paraquedas. Os paraquedistas vieram diretamente da Inglaterra, numa grande esquadrilha de aviões de transporte C-47. Mas, como em tantos planos projetados cuidadosamente no papel, o pretendido era que o 509.º realizaria seus saltos perto dos aeroportos-chave de La Sénia e Tafaraoui, mas ventos fortes e pouca visibilidade dispersaram os aviões por toda a costa norte da África. Em vez de alcançarem suas zonas de salto, a maior parte dos pilotos inexperientes ficou perdida na escuridão, os pontos de referência ocultos por uma densa camada de nuvens. Pior, um sinal de rádio deveria ser enviado de um navio inglês cuidadosamente posicionado para guiar os aviões para as zonas de salto. Por motivos que ninguém entendia, os rádios dos C-47s permaneceram em silêncio. O sinal de rádio jamais foi recebido.

Quando os saltos finalmente foram realizados, os paraquedistas não tinham como saber se estavam perto de seus alvos e, na verdade, os C-47s espalharam o batalhão desde pontos perto de Tafaraoui até o Marrocos espanhol. Como havia acontecido na baía de Orã, os franceses receberam os paraquedistas e seus aviões com fogo de artilharia e de rifles. Vários C-47s se aproveitaram da superfície plana e lisa do leito do lago seco de Sebkra d'Oran para aterrissar ali, num esforço de recolocar a bordo sua carga humana para transportá-la para mais perto das zonas de salto designadas. Mas, quando o sol apareceu, choveram caças franceses em cima dos C-47s desarmados e pesados, e os derrubaram ou perseguiram até outro ponto de aterrissagem, onde os atiradores franceses não tiveram misericórdia. O coronel Raff e os que acharam algum meio de alcançar seus alvos por terra não tiveram escolha senão usar as bússolas. Embora alguns dos paraquedistas dispersos tivessem encontrado transporte motorizado, muitos ainda estavam em marcha, arrastando-se através do barro do leito do lago, firmemente decididos a atingir o alvo em Tafaraoui.

— Deve ter uma puta resistência, aquele coronel... o quê? Raff? Logan ignorou Parnell, a atenção fixa na desolação do leito do lago, sabia que Hutchinson ia responder.

— Ele estava bastante machucado. O médico disse que ele se machucou ao aterrissar nas pedras, disse que arranjaram um jipe para ele. Eu não queria ter de impedi-lo de chegar a lugar algum. Parecia um cara durão. Todos eles.

Parnell respondeu: — Doidos. Isso é o que eles são. Doidos. Pular de um avião, ficar torcendo para que ceroulas gigantes mantenham você vivo! Prefiro um maldito de um tanque. Você ainda está acordado aí atrás, Logan? Pode ser que a gente precise dessa sua arma. Só porque você fez a nossa primeira morte não quer dizer que pode tirar uma folga.

Logan não achou graça, disse: — Cale a boca e dirija.

Voltavam para a estrada principal, os três tanques saindo de um monte rochoso, abrindo uma trilha sobre mais arbustos espinhentos. A estrada estava apinhada de homens e jipes, e Hutchinson permanecia de pé, fora da escotilha, estava falando com alguém, o rádio guinchando. Hutchinson se abaixou novamente, falando ao microfone.

— Motorista, ultrapasse esses soldados. O capitão disse que temos que nos juntar aos outros tanques mais à frente. Eles estão parados por alguma razão. Pode ser o inimigo.

Passaram por homens que gritavam, rifles no ar, soldados que sabiam a importância dos blindados. Avançaram pela estrada por mais de quilômetro e meio e Logan podia ver nuvens de poeira à frente, mais tanques, as máquinas espalhadas em amplo leque, movimentando-se para o leste.

O intercomunicador estalou, a voz de Hutchinson: — Há fumaça. Fiquem atentos. Alguma coisa está acontecendo na frente.

Logan moveu a torre de tiro, examinou o horizonte, a estrada dividindo dois morros baixos, tanques e caminhões pesados de ambos os lados. Viu a fumaça também, mais perto agora, uma coluna negra subindo de um caminhão. Ele se aprumou, agarrou a mira, captou... as palavras de Hutchinson:

— É um dos nossos. Eles acertaram um transporte de armas.

Logan podia ver que o caminhão estava partido ao meio, a estrutura visível debaixo de fumaça densa e ondulada. As portas tinham sido arrancadas, uma jogada para o lado, enfiada na terra, em pé. Logan viu, então, a estrela branca.

Homens se juntavam perto do caminhão, um corpo no chão, perto, perto demais, do calor, o pessoal do corpo médico impotente. Logan pensou, ninguém vai sair vivo disso. Parnell dirigiu o tanque para além dos destroços em chamas, mas não havia jeito de evitar a fumaça. Ele se manteve na estrada, levou o tanque adiante através da nuvem negra, e Logan se preparou para o cheiro, prendeu a respiração, mas a fumaça entrou nele, o fedor forte de óleo queimando e, pior, um fedor que ele não queria identificar. O tanque seguiu em frente, e ele esvaziou os pulmões, o fedor ainda preso dentro dele.

Logan piscou com força, focalizou o olhar no periscópio, o intercomunicador quieto. Deslizou a torre de tiro para um lado, examinou os morros baixos e, de repente, o tanque saltou, um solavanco forte e ruidoso, fumaça, poeira enevoando o periscópio, o tanque se inclinou para um lado, depois se endireitou com um baque forte de algo sendo esmagado. Seu capacete tinha sido jogado para um lado, o intercomunicador estalava, Hutchinson gritava por cima dele:

— Ah, diabos! Fechem tudo! Escotilhas fechadas!

Logan agarrou o capacete torto, enfiou-o com força na cabeça. O tanque ainda se movia, Parnell mantendo-o firme, ainda na estrada.

Hutchinson disse: — Fogo em nossa direção! Vire à esquerda, trinta graus! Alguns de nossos rapazes estão atrás daqueles morros. Estão levando bala! Atirador, preparar!

Houve fumaça em todas as direções, nuvens espessas de poeira, e Logan girou a torre de tiro para a esquerda, viu os tanques, mais fumaça, obuses explodindo nos morros logo acima dos blindados. Hutchinson estava embaixo, ao lado dele agora, o intercomunicador vivo com os xingamentos de Parnell.

Hutchinson disse: — Cale a boca! Alguém machucado?

— Não.

— Não.

— Aqui tudo bem.

Hutchinson estava apoiado no ombro de Logan; olhando para fora pela vigia de observação, disse: — Esta foi perto, rapazes. Imagino que os franceses não saibam atirar tão bem.

Parnell comentou: — Para mim, foi bastante bom. A maldita coisa acertou a três metros da esteira esquerda, bem na minha frente. Podia ter arrancado um dente ou dois.

Logan espiou Hutchinson. Calma, Hutch, estamos vivos, pensou.

Hutchinson disse: — Motorista, esquerda, vá para trás daquele monte de pedras. Há um M-3 a 25 metros do nosso flanco esquerdo. Outro mais adiante. Infantaria vindo atrás de nós. O inimigo... não tenho certeza ainda.

Hutchinson falou ao microfone sem fio, palavras que Logan não conseguiu escutar.

— O maldito rádio não funciona! Podem ter derrubado a antena.

Logan se surpreendeu ao ver Hutchinson levantar, abrir a escotilha, poeira e luz do dia entrando no tanque. Não, não é uma boa ideia, Hutch.

Hutchinson gritou, falando com alguém que Logan não podia ver; mais gritos, Hutchinson voltou a se abaixar. O intercomunicador falou novamente, a voz de Hutchinson:

— Há artilharia francesa à nossa frente. A novecentos metros, atrás da próxima fileira de morros de pedra. Pode ser uma bateria inteira ou só algumas armas. Os 75 estão vindo atrás de nós. O coronel Todd está aqui em algum lugar, disse que ninguém consegue falar com o comando. Não só a gente. Mau contato do rádio.

Ninguém respondeu, e Logan movimentou a torre de tiro novamente, *novecentos metros*, pensou. Colocou a mão na culatra do 37. Eu podia acertar um alvo... talvez. Teria que ser certeiro, matar toda a equipe. Mas e depois? Esta arma não é suficiente para destruir algo realmente pesado. E não podemos atacar abertamente. Acabariam conosco.

Houve um baque forte num dos lados, um dos tanques atirou. A resposta veio rápida, obuses assoviando por cima deles, estrondo brusco debaixo deles, o tanque balançou, fumaça, uma chuva de terra e pedras sobre o tanque. Hutchinson de novo:

— Diabos! Não estamos bem-protegidos aqui! Precisamos daqueles 75!

Logan girou a torre de tiro para a direita, procurando algum sinal de alvo, percebeu um vestígio de movimento, foi para o periscópio, viu um caminhão passar e parar poucos metros adiante.

Parnell gritou: — Uau! A cavalaria chegou!

Logan olhou, reconheceu os 75, as maiores armas móveis que a unidade possuía, montadas em caminhões fortemente blindados. Espiou o cano da arma mais pesada se ajustando, subindo, pensou no atirador. Quem? O maluco do Jenkins? Talvez Sweeney, o cara que não conseguia acertar uma lata de lixo a dez metros. Que seja Fowler, alguém que atire direito.

Todos os olhares estavam no 75 ao lado deles, e, então, veio a erupção, o duro golpe da arma, uma torrente de fumaça.

Hutchinson olhou para a frente com o binóculo, por alguns longos segundos, depois disse: — Ele pegou alguma coisa. De novo, acerte neles de novo, continue atirando!

Logan deu uma olhada na mira da arma, viu uma pequena nuvem cinzenta, ouviu o 75 atirar de novo, esperou o impacto, outro longo segundo, outra explosão nos morros. Mais caminhões blindados se aproximavam, um coro de trovões, os 75 fazendo chover obuses sobre qualquer inimigo que estivesse em seu caminho. O rádio falou com Hutchinson de novo, e a ordem veio pelo intercomunicador:

— Motorista, avançar! Vá para além daquelas pedras, vá rápido para aquela fumaça. Força total, Skip!

O tanque começou a se movimentar, e Logan se segurou, o tanque balançava no terreno irregular.

— Atirador, preparar. Alvos à frente!

Logan olhou para Baxter, que segurava um obus nas mãos, outro já no 37, um aceno firme de cabeça do rapaz calado. O tanque avançou, mais tanques em cada lado. Os 75 mantinham o fogo contra as posições inimigas, equipes francesas e suas armas destruídas pela precisão da artilharia. Logan olhou para fora através do periscópio, sentiu o vento fresco descendo pela escotilha aberta, o tanque correndo a velocidade máxima, os morros à frente próximos. Ele podia ver homens nas pedras, alguns escalando o morro, outros atirando com rifles, um inimigo desdentado, e sentiu raiva, o aço frio no peito, pôs a mão na metralhadora e puxou o gatilho.

EMBORA CONTINUASSEM A COLOCAR OBSTÁCULOS NO TRAJETO DELES, as defesas francesas não eram coordenadas, nenhum posicionamento de tropas em larga escala, artilharia ou apoio aéreo. Quando terminou o primeiro dia da Operação Tocha, o movimento *pincer* em torno de Orã apertava. Por volta do meio-dia, o aeroporto em Tafaraoui tinha sido capturado e garantido, e, embora os franceses ainda atacassem os invasores, o laço americano continuava a apertar. Do navio de comando do general Fredenhall partira um comunicado para Gibraltar, o ansiosamente esperado "OK" para que os aviões britânicos de caça e de carga localizados lá começassem suas missões, levando os suprimentos e reforços que transformariam Tafaraoui em base aliada.

Agora La Sénia, mais que nunca, era uma prioridade, já que os franceses ainda poderiam lançar ataques aéreos que atingiriam posições americanas, tropas e blindados, em poucos minutos. Com a escuridão finalmente se aproximando no primeiro dia da operação, as tripulações dos tanques da Primeira Divisão Blindada ainda estudavam seus mapas, recobrando forças, os oficiais reuniam os pelotões, abastecendo e suprindo os tanques para a luta do dia seguinte.

12. CLARK

GIBRALTAR
8 DE NOVEMBRO DE 1942

— G iraud mudou de ideia.

Clark ficou de pé, piscou, tentou focalizar o rosto de Eisenhower, o comandante apoiado na porta aberta. A notícia era boa, mas Eisenhower não sorria.

Clark perguntou: — Quando?

— Logo depois que terminamos a reunião. Vi você escapulir. Não se preocupe com isso. Precisamos de toda pausa possível desta confusão. O último comunicado de Orã foi o motivo. Exatamente como eu pensei, contamos apenas os detalhes necessários para convencê-lo de que não inventamos toda esta operação. Ele não acreditava que Argel tivesse caído tão depressa, que estivéssemos controlando o aeroporto de lá, até ouvir a rádio francesa se lamuriando a respeito.

Clark ainda estava aborrecido com o francês detestável: — Então ele ficou surpreso que tivéssemos tomado Argel tão depressa? *Surpreso?* Isso significa que ele previa que houvesse resistência por lá. Por isso...

— Era tudo um jogo, Wayne. Ele não queria cooperar porque pensava que levaríamos um pé na bunda. — Eisenhower desabou sobre a cadeira. — Agora ele está no nosso time. Inteiramente comprometido com a nossa causa. Como se nunca devêssemos ter duvidado dele. Idiota.

Clark sabia o que se seguiria, qual seria seu papel na operação agora. — Quando você quer que eu parta?

— Amanhã. Giraud vai para Argel de manhã cedo. Insiste num avião francês, piloto francês, quer fazer uma entrada triunfal em Argel para poder escrever em suas memórias como foi o dia em que venceu a guerra. Estou surpreso que ele não tenha pedido um avião com banda de música. Você irá logo depois dele. O general Ryder estará esperando por você. Estou preparando uma ordem que você apresentará a Giraud em solo argelino. Ele está no comando das forças francesas e agora é o governador de Argel. Mas ele responde a mim e, até que eu estabeleça o meu quartel-general lá, ele responde a você. No momento em que você chegar, nosso quartel-general estará com você. Assegure-se de que ele entenda isso. Nenhum grande pronunciamento, nenhuma parada, nenhuma ordem para ninguém sem a sua aprovação. Você está no comando, Wayne. Não aceite nenhuma merda de Giraud ou de qualquer outra pessoa.

Clark tentou sentir energia por trás das ordens de Eisenhower, a autoridade que ele levaria para a África, algum entusiasmo pelo fato de o francês desagradável finalmente estar contribuindo com algo útil para a operação. Mas quase não tinham dormido por dois dias, e a única notícia que poderia animá-lo seria a de que Orã fora capturada, ou de que a Força-Tarefa Ocidental de Patton tivesse tomado Casablanca.

Eisenhower recostou-se na cadeira, não disse nada, a mente concentrada em outro assunto. Clark sabia que ele estava ansioso a respeito de Patton. A única informação sobre Casablanca tinha vindo por vias transversas, a inteligência aliada captando transmissões de rádio sumárias de postos avançados das forças francesas, comunicados sobre perdas de baterias de artilharia ao longo da costa, confrontos com tanques e infantaria americanos em várias aldeias distantes. As notícias eram encorajadoras, muitos sinais de pânico entre os franceses, chamados para retirada e reagrupamento. Mas ninguém em Gibraltar podia se sentir tranquilo enquanto a única informação viesse de um inimigo desorganizado. O desembarque de Patton havia sido marcado para as quatro e meia daquela manhã, e a marinha havia comunicado que, de modo surpreendente, os mares normalmente revoltos ao longo da costa ocidental da África estavam calmos. Mas, depois disso, só silêncio. À medida que as horas passavam, Eisenhower ficava cada vez mais ansioso, todo o estado-maior ciente de que se alguém se vangloriaria dos resultados de uma boa luta, esse alguém era George Patton. Pelo fim da tarde, comunicados começaram a chegar, transmitidos por rádios de navios britânicos. Os combates eram difíceis, a defesa das forças navais e terrestres francesas era obstinada, mas os desembarques tinham sido feitos com sucesso, o laço se apertava em torno de Casablanca como tinha acontecido em Orã. O silêncio de Patton fora causado por um rádio defeituoso a bordo de seu navio de comando, nada mais. Clark achou graça, sabia que quando Patton se desse conta de que suas transmissões tinham se diluído em estática, o rádio com defeito e seu operador provavelmente seriam lançados ao mar.

Com os vários aeroportos argelinos dominados, os Spitfires que esperavam no aeroporto compacto de Gibraltar podiam finalmente dar seu apoio, esquadrilhas de caças partindo em grupos para diversos locais com problemas. Esvaziando as pistas, os caças abriam espaço para os bombardeiros, para um número limitado de B-17s que aguardavam em Londres, que só poderiam fazer a viagem para o sul se tivessem algum lugar para pousar.

Clark tinha ficado em contato estreito com o almirante Cunningham, o comandante naval inglês que mantinha rédeas curtas em confrontos imprevisíveis com navios de guerra franceses que surgiam de várias baías ao longo da costa africana. Os britânicos também mantinham vigilância sobre qualquer força naval que pudesse aparecer de repente vinda da Itália. Enquanto Clark focalizava mais o que realmente acontecia em terra, Eisenhower continuava a lidar com o perigo potencial nas frentes políticas, particularmente a Espanha, atento para qualquer informação de que o ditador, Franco, reagira à notícia da invasão do norte da África com algum tipo de afronta tonitruante, ruído político que poderia justificar a ida de tropas de Hitler para aquele país, tropas cujo primeiro alvo poderia ser Gibraltar.

E, agora, havia Giraud.

Clark olhou o relógio, está escuro lá fora, pensou. Aqui dentro nunca se saberia. Houve uma agitação no corredor; o rosto jovial de Butcher surgiu à porta.

— Skipper, recebemos um telegrama de Londres. O general Brooke confirma que os chefes de estado-maior acreditam que agora é uma hora apropriada para dar a notícia da operação a monsieur De Gaulle. Eu adoraria estar lá para isso, senhor.

Eisenhower assentiu, disse a Clark: — Giraud odeia De Gaulle. Diz que ele tem o ego grande demais. Eu diria que é o roto falando do esfarrapado.

Butcher disse: — Há mais, senhor. Comunicados captados de Vichy dizem que o almirante Darlan está em Argel, comandando a defesa.

Eisenhower se empertigou, como se acordasse. — Darlan está em Argel?

Clark se surpreendeu com a reação de Eisenhower. — É tudo conversa-fiada, Ike. Não há defesa para comandar. O que mais eles dizem, Harry? Que estão nos empurrando de volta para o mar? É só propaganda, Ike.

Eisenhower levantou, parecia cheio de energia agora. — É mais que isso, Wayne. Harry, mande um telegrama para o general Ryder e para Murphy. Ache Darlan. O segundo homem de Vichy pode ser uma ótima aquisição, se conseguirmos agarrá-lo. Wayne, vá para lá logo de manhã cedo. Procure o major Tibbets, use o *Red Gremlin*. As prioridades primeiro. Vamos dar a Giraud tempo para se pavonear por lá, dar o seu espetáculo. O principal é fazer com que cessem os confrontos. Gostemos ou não, melhor os franceses do nosso lado que na mira de nossas armas. Assim que estabelecermos postos de comando e comunicação, com as bases dominadas e os suprimentos fluindo, os britânicos podem começar a se deslocar para Túnis. — Eisenhower parou, sorriu. — Darlan é só o glacê do bolo.

Argel, Argélia — 9 de novembro de 1942

O tempo estava fechado em Gibraltar e, embora o voo de Giraud tivesse conseguido sair sob as nuvens densas, o de Clark havia atrasado. Finalmente, depois de horas fervendo de impaciência, Clark subiu a bordo do avião, e o B-17 planou sobre o Mediterrâneo cercado por um bando de Spitfires, escolta de proteção contra um inimigo que não apareceu. Quando o *Red Gremlin* aterrissou no aeroporto de Maison Blanche, a curiosidade de Clark estava tão aguçada quanto sua impaciência. Se Giraud tivesse cumprido sua missão, quem sabe a luta já teria terminado.

O general de divisão Charles "Doc" Ryder estava no comando da Força-Tarefa Oriental, responsável por conduzir o ataque que tinha obtido o sucesso mais rápido até então, a captura de Argel.

Ryder tinha se formado em West Point no mesmo ano que Eisenhower, recebera a segunda estrela de general só naquele mês de junho, depois de assumir o comando da Trigésima Quarta Divisão de Infantaria. Ryder sabia que, quando Argel estivesse dominada, o comando passaria para o general inglês Kenneth Anderson, que então conduziria o avanço para a Tunísia. Era um daqueles toques cosméticos necessários, os generais americanos comandando os ataques, convencendo os franceses de que a Tocha era uma operação americana. Ryder não só aceitou o comando temporário, como havia sido um dos mais valiosos ajudantes de Eisenhower, tendo ajudado a planejar aquela parte da operação. Até que Anderson assumisse o comando, Ryder seria o soldado aliado mais graduado em Argel, o homem a quem qualquer oficial francês teria que se reportar. Clark sabia que Ryder era um excelente soldado e, como a maioria dos generais de combate, tinha pouca paciência para políticos.

Clark bateu no ombro dele, e Ryder disse: — Como estou contente por você estar aqui, Wayne. Não tenho tempo para conversa fiada. Há políticos franceses me atacando como formigas.

— Ike diz que tudo está em minhas mãos até ele chegar aqui. — Clark pôs a mão do lado do corpo, batendo num coldre imaginário. — Imagino que entrarão na linha. De qualquer modo, Giraud acha que sou um lunático. Somos um bando de caubóis para essas pessoas. Atiramos primeiro, depois usamos a diplomacia.

— Giraud? Então você não sabe?

Clark viu o aborrecimento no rosto de Ryder. — Não sei o quê?

— Bem, logo que ele desceu do avião, disse que era o comandante em chefe do exército francês e tinha controle sobre todas as atividades civis. Eu sabia que Ike havia lhe concedido todo tipo de autoridade, então o coloquei diante de um transmissor de rádio, e ele fez essas declarações, dizendo às guarnições francesas para cessar fogo, que estávamos todos do mesmo lado. Pareceu bastante bom para mim.

— Era isso mesmo que ele devia fazer.

— Só que ninguém lhe deu a mínima atenção. Ninguém. Não sei quem esse cara pensava que era, mas todos os oficiais franceses com quem conversei disseram que ele não tem autoridade alguma aqui e que não tinham intenção de seguir suas ordens. Não faz a menor diferença, de qualquer jeito, pelo menos não nos arredores de Argel. Os tiroteios acabaram. Mas ele sumiu daqui bem depressa. Meu pessoal diz que está escondido, que alguns amigos o hospedaram numa casa de campo aqui perto. Não acredito que ele corra perigo, a não ser que alguém tente matá-lo de indiferença.

O ESTADO-MAIOR DE CLARK CHEGOU NUM SEGUNDO B-17, o *Boomerang*, e Clark estabeleceu um quartel-general improvisado no Hotel St. George, em Argel. Os únicos ruídos de combate vinham de bombardeiros alemães, pequenas ondas de Junkers, provenientes de bases na Sicília, a maioria menos preocupada em lançar bombas do que em fazer observações em primeira mão sobre o que estava acontecendo em Argel. Se havia confusão e incerteza entre os comandantes alemães do outro lado do Mediterrâneo, isso só aumentava a importância de um plano que Clark propusera semanas antes, quando ainda estava em Londres. Os alemães tinham escritórios em Casablanca, Orã e Argel, com equipes de oficiais cujas credenciais diziam que faziam parte da Comissão Alemã de Armistício. Era um disfarce precário para homens cujos deveres incluíam vigilância rigorosa sobre os oficiais franceses, no sentido de se certificarem de que ninguém estava planejando algo que pudesse subverter o controle alemão e o de Vichy. Era um lobo vigiando o outro. Quando Clark recebeu comunicados da inteligência sobre as atividades desses alemães, se convenceu de que, enquanto os desembarques da Operação Tocha estivessem acontecendo, pelotões homicidas deveriam estar preparados para atacar os alemães. No mínimo, faria com que a informação sobre o que estava acontecendo nas praias demorasse a chegar a Berlim. Na melhor das hipóteses, poderia desmantelar a comunicação e a coordenação de suprimentos do inimigo em todo aquele teatro de guerra. Mas a ideia foi rejeitada em Londres, considerada pouco civilizada demais. Clark ficou espantado que matar oficiais de escalões de retaguarda fosse considerado uma afronta às regras de guerra, as mesmas regras que Hitler havia jogado pela janela em 1939. Independentemente de se o plano teria ou não alcançado seu objetivo, Clark se perguntava se os bombardeiros alemães que sobrevoavam Argel faziam seu próprio trabalho de observação ou simplesmente confirmavam comunicados enviados por agentes alemães cuidadosamente escondidos por toda a zona de batalha.

Com seu estado-maior instalado, o escritório começou a funcionar, comunicados atualizados sendo retransmitidos para Gibraltar. Os despachos continuaram a entrar e a ser repassados para Eisenhower, informações principalmente sobre as lutas em curso em torno de Casablanca e Orã. Com o ridículo absurdo de Giraud apagado de sua mente, Clark agora se defrontava com o mesmo desafio que se acreditou que Giraud teria prevenido. Os comandantes franceses que haviam ficado do lado dos americanos enfrentavam desafios pessoais, alguns sendo presos pelos próprios oficiais, ou por oficiais superiores em comandos sobrepostos. Apesar dos tiroteios que cercavam dois dos três alvos principais, a prioridade de Clark agora era encontrar um oficial francês que estivesse realmente no comando de alguma coisa, que pudesse dar uma ordem aos soldados no campo que realmente fosse obedecida. O nome do homem continuava presente no cérebro de Clark, Darlan, o homem em que ninguém confiava, cuja lealdade ao marechal Henri Pétain, de Vichy, em Paris, diziam ser incontestável. Um dos primeiros visitantes do quartel-general de Clark tinha sido Robert Murphy. O diplomata trouxe a informação de que Darlan era realmente o representante de Pétain em Argel em que este mais confiava, e de que ele estivera em contato com Murphy. Agora, com o segundo do comando de Eisenhower em solo franco-africano, o almirante Jean Darlan mandara dizer por Murphy que queria conversar.

Argel — 10 de novembro de 1942

Reuniram-se numa pequena sala que dava para o saguão do Hotel St. George, e, por ordem de Clark, as entradas do hotel estavam vigiadas por um pelotão de soldados americanos. O francês reagiu com nervosismo diante da presença de tantos rifles, mas garantias de Clark foram passadas por Murphy de que aquilo era apenas para a custódia preventiva do almirante Darlan. Clark se perguntava como alguém confundia tal insignificância com a realidade. Independentemente do que acontecesse na reunião, depois ninguém iria a lugar algum sem a permissão de Clark.

Darlan foi uma surpresa, não tinha nada que se assemelhasse à arrogância alta e magra de Giraud e de De Gaulle. Na verdade, era bem baixo, mexia-se nervosamente, enxugando todo o tempo as gotas de suor da cabeça calva. Levantava para Clark os olhos azuis e úmidos, a testa levemente franzida no rosto redondo, gorducho, parecia se encolher a cada movimento de Clark.

A sala era pequena demais para a quantidade de oficiais que lá estavam, oficiais franceses de todas as divisões das forças armadas, juntamente com ministros civis, cujos nomes Clark já esquecera. Clark também tinha seu pessoal, Murphy, que havia promovido a reunião, que parecia tão nervoso quanto Darlan, e outros, inclusive o coronel Holmes, o intérprete.

Clark tinha ido para trás de uma pequena mesa, e era uma cabeça mais alto que qualquer outro homem na sala. Darlan tinha se colocado à frente dos outros, numa demonstração de autoridade que os oficiais e civis franceses claramente aceitavam. Clark sabia que Murphy já havia apresentado documentos ao francês, detalhes do armistício, um acordo cuidadosamente redigido com o objetivo de cessar a luta. O documento oferecia garantias de que os franceses seriam considerados aliados dos americanos e dos britânicos e de que seriam bem-vindos como parceiros capazes na luta a ser travada para expulsar os alemães da África. Clark olhava diretamente para Darlan, que parecia recuar diante do olhar do americano.

— Temos trabalho a fazer para enfrentar o inimigo comum. O senhor está pronto a assinar os termos do armistício? Ele cobrirá toda a África francesa. É essencial dar um fim a este desperdício de tempo e de sangue.

Darlan desviou o olhar, parecia lutar com as palavras. — Enviei suas condições para Vichy. Não haverá resposta até que o Conselho de Ministros se reúna hoje à tarde.

Vichy. Clark fechou os punhos, olhou para Murphy, que sacudiu a cabeça, num tipo de desculpa, impotente. Clark pensou, diabos, você é o diplomata! Que devemos fazer agora? Esperar alguma reunião na França que pode até não acontecer? Inclinou-se para a frente, para mais perto de Darlan, que se encolheu mais uma vez.

— Eu não pretendo esperar por qualquer comunicado de Vichy.

— General Clark, eu quero ver o fim das hostilidades tão logo quanto possível. Mas recebi ordens estritas do marechal Pétain para não fazer nenhuma negociação até que receba instruções dele. Meus companheiros e eu compreendemos que novas hostilidades são infrutíferas. Mas só posso obedecer a ordens de Pétain.

Clark ficou de pé, ereto, cruzou os braços sobre o peito. — Então eu terminarei essas negociações e tratarei com alguém que possa agir. O senhor tem 30 minutos para decidir.

Era uma exigência inútil. Ele mantendo sua posição, pensou, com quem mais posso conversar? Darlan sabe que não há ninguém com mais autoridade aqui. Clark olhou para Murphy novamente, viu os olhos arregalados, olhou duro para o diplomata, uma ordem silenciosa, *não diga nada*.

Darlan parecia tomado de angústia, torcendo as mãos, e, depois de um longo momento, disse: — Eu pedi urgência na aceitação de suas condições. Tenho confiança de que Pétain concordará. Temos de lhes dar tempo para estudar o assunto.

— Não podemos ficar sentados aqui enquanto ministros de governo discutem. Se o senhor não expedir ordens para a cessação das hostilidades, eu irei ao general Giraud. Ele assinará as condições e as ordens necessárias.

Clark sabia que tinha ido longe demais. Darlan o olhou, os olhos leitosos apertados como fendas. Sacudiu a cabeça. — Tenho certeza de que as tropas não obedecerão ao general Giraud. Isso pode significar perda de tempo e mais luta.

Clark olhou para Murphy mais uma vez; o homem parecia desconcertado sob o olhar duro. Agora o quê? Diabos, eu não sou bom nisso! Havia murmúrio entre os homens atrás de Darlan, e Clark se sentiu vulnerável, como se sua autoridade estivesse escoando. Ele fechou a mão, inclinou-se para a frente novamente, bateu com força na mesa. Os homens pularam, surpresos, e Darlan deu um passo para trás, o medo voltando ao seu rosto. Clark deixou as palavras saírem então, como fizera com Giraud, sem diplomacia, sem tato:

— Se o almirante tem tanta certeza da decisão de Vichy, por que não pode expedir a ordem de cessar fogo agora?

— Não posso assumir tal responsabilidade...

— Sua demora significa que mais franceses, mais americanos e mais britânicos morrerão. Suponho que o senhor saiba que Orã está quase em nossas mãos. Todos os franceses e todos os americanos no fundo têm os mesmos interesses, e estamos aqui lutando entre nós, perdendo tempo. Sei que o almirante quer parar a luta entre nossas tropas. Teremos sua assinatura na ordem de cessação de hostilidades já, ou o senhor carregará o peso de uma nova responsabilidade. Temos 150 mil soldados em terra no norte da África e, neste momento, eles estão matando franceses. No entanto, temos meios de equipar estes mesmos soldados franceses, trazendo-os para nossa luta, nosso combate comum, e de fazer do norte da África uma base de onde poderemos lançar operações para o interior da França. Como alguém que tem a honra e a lealdade à França em tão alta consideração pessoal... como alguém assim pode deixar de se juntar a nós numa operação que pode significar a libertação da França... está além da minha compreensão.

Darlan parecia prestes a chorar, e Clark bateu na mesa novamente, tentou ignorar a dor na mão.

Darlan vergou. — Não posso agir, general, até receber autorização de Pétain.

— Quando essa autorização chegar aqui, se ela chegar, poderemos não precisar mais do armistício. Converse com seus generais. Pergunte a eles por quanto tempo mais eles querem ver seus soldados morrerem. Pergunte a eles por quanto tempo mais Orã pode resistir. Quantos navios franceses foram afundados? Quantos canhões destruídos?

Darlan enxugou a testa novamente, disse em voz baixa: — Talvez o senhor me permita discutir isso com o meu estado-maior. Peço cinco minutos.

C LARK VOLTOU À SALA APINHADA, AS CONVERSAS SILENCIARAM. Retomou a posição atrás da mesa, Darlan de pé à sua frente.

Darlan pôs um pedaço de papel diante de Clark. — Se o senhor assinar este documento, general, isso confirmará que os americanos não aceitaram nossa recusa em declarar um armistício imediato.

Clark esforçou-se para entender o significado confuso das palavras de Darlan, olhou para Murphy, que disse: — Posso examinar isto, senhor?

— Com toda a certeza.

Murphy pegou o papel, leu, olhou para Clark. — O almirante Darlan declara que continuar o combate é inútil e que, já que o marechal Pétain certamente concordaria que a perda do norte da África seria uma catástrofe para a honra francesa e os interesses nacionais, propõe que as hostilidades cessem e que as forças francesas aqui assumam uma postura de completa neutralidade.

Clark viu um leve sorriso no rosto de Murphy, sentiu um peso a pressioná-lo, a amolação de tentar entender os meandros da vaidade diplomática. Murphy entregou-lhe o papel, não disse nada, não mostraria sinais de aceitação a Darlan. Clark não viu satisfação alguma no rosto suave de Darlan, somente a mesma passividade lacrimosa. Agora ele a entendia, percebia que Darlan era muito mais inteligente que Giraud. Não havia pompa no homem, apenas a humildade insinuante, o perfeito caminhar sobre o fio da navalha. Claro, ele pensou, de que outro modo se sobrevive lidando com nazistas? Clark avaliou a palavra no papel, *neutralidade*. Ele queria questionar Murphy sobre isso, mas as perguntas podiam ficar para mais tarde. Na pior das hipóteses, significa que os soldados franceses podem escolher para que lado querem ir. É uma maneira conveniente de Darlan passar qualquer responsabilidade para seus subordinados e, assim, não poder ser tachado de traidor. Não importa, agora não. A missão aqui é conseguir parar os tiroteios.

Clark inclinou-se de novo para a frente, disse a Darlan: — Quero uma ordem clara e específica para que todas as forças francesas, de terra, mar e ar, cessem as hostilidades imediatamente. Todas as unidades voltarão para suas bases, onde permanecerão inativas. Quero isso de seu próprio punho, assinado pelo senhor.

Darlan assentiu. — E o que o senhor fará com o general Giraud?

Clark se surpreendeu com a pergunta, viu Murphy abaixar a cabeça. Claro, Clark pensou, um pesadelo para um diplomata. Estamos lidando com dois pivôs. É a pergunta final, a questão que tem muito mais importância para essas pessoas do que seus soldados estarem morrendo no campo de batalha. Quem fica por cima?

— É da maior importância que o senhor e o general Giraud cheguem a um acordo que funcione. Os governos aliados concederam ao general Giraud a posição de comandante em chefe das forças francesas aqui, bem como de autoridade civil.

— O exército está comigo. Eles não o obedecerão.

— Então, almirante, o senhor tem que fazer com que obedeçam.

EM RESPOSTA AO PEDIDO DE DARLAN PARA QUE ELE AUTORIZASSE A assinatura dos documentos do armistício, Pétain expediu uma ordem destituindo o almirante de seu comando. O caos da política francesa rapidamente se espalhou pelos quartéis-generais dos vários comandos em todo o norte da África, alguns oficiais acatando a ordem de cessar fogo de Darlan, outros obedecendo a Pétain e mantendo as tropas no campo de batalha, opondo-se ao avanço firme dos americanos. Clark pouco podia fazer, no entanto a pergunta o aborrecia, como ele sabia que frustraria Eisenhower: como um francês, especialmente um antigo herói de guerra como Henri Pétain, podia colaborar tão completamente com os interesses alemães? Clark não tinha dúvida de que, no escritório de Pétain, a ordem para demitir Darlan havia sido ditada por homens de uniformes negros, cães de guarda de Hitler, que manipulavam os cordéis frágeis do velho militar.

Clark compreendeu que se tratava de um ninho de cobras de natureza política que talvez só se dissolvesse depois do último tiroteio.

13. LOGAN

Aeroporto La Sénia, Argélia
10 DE NOVEMBRO DE 1942

Os aviões inimigos haviam decolado muito antes da madrugada, os rádios tinham zumbido com avisos sobre bombardeios, os homens permaneceram perto de suas armas, procurando na escuridão um inimigo que ninguém poderia ter visto. Mas os aviões franceses não atacaram e, se os soldados nos tanques não entenderam, os comandantes sabiam o porquê. Com Tafaraoui nas mãos dos americanos, La Sénia seria o próximo, e muitos pilotos franceses haviam tomado uma sábia decisão. Quando o sol aparecesse, os blindados e a artilharia americanos com toda a certeza capturariam e destruiriam qualquer aeronave francesa ainda no solo. Para evitar sua destruição, os pilotos simplesmente pegaram os aviões e partiram. Mas não todos. Quando a Primeira Divisão de Blindados avançou resoluta para o aeroporto, a resistência francesa desmoronou. Os americanos capturaram os sessenta aviões restantes e mais de 150 prisioneiros.

O aeroporto não é grande coisa.

Logan ignorou Parnell, ficou surpreso que Hutchinson fizesse o mesmo. A coluna de tanques seguia pelo terreno plano e aberto, passou por crateras de bombas, por nuvens de fumaça levadas pelo vento. Havia construções baixas em forma de cubo, paredes brancas enfileiradas ao longo do macadame cinzento, vários caminhões, um deles carbonizado. Havia também soldados, grupos da polícia militar, grupos maiores de soldados franceses, homens sem chapéu, sujos, a maioria sentada no chão duro.

O rádio continuou a despejar mensagens, instruções, Hutchinson falava com os oficiais e, ao mesmo tempo, com a tripulação. Chegaram ordens novamente e Hutchinson respondeu, depois disse: — Motorista, quarenta graus à esquerda. Vá para aquela fileira de morros baixos.

O tanque girou, a voz de Parnell nos ouvidos de Logan: — Tudo bem comigo, Hutch. Não precisamos ficar parados aqui como patos na lagoa. Imagino que todos aqueles franceses estejam felicíssimos de nos ver.

Logan não disse nada, pensou, então é por isso que eles estavam atirando na gente?

Os tanques se espalharam em formação, a maioria apontando para o norte, e Logan pôde ver os outros veículos de ambos os lados, torres de tiro fazendo círculos lentos, atiradores testando os campos de visão. Os morros dali não eram diferentes dos próximos à praia, rochosos, sulcados por pequenos cortes e ravinas, salpicados de moitas cinzentas e sem graça. Parnell levou o tanque para um corte estreito, bom esconderijo. Hutchinson disse: — Mantenha-o bem aqui, Skip. Desligue-o. Vamos esperar ordens, ver o que o coronel quer que a gente faça em seguida.

O tanque trepidou e depois silenciou, o eco ainda nos ouvidos de Logan, um calor bem-vindo se desprendendo do motor. O ar que vinha da escotilha era frio e úmido, uma brisa suave, agitando a crosta fina de lama seca que cobria todas as superfícies. Durante a noite caíra uma tempestade de neve e chuva gelada, soprando uma friagem forte pelas aberturas estreitas do aço pesado do tanque, tempestade que talvez tivesse impedido o restante dos caças franceses de escapar. Mas ela havia amainado e, tivesse ou não garantido uma presa maior em La Sénia, as tripulações dos tanques estavam agradecidas. Dentro do abrigo do tanque, ninguém queria ficar limpando névoa gelada dos olhos.

Parnell quebrou o silêncio, como era típico dele:

— Temos de ficar sentados aqui, ou vão deixar a gente dar uma voltinha?

Hutchinson pareceu ignorá-lo, levantou-se, olhou para fora, depois sentou-se de novo, falou no rádio. Logan o espiava, conhecia a expressão de Hutchinson, cuidadosa, tentando entender exatamente o que a voz lhe ordenava fazer.

Hutchinson falou então no intercomunicador: — Tudo bem, temos um descanso. Todos para fora. Sim, dê sua maldita voltinha, Skip. Não quero que você mije no tanque. O coronel Todd diz que é para esperarmos aqui até que o resto das unidades se reúna.

Hutchinson ergueu-se e saiu do tanque, e Logan logo o seguiu. O ar estava frio e úmido, um cinza denso lá em cima, os horizontes nublados por uma neblina escura. Logan pulou da carcaça do tanque, as botas espirrando lama, os outros dois do lado de fora também, Parnell ao seu lado, precipitando-se na direção de um arbusto baixo.

Hutchinson estava em pé na frente do tanque, observando a pressa de Parnell. — O cara tem uma bexiga de moça. Devia encaixar um tubo nele para ele mijar pela frente do tanque.

Logan riu, mas não havia humor no rosto sujo de Hutchinson, sem os óculos de proteção, círculos brancos e limpos em torno dos olhos. O quarto homem, Baxter, que tinha descido e estava ao lado deles agora, não disse nada.

Logan bateu no ombro do homem silencioso. — Como está, Pete?

Baxter deu de ombros. — Pensei que fôssemos entrar em combate hoje de manhã. Os franceses fugiram, imagino.

— Não conte com isso, soldado.

A voz veio de longe do tanque, o resmungo familiar do capitão. Logan viu o uniforme empoeirado, os mesmos olhos de guaxinim de Hutchinson. Ele se enrijeceu, o velho reflexo.

Gregg disse: — Vamos ficar aqui um tempinho. De acordo com o coronel Todd, o coronel Robinett está do lado de lá, avançando em nossa direção. Há outra coluna vindo do sul, o grupo do coronel Waters. Quando estivermos em posição, só teremos um lugar para ir. — Ele apontou para o norte. — Orã está a cerca de oito quilômetros naquela direção. A Primeira Divisão de Infantaria está posicionada a oeste, pronta para se deslocar e tomar o lugar. Seria gentil se os blindados pudessem poupá-los de alguns problemas.

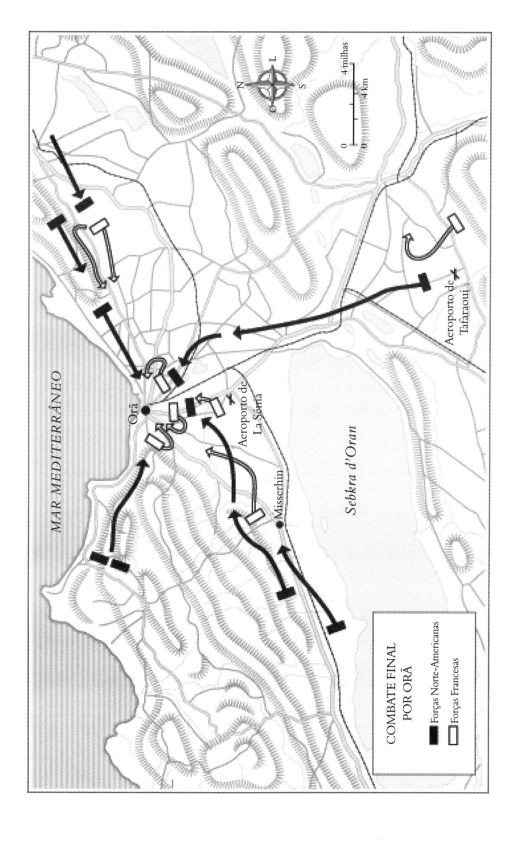

Aqueles rapazes se têm em altíssima conta. Não nos faria mal chegar lá antes deles. Mostrar à infantaria que também podemos assumir o comando.

A Primeira Divisão de Infantaria. A *Big Red One*. Logan se sentiu reconfortado com aquilo, os melhores soldados da infantaria dirigiam-se para o mesmo alvo. — Vamos apostar uma corrida então? — Não sabia que aquilo era uma competição.

Parnell estava de volta, disse: — Ei, capitão, o senhor acha que tem mulheres bonitas em Orã? Eu ainda não vi nenhuma neste país de arbustos. As mulheres árabes nem deixam a gente dar uma olhada nelas.

Parnell era o único soldado da companhia que conseguia fazer o capitão rir, coisa que impressionava Logan.

Gregg sorria. — Calma, caubói. Primeiro temos um trabalho a fazer.

— Desculpe, senhor, mas não parece que esses franceses estejam muito preocupados em nos impedir de fazê-lo.

Agora Gregg não estava sorrindo. — Eu disse: não conte com isso. Eles deram uma surra em nossos rapazes na baía. De acordo com o coronel Todd, foi sério o combate com eles no sul. Waters se deparou com uma coluna de blindados da Legião Estrangeira Francesa. Uma luta terrível. Tivemos que pedir a ajuda de alguns Spitfires, bombardeiros ingleses, para amaciar os caras.

Logan disse: — Legião Estrangeira? Pensei que fossem ficar do nosso lado.

— Diabos, recruta, eu pensei que este lugar todo fosse ficar do nosso lado. Todo maldito boato que a gente ouve acaba sendo falso. Em vez de um tapete de boas-vindas, eles atiram na gente. Aí, então, nós nos preparamos para uma luta dura, e eles recuam. Legião Estrangeira. Diabos, a única coisa que eu sei sobre esses caras foi o que vi no cinema. O maldito Gary Cooper. Por que eles lutariam do lado dos nazistas é um mistério...

O ar foi rasgado por um silvo agudo, a explosão acontecendo atrás deles, no campo aberto. Então vieram mais projéteis, que caíram mais adiante, para o lado, distantes dos tanques.

Gregg correu, gritou: — Subam!

Logan abaixou-se junto ao aço pesado das esteiras do tanque, esperando a próxima explosão. Esperou Parnell e Baxter, que se precipitaram para cima da lataria do tanque, depois subiram e entraram pela escotilha. Outros obuses caíram, mais longe, o chão tremendo debaixo dele, e Hutchinson bateu nas suas costas, disse: — Vá!

Logan subiu, parou, viu uma fileira de explosões mais adiante, explosões fortes perfurando o terreno lamacento, inócuas, nenhuma avaria em nada, exceto na vegetação rasteira. Hutchinson estava em cima, ao seu lado, e Logan disse: — Não é possível que estejam atirando em nós. Até os franceses sabem mirar melhor.

Hutchinson, ao lado dele, olhava, as explosões se afastavam, o ar ainda era cortado acima deles, mas não havia impactos em nenhum lugar próximo. Hutchinson disse: — Parece que não estão atirando em nada. Apenas... atirando. São grandes, talvez de 150.

Logan balançou as pernas para dentro da escotilha aberta, olhou os outros tanques, viu soldados espiando para fora das escotilhas, o capitão, os rostos voltados para as nuvens de poeira levantadas.

Hutchinson disse: — Diabo de desperdício de munição!

— Aposto que é só uma exibição, Hutch. Eles estão zangados, sabem que têm que recuar para Orã, então eles agem como se estivessem fazendo um grande ataque de artilharia. Alivia a carga. É mais fácil não ter de transportar as bombas.

Hutchinson o empurrou escotilha adentro. — Suba, atirador. Ninguém o promoveu a general ainda.

As BATERIAS DE ARTILHARIA DO INIMIGO FORAM SILENCIADAS, BOM trabalho do número crescente de forças, veículos blindados e transportadores de armas americanos que avançavam, capturando ou destruindo as armas francesas. Com o desmoronamento da última posição da resistência francesa, duas colunas de blindados americanos receberam ordem para avançar rumo ao norte, diretamente para a cidade de Orã. Elas avançavam em rotas paralelas, os tanques do coronel Todd seguindo paralelos à outra coluna conduzida pelo tenente-coronel John Waters.

As palmeiras se erguiam bem acima das construções baixas, paredes brancas coroadas por sacadas de ferro trabalhado. O capitão Gregg tomou a dianteira então, manteve o pelotão de tanques em velocidade baixa, *as escotilhas fechadas*, nenhuma cabeça para fora. Viraram numa rua estreita, as portas e janelas suficientemente próximas para esconder franco-atiradores, ou pior, um inimigo que poderia atirar uma granada para dentro de uma torre de tiro aberta.

Logan ignorou a mira da arma, não havia o que ver ali, nenhum alvo, exceto paredes grossas de pedra, relances de vegetação baixa marrom atrás de portões em arco. Olhou através do periscópio, sentiu a agitação familiar no estômago, fria e desconfortável, piorando, a tensão decorrente mais dos espaços apertados por onde passavam do que do inimigo que podia estar em qualquer lugar. O rádio estava silencioso, cada comandante de tanque dentro de sua fortaleza, ninguém buscando instruções além das que Gregg já lhes dera: *Fiquem perto, fiquem atrás de mim*. Eles eram os terceiros da fila, e Parnell os mantinha a 45 metros de distância do tanque da frente, que estava a 45 metros atrás de Gregg. Logan abaixou-se, olhou as costas de Parnell, ensopadas de suor, o texano quieto, olhando através de uma fresta da tampa de sua escotilha, mantendo o tanque exatamente onde ele devia ficar. O ar dentro do tanque estava esquentando, denso, por causa do cheiro dos homens, e uma coisa nova, hóspedes, os primeiros ocupantes da cidade a dar sua saudação particular. O tanque estava agora cheio de moscas.

Logan as via entrar por todas as pregas e frestas do aço duro, pensou, o que as atrai? Nosso cheiro? O metal? Uma por uma, dúzia a dúzia, as moscas entravam, depois ficavam voando, procurando um lugar para aterrissar, juntando-se em bandos crescentes sobre os homens e os equipamentos. Forçava-se a não olhar para elas, afastava-as dos olhos com tapas. Malditas. O que há aqui dentro que vocês não podem conseguir lá fora? Imagino que esta cidade tem muitas coisas para vocês vasculharem.

Olhou de novo pelo periscópio, viu a luz do sol, a rua se abrindo, as paredes apertadas ficando para trás. Sentiu a pressão afrouxar dentro dele, ouviu Hutchinson no intercomunicador:

— Estou feliz de sair daquele aperto. Ao menos podemos enxergar alguma coisa.

Ninguém respondeu, e Logan sorriu. Não se pode servir num tanque e ter claustrofobia, pensou. Mas eu preferia aquele espaço aberto do cerrado. Ao menos, se alguém vai atirar na gente, a gente pode atirar de volta.

O rádio estalou, e Hutchinson falou no microfone. Disse então: — Em frente, motorista. Siga pelas ruas mais largas. Acho que o capitão também não gosta muito daquelas vielas estreitas.

Logan sabia que não devia perguntar, mas as perguntas brotavam em sua cabeça e ele olhou para Hutchinson. — Ei, Hutch. Eles disseram para onde estamos indo? Isso já é Orã?

Hutchinson olhou para ele, assentiu, acenou com a mão. — Para mim, parece uma cidade. O centro elegante de Orã. Ou, quem sabe, a zona residencial. Não vi nenhuma sinalização. Tudo o que sei é que estamos indo para o leste. Se o capitão me disser mais alguma coisa, conto a você.

Ouviu-se um zunido agudo acima e Logan se esquivou.

Hutchinson disse: — Maldição! Alguém atirou na gente! Franco-atirador. Esses malditos franceses devem ser os soldados mais burros do mundo.

Logan olhou de relance para ele, disse: — É só manter a cabeça dentro do tanque. Pelo que sabemos, os árabes também estão atirando na gente. Pode até haver uns boches por aí. — Ele fez uma pausa. — Gosto de um tanque.

O rádio falou novamente, Hutchinson respondeu e falou pelo intercomunicador: — Motorista, alto.

O tanque deu um solavanco e parou, Logan bateu com força nos suportes do 37.

— Meu Deus, Skip, não precisa pisar no maldito freio desse jeito.

— Ele disse "alto!". Eu parei.

Hutchinson empurrou a escotilha, a luz do sol encheu o tanque, agitando as moscas. Ele se levantou, e Logan olhou de novo pelo periscópio, viu uniformes, homens se aproximando. Havia vozes lá fora, a de Hutchinson e outras. Hutchinson virou-se para dentro, gritou: — Desligue o tanque, Skip!

O tanque estava agora em silêncio e Hutchinson subiu pela escotilha e saiu, depois pôs a cabeça dentro do tanque novamente. — Parece que chegamos em casa, rapazes. Alguém mandou uma comissão de boas-vindas.

Logan ficou curioso, ouviu risos, levantou-se, a cabeça fora da escotilha. Tirou o capacete, viu Gregg, outros oficiais, homens juntando-se atrás deles, *infantaria*. Eles usavam o distintivo no ombro, inconfundível, um simples número 1 vermelho. Os soldados se aproximaram, reuniram-se em torno dos tanques, rifles nos ombros, magros e jovens, rostos sujos, sorrisos se abrindo enquanto tocavam o aço das grandes máquinas.

Hutchinson estava embaixo, perto do capitão, gritou para Logan: — Ei, Jack. Cumprimente a Grande "1" Vermelho.

Os oficiais se afastaram em grupo e, atrás, Logan ouviu o restante dos tanques sendo desligados. As ruas largas ainda se enchiam de soldados e havia apertos de mãos, mais oficiais, o capitão Gregg falando com um coronel. Hutchinson voltou para o tanque, ficou na frente dele, falou para as escotilhas abertas na frente, na parte de baixo, para Baxter e Parnell:

— Saiam. Parece que vamos ficar aqui por um tempo. — Ele deu a volta, na direção de Logan, bateu na lataria do tanque, disse: — Temos muita sorte, Jack. A Primeira estava a ponto abrir fogo, de acabar com a cidade. Eles esperavam entrar na cidade lutando. Ainda bem que não faltou gasolina a um quilômetro daqui, teríamos ficado no meio de uma grande confusão. Eles não sabiam que estávamos aqui.

Logan saiu pela escotilha, ficou em pé no alto da carcaça do tanque, viu um jipe vindo do leste, mais caminhões, ouviu tanques vindo de trás, mais homens surgindo. Viu oficiais conhecidos, o coronel Waters, o coronel Todd. Os dois chegaram depressa, foram saudados pelos oficiais de infantaria, mais apertos de mãos, palavras rápidas, sérias. Logan viu outro jipe agora, vindo por trás dos soldados de infantaria, outro oficial, mais velho, descendo, alto, peito largo, andar de atleta. Ele chegou mais perto do tanque, e Logan viu o ombro do oficial: *duas estrelas*.

Hutchinson também viu, perguntou: — Você sabe quem é?

— Deve ser Terry Allen.

O homem que comandava a Primeira Divisão de Infantaria aproximou-se do coronel Waters, que se virou com uma continência bem-aprumada. Os soldados em volta ficaram quase em silêncio, conscientes da presença de Allen.

Waters disse: — General, posso lhe oferecer a cidade de Orã?

Allen pôs as mãos nos quadris, sacudiu a cabeça. — Acho que a aceitaremos. Imagino que seus rapazes nos pouparam de algumas dificuldades.

Houve agitação de um lado, gritos, uma onda de cores. Logan observou a reação da infantaria, rifles descendo dos ombros. Mas via agora, eram civis, mulheres, homens de terno, saindo de portas atrás de barricadas. Um homem era mais velho que os outros, carregava a bandeira tricolor francesa, agitava-a acima da cabeça. O homem falava aos borbotões, em francês, os soldados o olhavam com cautela, o homem se aproximou dos tanques. Os soldados começaram a rir, gritando para ele, fazendo brincadeiras grosseiras; depois, quando seu comandante avançou, abrindo caminho no meio de um mar de soldados em direção ao velho, fizeram silêncio. Mas o francês ignorou o general, correu direto para o tanque. Logan procurou a coronha da pistola, mas o velho parou, jogou a bandeira, ajeitou-a de um lado a outro sobre a lataria do tanque. O homem soluçava, ajoelhou-se, as mãos numa das rodas do tanque.

— *Vive l'Amérique! Vive les américaines!*

Outros civis gritavam, chamando os soldados, sua coragem aumentava, homens e mulheres, velhos e jovens, entrando no meio da multidão de soldados, os soldados respondiam, abraços e apertos de mãos. Logan espiava o velho, rosto vermelho, mais lágrimas, o capitão Gregg ao lado, abaixado. O homem se levantou, Gregg ajudou-o, Hutchinson também estava lá. O homem pareceu se recompor, mais palavras em francês, depois se curvou num cumprimento e se juntou à crescente comemoração.

Parnell e Baxter tinham saído do tanque. Parnell estava sentado na torre de tiro e disse: — Isso me parece uma completa rendição. Diabos, isso é melhor do que qualquer coisa que eu já vi. Tudo que precisamos agora é achar uns boches. — Ele bateu nas costas de Logan. — Ei, Jack, me dê uma chance de atirar. Só uma. Eu lhe mostro como apontar aquela arma. Isso foi uma guerra boba até agora. Se o *inimigo* não pode fazer nada melhor, até o Natal vamos estar voltando para casa.

Gregg olhou para Parnell, sem sorrir, fixando com dureza o texano. Não havia humor em seus olhos. Logan queria dizer alguma coisa, podia sentir a firmeza implacável do capitão, percebia a estupidez das palavras de Parnell. O texano estava alheio, gritava para a multidão de soldados, qualquer coisa sobre beijar garotas. Logan observou Gregg se afastar, o capitão voltou para seu tanque. Parnell continuava a falar, um fluxo de insultos e brincadeiras sobre o inimigo, como isso era fácil, essa vitória, essa demonstração gloriosa de completo poder, o poder irresistível que simplesmente varreria os alemães da guerra.

Com os três alvos principais da Operação Tocha firmes nas mãos dos Aliados, a atenção se voltou para o tumulto em curso no alto-comando francês. Independentemente de que autoridade tivesse peso junto aos soldados e civis franceses, a altercação e a barganha absurdas já haviam causado atrasos graves que impediram que a fase seguinte do plano avançasse tão rapidamente quanto Eisenhower esperava. Havia mais em jogo no caos francês que o controle dos portos da Argélia e do Marrocos. A Tunísia também estava ocupada por tropas francesas, comandantes que poderiam ainda ser leais a Vichy, ou homens cujo temor dos alemães poderia subjugar-lhes a vontade de aderir à luta dos aliados. Enquanto os americanos em Casablanca e Orã celebravam a vitória, em Argel os britânicos se esforçavam para colocar seus homens em movimento, a primeira onda da marcha para o leste que traria a Tunísia para as mãos dos aliados. Se os franceses na Tunísia obedeceriam à ordem de neutralidade de Darlan ou se combateriam os aliados era outra pergunta insistente a que Eisenhower não podia responder. Mas quanto mais as tropas de Anderson demorassem a ocupar os preciosos aeroportos e portos tunisianos, mais tempo ficaria aberta a porta para os generais de Hitler despejarem homens e equipamentos, acrescentando um considerável poder aos redutos e posições defensivas que guardavam a fronteira oeste da Tunísia. Os dois lados compreendiam que os portos e aeroportos da Tunísia significavam o último salva-vidas e o derradeiro refúgio para o exército de Rommel, onde os navios de suprimentos e aviões de carga podiam alimentar o que restava do *Panzerarmee*, um exército cada dia mais próximo.

14. ROMMEL

TOBRUK, LÍBIA
13 DE NOVEMBRO DE 1942

OS INCÊNDIOS COBRIAM O HORIZONTE, MONTES DE SUPRIMENTOS e munição queimados pelos engenheiros alemães, o gesto final de desafio, uma mensagem clara ao inimigo de que nada útil seria deixado para trás. A leste, ao longo da estrada costeira, e ao sul, unidades de caminhões blindados, metralhadoras pesadas e artilharia de pequeno calibre estavam voltadas para o leste, a linha final na areia. Com elas, iam mais engenheiros, homens hábeis nas mais terríveis ferramentas de guerra, minas bem-escondidas e armadilhas, obstáculos mortíferos que podiam deter uma coluna, atrasar uma fileira de soldados britânicos e seus veículos em algum lugar perfeito para uma emboscada cuidadosamente planejada. Desde as primeiras horas da retirada, a retaguarda tinha estado forte e perigosa o bastante para desencorajar as unidades de ponta das tropas em movimento de Montgomery de pressionar muito de perto, os britânicos tão cansados quanto os alemães, ninguém procurando outro combate logo em seguida ao derramamento de sangue que ambos haviam sofrido em El Alamein.

Rommel percorreu todo o exército em retirada, colocando oficiais em pontos-chave ao longo das estradas, tentando resolver os problemas nos atalhos e vales apertados, caminhões e motoristas em pânico entupindo os desfiladeiros estreitos, alvos perfeitos para os bombardeiros britânicos. Rommel extraía ordem do pânico dos alemães e italianos que haviam sobrevivido e se juntavam à retirada. A retirada caótica tornou-se uma marcha organizada, e, quando o *Panzerarmee* cruzou novamente a fronteira e entrou na Líbia, no terreno familiar de tantos bons combates — Mersa Matruh, Sidi Barrani, Passo de Halfaya —, Rommel sabia que, independentemente de como Montgomery tentasse atacar, e de quão duramente os britânicos pressionassem, ao menos parte do *Panzerarmee* havia sido preservada.

Rommel havia mantido o exército prioritariamente nas boas estradas que seguiam perto do mar, longe da confusão dos grandes campos minados e das ruínas dispersas de batalhas passadas. Quando os britânicos finalmente começaram a perseguição, Montgomery fez exatamente o que Rommel esperava. Os britânicos mandaram coluna após coluna para o interior do deserto, caminhões blindados rápidos numa rota paralela à da retirada de Rommel. Quando os britânicos achassem que estavam suficientemente adiante do corpo principal do exército de Rommel, eles virariam para o norte, dirigindo-se rapidamente para a costa, para cortar a fuga alemã. O próprio Rommel havia aperfeiçoado a tática, que se baseava em velocidade e surpresa. Mas agora Rommel já conhecia bastante Montgomery e sabia que haveria cautela e planejamento, e, portanto, quando os britânicos completassem suas curvas à esquerda, chegariam à costa e descobririam que os alemães já tinham passado, estando já mais a oeste, em mais uma escapada. Era a única satisfação de Rommel, uma recordação do que já havia acontecido. Mesmo na derrota, Rommel podia antecipar e superar as manobras das forças superiores que o perseguiam.

Permitiu-se uma pausa em Tobruk, não podia simplesmente passar pela cidade que lhe havia custado tanto capturar. Agora ela seria abandonada, e ele observava os incêndios ao longo da baía consumindo o que os soldados não podiam transportar. Perto, na estrada principal, as colunas passavam por ele na escuridão, caminhões rebocando caminhões, pequenos veículos blindados repletos de homens ansiosos, homens não tão receosos do inimigo a leste quanto do inimigo bem debaixo deles, o próprio caminhão, um animal mecânico que se fragilizara, talvez estivesse morrendo, prestes a se somar aos vultos escuros e silenciosos que poluíam toda a rota de retirada. Os preciosos suprimentos de combustível agora eram distribuídos parcimoniosamente aos litros, o suficiente para levar os veículos alguns quilômetros mais adiante, para mantê-los apenas fora do alcance dos britânicos. Todo combustível que tinham vinha da Luftwaffe, os aviões de carga trazendo cerca de duzentas toneladas de gasolina por dia, mal chegando a um quinto do que antes recebiam. Se houvesse combustível, os caminhões e os soldados que transportavam tentariam chegar à segurança das novas posições defensivas em Mersa el Brega, a próxima linha que Rommel havia desenhado no mapa. Se o combustível acabasse, se os aviões de carga não chegassem, não havia nada que Rommel pudesse fazer para impedir que outra parte de seu exército fosse destruída, soldados a pé a quem só restaria esperar para serem engolidos pelo avanço do inimigo. Ele não ordenaria que lutassem até o fim, não insistiria na ordem ridícula de Hitler de que preferissem morrer a se render. Era uma emoção interior que nenhum general de escritório poderia sentir. O *Panzerarmee* não era um criado obediente e sem ideias, uma máquina sem alma. Era parte do próprio Rommel, como ele era parte de cada um dos integrantes de seu exército. Sentia-se assim até em relação aos italianos, muitos dos quais não tinham cedido diante da força irresistível de Montgomery, e tinham lutado contra dificuldades que nunca deveriam ter que enfrentar. A cada quilômetro, à medida que os caminhões quebravam e os tanques de combustível se esvaíam, mais soldados eram deixados para trás, sem nenhum outro meio de escapar ao inimigo senão a marcha exaustiva. A onda britânica os alcançaria em breve, cortando outro pedaço do exército de Rommel. Todo dia, ele sentia a dor aguda no coração, sabia que ninguém em Berlim, ninguém em Roma jamais saberia a tragédia que era isso, como doía perder seu precioso exército para um inimigo que ele deveria ter destruído.

Observava os poucos tanques remanescentes e as peças de artilharia pesada sobreviventes em fuga; sabia que, mesmo agora, enquanto seus homens saíam de Tobruk para o oeste, os dentes do *Panzerarmee* se preparavam para dar a Montgomery outro bom combate. Ele tirava energia disso, se apegava à imagem dos 88 e dos Mark IV se entrincheirando em boa posição defensiva e voltando a mira para o leste, esperando os britânicos chegarem ao alcance delas. Por mais forte que Montgomery fosse, se houvesse outro combate o custo seria alto, talvez alto o bastante para Montgomery se atrasar novamente. E, enquanto o comando britânico ponderava como confrontar a nova posição, Rommel os rechaçaria de novo, para outra linha no mapa.

Estava sentado no veículo de comando, Westphal ao seu lado. Estavam logo a oeste de Tobruk, e ele olhava os incêndios, as silhuetas dos edifícios destroçados, tentava ignorar o esgotamento, pensava em Lucy, outra carta, as palavras se formando em sua mente:

O fim não demorará... o exército não tem culpa nenhuma. Lutou magnificamente...

Graças a Deus eu tenho você, pensou. Quem mais ouviria a verdade? Talvez você não entenda, mas, mais tarde, haverá ocasião para explicações. Nós nos sentaremos no jardim, conversaremos sobre isso e pensaremos o que eu poderia ter feito de maneira diferente, quais os vilões que tive de enfrentar.

A artilharia trovejou; lampejos de luz. Pensou em seus oficiais, os homens que ficavam no alto com binóculos, que disparavam projéteis luminosos, clareando o terreno por onde o inimigo, cauteloso, se esgueirava na direção deles. Não sejam tolos, não desperdicem munição. Eles não virão, não esta noite. Pensou em Montgomery novamente, não sentia raiva, nunca havia odiado os britânicos, nunca participara das bravatas exageradas que ouvia nos acampamentos, essas conversas que todos os soldados têm. Não, isso não tem a ver com ser um homem melhor, mais corajoso, nada que diga respeito à nossa superioridade em relação a alguma raça mestiça. Os britânicos não são tão diferentes de nós. Aqui, todos somos homens bons, todos demonstramos coragem, todos sabemos o nosso dever. A vitória provém da estratégia, do plano, das ferramentas que nos fornecem.

Sabia pouco sobre Montgomery, tinha ignorado a propaganda, os relatos trazidos por Berndt que sempre pareciam descrever os comandantes inimigos como bufões analfabetos. Tinha havido incompetência realmente, no início da campanha, comandantes britânicos que não compreendiam Rommel, que eram incapazes de prever surpresas. Então, Montgomery, como você se sairia aqui, um ano atrás? Não importa o que seus jornais digam sobre você, nunca saberei se você é melhor que Wavell, Ritchie ou Auchinleck. Certamente você teve sorte. Eles lhe entregaram um grande armamento, um exército experimentado, oficiais de campo testados em combate que entendem deste deserto tanto quanto qualquer alemão. E lhe deram tanques, caminhões e aviões. Mas não foi o seu planejamento, a sua estratégia perfeita, que nos rechaçou. Foram as ferramentas. Foi a potência.

E agora estes homens que você manda atrás de nós são como caçadores perseguindo um leão ferido. Você pode ordenar que o persigam, e eles farão disso um bom espetáculo. Mas sabem que não devem chegar muito perto. Eles sabem, mesmo que seu *grande comandante* não saiba, que ainda podemos rasgar seu coração com nossas garras.

Virou-se, olhou para o oeste, escuridão total, tanta terra ainda, tantos quilômetros, pensou. E, depois, outro exército. Outro desafio.

A notícia da invasão aliada havia chegado até ele num quartel-general improvisado, trazida por comunicados de rádio que partiram da Argélia e da Tunísia. A invasão não o surpreendera, os boatos corriam pelo norte da África há várias semanas, relatos sobre tráfego de navios, notícias de que Eisenhower poderia estar em Gibraltar. Era inevitável que os americanos viessem, mas eles não estariam confiantes no sucesso, teriam aprendido alguma coisa com a tolice do assalto a Dieppe. Então, se precisavam se testar, eles atacariam onde houvesse pequena chance de desastre. Que alvo melhor que os franceses?

Rommel já havia combatido na França, tinha avançado com seus tanques sobre e através de exércitos que pareciam impotentes para deter alguém. Sim, os americanos também deviam se lembrar disso. Então, entrariam nessa luta atacando um inimigo inferior, ganhariam confiança contra os franceses. Levaram três dias para silenciar as armas em Orã, três dias para assegurar a primeira vitória. Orgulhe-se de seu sucesso, *Herr* Eisenhower. Mas ainda há uma luta a ser travada.

MERSA EL BREGA, LÍBIA — 23 DE NOVEMBRO DE 1942

Havia chovido durante quase uma semana, o terreno plano e duro ao longo das estradas amoleceu e virou lama espessa, os uádis se encheram de água escura, súbitas inundações sinuosas que carregavam as tendas e os homens descuidados que permaneciam muito tempo nos abrigos baixos. Pelas estradas costeiras, os alemães continuavam a retirada, o deserto líbio já atrás deles. Mais perto de Bengazi, o terreno mudava, a planície, a terra dura e as pedras dando lugar a morros íngremes e ao verde exuberante de Djebel Akhdar. Era região de fazendas, bosques de oliveiras e campos de cereais, cidades de paredes brancas para onde Mussolini havia enviado seu povo para esculpir um novo pedaço da Itália em terras onde os árabes ainda apascentavam seus rebanhos de cabras. A maior parte dos italianos já havia partido, e os árabes reafirmavam seus direitos, saqueando e loteando as cidades e fazendas. O que os árabes não reivindicaram, os exércitos o fizeram, pomares e bosques de oliveiras foram destruídos e aplainados por dois anos de guerra. Rommel não interrompeu a retirada nos arredores de Bengazi, não tentaria tomar as passagens das encostas e os desfiladeiros estreitos. Seu exército não podia estabelecer uma resistência até que estivesse fortalecido ou até que chegassem a uma posição em que a cautela de Montgomery os tornasse seguros. Rommel levou seus homens para o sul, seguindo a costa abaixo de Bengazi, destruindo depósitos de suprimentos e de munição pelo caminho. Ao sul da cidade, as estradas viravam para o oeste novamente, uma grande curva da linha do litoral que levava a Mersa el Brega e a El Agheila, duas âncoras de uma linha de defesa que Rommel já havia usado, uma linha que permitiria a seus homens se entrincheirarem e descansarem. A oeste ficava o importante porto de Trípoli, e se, pelo menos uma vez, os oficiais de intendência em Roma fizessem seu trabalho e conseguissem de algum modo fazer os navios cargueiros passarem pela vigilância britânica, o exército de Rommel poderia se fortalecer novamente.

Rommel havia enviado Berndt para se avistar com Hitler mais uma vez, na esperança de convencer o alto-comando a permitir que ele seguisse uma estratégia que trouxesse algum benefício de sua retirada. Não havia ganhado algum em manter a Líbia sob domínio agora, nenhuma possibilidade de que um *Panzerarmee* enfraquecido e muito superado em números pudesse atacar os britânicos novamente em deserto aberto. Rommel sabia que até um cauteloso Montgomery não se manteria longe por muito tempo ou suportaria a enorme pressão de Londres para que continuasse a atacar. A linha em Mersa el Brega era forte, mas não impenetrável, e Rommel acreditava que a única estratégia sensata era abandonar totalmente a Líbia e levar seu exército para a proteção dos vales estreitos e montanhas altas da Tunísia. Com a arremetida dos Aliados vindo do oeste, a Tunísia poderia se tornar um reduto alemão, uma fortaleza natural em que nenhum exército aliado penetraria facilmente. O alto-comando alemão podia reforçar Rommel para que ele atacasse com dureza qualquer uma das alas dos exércitos aliados, ou podia ordenar a reti-

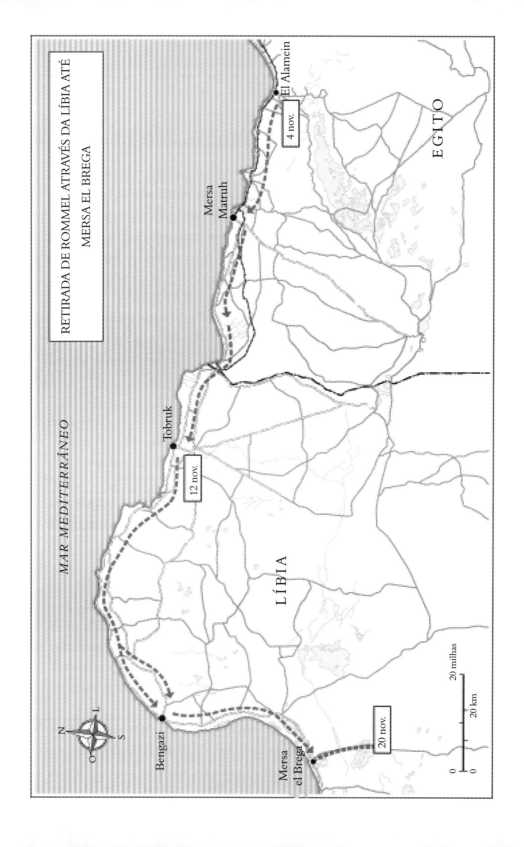

rada completa da Tunísia e do norte da África, conservando o que restava do *Panzerarmee* para ser usado em outra ocasião.

— Então, tenente, como o *Führer* recebeu minha proposta? Ele tem preferência pela ofensiva ou continua a enxergar vantagem na destruição deste exército?

Ele esperava uma resposta de Berndt, algum lampejo de indignação, sabia que o sarcasmo era perigoso. Mas Berndt pareceu ignorar suas palavras, não demonstrou nenhuma reação. O homem grande parecia desconfortável na cadeira, retorcia-se, virou-se para o lado.

Depois de um momento de silêncio, disse: — Minhas costas estão me dando trabalho. A viagem foi bem entediante. — Ele fez uma pausa. — Devo ser honesto com o senhor. Não fui recebido pelo *Führer* com a hospitalidade habitual.

— Você não se encontrou com ele?

— Ah, sim, e eu lhe falei sobre seus planos com detalhes. — Berndt fez outra pausa, parecia lutar com as palavras. — O *Führer* não foi receptivo.

Rommel esperou, nunca tinha visto faltarem palavras a Berndt.

— Vamos lá, tenente.

Berndt empertigou-se, olhou para ele. — Ele disse, senhor, que deve fazer bom uso da posição de Mersa el Brega como base para lançamento de sua nova ofensiva.

— *Ofensiva*? Ele quer que eu ataque?

— Por favor, senhor, eu tentei explicar nossa situação aqui. Eu lhe disse que mal tínhamos trinta tanques em condições de operar e apenas umas poucas dúzias de armas antitanque. Informei-lhe a força militar da tropa, repeti nossas perdas em efetivos sofridas em El Alamein e o que perdemos na retirada. O *Führer* parecia não escutar. Ele não quis saber dos números.

Rommel afundou na cadeira. Berndt era adorado por Hitler, pensou. Ao menos seria ouvido.

— Você discutiu meus planos de retirada para a Tunísia? Certamente o alto-comando entende as vantagens da geografia de lá. Podemos resistir a qualquer ataque. Se não vão me mandar reforços, não têm interesse algum em que este exército sobreviva?

Seu tom de voz tinha aumentado, e Westphal surgiu na entrada da tenda. Westphal estava carrancudo como sempre, a cautela a que Rommel se acostumara. Rommel fez um aceno para que entrasse, tentou se acalmar, disse: — Sente-se, coronel. O tenente Berndt não se perturba mais com meus rompantes. Parece que o tenente Berndt enfrentou seu próprio... como devo descrevê-lo, tenente? O que achou da cegueira do *Führer*?

Westphal respondeu: — Senhor...

— Silêncio, coronel. Está tudo bem. Conte a ele, tenente.

Berndt se mexeu novamente na cadeira, não olhou para Westphal, disse: — Minha missão não correu bem, coronel. Eu não consegui convencer o *Führer* da seriedade de nossa situação. A culpa é minha. O *Führer* estava diante de muitas questões, seriamente preocupado. A situação na Rússia...

— Não se preocupe, tenente. O senhor não tem que achar desculpas para o nosso *Führer*. E sobre meus planos para a Tunísia?

Berndt olhou para baixo novamente. — O *Führer* foi muito específico sobre esse ponto, senhor. Ele disse... ele enfatizou que confia plenamente no seu comando. Mas o senhor deve deixar a Tunísia fora de suas deliberações.

Rommel sentiu falta de ar, forçou-se a ficar de pé. Westphal se aproximou da mesa, preocupado, e Rommel o manteve afastado. Movimentou-se lentamente para a entrada da tenda, olhou para fora, viu lampejos de luz na escuridão, lanternas mantidas baixas, homens em movimento, um exército fazendo seu trabalho. Apertou os punhos, teve vontade de gritar alguma coisa, qualquer coisa, palavras, algum som, expelir a raiva que brotava dentro dele. Não tinha medo de Berndt, de Kesselring, de Mussolini. Mas agora, pela primeira vez, Hitler o amedrontava. Não pelas razões sobre as quais Westphal o advertia, não porque havia perigo de punição, alguma sanção por palavras imprudentes, por não obedecer a ordens. O medo era de que estivesse sendo ignorado. Ainda posso vencer aqui, pensou. Era só me darem os instrumentos. Já não provei isso?

Olhou para Westphal e disse: — Coronel, mande outra mensagem ao marechal de campo Kesselring. Peça uma reunião nos termos mais firmes. Deve haver alguém neste exército que ainda se importe com o que eu tenho a dizer.

Arco dei Fileni, Líbia — 24 de novembro de 1942

Kesselring tinha se mantido fora do caminho de Rommel durante a maior parte da grande retirada de El Alamein, e Rommel entendia bastante das percepções do alto-comando alemão para saber que Kesselring devia estar se distanciando de qualquer ligação com o seu fracasso. Mas Kesselring ainda era seu comandante, independentemente do que os italianos pensassem, e Rommel sabia que, apesar de seu relacionamento com Kesselring ter se tornado tão difícil, os italianos trabalhariam com o homem, cooperariam com seus pedidos, muito mais do que ouviriam qualquer coisa vinda dele, Rommel. Kesselring respondeu como Rommel esperava, concordou imediatamente com uma reunião. Rommel não esperava que os italianos também viessem.

Ugo Cavallero era o oficial favorito de Mussolini, o chefe do Comando Supremo, um industrial bem-sucedido antes da guerra que agora tinha a responsabilidade de fundir interesses alemães e italianos por todo o teatro do Mediterrâneo. Ele tinha cerca de 60 anos, era baixo, arrogante, com um talento para agradar qualquer público com a promessa perfeita. Com muita frequência, esse público tinha sido de oficiais alemães de intendência, ou o próprio Rommel. Por sua posição na hierarquia do teatro do norte da África, Cavallero era o superior tanto de Rommel quanto de Kesselring. Em geral, Rommel simplesmente o ignorava.

Cavallero trouxera o marechal Bastico para a reunião, o mesmo "Bombástico" que Rommel conhecia tão bem, o homem cujas ambições estavam focalizadas em conseguir um lugar notável nos livros de história italianos, ambições que raramente haviam sido acompanhadas por habilidade em conduzir suas tropas a uma vitória em campo.

—O *Duce* tem um orgulho enorme de nossas divisões de combate e de como mantiveram o inimigo encurralado. Ele recomenda que o senhor apresente uma lista dos oficiais que devem ser condecorados. Isso será muito importante para o moral de todo o exército.

Cavallero sentou-se novamente, satisfeito com seu pronunciamento. Bastico assentia, concordando, e Rommel não viu expressão no rosto de

Kesselring. Cavallero olhava para Rommel, esperando pacientemente que ele concordasse.

Rommel disse: — Não se pode levantar o moral distribuindo medalhas nos acampamentos dos oficiais. Os soldados que ainda vestem o uniforme do *Duce* sabem quem são seus heróis. Eles também sabem o que estão enfrentando.

Cavallero sorriu, olhou para Kesselring e para Rommel de novo. — Isso mesmo. Eles enfrentam um inimigo que se esforçou ao extremo. Eles se defrontam com a oportunidade de transformar um infortúnio temporário em vitória. Que plano de ataque o senhor propõe?

Rommel examinou os rostos deles na luz fraca, Kesselring evitando seu olhar. Ele respirou longa e profundamente, o único som no vazio poeirento do cômodo, olhou para a escuridão lá fora, um brilho de estrelas pela janela de pedra aberta.

— Eu não proponho que ataquemos ninguém na condição em que nos encontramos. Talvez, marechal Cavallero, o senhor não tenha tido oportunidade de consultar a sua equipe. Tenho emitido continuamente comunicados sobre nossas necessidades e nossas perdas. O exército que temos em posição agora consiste numa força que só pode ser descrita como uma divisão frágil. Perdemos a maior parte de nossa artilharia pesada. Não temos mais que duas dúzias de tanques pesados e quarenta veículos italianos mais leves que, como o senhor sabe, não resistiram bem em combate. A infantaria italiana não tem armamento que possa se comparar ao que vai enfrentar. Os britânicos podem flanquear esta posição à vontade, portanto devemos considerar esta linha apenas como uma defesa temporária. O general Montgomery nos sondará, explorará suas opções e, quando estiver preparado, fará o que eu faria. Encontrará um modo de nos expulsar desta defesa. A única razão pela qual podemos manter nossa posição ao longo da linha de Mersa el Brega é que Montgomery, no momento, cessou sua perseguição.

Ele fez uma pausa, deixou as palavras calarem fundo, viu Cavallero sacudir a cabeça.

— Marechal Rommel, eu estou perturbado com suas conclusões. O exército do *Duce* está inteiramente preparado para enfrentar qualquer batalha proposta pelo inimigo. Não posso permitir que o senhor insulte a coragem de meus soldados.

— Não faço tal coisa. O soldado italiano, quando adequadamente suprido e conduzido, é antagonista à altura de qualquer oponente. Mas não há blindados ou artilharia para lhes fornecer. Nossa melhor expectativa de salvar este exército é a retirada para as montanhas da Tunísia. Estudei cuidadosamente os mapas e acredito que as linhas em Mareth ou Gabès são posições fortes. Poderíamos manter os britânicos sem condições de ataque por algum tempo. Naturalmente precisamos contar com o Comando Supremo para nos fornecer suprimentos e armas. Só então poderemos ter a esperança de atacar quem quer que seja. — Rommel olhou então para Kesselring, que ainda estava de olhos baixos, evitando-o.

Cavallero disse: — Isso é ultrajante, um plano para a derrota, não para uma vitória honrosa! Mareth... isso fica muito a oeste de Trípoli! O senhor propõe que abandonemos uma cidade tão grande, uma joia na coroa do *Duce*? Ele não aceitará tal coisa, nem eu! A honra italiana está em jogo aqui, mesmo que a sua tenha sido degradada por seus erros! — A voz de Cavallero cortava a noite e ele se aproximou, fixou Rommel. — Marechal Rommel, o povo italiano não aceitará um plano que exija a entrega de nosso território na Líbia, território que foi ganho unicamente com o suor de nossos esforços. Trípoli é um símbolo de tudo o que realizamos aqui. O senhor mesmo sabe que este exército atravessou a Líbia passando por ruínas antigas de um império que todos acreditamos que deve reviver. O senhor não pode sugerir que este exército simplesmente o entregue ao nosso inimigo. Até os soldados serão contra isso. Não obedecerão às suas ordens para abandonar a glória de Roma.

Até agora eles têm obedecido a essas ordens, Rommel pensou. Sentia o cansaço, percebia que era impotente diante da teimosia deles. É isso, pensou. Dois mil anos de glória perdida, uma luta teimosa para capturar um sonho. Estou servindo sob homens que vivem num mundo de faz de conta.

Então Kesselring levantou os olhos e disse: — Qualquer retirada do *Panzerarmee* para a Tunísia terá consequências perigosas para nossas bases aéreas a oeste desta posição, e na própria Tunísia. Os britânicos poderão lançar ataques de caças contra nossos aeroportos, o que não conseguiremos impedir. Somente detendo o inimigo a esta distância a leste poderemos manter nossos aeroportos seguros.

Rommel olhou para as mãos, esfregou os dedos devagar. Aeroportos. Naturalmente, a preciosa Luftwaffe de Kesselring. Não importa a perda do resto deste exército. Rommel olhou para Kesselring, respondeu devagar: — E os americanos, e as tropas britânicas baseadas na Argélia? De quanto tempo você acha que essas forças necessitarão para entrar na Tunísia? O que será de seus aeroportos então?

— Já ficou esclarecido que a Tunísia não lhe diz respeito. — Kesselring se levantou. — Eu lhes asseguro, senhores, que tomamos as medidas cabíveis para garantir que nenhuma força inimiga ponha os pés além das montanhas que guardam a fronteira da Tunísia com a Argélia. Neste momento, vários regimentos de infantaria alemã e um batalhão de engenheiros estão chegando a Túnis, apoiados por mais de cem de nossos mais modernos tanques e artilharia. Continuaremos a aumentar esses números com a rapidez em que for possível transportar suprimentos para Túnis e para o porto em Bizerte. Se o inimigo nos pressionar pelo oeste, enfrentará a potência de nossas máquinas mais novas, mais especificamente os tanques Tiger.

Kesselring se aproximou de Cavallero, despejando seu entusiasmo sobre os italianos. Cruzou os braços sobre o peito, ignorou Rommel, disse: — Tanques Tiger, senhores. Nunca tanta potência foi colocada sobre esteiras de aço. O Tiger carrega um canhão de 88 milímetros e pode absorver qualquer castigo que os aliados lhe possam infligir. Em pouco tempo, a Tunísia se tornará uma fortaleza, uma armadilha mortífera para a arrogância dos americanos e seus lacaios britânicos.

Rommel ficou de pé, viu o sorriso familiar no rosto de Kesselring, perguntou: — Como vocês abastecerão essa fortaleza?

— Providências já foram tomadas. O *Führer* e o *Reichsmarschall* Göring estão firmes por trás dessa estratégia. A Luftwaffe está fazendo um grande esforço para transportar todo tipo de equipamento para reforçar nossas tropas lá. As montanhas proporcionarão bastante proteção natural e...

Rommel olhou fixamente para Kesselring. — Um esforço total? De onde vêm esses suprimentos? Onde temos soldados para enviar para a Tunísia?

Kesselring apontou para a cadeira de Rommel. — Sente-se, por favor. O *Führer* ordenou que sejam redirecionados recursos de nossa ação contra os russos. Ele reconhece, como todos nós, a importância da Tunísia. É o ponto mais próximo da Sicília, e de lá podem ser controlados os estreitos que ligam esta região à Itália continental.

Rommel sentia a náusea chegar, a raiva se agitar, a voz de Kesselring pairando sobre ele.

— Ao construir esse bastião poderoso no norte da África, podemos manter as forças aliadas divididas e depois destruí-las em etapas. O *Führer* está bastante confiante em que possamos manter nossa presença no norte da África independentemente do que os Aliados tentem conquistar. Mas a criação de tal fortaleza levará algum tempo e por isso é imperativo que o marechal Rommel assegure esta linha em Mersa el Brega. As tropas de Montgomery precisam ficar isoladas até que estejamos completamente preparados para rechaçá-las.

Rommel começou a tremer, sentiu suor na testa, apertou os braços contra o corpo, combateu a náusea, ignorou a conversa, a animação barulhenta que encheu o cômodo escuro de repente. Kesselring agora falava com Cavallero, números, mais palavras de encorajamento, promessas vazias fluindo dos dois homens como o vômito que Rommel segurava firmemente nas entranhas. Após longos segundos, a tremedeira passou e ele afrouxou os dedos apertados, relaxou os braços. Cavallero estava de pé, movimentava-se pelo cômodo, as mãos se agitando em gestos de entusiasmo, Kesselring respondia, risadas agora.

Rommel os espiava através da névoa de sua mente, disse: — Por que vocês não fizeram esse esforço *total* há meses?

Suas palavras eram fracas, o som mal se ouvia, abafado pelo entusiasmo dos homens em volta dele, homens que planejavam a próxima campanha, que falavam ansiosamente sobre a grande vitória vindoura.

15. ROMMEL

ARCO DEI FILENI, LÍBIA
26 DE NOVEMBRO DE 1942

ERA MAIS UMA RUÍNA ROMANA, UM GRANDE ARCO QUE AGORA FICAVA na fronteira entre as duas metades da Líbia, a linha divisória entre a Cirenaica e a Tripolitânia. Eram apenas nomes no mapa e Rommel estava cansado de mapas.

Havia marcado a melhor rota para seus soldados, o melhor terreno no qual a resistência ainda poderia ser feita. A linha se estendia do litoral ao norte, através de um terreno com boas condições de deslocamento, até os grandes pântanos de sal e areia do interior; um corredor estreito onde até um exército enfraquecido poderia apresentar uma forte defesa. A linha tinha sido originalmente traçada pelos franceses, uma rede de trincheiras e fortificações utilizando bem o terreno irregular e rochoso. Os engenheiros alemães avisaram a Rommel que seriam necessários melhoramentos, que as construções francesas eram muito frágeis para suportar a artilharia moderna; então Rommel concebeu o plano: sabia que, se seu exército pudesse ser posicionado ali, Montgomery se acautelaria novamente, exploraria e investigaria, e descobriria que os blindados não conseguiriam flanquear a posição, que a areia fofa e os pântanos eram uma barreira eficaz, como a Depressão de Qattara havia sido em El Alamein. Se Montgomery quisesse realizar algum ataque à Linha Mareth, seriam necessárias semanas de planejamento, semanas de demora que poderiam representar a salvação do *Panzerarmee*.

Por enquanto, Rommel ainda resistia em Mersa el Brega, seguia as ordens entregues por Kesselring, um triste eco dos desejos dos generais de escritório de Roma. Agora, a maior parte de sua infantaria era italiana, assim muitos de seus soldados seguiam as ordens de homens como Bastico. Muitos alemães tinham ficado em El Alamein e outros tantos na marcha para o oeste. Durante dois dias, Rommel aguardara algum sinal de que seus planos haviam penetrado o otimismo absurdo que Kesselring derramara sobre os italianos. O sonho tinha exaurido Rommel, a fantasia inútil de que uma boa estratégia receberia, de algum modo, a atenção de homens que sentiam muito mais prazer brindando vitórias imaginárias em suas grandes casas de Roma.

Olhou para o arco, sabia pouco da história, apenas o nome, Arco dei Fileni. Era mais um símbolo de um glorioso império que havia desmoronado na areia daquele lugar desolado. Que exércitos você viu?, pensou. Quantos generais passaram sob você, esperando que suas realizações se erguessem assim, em monumento histórico? Quantos deles pensaram em destruí-lo, substituindo-o por seu próprio arco, seu próprio troféu? E onde eles estão agora? Examinou a aldeia, viu movimento em cada viela, soldados e oficiais de seu estado-maior realizando alguma tarefa. A aldeia lhe proporcionou o primeiro teto sólido em meses de luta no deserto, um quartel-general em uma casa de verdade, uma cama que lhe assegurava o luxo extraordinário de uma noite de sono. Era o tipo de conforto que havia esperado encontrar no Cairo. Agora, ele se acomodaria no que pudesse encontrar durante a retirada, um breve descanso em um lugar que nenhum de seus oficiais acreditava poder ocupar por muito tempo.

Sentiu uma pontada de fome, raro, captou um cheiro de carne de algum lugar da aldeia, um vestígio de fumaça cinzenta saindo de trás de um fortim branco. Andou naquela direção, olhou para seu motorista, a postos ao lado do caminhão. Rommel levantou a mão, *fique aí*, andou em direção à fumaça. Contornou a construção, viu um grupo de seis homens, soldados alemães, agachados junto a uma fogueira. Eles se levantaram abruptamente, em posição de sentido, e ele se aproximou do fogão improvisado.

— Que é isso?

— Uma gazela, senhor.

— Quem a caçou?

Um homem levantou a mão. — Sargento Haller, senhor.

— Distância?

O homem pareceu surpreso com a pergunta. — Trezentos metros, senhor. Eu medi com passos.

Rommel assentiu, ainda fixava a carne, pequenas bolhas de gordura brotavam, crepitavam no fogo, moscas voavam no calor.

— Belo tiro, sargento. Eu já cacei gazelas aqui. Há algum tempo. Mais de um ano. É um desafio... a não ser, claro, que se tenha uma metralhadora. As gazelas às vezes entram em campos minados.

Um dos soldados falou, ainda em posição de sentido: — Nós a oferecemos ao marechal de campo como um presente nosso, senhor. O senhor nos honraria aceitando nosso jantar?

— Não, eu não aceitarei. Vocês a mataram, ela pertence a vocês. Talvez um pedacinho, porém...

O homem se abaixou rapidamente, um corte rápido com a baioneta, a fatia espessa de carne fumegante colocada num prato de metal. O homem se levantou, ereto novamente, e entregou o prato para Rommel.

— Obrigado por compartilhar nossa carne, marechal de campo.

Rommel não pôde sorrir, olhou para os rostos, os olhos se fixavam nele, depois desviaram. Eram homens duros, magros e abatidos, os uniformes rasgados e gastos. Rommel fez um cumprimento com a cabeça, disse: — Aproveitem seu banquete. Mas comam rápido. Todos os insetos da Líbia serão atraídos pela fumaça.

Ele se virou, caminhou, segurou o prato em frente ao rosto, inalou a fumaça. Atrás, o sargento disse: — *Heil* Hitler!

Rommel parou, ouviu os outros repetirem as palavras, a saudação familiar. Olhou a fatia de carne, sentiu o calafrio retornar, fechar-se o buraco do estômago. Virou-se lentamente, andou em direção aos homens, ignorou-lhes a surpresa, entregou o prato a um deles.

— Obrigado. Mas isso é de vocês. O *Führer* recompensa a coragem... e a lealdade.

Queria dizer mais, mas a prudência o deteve. Não era hora de conversa fiada, de nenhuma demonstração de raiva. Distanciou-se dos soldados novamente, andou em direção ao caminhão, ouviu outro caminhão a distância, uma nuvem de poeira, viu Westphal, ereto, acenando para ele. Outro homem no caminhão, curvado, o chapéu familiar dos oficiais italianos. Bastico. Rommel avançou lentamente, não disse nada, viu Bastico, que lhe dirigiu um olhar desconfortável e cruel.

Bastico disse: — Marechal Rommel, é bom vê-lo novamente. Podemos ir ao quartel-general? Tenho ordens para o senhor.

Bastico parecia nervoso, andava pela sala, as mãos juntas nas costas. Rommel apontou a porta, a ordem para Westphal sair, o rapaz saiu fechando-a bem.

Rommel agora estava impaciente: — Não é necessário diplomacia. Que esperam que eu faça? Ao menos examinaram meus planos?

Bastico parou, inspirou profundamente. — Não quero discutir isso com o senhor, *Herr* Rommel. As ordens que trago são explícitas. O próprio *Duce* transmite seu mais firme desejo de que o senhor defenda esta linha de Mersa el Brega a todo custo. O senhor não deve bater em retirada, a menos que lhe seja ordenado. O marechal Kesselring entrará em contato com o senhor sobre outro assunto, para discutir o envio de algumas de suas tropas para o oeste, para reforçar nossas fortificações em Trípoli.

Rommel sentou, descansou os braços sobre a mesa de madeira, tamborilou nela com força. Sua mente fervia com respostas, o impulso de rir na cara daquele homem, ou melhor, de enfiar uma baioneta no peito dele. Sim, você também sabe como tudo isso é idiota. Apenas não tem coragem de dizer.

— Suponho que o *Duce* também deseja que eu planeje um novo ataque contra os britânicos.

Bastico o encarou de olhos arregalados, parecia aliviado que Rommel tivesse dito primeiro. — Sim! Está certo! Asseguraram-me que a Luftwaffe fornecerá apoio aéreo considerável a qualquer plano que o senhor propuser.

Rommel encostou-se no espaldar da cadeira. — Você já não ouviu essas promessas?

Bastico se enrijeceu de novo. — Eu não questiono as ordens do Comando Supremo.

— Não, tenho certeza que não. Estão me prometendo mais algum apoio? Uma divisão de novos soldados? Tanques Tiger? Ou tudo isso está sendo guardado para nossa grande fortaleza na Tunísia?

— Não aprovo sua atitude em relação aos nossos superiores, *Herr* Rommel. Há mais uma ordem que devo lhe comunicar. O marechal Cavallero decretou que, se esta posição se tornar insustentável, se a Linha de Mersa el Brega for varrida por um ataque esmagador de nossos inimigos, ninguém está autorizado a dar ordem de retirada... a não ser eu. Essa autoridade é somente minha e eu lhe asseguro, *Herr* Rommel, que não pretendo exercê-la.

— Então eu suponho que o encontrarei nas linhas de frente, para que possa decidir por si mesmo quando o inimigo estiver nos esmagando. Com licença, marechal Bastico.

Passou pelo homem, abriu a porta, ignorou os oficiais do estado-maior que estavam do lado de fora e Westphal, que esperava instruções. O sol o cegava, e ele olhou para a frente, o horizonte vazio, as vastas extensões abertas ao sul. Sentia vontade de caminhar, ver o deserto novamente, ou, mais que isso, fazer um trajeto direto e livre através dos morros rochosos, depois descer até as grandes extensões de areia, deixando para trás homens como Bastico.

Mas não o exército. Não posso deixar o exército para homens como ele, para oficiais que não conseguem aprender nada com a matança de tantos bons soldados. Durante muito tempo arranjei um jeito de ignorar as ordens ridículas, os erros fatais de oficiais que são simplesmente burocratas inúteis, que dirigem a guerra de suas cadeiras confortáveis. São esses homens que aconselham Hitler, mas nem sempre Hitler os escuta, e, quando os conselhos o aborrecem, apenas o *Führer* dita as estratégias e decisões. Mas nem o *Führer* pode forçar os ineptos e incompetentes a cumprirem seu dever. Ao menos se ele reconhecesse nossas atuais condições, se fosse possível fazê-lo entender o que será preciso para vencermos aqui... não, isso é um sonho do qual já acordei. Não posso nem ao menos especular como poderia ter sido diferente. Meus superiores expedem as ordens, e eu devo obedecê-las. E sua estupidez nos custou um magnífico exército. Desde El Alamein compreendi que o *Führer* não quer ouvir falar de alguém que não lhe ofereça somente vitórias. Mas nem o *Führer* é infalível. E se eu permanecer soldado, não posso desobedecer ao *Führer*.

Westphal agora estava ali, disse: — Senhor, o marechal Bastico pediu o veículo dele. Há mais alguma coisa que o senhor deseja discutir com ele?

Rommel olhou o homem mais jovem, colocou a mão no seu ombro, sentiu a força dele, o poder de sua lealdade.

— Não tenho mais nada a dizer ao marechal de campo Bastico. Quero que você envie ordens ao aeroporto mais próximo, para quem quer que o oficial Kesselring tenha encarregado dos transportes aéreos.

— O senhor vai viajar?

— Exatamente, coronel. Vou ver o *Führer*.

Rastenburg, Alemanha — 28 de novembro de 1942

Eles o receberam num pequeno escritório, sem mapas, sem qualquer sinal da guerra. Sabia que não deveria desperdiçar energia com aqueles homens, Keitel, Jodl, Schmundt, os mesmos oficiais que o desprezavam por suas realizações. Eles ainda lhe sorriam, faziam gracejos cordiais. Mas ele sabia que, quando saísse, apareceriam as facas, como sempre apareciam, os homens pequenos em uniformes tamanho grande fariam tudo o que pudessem para contestar a imagem que Goebbels havia criado para Rommel, a imagem que tanto agradara o povo alemão. Rommel agora entendia o jogo, sabia que era apenas um instrumento, que seu nome e a imagem de seu rosto curtido pelas intempéries, de pé sobre um tanque poderoso, serviam para inspirar o povo. Os programas de rádio de Goebbels ainda falavam de triunfo no norte da África, uma triste máscara para a verdade que se infiltrava através das fronteiras ao sul. Então, os homens cujas mãos nunca se sujavam, que nunca comandavam as tropas, que nunca viam o inimigo, permaneciam em seus escritórios e conspiravam para colocar esse herói de joelhos.

Ficou sentado em silêncio, olhando pela janela o céu cinzento e os galhos sem folhas das árvores.

— Senhor, o *Führer* deseja vê-lo. Venha imediatamente.

Levantou-se devagar, fez um esforço para vencer a rigidez, as pequenas dores que eram parte dele agora. O oficial o conduziu através de outro escritório, abriu uma porta, revelando uma sala grande e quadrada, com oficiais de pé em cada ponta de uma mesa comprida com mapas e, entre eles, de uniforme cinza, Adolf Hitler.

Ninguém falou; Hitler examinava um mapa, apontando.

— Aqui. Paulus deve resistir aqui. Ele resistirá aqui. Em uma semana haverá uma ruptura nesta linha. — Hitler levantou os olhos para Rommel, nenhum sorriso, nenhum sinal de reconhecimento. — Stalingrado cairá antes do ano-novo.

Rommel aproximou-se devagar, ficou em posição de sentido do outro lado da mesa, em frente a Hitler. Esperou, sabia que não havia nada ainda que pudesse falar. Hitler estudou novamente os mapas, depois recuou, levantou a vista, perscrutou Rommel.

— Você está bem, marechal de campo?

— Perfeitamente, meu *Führer*.

— Então, que está fazendo aqui?

— Gostaria de fazer um relatório sobre as condições no norte da África, sobre a posição de nossas tropas e sobre o que acredito ser o rumo correto de ação. Acredito que o senhor não tem recebido informações inteiramente precisas e desejo corrigir isso, se o senhor permitir.

Houve silêncio na sala e Hitler disse: — Continue.

Rommel olhou para baixo, os mapas da Rússia, círculos em vermelho, linhas rabiscadas. — Posso perguntar... se existe um mapa com nossa posição na Líbia?

Hitler olhou para o lado. — Peguem o mapa para o marechal de campo.

Homens se movimentaram rapidamente, apareceram rolos de papel, os mapas foram estendidos, voltados para Hitler. Rommel não viu círculos vermelhos nem qualquer outro tipo de marcação. Ele se aproximou, procurou os nomes, as fronteiras, apertando os olhos fracos. Hitler estendeu a mão, colocou-a sobre o mapa, virou-o ao contrário.

— Você precisa de mapas para fazer seu relatório, marechal Rommel? Eu imaginava que você conhecesse seu próprio teatro de operação.

A voz de Hitler era gelada e Rommel se endireitou. — Não preciso de mapas, senhor. Bastaria... Eu quero relatar que não acredito que suprimentos adequados de soldados e equipamentos estejam chegando ao *Panzerarmee*. Não acredito que uma postura defensiva na Tunísia possa resistir muito tempo se for pressionada por dois exércitos aliados distintos. Não acredito que a situação do transporte naval vá melhorar, e nós já esticamos nossas linhas de abastecimento além dos limites. Não podemos abastecer nem equipar o *Panzerarmee* e as duas operações são necessárias para restaurar nosso poder de combate. Não prevejo que essa situação de abastecimento vá mudar. Portanto, acredito que a única estratégia adequada é levar o *Panzerarmee* para a Tunísia, onde podemos manter o inimigo a distância o tempo suficiente para permitir... a evacuação do restante deste exército para a França ou a Itália. Não podemos nos iludir sobre o que é possível realizar com os recursos que podemos prover. Se o *Panzerarmee* permanecer no norte da África, será destruído.

Ele parou, não ouviu nenhum outro som, ninguém respirava. As palavras tinham saído numa torrente de honestidade, imprudentemente, e ele se preparou, sabia que corria um enorme risco.

Hitler o olhou com os olhos semicerrados. — Você evacuaria nosso reduto do norte da África? Você entregaria tudo o que conquistamos? Por quê? *Para fugir dos desconfortos da guerra?*

A voz de Hitler ecoava, e ele bateu na mesa, inclinou-se para Rommel, gritou: — Covardes! Vocês fogem de um inimigo inferior! Abandonam os equipamentos e depois gritam que precisam de mais! Destruído? Você teve o comando do melhor exército do mundo e você mesmo o destruiu! Estou cercado de comandantes incompetentes, de homens que se esquivam do dever, que encontram qualquer desculpa para o fracasso! Você ousa entrar no meu refúgio e se exibir como líder de seu exército? Você deveria ser rebaixado a sargento e mandado para enfrentar o inimigo com um rifle na mão! Isso lhe mostraria que tipo de coragem é necessária para ser um soldado!

Hitler pareceu ficar cansado, virou-se, e Rommel passou a vista pelos outros, viu assentimentos, todos os homens na sala franzindo o cenho para ele, repetindo a tirada de Hitler em imitação silenciosa. Rommel sentiu a pele queimar, segurou a raiva, tentou se acalmar. Falou devagar, numa voz suave:

— Gostaria de relatar que cerca de dois terços dos 15 mil homens do Afrika Korps sob meu comando não possuem armas adequadas. A artilharia que perdemos no combate em El Alamein e na retirada para o oeste...

Hitler virou-se para ele, apontou o dedo, gritou novamente: — Sim! Vocês percebem? Covardes! Seus homens jogaram as armas na beira da estrada diante do inimigo! Já ouvi histórias assim! A quem você culpa por isso? A Luftwaffe? A marinha italiana? Eu orientei a todos os nossos setores de abastecimento que lhe fornecessem suprimentos, e, ainda assim, você fala de fracasso e perda. Eu lhe prometi todas as facilidades, a melhor artilharia, os melhores blindados, eu lhe dei os melhores combatentes do mundo! E você me diz que eles jogaram suas armas no chão?

Rommel sentiu que alguma coisa se quebrava dentro dele, a cautela enfraquecida por tanta doença, tanta ansiedade.

— Essa não é a questão, meu *Führer*. Não é possível para ninguém nesta sala saber qual a nossa situação no norte da África. Ninguém aqui enfrentou os britânicos em combate, ninguém presenciou nossos aviões serem varridos dos céus. Ninguém testemunhou mil peças de artilharia fazerem chover fogo sobre nossas posições. Nós sobrevivemos às nossas derrotas e à nossa retirada não porque alguém nos abasteceu de combustível e suprimentos, mas porque a coragem do soldado alemão nos manteve unidos. Eu não quero ver este exército valoroso ser destruído, consumido pela inépcia de nossos aliados ou pela relutância de seus comandantes em prover nossa subsistência. Certamente o senhor também não o deseja. Ainda há muito a conquistar no norte da África se nos forem dados os recursos. Mas esses recursos nunca chegaram. Com todo o respeito... não existe covardia no *Panzerarmee*.

Hitler parecia ter se acalmado, empurrou o mapa para fora da mesa, focalizou novamente o mapa da Rússia.

— Não há o que ganhar abandonando o norte da África. Não trairei nossos aliados italianos entregando seu território ao inimigo. Você manterá a linha de Mersa el Brega para dar tempo para que nossa cabeça de ponte na Tunísia fique pronta. Se houver dificuldades com suprimentos... — Hitler olhava para Rommel agora, balançou a cabeça. — Sim, excelente ideia. Você acompanhará o *Reichsmarschall* Göring a Roma. Se houver problema com os suprimentos, o *Reichsmarschall* terá minha autorização pessoal para resolver o problema. Ele está querendo fazer essa viagem. Isso o agradará. Venha.

Hitler saiu de perto da mesa, colocou um braço nos ombros de Rommel. Eles saíram do salão, atravessaram o pequeno escritório, chegaram ao corredor escuro, e Hitler parou, virou-se para Rommel.

— Esta campanha está lhe fazendo suportar uma pressão enorme. É difícil, eu sei. Estamos lutando contra muitos inimigos, você e eu, inimigos além de nossas fronteiras e inimigos perto de casa. Tudo terminará bem. Com o tempo, todas as ameaças ao Reich serão erradicadas. Mesmo agora... — Hitler parou, bateu nas costas de Rommel. — A Tunísia será uma fortaleza inexpugnável e os britânicos não poderão manter os ataques. Seu povo se cansará disso, eles não têm estômago para a morte.

Rommel já havia presenciado isso, a raiva violenta cessar repentinamente e ser substituída por essa estranha cordialidade.

— E os americanos? Será que a Tunísia aguenta a pressão de duas frentes? Na frente de meu exército, os britânicos ficam mais fortes a cada dia. Na Argélia, os americanos...

Hitler riu, deu um tapa no braço de Rommel. — Os americanos são incapazes de combater. Eu pensei que você entendesse isso. São uma raça mestiça, choramingam e se pavoneiam como bebês de ricos. Fabricam máquinas de costura e clipes enquanto, em nossas fábricas, produzimos máquinas de guerra. Não há razão para temer ninguém, marechal de campo, e certamente não os americanos. Não são nossos inimigos que podem manter esta guerra, não são eles que possuem os recursos e o coração para a vitória. Somos nós.

Munique, Alemanha — 29 de novembro de 1942

O hotel era pequeno, os cômodos escuros e frios, mas nada disso lhe ocupava os pensamentos. Ele via apenas ela, o sorriso, o rosto triste de uma mulher que perdera o marido para a guerra.

— Mas eu voltei.

— Por um tempo.

— É tudo o que tenho neste momento. Não deveria estar aqui de modo algum. O *Führer* se deu ao trabalho de me lembrar disso.

Ela estendeu a mão, e ele a segurou, puxou-a para perto, envolveu-a com os braços e apertou-a com força. Ela relaxou contra o corpo dele.

— Não esqueci nosso aniversário de casamento. Dois dias atrás. Eu lhe escrevi uma carta. — Ele a afastou, pôs a mão no bolso, tirou um papel dobrado. — Está vendo?

Ela riu, pegou o papel. — Espero suas cartas com ansiedade, Erwin. Todas elas. Que bom seria se você pudesse me contar coisas agradáveis. Eu pensei, quando você foi para Trípoli pela primeira vez... que eu gostaria de visitar a África um dia.

Os sorrisos desapareceram, e ele a puxou gentilmente pela mão, levou-a para a cama.

— Quando isso acabar, jamais voltarei lá. Custou-me demais, muitas sepulturas de homens que eu conhecia. Uma sepultura para mim também.

Ela emitiu um som, e ele a olhou, sacudiu a cabeça.

— Não, eu não quis dizer... não tenho nenhum desejo... oh, diabos. Eu falei demais estes dias, muitas palavras imprudentes. Tenho problemas com todos os que têm autoridade sobre mim: Kesselring, os italianos, Hitler. Agora... você.

— É bom que você saiba quem são seus superiores. — Ela riu. — Temos realmente que viajar com aquele homem horrível?

— Göring? Sim, temos. Foi a única condição para que eu conseguisse que você me visitasse. Viajaremos com o *Reichsmarschall*, como seus convidados. Parece que seu trem particular é espetacular. Suponho que se enquadra no estilo dele. Maior que a realidade. Certamente maior que esta guerra.

Ele sentou na cama ao lado dela, e ela perguntou: — O que você quer dizer?

— Hermann Göring tem o olhar firmemente voltado para o futuro, um mundo com um homem no topo.

— Hitler.

Ele sacudiu a cabeça. — Não, Göring. Hitler o adora, creio, mas Göring não compartilha os sonhos de ninguém, mantém lealdade ao *Führer* porque isso serve aos seus propósitos. Ele vê uma oportunidade nesta guerra, nada mais. Se eu fosse Hitler, não confiaria nele, perceberia como Göring se condecora, o homem grande e gordo com medalhas grandes e gordas. Ele tem mais medalhas que Mussolini. Esse trem, toda essa opulência, para quê? Por que o chefe da Luftwaffe precisa de um trem?

— Eu soube de umas coisas.

Ele viu a testa franzida, aproximou-se. — Que tipo de coisas?

Lucy baixou a voz: — Göring está saqueando os museus, roubando obras de arte, antiguidades raras. Quando ele chega a uma cidade, as joias têm que ser escondidas. Se alguma coisa chama a sua atenção, ele simplesmente a pega. Inclusive... mulheres.

Rommel baixou a vista, sabia que as intuições de Lucy sobre boatos eram corretas, na maior parte das vezes.

— Não me surpreende. Isso certamente explicaria o trem, aqueles vagões. Poder e dinheiro. Isso o torna mais formidável que Hitler. O *Führer* luta por sua própria visão do mundo, pelo que a Alemanha deve fazer para se proteger. Ele se preocupa pouco com... *butim*.

Ela ficou em silêncio, e ele pensou na viagem de trem, Göring devia acompanhá-lo para falar com Mussolini, Cavallero e os outros. Kesselring estará lá, certamente, pensou. Esta pode ser minha última chance, a oportunidade final para convencer os italianos. Se eles concordarem com Hitler e insistirem em permanecer no norte da África, é necessário que permitam que eu me retire da Líbia, desista de Trípoli e reconstrua o exército na Tunísia. Se eles não aceitarem, então, para mim, esta guerra acabou. Certamente Berndt ajudará. Ele é persuasivo, sabe como falar com os italianos. Eu realmente não sei.

— Tenho ouvido outras coisas, Erwin. — Suas palavras eram suaves, proferidas em tom baixo, e trouxeram-no de volta ao quarto pequeno. — Em todos os lugares aonde vou, há rumores de que alguma coisa está acontecendo com os judeus.

— Os judeus? O que você quer dizer?

— Eles estão sendo levados, Erwin. Na praça, o sr. Wiesel, o joalheiro, a família inteira, desapareceram de repente. A sra. Blum e a irmã... eu escutei muitas histórias, a mesma coisa em todas as cidades, todos os comerciantes judeus desaparecem subitamente, suas lojas são fechadas com tábuas. As sinagogas foram fechadas também, algumas totalmente queimadas.

Ele tinha ouvido algumas histórias de judeus sendo realocados, prestara pouca atenção a um assunto que parecia tão distante da guerra. — Sim, eu escutei algo sobre um programa de realocamento, que estão sendo criados acampamentos, que estão mudando os judeus para suas próprias comunidades, onde estarão seguros.

Ela o fixou com olhos sombrios, um olhar duro que sustou suas palavras. — *Seguros?* Em relação *a quê?* Erwin, não seja ingênuo. Tenho ouvido boatos sobre vagões cheios de pessoas sendo levadas para campos de concentração. Estão falando disso em todos os lugares. Ninguém tem coragem de falar abertamente, ou mesmo de perguntar, porque todos temem a Gestapo.

— Lu, isso é ridículo. O que estão vendo são vagões com prisioneiros de guerra. Capturamos milhares de soldados inimigos. Se há campos de prisioneiros, são para os soldados estrangeiros. Não temos inimigos dentro de nossas fronteiras.

— Gostaria de poder acreditar em você, Erwin. Mas há muitas outras pessoas dizendo coisas bem diferentes. Não são estrangeiros, são cidadãos alemães que estão sendo retirados de suas casas. As pessoas estão simplesmente desaparecendo.

Ele se lembrou de repente das palavras. — O *Führer*, na verdade, disse algo sobre... "inimigos perto de casa". Mas os judeus? Que ameaça eles representam?

— Suponho, meu marido, que você deva perguntar isso ao seu *Führer*.

No começo de dezembro, Rommel completou sua missão, finalmente convencendo Göring e os italianos de que não era mais possível preservar o oeste da Líbia. A ponta de sua espada foi a afiada persuasão política do tenente Berndt, que tocava uma melodia que afinava com perfeição os interesses militares alemães e o orgulho italiano. O melhor argumento para Mussolini foi a garantia de que a perda da Líbia seria compensada pela conquista da Tunísia, dominada pelos franceses, território que os alemães permitiriam gentilmente que os italianos reivindicassem como sua colônia. Durante a maior parte das discussões, Rommel permaneceu calado, absolutamente ciente de que ninguém valorizava suas opiniões e de que sua extrema impaciência provavelmente afastaria todos os envolvidos.

Rommel entendia que a necessidade de Mussolini de salvar sua honra, mantendo o valioso porto de Trípoli, tinha que ser compensada de outras maneiras, maneiras que pudessem ser digeridas pelos italianos, crescentemente desgostosos, que delegavam o poder ao *Duce*. A argumentação ficou simples. Defender Trípoli contra as forças muito superiores de Montgomery resultaria na morte quase certa ou na captura da remanescente infantaria italiana de Rommel, cerca de 25 mil homens. A preservação desses soldados teria um impacto emocional muito maior no povo italiano do que o tremular de uma bandeira italiana sobre um porto que poucos deles já haviam visto.

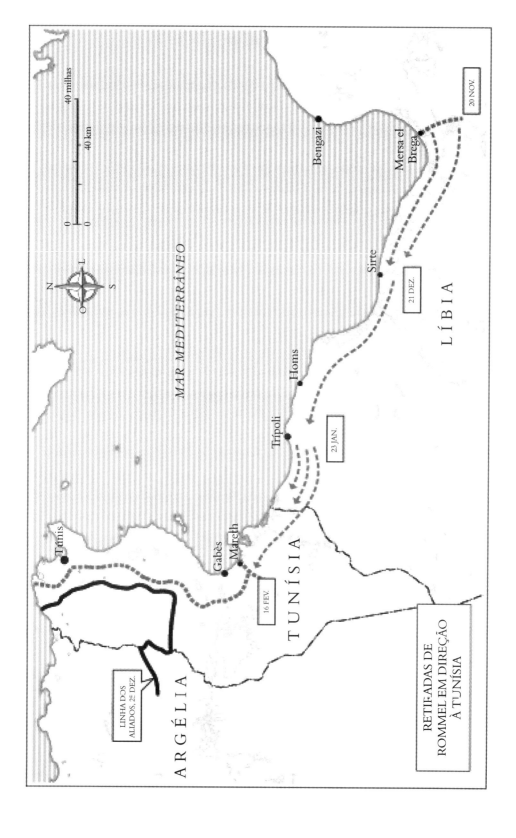

Durante todo esse tempo, Montgomery avançava, meticuloso, cauteloso, até que, finalmente, no começo de dezembro, estava pronto para lançar seu ataque. Ao primeiro sinal do movimento de ataque britânico, pelo flanco, contra a Linha de Mersa el Brega, Rommel pôs suas tropas em movimento e começou uma rápida retirada para a linha defensiva que ele havia escolhido, a forte barreira em Mareth. Mais uma vez, Montgomery apenas pôde segui-lo.

À medida que Rommel firmava sua posição ao sul, no norte da Tunísia continuavam a chegar reforços alemães, artilharia pesada e os blindados mais modernos, soldados e máquinas reunindo-se ao longo dos morros íngremes, empurrando postos avançados para o oeste, para os desfiladeiros das Montanhas Atlas. Mais a oeste, as forças de Eisenhower estavam em marcha, paraquedistas e comandos britânicos abrindo caminho. Mas os atrasos em virtude da enorme confusão na hierarquia francesa haviam custado caro aos aliados. Enquanto os exércitos aliados se deslocavam em direção ao seu objetivo final, reunindo a força e o ímpeto que seriam necessários para expulsar o inimigo da Tunísia, o inimigo se fortalecia a cada dia.

Göring e Kesselring haviam planejado mudanças de comando na Tunísia que retiravam a maior parte da autoridade de Rommel, e colocaram um veterano das campanhas da Rússia, o general Hans Juergen von Arnim, no comando geral do teatro tunisiano. Embora agora Rommel respondesse a Von Arnim, ele ainda comandava o *Panzerarmee*. A despeito da repulsa à insubordinação e aos métodos não ortodoxos de Rommel, o alto-comando alemão tinha que concordar com os instintos dele, não podia ignorar a nova oportunidade que Rommel os forçava a enxergar. O único modo eficaz de enfrentar os aliados era em etapas e um de cada vez. Com Montgomery retido a leste da Linha Mareth, Rommel voltou a atenção para o norte e o oeste. Ao norte, uma forte coluna britânica sob o comando do general Kenneth Anderson avançava paralelamente ao mar, pressionando mais de perto as fortificações guarnecidas por um corpo bem-preparado de tropas e artilharia alemãs. Mais ao sul, os aliados também avançavam, o braço esquerdo do exército de Eisenhower, uma combinação de tropas francesas e americanas. Os americanos marchavam com confiança, recém-saídos de suas vitórias esmagadoras no Marrocos e na Argélia. Era uma confiança com a qual Rommel contava.

16. EISENHOWER

ARGEL
DEZEMBRO DE 1942

O QUARTEL-GENERAL HAVIA SIDO INSTALADO NO HOTEL ST. GEORGE, no que fora uma suíte luxuosa de três quartos. Sempre tinha existido algum tipo de luxo em Argel, um território valorizado por fenícios e romanos, espanhóis e piratas berberes. Durante mais de um século, o luxo em Argel tivera o toque francês, comércio e divertimento fortalecendo a atração da cidade para homens de negócios franceses e turistas ricos. Mas a guerra trouxe a escassez, a energia da cidade foi drenada pela incerteza de Vichy, deixando uma porta de trás frágil para as ambições nazistas e italianas a leste. E, de modo igualmente rápido, os Aliados trouxeram mudanças novamente, a cidade repentinamente fervilhando de combatentes americanos e britânicos e todos os que apoiavam os exércitos.

Eisenhower tinha mudado o quartel-general para lá em 23 de novembro, todo o seu estado-maior feliz de se ver livre das cavernas úmidas de Gibraltar. Mas Argel ainda não era um refúgio seguro e, apesar do esforço de garantir a cidade como um centro importante de atividade de comando e abastecimento, as baterias antiaéreas eram inadequadas. E, assim, chegaram os bombardeiros, todas as noites ataques que sacudiam as janelas e faziam a população, aterrorizada, procurar abrigo. Para Eisenhower, os ataques eram muito mais que um aborrecimento amedrontador. Eram um símbolo de que, apesar de toda aquela conversa sobre vitória, uma guerra ainda estava sendo travada na Argélia. E a ideia de uma conquista simples e rápida da Tunísia estava virando escombros.

O acordo, cuidadosamente redigido, firmado com Darlan havia tido uma consequência imediata que Eisenhower não previra. Por toda a Inglaterra e nos Estados Unidos, jornais começaram a insistir no tema com indignação, despejando editoriais que bombardeavam Eisenhower por negociar com "o diabo nazista". Se a população civil dos Estados Unidos ouvira falar em Darlan, tinha sido somente por sua associação com Pétain e Vichy, num papel claramente definido de colaborador nazista. Agora, os jornais pintavam o retrato de Eisenhower infeliz ao lado dele. Mas os críticos não conseguiram fazer as lideranças civis mudarem de ideia. Eisenhower tinha feito um esforço enorme para explicar o acordo com Darlan tanto para Churchill quanto para Roosevelt, e, apesar de ambos terem reagido publicamente com "cautela", em particular tinham enviado a Eisenhower cartas de apoio firme à sua decisão. Aqueles que tinham importância pareciam entender que, no campo de batalha, as questões políticas nunca são tão simples quanto parecem a milhares de quilômetros de distância.

O acordo com Darlan não era perfeito, naturalmente, e persistiam problemas entre vários segmentos da população do norte da África, franceses ou não. Os oficiais franceses ligados a Vichy não faziam nenhum segredo de seu desprezo pelas populações judaicas da região, e várias leis civis discriminavam os judeus no gerenciamento de seus próprios negócios, bem como em vários aspectos de sua liberdade. Mas, agora, os líderes franceses, incluindo o próprio Darlan, enfrentavam a pressão dos funcionários dos governos britânico e americano para liberalizar as leis, de modo a restar pouca semelhança com o modo alemão de proceder. Embora muitos oficiais franceses locais obedecessem a Darlan, alguns não o faziam, mantendo uma lealdade inabalável ao marechal Pétain. Parecia não importar que agora suas cidades fossem acampamentos de soldados aliados. De Casablanca a Argel, os subordinados de Darlan espalhavam rumores indiscretos de que o único modo de realmente controlar a população civil seria colocar a força dos militares americanos por trás dos governantes civis. Para Eisenhower, aquilo significava um exército de ocupação, coisa que ninguém havia planejado. A despeito da confusão da controvérsia em torno de Darlan e os níveis muito variados de lealdade dos seus comandados, Eisenhower não tinha efetivos, inclinação nem ordens para ao menos considerar a criação de um governo militar no norte da África.

—N ÃO ENTENDO OS FRANCESES.
Murphy assentiu, esfregou o queixo, pesou as palavras.
— Bem, senhor, é assim. Os franceses gostam de ser vistos sob uma luz favorável. Querem que a história os tenha em alta conta, querem saudar seus heróis como homens que influenciaram profundamente a história. Querem vencer as guerras e, se não conseguem vencê-las de fato, querem ser incluídos no lado vencedor.

Eisenhower esperava mais, mas o diplomata não parecia convicto da própria explicação.

— Então você também não os entende. Diga-me, Robert, quando foi a última vez que eles ganharam uma guerra?

— Sim, senhor, eu sei história. Ao menos, parece que precisamos confiar neles para ganhar esta.

Eisenhower olhou pela janela, a chuva caía forte e cerrada, as ruas embaixo apinhadas de veículos verde-escuros, grupos de carros europeus, carroças puxadas por burro, uma sucessão infindável de homens puxando carrinhos cheios de... alguma coisa. De quê? O que quer que transportem, está molhado. Tremia, virou-se para a pequena lareira. Era seu único luxo num hotel que um dia já havia oferecido muito mais.

— Sinto frio o tempo todo. Onde diabos meu pessoal consegue esta lenha é um mistério. Não há meios de fazer qualquer coisa queimar neste país. — Levantou as mãos para receber o calor, examinou a madeira carbonizada. — Provavelmente mobília.

Olhou Murphy novamente. — Espero que você esteja certo. Precisamos que eles lutem. Precisamos que nos ajudem a controlar os árabes na Tunísia. Diabos, é a terra deles, era de se supor que ficassem felizes de lutar por ela.

— Quem, senhor? Os franceses ou os árabes?

— Estou falando dos franceses. Bem, diabos, imagino que poderia estar falando dos árabes também. Mas parece que os árabes não se importam em possuir ou não alguma coisa. Eles pegam o que quer que você lhes dê, ou que possam roubar, mas não parecem se importar com quem está no governo. Quem sabe estamos apenas nos enganando. Talvez eles estejam no comando afinal. Eles farão amizade com quem quer que vença esta guerra.

Murphy ainda coçava o queixo. — Do mesmo modo que os franceses.

— Estou cansado de ouvir que os franceses fizeram corpo mole contra nós, e agora que estão do nosso lado, podemos provavelmente esperar que façam o mesmo contra os boches. Eles lutaram muito enquanto puderam.

— Eles ainda lutarão, senhor. Estão motivados, entusiasmados para expulsar os alemães da Tunísia. O almirante Darlan me assegurou que darão conta do recado. Já estão se organizando em Oran, colocando seus homens em campo. Foi o que me disseram.

Eisenhower examinou o rosto de Murphy, pensou, você não tem ideia do que está falando, não é? Não podia ficar zangado com Murphy, sabia que ele estava fazendo o máximo num papel em que os esforços de um diplomata contavam muito pouco agora.

EM SUA MAIORIA, OS MILITARES FRANCESES ESTAVAM REAGINDO COMO Eisenhower esperava, organizando e mobilizando unidades para marcharem para o leste, para se juntarem às forças francesas sitiadas na Tunísia. Estas tropas guarneciam postos avançados que não haviam passado por nenhum combate, e tinham ficado acomodadas, acreditando que poderiam escapar totalmente da guerra. De repente, viram-se confrontadas com uma avalanche de aviões de carga, armas pesadas, tanques e um grande número de soldados alemães. Muitos dos comandantes franceses ali eram pró-Vichy, mas os alemães os puseram de lado como se não tivessem importância alguma. Os alemães agora controlavam a Tunísia e, tanto na Argélia quanto na Tunísia, os oficiais franceses pareciam entender o que muitas de suas autoridades civis não entendiam: a declaração de intenções políticas é uma defesa frágil contra tanques e artilharia. Independentemente de quão confusos estivessem os oficiais superiores, de quão abalada estivesse sua lealdade a qualquer regime que fosse conveniente, os soldados franceses pareciam muito mais inclinados a combater ao lado dos Aliados. Ninguém que usasse um uniforme francês tinha muita afeição pelos alemães, sobretudo agora. Hitler tinha respondido à notícia da invasão aliada ao norte da África jogando fora seu acordo com o governo de Vichy, de Pétain, o acordo que garantia que a metade sul da França se manteria livre da ocupação nazista. Em novembro, os alemães pisotearam a fronteira inexpressiva entre a França ocupada ao norte e o território controlado por Vichy, que se estendia até a Riviera francesa, levando exércitos de ocupação até os portos do Mediterrâneo. Todos que se apegavam à ilusão de que Vichy estava de alguma forma livre de controle direto nazista reagiram com indignação, como se o débil e cada vez mais senil marechal Henri Pétain algum dia tivesse tido realmente alguma influência junto a Adolf Hitler.

Eisenhower conhecia a realidade. Mesmo que os franceses tentassem manter os alemães fora da Tunísia, suas tropas lá eram muito frágeis, não estavam equipadas com armamentos pesados necessários para evitar que os alemães tomassem todos os portos, aeroportos e posições defensivas importantes daquele país. Pior, se os alemães fizessem uma forte movimentação para o oeste, nenhuma unidade francesa posicionada ao longo das serras poderia ter a esperança de resistir. A única forma de se contrapor à superioridade alemã era atacar primeiro, antes que os alemães estivessem inteiramente preparados.

Mas, então, Eisenhower aprendeu algo novo sobre o norte da África. Os planejadores da Operação Tocha estavam cientes de que em dezembro começava a estação chuvosa. Mas nunca haviam visto o que a chuva causava às estradas e, pior, o que acontecia com as pistas de terra batida e macadame dos aeroportos argelinos. As aeronaves aliadas eram uma parte essencial da estratégia, que requeria abrir espaços nas defesas de artilharia alemãs, bem como manter os bombardeiros alemães fora do ar. À medida que as chuvas se intensificavam, também aumentava a lama, principalmente no terreno plano que abrigava os aeroportos aliados. Na Tunísia, os principais aeroportos controlados pelos alemães tinham pistas de decolagem pavimentadas e pistas de aterrissagem com cascalho, e o poder aéreo alemão era apoiado pelos aeroportos da Sicília e da Sardenha. Na Argélia, as pistas de decolagem e de aterrissagem começaram a amolecer e, à medida que dias preciosos passavam, os pilotos aliados viam, impotentes, seus aviões simplesmente atolarem na lama que se espessava.

— Eles estão vindo da Sicília também, a noite toda. Podemos mandar alguns caças contra eles, principalmente os baseados nos navios, mas à noite, bem, simplesmente não podemos atirar no que não enxergamos.

Eisenhower olhou para Doolittle, que se manteve em silêncio, não tinha nada a acrescentar que diminuísse a irritação de Eisenhower. Eisenhower esperou que Tedder falasse mais alguma coisa, mas ele olhava para a frente, esperava pelo que todos imaginavam seria uma explosão.

Ele tinha um enorme respeito por Arthur Tedder, o comandante da força aérea britânica. Todos esperavam que Tedder se tornasse o principal representante de Eisenhower nas forças aéreas combinadas, uma posição que o almirante Cunningham ocupava nas forças navais. A inclusão de oficiais generais britânicos era um plano lógico, proporcionando a Eisenhower ajudantes de peso que davam ao exército um verdadeiro sabor aliado. E havia a vantagem de Eisenhower estar convicto de que eram os melhores homens para estes postos. Jimmy Doolittle era subordinado a Tedder, comandante da Décima Segunda Força Aérea Americana, e já era um herói de guerra americano condecorado. O coronel Doolittle tinha recebido uma medalha de honra e uma promoção a general de brigada depois do extraordinário ataque a várias cidades japonesas, inclusive Tóquio, no começo de 1942. Não fora uma vitória estratégica, o ataque tinha sido muito mais simbólico, representando um estímulo muito necessário no moral dos americanos e envergonhando os comandantes japoneses que permitiram que uma força de dezesseis bombardeiros B-25 alcançasse a nação japonesa. Agora Doolittle tinha aceitado o papel de subordinado ao marechal do ar Tedder, o que, no momento, era vantajoso. A ira de Eisenhower seria dirigida para além dele, diretamente para Tedder.

Eisenhower se recompôs, tinha lido os comunicados, as mesmas queixas chegando das forças terrestres e navais, a total falta de cooperação entre elas. Mas isso podia esperar agora. Eisenhower tinha recebido mais um comunicado, um papel que segurava na mão. Olhou o papel, disse: — Marechal Tedder, por favor, poderia me explicar a nova tecnologia com a qual se supõe que seus aviões estejam equipados? Algo como *radar noturno*?

Tedder limpou a garganta, ainda mantinha o olhar fixo à frente. — Sim, bem, claro. Uma nova forma de radar, que dizem ser uma verdadeira maravilha para localizar aeronaves inimigas à noite. Uma realização realmente admirável, segundo os nossos engenheiros.

— Então, aparentemente, ele não funciona? Aqui diz que ainda somos incapazes de localizar ou derrubar aviões inimigos à noite. Não me parece assim *tão* maravilhoso.

A expressão de Tedder não mudou. — Chegou ao meu conhecimento, senhor, que alguém na cadeia de comando decidiu que essa nova tecnologia é tão valiosa que seu uso em combate poderia nos causar um sério problema. Se, por exemplo, um de nossos aviões equipados com ela fosse derrubado, o instrumento poderia cair em mãos inimigas.

— Você está me dizendo que esse instrumento é tão valioso que não ousamos utilizá-lo? Deveríamos simplesmente colocá-lo num museu?

— Eu lhe asseguro, senhor, que a pessoa que tomou essa decisão foi aconselhada a corrigir sua posição sobre o assunto. Tenho completa consciência de que nos traz pouco proveito inventar todo tipo de excelentes equipamentos se temos receio de usá-los em combate. É como manter o cavalo na cocheira e ir a pé para a cidade para que o cavalo não se desgaste. É uma analogia apropriada, senhor?

Eisenhower se deu conta de que Tedder achava que ele era um caubói.

— Bastante próxima. Estou satisfeito que você tenha tratado do assunto. — Ele se sentia mais calmo, não conseguia ficar zangado muito tempo, tinha de aceitar que, se Tedder disse que o problema estava resolvido, ele estava resolvido. — Preciso terminar esta reunião. O almirante Cunningham deve vir aqui e, depois disso, é hora de nomear o general Clark para seu novo comando. — Eisenhower olhou para os dois, viu confiança, saudações animadas.

— Esperem. Antes de saírem... — Ele pensou um momento. — Continuem trabalhando bem, senhores. Eu preciso de cada bom oficial que conseguir encontrar. Não posso falar por seu povo, marechal, mas o general Doolittle tem plena consciência de que, nos Estados Unidos, as pessoas estão se perguntando o que diabos está nos fazendo demorar tanto assim. Os jornais atiçam esta maldita impaciência, essa noção idiota de que tudo o que precisamos fazer para ocupar um lugar como este é matar algumas pessoas, depois reunir todos os franceses, árabes e judeus, assentá-los em seu congresso, organizar uma eleição e pronto. Acaba a guerra. E fazer uma maldita parada na avenida principal.

Tedder pareceu descontrair, seus ombros relaxaram. Inclinou-se para a frente, pôs a mão no espaldar da cadeira, sorriu. — A vantagem da hierarquia, senhor, é que podemos consertar a burrice crônica em nosso comando. Nós a localizamos e simplesmente a descartamos, mandamos alguém embora, substituímos um imbecil por alguém que possa realizar a tarefa. Muitas vezes lamento que não possamos substituir tão facilmente os civis.

Doolittle ria, Eisenhower sorriu, disse: — Mas eles certamente podem nos substituir. Parte deste trabalho consiste em sapatear em volta de campos políticos minados. Às vezes eu acho que deveria me designar para outro cargo. Colocar-me no comando de um batalhão de infantaria e sair à cata de uma batalha. Seria muito mais fácil. Agora, saiam. Já tive reuniões demais hoje e ainda terei outras.

Doolittle hesitou, permitindo que Tedder saísse antes dele; a sala ficou vazia.

Sons suaves vinham da lareira, e Eisenhower olhou para a janela, o dia findava, nuvens cinza-escuras e baixas pairavam sobre a cidade. Mais um dia, pensou, mais um problema, mais um acesso de raiva. Não chegou a ser uma crise, claro. Não gritou com eles, conteve a maior parte da raiva e da frustração, e, agora, cada ajudante, cada oficial que ficasse frente a frente com Eisenhower saberia que a descompostura provavelmente seria tensa e controlada, nada dos palavrões e arrogância de um homem como Patton ou do sarcasmo cortante de Clark. Eisenhower tinha se exercitado para controlar as palavras, manter a calma. Tinha lido muito sobre Robert E. Lee, um homem abatido que enfrentava crise após crise com segurança e dignidade. Eisenhower raramente sentia em si dignidade, este traço do aristocrata, mas o trabalho que fazia agora exigia controle, tanto dos homens quanto de suas próprias emoções. Fazer com que todos fiquem zangados com você não é forma de conduzir um exército, pensou. Mas há sempre alguma coisa, uma pequena corrente de estupidez fluindo através de tudo o que fazemos. Até os melhores oficiais não podem ordenar perfeição aos homens sob seu comando, e precisamos delegar, dar responsabilidade aos homens treinados para lidar com ela. E às vezes eles erram. Mas, se agem corretamente, bem, então, diabos, merecem uns tapinhas nas costas.

Havia um assunto desagradável para Eisenhower, uma repreensão enviada por Marshall. Os jornais pareciam dispostos a pular sobre qualquer vestígio de falha em Eisenhower, e Marshall havia reagido a alguns editoriais que diziam que Eisenhower não estava no comando realmente, que demonstrava fraqueza como líder porque permitia que seus subordinados recebessem crédito por suas realizações. A advertência de Marshall orientava Eisenhower a atribuir mais crédito a si próprio, a falar com os repórteres para que soubessem que, na realidade, ele era um comandante forte. Marshall deveria ter sido mais cauteloso, Eisenhower pensou, e não ter se deixado pressionar por um maldito colunista. Não acho realmente que Tedder ou Alexander ou Cunningham ou Clark gostariam que, no início de cada encontro para instruções, eu anunciasse como diabos eu sou brilhante. Vamos fazer nosso trabalho, depois nos preocupamos com quem ganha os malditos prêmios.

Abriu uma gaveta, olhou a carta, a oficialização da promoção de Clark. Três estrelas. General de exército. Sim, isto é que é um prêmio. Mais um monte de estrelas serão atiradas neste escritório antes disso acabar. Se vencermos.

ARGEL — 10 DE DEZEMBRO DE 1942

Era Patton, em plena glória.

— Eles falam demais. Sempre falaram. Discussões em mesa-redonda sobre que diabos devem fazer a seguir. Deveriam dar um rifle a alguns desses chefes e mandá-los para a maldita lama.

Houve silêncio, os outros de olhos baixos, incomodados com as palavras de Patton. Eisenhower deslizou devagar o garfo pela superfície de porcelana branca, espalhou a película de molho, depois largou o garfo com estrépito, empurrou o prato.

— Como sabem, senhores, o general Patton pediu, e eu concedi, permissão para visitar a posição do general Anderson. Pedi que o general Patton me fizesse um relatório sobre as condições de lá, para ver se podemos pressionar um pouco mais na direção de nossos objetivos.

— Perdemos a corrida, Ike. Não há outro modo de definir a situação.

— Obrigado, George. Sim, concordo que o inimigo se esforçou em bloquear nosso avanço. O general Anderson entrou em combate contra o inimigo em vários pontos perto da costa, sem sucesso.

— Diabos, Ike, os britânicos... parece que preferem controlar o terreno baixo, deixando as partes altas para o inimigo. Montam as posições defensivas na frente dos rios, em vez de atrás deles. Não apoiam os tanques com infantaria blindada. As linhas de comunicação são confusas, ninguém fala com ninguém... a não ser diante de uma maldita xícara de chá.

Então Patton examinou o salão, focalizou os oficiais britânicos. — Nenhuma ofensa.

Eisenhower deu um longo suspiro. — Você fez essas observações para o general Anderson?

— Claro que sim. Ele concordou comigo. Disse que discutiriam isso. *Discutiriam*. Ele mencionou que Wayne sugeriu que os britânicos parassem de usar as unidades americanas como quebra-galhos. Ele concordou com isso também. Mais discussões se seguirão, sem dúvida.

Eisenhower agarrou a oportunidade de levar a conversa na direção de Clark: — E quanto a isso, Wayne?

Clark inclinou-se para a frente, estivera suportando a indignação de Patton com estoicismo, silencioso. — O general Anderson disse que, à medida que mandarmos mais unidades americanas para a frente, ele espera que elas se tornem um comando separado, sob um comandante americano. Ele foi muito cooperativo quanto a isso.

Patton bateu com força na mesa com a mão. — Bem, ótimo, danem-se então. Já é tempo de mostrarmos aos nossos aliados o que podemos fazer. E não contra os malditos franceses.

Clark continuou: — Como todos sabemos, o general Anderson programou um grande avanço sobre as posições alemãs para esta semana. Mas as condições do tempo o atrasaram. Ele acredita que nosso avanço poderá começar em 24 de dezembro.

Eisenhower examinou os rostos, depois olhou para Clark. — Você concorda?

Clark sacudiu os ombros, uma resposta nada usual, e Eisenhower percebeu cansaço, Clark olhando para Patton como se esperasse algum comentário.

Patton disse: — Jamais vai acontecer, Ike. Está uma confusão por lá. Precisamos de nosso pessoal posicionado, com todos os blindados que pudermos lhes fornecer. Temos gente demais bundeando em Casablanca, quando poderiam estar lá dando uma ajuda.

Eisenhower empurrou o prato novamente; agora não, George, pensou. Não é hora.

— Obrigado por terem jantado comigo, senhores. Agradeço seus relatórios. Todos nós sabemos o que deve acontecer por aqui, e eu espero que cada um se envolva com seus objetivos. Se me dão licença, tenho trabalho a fazer. George, você se incomoda de ficar mais um pouco?

Os outros se levantaram, e Eisenhower podia sentir alívio no ar, reação normal depois de Patton haver passado por cima deles com a energia voltada para a agressão.

Clark ficou ao lado de Eisenhower e disse: — Devo ficar?

— Agora não. Dê-me um tempo. Eu o chamo se surgir alguma coisa.

Patton sentou-se novamente, tirou um charuto, rolou-o entre os dedos. Eisenhower esperou o último homem sair.

Os dois estavam sozinhos agora, e Eisenhower sentiu o aroma do charuto de Patton, a fumaça azul subindo em círculos sobre a mesa. Eisenhower levantou-se, andou até a lareira, o único luxo da vila.

— Madeira de oliveira, eu acho. Dura como o diabo, dá um bom fogo. Tem um cheiro bom também.

— O que é, Ike? Ordens?

Eisenhower desconfiava que Patton não tivesse ficado satisfeito com a recente nomeação de Clark, tinha sido indiscreto o bastante para que Eisenhower soubesse que estava pressionando para ficar ele próprio com o cargo. Clark era agora comandante do novo Quinto Exército, uma força que estava sendo formada a partir de unidades que já se encontravam no norte da África, mais o crescente número de soldados que chegavam dos Estados Unidos. O Quinto Exército não se envolveria na luta pela Tunísia, utilizaria seu tempo e energia no treinamento para futuras operações, que poderiam incluir finalmente uma invasão ao continente europeu. Nesse meio-tempo, fariam a segurança da área em torno do Marrocos espanhol, na eventualidade de os alemães mandarem tropas para o sul através da Espanha.

Patton parecia ler seu pensamento, e Eisenhower disse: — O Quinto Exército precisava de um administrador, George. Alguém para organizar, para treinar. Wayne é o melhor que temos para esse tipo de tarefa.

— Se você diz.

— Eu quero... quando você decidir lançar um ataque de artilharia contra nossos aliados, faça-o quando não estiverem presentes.

— Não sei o que está querendo dizer.

— Não sabe é o cacete. George, não há nenhuma vantagem em atacar os britânicos quando todos os meus esforços são no sentido de tentar trabalhar ao lado deles. Anderson está fazendo um bom trabalho, com os recursos de que dispõe para trabalhar. Ele sabe o estado em que seu exército se encontra e sabe que precisa que fortaleçamos seu flanco. Não é política, é tática. E eu não preciso que você faça com que todos saibam o quanto você está descontente com minhas decisões.

Patton parecia realmente confuso: — De que diabos você está falando? Eu nunca...

— Seus homens estão bundeando em Casablanca porque era lá que eu queria que ficassem até termos desfeito essa confusão francesa. Noguès, seu homem lá, ele é um canhão à solta. Eu não confio nele. Nem Darlan confia nele.

— Sim. Ele é desonesto, sem dúvida. Mas não acho que seja nazista. Ele respeita o poder, ficará ao lado de quem quer que pareça ser o vencedor. Levou algum tempo para entender que nossos tanques estavam apontando diretamente para a sua bunda.

— Que é a razão pela qual eu mantive você em Casablanca. Não podemos invadir o lugar e depois dizer "Muito bem, obrigado, agora partiremos para nossa próxima tarefa. Agora, rapazes, comportem-se".

Patton riu, assentiu. — Eu estava só desabafando, Ike. Você sabe como eu detesto ficar parado num lugar. Há combate a ser feito e é a leste daqui. Apenas quero participar dele antes que termine.

— Falta muito para acabar, George. Estou criando um Segundo Corpo de Exército, com infantaria, e a Primeira Divisão Blindada. Eles estarão em marcha tão logo as condições permitirem e se posicionarão à direita de Anderson. Se pudermos tê-las em linha na véspera de Natal...

— Não poderemos. Será necessário mais que tempo bom para levar todos esses suprimentos até lá. Dê-me a ordem e eu porei esses caminhões em movimento tão rápido quanto aguentarem. Acabaremos com algumas caixas de marcha...

— Não é seu o comando, George.

Patton se imobilizou, o charuto entre os dedos, a mão tremendo ligeiramente. — Que quer dizer?

— O Segundo Corpo de Exército será comandado por Lloyd Fredenhall. Depois de você, ele é o melhor homem para a tarefa.

Patton parecia querer cuspir as palavras, levantou-se, jogou o charuto no fogo. Virou-se, encarou Eisenhower com dureza.

— *Depois de mim?*

— George, esta guerra não vai parar quando terminarmos nosso trabalho na Tunísia. Os líderes militares estão me pressionando para olhar adiante, para começar a trabalhar na próxima operação. Estamos falando na Sicília, em primeiro lugar. Depois, talvez a Itália. Os franceses continuam fazendo barulho para invadirmos o sul da França, mas isso não é provável. George, eu preciso que você se envolva no planejamento da invasão da Sicília. Quando os alemães forem expulsos do norte da África, teremos que agir rapidamente.

— Sicília? Quando? Qual o cronograma?

— Verão. Seis meses. Montamos a Tocha mais rápido que isso, de modo que estou lhe dando mais tempo do que você provavelmente necessitará. Alexander estará no comando das tropas terrestres, você encabeçará nossa parte na operação.

Patton parecia atordoado, pôs a mão num bolso, parecia procurar alguma coisa, outro charuto, mas a mão saiu vazia.

— Ike, eu esperava entrar nesta maldita luta muito antes disso. Eu posso fazer uma enorme diferença na Tunísia.

— Temos estas peças posicionadas, George. Assim que o tempo nos der uma trégua, estaremos prontos para dar uma boa sacudida nos boches. Com Monty mais ao longe, o inimigo está preso num torno. Por mais que fortifiquem a Tunísia, os boches não podem resistir para sempre. E se, de algum modo, eles nos mantiverem fora da Tunísia, ainda assim temos de montar o próximo plano. Não venceremos a guerra inteira na Tunísia, mas não a perderemos também.

— Seis meses. Meu Deus, Ike.

— Não quero ouvir isso, George, você tem muito trabalho a fazer. Por falar nisso, sei que está ansioso por outra coisa também, então vou tocar no assunto. Você vai receber sua terceira estrela. Isso o faz se sentir melhor?

Patton assentiu, olhou para os pés de Eisenhower. — Obrigado, Ike.

Podia perceber que Patton estava arrasado, que, mesmo com a promoção, estava mais derrotado do que nunca. Ele não tinha mais nada a dizer a Patton, imaginara que a promoção lhe daria ânimo, pensou, diabos, ele já sabe que é o melhor homem que temos. Não precisa me ouvir dizer isso toda vez que fica desanimado. Patton olhou para ele então, parecia ter se recomposto.

— Mais alguma coisa, Ike?

— Você acha que eu deveria ir para a frente, ver Anderson pessoalmente?

Patton se enrijeceu, e Eisenhower viu uma faísca em seus olhos.

— Se você quer chefiar esse pessoal, Ike, é melhor que você saia desta mansão aconchegante e veja o que estão fazendo. O maldito quartel-general deles está a 160 quilômetros das linhas de frente. Isso significa estar 150 quilômetros mais longe do que deveria. Fredenhall? É melhor você dar uns trancos nele antes de mandá-lo para lá. O homem parece meio adormecido toda vez que falo com ele. Os paraquedistas, o grupo de Ralph. Dê-lhes umas medalhas. Eles estão lá com um grupo de vagabundos franceses mantendo os boches fora de todo o flanco sul. Melhor ainda, dê-lhes alguns tanques. E tanques de verdade, não aqueles pequenos Stuarts ridículos. Por Deus, Ike, pare de dar todos os nossos Shermans para os britânicos. Deixe nossos rapazes terem uma oportunidade de usar o verdadeiro poder de fogo...

Patton continuou a divagar, e Eisenhower se aproximou da lareira, olhou para baixo, sorriu; deixe o fluxo de palavras quentes encher a sala, pensou.

Souk el khemis, Tunísia Ocidental — 23 de dezembro de 1942

Viajavam numa caravana de quatro veículos, o Cadillac blindado de Eisenhower e um Packard grande, tendo à frente um jipe equipado com uma metralhadora e mais um jipe seguindo atrás. As estradas eram um lamaçal escorregadio, a chuva nunca parava, os homens nos jipes sofrendo com o desconforto do tempo e com o peso da responsabilidade de proteger o comandante em chefe aliado. A ameaça vinha de cima, o perigo constante de aviões alemães. Era uma grande desvantagem das rotas que levavam à frente tunisiana. Só havia uma linha de estrada de ferro utilizável e poucas estradas, de modo que qualquer comandante da Luftwaffe poderia guiar seus aviões para os mesmos lugares que tinham bombardeado antes, esperando encontrar alvos novamente.

Passaram por acampamentos, tendas dispersas, disfarçadas por arbustos empilhados, armadas debaixo de carroças de burro destroçadas, em escavações nas encostas lamacentas de morros. Havia fazendas também, muitas destruídas; as que ainda estavam de pé eram um alvo certo para os bombardeiros, uma armadilha mortal para quem procurasse algum conforto em lugar seco. Passaram por homens e equipamentos, sargentos resmungões e policiais militares, que batalhavam com palavras e temperamentos, lutando para manter o fluxo de suprimentos e de homens. Também havia tanques, principalmente Stuarts M-3, máquinas que punham os generais nervosos, tendo chegado relatos frequentes do exército de Montgomery de que os tanques alemães eram capazes de passar pelo fogo do pequeno canhão do Stuart. Mas, na estrada para a Tunísia, os tanques pelos quais Eisenhower passou eram americanos, parte da Equipe B de Combate da Primeira Divisão Blindada, soldados que haviam desembarcado em Orã, que acabaram com a resistência francesa, que limparam a cidade para a infantaria. Os motoristas dos tanques mantinham as máquinas ao lado da estrada, para que as esteiras de aço não destruíssem completamente o leito da estrada. Eles rodavam paralelamente à caravana, revirando a lama espessa, lançando jatos altos e marrons para trás. Eisenhower os observava ao passar, homens que sorriam e saudavam, de pé na torre de tiro dos tanques, e a notícia de que alguém importante avançava junto com eles se espalhou pelo rádio. Ele acenava, perguntava-se se os soldados sabiam alguma coisa sobre o inimigo que perseguiam, se questionavam a potência dessas máquinas que os levavam novamente em direção à guerra.

— ANALISEI AMPLAMENTE NOSSA SITUAÇÃO. ORDENEI VÁRIOS ensaios do avanço proposto, experimentando diversos tipos de equipamento, caminhões, tanques, veículos blindados de toda espécie que temos à mão. Testei todos para verificar quais são os mais adequados às condições em que nos encontramos. Os testes foram consistentes num ponto crucial. Nenhum deles funcionou.

Kenneth Anderson era um homem vigoroso, compacto, com o tórax largo e o rosto que nunca se abria num sorriso. Parecia perfeitamente à vontade no mar de lama. Eisenhower não contava com tanto desânimo, esperava algum sinal de que o plano de Anderson ainda contemplasse um ataque ao inimigo.

Anderson continuou: — Falei com muitos fazendeiros daqui de perto, principalmente franceses. Disseram que a estação chuvosa entra por fevereiro afora. Tinha pensado que isso não poderia nos deter, mas o fato é que... isso realmente vai nos deter. A não ser que os blindados americanos possam ser trazidos num ritmo mais rápido, e que eu comece a receber o dobro dos comboios de suprimentos que chegam hoje a esta área, o dobro da artilharia, o dobro da gasolina, nenhum ataque poderá começar antes de seis semanas.

Eisenhower andava pelo pequeno cômodo, o quartel-general do Quinto Corpo de Exército britânico. Havia rádios num dos lados, um grupo de homens reunidos no que parecia ser um grande armário. Uma algazarra irrompeu por lá, uma súbita explosão de xingamentos veio pela linha de comunicação. Anderson foi até lá, fechou a porta, disse: — Minhas desculpas, senhor. Tento manter algum decoro nas linhas de comunicação, mas muitos desses homens combateram a maior parte da guerra contra a lama nos pés. Imagino que se sentirão melhor quando enfrentarem um inimigo humano. Supondo, naturalmente, que se acredite que os hunos sejam humanos.

Era a noção de piada de Anderson, e ninguém riu.

Eisenhower, de pé e com as mãos nos quadris, disse: — Não desperdice seus esforços tentando evitar que seus homens fiquem zangados. Diabos, todos estão chateados. Eu estou. Esperava que houvesse combate aqui, esperava estar em Túnis agora.

Anderson pareceu se irritar. — Senhor, fizemos todo o possível.

Eisenhower levantou a mão. — Não ligue. Não o estou acusando, general. Minha situação não é melhor que a sua. — Ele se aproximou de uma parede, examinou um mapa grande da Tunísia. — Esperava que agora o seu pessoal já estivesse cercando os portos, mantendo os alemães espremidos contra o litoral. O inimigo à frente ainda está concentrado nos desfiladeiros das montanhas e nas posições defensivas perto do mar, certo?

— Basicamente, sim.

— O pessoal de Rommel ainda está no sul, em Mareth, certo?

— Exatamente.

— Isso deixa uma grande brecha entre eles. Precisamos cortar essas estradas, mantê-los separados. Eu esperava que por agora pudéssemos estar levando uma coluna americana de blindados em direção ao mar, para cortar as linhas alemãs que abastecem Rommel, cortar todo este maldito país ao meio. Quero uma lança cruzando a Tunísia, direcionada... para cá. Para estas cidades costeiras, Sousse ou Sfax. Talvez Gabès. Por acaso sabemos se Rommel está bem-posicionado naquela área?

— Não inteiramente. Monty apenas comunicou que não há inimigo diretamente à sua frente.

— Vi os comunicados de Monty. Seria conveniente para nossos objetivos que o general Montgomery pressionasse Rommel um pouco mais, observando com cuidado as condições dele, onde está se entrincheirando. Faz sentido para você?

— Completamente, senhor.

Havia sarcasmo até na resposta de Anderson. Era o jeito de Anderson, um ar de superioridade que Eisenhower já conhecia. Ele não tinha paciência com arrogância, não agora, não depois de tanto desapontamento, não depois de tantos planejamentos bons terem se desfeito na chuva. Ele fixou o mapa.

— Vocês, britânicos, devem continuar a reforçar as posições dos franceses e a apoiá-los no flanco direito de vocês.

— Infelizmente, senhor, os franceses precisam de mais que o nosso apoio. Parecem bastante corajosos, mas, se os hunos dirigirem o ataque para o setor deles da linha, não há muito o que os franceses possam fazer para detê-los.

— Meu plano, general, sempre foi apoiá-los com unidades americanas. Politicamente faz sentido, já que você e eu sabemos que os franceses sentem algum... desconforto em receber ordens de vocês. Mais uma coisa. Até agora, temos fragmentado nossas tropas entre as unidades britânicas, o que não podia ser evitado até que nos organizássemos. A rapidez era a prioridade, e colocar combatentes na linha tinha precedência sobre tudo o mais. Mas temos que superar isso agora, criar uma frente organizada, e eu acho que a coordenação ficará melhor quando separarmos as unidades, colocando soldados americanos sob comandos americanos e lhes entregando a sua parte da linha.

— Concordo inteiramente, senhor.

Eisenhower ficou surpreso com a anuência de Anderson, esperava que ele fosse fazer questão de cada soldado que pudesse adicionar ao seu setor da linha.

— Bem. Estou contente em ouvir isso. O general Fredenhall comandará o Segundo Corpo de Exército Americano.

— Sim, senhor. Já fui apresentado a ele.

Eisenhower examinou o mapa novamente. — Não posso digerir uma demora de seis semanas, general. Há algum modo de você fazer seu pessoal avançar lentamente, bombardeando posições à frente à medida que avançam? Nessas condições, a infantaria poderia se deslocar meio encoberta, e quando forem capturadas posições inimigas, os blindados podem vir para ocupar o lugar. Depois, repetimos isso, como um maldito jogo do pulo do sapo.

— Eu concordo plenamente, senhor. Teria de ser metódico, mas poderia ser feito. Mas, a não ser que os franceses à nossa direita se desloquem conosco, nosso flanco ficaria exposto. Poderíamos nos tornar vulneráveis ali.

— Sim, eu sei. Não podemos simplesmente ignorar essa fragilidade. Bem, toda a maldita Primeira Divisão Blindada está se dirigindo para cá. Podemos posicioná-la de forma a conseguirmos utilizar bem os franceses e não somente ordenar que entrem num moedor de carne. — Eisenhower se

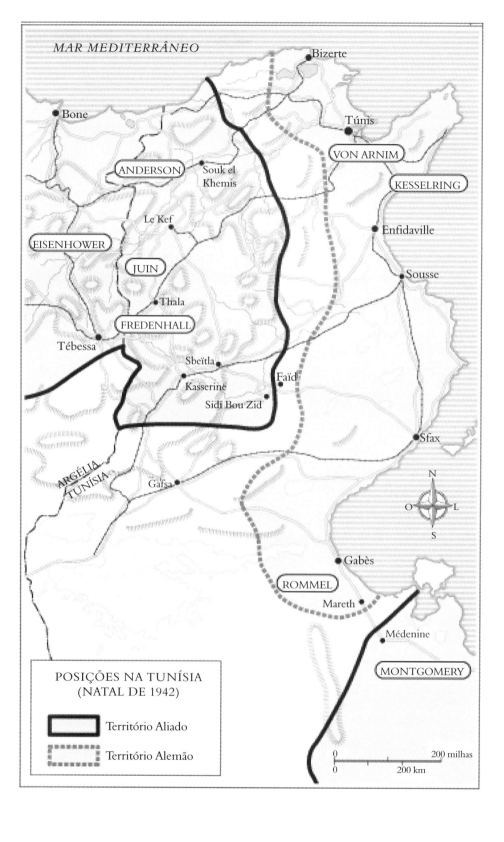

virou, viu Butcher sentado num canto, a capa de chuva brilhando na luz fraca.

— Vamos para o carro, Harry. Quero ir até a posição francesa e ter uma conversa com o general Juin. Acorde os motoristas. — Eisenhower olhou para Anderson novamente. — Como você se dá com Juin?

— Esplendidamente, senhor. É um cara decente. Seus homens, no entanto, não obedecem a ordens britânicas.

— É por isso que estamos trazendo nosso pessoal para cá o mais rápido possível. Eles escutarão Fredenhall.

— E Giraud, senhor?

O nome cravou-se na barriga de Eisenhower como uma faca fria e sem fio. — Ele está no comando geral das tropas francesas em todo o norte da África. Responde a Darlan e tenho informações de que os soldados franceses realmente o respeitam. A maioria, pelo menos.

Anderson pareceu surpreso com a demonstração de diplomacia de Eisenhower. — Fui informado, senhor, de que esta semana seu quartel-general recebeu um pedido um tanto delicado da parte dele. Não quero me intrometer onde minha autoridade não alcança...

— Giraud me enviou uma nota, insistindo que lhe déssemos o comando de toda a operação militar na Tunísia. Você recebeu alguma *ordem* dele?

— Claro que não.

— E não receberá. É só o jeito dele. Ele tem que cantar de galo, certificar-se de que não o esquecemos, fazer um grande espetáculo de vez em quando para que seu pessoal saiba que ele coloca a França em primeiro lugar. Aprendi a aturá-lo porque *preciso*. — Eisenhower virou-se para a porta, viu Butcher de pé na soleira, olhando para fora, para um redemoinho de chuva. — General Anderson, com a ajuda de Deus nós venceremos esta guerra. Mas antes de rezar pedindo outra coisa, vamos rezar para ter tempo bom.

Quartel-general francês, Tunísia — 24 de dezembro de 1942

— Há uma chamada para o senhor, general Eisenhower.

Eisenhower ficou surpreso, olhou para Juin, que se levantou, afastou-se da mesa, fez um cumprimento curto. — Por aqui, general. Por favor, use o telefone da minha sala. Terá privacidade.

Eisenhower o seguiu, viu o telefone, o general francês mandando que as pessoas saíssem. Ele esperou a porta se fechar, pegou o fone, ouviu a voz de Clark.

– O que é, Wayne?

As palavras pesaram nele, outra peça do quebra-cabeça absurdo, uma comédia mórbida que parecia nunca terminar. Colocou o fone no lugar, passou pela porta, viu Juin, Butcher atrás dele, vários ajudantes franceses. Eles o olhavam em silêncio, e ele olhou para Butcher, percebeu que ele lia seu pensamento, sabia que alguma coisa importante tinha acontecido.

— Você está bem, Skipper?

Eisenhower sentiu vontade de rir, segurou-se, estendeu a mão para Juin, que respondeu com um aperto suave.

Eisenhower disse: — Tenho muito pesar em lhe comunicar, general, mas, segundo o general Clark, o almirante Darlan levou um tiro. Os relatos sugerem que é muito provável que esteja morto.

Juin soltou a mão de Eisenhower, sentou-se numa cadeira, os outros franceses olhavam em silêncio, estranhamente sem emoção. Eisenhower queria dizer alguma coisa reconfortante, mas não havia lágrimas, os homens avaliavam a notícia com um silêncio fora do comum.

Butcher disse: — O que isso significa, senhor? Que fazemos agora?

Eisenhower sacudiu os ombros. — Significa que voltaremos para Argel neste minuto.

A morte de Darlan se dera pelas mãos de um assassino, um jovem francês chamado Bonnier de La Chapelle, que se dizia leal partidário de Charles De Gaulle. O poder passou então para Henri Giraud, o homem seguinte na cadeia de autoridade francesa. No intervalo de

24 horas após a morte de Darlan, Giraud autorizou a execução do jovem. Eisenhower se surpreendeu com o fato de que, apesar de todas as suas exigências e bravatas, Giraud recebia a autoridade com alguma relutância. O pântano dos negócios civis aparentemente não o atraía mais que a Eisenhower. Mas Giraud aceitou o papel que os acontecimentos lhe impuseram. Grande parte da autoridade que ele exigira com tanta indignação em Gibraltar agora lhe pertencia.

Eisenhower não pôde evitar sentir ansiedade sobre o que a morte de Darlan poderia causar, oficiais pró-Vichy se levantando em ruidosos protestos, desagregando a ordem civil já tênue nos vastos territórios do norte da África. Mas o trabalho do exército continuou, os franceses aceitaram a autoridade ampliada de Giraud quase sem reclamar, os funcionários civis aparentemente ocupados demais em proteger seus próprios cargos para se inquietar com quem estava no topo. Por fim, Eisenhower percebeu que, independentemente da confusão que parecia parte normal da vida política francesa, considerando o desgosto e o tumulto que lhe haviam caído na cabeça e sobre todo o comando aliado em virtude das cordiais relações com Darlan, a longo prazo, Bonnier de La Chapelle talvez tivesse feito um enorme favor aos aliados.

As forças aliadas prosseguiram em sua organização lenta, Anderson enfrentando os bombardeiros e os ataques de artilharia alemães, os americanos avançando para o sul, sob o comando de Lloyd Fredenhall, organizando-se lado a lado com os franceses. Apesar do progresso lento dos Aliados, as forças de Anderson tentavam empurrar os alemães de volta aos objetivos-chave de Bizerte e Túnis. Em batalhas com altos e baixos, de poucos resultados, aldeias trocavam de mãos, encruzilhadas eram disputadas, mas, no fim, a única vencedora incontestável era a lama.

Embora continuassem a fazer avanços, Eisenhower não pôde fugir de uma consequência das pressões que suportava todas as horas de todos os dias. De volta a Argel, depois de ter discursado no funeral de Darlan, como era seu dever, Eisenhower foi derrotado por um inimigo que não conseguiu evitar por estar desgastado demais. Foi derrubado pela gripe.

Vastas montanhas de detalhes, problemas e controvérsias haviam levado Eisenhower para a cama. Mas a doença não lhe proporcionava descanso. Os detalhes ainda passavam por ele e além dele; a rotina e o mundano subitamente foram eclipsados por uma notícia que ninguém no quartel-general esperava. No meio do planejamento caótico, do clima insuportável, do reforço vigoroso do inimigo à frente, chegou a notícia de que uma reunião de cúpula dos líderes aliados aconteceria em meados de janeiro, dali a menos de três semanas. As reuniões eram costumeiras, mas dessa vez o cenário não era. Em vez de reunir seus ajudantes e oficiais em Londres ou Washington, Winston Churchill e Franklin Delano Roosevelt haviam decidido vir ao norte da África.

17. LOGAN

Perto de Souk el Khemis, Tunísia
Natal de 1942

—**A**CHO QUE PEGUEI PÉ DE TRINCHEIRA.

Logan não estava com disposição para ouvir as queixas de Parnell. — Você já esteve alguma vez numa trincheira?

Parnell examinou a crosta de lama nas botas. — Bem, não. Ao menos não aqui.

— E pé de trincheira tem a ver com pés e não com botas. Aposto que seus pés estão cor-de-rosa perolado. Mas não me mostre.

Parnell raspou a lama, pareceu ignorar a lógica de Logan. — As botas estão destruídas. Devia deixá-las no tanque e andar descalço. Inferno, onde moro, quando chove assim, o que não é comum, ninguém põe sapatos.

— Não me venha com essa. No lugar de onde você vem, ninguém usa sapato nunca.

Parnell apontou para Logan e respondeu, desdenhoso: — Isso mostra como você sabe pouco. Pode-se pisar numa figueira-da-índia ou num maldito escorpião, então se usa sapato todo dia, inclusive no domingo.

Logan encostou-se a uma grande pedra, ajustou a jaqueta, tentou se proteger do frio úmido. Estavam sentados debaixo de um abrigo de lona, pratos de metal entre os dois, o que sobrara de uma refeição de rações de combate. Num canto, Baxter estava remexendo o esqueleto perto de uma fogueira que mal faiscava, a fumaça deslizava por ele e saía por uma abertura acima de sua cabeça. Ele largou a ferramenta, uma vareta fina, disse: — Úmido demais. Nada vai queimar.

Logan o olhou, viu frustração no semblante sombrio, pensou, é a primeira coisa que falou o dia inteiro. Talvez a semana inteira. Estavam sentados em um raro silêncio, Parnell ocupado de novo em tirar a lama das botas. Logan olhou para cima, fixou a lona que escurecia, pensou em seu cobertor, enrolado no depósito do tanque. Os tanques estavam estacionados em filas desarrumadas a quase cem metros de distância, camuflados por um tapete desigual de redes e lona. Em volta dos tanques, os soldados haviam montado abrigos, cavado buracos em todos os lugares secos que encontraram, nos morros, longe da lama que escorria. Ele só havia estado no tanque de manhã, para uma rotina de ligar o motor, pois os caminhões com óleo e combustível tinham vindo fazer manutenção no maior número possível de veículos. A manutenção geralmente era feita à noite, mas nos últimos dias tinha voltado a chover forte, o céu cinza espesso escureceu até ficar negro, céu livre de bombardeiros, portanto o trabalho pôde ser realizado durante o dia. Obviamente o tempo tinha finalmente se tornado desfavorável demais para os alemães. A sequência diária de bombardeios havia cessado, um alívio abençoado para os operadores das armas antiaéreas, que podiam passar seu turno em algum tipo de abrigo.

Parnell bateu os pés numa pedra, deslocando um torrão de lama endurecida do calcanhar. — Eu realmente gostaria de uma xícara de café.

Logan procurou, e jogou para ele uma lata pequena das sobras das rações de combate. — Aqui. Pode ficar com a minha.

Parnell olhou para a lata, fez uma cara irritada. — Não consigo beber essa coisa. Onde já se viu café que não precisa cozinhar? Tenho minhas dúvidas se isso é café de fato. Ouvi dizer que é feito de animais moídos e coisas estranhas.

— E eu ouvi falar que você é um idiota. Então devolve. Quando estivermos por aí, no campo, você vai lamentar não ter isso. É só misturar direto no cantil.

Parnell jogou a lata de volta para Logan. — Porcaria. Prefiro beber lama. Neste momento, quero café de verdade. E você, Pete? Eu pago, e você vai buscar, Jack.

Baxter ignorou-o, olhos fixos na fogueira que não vingou, parecia perdido em pensamentos. Logan jogou a lata de café instantâneo na pilha de pratos de metal, junto com as latas vazias, um tipo de ensopado de carne com feijão. Sentiu o estômago roncar, pensou, ele está certo, diabos. Café instantâneo. Deixem para o exército. Mas eu nunca vou lhe dizer isso. Se algum dia ficarmos sem munição, eu atiro esse negócio contra o inimigo. Logan estremeceu de frio, estava realmente sentindo falta do cobertor agora, disse:

— Eu não vou encher minhas botas de água por causa de uma maldita xícara de café. Meus pés já estão muito frios. Se você quer o café, vá buscar.

Parnell resmungou: — Precisam de garçonetes aqui. Elas ganhariam umas boas gorjetas nessas horas.

Baxter pareceu acordar, ficou de pé, as mãos empurraram a cobertura baixa de lona.

— Eu vou. Tenho de ir à latrina de qualquer jeito.

Parnell bateu na perna de Baxter quando ele passou. — Bom menino. Traga um bule inteiro se eles deixarem.

Ouviram-se passos pesados, a beira da lona foi jogada para trás, entrou um jato de lama e chuva. Era Hutchinson, que se abaixou rapidamente para entrar, pisando na fogueira inútil de Baxter.

— Diabos! Isso é engraçado!

Logan se protegeu da cachoeira gelada que parecia descer de Hutchinson. — O que você descobriu?

Hutchinson se sacudiu, esfregou as mãos. — Nenhuma fogueira? Por quê?

Baxter passou por ele. — Nada pega fogo. Vou buscar café.

Hutchinson sentou, tirou o blusão. — Para mim, não. Bebi dez xícaras. O quartel-general tinha o maior bule que eu já vi. É por isso que estou tremendo. Por isso ou por causa deste maravilhoso inverno árabe.

Baxter se abaixou para sair, e Logan perguntou novamente: — O que você descobriu?

Hutchinson sacudiu a água de seu blusão. — Nada feito. Há uns Shermans chegando, mas não serão nossos, pelo menos por enquanto. Vão dividi-los entre os nossos rapazes e os britânicos. Não há quantidade suficiente para todos.

Parnell esfregou as costas contra uma pedra. — Bem, diabos, a gente podia imaginar que os ingleses iriam ter a primeira chance. Eu sabia que devia ter dito alguma coisa ao Ike: "Ei, somos americanos, sabe? Você está mandando tanques novinhos para cá só para entregá-los para outras pessoas." Não está certo.

Hutchinson limpou a lama das mãos. — Sim, *Buffalo Bill*, era isso que você devia ter feito. O Velho vem ver como estamos passando, e você atravessa o tanque no caminho e faz ele parar. Eu queria ver você repreender o general Eisenhower. Tenho certeza de que isso ia mudar tudo. — Hutchinson se ajeitou, tentou encontrar um lugar confortável para se encostar, a maior parte das pedras se projetava em ângulos afiados. — O capitão nos defendeu bem. Disse aos oficiais superiores que nossos malditos 37 não passam de espingardas de ar comprimido. Os Shermans têm canhões 75 que, de acordo com os oficiais superiores, são praticamente a única coisa que temos que pode fazer frente aos boches. Mas, por enquanto, temos que nos virar. — Hutchinson olhou para Logan. — Temos que fazer todos os tiros darem certo. Acertar as esteiras deles ou, melhor ainda, tentar flanqueá-los, colocar um obus na bunda deles.

Logan fixou o chão. — Ridículo. Eles nos mandam para combate com uma arma que não consegue matar ninguém.

— Não quero ouvir essa merda. Você é um bom atirador, portanto... dê bons tiros. Não há nada que um Stuart não possa fazer. Podemos manobrar melhor e correr mais que qualquer coisa que os boches tenham.

Logan deixou as palavras encherem seu cérebro, não as diria em voz alta. Correr mais. Isso poderia ser uma boa coisa.

Hutchinson ainda estava olhando para ele. — Mais uma coisa. O coronel Todd foi morto. Um míssil de artilharia o atingiu quando ele estava fora do tanque.

Logan se empertigou. — Onde?

— Com os franceses, perto de Pont du Fahs.

Parnell perguntou: — Onde diabos é isso?

Hutchinson cuspiu um jato d'água nos pés de Parnell. — Faz diferença?

— Não, acho que não. Que pena.

— O general Ward deve vir aqui hoje à noite. Toda a maldita divisão está vindo para cá. Há muitos boatos sobre o que vai acontecer.

A lona foi aberta de novo, Baxter respirando pesadamente, gritando: — Aqui fora! Precisam de ajuda!

Ele saiu, e Hutchinson se levantou, apressado, Logan também, os dois foram para fora, para o ar pesado e úmido. Homens estavam reunidos perto da estrada, um jipe virado de lado, meio enterrado numa vala estreita. Outros homens estavam embaixo, no lodo, puxando o motorista que gritava, outra pessoa gritava: — Médico! Chamem um médico!

Hutchinson pulou na vala, Logan o seguiu, lama e água acima dos joelhos, os homens empurravam o jipe.

— Está atolado! Empurrem de novo!

Agora eles trabalhavam em conjunto, o jipe balançava, mais gritos do motorista, os homens junto ao pé de Logan gritaram: — Nós o pegamos! Está livre!

Carregaram o homem para cima e para fora da vala, o corpo médico já estava lá, os gritos do motorista diminuíram, tornando-se uma lamúria suave. O jipe de repente cedeu, a lama se soltou, deixando-o na vertical. Uma grande onda de lama e água caiu sobre Logan, e ele tentou sair da vala, sentiu uma mão debaixo do braço, um puxão forte. Ele limpou a lama dos olhos, viu Hutchinson olhando fixamente o motorista ferido, palavras suaves nos lábios de Hutchinson:

— Oh, meu Deus!

Logan limpou o rosto, tentou ver, os paramédicos próximos, ao lado, o motorista ainda deixava escapar uns sons suaves, trêmulos, os médicos falavam em voz baixa e abafada. Então Logan viu, a perna do homem cortada no joelho, o sangue fluindo na lama, uma corrente negra escorrendo para a vala. O homem começou a tremer, um som baixo saía de sua garganta, uma única nota, depois uma tosse sufocada, um estertor brando. Então silenciou. Os médicos ainda trabalhavam, um pano branco que ficara imundo enrolava o toco da perna. Logan ignorou a chuva, a água suja dentro das botas, encharcando a calça e a camisa. Ele olhou para a perna da calça ensanguentada do homem, ficou nauseado, os joelhos bambos, mas Hutchinson ainda o segurava, ninguém falava.

Um homem chegou perto de Logan, mais velho, um oficial, disse: — Acabou. Deixem-no em paz.

Um membro do corpo médico olhou para cima e Logan viu lágrimas, olhos vermelhos, o homem ainda ajeitava a atadura.

O oficial disse: — Deixe-o, soldado. Pegue uma maca. Vocês, rapazes, pulem lá embaixo. Precisamos achar a perna dele. Tem de estar naquele atoleiro. Um homem deve ser enterrado com todos os seus pedaços.

Logan examinou o rosto silencioso do motorista, a boca do morto aberta, a chuva fina molhando o rosto.

AS CHUVAS TINHAM FICADO MAIS FRACAS, SURGIAM LAMPEJOS DE SOL através das brechas das nuvens. A lama ainda estava lá, enchendo as estradas, as valas, criando armadilhas para outros jipes e caminhões, espalhando sujeira em quem quer que tentasse andar perto das estradas. A Primeira Divisão Blindada se fortalecia a cada dia, novos tanques e semitratores chegavam pela única e frágil linha férrea, os veículos eram montados, lubrificados e abastecidos nos pontos de encontro, onde eram guarnecidos com as equipes que os levavam para o leste.

Logan fez um rolo volumoso com a lona, Parnell segurando do outro lado, Baxter esperava para ajudá-los a içar a lona pesada para dentro do baú de metal na parte de trás do tanque. Hutchinson estava na torre de tiro, testando a manivela, movendo o cano da arma num arco lento e amplo. Ninguém falava, cada homem guardava seus pensamentos, o que poderia acontecer agora, o que uma mudança nas condições do tempo poderia trazer. Ordens atravessaram os boatos de que em poucos dias haveria um novo avanço, e aumentaram os rumores de que os blindados partiriam firmes para o litoral, para introduzir uma cunha na posição alemã. Logan ignorava os boatos, tentava se transportar para outro lugar, onde o sol brilhava e onde uma pessoa podia caminhar num trecho silencioso de praia sem ter medo de nada. A fantasia era tola, os devaneios interrompidos pelo rosto do jovem motorista do jipe, a perna ausente, os homens ajoelhados na lama espessa para achar a parte que faltava ao soldado morto. Mas os pesadelos traziam mais o rosto do paramédico, um rapaz com olhos suaves e vermelhos, chorando por um homem que não podia salvar. Paramédicos não choram, pensou. Paramédicos são frios e precisos, e fazem seu trabalho sem emoção. Agora carregava essa imagem para todo lugar que ia, um paramédico reagindo com tristeza, um homem treinado para um trabalho que ainda não estava preparado para realizar.

Baxter apertou a última corda em torno da lona, e Hutchinson saiu da torre de tiro, ficou acima deles, esperando que subissem no tanque. Não tinham ordens para enfrentar o inimigo hoje, simplesmente avançariam, montando um novo estacionamento de tanques, um novo acampamento, abrindo espaço para as unidades que vinham atrás. Um por um, eles subiram na carcaça do tanque, Parnell e Baxter entraram pela torre de tiro, foram para a frente, abriram as escotilhas. Logan também subiu, parou, olhou para dentro da torre de tiro, para seu assento na culatra do canhão.

— Vamos, Jack. Suba.

Logan agarrou a escotilha com as duas mãos, respirou, olhou para cima, através das fileiras de tanques, semitratores e caminhões blindados que se colocavam em posição. Observou os caminhões-tanque partirem, viu pilhas de latas de ração de combate enlameadas, trincheiras estreitas e sulcos profundos no terreno rochoso e aberto. Ignorou Hutchinson, repetiu um pensamento que havia passado por sua cabeça muitas vezes. Um pequeno tanque, uma minúscula parcela de força em uma enorme máquina, um exército inteiro se posicionando, generais projetando seu próximo *grande plano*. Hutchinson pôs a mão no ombro de Logan.

— Você está bem?

Logan olhou nos olhos de Hutchinson, viu novamente o paramédico, lutou contra o pensamento, o pesadelo que lhe aparecia toda noite desde a morte do motorista do jipe. Estamos preparados para isso? Sabemos o que acontecerá quando enfrentarmos o *verdadeiro* inimigo?

Piscou, tentou apagar a imagem, passou uma perna pela abertura da escotilha, disse: — Sim. Estou bem. Vamos procurar uns boches.

18. EISENHOWER

ANFA, ARREDORES DE CASABLANCA, MARROCOS
15 DE JANEIRO DE 1943

O LUGAR ESTAVA CHEIO DE SEGURANÇAS, CIVIS E MILITARES, O Serviço Secreto e a segurança britânica misturavam-se, pouco à vontade, com guardas uniformizados. As reuniões aconteciam no território de Patton, portanto era ele o encarregado da segurança, o que reconfortava todos os participantes. Até onde os do campo aliado tinham conhecimento, a chegada de Churchill e de Roosevelt ainda era segredo, no norte da África e também em seus países. Mas o assassinato do almirante Darlan lembrava a todos que ameaças podiam vir de lugares improváveis e inesperados.

Eisenhower havia chegado no fim da manhã de uma viagem angustiante num B-17 que perdeu um motor no caminho, e a tripulação e os passageiros tiveram que colocar paraquedas para a eventualidade de o avião falhar totalmente. Eisenhower nunca havia saltado, e não conseguindo permanecer preso a seu assento apertado, tinha ficado junto do atirador, os dois observando as péssimas condições do terreno lá embaixo. Enquanto um óleo negro escorria do motor que não funcionava, Eisenhower percebeu o som característico de outro motor que falhava, um estalido alto, outra hélice girando inutilmente. Mas o avião ainda voava, e, quando finalmente Casablanca apareceu, o ronco dos dois motores restantes não pôde disfarçar os suspiros de alívio, especialmente de Harry Butcher.

— Prefiria não ter de fazer isso tão cedo novamente, se você estiver de acordo, Skipper.

Eisenhower entrou no carro. — Eu concordo com você nisso, Harry. E, francamente, preferia não fazer o resto também.

Eles ficaram em silêncio, mais carros se aproximaram por trás, os sempre presentes jipes nas duas pontas da pequena caravana, metralhadoras apontadas para cima e para os lados. Seria uma viagem curta, Eisenhower tinha certeza de que Patton viria ao encontro deles na entrada do aeroporto e lhes daria uma escolta adequada que talvez incluísse até blindados pesados. No mínimo, Patton poria seus atiradores para vigiar os céus.

Eisenhower sabia que Casablanca era vulnerável aos bombardeiros alemães, aviões de longo alcance em grande altitude, virtualmente impossíveis de serem detidos a não ser que se previsse a vinda deles, e inteiramente impossíveis de serem detidos se atacassem à noite. Os alemães não temiam os voos noturnos, coisa que os americanos ainda precisavam dominar. Era uma fonte de atrito entre homens como Spaatz e Doolittle e seus pares britânicos, Tedder em especial. Havia algum tempo que os britânicos se empenhavam em ataques noturnos às maiores cidades da Alemanha, atingindo fortemente os centros industriais de Hitler. Mas os americanos haviam feito a maior parte de seu treinamento de dia, portanto seus bombardeios eram diurnos também, e esquadrões de B-17s sofriam pesadas baixas diante dos caças e do fogo antiaéreo alemães. Era mais um detalhe, mais uma controvérsia a que Eisenhower tinha de dar atenção, mais uma diferença de filosofia entre aliados que ainda estavam lutando para encontrar um terreno comum em cada aspecto da guerra.

— Você acha que podemos cumprir o seu plano, Skipper? Realmente partir amanhã?

— Conto com isso. Essas reuniões têm muito mais a ver com os participantes do que com o que está realmente acontecendo. Stalin foi convidado, você sabe. Disse que não podia vir. Está ocupado tentando nocautear os boches em Stalingrado. Isso é uma tarefa da maior importância, você sabe. Hitler ainda não levou uma surra assim, e isso pode tirar um bocado da empáfia de suas forças armadas. Gostaria de conhecer Stalin, ver como ele é.

Butcher olhou para fora, e Eisenhower viu homens montados em burros, mulheres vestidas com túnicas compridas de cor bege, andando atrás.

Butcher disse: — Isto acaba com tudo o que me ensinaram quando eu era menino.

— O que você quer dizer?

— José e Maria a caminho de Belém.

Eisenhower ficou sem entender, esperou pela piada. — De que diabos você está falando?

Butcher ainda observava os árabes, e não estava rindo. — Bem, você sabe, todas aquelas gravuras de José e Maria. Havia uma em minha igreja quando eu era criança, parecida com as dos livros da escola dominical. Eles estão indo para Belém, José puxando a mula ou o boi ou o que fosse, e Maria montada. Muito lindo, você sabe, o casal procurando um lugar para ficar, "não há nenhum quarto na hospedaria", aquela história.

— Estamos muito longe de Belém.

— Na realidade, não, Skipper. Mesmo tipo de lugar, mesmo tipo de pessoas. Mas uma coisa é certa. Nenhum homem caminha enquanto sua mulher monta o burro. Se alguém vai montado, é o homem, sempre. Fico imaginando se José fez Maria comer poeira, mesmo grávida. A gente pensa que, mais tarde, Jesus teria algo a dizer sobre isso.

Eisenhower viu que Butcher estava sério. — Guarde essa observação para você, comandante. Já tenho de enfrentar muitos problemas. Não viemos aqui para dar início a outra Cruzada.

— Entre, general. Finalmente temos algum tempo a sós.

— Excelente. Tenho desejado isso já há algum tempo.

Eisenhower ouviu a porta se fechar atrás dele, Roosevelt estava sentado ao lado de uma lareira, um cobertor sobre as pernas. Roosevelt virou um pouco a cadeira de rodas, apontou para uma cadeira. — Sente-se! Esteja à vontade. Sem hierarquias aqui, Ike. Vamos apenas conversar.

Eisenhower sentiu a energia do sorriso de Roosevelt, o entusiasmo do homem enchia a sala, expulsando o esgotamento de Eisenhower.

Roosevelt se aproximou da cadeira, novamente fez sinal para que Eisenhower se sentasse. — Belo jantar, hein? Esse pessoal se excedeu.

Hospitalidade magnífica. Naturalmente, é o que se espera. Nós lhes demos mostra de algum poder. Eles respeitam isso, sabe. Sempre respeitaram, através de toda a história. Muito "olho por olho" por aqui. A arma maior leva a moça. Todo esse tipo de coisa.

Eisenhower sentou, sentiu-se afundar no couro macio, a rigidez dolorida dos ombros agradecendo o conforto. Mexeu-se um pouco, aliviou a pressão nas costas, percebeu que Roosevelt acompanhava cada movimento seu.

— Relaxe, general. Você merece. Bebida? Eles têm um xerez realmente bom aqui; ou talvez queira algo mais forte?

— Não, senhor, obrigado. Havia muita bebida no jantar.

— Meus adversários vão me criar muitos problemas por causa disso quando eu voltar para casa, sabe. Vão me acusar de tirar férias no meio de uma guerra. A imprensa não vai se importar muito. Um presidente tem que liderar, e que lugar melhor para se vir do que aqui, onde está a ação? Churchill vai lidar com isso melhor que eu, vai mandá-los para o inferno. Claro que ele já esteve aqui. Falarei diretamente ao povo, vou lhes contar do trabalho excelente que nossos rapazes estão fazendo aqui, como estão sendo bem-orientados. Eu precisava ver, sabe. Tinha que ver. Não se pode ser o comandante em chefe e confiar em relatórios escritos. É uma enorme responsabilidade em relação aos nossos rapazes, enviá-los para cá. Era melhor eu saber o que estamos fazendo em primeira mão. Churchill acha a mesma coisa. Ele gosta de ir um pouco mais fundo, porém. Eu não faço isso. Você é o exército. Eu sou apenas o testa de ferro.

Eisenhower estava esmagado, a torrente de palavras de Roosevelt o afundava na cadeira. Ele viu um sorriso, o presidente o olhava radiante.

— Desculpe-me dizer isso, senhor, mas o senhor parece estar de muito bom humor.

— Estou! Eu não percebo como é importante eu sair de Washington até que saio. Como engatinhar para fora de uma caverna, fugir de uma masmorra cheia de corvos tagarelas. Desculpe-me, general, mas isso é uma grande aventura! Isso é o que faz valer a pena ser presidente. A história está sendo feita *aqui*, serão escritos livros sobre o que acontece *aqui*! Só vir para cá, todo esse segredo, toda a trama... esse negócio de capa e espada. Como é, general? Como deve ser se tornar o vencedor, avançar sobre os bastiões inimigos, saber que seu exército venceu o adversário? É preciso usar um uniforme para sentir esse impacto. Nenhum político consegue sentir.

Eisenhower agora estava preocupado. — Senhor, eu não sinto que sejamos conquistadores. Certamente os franceses não gostariam dessa descrição. Eles são muito sensíveis quanto a essa questão. Devemos considerá-los nossos aliados.

Roosevelt assentiu: — Sim, sim, eu entendo. Eu fico um pouco... entusiasmado com isso. Eu não insultaria os franceses. Que você acha de Giraud, ou de De Gaulle? É possível trabalhar com essas pessoas?

— Já estamos trabalhando, até certo ponto. Com Giraud, com certeza.

Roosevelt esperou por mais, então sorriu. — Nada a dizer sobre De Gaulle, hein? Tudo bem, seja discreto se for necessário. Eu não suporto o homem. Ele é como um rufião num jantar elegante. Todos tentam ignorá-lo, mas ele força a entrada em todos os cantos da sala. Ele vai acabar no poder. Eu sei.

— O exército parece preferir Giraud neste momento.

— De Gaulle não se importa com o exército francês, general. Ele quer o país. Quer ser chefe de Estado. Pelo que eu ouvi sobre Giraud, ele está muito feliz no comando das forças armadas francesas. É a conciliação de que vão precisar. Giraud conserva seu posto, e De Gaulle assume em Paris. E eu vou ter que ser muito educado com ele.

Eisenhower mexeu-se na cadeira. — Senhor, estou preocupado em não perder a noção do presente. Paris não está em nossos planos no momento. Há um desafio considerável diante de nós na Tunísia. Não tivemos um desempenho tão bom quanto eu esperava. Nosso planejamento nem sempre foi perfeito, não pudemos prever todas as contingências. Há muito o que discutir...

— Sim, sim. Você está certo, claro. Entenda, Ike, eu deixo esses detalhes para você e para o general Marshall. Você pode conversar isso com ele, contingências e tudo o mais. Eu tenho de olhar mais além, para o que virá. Serão criadas nações, novos governos. Veja a Primeira Grande Guerra. Todo o mapa da Europa mudou. Minha tarefa é lidar com esse tipo de mudanças, ajudar para que tomem a direção apropriada. Não tenho dúvidas de que seus objetivos serão alcançados e, devo dizer, seu fardo seria mais leve se você não fosse tão pessimista. Eu esperava que você ainda estivesse entusiasmado com nossa estratégia de uma invasão através do canal. Paris não é, ainda, o nosso objetivo final?

— Bem, sim, certamente.

— Então não perca esse foco! Estas operações aqui são as primeiras braçadas, estamos testando a água, colocando nosso pessoal em combate para enrijecê-lo. Nossas fábricas trabalham a pleno vapor, nosso povo apoia inteiramente nossos esforços aqui. Mas o sucesso não virá apenas pela força. O sucesso virá porque a história o exige. Não posso alimentar a ideia de que a visão de mundo de Adolf Hitler possa prevalecer, que um homem mau possa apagar milhares de anos de evolução da sociedade civilizada. Faça o que deve fazer, general. Suas campanhas no próximo ano podem realmente ser difíceis. Mas você vencerá. *Nós* venceremos. Não pode ser de nenhuma outra maneira!

Ele conseguira escapar das conferências de Casablanca como havia planejado depois de apenas um dia. Mas as reuniões tinham se tornado muito mais que uma atividade para benefício dos políticos. Eisenhower passara um tempo considerável com Harold Alexander, o comandante inglês que controlava o exército de Montgomery, que ocupava com firmeza o território tomado de Rommel. Alexander agora se tornaria o comandante geral de todas as tropas terrestres no teatro do Mediterrâneo, o que incluiria não só o Oitavo Exército de Montgomery, mas, naturalmente, Anderson, Patton e também Clark. Somava-se a isso o fato de que o planejamento da invasão da Sicília tomava forma, as projeções de uma campanha lá, no verão, baseando-se na suposição de que o combate na Tunísia seria bem-sucedido. Alexander comandaria as tropas terrestres que invadiriam a Sicília, inicialmente duas alas, uma britânica e outra americana. No quartel-general dos chefes conjuntos de estado-maior em Londres, os mapas estavam sendo feitos e os números calculados para aquela operação, os planejadores de ambos os países trabalhavam com afinco nos detalhes mais amplos. Independentemente da quantidade de energia direcionada para uma operação futura, Eisenhower não tinha escolha além de focalizar o presente e esquadrinhar o mapa da Tunísia.

Argel — 23 de janeiro de 1943

Marshall fixou o mapa, apontou para a linha vermelha que atravessava o sul da Tunísia.

— Você ordenou a mudança?

— Sim.

— Alexander tem certeza? Pensamos que Rommel talvez desse uma meia-volta e atacasse Montgomery de novo com muita força. Não pensamos que ele fosse desistir de Trípoli sem lutar mais.

Eisenhower esperou, e Marshall virou-se para ele, que disse:

— Rommel não se importa com Trípoli. Ele se preocupa primeiro com seus tanques. Ele não vai arriscar suas forças lutando por um lugar que não pode ter esperança de manter. Pensei que ele fosse se arrastar um pouco mais. Eu realmente achei que teríamos tempo de cortar a Tunísia em duas. — Ele pensou sobre a pergunta de Marshall então. — Não havia escolha senão abandonar o plano original. Rommel está entrincheirado ao sul de Gabès, perto demais de Sfax para pensarmos num avanço rápido de um lado ao outro. Poderíamos ser apanhados a descoberto, feitos em pedaços. Dei ordens a Anderson para colocar Fredenhall numa atitude defensiva por enquanto.

Marshall sentou-se, pensou um instante. — Você se sente à vontade com Fredenhall?

Eisenhower se aproximou do mapa, examinou uma rede de linhas e números, a posição de Fredenhall.

— Bom homem. Comportou-se bem em Orã. — Sorriu. — Patton queria aquele cargo, claro. Eu não tinha certeza de que ele seria o homem certo.

— Diabos, Ike, Patton quer todos os cargos. O seu, o meu. Ele assumiria a marinha, se alguém mandasse. — Marshall fez uma pausa. — Você tem que mantê-lo em rédea curta. Vamos precisar dele no campo de batalha antes que isso termine. Eu ouço muitos resmungos do pessoal dele, coisas confidenciais. Ele é campeão mundial de reclamações se você lhe der espaço. Nós não temos condições de ficar irritando os britânicos. Como ele está levando as coisas em Casablanca?

Eisenhower virou-se, deu de ombros. — Um trabalho bastante bom. Reconheço o mérito dele em não esfregar a vitória na cara dos franceses. Ele os respeita e lhes dá o que merecem. Mas você tem razão. Ele está indócil.

— Como ele está lidando com a estrutura de comando?

Eisenhower sorriu, mas seu humor se esvaiu rapidamente. A estrutura de comando de todo o Mediterrâneo havia sido formalizada, para ele havia sido o único proveito direto da conferência de Casablanca. Tanto quanto podia imaginar, era o motivo real de Marshall ter vindo vê-lo em Argel. Agora, Eisenhower estava formalmente no comando de todo o teatro, assistido por três representantes superiores, todos britânicos. Juntamente com Alexander, Arthur Tedder comandava as forças aéreas conjuntas, e Andrew Cunningham controlava as marinhas. Um quarto componente do comando, os franceses, parecia satisfeito em servir sob Giraud, que também aceitava o papel de subordinado a Eisenhower. Os resmungos a que Marshall se referia vinham de oficiais de escalões mais baixos, principalmente americanos, que viam a predominância britânica na estrutura de comando como uma espécie de insulto, transformando um esforço que poderia vir a ser principalmente americano num espetáculo britânico. Eisenhower fizera tudo que podia para sufocar esse tipo de queixas, mas Marshall estava certo. O homem que mais provavelmente estaria promovendo as reclamações era George Patton.

Eisenhower disse: — Patton vai se entender com quem eu disser para ele se entender. Ele sabe obedecer ordens.

— Bom. Isso é uma coisa muito boa, Ike. Dois países, um exército. Diabos, três países, se você contar os franceses. Tanto quanto sei, ninguém nunca havia feito isso. Então, como *você* está lidando com isso?

Eisenhower se aproximou da janela alta, olhou para fora, escolheu as palavras:

— Bons homens, todos eles. Eu mesmo não poderia ter escolhido ninguém melhor. Eles demonstram respeito por mim, ninguém fica desfilando suas medalhas. Até agora, não vejo grandes problemas.

Marshall levantou, foi para perto da janela, do lado de Eisenhower. — Com exceção de?

Eisenhower então ficou embaraçado, não esperava ser tão transparente. Mas Marshall o conhecia há tempo demais, e Eisenhower de repente sentiu como se estivesse sob o olhar de um pai severo.

— Bem, eu não ia mencionar isso. Imaginei que, com o tempo, isso se resolveria.

— O quê?

— Estava imaginando se há planos para me promover a general de exército. Como eu ainda tenho apenas três estrelas, todos os oficiais generais que respondem a mim... estão hierarquicamente acima de mim.

Marshall riu. — Vê? Você devia fazer mais barulho. Você já poderia estar com sua quarta estrela agora. Não se preocupe com isso. Os britânicos não se importam. Brevemente, isso será resolvido.

Marshall se afastou da janela, sentou novamente, e Eisenhower olhou para o morro, as oliveiras, as casas brancas. Será que voltarei aqui algum dia? Trazer Mamie, para umas férias de verdade. Parece um lugar muito agradável quando não há guerra. Marshall pigarreou, e Eisenhower se virou, viu o homem mais velho examinando as mãos.

Marshall parecia hesitar, depois disse: — Você parece cauteloso demais, Ike. Monty estava perseguindo Rommel duramente. Tudo o que eu ouvia me indicava que Rommel estava batendo em grande retirada. Você acha que tanta cautela é necessária?

Era uma pergunta perigosa, e Eisenhower estudou o rosto de Marshall, severo, inflexível, nenhum sinal de sorriso.

— Para Montgomery, certamente, é uma retirada. Ele empurrou Rommel direto para nossas defesas vacilantes. Parece que Rommel está se entrincheirando, mas quem sabe o que fará em seguida? Nós observamos colunas de reforços fortalecendo sua posição em Mareth, novos tanques, armas. E, além de Rommel, o inimigo está muito mais forte do que pensávamos ao norte. Os franceses já demonstraram várias vezes que não conseguem manter o centro. Nossos blindados estão tendo que se dispersar muito para dar apoio suficiente aos franceses, a fim de que não deixem o inimigo nos dividir ao meio. Os alemães devem saber como estamos fracos lá. No sul, Fredenhall está posicionando o pessoal tão rapidamente quanto conseguimos enviá-los para lá, fazendo o que pode para bloquear cada desfiladeiro, defender qualquer rota que Rommel possa decidir tomar. Não podemos supor que ele simplesmente vai ficar parado. Ele ainda é Rommel. Teria sido muito conveniente se Monty o tivesse *agarrado*, em vez de tê-lo empurrado diretamente para nós. — Eisenhower parou, percebeu que sua voz tinha aumentado, sentiu o súbito silêncio, pensou nos ouvidos nos escritórios lá fora. — Estou fazendo o melhor que sei fazer, George. Mas não importa que uma coisa pareça boa no papel, se agirmos antes da hora, ela pode desmoronar.

— Você não pode fazer planos para todas as variáveis, Ike.

— Ah, mas nós não fizemos. Certamente que não. Veja a lama. Nós não nos planejamos para a lama, e ela nos deteve com a eficácia de dez divisões alemãs. Desculpe, George, mas não concordo com você. Eu prefiro mil vezes me preparar para todas as variáveis que possam aparecer em nosso caminho.

Marshall fez uma expressão de desagrado, esfregou a mão na testa. — Um jornal, esqueci qual. Um colunista fez um artigo sobre você, escreveu que "a lama é uma desculpa boba". Suas palavras exatas.

Eisenhower fechou os olhos, pensou, me entregue esse cara, só por uma semana. Vamos ver que tipo de desculpa... ele se deteve. Diabos, isso não vale a pena.

— Não posso me preocupar com repórteres.

— Não, você não pode. Os jornais são um bom lugar para os covardes e os descontentes se manifestarem. Se você começar a prestar atenção a tudo isso... bem, a questão é que você sabe o que está acontecendo lá fora, na frente das armas. Ninguém em Washington pode falar sobre isso, ninguém realmente pode falar por você e saber o que está dizendo. Você sabe o que eu acho sobre você estar aqui, tão distante das linhas. Dá uma impressão errada a algumas pessoas, de que você não está realmente no comando. Você precisa se colocar de frente para os malditos fotógrafos, conseguir algumas manchetes.

— Como MacArthur.

— Diga o que quiser sobre o estilo de Doug, mas ninguém tem dúvida sobre quem comanda nossa campanha no Pacífico. Francamente, há algumas dúvidas sobre você. Não da parte dos britânicos. Eles o apoiam inteiramente. É nosso próprio pessoal, malditos parlamentares, alguns conselheiros do próprio presidente.

Eisenhower pensou em Roosevelt, o entusiasmo aberto do homem. — Eu não ouvi nada disso de Roosevelt. Ele me surpreendeu, na verdade. Muito entusiasmado com o trabalho que estamos fazendo aqui.

— Ele disse isso? Bem, claro. Vocês estavam sozinhos. Mas ele não fala isso em Washington, Ike. É a realidade. Às vezes me surpreendo com a sua ingenuidade. É preciso um trovão para prender a atenção das pessoas. MacArthur é bom nisso, não dá espaço para seus adversários se mexerem, os afoga. Você é quieto demais, Ike. Nesse momento, muitas pessoas estão de longe, dando corda para ver se você se enforca. Não há muito que eu possa fazer quanto a isso. Diabos, nem o presidente pode alterar isso. Nosso trabalho é montar algum tipo de plano e dar a você homens e equipamentos para fazê-lo funcionar. Mas não pense que alguém em Washington vai arriscar a carreira por você, ou pelo que está acontecendo aqui. Todos são *cautelosamente otimistas*. Na privacidade, o presidente o apoia de todo o coração, mas ele não pode se comprometer com você publicamente. É como se joga o jogo. — Marshall fez uma pausa. — Apenas faça seu maldito trabalho. Se você tomar decisões acertadas, se você vencer este negócio, todos atirarão medalhas para você. Mas, se você perder, se você não conseguir expulsar os alemães da Tunísia, então não haverá nenhuma Sicília, nenhuma invasão da França. Se tudo desmoronar, não espere que o presidente o abrace.

Várias vezes, os esforços de Kenneth Anderson para forçar os alemães de volta para a costa tunisiana foram frustrados, primeiro pelos próprios alemães e depois pelo clima desolador e pela incapacidade de levar suprimentos e homens com a rapidez necessária. Os alemães continuavam a se agarrar a suas fortes posições defensivas em terreno propício, continuavam a fustigar e a abrir brechas nas vulneráveis posições francesas, continuavam a reforçar as tropas no norte. No sul, reforços continuavam a fortalecer Rommel e suas linhas firmes em Mareth, detendo Montgomery novamente. Eisenhower não teve escolha senão cancelar todos os planos de ataque que pudessem expor pontos vulneráveis da posição aliada. Simplesmente não havia razão para jogar soldados contra as defesas alemãs até que as tropas aliadas tivessem força suficiente para fazer a diferença.

Embora a cadeia de comando de Eisenhower agora incluísse tecnicamente Montgomery, havia pouca chance de que Eisenhower ou qualquer outro influísse no modo como Montgomery perseguia o inimigo. Com

Montgomery satisfeito em reunir as tropas em fortes linhas do lado oposto às defesas de Rommel, este foi presenteado, mais uma vez, com a extraordinária dádiva de tempo, tempo suficiente para perceber que os alemães poderiam ter uma oportunidade, que ninguém considerara seriamente, de abrir uma brecha devastadora nos planos aliados para a Tunísia.

19. ROMMEL

PERTO DE BEN GARDANE, TUNÍSIA
3 DE FEVEREIRO DE 1943

WESTPHAL HESITAVA, E ROMMEL EVITOU SORRIR, SABIA QUE O rapaz lutava para conter o constrangimento da emoção.

— Precisa ir, coronel. Seus homens o esperam.

Westphal retesou-se, recompôs-se. — Sim, senhor. Já me demorei bastante. Há trabalho a fazer.

Rommel deixou o sorriso aflorar, estendeu a mão. Westphal pareceu surpreso, apertou-a, e Rommel sentiu a aspereza, o aperto forte de um homem tão parecido com ele, teimoso e cansado. Mas Westphal tinha a energia da juventude e, num exército em que tantos se foram, em que comandantes superiores haviam tombado, capturados, feridos ou simplesmente consumidos pelo deserto, o *Panzerarmee* precisava de cada bom comandante que pudesse encontrar. Westphal havia sido nomeado para comandar a 164ª Divisão, de infantaria e blindados leves, e, pela primeira vez em muitos meses, o quartel-general de Rommel não seria honrado com a eficiência incansável do rapaz.

Rommel soltou a mão. — Agora você tem uma vantagem, Siegfried. Seus inimigos estarão apenas à sua frente. Eu ainda terei que lidar com aqueles que nos derrotam por trás.

Westphal afastou-se, estalou as botas, bateu continência, depois estendeu os braços, as palmas voltadas para o chão. — *Heil* Hitler!

Rommel assentiu, não disse nada, e Westphal virou-se, dirigiu-se para seu caminhão, subiu e se foi. Rommel virou-se, viu que os outros oficiais do estado-maior conservavam-se a distância, fez sinal para um homem baixo, Bayerlein, o oficial mais antigo do grupo. O comando estava em silêncio, esperava, e Rommel foi em direção às tendas, pensou nos mapas. Bayerlein o seguiu, bem atrás dele, e Rommel pensou, sim, Westphal tem razão. Há trabalho a fazer.

Fritz Bayerlein estava na África havia quase tanto tempo quanto Rommel, servira Rommel em várias tarefas importantes. Não muito mais velho que Westphal, era um buldogue, baixo, atarracado, cuja experiência já incluía comando no campo. Bayerlein havia assumido o Afrika Korps depois que Ritter von Thoma foi capturado em El Alamein. Já havia algum tempo era chefe executivo do estado-maior de Rommel, seu ajudante mais graduado, sem dúvida mais experiente que Westphal, talvez um soldado melhor. Mas Rommel sabia que ninguém no exército lhe seria tão leal quanto Westphal.

IAM PARA O OESTE ATRAVÉS DE UM DESFILADEIRO ESTREITO, PASSANDO por posições de artilharia alemãs, formações de blindados pesados encarapitados ao lado da estrada como animais gordos e adormecidos. Rommel sentiu energia, força; a primeira vez em meses que se sentia mais forte que o inimigo. Havia força no exército também, mas não apenas nas máquinas. A força realmente nunca estivera nos tanques e nas armas. Vinha dos soldados, e os homens a extraíam dele. Podia perceber isso quando o saudavam, com aplausos também, surpresos quando o caminhão passava. Muitos desses soldados eram veteranos, haviam participado da retirada de 2.200 quilômetros. Agora estavam descansados, haviam reconstruído e reequipado o exército durante um janeiro calmo, tinham se entrincheirado na dilapidada linha francesa em Mareth; os engenheiros, frustrados, trabalhando febrilmente para melhorar o que os franceses haviam deixado para trás, obras que não estavam absolutamente à altura dos modernos instrumentos de guerra. Mas Montgomery tinha feito o que Rommel esperava que ele fizesse. Os britânicos também tinham feito aquela longa marcha, estavam agora mais longe de sua base de suprimento, tinham desgastado equipamentos e soldados, e, portanto, Montgomery não atacaria, não durante um tempo, não até que estivesse preparado. E, a cada dia, o exército de Rommel se fortalecia.

O caminhão chegou a uma planície, uma serra alta e rochosa por trás, a estrada ligeiramente ondulante, como uma serpente morosa e cinzenta sobre a vegetação baixa, conduzindo-os para outra serra, onde mais armas alemãs protegiam o desfiladeiro. Examinou o norte, mais serras, rochas altas, terreno difícil, bom apenas para a infantaria ou para observadores da artilharia. As rochas pareciam vazias, e Rommel inclinou-se para a frente, disse a Bayerlein:
— Precisamos de homens lá em cima! Vamos aproveitar a altura. Se o inimigo puser observadores de artilharia lá em cima, pode ser um problema.

— Vou tratar disso, senhor.

— Quem está no comando aqui?

— O general Belowius, senhor.

Rommel balançou a cabeça, pensou, o engenheiro. Mais um general tirado de onde faz falta para ser colocado onde é necessário. — Sim, bom. Ele saberá como utilizar o terreno.

Começaram a subir, a estrada entrou em outro desfiladeiro estreito, tanques bloqueando o caminho. Rommel levantou-se, disse ao motorista: — Desligue o caminhão. Vou andar.

Os soldados estavam ao lado dos tanques, alguns comendo, cozinhando em pequenas fogueiras na terra. Aprumavam-se quando o viam, surpresos, rostos jovens que Rommel nunca havia visto. Substituições, pensou. Sem experiência. Ou vieram da Rússia, consumidos pelo inverno e por um combate que não podemos vencer. Aqui... ainda podem ser bem-sucedidos.

Viu uma trilha rochosa, pisou com cuidado, subiu mais até a crista da serra íngreme. Bayerlein o seguia, e outro homem, portando uma metralhadora, mais dois homens, com mapas e binóculos. Fez força para galgar uma pedra pontiaguda, caiu, sentiu uma forte pancada do lado, emitiu um som, os olhos enevoados, a cabeça vazia, tonta, a mão procurando alcançar a pedra...

— Senhor!

— Tragam água aqui em cima! Depressa!

Olhou os rostos, focalizou Bayerlein, outro homem com uma caneca pequena de metal, a água espirrou no rosto de Rommel.

Bayerlein disse: — Dê isso aqui! Afastem-se, todos vocês! Onde está o paramédico?

A água estava morna e Rommel lutou contra a ânsia de engoli-la, sentiu-se engasgar. Bayerlein tirou a caneca, disse baixinho: — Devagar. Só um pouco.

Sentiu as pedras sob as costas então, uma dor aguda e perfurante do lado, ainda estava tonto. — O que aconteceu?

Bayerlein abaixou-se, sussurrou: — O senhor desmaiou novamente. Não se preocupe, o paramédico vai lhe trazer alguma coisa.

Rommel apoiou os cotovelos no chão, ergueu-se. — Vai me trazer *o quê*? Não há remédio para isto!

Aproximou as pernas do corpo, dobrou os joelhos, tentou ficar de pé, Bayerlein o segurou pelo braço, um forte apoio.

— Calma, senhor. Não há pressa.

— Estou bem! Só escorreguei nas pedras. Vamos um pouco mais para cima. Quero ver os desfiladeiros do outro lado deste vale. — Ele puxou o braço que Bayerlein segurava, disse em voz baixa: — Eu escorreguei nas pedras. Não foi o que você viu?

Bayerlein olhou para baixo. — Sim.

— Obrigado, Fritz.

Testou o terreno debaixo dos pés, as pernas firmes novamente, a dor no lado ainda o incomodava. Andou trilha acima, firmou-se nas rochas grandes, pensou, quantas mais... quantas vezes? De onde tirarei forças?

A DESPEITO DA SABEDORIA E DA NECESSIDADE ESTRATÉGICA DE ABANdonar a Líbia, vozes altas na Itália procuravam um bode expiatório, e Rommel sabia que seu nome estava em primeiro lugar. Quando finalmente chegou a manifestação do Comando Supremo, não veio como uma ordem, mas como uma sugestão de que, em virtude dos persistentes problemas de saúde, Rommel deveria ser substituído por um comandante italiano, o general Giovanni Messe. Era mais uma pretensão abraçada pelos italianos, a reorganização dos exércitos da Tunísia sob comando italiano, um exército que deveria se intitular Exército Ítalo-Germânico de Panzers. Mas Roma não pressionava Rommel com uma data para abandonar o comando, e

Rommel não tinha pressa em fazê-lo. Berndt tinha ido se avistar com Hitler mais uma vez, voltara com uma declaração de apoio incondicional de Hitler à posição de Rommel, o que só surpreendeu ao próprio Rommel. Era mais um ato de um estranho drama em Berlim, a atitude do *Führer* variava com o vento, os humores ditados por relatórios inexatos, bons ou maus, dependendo das informações que as pessoas que cercavam Hitler ousassem passar adiante.

Kesselring ainda comandava as forças alemãs em toda a Tunísia e não tinha feito movimento algum para afastar Rommel. Independentemente de quem os italianos enviassem para substituí-lo, Rommel ainda tinha planos para uma nova campanha. O general Messe teria que esperar.

Se Rommel ia ficar, então alguém teria que absorver a ira pública de Mussolini pelo fracasso em conservar Trípoli. Não foi surpresa para Rommel quando chegou a notícia de que Bastico havia pedido demissão. Por mais que desprezasse "Bombástico", Rommel reconhecia que o general se importava profundamente com seus soldados e tinha combatido e sobrevivido ao mesmo tipo de dificuldades que o atormentaram. Mas alguém tinha que levar a culpa pela perda de prestígio italiano, e Bastico era a escolha clara. A honra fora lavada.

Os alemães não estavam imunes aos absurdos que infestavam o alto-comando italiano. Embora Kesselring mandasse na Tunísia, o general Von Arnim já demonstrara que não tinha intenção de incorporar suas forças às de Rommel ou mesmo de se unir a Rommel numa estratégia conjunta. Von Arnim possuía uma ambição sem limites, e Rommel era obrigado a presumir que alguém, talvez o próprio Hitler, assegurara em particular a Von Arnim que a Tunísia, ao final, estaria sob seu comando, livre de qualquer interferência, especialmente a de Rommel. Apesar da relutância de Von Arnim em escutar qualquer plano que Rommel propusesse, Kesselring sabia que o único meio para o sucesso na Tunísia era a combinação dos talentos e das forças dos dois comandantes voluntariosos. Com Montgomery quieto defronte à Linha Mareth, e os exércitos aliados dispersos precariamente ao longo do oeste da Tunísia, Rommel sabia que tinha uma oportunidade ímpar. Ao norte, Von Arnim já tinha vencido grande parte dos britânicos e castigado os franceses, forçando os aliados a se reagruparem e repensarem sua estratégia ofensiva. Mas, mais ao sul, o flanco esquerdo de Von Arnim se defrontava com os americanos. Não era preciso ser um gênio para prever que os americanos poderiam estar planejando um ataque à posição de Rommel em Mareth, cortando por trás dele ou atacando seu flanco ocidental. Se Montgomery lançasse o seu ataque, o exército de Rommel ficaria imprensado entre as duas forças, com pouca chance de escapar. Rommel sabia que não podia lançar nenhum tipo de ataque organizado contra Montgomery, ainda não. Se havia uma oportunidade, estava a oeste, contra os americanos que ainda procuravam se reunir, cujo único verdadeiro teste sob fogo tinha sido contra a vaga resistência francesa, na costa norte da África. Com mapas na mão, Rommel examinava sua posição, os desfiladeiros e brechas estreitas que cortavam as serras. Ao longe, os americanos tinham blindados, mas os tanques e armas pesadas estavam espalhados ao longo de vários cruzamentos, montando guarda a lugares demais com máquinas de menos. Era a marca do comandante inseguro, que se fixa no que pode ser e não no que é. Rommel não sabia nada de Fredenhall, sabia apenas que, mais adiante da posição americana, as estradas se espalhavam em teias frágeis, unidas por cruzamentos-chave. Os observadores aéreos tinham feito relatórios, informações que não eram surpresa para Rommel. Atrás dos tanques americanos localizavam-se suprimentos preciosos, grandes depósitos de combustível, estacionamentos de caminhões e estoques de munição. Se pudesse atingir os americanos dura e rapidamente, eles seriam esmagados e, se fossem completamente esmagados, seriam forçados a se deslocar para atrás daquelas interseções-chave. Com os suprimentos e aqueles lugares-chave dos mapas nas mãos de Rommel, os Aliados talvez não tivessem escolha senão se retirar completamente da Tunísia. Então a Argélia se tornaria vulnerável e, com a confusão e incerteza na mente dos comandantes aliados, Rommel poderia avançar com força para Argel. Tudo isso era audacioso e fantasioso, mas inspirava Rommel e lhe proporcionava uma maneira de esquecer a náusea, de sentir o brilho do antigo fogo, um fogo que ainda transmitia aos soldados.

Renouk, Tunísia — 9 de fevereiro de 1943

Kesselring mudou de posição os mapas na mesa, parecia ter uma razão para se movimentar devagar. Rommel o observava, Von Arnim, do outro lado da mesa, fixava um ponto distante. Eles se cumprimentaram amigavelmente, seguiram o protocolo, o desempenho que Kesselring esperava. Mas Rommel podia perceber claramente que Von Arnim preferia estar em qualquer outro lugar.

Kesselring se afastou da mesa, disse: — Antes de começarmos... suponho que ambos ouviram alguma coisa sobre Stalingrado.

Von Arnim disse: — Boatos lamentáveis.

— As notícias são realmente lamentáveis, mas não são boatos. O *Führer* fez um pronunciamento ao povo alemão. O exército de Paulus foi derrotado. As unidades alemãs sobreviventes estão em retirada total, mas muitas delas não devem escapar do exército russo. Não foi recebida uma informação definitiva sobre muitos dos altos-comandantes de campo, mas sabemos que a maioria está cercada por tropas russas. O marechal de campo Paulus está nas mãos dos russos, bem como os remanescentes do Sexto Exército, uns 90 mil soldados alemães.

Von Arnim aprumou-se na cadeira. — *Marechal de campo* Paulus?

— Sim. O *Führer* o promoveu pouco antes da rendição.

Von Arnim cruzou os braços e emitiu um grunhido curto.

Rommel disse: — Suponho que Paulus era seu amigo. Lamento sua captura. — Era o máximo de diplomacia que Rommel conseguia mobilizar, e Von Arnim pareceu surpreso. — Não diria que ele fosse meu amigo. Eu servi sob suas ordens. Era um bom comandante. Não deveria ter sido designado para tal desastre. Faz-me sentir mal que ele seja lembrado por esse fracasso. O estado-maior do *Führer* já está espalhando declarações sobre sua incompetência. Eu não me iludo. O exército também não. Ele foi sacrificado por um sonho inútil.

Kesselring os olhava de cima. — Não quero conversas sobre isso aqui. Podemos lamentar o marechal Paulus a nosso modo, em particular. Não é papel nosso criticar a estratégia do alto-comando. Poderíamos muito bem ter vencido na Rússia, não fossem circunstâncias que não poderíamos prever.

Rommel olhou para Kesselring, pensou, será que ele acredita nisso? Que circunstâncias? O inverno? O exército russo?

Von Arnim disse: — É uma lição para todos nós. Devemos evitar essas circunstâncias aqui. Nossa estratégia deve ser segura, sem temeridades.

Von Arnim parecia evitar olhar para ele, e Rommel lutou contra a vontade de responder ao recado claro. A mente de Rommel começava a ferver com palavras. O que você chama de temeridade, general, eu chamo de vitória. Ele respirou fundo.

— Nosso objetivo deve ser avançar profundamente na retaguarda americana, cortar sua retirada ou fazer com que recuem uma distância considerável. Em qualquer dos casos, os britânicos terão que responder fazendo uma retirada, ou perderão seu flanco.

Kesselring se afastou, parecia satisfeito em deixar seus comandantes explicarem seus pontos de vista.

Von Arnim disse: — Os britânicos não se retirarão, a não ser que sejam pressionados a fazer isso. Qualquer ataque a oeste deixará nossas colunas vulneráveis a um contra-ataque do norte. Os britânicos não partirão quietos.

Rommel passou o dedo por uma linha preta no mapa. — Aqui. Se forçarmos os americanos diretamente de volta a Tébessa, teremos uma oportunidade de capturar seus aeroportos principais, bem como seus principais depósitos de suprimentos.

Von Arnim se aproximou. — Os britânicos não permitirão isso. Eles o atacarão durante a marcha.

Rommel sentiu a raiva crescer novamente, lutou para contê-la. — Eles não poderão simplesmente ignorar as forças que permanecerem à frente deles. Você pode fazer um ataque seu, impedir que saiam da posição atual. Ou juntar-se ao ataque, general. Podemos fazer um movimento de pinça, da sua posição e da minha. A chave para nosso sucesso é a *rapidez*. — Rommel olhou para Kesselring então. — *Rapidez!* Os americanos precisam ser atingidos antes que estejam preparados, e, se os impelirmos para trás com rapidez, colocaremos o flanco britânico em séria desvantagem. Não haverá ataque dos britânicos porque estarão isolados. Sua única reação será a retirada.

Von Arnim recostou-se na cadeira, ignorou os mapas. — Concordo que os americanos possam ser forçados a retroceder, mas, então, o plano deve ser para que nossas forças se voltem para o norte, para atingir os britânicos antes que possam se retirar, antes que possam montar um contra-ataque.

Kesselring parecia pesar as duas ideias, examinou o mapa. — Tendo a concordar com o marechal Rommel. Se forçarmos os americanos com rapidez, poderemos prever que os britânicos priorizarão proteger seu aliado. Eisenhower é americano. Não permitirá que os britânicos resgatem seu próprio pessoal. Sua falta de orgulho lhe custaria o comando. Preservará seu próprio exército em primeiro lugar. Os Aliados devem posicionar reservas de modo a reagir a um ataque, mas não lançarão um contra-ataque porque Eisenhower nunca enfrentou uma situação dessas. Ele não sabe o que esperar.

Rommel não tinha pensado em Eisenhower, focalizara a maior parte de sua atenção em Fredenhall, na sua inexperiência, no que parecia ser o mau posicionamento de seus blindados. Mas, agora, Kesselring tinha defendido sua proposta com mais força. Von Arnim grunhiu novamente.

Kesselring disse: — General, você enviará a Décima Divisão de Blindados por esta rota... aqui. Rommel comandará a ala sul do ataque. Juntos, vocês atacarão numa frente estreita em torno desta aldeia... Sidi Bou Zid. Prevejo que terão pouca dificuldade em passar pelas defesas americanas. O marechal Rommel estará no comando geral do ataque. — Kesselring olhou para Rommel então. — Quando este ataque poderá estar preparado?

— Assim que o general Von Arnim puser a Décima em movimento na estrada do norte. O restante do ataque estará em andamento antes disso. — Von Arnim pareceu se encolher diante do insulto, e Rommel o ignorou. — Seria muito útil se recebêssemos uma quantidade de tanques Tiger no flanco sul para este ataque.

Kesselring tamborilou na mesa, uma demonstração familiar de energia. — Sim. Perfeitamente. General Von Arnim, você tomará as providências. Você tem... quantos Tigers você tem?

— Sessenta, senhor.

Rommel ficou surpreso, não tinha ideia de que Von Arnim tinha recebido tantas máquinas novas.

Kesselring disse: — Metade disso deve aumentar consideravelmente o poder de seu ataque, não acha?

Trinta tanques Tiger. Se me tivessem dado isso em El Alamein... — Sim, serão muito úteis.

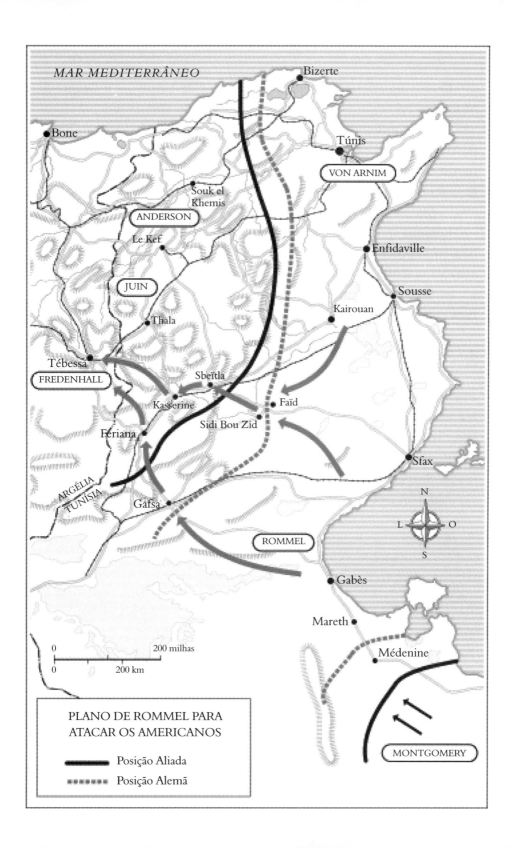

Kesselring afastou o mapa, puxou outro de baixo. — E quanto a Montgomery?

Rommel inclinou-se novamente, apontou para o espaço a leste da linha de Mareth. — Ele está concentrando seus homens em posição aqui. Estão se movimentando sem pressa. Nossa posição lá pode ser flanqueada pela direita, mas só com um esforço considerável. Montgomery talvez não saiba disso.

— Mas saberá.

Rommel aprumou-se, olhou para Kesselring. — Certamente, ele perceberá suas opções e a vulnerabilidade de nossa posição em Mareth. Mas não agirá até se sentir à vontade. Isso levará algum tempo.

— Você manterá uma defesa forte em Mareth para a eventualidade de estar errado, não?

— Certamente. O general Messe está no comando ali, o que deve agradar aos italianos.

Kesselring cruzou os braços, sorriu. — Podemos realizar muitas coisas aqui. O *Führer* precisa de uma vitória, alguma coisa para melhorar o seu humor. — Então ele olhou firme para Rommel. — Faça isso, Erwin. Faça-o bem. Todos nós colheremos as recompensas que vêm com o sucesso.

Rommel olhou para Von Arnim, que parecia ignorá-los.

— Se o general Von Arnim me mandar os Tigers, teremos poder para expulsar os americanos. E, se eles não fugirem, nós os aniquilaremos.

20. LOGAN

PERTO DE SIDI BOU ZID, TUNÍSIA
14 DE FEVEREIRO DE 1943

TINHAM COLOCADO OS TANQUES EM POSIÇÃO PERTO DE UMA ALDEIA pequena e suja, outro nome engraçado no mapa, outro buraco insignificante na paisagem desolada. Mas as coberturas de lona não foram retiradas dos tanques e, em vez disso, para se abrigarem, os oficiais ordenaram aos soldados que cavassem buracos ou trincheiras estreitas. Como tinha anoitecido, também aumentaram os resmungos dos soldados, ficando mais altos os xingamentos, anônimos no escuro, oficiais tolerantes concordando com seus homens que soldados de divisões blindadas não tinham motivo para agir como infantaria, nenhuma razão para ter farpas nas mãos por trabalhar com pás de cabo curto. Com a escuridão veio o frio, mas os homens não o sentiram, trabalharam até tarde, satisfazendo os oficiais, buracos fundos o bastante para proteger um homem do ataque de artilharia que o quartel-general dissera que poderia ocorrer a qualquer momento.

Quando os buracos ficaram bem profundos, os oficiais aprovaram o trabalho, e finalmente os soldados largaram as malditas pás, ajeitaram-se no fundo de suas fortalezas particulares, esperando não ter dificuldade em pegar no sono. Mas o suor tinha encharcado as jaquetas de combate e os soldados, exaustos, tiritando de frio, agitavam-se e chutavam o chão, enfiando as mãos nos bolsos, alguns abandonando as camas de terra e se mudando para os tanques, agarrando lonas, encerados, qualquer coisa para ajudar a combater o frio intenso. Ao redor deles, os oficiais ainda se movimentavam, distribuindo ordens, preleções preventivas vindas dos superiores, rumores de que o próprio Ike estivera no posto de comando do general Ward. Durante toda a noite, patrulhas foram mandadas para o leste, caminhões fortemente blindados sondando os desfiladeiros, detendo-se apenas a curta distância dos imprevisíveis campos minados dispostos por engenheiros americanos que ainda não tinham se aperfeiçoado na tarefa. Havia guardas contra agentes infiltrados, contra qualquer pessoa que se aproximasse deles na escuridão. Anteriormente havia guardas com o trabalho desgastante de detectar os ladrões árabes, mas dessa vez eles foram mandados para a frente, e Logan os vira passar, avançando bem além do perímetro dos tanques, recrutas trêmulos conduzidos por sargentos resmungões. As sentinelas se movimentavam tão rapidamente quanto a escuridão permitia, os motoristas dos jipes dirigiam com dificuldade na estrada cheia de sulcos. Paravam nos pontos da estrada que as patrulhas de reconhecimento haviam marcado, soldados com lanternas de luz fraca os detinham perto do pé de montanhas altas e rochosas. Então eles caminhavam, tropeçando em fendas do terreno duro. Escalavam os morros até a altura que as pedras permitiam; os sargentos obedecendo às ordens de posicionar os homens de forma a terem uma visão clara dos morros mais altos ao longe. Independentemente do cansaço, da exaustão de um longo dia de trabalho, ninguém precisava se esforçar para ficar acordado. Dessa vez o comunicado do quartel-general transmitira um tipo de urgência diferente que tinha silenciado as reclamações, mantendo as sentinelas alertas, os telescópios e os rádios em posição, os homens trêmulos de ansiedade, temerosos, examinando vultos distantes, formas escuras no horizonte, rezando para que a luz do dia chegasse.

Cada homem tentava imaginar o que poderia estar além dos postos de observação, o que poderia vir com o inimigo. Muitos já haviam visto os blindados alemães, em geral a grande distância, em combates breves ou ações de manutenção para reforçar os franceses, que haviam sido derrotados nos desfiladeiros. Mas os franceses estavam longe, no norte, o terreno que se estendia nas duas direções agora era guarnecido por americanos, blindados e infantaria, e dessa vez a ameaça estava além da vasta planície, no que as patrulhas chamavam de *mesa de bilhar*, cactos baixos e arbustos espinhentos, um amplo vale que conduzia à fileira de morros pontiagudos e rochosos. O aviso fora passado do quartel-general aos comandantes dos batalhões, aos capitães e tenentes que lideravam os pelotões de tanques. Os alemães estavam *bem ali*. E, em breve, chegariam.

LOGAN FECHOU OS OLHOS COM FORÇA, DOBROU OS JOELHOS JUNTO ao peito, flexionou os dedos dos pés. Não havia calor na terra embaixo dele, a rigidez fria nas costas e nas pernas era completa e torturante. Sentou-se ereto, abraçou as costelas com força, apertou bem os braços, na vã tentativa de conseguir se esquentar. Não havia estrelas acima dele, a escuridão era densa e pesada, uma leve brisa jogava poeira e areia dentro do seu buraco. A lama havia secado, a chuva havia cessado por vários dias, abençoadamente, o terreno macio estava endurecido, uma camada fina de areia deslizava sobre a superfície. Com o tempo seco, as guarnições dos tanques cuidaram de suas máquinas, as equipes de reparo e manutenção ajustaram os tanques, eliminando a umidade, lubrificando os motores, engraxando as esteiras para acabar com os ruídos. Os caminhões de munição também vieram, os Stuarts agora estavam bem-armados, 8 mil tiros para as metralhadoras, 105 tiros para os canhões 37. Pela primeira vez, eles tinham projéteis com explosivos de alta potência, em substituição à maioria dos projéteis perfurantes distribuídos em Orã. Disseram que havia sido um erro idiota, que os projéteis perfurantes eram um tipo de munição mais adequada para treinamento do que para se usar em combate. Logan não conseguia aceitar isso, que o exército pudesse enviar homens e tanques para a batalha sem a munição apropriada. Mas os indiscretos, os boateiros de sempre, tinham muito a dizer sobre isso; finalmente os oficiais os calaram, e todos concordaram que, independentemente da estupidez que pudesse ter contaminado as unidades de abastecimento, aqui e agora eles tinham muito poder de fogo.

Havia outra conversa também, mais reclamação sobre os tanques. Embora sua equipe ainda operasse o Stuart, outras equipes tinham finalmente mudado para os M-4 Shermans, maiores. Havia queixas, naturalmente, mas Logan tinha se acostumado demais ao 37, ainda acreditava que a precisão do homem que apertava o gatilho pesava muito mais que o tamanho da arma. Tinha atirado com o canhão 75 do Sherman somente em treinamento, pensou nos homens que o operavam agora, que se gabavam de serem a nova elite da divisão. Bem, ótimo, pensou. O 75 possui um impacto maior, mas eu posso muito bem acertar qualquer alvo com um obus a até 450 metros de distância, e ainda mais longe, se as condições forem boas. Afinal, eu fui o primeiro atirador do batalhão a abater um inimigo, coisa que até as altas patentes sabem. Ponham um alvo na minha mira e veremos o que este 37 pode fazer.

Abraçou-se novamente, fixou a escuridão, sentiu a areia arranhar seu rosto. O vento agora soprava mais alto, rajadas sibilantes sobre o chão acima dele. Ouviu uma voz, conhecia o tom. Parnell. Claro, não há como o texano maldito ficar quieto por muito tempo. Mas ele não vai entrar aqui. Isto é um buraco para um só homem.

A voz estava mais alta, e ele ouviu seu nome:

— Jack, onde diabos está você?

Logan ficou de pé, o peito na altura da boca do buraco estreito. O vento o surpreendeu, uma lufada de areia no rosto. Pôs a mão na boca, viu uma forma escura de relance, chamou: — Aqui!

Parnell se aproximou, ajoelhou-se. — Vai acontecer alguma coisa. Os caminhões de suprimentos e de manutenção foram embora. Partiram há mais ou menos uma hora, de faróis apagados. Não consigo achar Hutch.

— Por que você não está no seu maldito buraco? Se você continuar a correr por aí, vai cair em cima de alguém, quebrar seu maldito pescoço.

Parnell o ignorou. — Os caminhões foram embora, Jack! Não tem ninguém aqui fora, a não ser os tanques e os transportadores de armas. Aposto que isso quer dizer que temos problemas.

Alguém deu um grito e Logan ficou aliviado ao ouvir a voz de Hutchinson.

— Entre no seu maldito buraco, Skip! Se os boches começarem a atirar bombas na gente, não quero meu motorista em pedaços. Se o capitão ouve você, vai lhe fazer outro rasgão...

— Hutch! Você está me ouvindo? Os caminhões foram embora, foram mandados para a retaguarda! Eu ouvi uns oficiais conversando sobre isso.

Logan se abaixou, fugiu do vento e da agitação de Parnell, pensou, você devia estar na infantaria. Tem energia demais para ficar parado num só lugar. Não me espanta que você ame o Texas. Tem muito espaço para andar.

O vento soprou mais forte, um rugido estranho e baixo, areia redemoinhando para dentro do buraco. Cobriu os olhos, pensou, bom Deus, que diabos está acontecendo? Enrolou-se como uma bola, bem apertado, puxou a jaqueta sobre as orelhas, nenhum sinal de Parnell agora, nenhum som, a não ser o vento.

EIO DO SUL UM RONCO BAIXO, SUAVE, QUE SUBIA PELAS MOITAS DE cactos e arbustos espinhentos como um monstro grande e gordo que deslizava. Os árabes estavam acostumados com ele, chamavam-no de *khamsin*, parte da vida desta terra desolada. Já os americanos não o haviam experimentado muitas vezes, em raras ocasiões tinham ouvido o gemido horrível, os sons infernais que provinham do grande deserto bem longe dali, ao sul. Os sons estranhos despertaram a curiosidade das guarnições dos tanques encolhidas dentro dos esconderijos, e eles reagiram ousando olhar para fora, ficar de pé em seus abrigos. Foi um erro, tornado ainda pior pela escuridão, a areia cortando a pele, batendo nos olhos, cada respiração um engasgo sufocante, orelhas arranhadas por garras abrasivas, chapéus e capacetes arrancados. Qualquer um que fosse apanhado fora da trincheira lutava para se manter em pé, para chegar a qualquer abrigo; alguns se arrastaram para debaixo dos tanques, as mãos cobrindo o rosto, camisas e jaquetas levantadas para cobrir a cabeça, esforços inúteis contra as ondas de areia trituradoras. Outros entraram nos tanques, batendo as escotilhas com força. Mas mesmo as máquinas proporcionavam pouca proteção, os tanques e os caminhões blindados traídos por pequenas aberturas, fendas e soldas pelas quais a areia conseguia penetrar. Em poucos minutos, a tempestade engoliu tudo, afogando os homens numa vasta névoa de areia e sofrimento indiscriminado.

VENTO SE ACALMARA, A AREIA NAS ROUPAS TORNAVA PENOSOS OS movimentos. Na verdade ele havia dormido, bem enrolado, e pagava por isso agora, tentava desdobrar os joelhos, os braços, sentia uma dor aguda nos cotovelos e tornozelos. Sabia que não devia esfregar os olhos, as mãos estavam imundas, lutou para se levantar, sentiu frio novamente, pôs a mão para fora, no chão duro, puxou-se para cima. Havia vozes à sua volta, as guarnições dos tanques se levantavam como ele, oficiais movimentando-se entre elas. Ficou de pé, sentiu uma espiral suave de vento, sacudiu a jaqueta, tirou a areia, esfregou bem a manga e depois a usou para limpar o rosto, circulando os olhos com delicadeza. Percebeu um movimento, uma sombra cinzenta. Era Hutchinson.

— Está de pé, Jack? Vamos, temos que subir no tanque.

Logan expirou com força, tirou areia das orelhas, tentou cuspir, a boca estava seca.

— Que horas são?

Hutchinson estendeu-lhe um cantil. — Quase cinco. Aqui. É tudo o que tenho. Há mais no tanque. Vamos. Vou buscar os outros.

Logan bebeu, sentiu areia na água, mas não se importou; lavou a crosta dos olhos. Homens saíam dos abrigos, um exército surgia da terra, todos em direção às formas escuras dos tanques. Ele enganchou o cantil no cinto, içou-se para o chão plano, areia descendo pelas pernas, enchendo as botas. Tentou ignorar, seguiu os outros para os tanques, soldados já subiam neles, formas escuras e altas, iluminadas pela primeira luz cinzenta da manhã. Não distinguia rostos, mas sabia qual era seu tanque, sabia que Hutchinson estaria de pé ao lado da torre de tiro antes dos outros, esperando Baxter e Parnell se colocarem em posição primeiro. Um murmúrio baixo o cercava, vozes suaves, misturadas à brisa, nenhum grito, ninguém se queixando da tempestade de areia. Ele ouviu um trovão, viu homens pararem, ficarem à espera, e parou com eles, escutando. Havia um ronco baixo e ele pensou que o vento estava soprando novamente, mas então ouviu sons diferentes, impactos e baques, *artilharia*, e, agora, a voz dura do capitão Gregg:

— Vamos!

A voz chocou-o, deixou-o alerta, os soldados reagindo, o capitão passando por eles. Logan pôde ver que Gregg carregava uma submetralhadora, o que não era comum, e o capitão caminhou depressa para seu tanque, um Sherman, pulou para cima, depois entrou na torre de tiro. Os motores começaram a ser ligados, tosses altas, rugidos fortes, o cheiro de fumaça passando por cima dele. Hutchinson inclinou-se para fora, estendeu a mão, Logan a segurou, deu um impulso para cima e, com um giro rápido das pernas, entrou na torre de tiro.

Ele agarrou o capacete, ajustou os fones de ouvido; Hutchinson caiu do seu lado. O estômago de Logan revirava com o ronco embaixo dele, procurou nos bolsos, achou uma barra de chocolate, rasgou o papel, enfiou-a inteira na boca. Olhou para Hutchinson, o rapaz o olhou de volta, fechou o punho, socou o ar, sua voz nos fones:

— Rapazes, vocês queriam ver os boches. Parece que estamos prestes a vê-los. As ordens do capitão são para ficarmos bem ao lado dele. Colunas em formação paralela. O batalhão vai atravessar o campo aberto, depois vai se dirigir para um terreno acidentado próximo àqueles morros grandes. Lá devemos achar um bom abrigo e, então, vamos esperar os boches aparecerem por aquele desfiladeiro.

A voz de Hutchinson estava tensa, e Logan curvou-se, olhou as costas de Parnell abaixo, esperou algum comentário sobre atirar em marmotas ou outra idiotice. Mas Parnell estava quieto, esperava, como todos, que a ordem viesse pelo rádio, a ordem de Gregg para se movimentarem.

Logan mexeu-se no assento, pôs o pé no pedal do gatilho do 37, e a voz de Hutchinson veio pelo intercomunicador novamente:

— Carreguem todas as armas. Ponham um projétil na câmara. Procurando alvos imediatamente.

Baxter respondeu empurrando um obus para dentro do canhão, o 37 agora estava carregado. Cada homem então pegou um cinto com cartuchos de latão numa caixa de aço embaixo dele, e Logan puxou para trás o ferrolho da metralhadora calibre trinta, colocou o cinturão de projéteis dentro da câmara de carregamento. Soltou o ferrolho, o som reconfortante de metal sobre metal, a metralhadora agora também estava carregada. A voz de Hutchinson vibrou novamente:

— Algum problema? Não quero saber. Motorista, em frente! Mantenha-se próximo ao capitão. Vamos procurar os filhos da puta dos boches.

O tanque deu um solavanco para a frente, empurrando Logan contra o encosto do assento, as entranhas pulando e rolando com as esteiras de aço. Movimentaram-se depressa pelos morros baixos, por terrenos rochosos, sobre moitas de vegetação baixa. De um lado ficava a estrada principal, cascalho bem-sedimentado que serpenteava em direção a uma brecha entre os morros a leste, para um lugar chamado Faïd. Olhou pelo periscópio, luz do dia fraca, as moitas arrastando neles, tanques dos dois lados. Começou a sentir uma emoção, excitação de criança andando num brinquedo grande e maravilhoso, como no primeiro dia em que andaram no velho M-2 em Fort

Knox. Tinha rido então, sacolejando pelos campos do Kentucky. Mas agora não havia risos, e ele tentou se esconder do medo, fechou a mão sobre o gatilho da metralhadora, empurrou fundo o pedal com o calcanhar. Sempre era diferente quando o 37 estava carregado, um obus na câmara, forte, perigoso. Alvos? Tudo bem, vamos procurar uns malditos alvos.

Eles rodavam através de nuvens de poeira, areia entrando pelas ranhuras em volta das escotilhas, e Logan sentiu um súbito impacto de pavor; não, outra tempestade de areia, não. Mas então veio o cheiro, penetrante e familiar. Não era areia. Era fumaça. A voz de Hutchinson no seu ouvido:

— Vou abrir a escotilha. Não consigo ver nada. Há fogo de artilharia à nossa frente. Motoristas fechados. Continue em frente, Skip.

A escotilha se abriu acima de Logan, Hutchinson de pé, os cheiros entrando no tanque, negrume sufocante. O tanque subitamente deu um salto, caiu pesadamente, a voz de Parnell:

— Ui! Por pouco! Estamos indo direto para o maldito ataque!

— Firme, motorista. Olho no capitão. Estamos procurando aberturas no chão, um uádi ou algo semelhante. Deve nos abrigar do ataque.

Logan olhou em frente pelo periscópio, não viu nada, nuvens de poeira de um cinza arroxeado, moitas, mais pedras. Olhou para um lado, os outros tanques seguiam ainda em formação, ninguém atirava. Tudo bem; onde diabos estão os alvos? Viu um clarão, um obus caindo perto do lado de um tanque à direita, outro um pouco adiante. O fogo de artilharia chegava forte e mortífero, atingindo tudo à volta deles, o cheiro o deixando de nariz torcido, fogo de artilharia de um inimigo que ainda não conseguiam enxergar.

— Continue em frente, Skip! Parece que há uma crista de morro na nossa frente. Acho que precisamos ir além dela.

Logan olhou para a frente de novo, o tanque cambaleou para o lado, golpeando seu ombro. Sentiu suor frio nas roupas, suor nas palmas das mãos, esfregou-as na graxa do aço frio da metralhadora. O tanque subiu a elevação, e ele pôde ver os morros rochosos então, muito mais próximos, o tanque ainda avançando, morro abaixo, a estrada ainda estava lá, conduzindo à brecha entre os morros. Hutchinson agarrou o microfone do rádio, mas largou-o, então gritou, ensurdecendo os ouvidos de Logan:

— *Parem! Alto!*

A fumaça diminuiu, desapareceu atrás deles, uma pausa no fogo de artilharia, os tanques todos pararam. Logan tentou virar o periscópio para o lado, viu de relance os tanques em boa formação, ninguém se dispersara, nenhum buraco, pensou, bom, estamos bem. Olhou para a frente, podia ver claramente a brecha entre os morros, grupos de moitas, rochas pretas. Seus olhos se firmaram nas pedras, muitas, muitas pedras, e agora elas se mexiam. Deu um pulo no assento, sentiu gelo no peito, e a voz de Hutchinson soou novamente:

— Santo Cristo!

Ficaram paralisados por um longo segundo, e, então, Parnell exclamou: — Ei, Hutch. Todo o maldito vale está cheio de tanques. E não creio que sejam nossos.

Hutchinson não disse nada, e Logan olhou para cima, para ele, pensou, temos que chegar mais perto. Estamos longe demais. E não podemos simplesmente ficar aqui sentados. Queria fazer a pergunta, imaginou se o próprio Hutchinson sabia. Mas então a resposta veio, tanques dos dois lados atirando, lançando projéteis.

Hutchinson gritou dentro do seu ouvido: — Fogo! Fogo à vontade! Escolham seus alvos!

Logan olhou através da mira da arma, as mãos tremiam, virou a torre de tiro um pouco, viu uma dúzia de tanques ao mesmo tempo, todos em movimento, alguns se separando, indo para o lado, alguns vindo diretamente para ele. Focalizou um, pensamento acelerado, as aulas, o cérebro fazendo o cálculo, *novecentos metros, no mínimo*. A distância ainda era muito grande e ele fixou o olhar com firmeza, praguejou em silêncio, pensou, mais perto, maldito, venha mais para perto! A fumaça apareceu novamente, os tanques atirando em toda a volta, atiradores não tão pacientes.

O chão sacudiu e Hutchinson ordenou: — Motorista, avance. Fique perto do capitão. Vá para...

Houve um grande solavanco, o tanque inclinou, depois voltou a se nivelar. Logan foi sacudido com força contra a lataria do tanque, sentiu dor, uma pancada brusca no ombro. O tanque foi arremessado para a frente, Parnell o fazia descer em direção a uma brecha estreita nas moitas, mais rajadas de fogo, a fumaça enchendo o tanque. O tanque moveu-se para trás numa ligeira subida, e Logan encostou-se nos apoios para os ombros, olhou pela mira da arma, firmou-se, achou um alvo, um tanque, uma torre de tiro baixa e quadrada, então percebeu que era maior do que tudo o que já tinha visto. A torre de tiro do tanque se movia, a arma longa e volumosa, balançando, uma explosão de fumaça, o espaço aberto tomado por uma névoa negra. Seu calcanhar se firmou com força no pedal, o cérebro acelerado, *360 metros*, o terreno balançando debaixo deles, um súbito clarão ao lado, um jato de metal atingindo o tanque. Tentou manter a concentração, não podia evitar, olhou para o lado, viu aço negro, cego, podia ouvir o estrondo dos disparos vindo em sua direção, um grito forte, aterrorizante. Girou a torre de tiro, tinha de olhar, viu a fumaça preta, fogo, um tanque perto deles em pedaços, a esteira estendida, a torre de tiro jogada de lado, a estrela branca...

Parnell parou o tanque, a torre de tiro pouco acima de uma fileira baixa de moitas. Logan girou a torre de tiro novamente em direção aos tanques alemães, fixou o olho na mira da arma, o tanque alemão ainda vinha, mais perto ainda. Não há tempo, pensou. Atire nele... atire no filho da puta! Pressionou o pé para a frente, o 37 deu um solavanco para trás, um cheiro de pólvora fresca. Firmou seus ombros nos suportes, piscou com força na mira, pensou, vamos! Exploda-o! Viu o risco de fogo, um rastro que seguia sua linha de visão. O obus penetrou diretamente no tanque preto, uma explosão amarela rápida. Esperou acontecer mais, a fumaça, o glorioso clarão de fogo, o tanque irrompendo em chamas. Mas não houve nada, nenhuma mudança, e ele pensou, diabos! Errei! Olhou para baixo, para Baxter, o próximo projétil já estava carregado. Logan mirou novamente, o tanque enquadrado na mira, o pé pisou o pedal. Ignorou o coice da arma, acompanhou o risco de luz, viu o clarão de fogo, o obus atingindo a torre de tiro, uma explosão de fumaça cinzenta.

Então Parnell gritou em seu ouvido, pegando-o de surpresa: — Você o acertou, Jack! Continue atirando! Diabos, estão em toda parte! Deve haver uns cem deles!

Manteve o olho na mira, começou a mover a torre de tiro, procurando, mas então a fumaça se dissipou e ele viu novamente o tanque movendo-se para a frente, ainda vinha, diretamente para eles. Logan foi para trás, olhou para Baxter, que já havia carregado a arma e segurava outro obus nas mãos, esperando, disse: — Foi por um triz! O que aconteceu?

Na escotilha, Hutchinson não dizia nada, o ar em volta deles só fogo e fumaça, e Logan inclinou-se para a frente mais uma vez, olhou pela mira da arma, pensou, 270 metros... Menos que isso. Perto demais. Pressionou o pedal de novo, mas não houve sinal da trajetória do obus, o tanque alemão escondido por explosões de fumaça, rajadas de fogo que lançavam terra e pedras dentro do Stuart, destroços atingindo Logan, poeira caindo à sua volta. Olhou para cima, Hutchinson ainda estava fora da torre de tiro, e ele gritou: — Hutch, desça! Feche a escotilha!

Hutchinson não respondeu, pareceu oscilar para trás na escotilha aberta, e Logan viu a mancha que se espalhava, a calça de Hutchinson molhada e preta, e gritou de novo: — Hutch! Desça!

Estendeu a mão, puxou o cinto de Hutch, sentiu a umidade, sangue em suas mãos, tentou se levantar, agarrar... e viu então a cabeça de Hutch pendendo para um lado, um buraco profundo e desigual no peito. O sangue se espalhava, a poeira e a terra grudando na matéria quente e pegajosa nas mãos de Logan. Uma voz em seus ouvidos, palavras sem sentido de Parnell, e ele olhou o rosto de Hutchinson, os olhos abertos, fixando o nada. A voz do próprio Logan, palavras vazias, suaves:

— Hutch... desça...

HAVIAM SE RETIRADO PARA O OESTE DE SIDI BOU ZID, REUNINDO O que restara dos blindados americanos, uma formação defensiva ao longo de uma estrada principal que aquela mesma estrada que levava às montanhas cruzava. Os tanques que ainda conseguiam rodar tinham escapado ao desastre, e eram colocados em posição por oficiais desconhecidos. Atrás deles, rodavam também peças de artilharia, pesados caminhões blindados que vinham do leste, trazendo sobreviventes da infantaria, homens que, em terreno alto, não foram cercados, observadores e soldados de infantaria que se agarraram a ilhas de pedra num mar de blindados alemães.

Parnell havia guiado o tanque sem que ninguém lhe dissesse o que fazer, assistira como Logan aos tanques à sua volta se reduzirem a destroços em chamas, superados em armas e em alcance pelas pesadas máquinas alemãs que vinham em sua direção. Os rádios tinham se calado rapidamente, o microfone pendendo inútil ao lado do corpo de Hutchinson, ninguém do

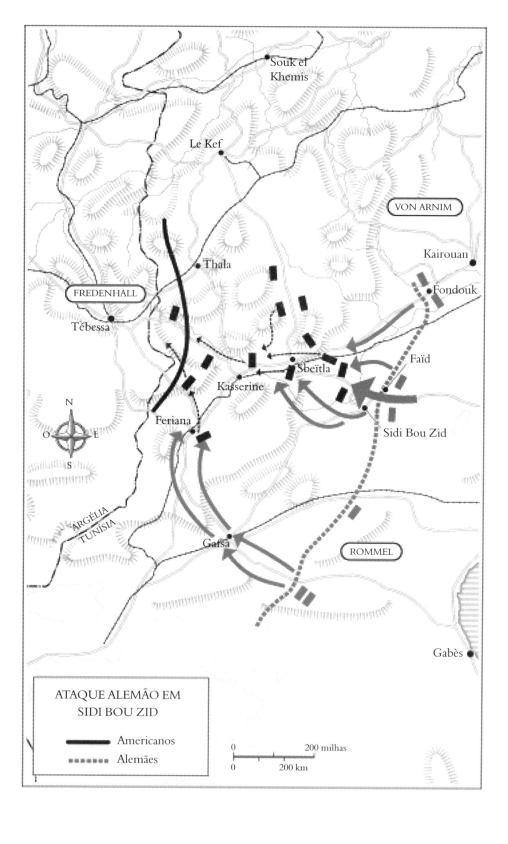

outro lado da linha, ninguém para dar nenhuma ordem. A situação se transformou numa dura corrida pela sobrevivência, e o texano tinha instinto e os conduziu pela mesma rota que os havia levado para a batalha. Durante um tempo, os blindados alemães pareciam persegui-los, tentar cercá-los, cortar a retirada. Mas o Stuart era rápido e bom de manobra, e Parnell dirigiu o tanque com total habilidade. Logan tinha girado a torre de tiro para que ela se voltasse para a retaguarda, disparara o 37 cego de raiva, inutilmente, com pouca possibilidade de destruir qualquer coisa. Mas havia uma boa razão para apontar a arma para a retaguarda. Logan sabia que a frente da torre de tiro era a parte mais espessa, onde a blindagem era mais pesada, e, se ele não podia matar os alemães com o 37, ao menos fariam a retirada com a blindagem mais forte encarando o inimigo.

Quando chegaram à encruzilhada a leste de Sbeïtla, os reservas das divisões tinham se deslocado para se juntar a eles, numa posição defensiva que talvez não contivesse o inimigo. No fim da tarde, os alemães pareciam satisfeitos em controlar o vale em torno de Sidi Bou Zid, e eles voltaram a atenção no sentido de reorganizar a infantaria, praticamente indefesa.

Ficou surpreso em ver Gregg, o capitão sentado ao lado do tanque de Logan, joelhos dobrados contra o peito. Gregg olhou para ele e disse: — Fico contente em ver que vocês conseguiram.

— Perdemos Hutch.

— Eu sei. Vocês terão um novo comandante. Provavelmente eu mesmo. Meu motorista foi morto, dois dos meus homens foram feridos. Um projétil pequeno caiu bem no colo do motorista. Aquele idiota do Russell. Estava apreciando a paisagem. Ninguém teria se machucado se aquele estúpido filho da puta tivesse fechado tudo.

Logan tentou tirar o pensamento da descrição de Gregg, depois se esforçou para manter longe a imagem de Hutchinson, tinha parado de se perguntar por que Hutchinson ficara para fora da escotilha. Logan começou a se afastar, não queria conversa.

Gregg disse: — Não esperava isso. Eles nos venceram de primeira. Alguém disse que Rommel estava lá, no comando. Pode ser. Perdemos... perdemos quase todo mundo.

Logan queria fugir, carregava a própria dor, não podia absorver a tristeza do capitão, não queria ouvir quão duramente haviam sido atingidos. Hutchinson estava morto, por agora era toda a dor com que Logan podia lidar. Buscava desculpas em pensamento, lembrou do café, tentou falar, as palavras foram cortadas pelo barulho de um jipe, atrás deles, que trepidou muito antes de parar.

— Capitão Gregg!

Logan virou-se, viu o jipe, outro atrás, um oficial descendo. O homem estava sujo, o uniforme em trapos, a calça rasgada, o motor do jipe soltando fumaça.

— Capitão!

Gregg agora estava em pé, foi em direção ao homem, fez continência e Logan também, não sabia que outra coisa fazer. Viu as insígnias, coronel, e o homem o ignorou, falou com Gregg.

— Capitão, organize seus homens de algum modo. Ao amanhecer, vamos atacá-los com toda a força. O general Ward está trazendo mais companhias antitanque, artilharia de campo e infantaria blindada, tudo o que pudermos pôr em linha. Temos informação de que o inimigo controla firmemente os arredores de Sidi Bou Zid. Vamos contra-atacar com tudo que possa atirar. A infantaria ainda está lá, confinada nos morros. É nossa tarefa resgatá-los.

Gregg olhou para Logan. — Perdemos muita gente, coronel.

— O inimigo também, capitão! E perderão mais amanhã. Encarregue-se disso aqui, ou acharei outro para fazer o trabalho!

Gregg pareceu enrijecer, e Logan teve a visão familiar, o tórax largo do homem, o olhar duro e fixo.

— Eu conduzirei estes homens, senhor. Estaremos prontos.

O coronel voltou para o jipe, subiu nele, o motorista puxou a alavanca de mudança. O jipe ficou parado por um longo momento, deu um solavanco para a frente, mais fumaça negra, e começou a rodar. Gregg fez continência novamente, o jipe já o ultrapassara, poeira e areia dos dois jipes voando numa nuvem baixa pela fileira de tanques, sete máquinas do que antes haviam sido quarenta.

21. LOGAN

PERTO DE SBEÏTLA, TUNÍSIA
14 DE FEVEREIRO DE 1943, NOITE ALTA

ACAMPARAM NUM BOSQUE DE OLIVEIRAS, HOMENS DORMINDO EM qualquer lugar, alguns ainda dentro dos tanques. Logan não conseguia dormir, encostou-se contra o tronco retorcido de uma velha oliveira, ficou vendo caminhões e veículos blindados passarem. Eles chegaram durante toda a noite, distribuindo-se nas estradas principais, dirigindo-se, supunha, para onde Judas perdeu as botas, pontos marcados em mapas pendurados nas paredes de postos de comando bem à retaguarda.

Alcançou o cantil; vazio, ficou furioso de repente, quis jogá-lo longe, isolá-lo na noite. Agarrou-o com força, tentou esmagá-lo com os dedos. Olhou o reflexo fraco no metal sem brilho, lembrou da trincheira individual, da tempestade de areia, de Hutchinson oferecendo água com areia. Enfiou o cantil de volta no suporte de lona do cinto.

— Você quer café?

A voz o pegou de surpresa, Logan subitamente se deu conta de que não estava sozinho no mundo, nem mesmo no bosque de oliveiras.

— Quem está aí?

O homem se aproximou, e Logan viu a caneca de café perto dele, a voz novamente, Baxter.

— Aqui. Sobrou meia caneca. Eles iam jogar fora. Num caminhão ali atrás. Um sargento idiota concluiu que já que ele não queria o café, por que outra pessoa havia de bebê-lo?

Logan pegou a caneca, quase fria, e bebeu; ignorou o amargor.

Baxter disse: — A chuva vai voltar nos próximos dias. Talvez. Ouvi alguém, algum oficial, conversar com outra pessoa. Temos tido sorte, ele disse. *Tempo bom para lutar*. Eu não fiquei por perto, com medo de quebrar o queixo de alguém, de algum tenente-coronel estúpido. Diabos, o que foi bom hoje?

Logan terminou o café, entregou a caneca a Baxter, não disse nada.

Baxter sentou-se, olhou-o de frente. — Devem chegar mais Shermans aqui de manhã. Talvez sejam bem melhores que o Stuart, imagino. Acho que Parnell vai ficar contente. O Sherman é mais lento, mas tem muito mais cavalos-força que o Stuart. Deve ser bom carregar alguma coisa mais pesada que um 37.

A imagem permanecia com Logan, a trajetória do obus do 37, o impacto do disparo do explosivo de alta potência, uma explosão de fogo contra a torre de tiro do tanque alemão com todo o impacto de uma bola de neve flamejante. Logan encostou de novo a cabeça na casca áspera da árvore, disse: — Gregg passou por aqui novamente, mais ou menos há uma hora. Sua tripulação foi bastante atingida. Ficaremos com ele agora. Seremos o tanque-guia. De novo.

— Então o Skip vai poder dirigir o Sherman dele, e você vai atirar com o 75.

— Sim.

Ficaram sentados por um bom tempo, o silêncio quebrado por outra coluna de caminhões, o aço chacoalhante de um semitrator.

Baxter deitou-se no chão, parecia alongar as costas. — É difícil lembrar do rosto dele.

Logan virou-se para Baxter, o rosto deste escondido pela escuridão, sabia que ele só podia estar falando de Hutchinson.

— Eu não. Nunca vou esquecê-lo. O sangue dele ainda está debaixo das minhas unhas. — Logan fez uma pausa, sentiu raiva de novo, a mesma raiva que sentia desde que o tanque tinha se retirado do combate. — Maldito idiota. Ele nos levou para a batalha como um garoto numa feira do interior, os olhos maravilhados com tudo aquilo. Esqueceu de como ser um soldado. Então ele foi morto por ser estúpido.

Baxter sentou-se novamente, parecia olhar em volta, examinando a escuridão. — Você sabe muito bem que ele era o melhor comandante de tanque do regimento. Hoje aconteceu um monte de coisas mais estúpidas do que o que aconteceu com Hutch. Há mais resmungos do que o normal, você os ouve em todo canto. Até o general Ward não está me cheirando tão bem.

Logan fechou os olhos, desesperado para dormir. — Ótimo. O melhor comandante de tanque do regimento foi morto porque não abaixou a cabeça. Sim, reclamações sobre isso não vão mudar nada. Não é minha tarefa me preocupar com quem está tomando as decisões lá atrás.

— Não, vamos deixar isso para o Skip. Aí vem ele.

Logan viu a sombra, botas pesadas batendo no chão entre as oliveiras. Parnell parou, examinou a escuridão por um instante, chamou: — Jack! Pete! Onde diabos estão vocês?

O grito cortou o silêncio e saíram xingamentos do bosque, homens que dormiam reagindo à intromissão grosseira.

Baxter respondeu: — Aqui, Skip. Cale a boca antes que alguém dê um tiro em você.

Parnell jogou-se no chão pesadamente, aproximou-se, sua voz um murmúrio baixo e conspiratório: — Perdemos uma porção de oficiais hoje. No quartel-general há grandes problemas. Fredenhall e Ward estão se atacando como dois gatos selvagens num saco de aniagem. Se não conseguirmos uma vitória amanhã, o que corre é que os maiorais estarão acabados. Dizem que Ike vai mandar para casa uma porção deles.

Baxter deitou-se de novo. — Quem disse isso? Você?

— Ótimo. Ignore um bom trabalho de inteligência. Soube disso por alguém que estava perto do coronel Stack. Há várias pessoas furiosas na divisão, apontando culpados. Fomos jogados no chiqueiro hoje. O que deveríamos ter feito...

A voz de Parnell penetrava em Logan, cutucava o lugar irritado, o aborrecimento tornou-se fúria, crescendo como uma onda longa, baixa e trovejante, um relâmpago no cérebro. Saltou para a frente, agarrou Parnell pela garganta e o fez rolar para trás.

— Cale a boca! *Cale a boca! Que diabos você sabe?*

O texano emitiu um som sufocado, e Logan continuou a apertar, os olhos fechados com força, a fúria se transmitindo às mãos, os dedos se enfiando com força na garganta de Parnell. Ignorou os puxões nos ombros, o pensamento apagando as vozes altas em volta:

— Ei!

— Pare com isso!

— Saia de cima dele!

Manteve o aperto na garganta de Parnell, que se contorcia freneticamente embaixo dele, os olhos de Logan ainda fechados, cegos para os olhos esbugalhados de terror de Parnell. Mãos agarravam seus braços agora, puxavam-no para trás, e ele sentiu uma estocada de aço na têmpora.

— Larga ele ou estouro seus miolos!

Logan se imobilizou, as mãos afrouxaram, ficaram paradas no ar. Parnell caiu para trás, sufocando, tossindo violentamente, e Logan sentiu o aço duro contra si, sentiu-se empurrado, até ficar de joelhos, dedos fortes ainda seguravam seus braços. O aço permanecia contra a sua cabeça, e então veio a voz de Gregg:

— Eu mato você. Mato mesmo.

Vozes baixas chegavam através da escuridão:

— Está tudo bem, capitão.

— Capitão... acabou.

Gregg deu um passo atrás, guardou a pistola no cinto, ficou de pé acima de Logan por um longo e silencioso momento. — Controle-se, soldado! Está me ouvindo?

Logan continuou de joelhos, sentia-se tremendo, medo, tristeza, lutou contra a vontade de chorar. Olhou os outros ajudando Parnell a se levantar. Então sentiu culpa, uma tristeza avassaladora, subitamente teve pena de Parnell, apenas um texano tagarela, tão completamente indefeso... como Hutchinson.

— Desculpe. Perdi a cabeça, capitão. Não vai acontecer de novo.

Gregg disse alguma coisa, afastou-se, os outros também se dispersaram. Eles estavam sozinhos novamente, e Parnell sentou-se devagar, manteve distância de Logan. Logan olhou para ele, sentiu-se consumido, fraco, esfregou a têmpora, onde Gregg tinha pressionado o .45. Ele teria me matado, pensou. Teria. Que diabos está acontecendo conosco?

Examinou Parnell, que ainda respirava com dificuldade. — Desculpe, Skip. Você está bem?

Parnell respirou ruidosamente. — O que foi que eu disse, Jack? Não quis irritar você.

Baxter respondeu: — Não foi nada do que você disse, Skip. — Ele se aproximou de Logan, pôs-lhe a mão no ombro. — Jack está muito zangado, é só isso. O capitão está zangado. Estamos todos zangados. É melhor guardar a raiva para amanhã.

OS COMANDANTES AMERICANOS TINHAM CHEGADO À CONCLUSÃO óbvia de que, já que o inimigo não tinha continuado a perseguir os blindados americanos derrotados, o seu objetivo imediato era acabar com a infantaria americana, centenas de homens confinados nos *djebels*, as ilhas de rochas altas nos amplos vales agora firmemente controlados pelos blindados alemães e por uma quantidade crescente de infantaria. Nos centros de comando aliados, o que Parnell ouvira foram acusações, distribuição de culpa, evoluindo para a urgência de deter qualquer investida que os alemães pretendessem fazer. A oeste de Sidi Bou Zid, as boas estradas levavam diretamente a depósitos-chave de suprimentos e a aeroportos, posições críticas muito distantes umas das outras, o que fazia com que as defesas americanas se esticassem e se diluíssem ao protegerem as diferentes rotas que os alemães poderiam atacar. Para contrabalançar sua vulnerabilidade, os americanos pretendiam investir com força para recapturar a área em torno de Sidi Bou Zid, esperando resgatar a infantaria, bem como forçar os blindados alemães de volta para o leste através dos desfiladeiros.

De madrugada, os blindados avançaram de novo, dessa vez numa formação diferente, uma coluna mais estreita, com a forma pontuda de um *V*. Os tanques iam à frente, seguidos de perto pelas armas antitanque, semitratores e caminhões blindados carregados de novas tropas. O terreno entre Sbeïtla e Sidi Bou Zid era mais acidentado que a uniformidade da "mesa de bilhar" que eles haviam encontrado mais a leste, uádis de margens íngremes com muita água barrenta, buracos pantanosos que podiam se transformar em armadilhas para quem tentasse atravessá-los. A formação, apertada, permitia que os tanques entrassem no terreno irregular numa frente estreita, economizando tempo ao se dirigirem para o terreno mais difícil, onde as patrulhas e engenheiros tinham descoberto boas passagens. Se se deslocassem rapidamente, poderiam cobrir os 16 quilômetros até Sidi Bou Zid e surpreender as forças inimigas, que talvez ainda estivessem comemorando a vitória total do dia anterior.

OS SHERMANS ERAM MAIORES, COM UMA TRIPULAÇÃO DE CINCO, O quinto homem servindo como municiador do canhão 75. Seu nome era Hapner, um rosto conhecido do batalhão, o único soldado da tripulação de Gregg que não tinha sido ferido. Não houve conversa, naquela manhã não tiveram tempo para nada além de um rápido aperto de mãos, uma saudação breve e educada, reconhecimento silencioso de que compartilhavam a tristeza indelével da perda de um amigo.

Logan teve pouco tempo para desfrutar o luxo do tanque maior, concentrou-se principalmente na mira da arma, não muito diferente daquela a que estava acostumado no Stuart. Tinha observado Baxter se ajeitando mais à frente na carroceria, passando a mão pelos pesados obuses de 75 milímetros, empilhados em todos os cantos do interior do tanque. Baxter tinha olhado para ele, batido de leve nos projéteis, um gesto de cabeça silencioso, os dois sentindo que, finalmente, poderiam ter algo a dizer sobre os blindados alemães.

O tanque balançava num ritmo mais lento, e Logan podia sentir o peso, uma máquina mais densa, mais maciça, nenhum dos movimentos rápidos e bruscos do Stuart. Acima dele, pousada na torre de tiro, ficava uma metralhadora calibre cinquenta, mais um pouco da potência que o Stuart não possuía. Passou o dedo na sua metralhadora, calibre trinta, apontada para fora pela torre de tiro, paralela à grande arma, olhou pelo periscópio, que rodava mais livremente que o periscópio do Stuart, dando maior visibilidade, uma área de tiro mais definida. Correu a mão pelo cinto de munição, as armas todas carregadas como tinham estado na manhã do dia anterior. Tentou não se lembrar do dia anterior, mas as imagens não o abandonavam, horas demais passadas dentro dos espaços estreitos do Stuart. Agora se sentia absolutamente idiota por ter alguma vez acreditado que eles eram tão poderosos, indo para a batalha com tanto orgulho de sua máquina. Estava zangado e desconcertado consigo mesmo por sua alegria idiota com toda a aventura, ansioso em disparar sua espingarda de ar comprimido contra um inimigo que entendia o que realmente significava *poder*.

Ao subirem no tanque, tentou evitar o capitão Gregg, e Gregg pareceu fazer o mesmo em relação a ele. O capitão estava atrás dele, na torre de tiro, como Hutchinson estivera, guiando Parnell pelo terreno difícil, encabeçando o avanço da formação de tanques na busca de alvos. Gregg não tinha dito nada sobre a noite anterior, sua reação explosiva à briga, que, na verdade, não era absolutamente uma briga. Depois de poucas horas de sono, eles se reuniram para o café e rações frias, sem a excitação e os falastrões da manhã anterior. Até Parnell tinha ficado quieto, nenhuma conversa, nada. Logan ainda sentia culpa por aquilo, por ter machucado Parnell de verdade, o tagarela que era apenas irritante e certamente inofensivo. Mas ele percebia agora que não havia nada de inofensivo em relação ao capitão Gregg. Logan não conseguia esquecer a sensação do .45 pressionado contra a têmpora, o aço frio das palavras do capitão *"Eu mato você. Mato mesmo."* Os oficiais não faziam esse tipo de coisa, mas aquela era uma regra que vinha de cima, de livros, algum vago código de conduta. Logan sempre vira Gregg como o soldado perfeito, o retrato do bravo guerreiro de peito largo do cartaz de recrutamento, o homem sem medo, inspirando seus soldados a vencer qualquer inimigo. Logan olhou para um lado, viu as botas do homem, a calça cáqui, não olhou para cima, para a torre de tiro aberta. O que vai acontecer agora? Provavelmente ele também está sem jeito, sabe que ultrapassou as medidas. Diabos, não vou falar disso com ninguém. Se ele tivesse me matado... bem, acho que alguém teria feito alguma coisa. Curvou-se, olhou as costas de Parnell embaixo. E se eu tivesse matado *você*? Meu Deus, provavelmente me enforcariam.

Logan olhou para fora pelo periscópio, viu moitas de vegetação baixa, rochas altas adiante, o terreno próximo em declive. A voz de Gregg ressoou, eram as primeiras palavras que dizia depois de um bom tempo:

— Motorista, siga a trilha à esquerda. Os mapas registram um cruzamento. Reduza a velocidade.

Parnell respondeu: — Sim, senhor.

Logan esperava mais, bem, não, agora não. Nenhuma tagarelice com o capitão. Não somos mais uma maldita família unida.

O tanque reduziu a velocidade até se arrastar, e Gregg disse: — Desça. Siga aqueles rastros. Os outros virão atrás. — Ele falou pelo rádio, e Logan tentou ver atrás deles, achou melhor não mover a torre de tiro sem o capitão estar esperando por isso. O tanque rodou na areia macia, o uádi não tinha mais que 45 metros de largura, uma margem rasa do outro lado. Parnell dirigiu o tanque para a inclinação, acelerou o motor, o tanque agora subindo cambaleante, nivelando-se depois, novamente em terreno duro.

Passaram pelas moitas, e Gregg gritou no intercomunicador: — Boches! Fechem tudo!

Parnell e Baxter fecharam as escotilhas, e Logan esperou Gregg descer e ficar bem atrás dele, mas a escotilha principal continuava aberta, e Logan olhou para cima, sentiu o frio atravessá-lo. Fora da torre de tiro, a metralhadora calibre cinquenta começou a atirar, e Logan pensou, que diabos haverá ali? Olhou em frente, procurou alvos no chão plano, não viu nada. A metralhadora calibre cinquenta disparou novamente, barulho forte bem acima dele, e Logan procurou freneticamente, ainda nada. Em que diabos ele está atirando? Então o tanque deu um salto, poeira voando, a cinquenta atirando novamente, lampejos e clarões, fogo de mais metralhadoras, mais cinquentas atirando por detrás deles. Houve baques pesados, nuvens de areia, e então ele viu formas negras movimentando-se depressa, logo acima do chão, desaparecendo rapidamente de um lado. *Bombardeiros.*

Agora havia silêncio, a grande metralhadora quieta.

Gregg disse: — Junkers. Seis. Não acertaram ninguém. Motorista, avance. Eles vão voltar.

O tanque se afastou do uádi, e Logan quis ver o rosto de Gregg, mas o capitão estava de novo atrás dele, numa posição desajeitada. Sabia que Gregg examinava o horizonte, a mão na calibre cinquenta. Era uma imagem recente na memória de Logan, a dureza do capitão voltando, nada do sentimentalismo da primeira grande batalha. O intercomunicador falou em seu ouvido:

— Espero que você atire melhor que eu, recruta. Tive um maldito avião enquadrado na minha mira e atirei direto por cima dele.

Logan olhou para cima, viu Gregg curvado sobre ele, um rápido aceno de cabeça. — Localize um alvo para mim, senhor. Veremos o que este 75 pode fazer.

Eles continuaram rodando por alguns minutos, Logan ainda procurando, os outros fazendo o mesmo. Ouviu barulho do rádio, depois o intercomunicador:

— Fiquem atentos! Observadores comunicaram uma formação de tanques inimigos à frente e à direita!

Depois de uma pausa, Gregg disse: — Lá estão eles! Motorista, vinte graus à direita. Reduza, deixe a formação entrar em posição. Eles estão a uma boa distância, talvez a uns 1.400 metros. Não parecem estar em movimento. Fechem-se. Vamos continuar.

Gregg desceu, a escotilha se fechou, e Logan não pôde deixar de sentir alívio. Moveu o periscópio ao redor, podia ver os outros tanques agora, afastando-se para os dois lados, colocando distância entre si. Inclinou-se para a frente, olhou pela mira da arma, sentiu a agitação novamente, fechou e apertou as mãos, tentando expulsar a tremedeira delas.

Gregg deu-lhe um tapa nas costas, pegando-o de surpresa. — Descubra-nos um alvo, recruta. O 75 não pode perfurar a blindagem da frente daqueles grandalhões. Tente um tiro de flanco. Ou atire baixo, arranque as esteiras.

A voz de Gregg estava calma, as palavras vinham devagar. Logan flexionou os dedos, observou através da mira, podia ver os tanques inimigos agora, alguns em movimento, abrindo a formação também. Esperava ver fumaça, sinais de disparos, mas não havia nada ainda, os tanques se afastavam para o lado, tateando o caminho em frente devagar, o inimigo fazendo o mesmo. Parnell falou então, uma das poucas vezes que Logan ouviu sua voz desde que tinham subido no tanque:

— Senhor, terreno plano e aberto à frente. Cobertura mais adiante, depois algumas rochas, talvez a uma distância de 180 metros.

— Acelere um pouco, motorista. Atravesse o espaço aberto rápido. Quando chegar àquelas rochas, vamos parar e observar. Vou avisar à formação para parar em abrigos, o que conseguirem encontrar. Precisamos ficar de olho nos aviões.

Logan olhou pela mira, procurou um cano de canhão, sinal de uma torre de tiro apontada para o lado, o alvo vulnerável. Mas os tanques ainda estavam de frente para ele.

Gregg disse: — Motorista, alto. Já andamos o suficiente. Vou dar uma olhada. Há algo estranho. Há muito poucos deles.

A escotilha se abriu e Gregg ficou de pé, binóculo levantado. — Eles estão se retirando. Sabem que somos muitos. Motorista, avance. Vamos avançar com força. Talvez sejam apenas alguns tanques de reconhecimento. Pegamos estes sacanas com as calças na mão!

Parnell avançou, o tanque agora livre das rochas, e Logan viu a fumaça, as primeiras explosões de tiros vindas dos tanques alemães. Esperou, as cargas não os alcançavam, nuvens de poeira e pedras noventa metros à frente deles. Segurou firme na torre de tiro, e Parnell pareceu ler seu pensamento, dirigindo o tanque em linha reta, mantendo um monte de terra com moitas densas entre o Sherman e o inimigo.

Logan fixou a mira da arma num tanque e falou alto:

— Cerca de setecentos... continue andando, Skip. Preciso pegar um se virando.

Parnell não disse nada, o tanque avançava, moitas agora em toda a volta, apareceu uma vala rasa, o tanque se ajeitou na depressão, uma boa posição.

Gregg também leu seu pensamento:

— Alto, motorista. Bom lugar. Vamos olhar de novo. Artilheiro, você está a uma distância adequada. Ache-nos um alvo. Atire quando estiver pronto.

Gregg empurrou a escotilha para abri-la novamente, ficou de pé, Logan foi envolvido pelo ar frio e embaçado, uma névoa leve deslizava pelo espaço aberto. Ouviu um baque forte, um tanque disparou de um lado, depois outro. Concentrou-se no tanque alemão em sua mira, a máquina balançava, subia uma pequena elevação, a torre de tiro oscilava, o longo cano da arma apontava para a esquerda, a voz dentro da cabeça de Logan: *agora*.

Apertou o pedal e a grande arma trovejou, o tanque balançou para trás. Esforçou-se para enxergar a trajetória do projétil girando direto para o inimigo, um clarão de fogo, o grito do capitão em seu ouvido:

— Curto! Vinte... Quase trinta metros!

Logan sabia que não precisava esperar por Hapner, o soldado se movimentava rápido; outro projétil, e ele ajustou a torre de tiro, um toque na elevação da arma. Apertou o gatilho novamente, outra explosão forte, longos segundos, um clarão de fogo, Gregg:

— Contato! Embaixo, nas esteiras!

Logan não precisava da descrição do capitão, podia ver por si, viu movimentação no tanque, homens saindo. Gregg disse: — Eles estão se entregando! Ache outro alvo!

Logan moveu a torre de tiro, viu outra máquina entrando numa depressão e se escondendo, somente a torre visível. Um clarão, a arma inimiga disparou, mais clarões, choques fortes em toda a volta, fumaça passando, enevoando a visão. Malditos, onde vocês estão? Deslocou a torre para o lado, procurou novamente, pedras, movimento, outro tanque, não, é um caminhão blindado, uma arma grande. A fumaça de novo, mas pôde ver que o chão tinha movimento, estava vivo, o Sherman balançando mais uma vez, o som da calibre cinquenta acima dele, a voz de Gregg:

— Aviões! Não se preocupe comigo! Continue atirando, artilheiro!

Logan apertou o gatilho novamente, depressa demais, o projétil raspando o flanco do grande caminhão. Xingou-se, percebeu o movimento do municiador, Hapner, a voz de Gregg no intercomunicador:

— Tanques no flanco! Nos dois flancos! Artilheiro, gire para a esquerda. Os alvos se aproximam!

Logan virou a torre com a manivela, girou a mira da arma em torno, procurou, tanques próximos, estrelas brancas, atirando, envoltos em fumaça, um em chamas.

— Onde? Só vejo os nossos!

Gregg gritou de novo: — Motorista! Reverter! Saia de perto das moitas! Prepare-se para manobrar noventa graus norte!

Logan sentiu-se desesperadamente confuso, pensou, onde? Por quê? Se os alvos estão à nossa frente? Falou alto: — Capitão! Para onde estamos indo?

O tanque deu um solavanco para trás, a cabeça de Logan bateu com força na mira da arma. Diabos! O que está acontecendo?

Gregg gritou de novo: — Tanques inimigos na retaguarda!

Parnell respondeu: — Diabos, capitão, para onde eu vou?

Houve uma grande explosão e Gregg caiu com força, a escotilha ainda aberta, o capacete fora do lugar, e ele bateu no ombro de Logan, gritou perto de seu ouvido: — Atire pra valer! Em tudo que você enxergar! Estamos encurralados! Tanques inimigos em todos os lados! Motorista!

Parnell o ignorou, ensurdecido pela explosão, o interfone de Gregg agora era inútil. O tanque girou para um lado, cambaleou para a frente, e Logan gritou para Gregg: — Senhor! A escotilha!

Gregg levantou-se, fechou a escotilha, firmou-se no ombro de Logan, aproximou-se do ouvido dele. — Fogo em movimento! Talvez precisemos abrir caminho atirando para sair daqui!

O tanque balançou para a frente e a cabeça de Logan bateu de novo com força na mira, o capacete cobriu o rosto. Tentou se equilibrar, puxou o capacete, viu o nariz de Gregg sangrando. Gregg gritou alguma coisa no microfone do rádio, a voz abafada por mais disparos próximos, mais explosões de granadas. Logan segurou firme a mira da arma, não havia alvos agora, apenas fumaça, o tanque balançando fortemente, Parnell o guiando por terreno irregular, girando para um lado, para outro, ziguezagueando, o instinto de um bom treinamento. Logan olhou pelo periscópio, fogo, destruição, homens correndo, mais fumaça, um jato fino de terra e aço. Houve um solavanco duro, o som de aço contra aço, e o tanque foi levantado de lado, caiu novamente no chão, fumaça espessa fervendo em seu interior. Ouviu um grito agudo, o motor subitamente quieto, gritos, Gregg de pé novamente, a escotilha aberta.

— Fora! Agora!

Logan tentou se levantar, os pulmões queimavam, cego, o tanque denso de fumaça, a voz do capitão mais uma vez:

— Saiam!

Sentiu uma mão no ombro, puxando a jaqueta, levantou-se, tentou ficar de pé, as mãos se estendendo para a abertura, agora calor vindo de baixo, fumaça negra cegando-o. Subiu, procurou a escotilha, gritos à sua volta, sentiu Gregg suspendê-lo, os dois cambalearam para fora do tanque, caíram com força no chão, sem ar nos pulmões. Tentou respirar, lutou para enxergar, os olhos queimavam, fogo sufocante nos pulmões, fogo no tanque, fumaça saindo das escotilhas. Tentou gritar *Tirem eles lá de dentro*, mas não saiu nada, nenhuma palavra, um aperto sufocante na garganta. Ficou deitado de costas na terra macia, viu Gregg voltar ao tanque, curvar-se para dentro da escotilha, mais gritos, uma explosão de fogo, calor insuportável vindo em sua direção. Logan fez força com as pernas, rolou o corpo para se afastar do tanque, vegetação espinhenta por baixo dele, as roupas rasgadas, sangue nas mãos. Conseguiu respirar novamente, tentou se levantar, ficou de joelhos, olhou o tanque, fervendo em chamas, Gregg cambaleou para fora da carcaça, outro corpo caiu com ele, negro de fumaça, desabou no chão. Logan se aproximou, o calor excessivo o impedia de chegar perto, Gregg deitado, mexendo, tentando engatinhar. Logan cobriu a cabeça com a jaqueta, correu para a frente, agarrou a mão de Gregg, puxou com força, pele queimada, a mão escorregando, *quebrando*. Logan caiu para trás, mais uma explosão de fogo, o tanque agora se consumia, gasolina e pólvora, os corpos de homens.

— Você está vivo? Logan sentiu a jaqueta escorregar para baixo, descobrindo seu rosto para o ar frio. Tentou abrir os olhos, viu formas indistintas.

— Ah, então está.

Lutou para enxergar, as formas ficaram mais distintas, homens, em pé acima dele. Respirou, o ar frio arranhando a garganta machucada, disse: — Água.

O homem abaixou-se. — Ah, agora não. Desculpe.

Sentiu mãos que o levantavam, depois as próprias pernas embaixo, feridas queimando os pés. Piscou, podia enxergar mais claramente, muitos caminhões, cruzes pretas, destroços fumegantes de um tanque. O fogo queimava-lhe a garganta e ele disse de novo, uma pergunta dessa vez: — Água?

O homem disse alguma coisa, autoritário, uma ordem, palavras que Logan não conseguia entender. Depois tornou a falar com Logan: — Os prisioneiros receberão tratamento no devido tempo. Água também.

Logan já enxergava o rosto do homem, o chapéu cáqui, o uniforme. Alemão.

— Você é um homem de sorte. Mas agora vai marchar.

Foram organizados em duas longas colunas, alguns feridos, outros retirados dos tanques sob ameaça de armas, os soldados capturados na armadilha preparada pelos panzers alemães. Logan foi levado para uma fila de homens vigiados por soldados alemães com baionetas. A coluna era guiada por um pequeno caminhão, seguido por um veículo blindado, uma metralhadora pesada no alto, apontada para os americanos que não podiam mais, de forma alguma, combater. Marcharam para os desfiladeiros rochosos, o mesmo lugar onde Logan tinha visto o primeiro tanque alemão, onde a granada do 37 tinha provado não ser adversário para a potência de máquinas muito maiores.

Tentou ver para onde iam, mas não tinha forças, a sede era avassaladora, a garganta quase fechada, os pulmões ainda chamuscados pelo fogo. Seus passos eram lentos e automáticos, como os dos homens ao seu redor, movimentando-se com o pouco que restava da energia que tinham trazido para o combate. Os pensamentos dele vagavam, fogo e gritos, fumaça, o capitão. Perguntava-se se os outros estariam junto com ele, em algum lugar, bem à frente, lá atrás. Ou se não estavam. Não tinha visto ninguém sair, exceto o capitão, e aquele... corpo. Tentou clarear a mente, pensou, os outros podiam ter sobrevivido, escapado pela escotilha, invisíveis na bola de fogo. Logan tentou manter isso em seu cérebro, disse em voz alta: — *Eles podem ter escapado.*

Tentou visualizar aquilo, Parnell e Baxter conseguindo sair em segurança, sem ferimentos, contando o que acontecera. Logan não fazia ideia do que atingira o tanque, uma bomba, uma granada de um tanque alemão, artilharia. Afinal, que diferença fazia? Que diferença fazia tudo aquilo? Arrastava um pé na frente do outro, feridas doendo nos pés, apertava os olhos em direção aos morros à frente. Tentou contar os homens na coluna, mas a mente não funcionava mais, o cérebro não trabalhava além das simples passadas. Esforçou-se para fazer perguntas, pensamentos simples, para onde vamos? Vão nos fuzilar? Talvez só nos colocar atrás de cercas de arame. E depois o quê? Vão nos deixar partir? Vão nos mandar para casa? Pensou novamente no tanque, a máquina maravilhosa, os homens da equipe, bons homens, mais, *amigos*. Vou revê-los...? Na frente dele, um homem caiu, sangue na calça, um alemão puxou-o para fora da estrada, pistola na mão. Logan não conseguiu olhar, fechou os olhos, um pé na frente do outro.

OS PRISIONEIROS FORAM LEVADOS, CAMINHANDO, PARA LONGE DO campo de batalha, através do grande espaço que se estendia em todas as direções, tripulações de tanques e artilheiros reunidos a colunas de infantaria, os homens que haviam ficado encurralados nos *djebels*, os terrenos altos e rochosos, impossibilitados de abrir caminho até um lugar seguro. Atrás deles, o que restava do contra-ataque americano escoava para o oeste numa fuga desesperada, soldados abandonavam as máquinas avariadas, alguns em retirada desordenada, pouco mais que uma multidão em pânico. Os que alcançaram as defesas americanas eram ajudados pelos que ainda guarneciam os desfiladeiros, ambulâncias e paramédicos, oficiais chocados e soldados extremamente nervosos, que agora viam o avanço alemão com uma sensação crescente de desesperança, uma onda de medo de que tivessem caído num inferno que não podiam suportar se insinuava pelas fileiras, de que tivessem finalmente se encontrado face a face com o homem chamado Rommel.

Nos postos de comando, os oficiais superiores tentavam reunir informações, comunicar-se com quem quer que ainda fosse uma força organizada, para reviver a esperança de que, em algum lugar em torno de Sidi Bou Zid, em algum lugar a leste de Sbeïtla, houvesse resistência organizada suficiente e os alemães ainda pudessem ser rechaçados. Combates esparsos ainda eram travados, fumaça e fogo pontilhavam o chão, homens com rifles e armas antitanque faziam um último esforço para se manterem bravos diante dos blindados alemães. Mas os comandantes sabiam que o desastre tinha sido absolutamente completo e, então, começaram a traçar novas linhas, procurando a melhor rota de fuga nos mapas, levando os soldados e as máquinas para uma nova posição defensiva, onde pudessem evitar que a onda alemã avançasse completamente pela Tunísia ocidental. A última serra sólida de montanhas rochosas chamava-se Dorso Ocidental, o último lugar em que o exército de Rommel ainda poderia ser detido. Os comandantes americanos tinham esperança de que os desfiladeiros pudessem ser controlados, bem como as estradas que conduziam às cidades-chave de Tébessa e Thala, adiante de uma pequena aldeia próxima ao desfiladeiro principal, cujo nome vinha dessa brecha nas montanhas. Era o lugar que daria nome a toda a campanha. Os comandantes e os soldados que fizeram sua retirada através desse lugar recordariam o nome para sempre. Era o Desfiladeiro de Kasserine.

22. EISENHOWER

DJEBEL KOUIF, PERTO DE TÉBESSA, TUNÍSIA
15 DE FEVEREIRO DE 1943

POR MUITOS DIAS, COMUNICADOS DA INTELIGÊNCIA HAVIAM sugerido com muita certeza que o ataque alemão se daria muito mais ao norte, perto do flanco mais ocidental da posição americana, a junção com os franceses sitiados, através do Desfiladeiro de Fondouk. Anderson tinha planejado sua estratégia defensiva de acordo com as informações, ordenara a Fredenhall para avançar divisões do Segundo Corpo de Exército para mais perto dos franceses, para reforçar a área que certamente seria alvejada no inevitável ataque alemão. Fredenhall havia obedecido sem discutir, tinha aceitado sem questionar a validade da inteligência. Como resultado, os blindados do Segundo Corpo de Exército tinham sido distribuídos em pequenos conjuntos, e uma força considerável fora enviada para reforçar o flanco norte. Todas as indicações eram de que os alemães ainda viriam pelo Desfiladeiro de Fondouk. Eisenhower tinha ouvido os comunicados também, quis acreditar que Anderson estivesse bem-informado, que a inteligência fosse confiável. Mas os mapas haviam preocupado Eisenhower, e a complacência de Fredenhall o alarmara mais ainda, pois Fredenhall acreditava que blindados e infantaria em focos isolados distribuídos ao longo de estradas distantes e desfiladeiros nas montanhas eram suficientes para fazer frente aos alemães. Fredenhall confiava na exatidão da inteligência, o ataque alemão certamente viria ao norte, e as unidades enfraquecidas do centro da posição americana tinham pouco com que se preocupar.

Eisenhower sabia que as forças americanas ainda precisavam ser seriamente testadas em combate. Para aliviar seu desconforto, havia viajado para o leste de seu quartel-general em Argel, para verificar pessoalmente as várias posições das frentes. Primeiramente, havia visitado Fredenhall, depois tinha ido mais adiante para encontrar o comandante da Primeira Divisão de Blindados, Orlando Ward. Fredenhall era a imagem da confiança, expansivo, um homem com opiniões definidas sobre tudo, com uma fé inabalável na disposição de suas tropas. Ward parecera estranhamente conformado, aceitando as ordens de Fredenhall com protestos brandos, mas as obedecendo mesmo assim. Isso não era comum em Ward, especialmente porque Eisenhower sabia que Ward não gostava que ninguém lhe dissesse como dispor seus tanques. Já haviam chegado informações ao quartel-general de Eisenhower em Argel sobre uma rixa prestes a explodir entre Fredenhall e Ward, troca de palavras ásperas, acalmada apenas pela hierarquia e autoridade de Fredenhall. Ward, afinal, era um bom soldado. Faria o que lhe mandassem fazer.

Tanto Anderson quanto Fredenhall insistiam que qualquer ataque alemão contra o centro da posição americana seria provavelmente uma simulação, uma demonstração para desviar a atenção dos americanos da verdadeira ameaça, em Fondouk. Apesar dessas afirmações, Eisenhower reconhecera as falhas graves do posicionamento de tropas de Fredenhall, e, no fim da tarde de 13 de fevereiro, tinha expedido ordens para corrigir as posições perigosamente dispersas dos blindados e das tropas. Mas antes que as ordens de Eisenhower pudessem ser executadas, os alemães atacaram. E não foi em Fondouk, mas mais ao sul, onde os comunicados da inteligência afirmavam que não havia perigo. Até mesmo enquanto os alemães atacavam fortemente a infantaria e os blindados americanos em Sidi Bou Zid, Anderson e seus oficiais da inteligência continuavam a insistir que era apenas uma simulação. Ao meio-dia, com a posição americana em ruínas, todos afinal se deram conta de que a inteligência errara desastrosamente.

Enquanto a ponta de lança alemã atacava através dos desfiladeiros a leste de Sidi Bou Zid, Eisenhower estava bem perto, a ponto de ouvir os estrondos. Quando as primeiras levas de tropas, confusas e em pânico, passaram pelas posições ao seu redor, Eisenhower obedecera aos ansiosos protestos dos oficiais, que sabiam que aquele não era um lugar para o comandante aliado permanecer. Com as defesas americanas desmoronando às suas costas, o jipe de Eisenhower fez uma rápida viagem até o quartel-general de Fredenhall, o centro de comando de toda a posição americana.

A ESTRADA SUBIA SERPENTEANDO POR UM CÂNION ÍNGREME, CERcada de grandes pedras, guarnecida por uma proteção desigual de pinheiros altos e finos. Eisenhower se firmava no banco traseiro do jipe, o motorista muito mais calmo do que uma hora atrás. No banco da frente, ao lado do jovem sargento, estava Lucian Truscott, um general de duas estrelas impetuoso e sensato, que havia viajado com Eisenhower pelas posições das linhas de frente. Truscott desembarcara ao norte de Casablanca, com uma parte da Força-Tarefa Ocidental de Patton, da Operação Tocha. Eisenhower havia conhecido Truscott antes da guerra, observara-o desde então, um homem que podia ser com facilidade um disciplinador determinado, o tipo de oficial superior de que as inexperientes unidades americanas precisavam desesperadamente. Depois da finalização bem-sucedida da Operação Tocha, Eisenhower tinha escolhido Truscott para ser seu ajudante de ordens na Tunísia, os olhos e ouvidos do general comandante entre os homens encarregados de combater os alemães. Um dos primeiros relatórios de Truscott tivera tons de aborrecimento cuidadosamente encoberto, uma observação de que o quartel-general de Fredenhall parecia projetado para ser permanente, como se Fredenhall esperasse ficar no mesmo lugar por bastante tempo. Eisenhower tinha ido imediatamente verificar e confirmara que Truscott estava correto. Fredenhall estava despendendo muita energia para criar um posto de comando que parecia mais apropriado para sustentar um cerco dos velhos tempos. Foi a primeira indicação que Eisenhower teve de que o Segundo Corpo de Exército poderia estar com um problema de comando.

Eisenhower olhava as pedras, a estrada, a cobertura ampla e pesada que protegia a entrada do centro de comando de Fredenhall. Além da impressionante semelhança do lugar com uma fortaleza, Eisenhower entendia agora que havia outro sério problema com a decisão de Fredenhall. À medida que o avanço para dentro da Tunísia progredia, os mapas dessa parte do país haviam sido atualizados. Quando a posição de Fredenhall foi determinada pela primeira vez, Eisenhower tinha pensado que os ajudantes tinham simplesmente cometido um engano, ou que havia um erro nos próprios mapas. Mas agora o próprio Eisenhower havia viajado, não apenas para encontrar Fredenhall, mas também tinha ido mais longe, até as posições das linhas de frente, para observar os vários oficiais cujos soldados avançavam até as posições que Fredenhall lhes havia designado. Surpreendido pelo ataque dos alemães, Eisenhower tinha sido obrigado a recuar numa corrida maluca e, portanto, a localização do quartel-general de Fredenhall tinha se tornado mais que apenas um pingo de tinta azul num mapa. Eisenhower tinha suportado então os longos quilômetros em estradas lamacentas, quilômetros demais, tinha sofrido demais com os pneus duros do jipe, entrado demais em valas para abrir caminho para longas caravanas de caminhões, o Red Ball Express (Expresso da Bola Vermelha), veículos americanos apressados em direção à frente de batalha. Agora sabia que os mapas não estavam errados e, a cada quilômetro, sua raiva aumentava, uma fúria crescente contra Fredenhall por criar para si esse abrigo exageradamente seguro contra o que devia imaginar fosse uma ameaça iminente de bombardeiros alemães e de Messerschmitts. Lloyd Fredenhall tinha colocado o quartel-general do Segundo Corpo de Exército em uma fortaleza natural a *130 quilômetros* do combate desastroso em Sidi Bou Zid.

O jipe parou, a estrada terminava numa mata densa de pinheiros. Havia oficiais, homens surpresos que estudavam Eisenhower enquanto batiam continência automaticamente. Ele esperou que Truscott descesse do jipe, depois pisou no terreno branco lamacento, viu um oficial conhecido, o coronel Akers, ajudante de ordens de Fredenhall, que se precipitou em sua direção com uma continência apressada.

— Senhor! Bem-vindo de volta! Deixe-me guiá-lo. Siga-me por aqui. Acredito que o senhor conheça a trilha. Observe a fita branca na palha de pinheiro, marcando o caminho por entre as árvores.

Eisenhower não disse nada, controlou firmemente a raiva, não tinha motivo para destratar Akers por sua prestimosidade. Começaram a andar, e Eisenhower ouviu o rugido duro e baixo de um motor a diesel; parou, viu um trator surgir numa trilha larga entre as árvores. A máquina carregava uma caçamba de aço larga que pendia para a frente, pesada, contendo duas grandes pedras brancas. Eisenhower ficou olhando enquanto o trator girava para um lado e a caçamba tombava para a frente, deixando as pedras caírem numa ravina estreita. A máquina recuou, virou, desapareceu rapidamente na trilha, e a mente de Eisenhower começou a se encher de perguntas. O ajudante de Fredenhall esperava pacientemente, e Eisenhower o seguiu novamente pelo tapete macio de palha de pinheiros, e subiram até uma clareira. Eisenhower podia ver homens se movimentando em todos os lugares, o som de mais equipamentos pesados, homens com pás e picaretas. Havia oficiais, um grupo de três homens se acotovelavam sobre uma mesa pequena de madeira, cheia de papéis, desenhos. *Engenheiros.* Ignorou o ajudante, foi até lá e perguntou: — O que está acontecendo aqui?

Eles viraram para Eisenhower, aprumaram-se, bateram continência, e um deles disse: — Senhor, o general Fredenhall nos deu ordens para fazer melhorias na segurança do centro de comando, para proteger o quartel-general contra o bombardeio mais forte que o inimigo possa fazer. Estamos usando cavernas e outras fendas existentes nas paredes de pedra das partes mais profundas do cânion para prolongar corredores e abrigos no interior das rochas.

Eisenhower se aproximou, não conseguiu esconder a ameaça em sua expressão. O homem pareceu surpreso, e Eisenhower falou: — Você está me dizendo que os engenheiros estão investindo sua energia para fortificar o quartel-general de um corpo de exército? Vocês sabem o que está acontecendo a leste daqui? O que *aconteceu*? Por que seu pessoal não está lá, onde podem ajudar as tropas que lutam contra o inimigo? Precisamos de campos minados, de defesas fortificadas. Estes malditos tratores precisam ir para o leste, e rápido!

Tentou manter a voz baixa, mas a fúria era completa, e os três homens recuaram de olhos arregalados.

Outro homem falou, um capitão, de uniforme limpo, bem-barbeado, a voz de menino.

— Senhor, as companhias de combate têm seus próprios engenheiros para esse tipo de trabalho. Nós fomos nomeados por ordem do general Fredenhall para este lugar, para fortificar e reforçar...

— Basta, capitão. — Eisenhower tentou se acalmar, sabia que eles não tinham culpa. Tinha enorme respeito pelos engenheiros, eram bons homens, bem-treinados, e certamente entendiam as ordens. — Tudo bem. Façam seu trabalho. Desloquem suas malditas pedras e cavem seus buracos. Mas estejam preparados para *novas* ordens.

Eisenhower deu meia-volta, andou novamente em direção às tiras de fita branca, à trilha através dos pinheiros, a longa trilha que o levaria ao homem que estava confortavelmente seguro em seu quartel-general inexpugnável.

A subida no meio dos pinheiros havia drenado sua raiva, a situação desesperadora na frente de batalha se infiltrava em seus pensamentos. Pensou, não é hora de quebrar pau. Preciso de Fredenhall e de Ward, de todos eles, preciso que façam seu trabalho. Posso pular no pescoço deles ou descobrir que diabos está acontecendo. Antes de começar a jogar as pessoas pela janela, é melhor agir como um maldito diplomata. Odeio diplomatas!

— Senhor! Por aqui!

Eisenhower seguiu Akers por um espaço aberto, a praça da antiga povoação, ocupada principalmente por árabes que há muito trabalharam nas várias minas da região. As ruas eram lamacentas, quase não eram ruas, e sim passagens sulcadas que desapareciam em cânions escuros. Akers o conduziu para o lado mais afastado da praça, para uma estrutura retangular, isolada, que havia sido uma escola, uma das maiores edificações da triste aldeia.

O interior era escuro e úmido, o chão bem-varrido, as paredes espessas acrescentando frieza ao cômodo. Havia salas mais adiante, corredores, cavados diretamente na rocha, ajudantes em ação, operadores de rádio, vários telefones. Viu Fredenhall sentado junto a um cabo, o comandante agarrado ao receptor do telefone do cabo, que estava sendo puxado para perto dele pelo emaranhado de fios. Fredenhall socou a mesa à sua frente, gritou no receptor: — Inferno, não! Ponha este pessoal na estrada! Não importa o que eu disse hoje de manhã! Eu acabo com você, *está entendendo?*

Ele jogou o receptor do telefone na mesa, apontou um dedo para o cabo, que recuou, disse: — Maldito! Você vai dizer a esse pessoal que eu não quero ouvir estes disparates! Eu espero... oh! — Então ele viu Eisenhower, ficou de pé, pareceu repentinamente nervoso, inibido, esfregou as palmas das mãos na camisa. Ele era mais velho que Eisenhower, baixo e atarracado, de rosto vermelho, conhecido por todos que serviam com ele como um homem de pavio curto, de muitas palavras e cheio de opiniões. Desde o começo da guerra, Fredenhall foi um dos favoritos de George Marshall e a escolha dele por Marshall para o comando da Força-Tarefa Central da Operação Tocha não fora questionada. Fredenhall tinha feito seu trabalho, impressionado Eisenhower pela forma como conduziu a captura de Orã. Eisenhower havia acreditado que Fredenhall, a despeito de suas arestas, continuaria a liderar sua unidade com dura disciplina e comando firme da situação tática. Eisenhower ficou olhando enquanto Fredenhall parecia se recompor, pensou: E então, por que diabos você está a 130 quilômetros de suas linhas de frente?

— Ike! Ah, bom. Bem-vindo. Estamos fazendo um esforço conjunto neste caso, um esforço conjunto. Finalmente consegui convencer Anderson da seriedade da nossa situação, e ele está mandando ajuda do norte. Esse é o problema com os britânicos, você sabe. O homem simplesmente não queria me ouvir. Dias atrás, tentei dizer-lhe que poderíamos ter um problema. Ele concordou em liberar o restante da Primeira Divisão de Blindados de Fondouk, os rapazes de Robinett, e mandá-los aqui para o sul, que é o lugar deles! Vamos despachar os hunos de volta num piscar de olhos!

— Preciso de mais do que otimismo, general. Que notícias temos dos postos de comando?

Fredenhall pareceu murchar, hesitou. — Danem-se eles, Ike. Linhas de comunicação ruins. Não consigo receber relatórios dos regimentos. Os comandantes das companhias ignoram minhas ligações. Vamos ter muitos problemas quando isto terminar. Eu vou cuidar disso. Não há necessidade de aborrecê-lo com detalhes. Mas alguns coronéis vão para trás das escrivaninhas por causa disso.

— Quem? Que coronéis?

— Bem, Drake, Waters. Hightower também. E não apenas coronéis. Alguns generais de uma estrela também. McQuillen certamente. Eu envio instruções, esperando que eles me digam que diabos está acontecendo, e não recebo nada a não ser estática. Com a mesma rapidez com que envio ordens, ouço que elas não podem ser executadas.

Talvez se você estivesse mais próximo do combate... — Lloyd, eu não estou interessado em quem você pretende repreender. Quero saber quem está no

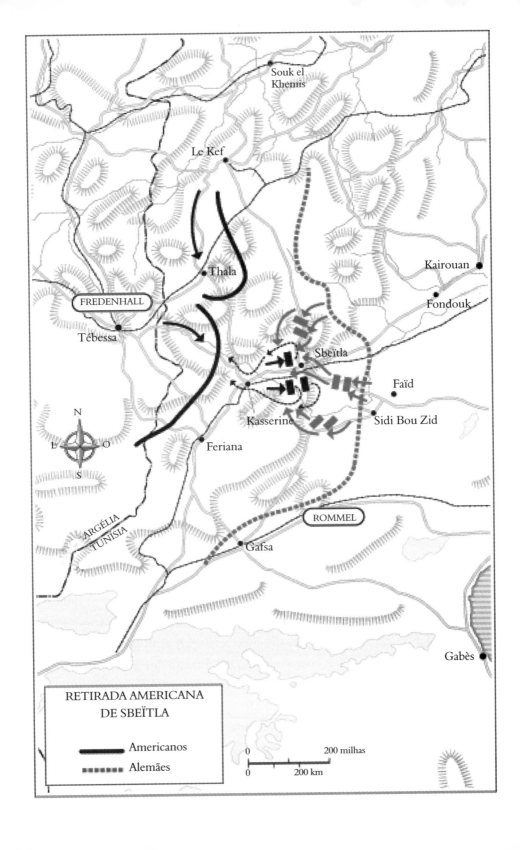

comando lá e quem está posicionando nossos soldados onde eles precisam ficar. Você falou com o general Ward?

Fredenhall fungou. — Ward. Esse é outro, Ike. Esse homem não tem nada que... bem, vamos apenas dizer que, quando isso terminar, eu pretendo fazer um relatório, e que ele não conterá perfume e rosas.

Quando isso terminar. — Falta muito para isso terminar, Lloyd. O que você está fazendo quanto à defesa? Qual é o melhor lugar para dispor as tropas? Quem está posicionando nossos homens nas linhas?

Fredenhall se aproximou do mapa, apontou. — O general Anderson acha que devemos reforçar aqui. Desfiladeiro de Kasserine, Sbeïtla e Feriana. Eu concordo plenamente. Na parte mais afastada do flanco direito, estamos saindo de Gafsa. Essa área não pode ser controlada, nossas forças ficam muito dispersas. Eu dei ordens aos engenheiros para localizar os campos minados onde eles possam manter o inimigo nos limites o mais estreitos possível. — Fredenhall virou-se para Eisenhower. — Precisamos recuar completamente para a Dorsal Ocidental, Ike. Eu tentei lhes dizer que continuassem avançando, que Rommel não poderia ter a força que insistiam em dizer que tinha. Mas ninguém queria escutar, agora nossos rapazes foram empurrados para trás. Há muita desordem, ninguém assume o comando lá. Agora não temos escolha senão fazer uma resistência ao longo dos acessos ocidentais dos desfiladeiros das montanhas. — Ele se virou para o mapa novamente, apontou para a estrada bem a oeste do Desfiladeiro de Kasserine. — Não creio que os hunos vão continuar avançando. Eles estão distendendo demais as linhas de suprimento. Mas, se eles vierem, e se pudermos trazer os blindados e a artilharia para o oeste... daqui, os hunos podem ficar presos no desfiladeiro. Isso deve segurá-los para fazermos um bombardeio eficiente. Precisamos de apoio aéreo e de artilharia pesada, mas, sozinho, eu não posso fazer isso acontecer, Ike. Preciso que você dê ordens a Anderson para jogar peso aqui, preciso que os rapazes do ar façam a parte deles. Estou lhe dizendo, do jeito que Rommel está esticando as linhas de suprimento, ele está vulnerável a um contra-ataque pesado.

Eisenhower tentou ignorar a tentativa de Fredenhall de se livrar da responsabilidade. Examinou o mapa, pensou, ao menos ele está tomando algumas medidas positivas.

— Vou mandar os aviões, e Anderson saberá exatamente o que quero que ele faça. Você tem certeza de que é Rommel que está lá?

Fredenhall pareceu se surpreender com a pergunta. — Quem mais seria? Humm, claro, senhor. Deve ser. Esse tipo de avanço rápido, caindo sobre nós tão depressa. Eu tentei lhes dizer...

Eisenhower levantou a mão. — Não precisamos discutir o que já está feito. Quero saber o que vamos fazer hoje à noite, o que vamos fazer amanhã. Se Rommel está comandando este pessoal, eles não vão se deter e nos dar tempo para nos prepararmos. Eu concordo que você deve recuar todo mundo para as montanhas, reunir toda a força que puder. Vou contatar o Marrocos, ordenar que unidades das forças de Patton se dirijam para o leste. Precisamos de artilharia, tanques e umas tropas muito boas naquelas montanhas. Quero aqueles desfiladeiros bloqueados!

Eisenhower virou-se, viu um jovem tenente sair da sala de rádio.

— Com licença, senhores. Desculpem interromper. General Fredenhall, chegou uma ligação do general McQuillen, através do general Ward. Todas as indicações são de que as posições dos blindados cederam completamente. Há uma retirada geral ainda em andamento, a maior parte sem organização. Continuamos sem comunicados do coronel Waters e do coronel Drake. O general Ward expressa seu otimismo, senhor, mas se acredita que o coronel Waters tenha sido morto ou capturado.

Fredenhall deu um soco no mapa, começou a gritar xingamentos vazios. Eisenhower virou-se para o outro lado, ignorou o espetáculo, sentiu-se desconfortável, pensou, controle-se, general. Os homens precisam ver seu comandante *no comando*. Olhou novamente para o ajudante de ordens, que se mantinha estoico, suportando a tirada de Fredenhall. Eisenhower pensou em Drake. Coronel Tom Drake. A primeira visita de Eisenhower às linhas de frente dali ocorrera poucos dias atrás, uma tarefa agradável entre tantas outras entediantes. Eisenhower havia colocado uma medalha no peito de Drake, a Cruz para Serviços Relevantes (Distinguished Service Cross). Deus o ajude, coronel. Pensou no outro homem, o segundo nome, *Waters*. O ajudante de ordens o olhou então, com uma expressão silenciosa de desgosto, e Eisenhower virou-se novamente, pensou, você sabe, claro. Vocês todos sabem. É o único motivo pelo qual vocês dariam esta notícia enquanto eu ainda estou aqui. Ninguém deve passar esta informação adiante, a não ser eu.

Ele sacudiu a cabeça. Sim, você vai ter que ouvir isto diretamente de mim, George.

O tenente-coronel John Waters era o genro de George Patton.

Olhou de novo para Fredenhall, que examinava o mapa, agora em silêncio, tendo exaurido a demonstração inútil de raiva.

— Lloyd, você compreende o que acontecerá se Rommel avançar além da Dorsal Ocidental? Ele terá acesso às nossas principais bases de suprimento, às nossas pistas de pouso. Não teremos escolha senão recuar para a Argélia. — Fredenhall virou-se para ele, e Eisenhower olhou duramente para o homem, procurou a chama, algum sinal de que ele estivesse à altura da tarefa. — Estamos com problemas aqui, Lloyd. Mas não quero ouvir queixas sobre isso. Se falharmos aqui, todos os nossos planos serão interrompidos. Poderiam levar anos até que estivéssemos em condições de pôr nosso pessoal na Europa. Você entende isso? Se não pudermos deter os alemães aqui, se mostrarmos a Hitler que somos fracos demais para expulsá-lo da África, quem sabe o que ele tentará fazer?

Eisenhower afastou os pensamentos, as imagens, não podia aceitar que todo o planejamento, as grandes estratégias pudessem se dissolver naquele pedaço desolado de cerrado e montanhas rochosas no meio da Tunísia.

— Se não os detivermos aqui, Lloyd, talvez não os detenhamos nunca.

23. ROMMEL

PERTO DE GAFSA, TUNÍSIA
17 DE FEVEREIRO DE 1943

SAUDAVAM-NO, SONS QUE ELE NÃO ESCUTAVA HAVIA MUITAS SEMANAS. Estava em pé no pequeno caminhão, permitiu-se um sorriso, acenava para eles enquanto passava, os motoristas dos tanques e artilheiros sentiam a mesma alegria. Era Gazala novamente e Tobruk, Mersa Matruh e Sollum, lembranças gloriosas das grandes conquistas revividas dentro dele, apagando a náusea, a fraqueza. Pela primeira vez desde antes de El Alamein, havia um espírito vitorioso no exército novamente, e um inimigo aos pedaços fugindo das armas deles. Passou pelas cercas de arame, campos de prisioneiros improvisados cheios de homens sujos e derrotados, homens com o olhar baixo, chocados e envergonhados. Raramente falava com prisioneiros, mas aqueles homens eram diferentes, rostos novos, um exército que ele não havia visto antes. Eram americanos. Não havia tempo para conversas informais, portanto ele os saudava do seu jeito, um olhar silencioso, pensou, agora vocês sabem o que significa enfrentar Rommel. Agora vocês sabem realmente o que é uma guerra.

Nunca havia aceitado o desprezo racial que Hitler tinha em relação aos americanos, o que o *Führer* chamara de uma nação de mestiços. Rommel rejeitava os americanos por outras razões agora, pelo que lhe haviam mostrado no campo de batalha, a falta de cuidado, o planejamento malfeito, a má execução, a falta de preparo e o equipamento deficiente, ousando enfrentar os melhores soldados do mundo. E agora muitos estavam mortos e feridos, e muitos outros permaneciam em silêncio desonroso atrás do arame farpado.

Lá fora, em frente, a luta havia arrefecido, seus homens faziam a limpeza, reuniam os prisioneiros, acabavam com bolsões de resistência. Ficara surpreso com a evacuação de Gafsa, cidade que era uma porta de entrada importante para as cruciais bases aéreas e de suprimento aliadas em Tébessa. Mas Gafsa tinha caído sem luta, os americanos se retiraram rapidamente, e os árabes apareceram com vivas, novamente o surpreendendo, saudando os alemães, saudando o *Führer*. Quando parou para conversar com seus oficiais, soube por quê. Os americanos partiram com muita pressa e fizeram o que era prático, destruíram seu depósito de munições ali. Mas sua pressa havia sido onerosa e estúpida, não haviam avisado às pessoas em torno e, portanto, mais de trinta árabes morreram em suas casas, soterrados pelos escombros de explosões maciças.

Não tinha sentimentos de raiva ou de hostilidade em relação aos americanos, pensava neles simplesmente como o inimigo, como os britânicos. Mas havia uma diferença. Respeitava o combatente britânico, que parecia conhecer o valor de sua história. Mesmo o mais humilde recruta parecia carregar um pedaço do império de seu rei, uma consciência de que fazia parte de algo que fora grande e glorioso. Mas os americanos chegaram com bravata e arrogância, e Rommel não vira nada que justificasse isso. Não tinha respeito por aquilo, e tinha se divertido com os olhares chocados dos prisioneiros somente por esse motivo. Onde está a arrogância de vocês agora? Como é ter a confiança total esmagada sob o aço de meus blindados? Aos olhos de Deus, vocês não estão muito acima dos árabes. Bem, não, isso não é inteiramente justo.

Os árabes tinham tomado as estradas em torno de Gafsa, e ele havia passado por longas filas de homens puxando carroças de pilhagem, o que conseguiram arrancar dos acampamentos americanos abandonados. Sabia que muitos de seus oficiais negociavam com os comerciantes árabes, achavam um jeito de comprar ovos e carne. Mas não respeitava abutres, via os árabes como o pior tipo de soldados, se é que eram soldados realmente. Homens feridos dos dois lados com frequência ficavam nus, roupas e botas eram roubadas até enquanto agonizavam. Certamente era melhor ter os árabes como aliados, principalmente para a inteligência, olhos que viam tudo, lealdade que podia ser comprada. Desprezava o que os árabes pareciam representar, considerava-os somente pessoas que recolhiam despojos, abutres que aguardavam no entorno da guerra para agarrar o que conseguissem, como se, sem os grandes exércitos, não tivessem meios de sobrevivência. Não era lógico, e ele sabia disso. A despeito das aparências, aquele estranho povo encardido tinha sobrevivido a guerras, reis e colonizadores estrangeiros por milhares de anos, e, pensou, certamente sobreviverão a isto. E daqui a mil anos, ainda estarão se atracando por restos de butim, mochilas abandonadas e máquinas de guerra estragadas dos outros.

— PRECISAMOS AVANÇAR! FIRME E RÁPIDO! NÃO QUERO SABER DE atraso!

Os oficiais do estado-maior se dispersaram levando as ordens de Rommel, todos em direção à frente de batalha. Ele levantou o rosto, a chuva densa e nevoenta o lavava, e sentiu o frescor por um longo momento, procurou as dores do lado do corpo, da garganta, pensou, bom, muito bom. Obrigado. Sou abençoado com boa saúde nesta ocasião importante. Eu também preciso avançar.

Tinha ficado furioso com Heinz Ziegler, que havia comandado as operações da Vigésima Primeira Divisão de Panzers em Sidi Bou Zid. Ziegler deixara o ímpeto arrefecer, parecera satisfeito em comunicar a vitória, permitindo que seus soldados perseguissem pequenos focos de infantaria americana, tanques dispersos e armas que ainda ofereciam combate. O atraso tinha permitido aos americanos se retirarem para Sbeïtla e protegerem o valioso Desfiladeiro de Kasserine, uma rota que levaria diretamente à principal base americana em Tébessa.

Também houve outras demoras, pela incerteza e hesitação de comandantes de campo inexperientes que haviam subido na hierarquia, promovidos depressa demais a posições de autoridade pela perda de muitos homens nas mãos dos britânicos, mortos ou capturados. Os novos comandantes não haviam visto Rommel em ação, ou, se viram, não haviam entendido a necessidade de enfiar profundamente a lança na presa ferida. Sua frustração aumentava pelo controle exercido por Von Arnim. Ziegler havia sido homem de Rommel, seu subordinado, mas Rommel não tinha autoridade alguma em Sidi Bou Zid. Aquele ataque pertencera a Von Arnim.

Os ataques iniciais contra a posição americana não estiveram absolutamente sob o comando de Rommel, apesar das afirmações de Kesselring de que aquela era uma operação de Rommel. Era a única lâmina que lhe atingia o espírito, a imprecisão das ordens de Kesselring, a necessidade irritante que ele tinha de manter todos *felizes*. Rommel sabia que Von Arnim chegara à Tunísia com a promessa do *Führer* de que, em breve, assumiria o comando geral, e que todos, especialmente os italianos, acreditavam que os dias de Rommel no norte da África estavam contados. O relacionamento entre Rommel e Von Arnim agora era apenas uma rivalidade insípida, piorada pelo entusiasmo ilimitado de Kesselring com o plano de ataque de Rommel, com o qual Von Arnim fora obrigado a cooperar e pelo qual, se fosse bem-sucedido, Von Arnim não poderia exigir nenhum crédito. Rommel se acostumara à fragilidade de temperamento de comandantes rivais, havia aguentado dois anos disso com os italianos. Em todas as situações, Rommel reagira apenas executando o seu trabalho, que geralmente resultava em sucesso. Era a resposta mais gratificante que podia dar àqueles homens que manobravam para conseguir louvores, buscando as boas graças de Roma e, agora, de Berlim. Sua lição silenciosa para cada um deles tinha sido: você espera a glória? Então terá que agir e conseguir resultados. E até agora, mesmo com a derrota em El Alamein, ninguém havia trabalhado tão bem quanto Rommel no norte da África.

Mas Rommel passou a entender a engrenagem política que se tinha levantado contra ele. Simplesmente havia vozes demais nos ouvidos de Hitler, muitos resmungos na Itália sobre as perdas que ninguém em Roma aceitava como sua própria responsabilidade. Na verdade, no papel, ele já havia sido substituído; seu sucessor italiano, Messe, organizava as defesas em Mareth contra a ameaça crescente de Montgomery. No entanto, Rommel ainda estava na África, ainda criava planos de ataque que estavam sendo executados por homens que ainda veneravam seu nome, ataques levados a cabo contra um inimigo que ainda o temia.

Tinha certeza de que a vitória do exército em Sidi Bou Zid lhe dava outra oportunidade para apresentar mais estratégias a um oficial general que estivesse disposto a ouvi-lo. Mas o entusiasmo de Kesselring havia deixado Rommel incomodado, sinal de que Kesselring abrigava uma nova e estranha fantasia. Ele havia respondido com entusiasmo leviano que a estratégia de Rommel prevaleceria, e mais, confiara em particular a Rommel que o comando geral do teatro da Tunísia brevemente recairia sobre o próprio Rommel. Por mais que dependesse do apoio de Kesselring, sabia que aquilo ou era ilusão ou conversa fiada e má-fé, uns tapinhas nas costas denotando sentimentalismo. Kesselring parecia tomado de um tipo de nostalgia pelo que havia sido e que, em seu pensamento, de alguma maneira deveria voltar a ser. Até Rommel não acreditava no sonho fantástico de que ele ressurgiria das cinzas de El Alamein para reconquistar o norte da África. Já existia conversa demais em Berlim, engrenagens demais se mexendo para afastá-lo, aceitação demais da autoridade de Von Arnim.

Uma vez aprovado o plano de Rommel e movimentada a máquina para o grande ataque, Kesselring tinha retornado a Roma, e Rommel percebeu imediatamente que Von Arnim nada sabia sobre a fantasia de Kesselring e não tinha intenção de entregar a Rommel parcela alguma de sua autoridade. Embora as tropas que haviam passado pelo desfiladeiro em Faïd e esmagado os americanos em torno de Sidi Bou Zid fossem parte do antigo Afrika Korps de Rommel, esses soldados respondiam agora a Von Arnim. Logo ficou claro que Von Arnim só avançaria com as tropas até determinado ponto em qualquer combate que fizesse a estrela de Rommel ascender em Berlim. Portanto, com os americanos numa retirada caótica, Von Arnim havia ignorado os pedidos de Rommel para levar o ataque adiante.

Perto de Feriana, Tunísia — 18 de fevereiro de 1943

— O general Von Arnim está muito insistente, senhor. Ele não considera que um ataque contra Tébessa seja tão importante quanto um avanço para o norte, em direção a Le Kef. Ele acha que as unidades de panzers devem se manter unidas para evitar o contra-ataque inevitável dos britânicos.

Rommel estudou o ajudante de ordens impassível, resoluto. — O general Von Arnim tem alguma evidência de que os britânicos estão se preparando para um ataque?

— Os aviões de reconhecimento têm ficado quase sempre retidos no solo devido ao mau tempo, marechal de campo.

— Então como ele sabe que os britânicos estão planejando alguma coisa? Você não ouviu os comunicados de que reforços britânicos estão se dirigindo ao sul para ajudar os americanos?

— Eu não questiono as ordens dos meus superiores, marechal de campo.

— Não, suponho que não. Bem, eu questiono. Eu telegrafei minha proposta de plano ao marechal Kesselring, à tarde. Vamos ver se o seu superior pode ser convencido de que esperar para ver o que os britânicos vão ou não fazer não é a minha sugestão de plano. Eu prefiro atacar um inimigo desorganizado que foge à nossa frente. Meu plano poderia, na verdade, nos dar outra vitória, ou não é esse o objetivo do general Von Arnim aqui?

Rommel não esperou por uma resposta, saiu rapidamente da tenda. Atravessou a estrada enlameada, pensou, estou farto de ajudantes de ordens, estou farto de oficiais de estado-maior sem autoridade, homens que não fazem nada senão repetir literalmente a arenga de seus *superiores*. O que há de tão superior em ficar sentado sem fazer nada?

Rommel ignorou os cumprimentos, a alegria, os homens chamando seu nome, os bons soldados que esperavam novas ordens. Eles sabem tão bem quanto eu que o inimigo está no meio do caos. Com um grande ataque, a frente aliada na Tunísia será destroçada. Pensou em Kesselring, em todos os outros, os homens em Berlim que falavam dele pelas costas, que conspiravam para destituí-lo do poder. Danem-se, pensou. Danem-se todos vocês. Todos os planos que apresentei foram quase perfeitos, cada estratégia, completa e infalível. A história desta guerra deveria ser como as de Alexandre, uma história escrita por Homero ou Tucídides: *Levem a sério os perigos da guerra*. Deveríamos contar aos nossos netos grandes vitórias sobre um inimigo nobre, generais brilhantes vencendo generais brilhantes. Em vez disso, quando a história narrar esta guerra, falará de orgulho e de vaidade, política e subterfúgio. Soldados de joelhos pela fraqueza de seu próprio comando, um exército carente porque homens pequenos e medrosos lhe negaram gasolina. Agora, temos novamente uma oportunidade, e, mais uma vez, mentes pequenas e egos frágeis nos frustrarão.

Mas ainda não.

18 DE FEVEREIRO DE 1943

Foram para o norte até Feriana, a chuva espessa e nevoenta não disfarçava o cheiro de borracha e pólvora queimadas, fumaça negra subia do que restara dos depósitos de suprimentos americanos. Perto dali, o aeroporto de Thelepte também estava nas mãos dos alemães, com mais de duas dúzias de caças americanos e britânicos em chamas na pista.

— Será que não poderíamos ter evitado a destruição dos suprimentos?

— Era improvável. Demos tempo demais a eles.

— Claro que demos.

Rommel bateu no ombro do motorista, o caminhão diminuiu a velocidade, foi para o acostamento da estrada.

— Pare aqui. Montem um acampamento. Precisarei do rádio.

O motorista obedeceu, parou o caminhão. Rommel ajeitou o chapéu na cabeça, foi até um arvoredo, fileiras ordenadas de troncos nodosos, sem folhas, como velhos zangados, reclamando do mau tempo.

— Amendoeiras. Nunca as tinha visto.

Rommel se virou para Bayerlein. — Quê? Como você sabe?

— O estado-maior tem interrogado alguns funcionários árabes locais. Eles pediram para não destruirmos seus pomares. Parece que vendem muitas amêndoas aqui, enviam-nas para a Itália.

— Sim, bem, não devemos atrapalhar o fluxo de luxo para *Herr* Mussolini. Eu pensava que os lacaios do *Duce* estavam preocupados em garantir uma *vitória* aqui. Isso evitaria que suas malditas árvores fossem danificadas. — Ele olhou para o lado mais afastado do pomar, viu uma cabana baixa de pedra. — Lá. Vamos sair dessa maldita chuva.

Guardas foram à frente, homens com metralhadoras, alguns andaram para além da cabana, examinando os morros que ondulavam adiante. Um homem empurrou a porta, apontou a arma para dentro da escuridão silenciosa, depois se afastou e ficou ereto. Rommel passou por ele, abaixou-se bem, cheiros fortes de mofo eram banais agora. Palavras pululavam em seu cérebro: *sujeira, sempre sujeira*, e ele examinou a escuridão; nada, nenhum assento, nenhuma mesa.

— Isso não serve. Armem uma maldita tenda. Preciso descobrir o que Von Arnim está fazendo. Preciso saber o que está acontecendo à nossa frente.

Ficou de pé do lado de dentro da porta baixa do abrigo, esperou enquanto seus homens se esforçavam para erigir um quartel-general improvisado. Bayerlein tinha trazido latas de sardinhas, e Rommel agora sentia o cheiro de peixe picante que revirava o seu estômago, pensou, isso é quase tão ruim quanto tudo que os árabes estocaram nesta cabana. Viu Bayerlein pegar uma massa cinzenta e oleosa de dentro da lata e perguntou: — Você trouxe uma para mim?

Bayerlein assentiu, o óleo escorrendo pelo queixo, pôs a mão no bolso, tirou uma lata, abriu-a, mais óleo nas mãos agora. Rommel sorriu pela primeira vez em muito tempo, pegou a lata da mão de Bayerlein. Tentou não olhar as sardinhas, jogou o conteúdo na boca, engoliu o óleo e o peixe de uma vez. Bayerlein o observava, retribuiu o sorriso, Rommel esperou a comida assentar e disse: — Eu gostaria de jantar de verdade um dia, Fritz. Salsichas grandes e gordas. Carne de porco assada. Pão de verdade.

— Brevemente, senhor. Tenho certeza. Esta guerra não vai durar muito tempo. O inimigo está derrotado.

Bayerlein abriu outra lata de sardinhas, estendeu-a para Rommel, que abanou a cabeça.

— Sim, o inimigo está derrotado. Mas não pode haver vitória, a não ser que os convençamos de que estão derrotados. Estamos permitindo que escapem. É um erro catastrófico. Os americanos estão muito feridos, mas são comandados por homens que certamente aprenderão com seus erros. Demos muita importância ao fato de serem tão inexperientes. Não são mais. Agora são veteranos, e veteranos aprendem a sobreviver, a lutar. E permitimos que se reagrupassem, lambessem as feridas e recobrassem a energia. Aqui, um erro leva a outro. Von Arnim se agarra aos seus blindados, amealhando-os como uma velha solteirona que conta os tostões. Ele deixa seus homens avançarem lentamente, ordena-lhes que sejam cautelosos, e só há um motivo para isso. Sucesso... o *meu* sucesso não atende aos seus interesses. Tenho certeza de que ele tem algum espetáculo próprio que prefere montar. O oficial de seu estado-maior nos deu uma pista. Os britânicos. Isso seria um troféu para ele, se os expulsar da Tunísia. Ele poderia cacarejar por toda Berlim que vingou minha derrota em El Alamein.

— Certamente, senhor, ele não faria...

— Não quero ouvir você defendê-lo. Você sabe muito bem o que se diz a meu respeito. Você sabe muito bem que há oficiais em Berlim vigiando o que ocorre aqui, esperando por um erro meu. Meu *gran finale*.

— Eu não entendo isso, senhor. Por que eles querem que o senhor fracasse? Não estamos lutando pela mesma causa? O *Führer* não deseja que vençamos?

— Não sei o que o *Führer* deseja. Meu trabalho sempre foi ir aonde ele me mandou e lutar contra o inimigo que estava à minha frente. Eu não me envolvi com o que era importante para ele, seus sonhos e seus grandes planos. Levamos nossos tanques para a costa francesa, encurralamos os ingleses, poderíamos ter destruído um exército inteiro em Dunquerque. Quando veio a ordem para pararmos, para ficarmos imóveis, guardei minhas dúvidas comigo. Eu os vi na praia, vi-os subirem em seus barcos ridículos, vi nossas bombas caírem sobre eles, a arrogância de Göring, de que seus aviões podiam decidir a guerra. Poderíamos tê-los esmagado ali onde estavam, mas o *Führer* disse não, e então os britânicos escaparam, e agora lutamos contra eles aqui. — Rommel fez uma pausa, olhou em volta procurando ouvidos curiosos, velho hábito. — Não questionei a decisão do *Führer* de invadir a Rússia. Se tivessem ordenado que eu fosse para lá, eu lutaria tão bem como lutei na Líbia. Mas foi outro erro, um desastre que pode nos custar esta guerra. Ninguém se orgulha em implorar, Fritz, mas eu implorei, eu implorei ao *Führer* e a seu estado-maior, e a Kesselring, implorei a todos para que percebessem como esta campanha era importante, como era importante expulsar os britânicos do Egito. Não esperava que me dessem tudo que eu pedia. — Fez nova pausa. — Mas não esperava ser abandonado. Se nos tivessem dado uma pequena fração do que foi esbanjado na Rússia, esta questão teria sido decidida há muito tempo. Não teria havido desembarque americano na Argélia porque estaríamos muito longe daqui. Estaríamos festejando com os despojos do Cairo ou de Bagdá. Não estaríamos na chuva, comendo sardinha na Tunísia. — Jogou a lata para o lado, ajeitou melhor o casaco, o ar frio o penetrava. — Diga-me, Fritz, o que realizamos se vencermos aqui? Que prêmio podemos pedir se expulsarmos o inimigo da Tunísia?

— É importante para os italianos, suponho. Ainda são nossos aliados.

Rommel sorriu. — Sim, nossos aliados. Estamos lutando para dar, aos nossos aliados, casas de veraneio no litoral, seu suprimento diário de amêndoas. Estamos lutando para preservar o conto de fadas de Mussolini.

Rommel viu um ajudante sair da tenda, andando depressa em sua direção.

— Senhor! Chegou uma mensagem do marechal Kesselring! Ele aprovou o seu plano! No entanto, o Comando Supremo ainda não sancionou a aprovação dele. Ordenam que o senhor aguarde a aprovação final do Comando Supremo.

Bayerlein disse: — É uma excelente notícia, senhor! Podemos começar a mobilizar as forças em direção a Tébessa agora! Elas podem começar o ataque de manhã! Devo emitir as ordens, senhor?

Rommel olhou para o jovem ajudante, excitado como Bayerlein, e digeriu a mensagem. — Kesselring está se protegendo. Ele aprova meu plano, mas não pode ordenar seu prosseguimento. Então, se eu estiver certo, ele pode dizer que me apoiou. Se eu estiver errado, ele não compartilhará a culpa. Não podemos nos mexer até que o Comando Supremo nos dê a autorização final. Prepare as ordens, mas não as expeça aos comandantes até que a sanção final seja recebida.

— Entendido, senhor.

Bayerlein olhava para ele, e Rommel esperou que ele se fosse, então viu que Bayerlein tinha a expressão fechada.

— O que é, Fritz?

— O senhor me desculpe, mas eu nunca soube que o senhor se submetesse ao Comando Supremo antes de começar uma operação. O estado-maior... com todo o respeito, senhor, sempre nos orgulhamos da maneira como o senhor ignora todas estas bobagens. Se o senhor ordenar, começaremos a nos movimentar já, não importa o que o Comando Supremo disser.

Rommel olhou para baixo, examinou a lama das botas. — O mundo mudou, Fritz. Este teatro não é mais meu. Não é o meu palco. Precisamos que Von Arnim avance suas forças junto conosco, e ele não se mexerá sem ordens de cima. — Ele então olhou para Bayerlein. — Assegure-se de que alguém vigie as comunicações o tempo todo. Vamos esperar até termos notícias de Roma.

Saiu, pisou na lama, e Bayerlein sabia que não devia segui-lo. Rommel andou pelo arvoredo, sabia que o plano era seguro, e que, se Von Arnim colaborasse, os Aliados seriam totalmente expulsos da Tunísia. Mas, em vez disso, pensou, temos que esperar. Temos que nos atrasar.

A luz do dia estava desaparecendo, e ele parou, ouviu o zumbido alto de um motor de avião, um estampido distante de artilharia. Estava muito acostumado aos sons, a batalha estava sempre por ali, algum combate distante, que não atraía a atenção de ninguém, um lampejo de morte sem sentido sob um céu escuro e sinistro.

19 DE FEVEREIRO DE 1943

O senhor deve modificar o seu plano, em lugar da operação proposta contra Tébessa deve dispor suas unidades de ataque em direção ao norte, via Kasserine e Thala, com o objetivo de capturar Le Kef.

Rommel olhou para o ajudante que segurava o papel, começou a sentir náusea, a raiva drenava-lhe as forças. Le Kef. Estendeu a mão, procurou a cadeira, sentou-se devagar, disse baixo: — Isto é inacreditável. É muito pior que estupidez. É criminoso.

Bayerlein estava ao lado dele agora, ouvira as ordens, fez um sinal para o ajudante sair, disse em voz baixa: — Senhor, talvez devêssemos ir para a sua tenda. O senhor não parece estar bem.

— Le Kef. Vamos voltar nossa atenção para Le Kef. Então Von Arnim conseguiu o que queria. Vamos atacar ao norte, onde a vitória não significará nada. Temos uma estrada aberta para Tébessa, mas, em lugar disso, vamos lutar através dos desfiladeiros. — Ele tentou se levantar, as pernas estavam fracas, inspirou profundamente. — Von Arnim nos demonstrou quem realmente tem autoridade. Parece que é só dessa vitória que ele precisa.

Sentiu a mão de Bayerlein em seu ombro, ficou de pé, andou para a escuridão, a noite ainda triste, fria e úmida. Não queria sentir de novo a chuva, parou na entrada do abrigo e disse: — Que horas são? Quanto falta para o amanhecer?

— São quase duas horas, senhor.

— Duas horas? Bem, então há tempo. Fritz, acho que gostaria de dormir um pouco.

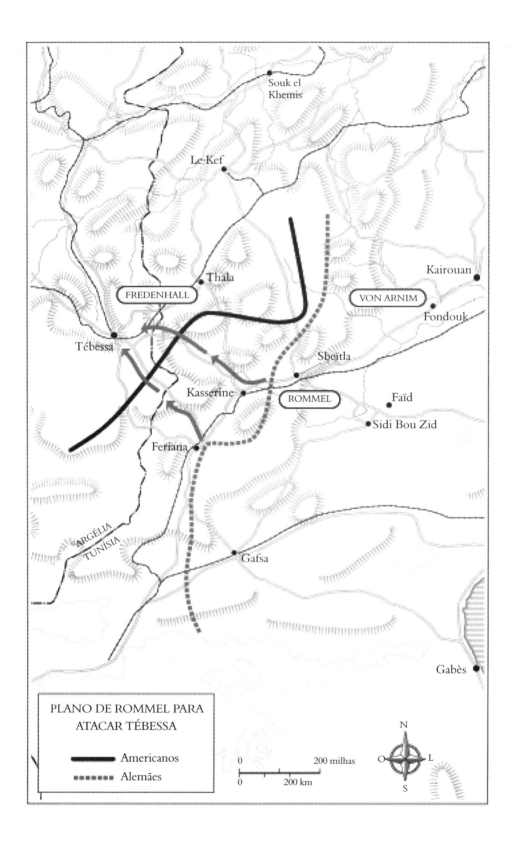

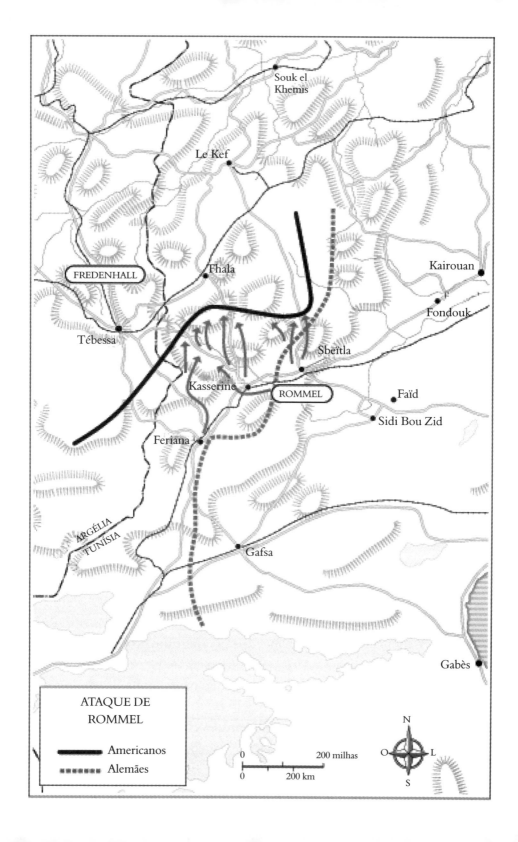

Desfiladeiro de Kasserine — 20 de fevereiro de 1943

O ar estava denso de fumaça, um trovejar constante à frente, o ronco dos blindados que passavam ao lado, uma coluna de tanques dirigindo-se para o desfiladeiro. Ele estava de pé no assento de um caminhão, olhava pelo binóculo, esforçava-se para enxergar, a névoa escondia as encostas das montanhas.

— Diabos! Temos que chegar mais perto! Motorista, avance, siga aquela coluna de panzers!

Sentou-se, o caminhão avançou com maior velocidade, o ar foi subitamente cortado por fogo de metralhadora, homens gritavam para ele, Bayerlein puxou-lhe o braço.

— Senhor! Não podemos permanecer na estrada! Somos um alvo muito fácil!

Rommel se desvencilhou, virou, olhou firme para o ajudante de ordens, gritou no rosto dele: — Somos todos alvos, general! Isso é uma luta! Ou você viaja comigo ou vai a pé!

— Sim, senhor! Certo, senhor!

Olhou para a frente então, tentou ver além da sombra maciça de um grande tanque, o pesado Panzer IV, ignorou a explosão forte de um lado, fumaça e pedras atingindo o caminhão. Sentia a antiga fúria, queria que o motorista guiasse mais rápido, que o caminhão passasse adiante dos blindados, mas a estrada era estreita, uma descida íngreme de um lado, uma encosta apertada elevando-se bruscamente do outro. Sentiu o cheiro do escapamento do tanque, a fumaça negra o envolveu, gritou novamente: — Ande! Mexa-se! Estou bem atrás de você!

A montanha tornava-se escarpada, o chão despencava, um vale se abria diante deles, um vasto mar de fogo e fumaça de uns oitocentos metros de largura. As montanhas eram íngremes de ambos os lados, fogo de metralhadora acima dele, pequenos deslizamentos de pedras salpicavam a estrada, os tanques ainda avançavam. Agarrou o ombro do motorista e gritou: — Pare aqui! Eu preciso ver!

Levantou-se, limpou as lentes do binóculo, examinou o terreno à frente, uma centena de veículos, a maioria em movimento, outros, massas negras, fumegantes, alguns em chamas. Podia ver seus próprios tanques, formações em círculo para um lado, um ataque de flanco, mais fumaça, os tanques escondidos. Havia estampidos bruscos de fogo de artilharia, o ar acima dele cortado, o guincho lancinante dos obuses, alguns passando bem alto, outros atingindo a estrada à frente, o tanque mais próximo de repente jogado para o lado, de cabeça para baixo, um clarão de fogo. Olhou para o alto da encosta, a infantaria correndo entre as pedras, mais metralhadoras, estouros de tiros de rifles, o fluxo ainda seguindo em frente, soldados dos dois lados da montanha galgando brechas e cortes nas pedras.

O binóculo agora era inútil, fumaça demais, grande parte da luta se desenrolava bem na frente dele. Examinou os tanques destruídos, podia facilmente detectar os tanques americanos, menores, o topo arredondado, mais compactos, mais leves. *Vulneráveis.* Seus panzers ainda avançavam, a batalha se afastava, empurrada pela potência, pelas grandes máquinas, o inimigo engolido por névoa e fumaça e fogo e pelo homem que não seria detido.

O DESFILADEIRO DE KASSERINE ESTAVA NO FLANCO ESQUERDO DO ataque alemão, a outra ala pressionava ao longo da estrada que levava a Sbiba, a rota mais ao norte na direção de Le Kef. O ataque havia demorado a começar, os alemães tentaram passar diretamente através do Desfiladeiro de Kasserine num ataque frontal que havia falhado. Os americanos puseram homens com morteiros e armas antitanque nos morros acima do desfiladeiro de oitocentos metros de largura, tinham uma linha direta de tiro sobre qualquer coisa que ficasse no terreno abaixo deles. A estrada através do desfiladeiro fora minada também; os engenheiros americanos e britânicos formaram uma barreira com tudo o que tinham para retardar os alemães e permitir que a artilharia aliada fizesse fogo contra seus alvos. Conforme avançava, Rommel foi alterando o plano de ataque, ordenou que os ataques frontais, absurdos, cessassem, e que a infantaria alemã subisse os morros, cercando os americanos. O plano tinha funcionado, unidades americanas foram apanhadas de surpresa nos morros, cercadas, e tiveram a retirada cortada. Aqueles que conseguiram escapar para oeste descobriram que as posições defensivas a oeste do desfiladeiro já tinham começado a desmoronar, os blindados alemães dominavam, uma onda de aço e fogo que não podia ser detida.

Kasserine, Tunísia — 20 de fevereiro de 1943

Era cedo, pouco depois das sete horas, e os combates recomeçavam por todo o lado oeste das montanhas. Mas os alemães dominavam a maior parte do terreno mais alto, o próprio desfiladeiro, e estavam reunindo forças, reorganizando-se, avaliando as perdas, preparando-se para continuar a investida de Rommel nas estradas adiante. Na cidade, árabes lhe ofereciam cestas de comida, um café da manhã rápido preparado por civis locais, homens com sorriso dentuço e mãos sujas. Ele havia sido educado, mas não tinha interesse em café da manhã nem paciência para diplomacia. Tinha vindo ao quartel-general do Afrika Korps para falar com Heinz Ziegler, mais um comandante de um exército com muitas caras novas.

— O que está acontecendo em Sbiba, general?

Ziegler ignorou os mapas, e Rommel pensou, é animador, um homem que guarda os fatos na cabeça.

— A Vigésima Primeira foi atrasada por uma defesa resoluta, senhor. Os britânicos são meticulosos com as minas e estão fazendo um combate forte. Nós cometemos erros, senhor. Fiz o que pude para corrigi-los.

— Eu sei, general. Queria ouvir isso de você. Queria saber se você entendeu o seu erro. Não estamos mais no deserto. Estes morros... poderíamos estar lutando nos Alpes. Não se marcha simplesmente para dentro de um desfiladeiro, é preciso mandar os soldados subirem os morros também.

Ziegler pareceu inflar de energia. — Sim, senhor. E fomos bem-sucedidos, senhor.

Rommel pensou um momento, não pôde evitar os mapas, dirigiu-se para eles; um jovem tenente que deslocava os alfinetes se afastou para um lado.

— Estas são as últimas posições?

— Sim, senhor.

Rommel se aproximou, tentou focalizar as linhas, os olhos o traíram. Já havia algum tempo que sua visão estava fraca, mais uma doença, mais um tormento que tinha de suportar. Afastou-se, tentou esconder a frustração, pensou no plano, as posições das tropas gravadas na memória. Tinha reservado a Décima Divisão de Panzers, os homens que respondiam diretamente a Von Arnim. Mas a oportunidade agora estava clara, o caminho aberto para expulsar completamente o inimigo. Com o Desfiladeiro de Kasserine nas mãos dos alemães, a rota para Tébessa estava aberta. Danem-se, pensou. Eles não veem isso. Von Arnim não se interessa pela vitória. Mas eu não vou ignorar a oportunidade. Ele pode ficar com o prêmio de Le Kef. Eu vou conquistar Tébessa.

— General Ziegler, acredito que Kasserine é nossa melhor oportunidade. A Vigésima Primeira com certeza tem o controle de Sbiba, portanto vamos fazer nosso maior esforço ali. Vou convocar a Décima para Kasserine.

— Sim, senhor, eu concordo plenamente.

Rommel olhou de novo para Ziegler, um jovem que já havia cometido a sua quota de erros.

— Eu não preciso de sua concordância, general. Apenas cumpra a sua tarefa.

Ele passara por todas as posições das linhas de frente, depois voltara para as reservas, presenciara a Décima Divisão de Panzers respondendo às suas ordens. A despeito do poderio que passava por ele, Rommel sabia que algo estava errado, os números eram muito baixos. Havia outra ausência perceptível também, não só em número quanto em força. A Décima Divisão tinha a grande maioria dos tanques Tiger do exército, e Rommel procurava por eles, ficando mais zangado a cada quilômetro. A promessa de Von Arnim de enviar trinta Tigers para o sul nunca fora cumprida. Mas agora, com a vinda da Décima Divisão, todos os Tigers deveriam estar lá para aumentar o poder do ataque de Rommel. Rommel estava furioso, ordenou que seu motorista rumasse novamente para o quartel-general do Afrika Korps, pois sabia que o comandante da Décima Divisão de Panzers já estaria lá.

Irrompeu porta adentro, viu Ziegler novamente, que se levantou, surpreso.

— Onde está Von Broich?

— Aqui, senhor.

Rommel o encarou, Von Broich impassível, seguro de si.

— Onde está o restante de sua divisão, general?

Von Broich não respondeu, e Rommel venceu o espaço que os separava e pôs um dedo no peito do homem.

— Onde está o restante de sua divisão, general?

Von Broich tentou continuar arrogante, uma demonstração de bravata, o homem tranquilamente consciente de que só respondia a Von Arnim.

— Recebi ordens específicas de só avançar com metade de minha força, senhor. O general Von Arnim está certo de que precisará do restante em sua frente.

— Onde estão os Tigers?

Von Broich limpou a garganta, olhou para baixo, e Rommel pensou, muito bem, aí vem mentira.

— Senhor, o general Von Arnim pediu que eu lhe comunicasse que os tanques Panzer VI estão recebendo reparos no momento.

— Reparos? *Todos eles?*

Von Broich não o encarou. — Recebi ordens de lhe transmitir esta mensagem, senhor.

Rommel sentiu um aperto no peito, os dedos se fecharam em punhos. Respirava pesadamente, xingamentos reverberando no cérebro. Eu mato esse homem!

Lutou contra o fogo, começou a ficar tonto, Von Broich parecia oscilar à sua frente. Rommel viu uma cadeira, dirigiu-se para ela, firmou-se, sentou-se lentamente e disse:

— Então é assim que devo ser considerado. Nós temos nossas ordens... e *ele* tem as *dele*, e isso não tem importância. — Tentou acalmar a respiração, viu ajudantes se reunindo, mantendo uma distância. — Muito bem. Farei o que devo. Temos um plano a executar e o executaremos, os de fora deste quartel-general querendo ou não ajudar.

Desfiladeiro de Kasserine — 21 de fevereiro de 1943

O combate tinha se deslocado mais para o oeste, uma luta dura por morros rochosos guarnecidos de bolsões de vegetação, grupamentos densos de abetos. Rommel tinha pressionado seu pessoal a ir em frente, lutando contra a hesitação e os erros de seu próprio comando; ao mesmo tempo, suas tropas enfrentavam uma defesa cada vez mais tenaz da artilharia e das posições antitanque aliadas.

O caminhão desceu e agora ele podia ver o rio, o Hatab, os restos de uma ponte destruída, substituída por outra por seus engenheiros. Tanques a atravessavam, fumaça negra subia o rio para além dos destroços de semitratores, um canhão de cano longo reduzido a pedaços, incrustado na lama macia. Mandou o motorista reduzir a velocidade, o caminhão passou por um tanque queimado, que Rommel sabia ser um Sherman, a torre de tiro jogada de lado, fumaça saindo das entranhas da máquina esmagada. Havia quatro caminhões, parte de uma coluna apanhada na estrada, os destroços postos de lado por seus engenheiros. Examinou cada um deles, ainda com homens dentro, carbonizados, um homem grotescamente enroscado ao volante. Havia corpos espalhados pela lama, pendurados em árvores destroçadas nos trechos de mata, capacetes e pedaços de homens e uniformes e armas nos lugares baixos; a lama mal disfarçava a luta que havia ocorrido no terreno irregular. As tropas haviam lutado cara a cara aqui, e Rommel podia constatar isso agora, homens dos dois lados, manchas negras de sangue, baionetas em rifles partidos, mais caminhões, um jipe com as rodas torcidas para fora como um brinquedo esmagado por um pé imenso. Ao longo das margens do rio havia mais corpos enfileirados, tirados da lama por homens que não conseguiram simplesmente passar e não fazer nada. O caminhão cruzou a ponte improvisada e Rommel não olhou para baixo, não se importou com os uniformes que os soldados usavam, não olhou o rosto da morte. Um pensamento passou por sua mente — qual de nós deixou o maior número de mortos neste lugar? —, mas o afastou, pensou, não faz diferença. Outros vão lidar com isso, vão fazer as contas, os relatórios. Sua atenção voltou-se para a frente, uma ampla clareira além da ponte, um vasto mar de destruição, tanques explodidos, semitratores, peças de artilharia presas em caminhões. Viu que muitos equipamentos estavam sem avarias, alguns meio enterrados em valas cheias de lama, tripulações abandonaram os veículos para fugir a pé. Havia mais canhões, desengatados, apontando para leste, prontos para o combate, mas os artilheiros já tinham partido havia tempo, deixando para trás pilhas de caixotes, obuses não usados. Viu caminhões cheios de acessórios, caixas, munição de todo tipo, engradados de munição

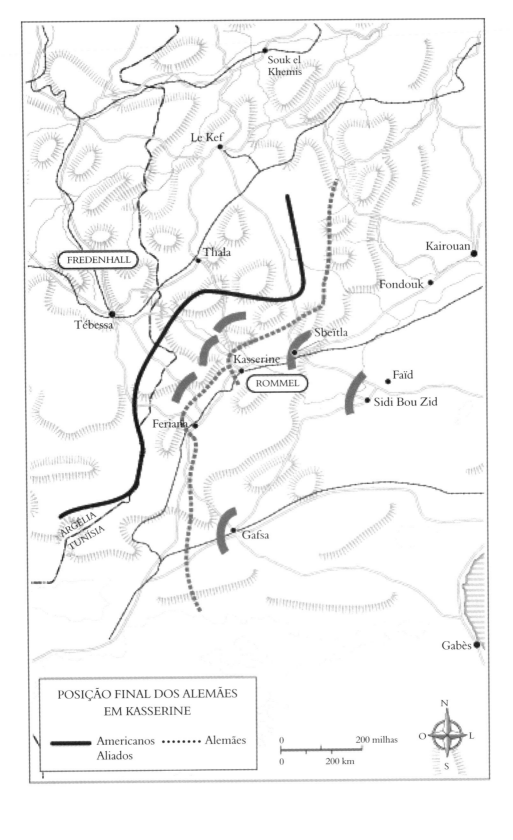

para armas pequenas e mais, todo o equipamento necessário para montar um acampamento, tendas, fogões, engradados de comida enlatada.

Havia fortes rajadas num lado, explosões estrondosas atingindo em uníssono a extensão da encosta atrás dele. O motorista se virou, olhou para ele, e Rommel apontou para a frente, abanou a cabeça. Não vamos voltar, agora não. O caminhão continuou rodando mais adiante no terreno aberto e ele olhou o campo, viu mais caminhões sem avarias, um semitrator isolado, as rodas da frente vergadas e estraçalhadas por uma mina. Precisava ver mais, pôs a mão no ombro do motorista, o caminhão diminuiu a velocidade, parou. Não levantou o binóculo, não tinha nada para observar, a névoa pesada e a fumaça engoliam as árvores à frente, onde a luta ainda continuava entre homens dos dois lados. Ficou parado por um momento, sentiu Bayerlein a seu lado, sabia que havia perguntas, por que haviam parado, por que ali. Rommel permaneceu em silêncio, sentiu o peso do que via. Era interminável, um oceano de aço americano, todos os caminhões abastecidos e equipados, um exército silencioso, faltando apenas os homens que haviam ido embora, que ainda não tiveram a coragem de ficar e lutar contra a máquina poderosa de Rommel. Mas terão, ele pensou. Aprenderão e se adaptarão, e voltarão. São crianças com brinquedos demais, porém, depois desse combate, terão crescido e aprendido e trarão seus equipamentos e máquinas novamente para a luta, novos caminhões e novos tanques e novos aviões. Pensou na descrição de Hitler, raça mestiça. Que importância tem isso aqui?

Perto de Thala, Tunísia — 22 de fevereiro de 1943

Tinha se afastado do combate, tinha visto o suficiente do que os comandantes estavam transmitindo para ele desde o amanhecer. Apesar do enorme sucesso em Kasserine, os caminhos para Tébessa e Le Kef agora estavam intensamente fortificados, enorme quantidade de peças de artilharia alvejavam qualquer blindado alemão que tentasse avançar pela defesa aliada. Nas duas frentes, o avanço alemão fora detido, a resistência aliada se tornara mais forte, ajudada pelo crescente apoio do norte, artilharia e combatentes britânicos que se juntavam à barreira americana.

O caminhão rodava para o terreno aberto em frente ao edifício retangular, o quartel-general da Vigésima Primeira Divisão de Panzers, e já estavam lá outros caminhões. Kesselring esperava por ele.

— Gostaria de sugerir ao *Führer* que você fosse oficialmente nomeado comandante-geral do exército em toda a África. Sua atuação aqui certamente silenciou todas as críticas a seu respeito.

Rommel respirou com força, bebeu de uma caneca de metal, água morna que lhe cortava a poeira da garganta. Kesselring sorria para ele, e Rommel já tinha visto isso demais, não sentia empatia pelo homem. Olhou então para Westphal, que acompanhava Kesselring na reunião. Queria abraçar o antigo ajudante de ordens, ainda sentia enorme afeição pelo jovem coronel, havia acompanhado o progresso do rapaz como comandante de campo. Westphal não sorria, saudara-o com uma careta de preocupação, coisa que Rommel também recordava.

— Então, agora serei recompensado por meus esforços? Não acham mais que sou um *derrotista*?

— Eu nunca pensei isso de você. Houve infortúnio, frustração. A despeito de tudo, você merece este comando, e eu sei que o *Führer* pensará assim. Até os italianos concordarão.

Rommel olhou a água suja, pensou, então ninguém sabe ainda dessa *promoção*, nem o *Führer*, nem os italianos.

— Minhas desculpas, Albert, mas sobra muito pouco aqui para se comandar.

— Claro que há o que comandar! Tivemos uma vitória brilhante aqui! E, mesmo se o inimigo não se retirar totalmente, nossa posição de cabeça de ponte na Tunísia é mais que meramente sólida. É inexpugnável! Precisamos de um homem no comando que seja ele próprio inexpugnável.

Rommel pôs a caneca de lado, olhou novamente para Westphal, pensou, *ele* não acha que sou inexpugnável. Com boas razões.

— Eu lamento ter de recusar a honra de seu oferecimento. Tenho certeza de que o general Von Arnim tem a plena confiança do *Führer*. A solidez de nossa posição na Tunísia é um crédito para sua liderança.

Kesselring se aproximou de uma cadeira, sentou-se, esfregou a mão no queixo. Houve um longo minuto de silêncio, então Kesselring disse: — Eu esperava que você reconsiderasse. Mas não importa. Você já deu a ordem de retirada?

— Sim. Não há motivo para manter nossa posição atual aqui ou a oeste de Kasserine. O inimigo continuará a montar sua força, e nós já gastamos tudo o que podíamos colocar nesta luta.

Kesselring bateu com o punho no joelho, olhou para ele com o estranho sorriso sempre presente.

— Haverá mais oportunidades, Erwin. Os americanos não são um inimigo valoroso.

Rommel não tinha energia para um debate sobre as fantasias de Kesselring. Olhou novamente para Westphal; o rapaz olhava para baixo. Ele não dirá nada, Rommel pensou. Mas sabe, mais que qualquer outra pessoa. Queria falar com Westphal, mas não agora, na frente de Kesselring. Quer possamos ou não vencer esta luta, eu não estou bem o bastante para ficar no comando.

23 DE FEVEREIRO DE 1943

Eles tinham abandonado o combate às defesas do inimigo em toda a extensão das posições a oeste e a norte de Kasserine, retirando-se para o sul, longe de Le Kef. Ele permaneceu próximo às colunas, os grandes blindados passando ruidosamente, homens olhando sem expressão para além dele, agora apenas poucas saudações de um exército que percebia que se movimentava na direção errada. Surpreendeu-se ao ver o sol, o primeiro céu azul em muitos dias, nenhuma nuvem carregada em nenhuma direção. Olhou para cima, sentiu o calor no rosto, uma lufada de poeira rodopiou sobre ele, seria pior quando a lama secasse. Esperou, olhou para o azul, espiou as pequenas nuvens que passavam, tentou ouvir além do barulho dos tanques, sabia que viriam, que com o tempo bom os aviões poderiam voar novamente. Fixou o céu por longo tempo e então os viu, uma formação em *V*, muito alto, como pequenos gansos. Percebeu lampejos de sol, o reflexo do sol numa dúzia de para-brisas, sabia que as bombas viriam, as explosões mortíferas que apanhariam os homens e os tanques nas estradas, desorganizando a retirada. Tocou no motorista, a ordem silenciosa, ande mais rápido, o caminhão se dirigia para o leste, levando-o para Mareth, em direção ao inimigo que ainda tinha de enfrentar. Ao longo da Linha Mareth, as tropas alemãs e italianas que não tinham ido a Kasserine estavam construindo e reforçando as próprias obras, enquanto mais longe, no sul, o Oitavo Exército Britânico também se reforçava, os homens de Montgomery pressionando impacientemente para o avanço, enquanto seu comandante ponderava se seria a ocasião certa para finalmente lançar o ataque.

24. EISENHOWER

CONSTANTINE, ARGÉLIA,
4 DE MARÇO DE 1943

— NÃO ESTOU CONVENCIDO DE QUE DEVAMOS PARTIR PARA uma ofensiva, Ike. Ainda não.

Eisenhower recostou-se na cadeira, olhou para fora da janela, viu aviões de relance, pensou, grandes, B-17s provavelmente. Graças a Deus pelo bom tempo. Manter a pressão.

Fredenhall estava sentado na sua frente, e Eisenhower podia ouvi-lo mexendo-se na cadeira, tenso, desconfortável. Eisenhower não o havia chamado ali para conversar sobre estratégia. Eisenhower tentava dizer alguma coisa, lutava com as palavras, odiava esta parte de seu trabalho mais que qualquer outra.

Fredenhall disse: — Podemos fortificar os desfiladeiros ainda mais. Não há chance de os hunos terem outra vitória. Aprendemos a lição, com certeza, Ike. Uma lição muito valiosa.

— Uma lição muito onerosa.

Fredenhall não respondeu, e Eisenhower o encarava agora, via o rosto de um homem que sabe quando vão lhe dar más notícias.

— Você é um bom administrador, Lloyd, um bom comandante. Deus sabe como precisamos de boas equipes dando duro no pessoal nos Estados Unidos, preparando nossos rapazes para virem para cá. Até agora, não tem funcionado muito bem, muitos dos nossos têm desembarcado sem uma pista do que é esperado deles. Temos que passar muito tempo treinando os soldados aqui mesmo, e isso não pode continuar. É muito perigoso, mantém muita gente amarrada quando precisamos dessas pessoas na frente de batalha. Mas não se pode fazer um ataque com tropas inexperientes. Não há como substituir a experiência de combate, naturalmente, mas, diabos, nosso pessoal tem muito que aprender. Os britânicos estão reclamando demais da maneira como nos desestruturamos. Isso não pode continuar. De modo algum.

Eisenhower olhou para baixo, evitou a tristeza de Fredenhall, pensou, ele sabe. Claro que sabe. Vá ao maldito ponto. Você está tagarelando como um papagaio.

— Quero que você aceite um novo posto, Lloyd. Quero que você seja a ponta de lança do nosso esforço de treinamento em casa. Não há ninguém melhor para esse trabalho. Que me diz?

Fredenhall pareceu congelado por um longo momento, a expressão imutável. — Quando, Ike? Daqui a quanto tempo?

— Brevemente. Temos que lançar a ofensiva imediatamente. Rommel está vencido, e Monty está prestes a lhe dar uma boa surra. Temos uma oportunidade aqui e precisamos aproveitá-la. Não podemos dar tempo aos alemães para se recomporem, reconstruírem sua força. Esse foi o meu maior erro, Lloyd. Levei tempo demais para trazer nosso pessoal para a Tunísia. Acreditei que os alemães se mexeriam tão lentamente quanto nós. Uma burrice, um erro estúpido. Não pode acontecer novamente. Houve outros erros também. Por exemplo, demos muita atenção à inteligência de má qualidade. Em grande parte, foi um problema britânico, mas seguimos atrás deles sem pensar. Os britânicos estão fazendo o possível para corrigir isso. Mas não podemos pôr toda a culpa neles. Nosso maior problema foram tropas e oficiais inexperientes. É por isso que você é tão importante em casa. Agora você tem experiência, sabe o que precisamos ensinar aos nossos rapazes.

As palavras pairavam no ar, e Fredenhall afundou na cadeira. Depois de um longo momento, falou: — Você não disse quando, Ike.

— Você receberá ordens por escrito em um dia ou dois. Não podemos perder tempo.

Eisenhower não tinha mais o que dizer, não queria prolongar aquilo, ficou aliviado ao ver Fredenhall de pé.

Eisenhower disse: — Volte para seu posto de comando, ponha em dia quaisquer assuntos de estado-maior que precise terminar. Pode levar alguns de seus ajudantes com você, se quiser. É provável que eles não se integrem muito bem quando você for embora. Você sabe como são essas coisas, Lloyd. Eu levarei em consideração algumas recomendações, mas acredito que serão todos redirecionados.

Fredenhall assentiu mais uma vez, em silêncio, afastou-se lentamente, parou na porta por um momento, de costas para Eisenhower. Houve mais um silêncio constrangedor, Eisenhower queria que ele fosse embora, que aquele momento terrível ficasse para trás.

Fredenhall perguntou: — Quem vai me substituir?

Eisenhower viu a vermelhidão dos olhos dele, toda a vulgaridade arrogante, as pragas bombásticas apagadas pela completa tristeza da ocasião. Eisenhower não queria responder, sabia que não ajudaria a suavizar o golpe, que Fredenhall deveria apenas ir embora. Sacudiu a cabeça, um não silencioso. — Prefiro não tratar disso agora. É uma questão delicada. Você entende.

O silêncio voltou, Fredenhall parecia não entender absolutamente, e Eisenhower pensou, volte para os Estados Unidos, diabos, aceite as medalhas e a promoção.

— Suas ordens chegarão em um ou dois dias. É melhor você ir.

Fredenhall aprumou-se, fez uma saudação desnecessária; Eisenhower a retribuiu. Abriu a porta, passou por ela e se foi. Eisenhower suspirou, sentou-se novamente, fechou os olhos. Maldição! Eu odeio isso, definitivamente odeio. A pior parte do meu trabalho. Mas preciso me aperfeiçoar nisso. Inclinou-se para a frente novamente, os braços sobre a escrivaninha. Tentou apagar a tristeza de Fredenhall, pensou, ele vai superá-la. Vão lhe dar uma medalha, saudá-lo com grandes histórias nos jornais, tratá-lo como o herói que retorna. Sua cidade natal provavelmente fará algum desfile em sua homenagem. Só não quero ouvir falar sobre isso.

Abaixou-se e abriu uma gaveta da escrivaninha, pegou o telegrama de Marshall, a aprovação da nova nomeação. Passou os olhos pelas palavras, depois chamou: — Harry!

Butcher apareceu rapidamente, e Eisenhower perguntou: — Patton está em Rabat, certo?

— Sim, senhor. É o que ele diz.

— Recebemos mais alguma notícia sobre o coronel Waters?

Butcher sacudiu a cabeça. — Apenas suposições. Os alemães não disseram nada sobre quem são os seus prisioneiros. Monitoramos o rádio deles, mas, a não ser que estejam com um general, provavelmente não farão espalhafato. — Ele parou. — Não há relato sobre o corpo.

— Graças a Deus. Eu suponho que George tratou de dar as notícias à sua família. Eu não conheço a filha dele. Imagino que isso os tenha abalado muito. Mantenha-me informado, quaisquer que sejam as notícias.

— Pode deixar, Skipper.

Eisenhower olhou novamente a carta. — Telegrafe para George. Quero que ele esteja em Argel amanhã de manhã. Vamos voar para Maison Blanche para encontrá-lo. Mande-o levar seu chefe de estado-maior, ou qualquer assessor importante que ele queira.

— Imediatamente, senhor.

Butcher saiu, e Eisenhower examinou a ordem de Marshall mais uma vez, leu as palavras, pensou, sim, isto vai deixar todo mundo feliz. George finalmente vai parar de reclamar que está bundeando no Marrocos. E Deus sabe que vou ouvir que deveríamos ter feito isto desde o começo.

Aeroporto Maison Blanche, arredores de Argel —
5 de março de 1943

Estavam ao lado da fuselagem do B-17 que havia trazido Patton e seu ajudante de ordens, o general de brigada Hugh Gaffey. Eisenhower tinha ao lado seu próprio chefe de estado-maior, Beetle Smith, e dissera a Butcher para ficar a uma distância discreta atrás deles, o suficiente para ouvir a conversa. Eisenhower olhou para Patton, pôde ver imediatamente que Patton parecia uma criança no Natal.

— George, você sabe por que eu o queria aqui. A mudança deve acontecer imediatamente. Quero que você se apresente a Alexander assim que possível.

Patton bateu palmas uma vez, esfregou as mãos, balançou a cabeça. — Então é verdade!

— O que é verdade?

— Bem, Ike, todos nós ouvimos dizer que Harold Alexander estava assumindo o comando aqui. Não queria acreditar, mas os britânicos com quem falei disseram que ele é quem está no comando, ou deveria estar, ao menos. Eu tive que dar uma meia dúzia de esporros por causa disso. Ninguém vai insultar o meu chefe.

Eisenhower ficou aborrecido, já tinha visto demais esta atitude em Patton. — Devagar, George. Agora Alexander é meu segundo no comando. Ele assumiu o comando de todas as forças terrestres na Tunísia em 19 de fevereiro. Está encarregado do planejamento do resto desta campanha e também vai comandar a invasão da Sicília. Algum problema quanto a isso?

Patton pareceu surpreso com a pergunta. — Oh, não, de modo algum. Eu ouvi boatos de que ele... Pensei que talvez ele fosse assumir tudo. Pensei que talvez você fosse... humm...

— Substituído? Não, ainda não. O comando ainda é meu. — Eisenhower esperava por isso, os rumores chegando principalmente de Londres, falatório de que Eisenhower tinha de assumir a culpa pelo fraco desempenho do exército. Ele ainda estava aborrecido, pensou, o Marrocos não está do outro lado da lua. — Você devia levar a sério os telegramas e despachos, George. Nós não os expedimos por divertimento. O objetivo é esclarecer boatos, não dar origem a eles. No caso de você não ter clareza sobre o que está acontecendo, Wayne o substituirá no Marrocos. Já que o Quinto Exército está treinando lá, ele pode dar conta do serviço de polícia de vigiar o Marrocos espanhol. Ainda há o perigo de que os malditos alemães possam tentar alguma coisa contra nós através da Espanha. Você assumirá o comando do Segundo Corpo de Exército, e agora você está sob o Décimo Oitavo Grupo de Exército de Alexander, junto com os franceses, com o Primeiro Exército de Anderson e com o Oitavo de Monty. Você, Anderson, Monty e Giraud respondem diretamente a Alexander, que responde a mim. Alguma confusão sobre este assunto?

— Nenhuma. Fico feliz em saber disso.

— Sua tarefa imediata é reconstruir e reabilitar o Segundo Corpo de Exército para que tenha condições de combater. Estamos planejando um avanço rápido, George, um ataque rápido. Por isso você foi escolhido para esse posto. Você trabalhará junto com os britânicos e franceses, numa parceria. Parceiros *iguais*. *Cooperação*, George. Você responderá a Alexander como se as ordens viessem diretamente de mim. Sua primeira tarefa será apoiar Monty. O Oitavo Britânico está praticamente pronto para atacar Rommel em Mareth e, quando atacarem, quero seus rapazes no flanco direito de Rommel. Segure o máximo de forças alemãs que você conseguir. O Oitavo estará avançando para o norte, direto para a costa, e eu quero que você facilite o avanço. E, George, a menos que receba ordens específicas, você não avançará para o litoral. Você não pode cortar a frente da linha de avanço de Monty.

Examinou o rosto de Patton, procurou algum sinal que denunciasse uma discordância, sabia que arrepiava Patton ser designado para um papel coadjuvante. Mas Eisenhower não tinha paciência para discutir.

— Você não precisa provar sua coragem, George. Nem para mim, nem para os britânicos. E me ouça, diabos. Não quero você na frente levantando a própria bandeira. Quero você como comandante de um corpo de exército, não como baixa. Quando eu o procurar em seu posto de comando, espero encontrá-lo lá.

Patton franziu o rosto, assentiu, e Eisenhower ainda esperava a discussão inevitável. Mas Patton continuou calado.

— Bom. Mais uma coisa. Quero que você tenha sangue-frio para destituir oficiais ineptos. Deus sabe como pode ser duro, e eu não tenho nenhum prazer nisso. Mas é muito pior ser arrasado pelo inimigo. Isso eu detesto mais que o diabo detesta água benta. Não quero que a incompetência nos cause mais contratempos. Se você achar uma maçã podre, retire-a e mande para mim. Eu me encarrego do que vai acontecer com ele. Não vou tolerar moleza no que diz respeito aos *sentimentos* de quem quer que seja. Nós dois temos amigos aqui, George. Mas isso não pode nos impedir de arrancar da linha um homem que não deveria estar lá.

Patton assentiu energicamente, e Eisenhower pensou, sim, bom, ele não vai ter dificuldades nessa parte.

— A campanha nos indicará quem são nossos melhores quadros, George. Precisaremos desse pessoal futuramente. Você tem a minha mais completa confiança. Alexander também tem. Entenda-se com ele, George. Se alguém lhe causar problemas, fale com Alex primeiro.

Patton parecia digerir aquilo, e um nome passou pelo cérebro de Eisenhower. *Montgomery*. Estudou Patton por um momento, em silêncio, pensou, diabos, George, apenas tente se entender com eles.

— Uma pergunta, Ike.

— Quê?

— Sei que você quer que eu permaneça atrás, que comande o espetáculo dos bastidores. Mas eu tenho que avisar... se houver oportunidade, e é bem possível que sim... eu gostaria de encostar uma pistola na barriga de Rommel.

QUARTEL-GENERAL, DÉCIMO OITAVO GRUPO DE EXÉRCITO, CONSTANTINE, ARGÉLIA — 6 DE MARÇO DE 1943

— Aqui você não tem problemas, Ike. Ninguém está se queixando.

Ele estava sentado do outro lado da escrivaninha, de frente para Alexander, sentia a honestidade dele, nada a esconder.

— Obrigado, Alex. Gostaria que isso fosse verdade em todos os outros lugares.

— Generais de escritório, Ike. Toda guerra os tem e sempre terá. Auchinleck sofreu com isso, e eu tenho escutado a mesma queixa desde que cheguei na África. Mas é só conversa. Os que falam mais alto são os que têm menos probabilidade de pisar no campo de batalha. Você sabe disso.

Eisenhower se inclinou para a frente, pôs as mãos sobre a escrivaninha de Alexander. — Talvez. Mas o falatório não vem só da Inglaterra. Tem muita conversa que vem do pessoal do Anderson. A mesma coisa que tivemos que aturar já na Inglaterra. Entenda, não são os comandantes. O pessoal mais graduado raramente tem sido problema. Eles entendem que temos que trabalhar juntos e todos têm sido excelentes. São os oficiais de patente mais baixa, os mais jovens. Dê um bastão de oficial a um homem e ele começa a se pavonear, começa a dizer ao mundo como o espetáculo deve ser dirigido. Tenho tentado reprimir isso quando posso, mas... nós demos bastante munição ao seu pessoal em Kasserine.

Alexander não disse nada por um longo momento, sacudiu a cabeça. — Não havia nada que você pudesse ter feito. Azares da guerra. Seu pessoal foi colocado em linha onde tinha de ser, e o inimigo se aproveitou disso. Mérito de Rommel. Se alguém aqui falar o que não deve sobre o combatente americano, responderá a mim. Eu não tolerarei esse tipo de coisa, Ike. Nem um pouco.

Era um eco das próprias ordens de Eisenhower, nenhuma tolerância com quem quer que fosse de uniforme americano fazendo comentários antibritânicos. Ele era grato ao apoio de Alexander, sentia-se mais à vontade com ele cada vez que se encontravam.

Alexander tinha aproximadamente a mesma idade que Eisenhower, era magro e rijo, com um leve bigode, que, à primeira vista, parecia um exemplo do oficial britânico ideal de Rudyard Kipling. Mas não havia formalidade aristocrática, nem ar de superioridade irritante. Eisenhower o havia conhecido no ano anterior em Gibraltar, e os dois se entenderam imediatamente; Eisenhower se surpreendera por descobrir que, ao contrário da maior parte dos oficiais superiores de ambos os lados, Alexander tinha um considerável senso de humor. A nomeação de Alexander como segundo no comando, abaixo de Eisenhower, tinha ocorrido na Conferência de Casablanca, e imediatamente alguns semblantes se fecharam; oficiais generais de ambos os exércitos imaginavam que aquele relacionamento só poderia resultar em conflito. O general Alexander era superior hierárquico de Eisenhower, já havia sido bem-sucedido como comandante geral britânico no norte da África. O comando de Alexander incluía o Oitavo Exército de Montgomery, e era perfeitamente razoável que Alexander recebesse boa parte do crédito pela vitória esmagadora sobre Rommel em El Alamein. Mas Alexander não era um militar rígido e vaidoso e, após a Conferência de Casablanca, aceitou o papel de segundo de Eisenhower sem discussão. Em Washington, George Marshall foi sensível à questão da hierarquia e, em 11 de fevereiro, Eisenhower foi promovido ao mais alto posto de general, acrescentando uma quarta estrela ao uniforme. Eisenhower ficou agradecido pelo reconhecimento, mas entendeu que, em parte, fora uma demonstração americana destinada a fortalecer a posição de Eisenhower junto aos britânicos, que agora eram comandados por ele.

Eisenhower reconhecia que Alexander tinha feito muito para salvar os Aliados no ataque de Rommel em Kasserine. Alexander tinha assumido o comando dos exércitos combinados em 19 de fevereiro, no meio do pior caos do combate. Seu primeiro ato tinha sido organizar as defesas, que ajudaram muito a desgastar, e, por fim, deter as forças de Rommel. A eficiência de Alexander tornava claro que, embora Eisenhower ainda fosse o comandante, seu papel era essencial.

Com Alexander sob o comando de Eisenhower, mais uma peça do quebra-cabeça aliado estava nas mãos de Eisenhower. Bernard Montgomery ainda respondia a Alexander, mas agora, em última instância, também tinha responsabilidades para com Eisenhower.

Eisenhower estudava um mapa à sua frente, na escrivaninha. — Quanto tempo você acha que Monty vai levar para entrar em ação?

Alexander sorriu. — Obrigado por ser discreto. Você aprenderá que Monty só pode ser pressionado quando ele está disposto a ser pressionado. Não é um aspecto com o qual eu esteja completamente satisfeito, mas temos de ser tolerantes. Ele se tornou um herói na nossa terra. Por isso é difícil fazer críticas. Mas nem todos conseguem se entender com ele. De vez em quando ele pode ser bem irritante.

Eisenhower retribuiu o sorriso, e o nome de um homem surgiu em seu cérebro: *Patton*.

Alexander continuou: — Finalmente estamos utilizando bem as instalações do porto de Trípoli. Monty agora está recebendo suprimentos e não deve haver muito atraso.

— Não estou me queixando, Alex. Os atrasos podem ter funcionado bem. Quando Patton deslocar o Segundo Corpo de Exército para o flanco de Rommel, a sobrecarga de Monty deve diminuir. Não acho que os alemães possam manter a Linha Mareth se os atacarmos por dois lados.

— Monty não enxergará a questão desse modo. Ele adoraria forçar Rommel pelo caminho todo até Túnis e terminar o que começou em El Alamein. Já conversei com ele sobre cooperação, e ele entenderá isso quando começarmos a nos movimentar. Você pode confiar nele para realizar a tarefa. Caberá a mim garantir que ele receba bastante crédito por sua realização.

Eisenhower riu então, recostou-se na cadeira. Alexander parecia esperar pelo fecho da piada, e Eisenhower disse: — Desculpe. Isso não é engraçado. Ainda temos muita luta. E você sabe que eu não tenho paciência para rivalidades. Nada disso é uma maldita competição. Mas só estou imaginando como será na primeira vez em que Patton e Monty se encontrarem na mesma estrada. Por mais que eu deteste, sei que a mesma característica que os torna tão bons também criará problemas. Talvez você tenha que apartar uma briga de socos.

Alexander também riu. — Ou um duelo.

Depois de um momento, os sorrisos se apagaram e Alexander disse: — Eu não sou um otimista cego, Ike. Precisamos que esta ofensiva funcione ou teremos sérios problemas aqui. E não sei se concordo com você em relação a Patton e Monty. Um pouco de competição pode ser bom. Se você inflama os generais, isso pode inflamar os soldados. E precisaremos de todo o *fogo* que pudermos reunir se quisermos expulsar Rommel de suas linhas.

Eisenhower pensou em Patton, a bravata rude, *uma pistola na sua barriga*.

— Precisamos atacar rapidamente. Podemos fazer uma estimativa de quando Monty estará pronto para atacar?

— Ele diz que lá pelo dia 20, talvez antes.

Eisenhower fixou o mapa, pensou, diabos. Duas semanas.

Alexander se debruçou sobre a escrivaninha. — Eu o pressionarei tanto quanto puder, Ike. E pressionarei Patton também, esta campanha só funcionará eficientemente se os dois exércitos se associarem. Nem Rommel poderá resistir a isso.

Eisenhower pensou um momento. — Você conheceu meu novo ajudante de campo, não?

— General Bradley? Sim. Minha primeira impressão é de que é um bom sujeito. Eu não tinha nenhum problema com Truscott, naturalmente. Ele era um pouco mais brusco.

— Ele fazia o seu trabalho. Mas estou mandando Truscott de volta para os Estados Unidos. Precisamos desse tipo de comandante brusco para assumir a Terceira Divisão. Eles estão em treinamento agora, mas o ritmo é lento. Precisamos deles aqui tão rapidamente quanto Truscott possa forçá-los a ficar em forma.

– Ah, sim, a sua Terceira Divisão. A Rocha do Marne. Se bem me lembro, alguns desses caras foram determinantes na Grande Guerra. E motivo de muito orgulho para Black Jack.

Eisenhower estava impressionado, pensou, bem, naturalmente um comandante britânico não saberia só a sua própria história.

— Bradley trabalha de modo um pouco diferente do de Truscott. Ele não fala muito, mas, quando fala, as pessoas têm que calar a boca e escutar.

Talvez seja o general mais inteligente que eu já encontrei. Espero que ele leve a sua inteligência para as linhas de frente. A partir de agora, ele vai servir como o meu principal oficial de estado-maior no campo. Não quero nenhuma gracinha em relação a isso, e eu dei a Brad ordens por escrito para serem mostradas a todos os comandantes. Você sabe como alguns desses rapazes *insolentes* reagem, tratam o ajudante de campo como se fosse um tipo de espião. Não posso estar em todos os lugares ao mesmo tempo e preciso de informações exatas. Por enquanto, Omar Bradley é quem reunirá os detalhes.

Bateram à porta, e Eisenhower viu um oficial. Alexander disse: — Sim, Rudy, o que é?

O homem entrou no escritório e entregou um papel a Alexander. — Telegrama, senhor. Do general Montgomery.

— Obrigado. Você está dispensado. Se precisar, eu o chamo.

O homem se virou e saiu rapidamente do escritório. Eisenhower observou a expressão de Alexander, viu o cenho franzido, pensou, é notícia ruim.

— Mais um adiamento?

Alexander estendeu o papel. — Na verdade, o contrário. Parece que perdemos nosso tempo atiçando Monty a se mexer. Rommel chegou primeiro. O Oitavo Exército está sendo atacado.

25. ROMMEL

SUL DE TOUJANE, TUNÍSIA, LINHA MARETH
6 DE MARÇO DE 1943

AVANÇARAM AO RAIAR DO DIA COM TODA A FORÇA QUE ROMMEL pôde colocar no ataque. As três divisões de panzers levavam 140 tanques, esperando fazer o que Rommel havia feito tão bem anteriormente. O primeiro ataque teve lugar ao longo do litoral, dirigido ao flanco direito britânico. Foi uma manobra diversionista e barulhenta dos italianos, artilharia e blindados leves, outra tática familiar, para persuadir Montgomery a focalizar a atenção ali. Com a força britânica desviada para o norte, o assalto principal tinha ocorrido no lado oposto da linha, no interior; o poderio dos panzers atravessando morros de cerrado e terreno plano e firme, tentando virar os britânicos para a esquerda, empurrar as forças de Montgomery para trás antes que pudessem se preparar. Os maiores sucessos de Rommel tinham resultado dessa mesma manobra, e mais uma vez ele viu uma oportunidade, sabia que o flanco britânico estava desguarnecido, protegido apenas por quilômetros de pântano arenoso considerado intransponível, a mesma barreira que protegia seu próprio flanco em Mareth. A maior esperança de Rommel era que Montgomery ainda estivesse desorganizado, com as defesas ainda incompletas. Tinha presenciado o que a marcha de quase 900 quilômetros desde El Alamein havia causado ao seu exército e se forçava a acreditar que a indolência de Montgomery sinalizava que a grande marcha fora muito mais desgastante para os perseguidores que para os perseguidos. Os alemães tinham se recuperado bem, principalmente porque sua linha de suprimentos tinha ficado muito mais curta. Com o súbito foco de Hitler na preservação desta parte da África como um grande reduto alemão, os suprimentos e reforços continuavam a fluir pelos portos e aeroportos da Tunísia, agora a pouca distância da retaguarda de Rommel. Rommel sabia que, se houvesse alguma chance, tinha que ser aproveitada logo, antes que Montgomery se sentisse suficientemente forte para fazer uma ofensiva. Apesar de os britânicos terem se posicionado abaixo da Linha Mareth, Rommel estava convencido de que, estivesse ou não o exército britânico descansado e refeito, Montgomery continuaria a desperdiçar o tempo, a posicionar e reposicionar as tropas até que as condições parecessem perfeitas na cabeça do comandante britânico. Ali, em Mareth, Rommel tinha uma brecha, uma oportunidade para abalar a determinação britânica. Quando os tanques avançassem, a expectativa de Rommel era de que irrompessem em um acampamento britânico confuso e desorganizado. Rommel acolheu e aprimorou o plano em sua mente, tinha persuadido os italianos e seus próprios oficiais de que seu dia chegara novamente. Até o Comando Supremo aprovara o ataque, convencido pelo entusiasmo de seu homem em Mareth, Giovanni Messe, que aceitara plenamente os argumentos de Rommel.

Da montanha alta bem atrás da Linha Mareth, Rommel tinha acompanhado o nascer do sol, de pé com o binóculo, observando a onda de blindados fluir para o sul, para, como um enxame, flanquear as linhas britânicas em torno da aldeia de Médenine. Mantinha por perto o caminhão com o rádio, esperava que os comunicados chegassem depressa, agarrava-se firmemente à crença de que o ataque expulsaria em completa desordem o flanco britânico apanhado de surpresa, que a artilharia e os atiradores dos tanques britânicos não estariam preparados para uma manobra tão audaciosa.

A NÉVOA DA MANHÃ FORA DISSIPADA PELO SOL NASCENTE E O AR agora estava denso com nuvens de poeira que passavam.

— Vamos avançar. Preciso ver. Ouviram alguma coisa?

— Não, senhor. O rádio está quieto.

Rommel esperou impacientemente pelo motorista que lutava para dar partida ao caminhão, o motor voltando à vida com uma tosse áspera.

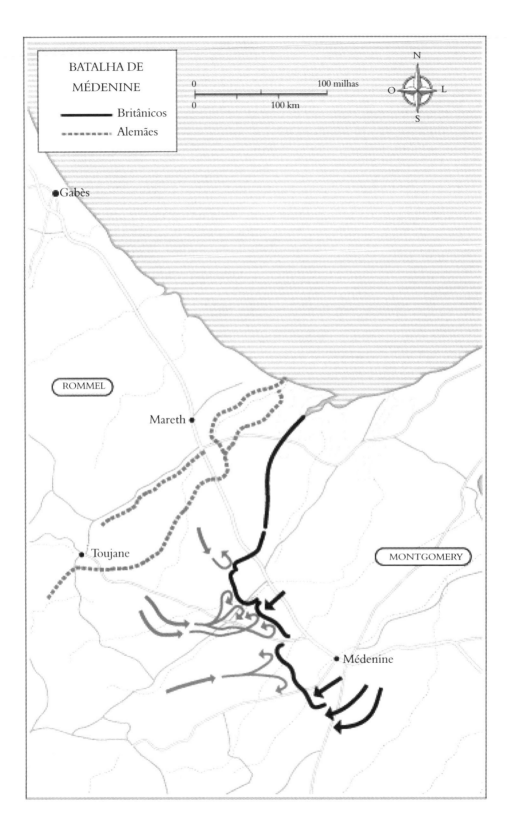

Rommel tinha vontade de empurrar o homem para o lado e ele mesmo dirigir, seu cérebro se agitava em febre alta, os olhos se enevoavam, uma frustração escaldante escorria dentro dele. Em frente, maldito!

A náusea voltara, pior do que podia lembrar, dores fortes na garganta, a dor do lado do corpo. Percebera o modo como o estado-maior o olhava, a aflição maldisfarçada; tinha ido até um espelho e visto que as feridas no rosto e no pescoço haviam piorado muito. Isso sempre tinha sido um problema no deserto; Rommel pensou que tinham deixado para trás o tormento de tantas semanas no calor constante e mortal da Líbia. O início da primavera na Tunísia era um tempo agradável, as chuvas finalmente cessavam, um frescor na manhã que estimulava o verde a voltar. A terra parecia viva na Tunísia, as planícies mais próximas da costa guarnecidas de campos de trigo e pomares. Os soldados se alegraram com a mudança no clima, a saúde de todo o exército havia melhorado. Durante um período, Rommel também sentira a melhora, revigorado pelos sucessos em torno de Kasserine. Mas, na retirada de volta a Mareth, a doença o havia engolido, o sofrimento familiar da insônia, a agitação nas entranhas, as dores atordoantes, a irritação das feridas abertas que coçavam. Havia feito o possível para pôr isso de lado, lutado para trabalhar em meio ao sofrimento, para clarear a mente para o planejamento necessário a fim de que o ataque contra Montgomery fosse bem-sucedido. Rommel contou muito com o apoio de Bayerlein, e até o italiano, Messe, seu alegado sucessor, não havia discutido, não lhe drenara a energia de que precisava para lançar o ataque.

O caminhão desceu até um vale estreito, de vegetação densa salpicada de casamatas de concreto, um bom trabalho dos engenheiros. Subiram novamente num morro baixo, alcançaram o cume, e Rommel pôde ouvir a luta, baques fortes, uma espessa nuvem de sujeira e poeira, e gritou: — Vamos! Não pare aqui! Podemos chegar mais perto!

O caminhão rodou novamente, seus auxiliares o espiavam e ele os ignorava, agarrava o binóculo com força, olhava para a frente. Havia clarões, e seu coração se agitava no peito, sim, bom! Estamos perto! Os sons passavam sobre eles, o caminhão serpenteava por um corte poeirento entre dois morros baixos, depois em campo aberto novamente, outra subida. Viu um tanque então, uma coluna densa de fumaça negra, os cheiros o engolfavam, nauseantes, e ele fechou os olhos e gritou novamente: — Continue! Em frente!

Havia mais tanques nos dois lados da estrada, mais fumaça negra, fogo. O caminhão passou rapidamente, deixou para trás uma massa dispersa de formas negras, sem rosto, homens despedaçados. Não queria vê-los, queria gritar de novo, a voz sufocada pela fumaça, cinzas quentes e abrasivas na garganta. O caminhão deu uma guinada, o motorista lutou para controlá-lo, a fumaça clareou, a estrada tornou-se mais reta, o homem lhe dizia alguma coisa, medo na voz dele. Rommel o ignorou, ainda olhava para a frente, o caminhão subiu outra pequena elevação. A estrada virou para um lado, depois desapareceu, e Rommel viu mais tanques, uma formação ampla, mais fumaça e fogo, agarrou o ombro do motorista.

— Pare!

O caminhão parou e Rommel se firmou no encosto do assento, levantou-se, ergueu o binóculo, pensou, sim, agora podemos ver. Focalizou os cumes de uma cadeia de morros baixos, além dos tanques, examinou, viu clarões, todo o terreno à frente vivo, com rajadas de fogo, explosões trovejantes, gritos no ar, obuses riscando o espaço. As explosões sacudiram o caminhão, os ajudantes pularam, indo buscar abrigo numa vala, e Rommel os ignorou, não queria ver medo em seus próprios homens. Examinou a serra, esperava ver seus tanques subindo e ultrapassando os morros, fogo mortífero, uma grande onda abalando a posição inimiga. Mas os tanques não se moviam, o fogo os atingia num estrondo constante, explosões na terra e na vegetação em toda a extensão do terreno à frente; tanques, seus tanques, quebrados e destruídos, alguns voltando para trás, aproximando-se dele. As serras se espalhavam para os dois lados, e cada recanto, cada depressão, continha um cano de arma ou um tanque, fogo pesado respondendo ao seu ataque com precisão absoluta. Rommel não contou, não precisava contar, podia determinar pelo som e pela destruição que os britânicos tinham muito mais poderio do que ele esperava. Baixou o binóculo, não precisava dele agora. O que não podia ver no campo, via no pensamento. Os britânicos haviam se entrincheirado fortemente ao longo das serras, com formações pesadas de artilharia e tanques. Sua mente se abriu por um breve momento, a náusea foi contida, a náusea que o havia impelido àquele ataque desesperado. Entendia agora porque havia forçado o combate, porque havia suposto que Montgomery estivesse fraco e desorganizado. Era toda a energia que lhe restava agarrando-se fragilmente ao sonho de que a Raposa do Deserto faria seu grande retorno triunfal, que o inimigo seria expulso. Fechou os olhos, lutou para respirar em meio à fumaça; ignorou as vozes de seus homens, os ajudantes gritando que se abrigasse, que se afastasse do perigo. Agora a energia se fora, o controle se afrouxava, e ele se sentou, sentiu o caminhão rodando, os homens pulando para dentro, o motorista esperando a sua ordem. Olhou para o motorista, viu o rosto jovem e sujo, os olhos azuis arregalados, aterrorizados. Pôs a mão no braço do rapaz, não disse nada. Olhou pelo para-brisa, a cena completa, o desastre aumentava, e Rommel queria gritar, fazer seus homens voltarem para o *front*, empurrá-los com mais firmeza, conduzi-los como sempre fizera, liderá-los pessoalmente, o caminhão avançando diretamente para as armas, sem se importar com o fogo, o perigo, a morte de seu exército.

Sentiu o caminhão dar um solavanco, abalado por baixo, o fogo de artilharia mais próximo. Tanques começaram a passar por ele então, os seus tanques, homens derrotados em busca de abrigo nos morros rochosos, em moitas de vegetação, em qualquer lugar em que a potência das armas britânicas não pudesse achá-los. Para muitos era tarde demais, o espaço aberto estava repleto de pilhas de máquinas destruídas, as tripulações correndo à procura de segurança, ou simplesmente caindo, abatidas por fogo de metralhadora. Agora sabia, uma voz calma na sua cabeça, clareza, sabia que os tanques que ainda lutavam enfrentavam armas bem-posicionadas, tanques perfeitamente dispostos, e que o ataque simplesmente desmoronava em toda a volta. Virou-se para o ajudante ao seu lado, que olhava diretamente em seus olhos com grande preocupação, e disse: — O rádio... dê ordem para cessar o ataque. Façam todo o esforço para manter o território capturado.

Os ajudantes agiram, um homem se dirigiu depressa ao caminhão de rádio atrás deles. Rommel ouviu o som de um avião, olhou para cima, viu uma esquadrilha de bombardeiros, pensou, Junkers, sim! Sentiu uma eclosão de esperança, uma réstia de luz atravessou o denso nevoeiro do seu cérebro, sim! Atinja-os, faça-os recuar. Ouviu o silvo familiar, os aviões fazendo seu mergulho, viu um clarão vermelho, um avião subitamente se desfez, depois outro, uma explosão de fogo, riscos de fogo antiaéreo tragando todos eles.

D EPOIS DE UM DIA DE COMBATE, O ATAQUE HAVIA SIDO COMPLETA-
mente desbaratado. Ao longo da serras em torno de Médenine,
Montgomery tinha se preparado para a possibilidade de um ataque de Rommel ao seu flanco, posicionando cuidadosamente centenas de
tanques, peças de artilharia e armas antitanque, e tinha minado extensas áreas
do terreno. Ao fim do dia 6 de março, o Afrika Korps perdera mais de um
terço de seus blindados. Os britânicos não tinham perdido um só tanque.

BENI ZELTEN, TUNÍSIA — 7 DE MARÇO DE 1943

Apesar do fracasso geral das batalhas de Kasserine em conquistar algo
além de um sucesso temporário, Rommel tinha sido nomeado comandante
de todo o teatro tunisiano. As forças combinadas foram batizadas de Grupo
de Exército de Rommel, um gesto sentimental que ganhou força por insistência de Kesselring, sua fantasia tendo exaurido os canais oficiais. Para
Rommel, o gesto significava pouco além de uma tentativa patética de reforçar o sonho de que glórias passadas pudessem de alguma forma estimular
uma vitória. Von Arnim não fizera objeção alguma, ao menos não que
Rommel tivesse sabido, mas tinha prosseguido seu trabalho no norte como
se a autoridade de Rommel valesse muito pouco. No fim de fevereiro, Von
Arnim havia atacado as posições britânicas ao norte de Kasserine, em combates que ora favoreceram um lado, ora o outro, e não resultaram senão em
baixas para ambos. Agora, com o fracasso do plano de Rommel contra
Montgomery, estava claro que as fantasias de Kesselring e as ilusões de
Berlim tinham que ser abandonadas. Rommel tinha ordenado que Messe e
Von Arnim fizessem o levantamento de sua situação, contingente, o que
enfrentaram no inimigo, qual a real possibilidade de a frente tunisiana
suportar os ataques inevitáveis dos Aliados, que agora detinham todas as vantagens nas frentes oeste e sul.

Para surpresa de Rommel, tanto Von Arnim quanto Messe obedeceram
sem discussão, e, embora Rommel esperasse avaliações cor-de-rosa, especialmente da parte de Von Arnim, espantou-se de ver que nenhum dos dois
tinha ilusões quanto à situação. Os levantamentos dos dois comandantes

espelhavam o que Rommel já havia concluído. A única forma de os alemães conservarem sua cabeça de ponte na Tunísia seria a movimentação conjunta das duas alas do exército, retirando suas linhas para o vértice nordeste da Tunísia, onde poderiam contar com os portos de águas profundas de Bizerte e Túnis, e, no interior, com a solidez das serras e do terreno montanhoso a partir de Enfidaville. Na atual situação, eles estavam diante do poderio esmagador dos dois exércitos aliados, poderio que aumentava diariamente.

Rommel recomendou uma retirada imediata de sua posição em Mareth, unindo as forças de Messe e as de Von Arnim ao longo de uma linha que seguia pelo interior para o oeste a partir de Enfidaville, curvando-se para o norte de modo a encontrar o litoral a oeste de Bizerte. A nova posição compactaria consideravelmente as linhas alemãs, proporcionando o que Rommel acreditava ser uma leve esperança de ainda poder conservar a Tunísia. Enviou a recomendação para Kesselring, solicitando nos termos mais insistentes que Hitler levasse o plano em consideração, um plano que seria a única salvação para as tropas alemãs e italianas.

— O *FÜHRER* ACHA QUE VOCÊ ESTÁ SUBESTIMANDO ENORMEmente sua própria força de combate. O estado-maior dele preparou essas relações para lembrar-lhe, com certo detalhe, do contingente que tem sob seu comando. Fico constrangido em apresentá-las a você.

Rommel pegou o papel da mão de Kesselring, viu listas de regimentos, unidades, dispostas por números.

— Veja você mesmo, Erwin. O *Führer* insiste muito em que você não recaia nos velhos hábitos. Há uma grande preocupação de que você permita que seus próprios fracassos obscureçam sua avaliação sobre a capacidade deste exército.

— Sim, então eu sou um derrotista. Já ouvi isso antes. — Rommel leu os documentos, viu os números, a atenção cuidadosa à matemática. Foi até uma mesa, sentou-se, os números enchiam-lhe a cabeça, um exercício sem sentido. — Impressionante. O *Führer* tem algum plano para equipar todas essas unidades com os blindados e armamentos que elas devem ter? Ou nós simplesmente fingimos que elas estão com força total? — Jogou os papéis sobre a mesa, apoiou os braços nela. — Um exército no papel. É com isso que esperam que eu lute? Todos esses regimentos... será que alguém em Berlim tem alguma noção de como se combate numa guerra? — Rommel bateu com a mão na mesa.

— Os italianos acreditam nesse disparate também, tenho certeza. Eles me dão um regimento e, porque é um *regimento*, esperam, consequentemente, que os soldados possam enfrentar um regimento aliado. Deem-me dez, e estamos em pé de igualdade com dez regimentos dos inimigos. E os *suprimentos*? E as *armas*? Eu tenho divisões blindadas que vão a campo com um quarto dos blindados que deveriam ter, e os tanques que rodam quase não têm condições de operar. Tenho baterias de artilharia sem artilharia, algumas com armas desgastadas e sem equipes! Mas, *no papel*, somos fortes! Eu lhe asseguro, Albert, que os aliados não padecem dessas ilusões. Eles não sofrem de escassez, nem de redução de contingente. Eles não se escondem atrás de listas e fingem que são invencíveis apenas porque seu líder diz isso!

Kesselring cruzou os braços sobre o peito. — Não quero ouvir mais nada disso! O *Führer* está preocupado com você há bastante tempo, com sua saúde e seu estado de espírito. Derrotismo? Sim! Todos dizem isso de você em Berlim! Tenho sido seu defensor, tenho mantido você em campo quando muitos em Berlim, e muitos mais em Roma, diziam para tirá-lo daqui.

Rommel sentiu uma onda crescente de repulsa, pensou, oh, certamente, você me defende quando lhe convém. Quando eu lhe dou vitórias. Recostou-se na cadeira, não tinha energia para uma briga com Kesselring, que parecia enorme sobre ele. Seus olhos nublaram e ele piscou, esfregou-os com a mão áspera. Tentou respirar, o aperto na garganta o sufocou, pôs a mão no pescoço, esfregou, não conseguia afastar a dor. Diabos! Quanto deste tipo de coisa eu posso suportar?

— Você está bem?

Ignorou Kesselring, curvou-se, a cabeça abaixada sobre a mesa, lutou para respirar, as dores percorrendo seu corpo, dores demais, familiares demais. Saiam, malditas! Deixem-me sozinho!

— Erwin, vou chamar o médico. Isso não pode continuar.

Rommel se recompôs, respirou dolorosamente, a garganta afrouxou. Olhou os papéis, a resposta do *Führer* ao seu relatório, sentiu um grande peso no peito. — O médico não pode me ajudar. Mas você tem razão. Isso não pode continuar. Eu mesmo devo ver o *Führer* e falar com ele. Não temos chance alguma, a não ser que se possa fazê-lo entender o que está acontecendo aqui.

Kesselring pôs a mão no queixo, esfregou, olhou para baixo. — Você acredita realmente que ele vá escutá-lo?

Rommel viu tristeza no rosto de Kesselring, não pôde evitar a tristeza também. Olhou Kesselring nos olhos, sempre tentara encará-lo com toda a honestidade. Mas Kesselring desviou o olhar, e Rommel pôde sentir o espaço aumentar, a distância entre eles crescer, um comandante e seu subordinado indisciplinado e impenitente. Rommel tentou se levantar, a fraqueza nas pernas o manteve sentado, e ele entendeu então, sim, é assim que vai terminar. Olhou para a janela, sentiu a brisa suave, o ar seco e fresco, os cheiros a que se acostumara, os sons de seu exército, máquinas e homens, afastando-se dele, todos, escapando de suas mãos, além de seu alcance.

Quartel-general de Hitler, Ucrânia, União Soviética — 10 de março de 1943

O ânimo no quartel-general oriental de Hitler deu a Rommel uma indicação clara de que toda a conversa sobre a obsessão de Hitler com a Rússia era absolutamente verdadeira. O estado-maior se acotovelava em silêncio, sombrio, os mensageiros e operadores de telefone conversavam em voz baixa e, quando Rommel foi conduzido ao escritório particular de Hitler, ficou surpreso pelo *Führer* estar sozinho.

— Por que você não está na África?

Rommel esperava mais, a explosão furiosa, a reação comum de Hitler às coisas que não eram exatamente como deveriam ser. Mas houve apenas silêncio, Hitler fixava uma janela fechada, com a cortina cerrada, nada para se ver. Rommel não sabia o que fazer, não havia nenhum ajudante servil para mandá-lo sentar, ninguém borboleteando em torno de Hitler, protegendo-o dos fatos desagradáveis.

— Eu vim porque receio que o senhor não esteja informado com precisão sobre nossa situação na Tunísia.

Hitler virou-se, olhou-o, e Rommel viu seus olhos pesados e negros, o rosto esgotado, sem expressão, sem vestígio do fogo habitual.

— Tunísia? Não deveríamos nos preocupar com a Tunísia. As questões lá se resolverão por si mesmas. Nós venceremos. Eu preciso enfrentar desafios muito mais difíceis bem aqui. Você soube das notícias sobre Stalingrado?

— Sim, senhor. Claro. Uma tragédia terrível.

— É culpa minha. Coloquei meu exército nas mãos de traidores e office boys. Precisávamos de homens, lutadores, e, no entanto, nós nos esfacelamos diante de um inimigo inferior. Foi um desastre, uma catástrofe. Devido à incompetência e à corrupção de meus generais, os russos conseguem se fortalecer a cada dia. Os americanos os ajudam, comboios enormes de navios de transporte passam por nossas rotas marítimas sem quase nenhuma reação de nossa grande e gloriosa escolta de submarinos. O comando dos submarinos tem sido inútil, completamente ineficaz para fazer cessar os transportes, e, portanto, uma raça de selvagens ajuda a outra.

Rommel não tinha o que dizer, sentia uma estranha barreira, como se Hitler estivesse falando com outra pessoa, qualquer pessoa, consigo mesmo.

— Eles tentam se interpor no meu caminho, cada passo é bloqueado. Homens fracos que não permitem que eu realize nosso destino. Eles traíram o povo alemão. Estou cercado de pessoas que focalizam apenas o fracasso. Há grande perigo nisso. O derrotismo leva a conclusões erradas. O pessimismo conduz a enganos! — Hitler olhou para ele novamente. — Eu lhe perguntei por que você não está na África.

Rommel se sentia fraco, suas pernas cediam, procurou uma cadeira. — Permite-me sentar?

Hitler acenou com a mão, virou-se, olhou novamente para a janela fechada. Rommel foi até a cadeira, sentou-se pesadamente.

Hitler disse: — Você não parece bem. Ouvi falar de sua doença. Você deveria pedir licença.

— Não tem havido tempo, *mein Führer*. Por favor, eu preciso lhe dizer... eu devo fazer uma sugestão. Se nós não nos retirarmos e consolidarmos nossas defesas na Tunísia, não poderemos sobreviver lá. E essa é apenas uma medida transitória. Os Aliados estão ganhando força e... é apenas uma questão de tempo sermos expulsos da África completamente.

Hitler olhou para ele, e Rommel viu o clarão do fogo negro, esperou pela explosão, mas Hitler virou-se novamente. — Bobagem. Você se tornou um pessimista irritante. Como isso foi acontecer? Você era o melhor comandante de campo que eu tinha. Se eu tivesse mandado você para a Rússia, agora estaríamos em Moscou. Ou talvez não. Talvez você tivesse ficado desesperançado lá também. Não é suficiente para você ser consagrado como um grande herói? O povo o adora, falam seu nome com reverência. Por que eu não posso contar com você para *lutar*?

— Eu lutarei. Mas não tenho prazer em jogar fora o meu exército numa campanha perdida. Perdoe-me, *mein Führer*, mas não haverá uma boa luta na Tunísia. Permita que eu leve o meu comando para a Itália, que retire os bons soldados que temos na Tunísia. Podemos preservar nossos blindados, nossas melhores tropas de combate. Podemos montar uma nova resistência, manter os Aliados fora do sul da Europa até que eles reconheçam a superioridade de nossa posição. Eles se exaurirão diante de nossa firmeza. Eu lhe prometo... eu lhe dou minha palavra de que manterei o inimigo fora do sul da Europa. Pode ser nossa melhor chance de conservar tudo o que este exército conquistou.

— Itália? Você quer que eu me retire para a *Itália*? Isso seria inaceitável para nossos aliados em Roma. E é inaceitável para mim. Não há necessidade de nos retirarmos da Tunísia. Você dá desculpas... você desperdiçou tudo que lhe fornecemos e agora ousa sugerir que devemos fugir? Nós sofremos muito em Stalingrado, e ninguém lá está fugindo!

Rommel sentia a ira de Hitler agora, sabia que não havia argumento, pensou, não sobrou ninguém em Stalingrado para fugir. Hitler se levantou, andou lentamente.

— Não quero ouvir falar em abandonar a África. É a sua doença, essa doença é que tirou a sua firmeza. Você precisa se recuperar. Volte para Semmering, para o hospital. Há bons médicos lá. Tire algum tempo para recuperar a saúde. Não me venha mais com conversas sobre a Tunísia. Isso não lhe diz mais respeito.

Rommel sentiu o golpe das palavras de Hitler. Claro. Agora é oficial.

— Por favor, eu quero retomar o meu comando. Se eu voltar para a Tunísia, posso organizar o melhor tipo de defesa.

— Estou cansado de ouvir falar em defesa. Você se apresentará em Semmering imediatamente. Quero você em forma para a próxima campanha. Quando você tiver recuperado o ânimo, apresente-se ao meu quartel-general para começar a planejar a nova ofensiva.

Rommel sentiu uma centelha, viu que Hitler se movimentava mais depressa, os passos mais decididos. — Nova ofensiva?

Hitler parou, girou em sua direção, fechou os punhos, sacudiu-os no ar. — Sim! Brevemente lançaremos um ataque de grandes proporções contra Casablanca. Vamos empurrar os americanos para o oceano! Quero que você comande o ataque e você tem que estar bem de saúde. Entendeu? Não volte à minha presença até estar pronto para derrotar o inimigo!

O AVIÃO MOVIMENTAVA-SE GANHANDO VELOCIDADE, EMPURRANDO-O contra o assento, e ele desviou o rosto da janela, olhou em frente, tentou abarcar os próximos dias agradáveis, a quietude do hospital, o cuidado dos médicos, todo o adejar de tantas enfermeiras em seus uniformes brancos. Agarrava-se à esperança de que as doenças se dissipariam, de que o repouso e a recuperação fariam toda a diferença, trazendo-o de volta, acendendo seu fogo novamente. Mas longe, no sul, sabia que seus homens esperavam em tumbas sujas, indefesos para deter a maré que se aproximava, o ataque do grande animal que os envolveu pelos dois lados. Eu deveria estar lá, pensou. Não importa o que qualquer um deles diga, Kesselring, Von Arnim e até Hitler. É o meu exército, e eles precisam de mim junto a eles. Eu não deveria estar descansando numa cama macia enquanto o *Panzerarmee* luta para sobreviver.

O avião fez um mergulho acentuado, o ar áspero, agitado, e ele não pôde evitar a fraqueza, a náusea que lhe revirou o estômago. Suspirou, quis olhar o relógio, sabia que ainda faltava bastante tempo, pensou, eu preciso suportar isso. Tentou preencher a mente com a imagem de Lucy, sabia que ela o estaria esperando em Semmering, a mulher forte de coração mole, que apenas desejava cuidar dele, que se importava tanto com tudo, que escutaria e entenderia tudo o que tinha para lhe dizer. Pensou na carta que escrevera dias antes:

Se eu tivesse apenas o necessário para combater aqui...

Referia-se às linhas de suprimento desoladoras, às *ferramentas*, mas sabia que ela veria isso de forma diferente, saberia que ele falava de si próprio, da força em suas costas, da decisão em sua mente. Pensou em Hitler, as reuniões terríveis. Independentemente de como nossa sorte possa ter mudado, não pode haver vitória, nenhum fim para isso que não destrua nosso país. Somos conduzidos por um louco.

26. PATTON

Quartel-general da Segunda Unidade, Djebel Kouif, Tunísia
7 DE MARÇO DE 1943

As sirenes gritavam, meia dúzia de caminhões blindados abriam caminho, a caravana seguia pela estrada precária, poeirenta. Passaram pelos vários postos de controle, as barreiras cuidadosamente posicionadas que Fredenhall tinha usado para garantir sua segurança, passaram pelos guardas espantados, o som das sirenes anunciando com perfeita clareza que o Segundo Corpo de Exército tinha um novo comandante. A promoção de Patton a tenente-general ainda não era oficial, portanto ele seguia o protocolo, e o carro de comando ostentava apenas as duas estrelas de seu posto atual. Mas não havia dúvida sobre a quem o carro pertencia. As próprias estrelas eram um adorno muito mais vistoso do que os oficiais do estado-maior em Djebel Kouif estavam acostumados a ver, grandes e prateadas, sobre uma placa vermelha maior que o normal, centralizada abaixo da grade do motor do carro. Patton estava de pé, o capacete de aço bem enterrado na cabeça, de novo as duas estrelas, estampadas no aço sobre a fronte franzida, a mandíbula firme, nenhum sorriso, nenhum cumprimento informal aos soldados que estavam a postos e, animados, saudavam a sua passagem.

Fredenhall ainda estava lá, tratando de detalhes pessoais, reunindo os pertences, qualquer que fosse a necessidade que tinha de concluir seus assuntos a seu modo, de apertar as mãos dos membros de seu estado-maior que permaneceriam na Tunísia. Quando Patton irrompeu no centro de comando, viu-se que o contraste entre os dois era marcante e surpreendente, e os homens que operavam os telefones e os que tratavam dos documentos do Segundo Corpo de Exército rapidamente entenderam que as mudanças na unidade seriam bem mais profundas que uma nova placa com outro nome na escrivaninha do comandante.

— Onde está o general Fredenhall? Eu esperava ser recebido por ele.

O ajudante pareceu tremer, manteve a continência. — Senhor, o general ainda está tomando o café da manhã. — O homem apontou para um lado, para além da porta, depois deixou o braço cair, mas ainda mantinha a continência.

— Café da manhã? São dez horas! Amanhã, o café começará ao amanhecer e nenhum oficial será servido depois das seis e meia. Os alistados podem comer depois, e a cozinha não servirá mais comida depois de sete e meia. Está entendido?

O homem ainda mantinha a continência. — Certamente, senhor. Eu farei com que os sargentos do rancho sejam informados.

— Há alguma razão para que você mesmo não possa informá-los? Meu trabalho é delegar. O seu é fazer com que o trabalho seja feito. Sua mão está congelada na testa?

O homem deixou a mão cair ao lado do corpo. — Não, senhor.

— Diabos, e como você chama isso?

— Desculpe; o quê, senhor?

— Este uniforme. Você está de licença, soldado? Isso é uma espécie de férias para você?

O homem parecia confuso, e Patton apontou para a gola, aberta, um vestígio de camiseta por baixo. — Onde, diabos, está a sua gravata, tenente? — Patton olhou ao redor da sala, os outros de pé, todos de olhos arregalados. — Onde, diabos, estão todas as gravatas? Todos vocês estão com o uniforme incompleto. Não vou tolerar isso. Não vejo um único capacete. Disseram-me que há uma guerra aqui. Ninguém avisou a vocês?

O tenente disse: — Senhor, o general Fredenhall...

— Para o inferno o general Fredenhall, soldado! Esse homem não existe, está me ouvindo?

— Senhor! Ele está tomando café...

Patton inclinou-se junto ao rosto do rapaz, assustou-o, e ele se calou. — O general Fredenhall não é mais o oficial comandante de vocês! Ou ninguém os informou disso?

— Sim, senhor. Fomos informados, senhor.

Patton estava com energia total agora, olhou de perto cada homem, a sala em completo silêncio, até os rádios, o próprio equipamento esperando a próxima ordem.

— Haverá mudanças aqui, senhores. Mudanças imediatas. Em breve, este corpo de exército entrará em luta com o inimigo. Eu pretendo destruí-lo, e não realizaremos isso a não ser que todos ajam de acordo com o meu modo de fazer as coisas. O general Eisenhower não me colocou aqui porque queria que o trabalho continuasse como de costume. O trabalho costumeiro de *vocês* foi um constrangimento para este exército e um constrangimento para o meu país! Não haverá mais constrangimentos! — Olhou duramente para o jovem tenente, sua voz agora a toda potência, um grito forte e alto: — *Agora, onde diabos é meu escritório?*

À MEDIDA QUE AS NOTÍCIAS DOS COMBATES QUE SE DESDOBRAVAM em torno de Kasserine alcançavam o Marrocos, o aborrecimento de Patton ia se tornando bem mais que tedioso. Uma luta estava em curso, um combate de verdade contra um inimigo que era capaz de vencer, que poderia destruir tudo que a Operação Tocha havia conquistado. Durante os desembarques, enquanto seus soldados forçavam o caminho através de barreiras difíceis em toda a extensão das áreas de desembarque ocidentais, nunca lhe ocorrera que os americanos pudessem realmente ser derrotados. Mas com os rumores que lhe chegavam sobre a lenta tomada de decisões e as táticas ineptas em Kasserine, começou a perceber o que seria uma frustração ainda maior para ele: toda a missão na África poderia se tornar um fracasso perigoso, e talvez ele não tivesse nada a dizer sobre isso.

A falta de discrição lhe causara problemas desde o início da carreira, todos os comandantes sob os quais servira haviam lutado com a boca de Patton. A língua sem freio e o comportamento independente tinham criado problemas para ele desde a Primeira Guerra Mundial, e a amizade com Black

Jack Pershing provavelmente permitira que a carreira de Patton sobrevivesse a muitas brigas com oficiais generais que lhe pareciam obtusos ou inflexíveis demais para captar a percepção clara que Patton tinha sobre seu próprio papel no exército, especialmente num exército em guerra. Nunca conseguiu compreender por que os generais insistiam que ele ficasse na retaguarda das tropas. Agora Eisenhower tinha feito a mesma advertência, e Patton irritou-se em silêncio; conhecia bastante história, a de homens como Stonewall Jackson,★ nunca acreditara que os soldados pudessem ser estimulados lá de trás. Aprendera muito com Rommel, tinha se maravilhado com o instinto do alemão de se posicionar no ponto mais crucial do ataque. Patton detestava a ideia de que, na guerra moderna, o lugar de um general fosse num posto de comando remoto, lendo relatórios, expedindo ordens pelo rádio para homens que poderiam estar muito ocupados com a própria sobrevivência para prestar atenção a qualquer rádio.

Patton acreditava que Eisenhower, sem dúvida, tornara-se comandante somente porque os ingleses gostavam dele e o aceitavam como a figura de proa adequada para compor o difícil papel de fazer a ligação entre os dois exércitos, uma voz tanto para as preocupações americanas quanto para as britânicas. Isso deixava Patton arrepiado, ele ainda acreditava que os britânicos tinham intenção de comandar todo o espetáculo, de tornar qualquer vitória uma vitória deles, à custa dos americanos. Um por um, Patton tinha visto importantes generais americanos que pareciam ter sido postos de lado para dar lugar a uma força aliada dominada por comandantes britânicos. Todas as divisões das forças armadas agora eram comandadas por britânicos, o que Patton via como uma conspiração ultrajante e descarada.

Não gostava de Wayne Clark e, no íntimo, tinha ficado furioso quando este recebeu o comando do Quinto Exército, apesar de Clark ser hierarquicamente superior a ele. Mas também não foi surpresa para ele que Clark tivesse sido enviado para o Marrocos, enfiado num lugar isolado da guerra, enquanto homens como Alexander e Anderson controlavam as operações na Tunísia. Se Eisenhower queria que Wayne ficasse parado e de olho em algu-

---

★ Thomas Jonathan "Stonewall" Jackson, general confederado (sulista) durante a Guerra de Secessão e provavelmente o comandante confederado mais reverenciado depois de Robert E. Lee. (N.T.)

ma ameaça insignificante do Marrocos espanhol, amigo dos alemães, Patton achava ótimo.

Seu encontro com Fredenhall foi breve e cordial, e Patton não tratou de nenhuma das mudanças que se seguiriam à partida dele. Fredenhall era claramente um homem derrotado, vestia uma mortalha de tristeza, o que Patton havia previsto. Mas Patton admirou o comportamento dele, nenhuma explosão, nenhuma queixa, aceitando com dignidade que Patton ocupasse seu quartel-general, oferecendo-se para ajudar na transição da forma que Patton considerasse útil. Patton foi educado e gentil, não poria sal nas feridas do homem, e Fredenhall partiu na manhã seguinte.

Perto de Tébessa, Tunísia — 10 de março de 1943

Tinha viajado com Omar Bradley e percebido com alguma irritação que Bradley parecia o estar vigiando, estudando seu desempenho. Depois de um longo silêncio, Bradley disse: — É meu trabalho, você sabe.

Patton virou-se para o lado, olhou para fora da janela do carro. — Não preciso que Ike fique me paparicando e não preciso de um maldito espião em meu quartel-general. Se ele quer que um trabalho seja feito, deve deixar que eu o faça. Vai lhe contar cada maldita coisa que eu disser, fazer um relatório sobre cada ponta de charuto que eu mastigar?

— Eu não sou um mestre-escola, George. Você está sendo muito pouco razoável. Ike me mandou para cá para eu observar tanto quanto puder. Você sabe muito bem que há problemas aqui. Não podemos nos permitir outro Kasserine.

Patton fungou, olhou para um campo lamacento com tanques estacionados em filas irregulares. Na verdade, não podia sentir raiva de Bradley, conhecia a excepcional reputação dele, sabia por que Ike o tinha escolhido para o cargo. Bradley dava todas as indicações de ter aquele instinto especial que tornava um oficial um bom combatente, um homem que se conduziria bem na pior crise. Patton sentia isso até enquanto rodavam em silêncio pelas posições americanas, visitando os acampamentos e postos de comando. Bradley tinha algo intangível que Patton raramente via em alguém em posto elevado. Marshall era uma exceção, e outros como Ernie Harmon e Jimmy

Doolittle, Charles Ryder e Terry Allen. Patton sentira isso em relação a seu genro também, John Waters, o rapaz desaparecido em ação. Todos eles possuíam *algo* especial que impunha respeito, e Patton se surpreendera ao descobrir isso em Bradley; o fato era que Bradley parecia destinado a algum papel no estado-maior de Eisenhower.

— O estado-maior de Ike não é lugar para você. Você deveria estar em campo.

— Meu lugar é onde Ike quer que eu esteja. O resto... se houver mais alguma coisa para eu fazer, eu aceitarei quando a ocasião chegar.

Patton continuou a olhar para fora. — Olhe este lugar miserável. Perfeito para uma guerra. Exploda tudo, mande tudo para o inferno, e ninguém vai se importar. Você já viu tanta chuva? Este lugar é como o inferno. Para todo lado que se olha, há ruínas, como malditos esqueletos enfiados na areia. Romanas, a maioria, mas sabe Deus de quem mais. Todos aqueles pilares de pedra, colunas quebradas. Parecem restos de naufrágios. É melhor garantirmos que o mesmo não nos aconteça. — Ele viu caminhões alinhados numa fileira, um ajuntamento de homens, sentiu uma punhalada de fúria. — Oh, inferno. Motorista! Pare o carro! Ligue a sirene! Acorde esses patifes!

O carro diminuiu a velocidade e ele empurrou a pesada porta de aço, saiu do carro ainda em movimento, o grito da sirene o impulsionando para a frente.

— Quem é o encarregado aqui? — Viu um oficial, um capitão, os soldados todos se afastaram, alguns olhavam além dele para a origem do som alto da sirene. — Vocês me conhecem?

O capitão olhou para o carro, depois para as estrelas do capacete de Patton. — Não, general. Mas bem-vindo ao batalhão de manutenção.

— Bem-vindo uma ova. Onde está seu capacete? Onde estão os capacetes deles? — Virou-se para os soldados, outros se juntavam atrás deles. Viu alguns soldados com gorros de lã, todo modelo de chapéu. — Todos vocês! Tirem estes gorros da cabeça! — Olhou para trás, seus ajudantes se aproximavam, Bradley com eles, virou-se novamente para os soldados. — Entreguem os gorros para eles!

Os homens se entreolhavam, indecisos, o oficial começou a falar, Patton sentiu o protesto do homem chegando, não quis ouvi-lo. Levantou a mão, silenciou o oficial. — Esta é a sua primeira falta, capitão. Da próxima vez vai lhe custar uma multa de cinquenta dólares. Seus homens pagarão 25. Quero ver os uniformes regulamentares em todos os homens desta unidade! Todos!

— Sim, senhor. Eu entendo, senhor. Posso perguntar... isto se aplica aos homens que fazem a manutenção dos caminhões?

— Certo, capitão! Eles são soldados, não são? — Patton permaneceu ereto, pôs as mãos nas costas, esperou. Os gorros foram sendo tirados, os soldados indecisos sobre o que fazer a seguir, e Patton então perdeu a paciência: — Minhas ordens não foram entendidas? Passem esses gorros para a frente e entreguem ao meu ajudante. Eles estão fora do regulamento, e eu os estou confiscando.

A coleção de gorros foi reunida nas mãos de um dos homens, que avançou e os apresentou. O ajudante de Patton recolheu os gorros e voltou ao carro.

Patton disse: — Capacetes e gravatas, senhores, todo maldito dia. E eu quero ver continências nos conformes de cada um de vocês. Os malditos britânicos riem de nós por causa das saudações informais. Não mais! Seu treinamento não foi só como manejar um rifle ou girar uma chave inglesa. Vocês aprenderam como bater continência, e eu espero que vocês se lembrem disso. Agora, de volta ao trabalho! Temos uma tarefa a cumprir, e os Estados Unidos da América estão contando com homens como vocês para executá-la.

Os soldados ficaram em posição de sentido e fizeram continência perfeitamente.

— Sim, está certo. Acostumem-se assim.

Patton retribuiu a continência, virou-se e voltou para o carro. O ajudante esperava, e Patton fez sinal para ele, o homem abriu a mala do carro. Patton ficou olhando enquanto os gorros eram jogados lá dentro, aumentando a pilha, e sorriu, olhou para Bradley, sentia o prazer de uma realização.

— Está vendo, Brad? Isto é o que devemos fazer. Não quero um Segundo Corpo de Exército lembrado por sua pilha de gorros.

— Mas, George, por que lhes dar multas tão altas por causa dos uniformes?

Patton se surpreendeu com a pergunta de Bradley, pensou, maravilha, ele já está fazendo uma lista para o Ike reclamar comigo. É um mestre-escola mesmo.

— Ouça-me, Bradley. Este é meu corpo de exército, e eu o administrarei da melhor maneira que puder. Eu poderia passar cada momento desta viagem de inspeção berrando a plenos pulmões, e isso só funcionaria por um determinado tempo. Diabos, eu ficaria sem fôlego. Mas mexa em seus bolsos! Ah! Você não precisa dizer outra palavra. E eles se lembrarão muito bem.

Entraram no carro, os caminhões blindados em primeiro lugar, metralhadoras apontadas para a frente, observadores examinando o céu cinzento e fechado à procura de aviões inimigos. Rodaram por um bom tempo, a chuva caía com força novamente, Patton observava o campo, uma névoa pesada nublava-lhe a visão. Recapitulou de cabeça a lista de comandos, três divisões de infantaria, a Primeira, a Nona, a Trigésima Quarta, mais a Primeira Blindada. Bons soldados, todos eles. Quatro divisões fortes. Deixe-nos trabalhar, Ike. Deixe-me proporcionar-lhes uma nova tentativa contra Rommel. Eles vão acabar com todos os resmungos daqui até Washington.

PATTON PASSOU LONGAS HORAS COM BRADLEY, REPASSANDO OS comandos de cada uma de suas divisões, as melhores qualidades dos oficiais encarregados. Havia pouco tempo para um planejamento demorado, exercícios de treino, e menos tempo ainda para Patton testar as habilidades de vários oficiais para tarefas-chave na estrutura de comando do Segundo Corpo de Exército. Ao sul, Montgomery engrenava o importante avanço sobre a Linha Mareth, e o papel de Patton fora definido antes mesmo de ele assumir o comando, em planos delineados por Eisenhower e Alexander não muito depois de Rommel ter deixado Kasserine.

No decorrer das discussões, a compreensão de Bradley sobre as estratégias necessárias continuou a impressionar Patton, uma confiança tranquila e um controle firme de táticas seguras, algo que Patton não vira ainda em muitos de seus oficiais superiores. Com a permanência de Bradley em seu quartel-general a maior parte do tempo, cumprindo o papel de canal de informação de Eisenhower, Patton chegou à conclusão de que deveria haver uma oportunidade para o uso dos talentos de Bradley em objetivos bem mais práticos. O próximo telefonema de Patton para Eisenhower foi simples e direto. Se Bradley devia passar a maior parte do tempo ocupando espaço no quartel-general de Patton, deveria ter algo melhor a fazer. Patton queria Bradley para si. Para surpresa de Patton, Eisenhower consentiu. No entanto, na verdade, esse encargo não tinha sido uma surpresa para Bradley, já que, sem que Patton soubesse, ele e Eisenhower haviam discutido essa mudança. Embora Bradley devesse ocasionalmente emitir relatórios diretamente para Eisenhower e fazer visitas a Argel para encontros pessoais, ele o faria como o segundo homem do Segundo Corpo do Exército. No mínimo, Bradley ganharia experiência, aprenderia lições importantes em primeira mão nas inevitáveis situações de combate que o Segundo Corpo de Exército enfrentaria brevemente. E Eisenhower tinha consciência de que Bradley levaria uma aura de tranquilidade e razão ao frequentemente tumultuado mundo de George Patton.

DJEBEL KOUIF, TUNÍSIA — 13 DE MARÇO DE 1943

— Ike disse que eu devo procurar algo útil para você fazer todo dia, se for possível. Não estou dizendo nada descabido. Ele falou que provavelmente você mesmo me diria isso.

Patton andava devagar, acompanhando o passo metódico de Alexander. — Ele tem razão. Estou pronto para ir. Estamos todos prontos. E, se depender de mim, vamos continuar avançando até molhar a bunda de Rommel no Mediterrâneo.

Alexander riu, e Patton o olhou discretamente, pensou, ele é tão britânico quanto é possível ser. E, ao mesmo tempo... não. Curioso. Alexander parou, e Patton viu que ele olhava para o outro lado da estrada de terra, para um árabe que colocava um jarro de água sobre o ombro de uma mulher pequena. Alexander grunhiu, e Patton disse: — Cavalheirismo árabe.

— Talvez você e eu devêssemos ir até lá dar um bom esporro nele.

Patton olhou para Alexander por um bom tempo, não viu nenhum sorriso, pensou, meu Deus, ele pode estar falando sério.

Alexander começou a andar novamente. — Ou talvez não. Não deve ficar bem nos jornais, hein?

Patton riu, surpreso com Alexander, não esperava que ele fosse nada além de um esnobe arrogante. Acertou o passo de novo. — Ike gostaria de destrinchar essa, tenho certeza. Ele já se convenceu de que um dia eu vou acordar e partir para bombardear o quartel-general de Anderson.

Agora era Alexander que parecia surpreso: — Meu Deus, homem, e por que você faria isso?

A cabeça de Patton se encheu de respostas, nenhuma delas valia o preço que poderia pagar por expressá-las. — Eu prometo, não nesta guerra. Ike se preocupa demais. É o trabalho dele, acho. Meu trabalho é chutar a bunda das pessoas para que elas façam o mesmo com os boches.

Alexander pensou um momento. — Sua promoção... suponho que você recebeu meus cumprimentos. Muito apropriada.

— Sim, obrigado. Seu general, McCreery, enviou uma nota muito simpática. Eu já tinha ouvido muita conversa sobre a promoção e, francamente, eu a esperava mais cedo. É um sonho que tenho desde menino. Eu costumava brincar de exército, corria por todo lado com um rifle de madeira me chamando de *tenente-general Patton*. Em West Point, eu disse a alguns colegas que um dia chegaria lá. Ninguém duvidou. Bem, pelo menos, não eu.

Alexander o observava, e Patton se deu conta de que ele ouvia cada palavra com atenção. — Você concorda com isso? Se um homem acha que merece uma coisa, é correto ele esperar obtê-la.

Alexander riu então. — Não discuto isso, meu caro. Ike diz que sua promoção foi bem merecida. E, naturalmente, se você vai comandar um corpo de exército, três estrelas é o posto apropriado para um americano na sua posição.

— Quatro é melhor.

Alexander parecia estudá-lo novamente, agora sério. — Você a ganhará também. Eu apostaria, se pudesse. O problema é que ninguém pagaria pela aposta. Eu poderia ter uma ou duas coisas para dizer sobre a promoção. Nunca se sabe, claro.

Eles desceram um morro baixo, passando por mulheres árabes reunidas junto a um buraco de água barrenta, pilhas de roupas brancas espalhadas sobre grandes pedras. Não era comum um comandante graduado simplesmente fazer um passeio fora dos limites do quartel-general. Alexander deixara claro que confiava tanto nas conversas particulares quanto nas grandes reuniões de estado-maior, e falava com mais franqueza que qualquer outro oficial britânico que Patton já havia conhecido. Patton não acreditou nisso a princípio, não pôde evitar pensar que Alexander estava fazendo o que tantos outros britânicos pareciam fazer, concentrar influência, descobrir meios de empurrar os americanos para trás na fila da guerra. Sabia que Eisenhower não concordava com isso, pensou, está bem, Ike, farei do seu modo. Tinha aceitado a ordem de Eisenhower de que ninguém podia criticar abertamente ninguém por sua nacionalidade. Uma coisa era criticar um homem por ser um filho da puta. Mas era melhor você não chamá-lo de *britânico* filho da puta.

Mas não havia absolutamente nada de desagradável em Alexander, e Patton ficara impressionado com o currículo dele na Primeira Guerra Mundial, coisa que Patton podia compartilhar com orgulho. Ambos haviam sido condecorados e ambos haviam sofrido ferimentos em combate. Para Patton, isso os deixava totalmente em pé de igualdade.

Caminharam em silêncio por um bom tempo, e Patton sentiu a pergunta surgir em sua cabeça, o último detalhe dos planos que ele já memorizara, a única coisa que Alexander ainda não lhe havia dito.

— O dia 16 ainda está valendo?

— Provavelmente. Desculpe ser tão vago quanto a isso. É este tempo maldito. O plano está acertado, desde antes de você chegar aqui. Você sabe disso, claro. Você já se reuniu com todos os seus comandantes?

— Sim. Bons homens, eu acho. Ainda há coisas a serem comprovadas. Terry Allen provavelmente é o melhor dos quatro.

— Sim, bem, Ike concorda com isso. Seus planos precisam que a Primeira Divisão dele abra caminho até Gafsa.

Patton estudara os planos, os mapas, entendia exatamente o que esperavam que ele fizesse. E não estava contente. — Honestamente, você acha que, se meus rapazes chutarem os boches para fora da Dorsal Oriental, eles vão obedecer uma ordem para parar?

— Sim, eu acho. E Ike também.

Patton engoliu seu protesto, e Alexander disse: — Monty está com o pessoal dele em linha, pronto para atacar. Mas ele não pode dar a partida até que o seu pessoal realize a missão deles. Sua parte na operação é essencial. Você tem que tirar os alemães dos morros e levar o ataque para o flanco deles. Eles terão que reagir desviando forças da linha principal. Eles não podem permitir que você ronde a esquerda e a retaguarda deles sem mandar tropas razoavelmente fortes para responder à ameaça. Isso é tudo de que

Monty precisa para romper as defesas deles e fazer o inimigo retroceder para o litoral. — Alexander parou, olhou Patton nos olhos com firmeza. — Se você tentar empurrar seus homens para o leste da Dorsal Oriental, se tentar se dirigir para o litoral para cortar a retirada inimiga, você sabe o que pode acontecer. Você ficará disperso numa linha perigosa, em terreno plano e aberto, com seu flanco vulnerável como o diabo. Nós não sabemos o que os alemães ainda têm guardado em Mareth, ao menos não sabemos tudo. Esta não é uma operação de Monty, mas está projetada de forma que Monty faça a carga maior. Você, certamente, entende por quê.

Patton conhecia a palavra, *experiência*, odiava-a, odiava que Montgomery tivesse sido bem-sucedido contra Rommel, enquanto os americanos tinham feito uma demonstração tão fraca em Kasserine. Não havia argumento que Patton pudesse apresentar, tinha de aceitar a verdade esmagadora de que as forças de Montgomery estavam mais bem-preparadas para lançar a parte mais importante da ofensiva. Mas odiava isso de qualquer maneira.

EM 16 DE MARÇO, OS SOLDADOS DE PATTON AVANÇARAM PARA O SUL E para o leste, expulsaram de Gafsa os postos avançados italianos praticamente sem combate. Os outros braços do Segundo Corpo de Exército se movimentaram em rotas paralelas, a Primeira Divisão Blindada se dirigiu por fim para os desfiladeiros ao longo da Dorsal Oriental. O ataque se espalhou por toda a frente onde, um mês antes, o ataque de Rommel devastara tanto os americanos. Em poucos dias, Patton ocupou a maior parte do terreno que as tropas de Rommel agora haviam abandonado, encruzilhadas e aldeias foram caindo nas mãos dos americanos. De Sbiba e Fondouk no norte, descendo por Kasserine e Sidi Bou Zid, até Sbeïtla e Gafsa, o Segundo Corpo de Exército pressionava fortemente a crescente força inimiga, com mais e mais tropas alemãs e italianas sendo enviadas de Mareth para detê-lo. O combate se tornou mais brutal, os desfiladeiros que atravessavam a Dorsal Oriental ocupados pelos blindados alemães, os campos densamente minados, a artilharia pesada retirada de suas posições em Mareth. A despeito da dificuldade que os americanos tinham em avançar inteiramente por cima e para além da Dorsal Oriental, o efeito sobre a posição inimiga em Mareth foi exatamente o que Eisenhower esperara.

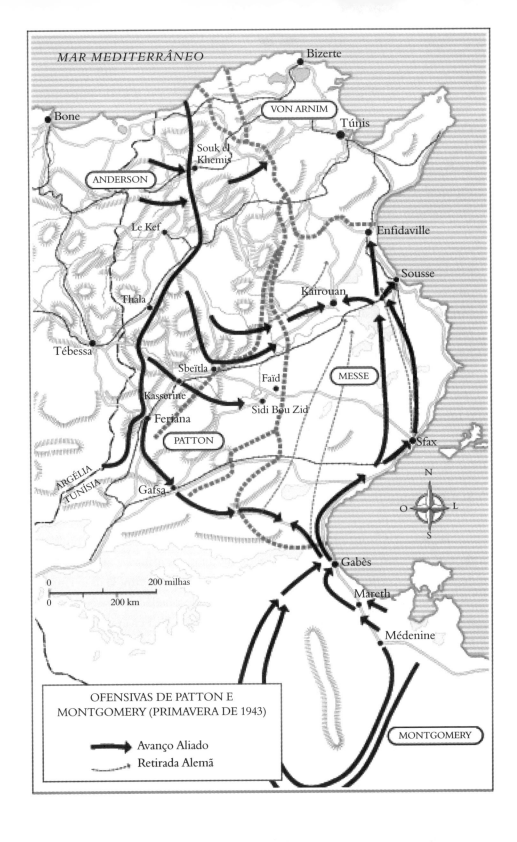

Em 20 de março, Montgomery começou a atacar, e as enfraquecidas defesas alemãs e italianas em Mareth desmoronaram sob a força total do Oitavo Exército. Montgomery lançara mais que um simples assalto frontal contra a posição inimiga. Apesar de todos os relatórios de que o pântano arenoso a oeste era intransponível, Montgomery havia confiado no parecer de exploradores de seu Corpo de Exército da Nova Zelândia de que a massa esponjosa do leito seco de lago não era assim tão intransponível. Quando o ataque começou, os neozelandeses avançaram pelo pântano e surpreenderam o flanco ocidental do inimigo. Com Patton fechando o cerco acima, o exército combinado alemão e italiano de Giovanni Messe lutou tão bem quanto pôde, alternando sua atenção entre Montgomery e Patton. Mas as forças de Messe não tinham o poderio necessário e, em poucos dias, retiraram-se apressadamente para o norte. No fim de março, Messe e Von Arnim concordaram que o local mais apropriado para se entrincheirarem novamente e enfrentarem o próximo ataque aliado seria uma linha que se estendia, pelo interior, a partir de Enfidaville, serpenteando para o norte, até o litoral, a oeste de Bizerte. A mesma linha que Rommel havia sugerido semanas antes.

SUL DE TÉBESSA — 16 DE MARÇO DE 1943

Já passava das onze horas e Patton, do lado de fora do posto de comando, na escuridão úmida, escutava o ruído das grandes armas, a artilharia do Segundo Corpo do Exército lançava o primeiro assalto contra Gafsa. Tinha lutado contra a angústia de ficar atrás, mas não desobedeceria Eisenhower, não arriscaria a carreira pelo simples desejo de estar lá. Haverá mais disso, pensou, mais lutas, lutas melhores, e, quando chegar a ocasião, terão que me colocar onde eu quiser estar. Ouvia agora o trovejar baixo, os clarões de fogo encobertos pelo tempo carregado. Permaneceu quieto por um bom tempo, absorveu os sons, pensou, nada mais a fazer, não agora. Está tudo acontecendo do jeito como foi planejado e amanhã saberei que tipo de soldados nós temos.

Voltou para dentro do fortim, a luz fraca, seu catre num quarto do tamanho de um armário, nos fundos. Os ajudantes se levantaram quando entrou, e ele os dispensou: — Nada mais a fazer agora. Descansem um pouco. Mas se certifiquem de que os telefonistas estejam de serviço durante toda esta maldita noite.

Sentou-se na cama, fechou a porta, os joelhos quase tocavam a parede em frente. O pé chutou o embrulho macio ao lado da cama, e ele estendeu a mão, procurou o livro pequeno e grosso, seu diário, puxou-o, pegou a caneta no bolso da camisa. Deitou-se na cama, pensou um momento, sabia que, em algum lugar, estações de rádio do outro lado do Atlântico já noticiavam o início do ataque. Era o costume agora, os censores aliados liberavam apenas alguns detalhes para informar o povo americano e o inglês que uma nova operação estava em curso, uma injeção saudável para o moral civil. Em algum lugar, pensou, algum maldito idiota está num estúdio contando à sua audiência que eu estou lá, na frente da linha, abrindo caminho, sentado no alto do primeiro caminhão. Dane-se. Danem-se todos. É onde eu deveria estar.

Examinou a página em branco, segurou a caneta entre os dedos por um momento e depois escreveu:

Bem, a batalha começou. Estou tirando os sapatos para ir para a cama.

27. EISENHOWER

ARGEL
10 DE ABRIL DE 1943

— Senhor, acabamos de receber esta mensagem do general Montgomery. Não temos certeza do que significa.

Eisenhower pegou o papel da mão de Butcher.

Pessoal. Montgomery para Eisenhower. Entrei em Sfax às 8h30 de hoje. Por favor, envie a Fortaleza.

Eisenhower leu as palavras novamente, tentou entender o sentido do enigma. — Bem, ele está em Sfax. Isto é uma notícia excelente. Ele disse que ia chegar lá bem rápido e foi muito explícito quanto a isso. Temos que reconhecer seu feito.

— Mas... e a "Fortaleza"? O que quer dizer, senhor?

— Diabos se eu sei. Traga o Beetle aqui.

Butcher saiu, e Eisenhower jogou o papel na pilha que só aumentava sobre a mesa. Os relatórios chegavam a cada hora, notícias boas e más. O combate tinha sido árduo, especialmente no setor americano, devido tanto ao terreno quanto à tenacidade do inimigo. Mas Patton fizera alarde quanto ao desempenho de seus soldados e, naturalmente, isso não era surpresa, mas seu barulho se dirigia, em palavras inflamadas, à Primeira Divisão Blindada em particular, ao comando do general Ward. Fiel ao seu estilo, Patton tinha focado a maior parte de sua ira no próprio Ward, vendo problema no que Patton interpretava como a cautela do comandante dos blindados. Eisenhower estava preocupado com isso, precisava acreditar que houvesse algo de concreto nas queixas de Patton. Eisenhower sabia que, se Patton tinha uma especialidade, era avançar com tanques para a batalha, e, se Ward estava atraindo esse tipo de hostilidade de Patton, podia ser uma questão da qual Eisenhower teria que cuidar pessoalmente. Não podia condenar Patton por escolher alguém em quem dar umas boas chicotadas. Eisenhower se forçara a desconsiderar velhas amizades, velhas relações de West Point. Conhecia as lições da História, tinha lido bastante sobre George Washington e Robert E. Lee para saber que generais ineptos causavam problemas catastróficos e, independentemente de quão leal um subordinado afirmasse ser, um bom comandante não podia hesitar em substituir um general incompetente. Pergunto-me, pensou, se o problema lá era mais com Fredenhall do que com Ward. Fredenhall parecia ansioso em fazer inimigos. Bem, isso também descreve Patton. Mas Patton exige excelência, de si próprio, antes de tudo. Então ele a espera do outro, faz exigências específicas e, se o outro não estiver à altura, vai escutá-lo falar sobre isso. E eu também vou escutar. Pode ser que Ward não esteja tendo o desempenho necessário em situações difíceis. Diabos! Não posso ignorar isso.

— Senhor?

Eisenhower viu Beetle Smith na porta, Butcher bem atrás, e apontou para a nota de Montgomery. — Você sabe alguma coisa sobre isso? Monty está pedindo uma "Fortaleza".

Smith baixou a cabeça. — Ah, inferno! Esqueci isso.

— Esqueceu *o quê*?

— Humm... quando eu encontrei Monty há um mês mais ou menos, estávamos conversando sobre os objetivos dele, o cronograma para avançar pelo litoral. Ele gosta um bocado de se gabar, senhor. Bem, o senhor naturalmente sabe disso. Toca a corneta um pouco alto demais, por assim dizer. Ele insistiu que estaria em Sfax em 15 de abril. Eu o desafiei, e fizemos uma aposta. Eu lhe disse que, se ele chegasse lá no dia prometido, o senhor lhe daria um B-17 com uma tripulação americana.

— *Você o quê?*

O baixinho se encolheu, recuando um passo. — Lamento terrivelmente, senhor. Foi uma imprudência de minha parte. Estávamos brincando um pouco. Nunca pensei que ele realmente... esperasse o pagamento.

— Bem, aparentemente ele espera. Diabos, Beetle, o que você estava pensando? Já tive muitos problemas convencendo esses generais de que devem trabalhar juntos sem recompensar um deles com um maldito B-17 só para si! Você percebe que tipo de precedente isso cria? Patton ou Clark ou Anderson completam suas missões e vão fazer fila para receber favores particulares! Devemos distribuir presentes para todos que cumprem suas tarefas? Jesus, Beetle! Um B-17?

— Eu não pensei que ele fosse levar a sério, Ike. Lamento.

Eisenhower afundou na cadeira, passou a mão na testa com força. Butcher aproximou-se de Beetle e disse: — Mande Monty para o inferno, Skipper.

Eisenhower levantou os olhos, não pôde deixar de perceber o contraste entre os dois homens, uniformes de cores diferentes, Butcher mais alto uma cabeça que Smith, pensou, dois da mesma espécie. Não, isso não é justo. Eu não poderia administrar este lugar sem qualquer um deles.

— Não, Harry, não podemos fazer isso. Você sabe muito bem que Monty... bem, diabos, Monty tem uma língua comprida. Se vazar que eu dei para trás numa aposta com ele... — Eisenhower parou. — Tudo bem, Beetle. Você cavou esse buraco. Agora vai nos tirar dele. Ligue para Spaatz no quartel-general da Força Aérea em Constantine. Diga-lhe que precisamos de um B-17. Vamos destiná-lo ao comando de Monty. Se Spaatz fizer muitas perguntas, mande-o ligar para mim. Mas é melhor que ele não me ligue, Beetle. Explique isso de modo que ele entenda a enrascada em que você me meteu e tome as providências.

— Imediatamente, Ike. Desculpe-me.

— Vá!

Os dois homens saíram do escritório, e Eisenhower recostou-se na cadeira, tentou clarear a mente. Vocês queriam o comando, então têm comando. Seja para substituir bons oficiais, seja para distribuir B-17s. E ele riu, não pôde evitar, imaginou Montgomery se vangloriando com seus oficiais, levando-os para passear em sua Fortaleza Voadora particular. Uma pequena porta se abriu em sua mente, uma pergunta. E se Monty não tivesse conseguido chegar a Sfax? O que eu teria ganhado? Não importa. Nenhum prêmio valeria o fracasso de Monty. Não precisamos de mais desastres. Então, desfrute de seu maldito avião. Se isso lhe der um pouco mais de estímulo para matar alemães, então é por uma boa causa. Ainda temos uma longa estrada.

Quartel-general do Décimo Oitavo Grupo do Exército, Constantine, Argélia — 13 de abril de 1943

— O general Ward foi substituído. O general Patton requereu, e eu concordei que ele fosse substituído pelo general Harmon. O general Patton tem muita confiança em Harmon, diz que é o primeiro homem que ele desejaria num tanque.

Eisenhower examinou a ordem oficial, então olhou para Alexander e disse: — Eu concordo. Harmon *é* um tanque. Cara durão. Perfeito subordinado para George. Mas é uma pena essa história do Ward. Pensei que ele daria conta da tarefa.

— Nem sempre podemos prever, Ike. Nem sempre é o oficial que fica bem em uniforme de gala que consegue escalar o morro na frente de seus soldados. Eu mesmo tive que distribuir umas boas esfregas. É apenas... comando.

O tom conciliador das palavras de Alexander fixou-se no cérebro de Eisenhower, irritando-o, e ele pensou, eu não preciso de sermão. — Não estou satisfeito com algumas coisas que acontecem por lá.

Alexander apoiou o queixo na mão, assentiu: — Entendo.

Eisenhower tentou se controlar, estava começando a entender o único defeito no estilo de Alexander. Sem dúvida Alexander era um soldado completo e entendia de tática e estratégia como ninguém no campo aliado. Mas Alexander muitas vezes deixava as rédeas de alguns de seus oficiais muito frouxas, delegava responsabilidade demais a seu estado-maior. Por mais que Eisenhower tivesse trabalhado para garantir harmonia entre americanos e seus pares britânicos, tinha ficado espantado com as declarações indiscretas de um dos comandantes de unidade subordinados a Alexander, indicativas de que Alexander simplesmente não sabia o que seus oficiais superiores sentiam.

— O que você vai fazer em relação a John Crocker?

— Sim, Sir John. Cara simpático, tipo sociável. Tem o hábito de falar com a imprensa. Nem sempre de acordo com os nossos interesses, porém.

— Nossos interesses? Ele diz publicamente que os soldados americanos não são valorosos em combate! Eu li os relatórios. Você sabe tão bem quanto eu que os planos de ataque contra Fondouk eram no mínimo difíceis. As únicas unidades americanas disponíveis para Crocker tiveram um treinamento mínimo, nunca tinham trabalhado em conjunto como unidade e tinham passado a maior parte do tempo deles aqui de guarda nas estações de comunicação. Crocker os jogou diretamente na linha e esperava que eles forçassem os boches para fora de suas defesas. Diabos, era uma tarefa difícil para qualquer um, e só depois que tudo desmoronou foi que Crocker enviou os próprios... o *seu* pessoal. Os soldados britânicos também não foram capazes de terminar a tarefa. Os alemães conseguiram se retirar. A coisa toda foi uma desordem e, diabos, Alex, este é um problema que temos trabalhado muito para superar! Crocker comandava a operação, e ela não foi bem-sucedida, e a primeira coisa que faz é abrir a boca para os jornais!

Eisenhower estava gritando, observava a reação de Alexander, raramente erguera a voz na presença do inglês.

Alexander não vacilou. — Você está absolutamente certo, claro. Imprudente. Falarei com ele imediatamente.

Eisenhower obrigou-se a se acalmar, estava surpreso por Alexander ser tão pragmático. — Bom. Diabos, Alex, temos que abafar estas disputas. Há muita coisa em jogo.

— De acordo. Sob este ponto de vista, você deu a aprovação final ao meu plano? É preciso colocar seus rapazes em posição favorável, considerando tudo que foi dito.

Era a verdadeira razão da visita de Eisenhower. O avanço de Montgomery a partir do sul tinha feito os alemães recuarem para fortes posições defensivas num terreno muito montanhoso perto do litoral leste da Tunísia, obstáculo extraordinário para o Oitavo Exército. Com Montgomery paralisado, cabia às forças aliadas a oeste abrir brechas no perímetro alemão, sendo um dos principais objetivos a captura do porto de Bizerte, de crucial importância. A estratégia de Alexander posicionara o Primeiro Exército de Anderson como o gancho de esquerda, para atacar na direção leste, paralelamente ao litoral norte. À medida que a corda apertasse em torno do território ocupado pelos alemães, os mapas mostravam o que significaria o plano de Alexander. Com Montgomery no sul e Anderson no oeste, a frente estreitada efetivamente espremia o Segundo Corpo de Exército americano para fora do quadro. O plano não caía bem para Eisenhower, e tinha causado uma explosão de impropérios em George Patton. Em resposta, Alexander sabiamente modificara seu plano para permitir que duas das quatro divisões americanas, metade do Segundo Corpo de Exército, subissem para o norte para se constituir no flanco esquerdo mais afastado da operação. Eisenhower sabia que aquilo não era suficiente.

— Creio que você conversou com meu ajudante naval, capitão de corveta Butcher.

— Sim, sim. Sujeito amável.

— Harry acabou de voltar de uma excursão de três semanas aos Estados Unidos, cuidou de assuntos pessoais e fez algumas coisas para mim. Acho que você pode chamá-las de incumbências oficiais. Seu relatório me dá um retrato bastante claro do que está acontecendo lá, e é algo que devemos levar em consideração aqui. Há muita... — Eisenhower parou. — Diabos, eu detesto usar a palavra, mas é o que é. Competição. Estamos lutando uma guerra em duas frentes, e Doug MacArthur é muito bom em se fazer ouvir nos jornais e no Congresso.

— Competir por atenção? Parece bastante comum numa guerra, você não acha?

— Sim, há isso. Mas é mais sério. Suprimentos, equipamentos, recursos. Temos sido muito eficazes em suprir seu pessoal com armas de topo de linha, e agora estamos fazendo isso para nós mesmos. Mas há, nos Estados Unidos, o sentimento de focar menos em Hitler e mais nos japoneses.

Eisenhower parou de novo, tentou escolher as palavras. Alexander parecia paciente, esperava, e, após um momento, Eisenhower disse: — Quando a notícia do que aconteceu em Dieppe chegou aos jornais nos Estados Unidos, houve uma grande confusão. O Congresso, os jornais, cada maldita voz no rádio, começaram a dizer ao povo americano que, bom Deus, estávamos derrotados. Não há razão para rapazes americanos morrerem lutando contra as defesas intransponíveis de Hitler. Não há esperanças. Isso me surpreendeu muito, mas foi assim. Isso tornou o recrutamento um grande problema e converteu uma porção de parlamentares em pacifistas, o que dificultou muito a vida de Roosevelt. Agora, com a proximidade da derrota dos alemães aqui, os americanos estão sendo informados de algo inteiramente diferente, totalmente o oposto. Diabos, Marshall me disse que Roosevelt está irredutível a respeito, como todos os outros. O público agora assume a atitude de que a guerra está quase terminada, Hitler está acabado, então vamos começar as comemorações. Vamos tirar todo mundo daqui e levar todos os recursos para o Pacífico para ajudar MacArthur. Não podemos explicar cada manobra que fazemos para cada maldito repórter, e, então, eles simplesmente tiram suas próprias conclusões, fazem suposições e jogam toda essa *informação* sobre o público americano. Eu tive um trabalho infernal tentando explicar para Marshall, que teve um trabalho infernal para explicar para Roosevelt por que detivemos Patton na Dorsal Oriental e não o deixamos ir até o litoral. Todos os malditos generais de escritório, e até Roosevelt, perguntavam em voz alta que diabos havia de errado conosco. Por que não deixávamos Patton terminar a guerra? É tão conveniente para civis a 8 mil quilômetros daqui olharem para um mapa e desenharem linhas retas e suporem que tudo se encaixa em pacotes arrumadinhos. — Eisenhower fez uma pausa, viu que Alexander o olhava, um leve sorriso no rosto. — Bem, diabos, você não precisa que eu lhe diga isso. Você já passou por isso.

— Sem dúvida. Já tive algumas colisões com o primeiro-ministro. Se você quer informação sobre interferência de civis, converse com Claude Auchinleck. Custou-lhe a carreira.

— Bem, por pouco não custou a minha. Toda essa questão do Darlan... meu irmão Milton me contou que havia jornais me chamando de fascista, que, se eu apoiava um idiota de Vichy, estava na cama com Hitler! Agradeço a Deus por Marshall. Ele segurou o fogo e me manteve longe do alcance de alguns parlamentares bem ignorantes. É a política, simplesmente. Roosevelt tem seus inimigos, e eles procuram uma corda para enforcá-lo. Ele não precisa que eu lhes jogue a corda. Precisamos vencer esta luta, vencer da forma correta e vencer rápido, ou será exatamente isso que estarei fazendo.

Alexander ainda escutava pacientemente, e Eisenhower estava agradecido, exaurira o seu discurso. — Desculpe, Alex, mas não estou apenas me queixando. Há um objetivo em tudo isso. Seu plano de dividir o Segundo Corpo de Exército e manter metade daqueles rapazes fora de combate não vai ser bem-aceito nos Estados Unidos. E, francamente, Alex, também não será aprovado por mim. Não é apenas a política. Estes rapazes conquistaram algumas vitórias, e eu não posso permitir que os soldados britânicos ganhem todas as manchetes. Patton me disse que parte do pessoal dele está bastante zangada com esse negócio todo do Crocker. Sabem que foram derrotados em Kasserine e desejam compensar isso. Têm direito a essa chance, e eu pretendo dá-la a eles. Quero que o Segundo Corpo de Exército completo seja deslocado para o norte, para atacar Bizerte. Será uma operação logística infernal deslocar tantos homens pela retaguarda de Anderson, mas nós a faremos. E quando isso se iniciar, ninguém no exército britânico vai abrir a boca para questionar a coragem do soldado americano.

Alexander sorriu novamente, para sua surpresa. — Podemos fazer isso funcionar, Ike. *Vai* funcionar. Tem que funcionar. Não quero ouvir mais bobagens de Londres, como você não quer ouvir de Washington.

Ele tinha esperado mais protestos de Alexander, percebeu então por que gostava do homem. — Bem, fico feliz por você concordar. Prefiro, sem sombra de dúvida, pôr os olhos sobre Túnis e Bizerte a ficar olhando por cima do meu maldito ombro.

— Uma coisa, Ike. Quem planeja tem um controle grande sobre o que é preciso fazer para desencadear a próxima campanha. Sei que você vai sofrer pressões dos Estados Unidos e é melhor estarmos preparados para agir rápido. Não acho que estaríamos nos precipitando se focalizássemos nossa atenção para *além* de Túnis.

Eisenhower assentiu, pensou um minuto, o nome surgindo em sua mente, o nome de código para a invasão da Sicília, Operação Husky. — Você ainda acha que Monty é o homem?

— Sem dúvida. Ele pode ser difícil, mas não há mais ninguém que eu escolheria para a tarefa. E suponho que você ainda queira...

— Patton. Sim. Não vejo motivo para mudarmos estes acertos.

— Eles vão formar uma equipe infernal, Ike. Não devemos esperar muito para começar o treinamento do pessoal deles.

— Não tenho certeza da *parte* que se refere à equipe. George sabe o que precisamos que ele faça. Minha preocupação agora é que uma retirada tão rápida de Patton do Segundo Corpo de Exército possa abater o moral da tropa. Se você troca os comandantes muito depressa, os soldados supõem que os comandantes estão levando a culpa pelos fracassos deles. Quero que isso seja mantido em segredo tanto quanto possível neste momento. Não há razão para contarmos aos jornais o que está acontecendo, e eu não quero de forma alguma que o inimigo saiba sobre a retirada de Patton da linha. Por enquanto, Monty precisa ficar onde está, até que o trabalho esteja terminado. Você concorda?

— Certamente. Ele sabe que é necessário na Operação Husky, de modo que isso o levará a entrar com seus soldados em Túnis tão rápido quanto puder. Ele já me contou... bem...

— Ele lhe contou o quê?

— Bem, diabos, Ike, você conhece Monty. Às vezes fala quando devia escutar. Ele disse que está disposto a ter até cem por cento de baixas para completar o serviço. Ainda bem que não havia repórteres por perto. Como você acha que isso seria recebido nos jornais de Londres?

Eisenhower esfregou a nuca, pensou em Patton. É, eles farão uma boa dupla, sem dúvida. — Vamos fazer com que se mexam em direção à Sicília. Colocá-los na frente do inimigo, onde todas essas palavras podem ser postas em ação.

— Quando Patton será oficialmente substituído? Imediatamente?

— A substituição entrará em vigor em 15 de abril. Tenho que informar todos os envolvidos, mas não vejo problemas. George irá para Casablanca imediatamente e começará a engrenar a Operação Husky. Ele tem me cutucado para obter um comando mais *importante* desde que chegou aqui. Dane-se ele, ele quer algumas manchetes e sabe que não vai consegui-las na Tunísia. Eu confio em você para controlar Monty. E a melhor maneira de controlar George é, antes de tudo, mantê-lo fora de um tanque.

Em 15 de abril, o estado-maior de Patton saiu discretamente dos acampamentos de seu quartel-general e se dirigiu para oeste, para dar início ao planejamento final da Operação Husky. O comando do Segundo Corpo de Exército recaiu sobre o único homem que tanto Patton quanto Eisenhower consideravam o certo para a tarefa: Omar Bradley.

Nos vários dias que se seguiram, os alemães ficaram fechados dentro de uma linha forte e compacta, o último perímetro no qual podiam proteger as cidades portuárias de importância e ainda manter as sólidas defesas ao longo do terreno montanhoso que delimitava o anel de forças aliadas que se apertava. Com Bradley no comando, o Segundo Corpo de Exército completou uma manobra magistral, saindo de suas linhas e se deslocando para o norte, passando rápida e eficientemente por trás da posição do Primeiro Exército de Anderson. Enquanto as posições aliadas se fortaleciam, chegavam comunicados a Eisenhower de que reforços alemães estavam tentando atravessar o Mediterrâneo, frotas de aviões de transporte e navios de tropas se movimentando em direção aos dois importantes portos. Mas o Mediterrâneo e seu espaço aéreo agora eram dominados por aeronaves e navios de guerra aliados, e o custo para os alemães era terrível. Comboios inteiros eram afundados ou voltavam desfalcados para a Itália, enquanto, sobre eles, o número reduzido de caças da Luftwaffe era incapaz de impedir que seus lentos aviões de transporte fossem abatidos. Com a melhoria do tempo na primavera, os comandantes aliados concluíram que já contavam com o máximo de forças que lhes seria possível dispor e que chegara a ocasião de destruir o último reduto do inimigo na Tunísia.

Um comunicado, mais uma contribuição da inteligência, colocou todos no quartel-general aliado em atenção máxima. Durante toda a campanha, dos piores dias em Kasserine à manobra enérgica de Patton em apoio a Montgomery, até a pressão que agora imobilizava os alemães no nordeste da Tunísia, cada soldado aliado tinha sentido a premência daqueles que enfrentavam. Em cada combate, o nome de Rommel tinha motivado os homens, por medo ou pela determinação de derrotar o mais respeitado comandante alemão. Em 23 de abril, Eisenhower recebeu relatórios confirmados de que Rommel tinha ido embora e de que, na realidade, não estava na África havia várias semanas. Enquanto alguns, principalmente Patton, reagiram à notícia com desapontamento, outros, entre eles o próprio Eisenhower, entenderam o significado mais amplo. Por motivos não explicados, os alemães haviam perdido seu melhor homem. Independentemente de como a notícia afetasse os comandantes aliados, Eisenhower sabia que isso teria um efeito muito mais profundo na confiança abalada das tropas alemãs que estavam em seu caminho.

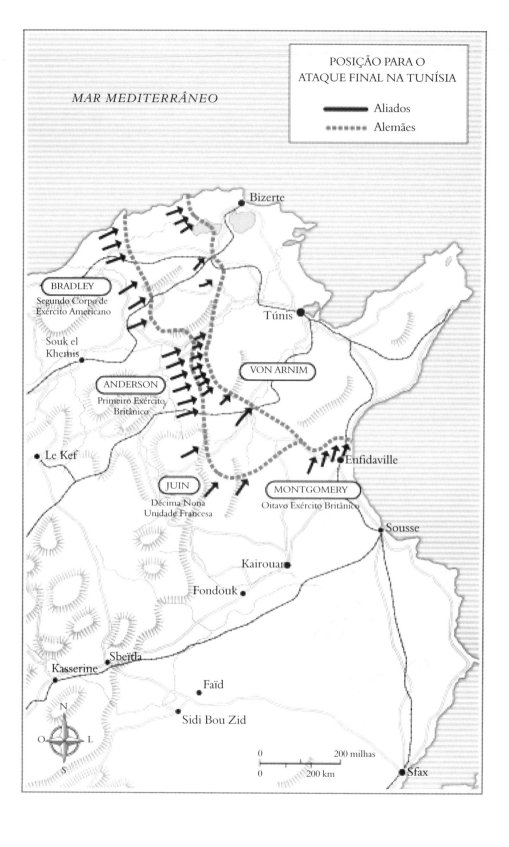

Arredores do Morro 609, norte da Tunísia — 30 de abril de 1943

Viajavam numa pequena caravana de jipes com uma metralhadora calibre cinquenta na retaguarda. Eisenhower já vira desfiles demais de grandes blindados, não sentia mais necessidade de se cercar de uma companhia inteira de homens bem-preparados cada vez que precisava atravessar o país. Essa procissão ridícula já havia causado problemas, obrigando caminhões de transporte a esperar em interseções-chave, chamando atenção para a presença dele em cada acampamento por onde passava. Agora que Eisenhower passava mais tempo perto da frente, também se tornava perigoso tal ajuntamento de veículos, capaz de atrair fogo de artilharia ou de oferecer um bom alvo para um caça ou bombardeiro alemão ocasional. A decisão havia causado resmungos em seu estado-maior, mas Eisenhower não tinha tempo para as preocupações maternais de ninguém.

As reuniões e instruções tomaram longos dias e deixaram um mínimo de tempo para o sono, mas eram muito diferentes dos tediosos festivais de tagarelice que havia suportado anteriormente em Argel. As visitas agora tratavam de comunicação e suprimentos, de posicionamento adequado das tropas, do melhor uso da artilharia, de coordenação com o comando aéreo. E, agora, frequentemente as conversas eram unilaterais, Eisenhower era o ouvinte, enquanto Bradley, ou um de seus comandantes de divisão, descrevia tudo para ele. Era o máximo de luxo para um general comandante ter os homens certos nos lugares certos, seguros de si e confiantes nas tropas que seguiam suas ordens.

Naquela manhã, tinha ido visitar Charles Ryder, comandante da Trigésima Quarta Divisão, que garantiria o centro da posição americana. Mas Ryder estava mais à frente, verificando seu posto avançado de comando, e, com a iminência do ataque, Eisenhower não ia gastar um tempo extra apenas para ir olhar o que Ryder estava fazendo. À esquerda, a Nona Divisão, sob Manton Eddy, permanecia próxima da linha do litoral, enquanto, à direita de Ryder, a Primeira Divisão, a Big Red One, sob Terry Allen, já avançava em terreno irregular e difícil no qual os alemães ofereciam combate duro. À frente da Trigésima Quarta Divisão erguia-se um morro sem vegetação, rochoso, com uns 1.600 metros de largura, que os mapas denominavam

Morro 609. Os alemães estavam entrincheirados em toda a extensão do morro, com posições de artilharia pesada ancoradas em ravinas profundas, escondidas por saliências de rocha. De sua posição no alto, a artilharia alemã podia dirigir o fogo com precisão sobre o flanco da Primeira Divisão, e Bradley percebeu rapidamente a urgência de expulsar o inimigo daquele morro. A tarefa cabia a Ryder e à Trigésima Quarta Divisão.

A fileira de jipes parou, e Eisenhower viu explosões com fumaça pontilhada de fogo. Por todo o trajeto, tinha passado por extensas formações de blindados, tanques e semitratores, o poderio da Primeira Divisão Blindada; as grandes máquinas esperavam que a infantaria limpasse os morros, tirasse as armas alemãs das estradas, proporcionando aos tanques uma via aberta para atacar durante a retaguarda inimiga. Ao sul, também os blindados britânicos esperavam em grande número. Alexander tinha desviado forças das posições de Montgomery e parte das tropas do Oitavo Exército foi levada para oeste, somando-se à potência do ataque pela esquerda.

— Aquele é o Morro 609, senhor. Bem ali.

— Difícil passar despercebido.

Eisenhower examinou o morro sólido e rochoso, pensou, parece algo que se veria no Arizona, pelo amor de Deus. Não espanta que os boches estejam lá em cima. Deu um passo à frente, ficou perto do lado mais afastado da elevação, o terreno precipitando-se em queda abrupta. O binóculo estava na mão, mas ele o ignorou, olhou para o vasto terreno aberto, o chão irregular com pequenos grupos de árvores. Mais além ficava um quilômetro ou mais de campos, uma pradaria ondulante, com pouca cobertura para a infantaria. Mas a infantaria estava lá, e ele podia ver claramente a onda de soldados que se espalhavam e máquinas que rodavam, caminhões e jipes, a infantaria se apressando em direção a bosques de árvores baixas que ficavam na base do morro alto e rochoso.

Houve explosões de artilharia mais próximas dele, riscas de fogo em arco baixo, dirigidas ao grande morro, um cobertor esvoaçante de fumaça envolvia o topo, obuses caíam em toda a extensão do cume largo. Sentiu um calor no peito, sim, por Deus, aquelas são armas nossas. Bons tiros. Após alguns segundos, o estrondo o alcançou, um ruído sólido, depois baques dispersos, mais clarões que se espalhavam por um trecho de terreno aberto no pé do morro. Levantou o binóculo então, fixou as manchas escuras, ajuntamentos de soldados que subiam nas pedras e as ultrapassavam, alguns desaparecendo sob as copas das árvores, nas brechas das pedras, quase todos avançando. Havia movimentação na base do morro agora, em outra extensão de terreno aberto, e ele se esforçou para enxergar, sabia que aquele era o pior lugar, o último trecho sem cobertura. Seu coração batia forte e ele examinava a fumaça, boa parte da encosta escondida, o combate se movimentando junto com os soldados, seu exército e o inimigo lentamente se misturando num único aglomerado.

Acima dele, ouviu roncos altos de uma formação de aviões, e olhou para cima; não precisava ver, sabia que eram caças, pesados de munição, homens focando o morro, como ele, procurando o inimigo. Passaram, espalharam-se em formações amplas de ataque, mas os roncos não cessaram, mais aviões, uma onda contínua. Bem acima deles, os bombardeiros também avançavam, mas não se concentravam no Morro 609, iam mais além, abrindo grandes brechas nas estradas que abasteciam as tropas alemãs. Alguns iam ainda mais longe, despejando as bombas nas baías apinhadas, cobrindo as cidades, os centros de comunicações e os depósitos de suprimentos. Era a chave de toda a campanha, a maior vantagem de que os aliados desfrutavam, a superioridade no ar. Eisenhower pensou em Tedder e nos americanos que serviam sob suas ordens, Spaatz e Doolittle. Sem o bom trabalho deles, isso não aconteceria. Não poderíamos esperar fazer esse avanço por terreno aberto. Certamente o inimigo sabe disso. Certamente sabem que não podem enfrentar esse tipo de poderio aéreo.

Baixou o binóculo, ouviu vozes atrás de si, rádios, oficiais tratando dos afazeres da guerra. Olhou novamente para o Morro 609, viu sua artilharia disparar outra vez, observadores escolhendo os alvos, enquanto, logo acima, os caças mergulhavam em busca de seus próprios alvos. Sentiu um calafrio, pensou em Patton, sim, George, entendo por que você quer estar aqui fora. *Bem aqui.* Especialmente num dia como hoje, quando se pode ver tudo, quando se sabe que o nosso exército é conduzido por bons homens, homens tão determinados quanto seus soldados a fazer o inimigo recuar. E se o inimigo não fugir, nós o empurraremos, e se não for possível empurrá-lo, nós o mataremos onde ele está e passaremos por seus mortos e continuaremos a avançar até que tudo termine.

28. LOGAN

BIZERTE, TUNÍSIA
7 DE MAIO DE 1943

ELE ESTAVA DE PÉ JUNTO À CERCA DE ARAME, UMA MULTIDÃO AO SEU lado, mais homens saindo das tendas rasgadas e dos abrigos de zinco. Eles se aproximavam, todos os olhos fixos no horizonte, a oeste, muito além do perímetro do campo de prisioneiros. Fora da cerca de arame, os guardas reagiam, voltando à vida, metralhadoras erguendo-se lentamente. Os alemães agora estavam tão curiosos quanto os homens que vigiavam, e todos começaram a se voltar para o oeste, concentrados no ruído de trovão. Os prisioneiros os ignoravam, indiferentes à ameaça, fixavam o olhar numa nuvem de névoa e fumaça que se movia. Logan a via claramente, um nevoeiro denso e cinzento, subindo devagar, impulsionado pelos sons inconfundíveis de artilharia. Oficiais alemães começaram a aparecer, saídos do fortim do lado de fora, junto à cerca, atraídos pelos sons; um homem, mais velho, ordenou aos guardas que ficassem alertas. Eles obedeceram, aproximaram-se da cerca, armas levantadas, alguns com rifles com baionetas fixas. Para oeste, o céu escurecia com a fumaça de uma batalha dura. A guerra se aproximava.

Logan lutava contra a fraqueza nas pernas, uma ferida profunda e aberta logo acima do tornozelo, o preço da marcha forçada que persistia. Queria agarrar o arame da cerca, segurar-se nele, mas agora já era um instinto, uma lição guardada no fundo do cérebro: *ninguém agarrava a cerca*. Acontecera muitas vezes, homens correrem de repente contra a cerca, como se tivessem esquecido que ela existia. Depois de muitas semanas na sujeira punitiva, alguns tinham simplesmente enlouquecido, homens desesperados que começavam a chamar, a gritar, chorando, correndo para a cerca em direção a algum lugar em que, na imaginação deles, precisavam estar desesperadamente. Logan tinha visto isso muitas vezes, os doentes principalmente, com pequenas feridas como a dele, piorarem na sujeira, infecções envenenando-lhes o cérebro. Alguns não corriam, simplesmente caíam no chão, com um último suspiro, chamando alguém, geralmente uma mulher, o nome ferindo cada homem que ouvia o grito, nomes que Logan podia ouvir nos sonhos, Helen... Doris... Lola... e, o pior de todos, *mamãe*.

O cercado de arame era um acampamento temporário, projetado para guardar os homens apenas até que houvesse lugar para eles nos navios de carga vazios. Os alemães haviam sido claros a respeito disso, um oficial especialmente, um jovem major que falava um inglês preciso, que, de pé do lado de fora da cerca, fazia discursos longos e arrogantes. Logan ouvira com curiosidade, perguntando-se se o oficial falaria a verdade, se os prisioneiros realmente seriam transferidos para campos na Alemanha. Atrás da presunção do major havia ameaça também, pois ele insistia que, se os submarinos aliados continuassem a afundar os navios de carga, simplesmente matariam seus próprios homens, mandariam os prisioneiros indefesos para o fundo do mar. Não havia propósito nos discursos, o oficial os aguilhoava, despertando algo nos prisioneiros, algo que Logan sentia agora. No tanque, ele atirava em alvos, *coisas*, e era fácil esquecer que homens estavam por trás do aço sem rosto, homens olhando por periscópios e miras, tentando matá-lo, mas não *ele*, apenas outro alvo. Mas quando foi capturado, quando foi forçado a marchar com centenas de homens sofridos, quando viu a brutalidade e a facilidade com que os alemães ignoravam os gritos dos feridos, Logan começou a sentir uma queimação, algo que se agitava, surgindo no cérebro, vindo de um lugar escuro e escondido. Havia extraído isso dos olhos de seus captores, que tratavam os prisioneiros com um menosprezo perverso. Na marcha longa e brutal, os alemães tinham ignorado os desesperados e os moribundos, os homens que imploravam apenas por água, e Logan sentira a queimação crescer, inflamar-se dentro dele como a feia ferida da perna. Atrás do arame, ela ainda se inflamava, e a arrogância do major alemão, a maldade do sorriso dele, levou o sentimento à fervura, a um ódio duro e sombrio. Já em Fort Knox, os homens de língua comprida falavam muito em matar boches e japas, e de como *odiavam* o inimigo. Mas o combate mudava a todos, e quando as armas estavam disparando, raramente se tinha notícia dos que mais se gabavam. Pela primeira vez, Logan sentiu que entendia o capitão Gregg, percebeu por que ele ficava tão quieto. Gregg sentia ódio, segurava-o com força dentro de si, e isso o tornava um homem perigoso e temível. Agora, quando o major alemão vinha para a cerca, enquanto despejava sua bile sobre os prisioneiros, sorriso malvado e pretensão exasperante, Logan não conseguia controlar a queimação e, pela primeira vez na vida, sentia a necessidade urgente de matar um homem, de pular a cerca, abrir caminho com as unhas pelos guardas e suas baionetas, agarrar o homem pelo pescoço, enfiar os polegares na garganta dele e apertar até que o sangue escorresse sobre seus dedos. À medida que os dias passavam e a lama secava, Logan se postava na cerca, esperando, desejando que o major aparecesse mais uma vez, atiçasse o fogo, mantivesse o ódio vivo e se retorcendo dentro dele. Começava a gostar disso.

Nas primeiras semanas, as chuvas os mantiveram encolhidos em seus abrigos, amontoados sob folhas de zinco enferrujado, tiras e remendos de lona, tudo que os alemães tivessem vontade de arremessar sobre a cerca. O chão era naturalmente de lama, um limo azul espesso, cobrindo os pés e as pernas de todos os homens e o rosto dos que caíam, cujas pernas não os sustentavam mais. Era rotina, os homens mais fortes ajudavam da melhor maneira possível, limpando as feridas, tanto quanto a lama permitisse. Mas alguns dos que caíam não conseguiam mais se levantar, seu suspiro final sufocado pelas feridas e pela doença, formas sem vida que os fortes podiam apenas arrastar para perto da cerca. Então os guardas vinham, mas não sempre que necessário, os alemães reagiam a seu tempo, levando embora os corpos para algum lugar sobre o qual ninguém queria pensar. Nos primeiros dias, Logan fizera o mesmo que muitos, tentou limpar a ferida e o corpo ficando de pé na chuva. Para ele parecia funcionar, mas tinha um preço, a chuva removia o tecido rasgado do uniforme, dissolvia e apodrecia o que restava das botas. Para outros, os mais fracos, o frio intenso causava mais problemas que curava. Mesmo debaixo dos abrigos improvisados, os mais doentes sucumbiam a crises incontroláveis de tremor, homens de lábios azuis que não conseguiam se aquecer. Os alemães jogavam cobertores, sujos e gastos, mas, com a chuva, a lã ficava molhada e fedida. Apesar da ferida dolorosa na perna, Logan sabia que era um dos que tinham mais sorte, e, após tantos dias de sofrimento, encharcado, parou de se preocupar com a limpeza. Quando não havia motivo para ficar perto da cerca, encolhia-se numa agonia, gelado, junto com os homens debaixo dos abrigos improvisados.

Quando cessaram as chuvas, o manto da morte pareceu se afastar e proporcionar alívio aos homens fracos e feridos. Quando o sol finalmente apareceu, saíram dos abrigos como animais amedrontados, desesperados por calor. A lama começou a secar, e a energia retornou, os homens davam boas-vindas ao sol, com agradecimentos, preces silenciosas, alguns olhavam cegamente para o céu azul e as nuvens brancas, o sol oferecia uma espécie de símbolo de esperança.

Com a seca veio a necessidade de abrir os abrigos infestados, e Logan trabalhou com vários outros que, de algum modo, haviam conservado a força, desfazendo os abrigos, arrancando a lona apodrecida, levando o sol para os lugares escuros, secando o terreno e a sujeira úmida que cercava os homens doentes demais para se moverem. Até os guardas saudaram o sol, pareciam mais dispostos para realizar suas tarefas. Desde o começo, os prisioneiros recebiam comida em grandes baldes de metal, transportados em carrinhos. Com as chuvas intermináveis, os guardas decidiam se manter secos com mais frequência, e, se os prisioneiros não fossem alimentados, isso significava apenas que, quando a comida chegasse novamente, haveria menos homens para segurar os pratos. Para Logan a comida era bem-vinda, independentemente do que fosse; ninguém reclamava e só os homens doentes demais para comer a evitavam. Era principalmente um mingau ralo, branco, em geral frio, e cada homem recebia uma concha dele que escorria do prato de metal enferrujado e respingava nas mãos sujas. O mingau desencadeava algo estranho nele, sua mente, enfraquecida, agarrava-se a uma lembrança, viagens para fora da cidade, lugares como Dade City e Brooksville. As viagens nas estradas haviam sido aventuras para o garoto, e seu pai sempre parava num restaurante no campo, onde mulheres com um sotaque sulista forte e arrastado enchiam o prato da criança com toucinho frito e um molho escuro e temperado sobre o mingau de milho, o que elas chamavam de "grits". Mas ele não conseguia manter as lembranças por muito tempo, os tempos bons eram sugados pela dor da fome, ou pior, soterrados sob muitas conchas do que quer que fosse que ele era forçado a comer agora, a semelhança com os "grits" se dissolvendo no horror nauseante de roedores mortos, principalmente ratos, que os guardas, rindo, pescavam de dentro dos baldes.

Quando trouxeram os baldes, os guardas alemães haviam debochado dos americanos com o que Logan supôs fossem insultos, chamando-os de algo que soava como *koos koos*. Logan pensou que fosse a palavra alemã para "estúpido", *cuckoo*; mas então, quando chegaram novos prisioneiros, havia um oficial americano que ficou apenas alguns dias antes de ser levado embora pelos alemães, mas o tempo suficiente para dizer a Logan que *koos koos* era, na verdade, o que eles comiam.

Os oficiais que chegavam ao campo ficavam apenas o tempo necessário para chamarem a atenção dos guardas e seus comandantes. Os oficiais alemães pareciam acolher seus pares americanos com muito mais gentileza do que convinha aos praças prisioneiros, mas, para os oficiais americanos, isso era uma bênção. Com frequência chegavam ao campo machucados como os soldados, mas para eles os alemães traziam médicos e ambulâncias, e levavam os oficiais para algum lugar distante, que Logan só podia imaginar que fosse um hospital. Espalhou-se um boato de que muitos oficiais tinham sido levados para fora do país, e que, apesar da promessa do major alemão de que todos atravessariam o Mediterrâneo, somente os oficiais haviam realmente partido.

À medida que o cercado de arame ficava mais apinhado, outros soldados foram retirados de lá também, os guardas liam as plaquetas de identificação confiscadas e chamavam os nomes, e os homens que podiam responder iam à frente. Quando os guardas levavam esses homens embora, parecia simplesmente que eles tinham desaparecido, dias de cada vez, e Logan não entendia aquilo; sua mente enfraquecida se debruçava sobre o mistério, com a dramática fantasia de que os homens pudessem ser espiões, fazendo relatórios, traindo os americanos ao lado de quem haviam servido. Mas os homens desaparecidos tinham amigos, que reagiam com os punhos a qualquer insinuação de que os desaparecidos fossem algo além de bons soldados. Logan começou a acreditar que eles pudessem ser escolhidos a esmo, e era tomado pela fantasia sinistra de que poderia ser o próximo, arrastado para algum tipo de câmara escura de tortura, a imaginação dando lugar ao ridículo, algo saído de um filme de terror ruim. Mas a preocupação era real e ele procurava na mente fiapos de informação, qualquer coisa que os alemães pudessem querer dele, algum dado secreto que ele deveria morrer para proteger.

Mas então os homens desaparecidos começaram a voltar, espancados e ensanguentados, e, quando conseguiam sobreviver, falavam de interrogatórios e torturas que eram reais e muito intensos. Os que conseguiam falar contavam sobre um tipo diferente de soldado alemão, um tipo diferente de brutalidade. Logan começou a notar que, cada vez que um prisioneiro era levado, havia homens de uniformes pretos, que os guardas chamavam de Gestapo, examinando os prisioneiros a distância, esgueirando-se atrás das barracas dos guardas. Os interrogatórios tinham pouco a ver com planos de combate ou comunicações, com quaisquer detalhes que os alemães pudessem possivelmente considerar úteis. E então todos perceberam que não havia absolutamente nada de aleatório em relação aos homens. Em todos os casos, eles tinham nomes como Epstein e Bromberg, e logo entenderam que a Gestapo tinha vindo somente em busca de soldados judeus.

DURANTE VÁRIAS SEMANAS, OS PRISIONEIROS PARECIAM CHEGAR em ondas, o cercado de arame mais cheio, e quase ninguém tinha esperança de que sairiam daquele lugar um dia. O major alemão ainda falava com eles, ainda despejava seu discurso com gestos amplos, pronunciamentos gloriosos, mas agora não havia menção a navios de transporte e ninguém era levado embora permanentemente, a não ser os oficiais. A maioria dos oficiais capturados era jovem, homens da linha de frente, muitos deles tenentes. Mas durante a marcha, a primeira escalada extenuante dos desfiladeiros a leste de Sidi Bou Zid que Logan fizera, havia homens mais velhos também, e uns poucos oficiais mais jovens de alta patente. Logan ainda se lembrava, a confusão mental não havia apagado a lembrança nítida de um homem em particular. Quando os feridos começaram a abandonar a marcha, um dos oficiais americanos tinha assumido o comando, tinha se arriscado perigosamente, andando para a frente e para trás ao longo da fila, ajudando os homens a se levantarem, gritando para os alemães ficarem afastados, praguejando para arranjarem água. Logan tinha observado o homem através da própria sede sufocante, da dor que lhe queimava os olhos e os pulmões, tinha esperado o tiro que terminaria com aquela bravata tola. Mas os alemães o surpreenderam, retrocederam, pareciam respeitar a patente do oficial. Logo outros prisioneiros tinham aderido ao desafio do oficial, e os guardas alemães finalmente permitiram que os americanos ajudassem uns aos outros. Logan tinha tentado ajudar também, vislumbrou a camisa rasgada do oficial, viu a folha de carvalho, percebeu que era tenente-coronel. Logo que chegaram ao campo de prisioneiros, o oficial pareceu assumir o comando, exigindo, zangado, que os guardas tratassem dos feridos, que fossem providenciadas rapidamente comida e água. Mas os protestos não mudaram nada, e logo veio o major alemão, ordenando que os guardas retirassem os oficiais americanos do conjunto dos prisioneiros, apontando aquele homem em especial. Quando o homem foi chamado, ele se esgueirou para perto de Logan, segurou-lhe o braço, sussurrou com dificuldade e urgência palavras que tiraram Logan de seu atordoamento. O oficial lhe disse que, se Logan sobrevivesse, se voltasse algum dia às linhas americanas, alguém poderia perguntar por esse tenente-coronel e querer saber o que acontecera a ele. A agonia na garganta de Logan o manteve quieto, as palavras do homem o enchiam mais de tristeza que de surpresa. Apesar de todos os bons propósitos do oficial, agora Logan achava que ele era louco, alucinado, que sua mente sofrera um colapso com a brutalidade da marcha. O homem disse que seu nome era Waters, e Logan estava chocado e exausto demais para rir quando ele lhe disse que era genro de George Patton.

ALÉM DO ACAMPAMENTO, A CIDADE DE BIZERTE SE ESTENDIA como uma joia branca e cor-de-rosa, com a beleza agora desfigurada pelos prédios arruinados por bombardeios diários de aviões em formação que voavam alto demais para ser identificados. Do local do campo se tinha uma visão distante da baía, uma distração para os homens cuja mente não tinha mais nada em que se fixar. Logan observava os navios em constante movimento, prestava atenção aos aviões, os bombardeios estavam se tornando mais frequentes. Agora, várias vezes por dia o espaço acima deles parecia se encher de aviões, bombas — pintas tênues — caíam sobre a baía, esguichos de água atingiam os navios. Então vinha a grande explosão negra, fogo e fumaça, um impacto certeiro, os prisioneiros reagindo com o máximo de alegria que podiam demonstrar, mas não o suficiente para atrair a ira dos guardas. Os aviões tinham vindo duas vezes naquela manhã, ao alvorecer e novamente logo depois que os guardas tinham trazido os baldes de comida. Os guardas assistiram, junto com eles, a um avião arremetendo baixo, descrevendo um risco de fogo, um rastro negro e enfumaçado, o avião caindo na baía. Então foram os guardas que aplaudiram, os prisioneiros praguejaram, esperando a vingança. Ela veio depressa, um clarão súbito além da baía, um navio no horizonte, uma explosão de luz branca, depois grandes colunas de fumaça negra. O guarda mais próximo de Logan disse a palavra *petrol* e Logan entendeu. Sim, um navio-tanque, a caminho da baía. Não mais. Agora ele estava no fundo.

O RUÍDO DA ARTILHARIA ESTAVA FICANDO MAIS ALTO E OS HOMENS continuavam a se reunir perto da cerca, agrupando-se atrás dele. Um homem perto dele tropeçou, uma mão no ombro de Logan. Os guardas se ajuntavam também, na frente deles, mas os alemães não podiam evitar olhar para trás, na direção do horizonte enfumaçado. Não havia confronto agora, ninguém ameaçava com a baioneta, apenas dois grupos de homens, separados por uma cerca alta de arame, ambos concentrados no som de algo que parecia se mover em sua direção.

O espaço acima se encheu de vida, um forte guincho, um obus caiu atrás das casas da guarda, num grupo de prédios. Mais obuses caíram mais longe, levantando os destroços, o chão tremendo sob os pés de Logan. Os oficiais alemães começaram a gritar ordens, os guardas atenderam, afastando-se rapidamente. Corriam em direção ao que havia sido destruído, mais homens vindo das ruas além do campo e se aglomerando, todos correndo para as construções atingidas, chamas subindo das ruínas. Os prisioneiros olhavam em silêncio, ninguém reagia, e o cérebro de Logan se esforçava mais uma vez para sair do atordoamento de tantas semanas. Sentiu o coração bater mais depressa, olhou novamente para o oeste, nuvens negras, em ondas, o impacto súbito de mais obuses, um enorme clarão de luz, fogo e fumaça, uma explosão ensurdecedora bem no limite da cidade. A maior parte dos alemães tinha ido embora, mas ele escutava gritos de homens, uma nova onda de fogo de artilharia perto deles, uma bateria de armas alemãs que fora posicionada a pouca distância além das casas da guarda. A maior parte dos obuses do ataque caía na própria cidade, destruindo as paredes de pedra, alguns caindo mais perto, formando crateras rasas nas avenidas largas. Havia tráfego na estrada mais próxima, um grande caminhão com metralhadoras dos dois lados, soldados alemães espiando para fora, sacolejava muito quando passou roncando. Mais caminhões apareceram, saía fumaça de um motor, o caminhão claudicando por causa de um pneu vazio, largando faíscas no rastro, mas o motorista não diminuía a velocidade. Caminhões e veículos menores continuavam a sair da cidade, alguns cheios de soldados. Os motoristas olhavam para a frente, avançavam para além do campo de prisioneiros, a caravana desaparecia na única estrada larga que levava à baía.

A seu lado, um homem falou, com a voz fraca e rouca: — Maldição, eles estão fugindo.

Uma onda de fumaça deslizou sobre eles, os sons do combate ainda mais próximos, conversas e estalos de rifles, uma rajada de metralhadora sacudiu seu cérebro, fez com que ele fosse à frente, mãos na cerca de arame, esforçando-se para enxergar. Conhecia o som das metralhadoras alemãs, experiência demais com os guardas disparando acima deles, ou atirando na lama, só para impressionar. Houve ocasiões terríveis também, como quando um dos prisioneiros tinha feito uma louca escalada da cerca e as metralhadoras o retalharam respingando sangue nos homens que tentavam detê-lo. As armas alemãs tinham um som duro e oco, mas a arma que ele escutava agora era diferente, familiar, e ele a ouviu novamente, misturada aos estalos dos rifles. A metralhadora era uma Thompson. Era americana.

Agora alemães saíam dos escombros, um desfile constante ao longo da rua arrasada, mãos enegrecidas e uniformes sujos, alguns sem capacetes, dois homens carregando pelos braços um companheiro com sangue no peito. Eles continuavam a aparecer, alguns correndo, tropeçando, um homem, mais sangue, o homem desabando a poucos metros da cerca. Os prisioneiros começaram a avançar novamente, alguns escalando a cerca agora, e Logan sentia a energia, a percepção de todos de que os alemães não se preocupavam mais em vigiar os prisioneiros. A seu redor, mais homens começaram a galgar a cerca, e Logan se sentiu empurrado por trás, a energia crescendo, um homem apontando para o rifle do alemão morto. O combate estava ainda mais perto, mais Thompsons, muitos sons, explosões curtas de granadas, metralhadoras alemãs respondendo.

De trás das casas da guarda, veio um caminhão na direção deles, até o terreno aberto perto da cerca. Logan viu a metralhadora no alto, uma calibre cinquenta, um homem junto à arma, girando o cano na direção dos prisioneiros. Homens saíram da traseira do caminhão, familiares, os guardas, mais duas metralhadoras pesadas foram trazidas à frente, plantadas no chão, apoiadas em tripés. Os guardas ficaram imóveis, tensos, pareciam esperar algo, os americanos no alto da cerca também imóveis, um silêncio duro. Logan então viu o major vindo de trás do caminhão, viu o rosto, a arrogância, a visão do inferno de relance em seus olhos, o homem que Logan tão desesperadamente queria matar. O oficial parou a poucos metros da cerca, mãos nos quadris, olhou para cima, para os prisioneiros que se seguravam firmes na cerca, gritou algo em alemão, uma ordem. Os guardas se moveram no que pareceu um só movimento, homens junto às metralhadoras apontadas diretamente para o campo de prisioneiros. Logan deu um passo atrás, instinto, homens ao seu redor emitiram sons baixos, os homens na cerca ainda paralisados. O major chegou mais perto então, ficou na frente de suas próprias metralhadoras, a pouca distância da cerca, ainda sorria para eles, um riso curto, examinou os rostos dos americanos, olhou direto nos olhos de Logan, disse:

— Vocês vão morrer agora.

Ele gritou outra ordem, afastou-se para o lado, e Logan viu os rostos dos guardas, todos os alemães os fixavam, medo nos olhos arregalados, mãos nervosas. Os homens em torno de Logan começaram a retroceder, mas não todos, alguns se aproximavam da cerca, os homens no alto da cerca ainda imóveis, pendurados, esperando, todos olhando fixamente para as armas, para os rostos dos inimigos. Logan sentiu o coração disparar, um calafrio, olhou para o major, viu o sorriso dele se desmanchar, um olhar frio, cinzento, o homem puxando uma pistola do cinto.

— Vocês vão morrer *agora*.

Atrás dos guardas, os sons de artilharia irromperam novamente, uma rajada de metralhadora. Os sons estavam perto, logo atrás da casa da guarda, e os guardas reagiram, alguns voltaram para o caminhão, olhando em volta. O major ignorou o tumulto, olhou para Logan, os dois homens próximos, os dedos de Logan agarrando a cerca, o oficial levantando a pistola. Houve mais gritos, os guardas começaram a correr, um homem foi subitamente atingido, caindo pesadamente no chão. Todos correram então, desapareceram na fumaça, e, acima de Logan, os homens que estavam na cerca começaram a gritar, alguns subindo mais alto, as metralhadoras que apontavam para eles abandonadas. Logan não conseguia desviar os olhos, focalizava apenas o major, além do pequeno orifício preto da pistola, olhava nos olhos do homem, via o fogo frio, sentiu o coração disparar, gelo nas mãos, agarrou firme o arame, a fúria crescente, o arame vergando, seus braços puxando o arame lentamente para si. A fumaça os envolvia, uma nuvem que se movimentava, e houve mais tiros, estalos solitários, o caminhão abandonado agora, o combate se aproximando deles através dos escombros. Logan mantinha o olhar fixo no major, o homem fazia o mesmo, e a pistola oscilou, um leve tremor na mão do alemão e subitamente seus joelhos se curvaram e o major caiu para a frente. A fumaça engoliu a ambos, e Logan pôde ver movimento, formas de homens no caminhão, homens avançando através da fumaça, em grande número, em ambas as direções, alguns entrando nas casas da guarda, a explosão aguda de uma granada, berros, um grito, mais fogo de metralhadora. Logan olhou o corpo do major, viu sangue nas costas, a pistola ainda na mão. Olhou para cima, ninguém na cerca, os prisioneiros tinham ido embora, e ele olhou para trás, em volta, viu um caminhão na parte mais afastada do campo de prisioneiros, o portão, o caminhão forçando lentamente a cerca, arrancando do chão as barras altas de aço. Agora via, o caminhão tinha uma estrela branca. Eram americanos.

A cerca de arame desabou sobre o caminhão, que deu ré, arrebentando o arame e abrindo um grande buraco na cerca. Os prisioneiros aplaudiam, saíam do campo, homens claudicantes e machucados apressavam-se para fora. Alguns paravam logo adiante da cerca rompida, caindo de joelhos, soldados se juntavam em torno deles, mais caminhões se aproximavam. Logan se dirigiu para lá, ignorou a dor na perna, tropeçou, a fumaça o sufocava, passou por um abrigo de zinco, viu homens engatinhando para fora, os doentes, mal conseguindo se movimentar, soldados estavam lá agora, macas, paramédicos. Viu um homem deitado, esticado sob uma faixa de lona, e ele ajoelhou, inclinou-se, pôs a mão no ombro do homem, disse: — Venha! A cerca foi derrubada! Podemos ir! São nossos rapazes!

As palavras o engasgavam, causavam um aperto na garganta, e ele sentia as lágrimas, mas o homem não se moveu, não parecia ouvi-lo. Logan tocou seu rosto, rígido e frio, chegou mais perto, o rosto do homem cinzento e imóvel, o nome em sua mente, Harris...

— Maldição.

Sentiu uma mão nas costas. — Ei, Mac, precisa de ajuda? Sou paramédico. Como está seu amigo?

Logan saiu do abrigo, sentou-se. — Está morto. Não resistiu.

— Que pena. Deixe-me ver esta perna. Bem ruinzinha.

Logan não disse nada, o homem enrolou alguma coisa em sua perna, uma dor forte, a perna reagiu com um salto.

— Devagar, Mac. Vou buscar um pouco de morfina.

— Não, estou bem. Apenas me ajude a levantar. Vou ficar bom.

— Vamos arranjar uma maca para você. Estão chegando as ambulâncias. Vamos tratar da perna no hospital de campanha.

O homem o levantou por baixo do braço, e Logan ficou de pé. O homem o levou na direção da abertura na cerca. Uma multidão estava lá, um coro de gritos, vivas e choro, uma ambulância se aproximando, mais homens, oficiais. Logan foi naquela direção, sentia a dor na perna, tentava lutar contra a confusão mental que retornava, em seu cérebro ecoavam os sons do combate, as metralhadoras, o trovejar da artilharia. Os soldados se misturavam aos prisioneiros, e ele sentiu um calafrio, queria avisar os homens, pensou, não pode ter acabado... ainda há combate, tenham cuidado. Há alemães logo ali...

Tropeçou novamente, as mãos no chão, dor na perna, o tranco o acordou, clareando-lhe o cérebro. Levantou-se, dirigiu-se ao buraco escancarado na cerca, olhou para os escombros além do campo, as casas da guarda, janelas arrancadas, mais fumaça. O atordoamento escorria para fora dele, e os sons diminuíram, distantes e inofensivos. Viu uma coluna de alemães emergir dos escombros, as mãos apertando com força a cabeça, prisioneiros, vigiados por americanos sujos e exultantes. Foi em frente, mancando, forçou a passagem pelos homens na cerca, sentiu mãos nele, palavras passando por ele, não conseguia falar, lágrimas o cegavam. Saiu do cercado, veio voltando ao longo da cerca de arame. Na estrada, caminhões se movimentavam, a infantaria ainda avançava, disparos esparsos a distância, mais fumaça, prédios em chamas, fedor nauseante. Ignorou tudo, caminhou ao longo da cerca, avistou-o então, a pilha cinzenta, a mancha de sangue. Ficou de pé junto ao homem, tentou fechar o punho para sentir raiva novamente, para abrir aquele lugar escuro e perigoso, para banhar-se no ódio duro e sombrio. Mas o ódio não estava mais lá, o punho enfraqueceu, a excitação da raiva se acalmou. Abaixou-se, puxou a pistola da mão do alemão, olhou-a por um bom tempo, levantou-a acima da cabeça, puxou o gatilho. A arma pulou, um estampido duro, e ele puxou o gatilho mais e mais vezes, disparou a arma até a esvaziar. Homens gritavam com ele, aproximando-se por trás, nervosos, um oficial, e ele se virou, viu um tenente, um lampejo de raiva.

— Que diabo...?

— Está tudo bem, senhor. Ele tem o direito.

— Eu cuido dele, senhor. Deve ter sido bem difícil para esses caras. Eu o peguei.

Um homem se aproximou, estendeu a mão. — Aqui, segure meu braço.

Logan sacudiu a cabeça devagar, olhou para o major alemão. — Estou bem. Só tinha que fazer... alguma coisa.

O tenente foi embora, e os outros permaneceram por mais um momento. Ele sentiu a preocupação, os sorrisos, olhou para os rostos sujos de barba áspera, via homens como ele, homens que tinham acertado seus alvos, que tinham combatido e expulsado o inimigo.

Prendeu a pistola no cinto e começou a andar em direção à ambulância.

29. EISENHOWER

ENQUANTO OS AMERICANOS CONSOLIDAVAM O CONTROLE SOBRE Bizerte, os britânicos avançavam para capturar Túnis. A defesa alemã, surpreendida pelo poderio da tática de gancho esquerdo de Alexander, e esmagada sob o peso dos bombardeios aéreos aliados, não conseguiu deter a avassaladora onda de infantaria e blindados. Em 13 de maio, a resistência alemã ao longo de toda a frente desmoronou. Com exceção de bolsões dispersos e combates esporádicos, a batalha pela Tunísia estava concluída.

Os soldados alemães e italianos que tinham sido expulsos das cidades foram empurrados para o norte e o leste, para o último santuário, a Península de Bon, uma língua de terra de cerca de 50 quilômetros de largura que se projeta no Mediterrâneo. Ela oferecia a única rota possível de fuga; se as tropas pudessem ser evacuadas em embarcações e aviões de carga, o Eixo poderia salvar uma parte substancial de seu exército, como os britânicos fizeram em Dunquerque. Mas, ao longo das praias rochosas, não havia armada nem grande quantidade de embarcações de resgate. Em mar aberto, as águas estavam sob o controle das armas pesadas da marinha britânica, e, no ar, caças britânicos e americanos haviam praticamente eliminado a capacidade da Luftwaffe de realizar qualquer tipo de resgate. Em vez de fazer um êxodo em massa da Tunísia, os exércitos alemão e italiano, emboscados na Península de

Bon, não tiveram outra escolha senão se renderem. Os aliados fizeram 250 mil prisioneiros.

Um prêmio final ainda restava, e Eisenhower recebeu a notícia na noite do dia 13 de maio, a confirmação de que o general Hans Juergen von Arnim havia sido capturado junto com seus homens. O estado-maior de Eisenhower ficou exultante, como se a captura de um homem significasse tanto quanto a derrota dos exércitos comandados por Von Arnim. Todos esperavam que os dois homens se encontrassem, uma ocasião para as câmeras. O estado-maior insistia que um encontro com Von Arnim se adequaria perfeitamente à crônica daquela guerra, dois líderes, talvez apertando as mãos, cavalheiros honrados até o fim. A ideia horrorizava Eisenhower.

TÚNIS — 20 DE MAIO DE 1943

Passava das quatro da madrugada, o céu clareava sobre o porto, uma luz suave surgia por trás das montanhas na parte mais afastada da ampla baía. Ele estava à janela do antigo hotel, olhava através do ar frio e seco, sentia a brisa leve, ajeitou a jaqueta. Inclinou-se para fora, olhou as ruas abaixo, ainda escondidas pela escuridão, nenhum som, nenhum movimento visível. Gostaria de estar lá fora, passear pela rua larga, caminhar até as docas, ouvir a água, assistir ao nascer do sol. Não é uma boa ideia, pensou. A polícia militar está patrulhando, olhos abertos para qualquer pessoa andando por aí. Seria um pouco difícil explicar por que o general comandante vagava pelas ruas às quatro da madrugada. Supondo que eles ao menos perguntassem. Poderiam simplesmente atirar.

Desistira de tentar dormir, sofria do mesmo mal havia vários dias. Não era apenas a ansiedade da luta que o mantinha acordado, altas horas à espera de relatórios dos comandantes das linhas de frente. Tinha mais relação com os incessantes telegramas e mensagens, a pressão que vinha da Junta de Chefes de Estado-Maior tanto em Washington quanto em Londres. Durante semanas, Eisenhower fora pressionado a olhar além da Tunísia, a focar as energias no planejamento da próxima grande campanha, a invasão da Sicília. Era uma boa estratégia, sem dúvida, não permitir que o inimigo se reagrupasse, atacar um centro vital aéreo e de abastecimento antes que os alemães pudessem compensar a inevitável derrota no norte da África. Eisenhower admitia que as forças aliadas conjuntas deviam avançar sem demora. Os mapas da Tunísia já tinham sido removidos e mapas da Sicília os substituíam, e relatórios sobre efetivos e distribuição de equipamentos circulavam pela escrivaninha de Eisenhower. Patton e Montgomery sabiam quais seriam seus novos papéis, e já houvera bastante atrito entre os dois, o embate inevitável de duas personalidades poderosas, cujas visões pessoais do futuro não incluíam ninguém mais para dividir os refletores.

Durante o fim de abril e o começo de maio, Marshall o instigara a focar na Sicília, mas Eisenhower simplesmente não conseguia se desligar da África, não podia fingir que não havia soldados morrendo numa luta que já durava muito mais do que ele sabia que deveria ter durado. Os erros tinham sido muitos e muito evidentes, e Eisenhower sabia que não podiam se repetir. Toda a estrutura de comando aliada fora retocada e reorganizada, as lições dos equívocos de estratégia e dos erros dos homens que os puseram em prática foram aprendidas, todas as coisas que simplesmente não haviam funcionado. Reconhecia que fora duro com os homens que não se mostraram à altura, mas não mais que consigo mesmo. Nas longas horas no escuro, pensava nisso, em *seus* erros.

Havia uma estranha e bem-vinda inevitabilidade no que tinha acontecido nas últimas semanas. Enquanto Bradley e Anderson e Montgomery lançavam seus exércitos contra as fortes defesas inimigas, a confiança deles o alimentou e, pela primeira vez, ele se permitiu sentir uma certeza confortável de que, na Tunísia, a máquina funcionava, que os homens certos estavam nos lugares certos e não haveria mais fracassos. Pela primeira vez em dois anos de campanha na África, ficou claro que os alemães estavam derrotados. O mito da invencibilidade de Hitler fora abalado, primeiramente em Stalingrado e depois ali, nos morros rochosos da Tunísia. Os britânicos ainda se gabavam do grande e alardeado triunfo de Montgomery em El Alamein, e Eisenhower não diminuía esta conquista. Mas El Alamein não acabou com a guerra na África, apenas a deslocou do Egito e a levou para mais perto dos americanos. Independentemente da jactância de Montgomery, todos os generais aliados sabiam que, se os alemães alcançassem a Tunísia, Rommel poderia ter virado a maré, abrindo um grande buraco na comemoração de Monty.

Seu pensamento voltou a Kasserine. Tudo poderia ter desmoronado, todos os planos, toda a esperança. Pegou-se observando os mapas, estudando as linhas vermelhas do avanço de Rommel em direção ao oeste, a última oportunidade real que ele teve de lançar uma ofensiva que poderia ter levado os alemães diretamente a Argel. Mas então acabou, os alemães cessaram os ataques e, sem explicação, a ameaça havia desaparecido. Algo certamente acontecera a Rommel que ninguém no quartel-general aliado podia explicar. Eisenhower não gostava de especulações, não se interessava por teorias. O que importava era que Rommel simplesmente se fora e, com ele, a noção de que os alemães eram invencíveis.

E agora eles querem que eu aperte a mão de Von Arnim, sorria para as câmeras e finja que temos respeito mútuo, que admiramos a firmeza de caráter e a coragem um do outro. Dois bons soldados se encontrando como se respeitássemos nossas realizações, como se *apreciássemos* a luta. Estava perplexo de o seu estado-maior e os outros comandantes pensarem que uma coisa assim era uma boa ideia. Não via nada de *cavalheiresco* em Von Arnim nem em Rommel, em nenhum deles. Os alemães criaram esta guerra, pensou. Eles a começaram e a transformaram no que ela é, e milhões de pessoas morreram. Não se trata de uma disputa de fronteira, de terra, de riquezas ou política. É a vontade de um só homem de conquistar todo o maldito mundo. Que completo absurdo era isso tudo, como algo saído de um mau romance. Toda essa noção de uma guerra de cavalheiros, essa maldita coisa inglesa de saudar nobres guerreiros. Não há nada de nobre em Von Arnim. Ele é apenas um instrumento. Se nos derrotasse aqui, seria o queridinho de Hitler, um grande herói, mais uma peça do sonho de Hitler. Apertar-lhe a mão? O filho da puta devia era ser enforcado.

Sentiu o coração bater forte, debruçou-se na janela novamente, inspirou longamente o ar frio. Dane-se este negócio. Você não vai precisar lutar toda essa maldita campanha de novo. Nós vencemos. *Vitória*. Diabos, hoje tem parada. Que ideia idiota.

O entusiasmo com a comemoração tinha partido dos franceses, e Eisenhower tinha coisas muito melhores a fazer que gastar horas numa tribuna, em revista a soldados exaustos que marchariam diante dele. Mas era inevitável, e Eisenhower tinha cedido ao protocolo, até convidado Patton para comparecer, pois ele agradava a multidão. Mas não tinha ilusões: todo o espetáculo estava relacionado com o poder francês, um espetáculo para os habitantes locais, árabes e italianos exilados, um sinal claro de que a terra estava em mãos francesas novamente. Afinal, pensou, os americanos e os britânicos não ficarão aqui por muito mais tempo. Giraud sabe que é importante que seus *cidadãos* presenciem um espetáculo impressionante de poder. É importante para ele também. De Gaulle já está dando sinais de que espera vir aqui e ser recebido como o herói conquistador. Idiota. Giraud tem mais três estrelas que ele e foi testado sob fogo. De Gaulle fica sentado em Londres e faz pronunciamentos de que a França está ganhando a guerra, portanto a causa dele é vencedora. Tinha ouvido relatos de que De Gaulle estaria exigindo que os soldados franceses assinassem um juramento de lealdade somente a ele, e Eisenhower sabia que isso causaria problemas não apenas na França, mas no próprio quintal dos aliados. Uma guerra civil na Argélia, pensou. É o que poderia resultar disso. Políticos e seu orgulho. Mais uma razão para sair logo daqui e ir para a Sicília.

Afastou-se da janela, ficou imóvel no escuro, pensou em tirar Butcher da cama. Não, vou deixá-lo dormir. Aposto que ele também está dormindo. Todos eles. Deitados na glória. Uma grande quantidade de álcool fluiu por aqui na noite passada. Nenhum mal, eu suponho. Deixe-os fazerem sua festinha. Certamente a merecem. O mundo inteiro está lhes dizendo isso. Dizendo a *mim*. Eu devia reler todas aquelas mensagens. Por Deus, você devia estar agradecido por alguém dar atenção. Que diabos há de errado comigo? Não consigo dormir, não consigo apreciar um cumprimento sincero, não consigo ler uma maldita carta sem este nó dentro do peito.

As cartas tinham chegado, de Londres e de Washington, de todos os teatros da guerra, até uma carta de congratulações do chefe do estado-maior russo. O quartel-general estava em festa, as palmadinhas nas costas circulavam do mesmo modo que os muitos louvores; os outros quartéis-generais, de Alexander, Bradley, Montgomery, todos os outros, certamente estavam do mesmo jeito. Já tinha chegado a notícia de que Marshall viria de Washington, e que Churchill provavelmente também faria uma visita. Naturalmente era o esperado, e Eisenhower tentava manter a mente afastada de toda aquela pompa e dos planos oficiais.

Viu uma luz na baía, ficou olhando por algum tempo, percebeu que era um reflexo da torre de um navio. O sol se insinuava logo acima da crista dos morros distantes, na baía havia uma onda de atividade, navios se movimentavam silenciosamente, as docas acordavam. *Vitória*. Tentou reter a palavra na mente, sentir o que tantos homens à sua volta achavam tão fácil aceitar. Pensou em Marshall. Bem, tudo bem. Venha, dê uma olhada em volta, distribua os cumprimentos, entregue as medalhas. Depois se sente comigo e me lembre de que eu não devo ficar tranquilo. Ouviu passos no saguão, alguém tentava andar sem fazer barulho. Foi até a porta, abriu, viu um uniforme azul.

Butcher se perfilou, surpreso, e Eisenhower disse: — Não precisa se esgueirar, Harry. Estou acordado há horas. A mesma maldição. Vou para a cama, durmo uma hora, depois acordo.

— Posso ajudar em alguma coisa, Skipper?

— Sim. Arranje um jeito de acabar com esta maldita guerra.

Argel — 29 de maio de 1943

Era uma parada de um tipo diferente, confinada em salas de conferência e salões de jantar, Churchill, o general Marshall e uma quantidade de comandantes graduados e oficiais de estado-maior. Era perfeitamente razoável que Churchill fizesse uma visita, agora que as batalhas na Tunísia tinham acabado. Eisenhower tinha plena consciência de que, desde o começo das campanhas no norte da África, Churchill havia representado um papel crucial no sucesso dos aliados, um tipo de jogo de xadrez, o primeiro-ministro fazendo suas jogadas ao trocar de lugar ou retirar comandantes britânicos, colocando quem considerava ser o melhor homem no melhor lugar para que a tarefa fosse realizada. Apesar dos resmungos de alguns comandantes de campo de que Churchill tinha se imiscuído demais nas operações do exército britânico, o sucesso da campanha tirava a arrogância dos críticos. Agora era perfeitamente adequado que Churchill visitasse o cenário, caminhasse pelos campos ensanguentados e se pavoneasse respeitosamente entre os soldados. No trajeto, se alguém quisesse reconhecer-lhe o mérito, que o fizesse.

Eisenhower sabia que seus dias não lhe pertenceriam enquanto Churchill e Marshall estivessem por perto. Não podia evitar pensar em Patton, em seu desprezo pelos oficiais de escritório. Eisenhower sabia que as visitas eram autopromocionais, britânicos e americanos ainda se avaliando, comparando sua influência, cada qual medindo seu lugar no sucesso da campanha do norte da África.

Todos os olhos se voltaram para Churchill.

— Tenho consciência de que há nos Estados Unidos o sentimento de que nossa ênfase seja posta em uma invasão da França. Minha posição a respeito disso é clara. Nossa prioridade deve ser eliminar os italianos. Eles estão balançando neste momento em que falamos, e se a Itália sair desta guerra, a posição de Hitler no continente europeu ficará consideravelmente enfraquecida.

Eisenhower olhou para Marshall, viu um sinal de desaprovação.

Churchill não esperou comentários, continuou: — Quando a Sicília cair, nosso objetivo imediato deverá ser a derrota dos exércitos do Eixo na Itália. Qualquer ataque na parte continental da Itália apenas apressará o desejo do povo italiano de remover os grilhões impostos por Mussolini. Sempre afirmei que a Itália é a estrada que nos levará diretamente ao coração da fortaleza de Hitler. Ainda acredito nisso. Os russos também acreditam. Eles insistem muito que ataquemos a Alemanha o mais rapidamente possível. Há expectativas de que Hitler esteja planejando outra ofensiva monumental contra nossos aliados do leste, e Stalin está ansioso para que removamos algo dessa pressão sobre os exércitos associados a ele.

Houve assentimentos, todos de comandantes britânicos. Eisenhower examinou o rosto dos homens que trabalharam tão bem na África. À sua frente estava Tedder, o comandante das forças aéreas, o almirante Cunningham a seu lado, Alexander na ponta mais afastada da mesa. Eisenhower esperava alguma resposta de Marshall, mas o chefe de estado-maior americano não disse nada, e Eisenhower achou estranho o silêncio.

Após um minuto, Eisenhower disse: — Compreendo o seu desejo de terminar esta guerra do melhor modo possível. Mas antes de me comprometer com um ataque à Itália continental, tenho que tomar todas as providências possíveis para garantir nosso sucesso na Sicília.

Churchill rolou o charuto nos dedos, olhou para Marshall, estudou-o, depois olhou para Eisenhower, disse: — Certamente, general. Sem a Sicília em nosso poder, a conquista da Itália é apenas um sonho. Faça o que deve fazer. Qual é seu próximo passo, se me permite perguntar?

Eisenhower ponderou sobre a estranheza da pergunta de Churchill. *Se lhe é permitido perguntar?* De repente ficaram claros para ele os boatos que vinham dos Estados Unidos, os relatos de Butcher e Beetle Smith, pois ambos haviam avaliado as atitudes, observado as tendências em Washington. Apesar de todos os esforços de Eisenhower para unir os dois aliados, a irritação e o divisionismo ainda estavam lá, uma disputa continuada de vontades. Sabia que Roosevelt enviara Marshall para a África para fortalecer a prioridade americana de uma invasão da França pelo Canal da Mancha. No entanto, as prioridades de Churchill estavam claras havia mais de um ano e, ao redor da mesa de conferência, os oficiais britânicos, que ainda seguiam as ordens de Eisenhower, estavam obviamente de acordo com seu primeiro-ministro. Eisenhower sentiu os holofotes sobre si, sabia que Marshall absorveria e examinaria cada palavra sua, perguntando-se se as prioridades de Eisenhower eram compatíveis com as de seus superiores em Washington.

Ele respirou fundo, disse: — Nosso primeiro objetivo é a eliminação das bases aéreas e das instalações de manutenção dos submarinos do inimigo na Ilha de Pantelleria. Essa ilha está exatamente na rota de Túnis para a Sicília e, se não eliminarmos a presença do inimigo ali, nosso ataque à Sicília pode ficar muito comprometido. Sei que todos estão cientes dos detalhes, mas para a informação do primeiro-ministro, e para que qualquer pergunta possa ser respondida aqui e agora, eu gostaria de apresentar o plano de ataque à Sicília como foi acordado no comando militar dos aliados. O ataque será feito por duas alas, abrangendo o Décimo Quinto Grupo de Exército, comandado pelo general Alexander. A asa leste compreenderá o Oitavo Exército britânico e será comandada pelo general Montgomery. A asa oeste foi designada para o Sétimo Exército americano e será comandada pelo general Patton.

Houve assentimentos novamente, e Eisenhower esperou pelas perguntas. Tinha sido uma decisão exclusivamente sua, em acordo com Alexander, que as forças de Patton fossem chamadas de *exército* e, portanto, estivessem no mesmo nível de comando que as forças de Montgomery. Já era muito inconveniente que a maior parte dos oficiais generais americanos tivesse patentes inferiores às de seus pares britânicos. Eisenhower sabia que haveria

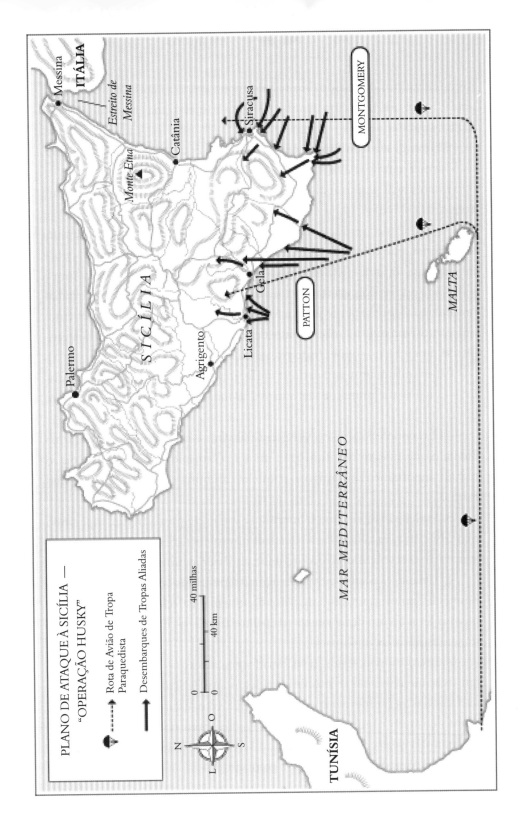

muitos conflitos de personalidades, do modo como as coisas iam, para que ainda tivesse que lidar com algum problema de hierarquia entre dois comandantes temperamentais.

Churchill segurou firmemente seu charuto entre os dentes e comentou: — Sétimo Exército, hein? Boa ideia. Condições equilibradas.

Eisenhower respirou aliviado. *Graças a Deus.* Ao menos George ficará feliz.

— Em termos gerais, o objetivo do general Montgomery será a captura de Messina, que colocará o Estreito de Messina sob nosso controle. O general Patton se dirigirá inicialmente a Palermo e depois se movimentará para o leste, para que os dois exércitos se juntem. Nossa previsão é de que os italianos lutarão vigorosamente para defender o próprio solo. Também prevemos que o alto-comando alemão reconhecerá a importância da ilha para sua própria segurança e nos oporá forte resistência.

Churchill apontou um dedo para Eisenhower; falou por cima do charuto: — Eu gostaria muito de ver outros 250 mil prisioneiros! Trabalho muito bom, aquele.

— Eu concordo. Nosso sucesso final virá se conseguirmos realizar na Sicília o que fizemos na Tunísia. Temos a oportunidade de destruir outro reduto importante do inimigo e, com ele, um número significativo de suas forças.

Fez uma pausa, viu que Churchill se inclinava para a frente, esperando mais. Eisenhower olhou para Marshall novamente, nenhuma reação, pensou, então está sob minha responsabilidade dizer alguma coisa sobre a Itália.

— Quando a Sicília estiver assegurada, devemos considerar, em nossas estratégias gerais, operações na parte continental da Itália e mais além, que possam levar ao fim desta guerra da melhor forma. — Era seu esforço máximo em matéria de diplomacia.

Churchill sorriu, ignorou Marshall agora, disse: — Eu prevejo, general, que os acontecimentos se sucederão velozmente. A Sicília será nossa, a Itália será nossa e, nesta mesma época do ano que vem, estaremos fazendo todos os esforços para expulsar os hunos da França. Bom trabalho. — Churchill parou, a sala estava em silêncio, depois se virou na cadeira, olhou para trás, disse: — Agora, diabos, onde está o conhaque?

S DETALHES DAS OPERAÇÕES EM TERRA FORAM INTEIRAMENTE delegados a Alexander, e Eisenhower ficou satisfeito porque, pelo menos por um tempo, não teria que se envolver com as controvérsias sobre qual divisão deveria capturar que pedaço de território. As brigas entre Patton e Montgomery tinham se acomodado em quedas de braço mais discretas, discussões sobre apoio aéreo e distribuição de navios de suprimentos. Mas os homens encarregados de tais decisões faziam progressos, repartindo o apoio que ambas as forças de invasão necessitariam para que nenhuma delas afundasse. Quando os oficiais começaram a focar o inimigo, e não um ao outro, a máquina começou a operar com eficiência de novo. Naturalmente havia dificuldades, de conflitos pessoais a logística e escassez de todo tipo. Mas as controvérsias tinham saído das mãos dele, estavam sendo tratadas por homens que entendiam que, afinal, aquele era um esforço conjunto.

O convite dos britânicos para que George Marshall acompanhasse Churchill na visita aos vários campos de batalha da Tunísia tinha surpreendido a todos. O convite parecia bastante sincero, nenhum dos dois tinha antipatia pelo outro, e Eisenhower compreendeu que o gesto de Churchill se destinava a demonstrar esse fato aos dois lados. Os jornais há muito retratavam Churchill como um buldogue teimoso, uma descrição que Eisenhower não tinha motivos para criticar. Mas Churchill tinha plena consciência de que Hitler não seria derrotado, a não ser que os americanos estivessem tão comprometidos com os planos quanto ele.

8 DE JUNHO DE 1943

Pantelleria era chamada de Gibraltar do Estreito da Sicília, mas era mais uma pilha de rochas que uma fortaleza montanhosa intransponível. A ilha abrigava a maior das duas guarnições que criavam problemas contínuos para o tráfego naval aliado no trecho estreito do Mediterrâneo entre a Tunísia e a Sicília. Os italianos havia muito usavam tanto Pantelleria quanto a ilha menor, Lampedusa, como postos militares avançados, e os alemães tinham usado bastante a ilha maior como uma área de preparação para os bombardeios no norte da África. Pantelleria ficava a aproximadamente 100 quilômetros a sudoeste da costa siciliana e, para se fazer uma invasão à costa sul da Sicília, a atividade inimiga tinha que ser eliminada nas duas ilhas.

Pantelleria era protegida por baterias de costa fortificadas capazes de devastar qualquer força de desembarque, e os comandantes da infantaria britânica que receberam a tarefa tinham manifestado ceticismo quanto a fazer qualquer desembarque sem um custo terrível. A briga ferveu e se transformou em outra controvérsia, mas não havia tempo para discussões, a captura da ilha era uma alta prioridade. Eisenhower finalmente delineou seu próprio plano. Os primeiros ataques viriam do ar e do mar, bombardeio intenso por uma onda maciça de bombardeiros britânicos, suplementada por um assalto de destróieres, cruzadores e barcos leves de patrulha britânicos. O plano pretendia minimizar as baixas nos destacamentos que desembarcariam, usando fogo de longo alcance para avariar ou destruir a capacidade do inimigo de defender a ilha. Quando as forças aérea e naval tivessem feito o que pudessem para silenciar as baterias de costa, a infantaria então avançaria para o litoral.

Após um dia inteiro de bombardeio da ilha, as baterias de costa cessaram todo tipo de reação efetiva e foi dada a ordem para a fase final do assalto. Quando as tropas terrestres se preparavam para o desembarque, Eisenhower, em Argel, recebeu o comunicado de que as defesas inimigas não tinham sido apenas silenciadas, mas também sido eliminadas. Antes de o primeiro soldado inglês pisar em terra, a guarnição inteira, 11 mil italianos, ofereceu sua rendição. O efeito na guarnição italiana de Lampedusa foi imediato, e aquela ilha caiu com menos luta ainda. Em meados de junho, a porta da Sicília tinha sido escancarada.

TERCEIRA PARTE

*Não falharemos nem vacilaremos; não fraquejaremos nem
nos fatigaremos. Nem o súbito choque da batalha nem as prolongadas
aflições da vigília e do esforço nos derrubarão. Deem-nos
os instrumentos e terminaremos a tarefa.*

— WINSTON CHURCHILL

*Estou cansado de ouvir as pessoas me desejarem "um bom salto".
Um bom salto é aquele que não mata você.*

— SARGENTO JESSE ADAMS
505º REGIMENTO DE INFANTARIA PARAQUEDISTA

30. ADAMS

PERTO DE OUJDA, MARROCOS
8 DE JUNHO DE 1943

NÃO HAVIA CONVERSA NEM RAZÃO PARA TAL. O GEMIDO ALTO DOS motores gêmeos do C-47 os invadia, duas fileiras de homens frente a frente na escuridão, apertados em seus assentos duros, enterrados sob o peso do equipamento. A única luz vinha do compartimento do piloto, pontos vermelhos tênues, os instrumentos do painel. Na cabine havia pontos luminosos dispersos também, o brilho breve de meia dúzia de cigarros.

Adams imaginou a hora, pensou, provavelmente nove. O sol se pôs há talvez uma hora. Então, estamos aqui em cima a metade desse tempo. Deve estar próximo. Por que diabos eles têm que fazer esses treinamentos de saltos tão longe, no meio do nada? Poderíamos fazer isso a cinco minutos do aeroporto. Todo o maldito país é zona de salto.

Houve um pequeno clarão vermelho, a luz para o salto acendeu em cima dele e os homens conheciam a rotina, levantaram-se. Adams se aproximou da porta aberta, agachou-se, um joelho próximo à beirada da abertura, gritou para eles por cima do vento e do ronco dos motores: — De pé! Enganchar!

Os homens obedeceram, ritmo perfeito, prenderam os arames de comando automático no cabo acima deles, os arames que puxariam automaticamente os paraquedas das mochilas de lona em suas costas.

— Checar equipamento!

Era a ordem essencial, cada homem examinava primeiramente o próprio equipamento, procurava bolsos abertos, acessórios soltos. Depois cada um checava as costas do homem à sua frente, aquilo que não dava para o outro ver em si mesmo, fivelas presas, um empecilho ou rasgão, algo solto na mochila. Adams sabia que a escuridão não fazia diferença, os homens já tinham seguido essa rotina tantas vezes no treinamento que conseguiam sentir o que procuravam.

— Contar!

O homem mais perto dele gritou: — Dezoito! OK!

Então o homem atrás dele seguiu: — Dezessete! OK!

Ele ouviu cada um, nenhuma hesitação, a contagem decrescendo até um.

Houve uma pausa então, os olhos de todos focalizados na luz vermelha. Ele sentiu a leve agitação no estômago, os motores do avião diminuíram a velocidade, o C-47 desceu, o piloto o nivelou na altitude correta. Ele olhou para fora da abertura, viu as fagulhas brilhantes do motor e, embaixo, nada, escuridão profunda, pensou, trezentos metros, não mais que isso. De repente, a luz vermelha mudou para verde, um brilho suave em dezoito rostos. Adams se aproximou do lado da porta, ainda de joelhos, firmou-se com uma das mãos, bateu na perna do primeiro homem, gritou: — Vá!

O homem estava fora e longe, e os outros avançaram, a mesma rotina, sucedendo-se a seu lado. Ele manteve o espaço de tempo entre eles, um segundo, depois a batida forte na perna de cada homem. A luz verde acima lhe fornecia toda a iluminação necessária, permitia-lhe ver as mãos deles, agora a única coisa que interessava. Cada homem seguia o treinamento, agarrava a parte de fora da estrutura da porta, impulsionando-se para a escuridão vazia, caindo no espaço. Se um homem pusesse as mãos na parte de dentro do avião, era o primeiro sinal de que ele não pularia. Mesmo que um homem hesitasse, com suas mãos no lado de fora ele podia ser empurrado por trás. Adams tinha presenciado isso tantas vezes, aquele segundo congelado, a parte racional do cérebro de um homem gritando para ele voltar para a segurança do interior do avião. A maior parte dos homens que hesitava saltava, mas sempre havia a possibilidade, especialmente agora, especialmente na escuridão total, de que o treinamento simplesmente se apagasse, todas as semanas na escola de saltos, todos os saltos sobre o interior acidentado da Geórgia, esquecidos por um homem subitamente paralisado pelo medo. Se ele não pudesse ser posto para fora depressa, era tarefa de Adams incitá-lo, uma ordem dura no ouvido. Se isso não funcionasse, se um homem simplesmente não pulasse, Adams tinha que tirá-lo do caminho. Qualquer um que atrasasse a fila poderia causar danos a toda a *fiada*, fazer com que eles se separassem em terra. E, no escuro, a separação podia ser um desastre.

Mas não havia hesitação agora, Adams os mantinha num ritmo perfeito, esperou pelo último homem, a forma escura passou então por ele num movimento rápido, desaparecendo na escuridão, afastando-se silenciosamente do avião. Era sua vez agora, e ele ficou de pé, não hesitou, pôs as mãos na parte externa do avião, impulsionou-se para o espaço negro.

Os controladores de saltos não enganchavam um cabo de comando automático; seus paraquedas eram iguais aos que os pilotos usavam, menores, o punho de comando de abertura apertado agora em sua mão. O vento o puxava, sacudia, os pesos em seus bolsos balançavam com força. Lutou para se manter ereto, ouviu o som cada vez mais fraco dos motores do avião, não contou os segundos, há muito esquecera aquela parte primária do treinamento. Agora era instinto e, na escuridão, enquanto não podia enxergar o solo, tinha que confiar nos pilotos, em sua capacidade de ler o altímetro e estabilizar o avião a trezentos metros de altura. Sem paraquedas, um homem levaria oito segundos para atingir o chão, e não haveria tempo para pensar. Puxou com força o punho de comando de abertura e o paraquedas explodiu às suas costas, firmou-o, uma pausa breve, seu corpo subitamente deu um solavanco forte, as correias das virilhas entraram na posição, o paraquedas acima ondulava amplamente, diminuindo a velocidade da queda. Agarrou as correias ao lado da cabeça, as cordas de controle que o prendiam ao paraquedas. Era a parte mais interessante do treinamento, aprender a guiar o paraquedas, girar e mergulhar puxando as cordas de controle, deslizando-as em direção a um alvo em terra ou a um lugar melhor para aterrissar. Mas não havia nenhum local de aterrissagem, nenhum alvo que ele pudesse enxergar, apenas o luar e algumas estrelas, o céu diretamente acima escondido pelo paraquedas, o solo abaixo, uma lona vazia e escura. Vislumbrou o reflexo do luar nos paraquedas abaixo dele, ignorou-o, flexionou os pés e os joelhos, preparou-se para o impacto. Não haveria tempo para pensar nisso, nenhum tempo para recitar lições. Agora era instinto em todos eles, atingir o chão e rolar, para dissipar ao máximo a energia da queda.

Sentiu, mais instinto, o cheiro e a sensação da terra chegarem até ele, os dedos do pé em ponta, pernas juntas, braços abraçando o corpo, e então ele atingiu o chão, tombou depressa de lado, um baque duro e dissonante, o corpo rolando, um emaranhado de cordas, o equipamento chacoalhando, fazendo-o quicar contra o chão duro. Fez força para parar, os pés se enterraram no chão, os braços ainda apertados contra o corpo. Parou, não havia brisa, *graças a Deus*, nada para agarrar o paraquedas e arrastá-lo junto, dolorosamente, pelo chão que ele ainda não conseguia enxergar. Contou em pensamento um segundo completo, a rotina, uma breve verificação dos danos, um inventário das dores. Sempre havia dor, um tornozelo, um joelho, e ele testou, nada quebrado, estendeu as mãos, sentiu pedras, terra macia. Ajoelhou-se, pegou as fivelas, desenganchou as tiras, tirou o arnês dos ombros, ficou de pé. Seus passos eram lentos e cuidadosos, as botas sondando se havia pedras. A lua estava suave e amarela, baixa no horizonte, e ele via o suficiente para perceber que o terreno era uma planície de pequena dimensão, formas escuras em volta, mais pedras. O paraquedas, atrás dele, não fazia barulho, nenhum farfalhar que bloqueasse outros sons, e ele se voltou para o paraquedas, enrolou as correias cuidadosamente nos braços, continuou a enrolá-lo e dobrá-lo, formando uma pilha bem-feita. Era outra rotina, desde o primeiro salto deles em Fort Benning cada homem era responsável por seu paraquedas, da verificação das cordas e das bainhas por onde elas passavam ao acondicionamento antes de cada salto. Agora, eles dariam continuidade ao padrão, caminhariam, carregando os paraquedas, até a área-alvo, onde caminhões os esperavam para levá-los de volta a Oujda.

Ele segurou o paraquedas bem-dobrado e ficou imóvel, em silêncio. Esforçava-se para ouvir algum som, ouviu então uns cumprimentos idiotas e depois um homem gritando. Ouviu o motor de um caminhão chegando perto, diminuindo a velocidade, e viu a luz de um holofote cortar a escuridão à sua frente, cegando-o. Fechou os olhos, olhou para baixo, abriu-os lentamente, olhou para o chão, tropeçou numa pedra, lutou para enxergar os pés, os grandes volumes nas pernas da calça, todos os instrumentos, munição, granadas, todas as peças dos 45 quilos de equipamento que cada homem carregava. Homens gritavam, o caminhão se aproximava da zona de salto.

Protegeu os olhos, pensou, diabos, isto não é uma feira do interior. Desliga esse filho da puta! O motor do caminhão foi desligado, silêncio novamente, apenas os sons dos homens, procurou ouvir outros sons, aviões, a precaução ensinada a cada pelotão. Sempre havia a possibilidade de bombardeiros, alemães a caminho de Casablanca. O holofote era um alvo muito conveniente para eles, portanto sabia que a luz não ficaria acesa muito tempo. Já está acesa há muito tempo, pensou. Uma lanterna funcionaria perfeitamente. O que mais há para se ver ali?

O holofote se movimentou, examinando o terreno amplo longe dele, aliviando a sensação de cegueira, *obrigado*, e ele viu homens carregando paraquedas, dirigindo-se para o caminhão, alguns mancando. O grito solitário tinha silenciado, os paramédicos faziam seu trabalho, e ele examinou o terreno iluminado, pensou, quem seria? Holman? Ele detesta pular à noite, só fala nisso. Bem feito se tiver quebrado uma perna. Lamúrias não ajudam.

Dirigiu-se para o caminhão, viu um jipe de um lado, uma metralhadora pesada no alto, outro jipe perto. Então se ouviu um megafone, uma voz trovejante, a voz do comandante do regimento, Jim Gavin:

— Pegue-o! Vamos! Isto aqui não é a Geórgia!

Adams chegou ao caminhão, viu os carregadores de maca se aproximarem pelo campo aberto carregando a forma encolhida de um homem, ataduras brancas fazendo volume no joelho, sangue no rosto.

Adams se aproximou. — Quem é?

O paramédico olhou suas divisas. — Cornwell, sargento. Perna machucada. Está feia. Rachou a cabeça numa pedra também.

Adams se afastou, trataria de Cornwell mais tarde. Maldição. Bom soldado. Olhou para além da área iluminada, mais holofotes a distância, mais zonas de salto, centenas de homens se reunindo, alguns tão quebrados quanto o homem na maca. Adams caminhou para o campo aberto, viu homens ainda chegando, começou a contar, sua lista mental. O megafone soou de novo atrás dele:

— Reúna seus homens, sargento. Vamos! Não estamos num piquenique!

O som paralisou Adams. Virou-se, procurou, lutou com o holofote novamente. Mas conhecia a voz, não o surpreendia que Gavin já estivesse em seu jipe, que fosse o primeiro a chegar ao caminhão, que percorresse toda a zona de salto até todos os soldados serem localizados. Gavin tinha dado o mesmo salto cego, tinha se preparado da mesma forma que preparava seus homens, Gavin fizera isso durante todas as etapas do treinamento. Para alguns, era o *velho*, apelido dado a todos os oficiais comandantes de todas as unidades do exército. Mas Gavin tinha só 36 anos e já era coronel. Era um sinal de respeito e reconhecimento, diferente da lealdade e dedicação que recebia dos homens do 505º Regimento. O respeito vinha de cima também, do comandante da Octogésima Segunda Aerotransportada, Matthew Ridgway, e tanto quanto Adams sabia, das altas patentes também. Adams concordava com todos no regimento: se o próprio Ike não pregou aquelas divisas nos ombros de Gavin, deveria ter pregado.

Adams saudou-o, gritando: — Sim, senhor! Estou verificando os nomes agora, senhor! Parece que foi um bom salto. Uma baixa no meu grupo.

Então ele viu o capitão Scofield, comandante da companhia, dirigir-se ao jipe de Gavin. Scofield disse alguma coisa a Gavin, depois gritou para Adams: — Prossiga, sargento!

Adams fez nova saudação, sabia que a ordem de Scofield era tanto para Gavin quanto para os soldados. Scofield era um homem muito mais cordial que o coronel, um texano com mais tempo nas unidades aerotransportadas que qualquer outro da companhia. Adams se afastou dos oficiais, observou seus homens se aproximando, apressando-se em direção ao caminhão. A cabeça trabalhava agora, contando, dezessete caminhavam, apenas um bastante machucado. Graças a Deus. Sabia que Gavin o observaria, o tempo suficiente para ver a tarefa realizada, fazendo suas próprias anotações das baixas. Adams ouviu o jipe começar a se movimentar, o coronel partia, deixando a companhia nas mãos do capitão Scofield. Scofield estava próximo dele agora, em silêncio, e Adams sabia que tudo fazia parte do teste, mais um salto, mais um pouco de experiência, os oficiais sabiam muito mais que seus homens para que exatamente eles estavam treinando.

Adams gritou: — Em movimento! Os caminhões não vão esperar vocês! Se não quiserem voltar a pé para a base, arrastem a bunda aqui para cima!

Eles não precisavam de incitamento, avançavam por conta própria, alguns homens corriam, outra parte do treinamento. Quase tudo que fizeram em Fort Benning fora acompanhado de corrida, da ginástica às refeições e aos intervalos para ir ao banheiro. Agora simplesmente fazia parte deles, mesmo naquele pedaço de deserto absurdamente miserável. Não precisavam que ele gritasse, suas ameaças não tinham sentido, e ele não se importava, havia gritado com esses soldados e com muitos outros como eles durante meses. Fora instilado nele pelos oficiais a ideia de que o sargento controla pela intimidação, e mesmo que Adams considerasse esse desempenho um pouco ridículo, tinha obedecido. Durante todo o treinamento, havia gritado e xingado os soldados, em Fort Benning, em Fort Bragg, nos trens para Camp Edwards, em Massachusetts. Quando embarcaram no navio de tropas, o *Monterrey*, berrou de novo, e, no começo de maio, quando desembarcaram em Casablanca, o sargento Adams foi a primeiro a lhes mandar levantar a bunda e caminhar em direção à África. Mas somente gritaria já não ameaçava tanto, não os homens que haviam passado pelo treinamento de tropa aerotransportada. Ele próprio tinha aprendido essa lição, que soldados bem-treinados percebem rapidamente um alistado ou um oficial que tem mais voz que músculos. Adams tinha se assegurado de que sua autoridade tivesse algum sentido, sendo bastante firme no propósito de fazer qualquer coisa que exigisse deles. Havia aprendido isso com Gavin e, agora, no deserto agreste que se estendia ao longo da fronteira marroquino-argelina, o controle de Gavin sobre a própria autoridade, as lições e a disciplina, tinham um significado muito maior. Eles não saltavam mais de torres, não eliminavam mais os elos fracos, não se apresentavam mais para os dignitários locais que compareciam às demonstrações em Benning ou Bragg. Estavam na África por um motivo, e toda a gritaria dos sargentos não importava mais. Os saltos tinham um novo sentido, uma seriedade inflexível, e se os homens amaldiçoavam ou temiam a escuridão, havia um significado nisso também. Cada homem havia embarcado no C-47 completamente equipado, com todos os instrumentos de guerra, todos os acessórios. Apesar de mil boatos, não tinham ideia de qual seria a sua missão, onde e quando saltariam, quando o inimigo poderia estar à espera. E, se estavam fazendo treinamento de salto à noite, não era pela necessidade que algum oficial desmiolado tinha de ferir bons soldados. Todos os soldados sabiam, sem que Adams lhes berrasse isso na cara, que, num dia próximo, quando embarcassem nos C-47s, seria provavelmente noite e também a missão verdadeira.

OS REGIMENTOS DE PARAQUEDISTAS FORAM CRIADOS NA PRIMAVERA e no verão de 1942, e desde a chegada dos primeiros voluntários, os homens que passavam pelo treinamento em Fort Benning, Geórgia, assimilavam o orgulho e demonstravam uma arrogância que indicava que eram soldados americanos de elite. O orgulho fora conquistado, já que nada em nenhum acampamento de recrutas do exército poderia tê-los preparado para o tipo de experiência física rigorosa que os comandantes paraquedistas os faziam suportar. O treinamento parecia beirar a brutalidade, e uma boa percentagem dos homens que se apresentavam como voluntários era incapaz de completá-lo. Não se condenavam os que abandonavam o treinamento. Eles simplesmente saíam, transferidos de volta para as unidades de onde vieram, ou para outro lugar onde estivessem mais bem-preparados para servir. Mas os que completavam o treinamento, que davam os saltos requeridos, tornavam-se imediatamente parte de algo único. Não somente se colocavam entre os homens fisicamente mais bem-preparados do exército, mas faziam algo que nenhum outro soldado, marinheiro ou fuzileiro naval jamais tinha feito: saltavam de aviões.

O coronel Jim Gavin liderava seus homens pelo exemplo, ainda saltava com eles, suportando os ferimentos que eram o resultado previsível de um corpo humano colidindo de forma não natural com todo tipo de terreno duro. Os outros oficiais faziam o mesmo, Scofield sem dúvida, e o comandante do batalhão, tenente-coronel Art Gorham. A disposição dos oficiais de suportar as mesmas adversidades que seus homens tinha comprovado seu valor e lhes dera o tipo de respeito que ninguém adquire só pela patente.

Jesse Adams estava com o 505º desde o começo, tinha batalhado pela ascensão na curta escada até a graduação de sargento. Adams era um homem baixo, troncudo, de ombros largos e costas fortes. Possuía um sorriso enganador, à primeira vista parecia ser muito amigável, encantador, um homem que distribuía tapinhas nas costas. Mas os oficiais tinham percebido alguma coisa além, uma disposição de ferro, pois Adams demonstrava uma surpreendente falta de medo para saltar de uma aeronave. Era uma característica que os sargentos precisavam ter, uma dureza gelada que os colocava acima dos homens ao lado dos quais treinavam, algo que conquistava respeito instintivo e obediência cega. Não fazia mal que seus soldados pensassem que

Adams era meio maluco. Gostava da disciplina, que transformava homens sem energia em combatentes duros, mas nunca havia gostado particularmente do modo como o exército esperava que ele impusesse disciplina aos seus homens. Como tantos sargentos que atuavam em vários exércitos, berrar para caras assustadas era parte do trabalho, a educação pela intimidação continuada. Mas nos aviões, quando um homem estava de pé diante da porta aberta e encarava o vento e o terror de cair, Adams sabia que gritos e xingamentos não serviam para nada. Você não podia berrar com um homem até ele se tornar corajoso, você conseguiria apenas envergonhá-lo. Não queria que os soldados o seguissem para o combate somente por vergonha de estar em outro lugar.

Adams ingressara no exército logo depois de Pearl Harbor, juntando-se à grande onda de recrutas que responderam ao urgente chamado do país. Vinha de uma família de caçadores e, portanto, sentia-se inteiramente à vontade atirando com um rifle, e, como a maioria, esperava entrar para a infantaria. Com tanta atenção voltada para as ameaças dos japoneses, também esperava, como a maioria, ir para o Pacífico. À medida que foi perseverando no treinamento básico, seu corpo forte tornou-se ainda mais forte, e, em vez de reclamar das exigências físicas, enfrentou os cursos e os exercícios e ficou mais forte ainda. Depois das várias semanas de transformação dos recrutas em soldados, os homens foram reunidos num velho hangar e se sentaram para ouvir as palavras de um capitão, um oficial que ninguém tinha visto antes. O capitão falou em tom sombrio, como se repartisse um segredo, que o exército precisava, para um novo lugar, daquele que se considerasse o melhor. Quando o capitão começou a falar sobre aviões, os soldados ficaram atentos, mas, então, ele falou em paraquedas, e eles reagiram resmungando palavrões e rindo baixo. Mas Adams não riu. Desde o primeiro dia com as botas do exército, ele quis provar para alguém, qualquer um, que era o melhor. Melhor *o quê* não importava, melhor homem, melhor soldado, melhor combatente. Já era o homem mais forte e mais atlético da companhia e, se o exército queria que ele provasse isso saltando de aviões, Adams não ia ignorar a oportunidade. Vários homens da companhia assinaram a folha de adesão do capitão. Adams foi o primeiro da fila.

SEU BISAVÔ HAVIA TIRADO A FAMÍLIA DAS CAROLINAS DEPOIS DA Guerra Civil e se estabelecido bem no meio do sudoeste, e Adams passou os primeiros anos no sudoeste do Novo México, no território deserto e acidentado a oeste do Rio Grande. Seu pai trabalhava nas minas de cobre, era cético em relação aos soldados, considerava-os munição para a máquina alheia, falava com jactância da nobre vida de mineiro, homens duros extraindo metal duro. Jesse ouviu isso durante toda a infância, que havia um valor no trabalho de seu pai que talvez ele nunca chegasse a conquistar. Seu pai fazia preleções, desdenhando os sonhos do menino, desdenhando conversas sobre grandes cidades e carreiras. Jesse desistiu de convencer o pai de qualquer coisa, não podia lutar contra os cansativos discursos, de como as minas criaram o arcabouço que dera aos Estados Unidos o seu poder industrial.

Após tantos anos, as palavras do pai o haviam anestesiado, mas as imagens não, e, à medida que ficava mais velho, percebia melhor a realidade da vida do mineiro. Toda noite eles caminhavam dos morros áridos e rochosos até as fileiras de pequenas casas, homens exaustos, sujos, lutando para encontrar forças para fazer o mesmo caminho no dia seguinte. Observava o pai também, detinha-se na imagem do homem que vinha em sua direção através do terreno desolado e descampado em frente à pequena casa. De vez em quando o menino via um sorriso, mas, na maior parte das vezes, o pai o ignorava, passava por ele, o rosto imobilizado num desespero sombrio, os pensamentos em algum lugar distante. Jesse sabia que não haveria conversa, nada sobre sua prova de aritmética, nenhuma chance de o pai jogar beisebol. O único orgulho que enxergava vinha da jactância do pai, e Jesse começou a entender que o exagero era uma espécie de estímulo para ele. Se havia algum fascínio na vida dele na mina, não existia nenhum em casa. Pelo menos uma vez por semana, quando os pratos do jantar estavam na pia da cozinha, começava a gritaria, brigas intensas que pareciam fazer a casa desmoronar. A gritaria sempre começava com o pai, mas a mãe não se intimidava, respondia ao desafio, suas vozes aumentando até um inferno de berros que se extinguiria muito depois que Jesse e o irmão mais novo tinham ido para a cama tentar dormir. No dia seguinte, a rotina recomeçava, o pai saindo cedo, os dois meninos tomando em silêncio o café da manhã, preparado por uma mulher cuja afeição exaurida se preservava apenas para os filhos.

Jesse ainda mantinha uma ligação com o irmão, Clayton, que surpreendera todos ao ingressar nos fuzileiros navais. Clayton estava em algum lugar do Pacífico e, desde que Jesse havia embarcado no navio para a África, sabia que não haveria cartas. Quando eram meninos, compartilharam a experiência de pais que pareciam se desprezar, mas, quando ficou mais velho, Jesse foi sabendo de outras famílias, segredos sujos revelados por adolescentes que não tinham mais medo do que seus pais pudessem fazer. Nas ruas frequentemente ecoavam brigas furiosas, e Jesse sempre achava que eram exatamente como as terríveis disputas de resistência que faziam ele e Clayton se esconderem no quarto. Mas os outros rapazes contavam histórias muito piores, brutalidade de bêbados, violência aterrorizante, visitas de xerife. Jesse se deu conta da bênção que era a gritaria toda dos pais. Seu pai nunca bateu em sua mãe, nunca bateu em nenhum deles. As brigas não eram por causa de brutalidade ou de violência. Era um homem frustrado com a própria vida lutando contra a relutância da mulher em aceitar que nunca teria *alegria*, que nenhum dos dois tinha motivo para olhar no espelho e sorrir.

Jesse tinha 20 anos quando a guerra começou, 21 quando foi à casa dos pais pela última vez. Ficou do lado de fora da porta de tela com uma passagem de ônibus e uma mala em mau estado; havia planejado a visita de modo a não precisar encontrar o pai, que já deixara claro que os filhos tinham se saído muito mais inúteis do que ele previra. Mas a mãe o surpreendeu, surpreendeu ambos os rapazes ao agradecer-lhes, chorando, por abandonarem o lugar e não acabarem nas minas.

Clayton já havia partido, mal tinha esperado pelo aniversário de 18 anos. Jesse tinha ficado perto, protetoramente, trabalhando numa pequena firma de construção pertencente à grande mina. O trabalho era sem importância, mas lhe dava um lugar próprio, e as longas horas de trabalho tornaram fortes as suas costas. Quando finalmente partiu, ao sair para a longa caminhada até a estação de ônibus, a mãe ficou olhando por trás da porta de tela enferrujada. Houve poucas palavras, nenhuma lágrima, apenas um último desejo dela, para surpresa dele. Foram palavras simples, cheias do seu tipo de emoção, um desespero estranho e urgente:

— Seja um herói.

O CAMINHÃO RODAVA DEVAGAR, CAMBALEAVA E DAVA GUINADAS; OS homens praguejavam. Adams estava perto de Scofield, não se espantou de o capitão escolher viajar no grande caminhão em vez de nos jipes disponíveis. O caminhão deu um novo solavanco, mais palavrões, e Scofield disse: — Vocês todos, calem a boca. O motorista está se desviando dos buracos da estrada. Vocês preferem que ele caia em algum deles? Se quebrarmos um eixo, vamos a pé para casa.

— Senhor...

Adams olhou as silhuetas na escuridão, a voz, sabia que era Fulton, o rapaz da Nova Inglaterra. Scofield perguntou: — O que é, soldado?

— Vamos chegar logo no acampamento, senhor? Estou com diarreia. Acho que não vai dar para aguentar muito tempo.

— Você se segure até eu lhe dizer para abaixar as calças, soldado!

Depois de uma pausa, Fulton respondeu: — Vou tentar, senhor.

Adams podia ouvir a respiração de Scofield, a raiva fervendo, e Scofield disse: — *Filho da mãe*. É tudo que precisamos. Mais um para o médico.

Adams sabia que a raiva do capitão não era dirigida a Fulton. Era a agonia partilhada por todos, tantos homens sofrendo de problemas intestinais que qualquer viagem longa se tornava um inferno em potencial para o doente e para os que estavam perto. Era uma doença comum, os acampamentos no deserto infestados de moscas, moscas na comida, moscas mortas em qualquer água a céu aberto. O resultado inevitável era a disenteria. Quando o 505º montou seu acampamento em Oujda, o treinamento usual foi substituído pela necessidade de permanecer saudável, mas o exército não pôde evitar a disseminação de doenças. Manter os vermes longe da comida era um problema, e era essencial que os homens bebessem uma grande quantidade de água. Mas, com moscas mortas ou não, a água do poço local era especialmente imunda e tinha de ser tratada com muito cloro. Era apenas outro tanto de desconforto para os homens que montaram suas tendas num deserto sem árvores que mais parecia uma frigideira, que ainda não tinham ideia de por que estavam na África e nenhuma indicação de qual seria a sua missão.

Oujda, Marrocos — 15 de junho de 1943

Continuaram a treinar, principalmente saltos diurnos, Gavin e seus oficiais fazendo o que podiam para manter o regimento em forma e preparado. Mas o acampamento em Oujda não oferecia conforto nem recreação, nada a não ser queimaduras de sol, moscas e poeira sufocante. À medida que mais e mais homens ficavam doentes, as missões de treinamento tornaram-se inúteis, simplesmente havia homens demais incapacitados para participar delas.

Adams sentou-se na sua trincheira, único lugar fresco que conseguiu encontrar, tentou pensar nas palavras certas para a carta. O sol lhe assava o cérebro e mesmo a terra fresca em volta dele era sufocante. Fixou o pedaço de papel sujo, as únicas palavras eram uma garatuja a lápis:

Querida mamãe.

Nenhuma maldita coisa para contar. Sim, esta tem de ser uma boa carta. Que a faça sentir que seu filho está fazendo a parte dele. Para que possa se gabar com os vizinhos. Ei, Jesse não tem diarreia! Quase o único homem da companhia! A cidade vai fazer uma parada para ela.

Amassou o papel com a mão áspera, depois pensou melhor, praguejou consigo mesmo, muito valioso. Guarde-o para depois. Desamassou-o, enfiou num bolso da calça, o lápis também, levantou-se. O acampamento ficava numa planície calcária, as tendas alinhadas em fileiras bem-feitas, avenidas largas de terra entre elas. Ao lado de cada tenda havia uma trincheira estreita, a única proteção que tinham caso os alemães resolvessem transformá-los em alvo de bombas. Olhou para cima, o céu azul brilhante, apertou os olhos, uma crosta fina de areia seca no rosto. Nenhum alemão hoje. Eles têm coisas melhores a fazer do que se arriscar a vir até aqui. E nas condições em que estamos, não valemos as bombas.

— Sargento!

Virou-se, viu dois oficiais caminhando em sua direção, Scofield e outro homem, um major, ajudante de Gavin. Cabeças surgiram à sua volta, homens encolhidos na sombra poeirenta das trincheiras, curiosos, os oficiais passaram depressa por eles. Adams se alçou para fora da trincheira, empertigou-se, fez continência, Scofield a retribuiu.

— Chegaram ordens, sargento. Amanhã de madrugada nós partiremos. Espalhe a notícia, acondicione o equipamento, apronte seu pelotão. Vamos em caminhões primeiro... — Ele parou, já tinha dado todas as informações de que Adams precisava. — É tudo por agora.

Os homens começaram a sair das trincheiras, reunindo-se lentamente, os dois oficiais seguiram adiante. Adams gostava imensamente de Scofield, o texano que parecia se integrar perfeitamente ao sistema do coronel Gavin, jovem e em boa forma, um homem de quase 30 anos que não se assemelhava em nada aos alistados inexperientes, treinados em trinta dias.

— Vamos partir, sargento?

— De que se trata, sargento?

Adams passou a mão na camisa suja, olhou, além dos soldados, para a cidade de tendas que tinha sido a casa deles.

— Beijem o chão em despedida, rapazes. Vamos partir.

Mais homens se juntavam, perguntas, onde, o que os oficiais haviam dito. Adams passou por eles, ficou na frente de sua tenda.

— Amanhã de madrugada. Estejam prontos ou ficarão para trás. Tudo o que sei é que estamos saindo *daqui*. Seja para onde for, deve ser um paraíso. Nenhum lugar pode ser pior que este.

31. EISENHOWER

ARGEL

1º DE JULHO DE 1943

E STAVA FAZENDO AS RONDAS, VISITANDO OS VÁRIOS COMANDANTES DE divisão, os americanos que conduziriam a força de invasão de Patton. O Segundo Corpo de Exército de Bradley agora consistia na Primeira Divisão, veteranos da campanha tunisiana, juntamente com a Terceira e a Quadragésima Quinta Divisões, homens que haviam passado a maior parte da campanha tunisiana em treinamento para o que viria a seguir. Os blindados que acompanhariam Patton eram os de seu comando anterior, a Segunda Divisão Blindada, que desde o desembarque e a luta para entrar no Marrocos havia estado, na maior parte do tempo, confinada em torno de Casablanca, em treinamento e prestando serviço de segurança. Os comandantes britânicos estavam firmes nas mãos de Montgomery, e Alexander fizera tudo o que se podia esperar na coordenação das duas alas do ataque. A maior parte das controvérsias havia sido resolvida, a pressão do ataque iminente finalmente superando as questões locais.

Em ambas as frentes, o primeiro assalto seria feito por tropas aerotransportadas, a ala de Montgomery liderada por paraquedistas britânicos e uma grande quantidade de planadores de transporte de tropas. A ala de Patton seria liderada pelos homens da Octagésima Segunda Divisão Aerotransportada, apenas paraquedistas, do 505º Regimento, com o 504º Regimento pronto para seguir um dia ou pouco mais depois. Eisenhower havia estudado cada mapa, cada lista de comando de unidade, apertara a mão e olhara nos olhos de todos os homens cuja tarefa era conduzir seus soldados para uma luta que, por todos os parâmetros, poderia ser o maior combate que os aliados já haviam enfrentado.

Em torno de seu quartel-general havia muita especulação, conversa-fiada, homens que só seriam capazes de adivinhar o que ia acontecer quando as tropas chegassem às praias. Alguns desdenhavam francamente dos italia-nos, supondo que o equipamento superior dos aliados prevaleceria facil-mente. Outros, Eisenhower inclusive, não estavam tão certos de que os ita-lianos simplesmente desmoronariam. Pela primeira vez, lutavam em seu próprio solo, defendendo a terra natal. A cada aperto de mão em cada quartel-general, havia percebido a confiança, ficou grato pela firmeza e a coragem de homens como Terry Allen, Lucian Truscott, da Terceira Divisão, Troy Middleton, da Quadragésima Quinta Divisão, e Hugh Gaffey, o novo comandante da Segunda Divisão Blindada. Naturalmente, havia inexperiên-cia, nenhuma delas, a não ser a Primeira Divisão, a Big Red One de Allen, havia enfrentado a resistência alemã e italiana. Mas Eisenhower precisava acreditar que a confiança de Patton em Bradley e nos comandantes de divi-são era bem-fundamentada. Se alguém conseguia farejar fraqueza, era George Patton.

O único traço de dúvida que atravessava toda a operação era o uso das tropas aerotransportadas. Os aliados nunca haviam lançado um assalto aero-transportado em larga escala, e na única vez em que tinham confiado em tro-pas aerotransportadas, nos desembarques noturnos na Argélia, os resultados tinham sido desanimadores. Eisenhower sabia que as ações do 509º. na Operação Tocha foram uma experiência perigosa e que poderia ter custado muito mais caro. Naquela ocasião, Eisenhower teve dúvidas, as mesmas dúvidas que tinha agora. Em Londres, quando as decisões finais para a Operação Tocha foram tomadas, Wayne Clark havia convencido Eisenhower a dar o sinal verde para enviar o 509º. para capturar os dois aeroportos perto de Orã. Clark tinha se tornado um defensor dos paraquedistas, o mais entusias-ta entre os oficiais generais de Eisenhower. Mas Clark não estaria na Sicília, e nem Patton nem Montgomery estavam inteiramente convencidos de que os paraquedistas realizariam a sua missão, principalmente porque deveriam saltar à noite, atrás das posições inimigas, sobre terreno completamente desconhecido. Na teoria, os paraquedistas tinham dois objetivos: capturar um alvo vital antes que o inimigo estivesse preparado e abalar o inimigo ao surpreendê-lo com uma força armada poderosa que surgia subitamente num lugar onde não deveria haver ninguém. Mas, durante a Operação Tocha, o tempo, a falta de coordenação e a má sorte haviam se combinado para dispersar os homens do 509º. por uma vasta extensão do norte da África, e apenas um pequeno número tinha, na realidade, completado alguma coisa semelhante à sua missão. Agora, a Operação Husky requeria um salto em massa de milhares de homens que deveriam capturar redutos vitais, ocupar cruzamentos-chave e desagregar totalmente a capacidade do inimigo de organizar uma defesa eficaz. Se os paraquedistas do 505º. se dispersassem e se confundissem como os do 509º. no norte da África, o salto poderia ser suicida. Eisenhower deu sua aprovação com relutância e estômago revirado.

Mesmo quando os navios de guerra estivessem se dirigindo ao ponto em que os alvos em terra estivessem ao seu alcance, e os equipamentos de desembarque estivessem posicionados para soltar os homens nas praias, mesmo quando os paraquedistas estivessem embarcados e apinhados na barriga dos C-47s — a decisão final estaria nas mãos de Eisenhower. Se ele sentisse que as condições haviam mudado ou que algum erro crucial fora cometido, era dele o poder para puxar a tomada. A enorme máquina simplesmente receberia a ordem de... parar.

OS HOMENS ESCOLHERAM SEUS ASSENTOS, UM DELES PENDUROU um grande mapa nos ganchos presos à parede larga e vazia. O mapa mostrava o oeste da Rússia, linhas vermelhas, círculos, símbolos muito familiares. Os relatos sobre a luta na Rússia não provinham de informações compiladas por fontes soviéticas, mas da inteligência britânica e de fontes inócuas, como repórteres que escreviam para o *Stars and Stripes*. Era um mistério corrente que, por mais que a Rússia estivesse comprometida com a derrota do exército de Hitler, por mais que Stalin implorasse e intimidasse os líderes aliados para afastar as forças alemãs de suas linhas, os soviéticos simplesmente não forneciam qualquer informação substancial sobre o que acontecia lá. Eisenhower ficava intrigado com isso, tanto quanto se interrogava sobre o comportamento espantoso dos franceses. Não importa que estejamos todos do mesmo lado. Ninguém confia em ninguém.

O homem ao lado do mapa levantou uma vareta e, na frente de Eisenhower, outro falou:

— Como pode ver, senhor, estamos projetando um revés para os alemães ao longo desta linha...

— Senhor!

Eisenhower olhou por cima dos oficiais reunidos, viu Beetle Smith na porta.

— Senhor! Desculpe a interrupção. Chegou um documento muito importante.

Eisenhower viu o envelope, o pesado selo de cera, as letras pretas e nítidas, já sabia o que estava escrito.

Comando Supremo Aliado — Destruir depois de ler

Eisenhower se levantou. — Desculpem-me, senhores, mas isso terá que esperar. Estão dispensados.

Os oficiais saíram rapidamente, Smith ficou no portal e disse: — Não deixarei ninguém entrar, senhor. Chame quando terminar.

— Ótimo, Beetle. Obrigado.

A porta se fechou, e Eisenhower fixou o envelope, deslizou o dedo por baixo da cera. Havia vários comunicados, páginas datilografadas, uma assinatura no pé de cada página: Alan Brooke, o chefe do estado-maior britânico, o conselheiro mais próximo de Churchill e um dos poucos homens a ter autoridade sobre o próprio Eisenhower. Leu devagar, cuidadosamente, assimilou os detalhes, sentiu um arrepio, suor na testa. Meu Deus. Isto poderia ser... bem, um maldito desastre.

Colocou os papéis de volta no envelope, olhou para a pequena lareira. Os papéis seriam destruídos, não poderia jamais haver a possibilidade de alguém de fora de seu escritório vê-los. Não, ainda não, pensou. Repassou os nomes em pensamento, os únicos em todo o teatro de guerra que poderiam saber o que continham os relatórios. O marechal do ar Tedder estava em Malta e sabia que o almirante Cunningham estava no mar. Resta apenas um, pensou. E, maldição, ele precisa saber disso imediatamente.

Abriu uma gaveta ao lado, jogou o envelope dentro, olhou para a porta fechada.

— Beetle!

Esperou os passos, a porta se abriu.

— Chame Alexander. Preciso dele aqui *agora*!

Chamava-se Enigma a máquina de códigos em que os alemães confiavam para embaralhar suas comunicações vitais desde antes da guerra. Durante todas as grandes campanhas, os generais de Hitler e os oficiais de inteligência haviam transmitido suas mensagens usando os códigos Enigma. Da Rússia para a França, para os submarinos no Atlântico, da Noruega para o norte da África, as ordens e as mensagens de maior prioridade eram enviadas pelo equipamento codificador que a inteligência alemã acreditava ser simplesmente impenetrável. Estavam errados.

O trabalho tinha sido feito primeiramente por matemáticos poloneses, auxiliados por agentes de inteligência franceses, e, no começo de 1940, os resultados espantosos foram levados aos britânicos. Um por um, os códigos Enigma foram sendo decifrados. À medida que os alemães revisavam os códigos, um enorme número de peritos em cifras monitorava as transmissões alemãs, revisando sua própria decodificação. O trabalho agora era feito em Bletchley Park, um conjunto de escritórios que cercava uma mansão majestosa a cerca de 80 quilômetros a noroeste de Londres. O verdadeiro trabalho realizado naquele lugar era um dos segredos de guerra mais bem-guardados e foi denominado Ultra, abreviação de "ultrassecreto". Ultra era tão bem-guardado que apenas alguns comandantes superiores sabiam de sua existência, e menos pessoas ainda sabiam que o código alemão fora aberto para o comando aliado ler.

Alexander leu os relatórios, sob o olhar de Eisenhower, que esperava pela mudança de expressão.

— Bom Deus, homem. Isso é certo?

— Parece bem claro para mim.

Alexander examinou os papéis novamente. — É gratificante saber que os alemães engoliram as nossas trapaças. Aqui mencionam a construção de defesas na Sardenha e em Creta. A flotilha de Cunningham está fazendo o possível para ser notada, dando todas as indicações de que se dirige ao leste do Mediterrâneo. Parece que os nazistas notaram. Bom trabalho. Poderíamos levar algum pessoal da Luftwaffe naquela direção, para diminuir a pressão.

— Maldição, Alex. Não estou preocupado com a Sardenha e com a Grécia. Os alemães transportaram duas divisões de panzers pelo Estreito de Messina, inclusive a Divisão Hermann Göring. Isso é um bocado de blindados. Leia de novo. O relatório de Kesselring para Berlim detalha a disposição das defesas alemãs naquele teatro todo.

Alexander olhou fixamente os papéis. — Eu não entendo. Por que ele faria isso? E por que agora? Obviamente, pelo modo como está movimentando suas tropas, ele está convencido de que nosso alvo é a Sicília. Mas por que diabos ele enviaria tantos detalhes a Hitler? Ele listou cada unidade que posicionou na Sicília, cada unidade reserva na Sardenha, tudo detalhado com perfeita clareza.

Eisenhower pensou por um momento. — Ele está protegendo o seu traseiro. Hitler nunca deu ao Mediterrâneo a atenção que devia ter dado. Agora, provavelmente, ele não pensa duas vezes na Sicília. Berlim sabe que estamos chegando, mas eles não sabem exatamente onde, e eu aposto que há uma maldita disputa sobre isso. Teríamos boas razões para atacá-los na Sardenha ou na Grécia, e provavelmente há alguém convencido de que vamos para o sul da França. Hitler não quer ouvir falar disso: ele ainda está olhando para a Rússia.

— Mas por que Kesselring...

— Ele acha que nós vamos para a Sicília e quer que todos saibam disso. Se ele estiver errado, ninguém vai se importar. Se estiver certo, será um herói. Especialmente se enfiar duas divisões de panzers por nossa bunda adentro.

Alexander olhou os papéis, estendeu-os lentamente a Eisenhower. — Que faremos a esse respeito?

— Absolutamente nada. Você sabe disso. Não podemos subitamente mudar nosso posicionamento de tropas por causa disso. Não podemos contar a Patton ou a Monty que estão marchando ao encontro de duas divisões de panzers. Se vazar qualquer indicação de que estamos lendo a correspondência deles, *qualquer* sinal, os alemães acabarão com a Enigma. Se algum oficial de estado-maior for capturado com um pedaço de papel que menciona

Ultra, qualquer pista de que temos conhecimento daqueles panzers, será melhor fechar Bletchley Park.

Alexander estava quieto, ambos entendiam a gravidade do que Eisenhower dizia.

— Você está certo, Ike. Sobre tudo. Suponho que poderíamos aumentar o poderio antitanque da infantaria.

— Com o quê? Temos bazucas que nunca foram testadas em combate, nas mãos de soldados que nunca atiraram com elas. A artilharia pesada não pode ser levada para terra até que a infantaria tenha tomado as cabeças de praia. Se duzentos tanques Tiger de repente surgirem naquelas dunas, nenhuma infantaria vai a lugar algum. Maldição!

— E quanto aos paraquedistas, Ike?

A palavra o atingiu no estômago. — Diabos! Não podemos dizer nada à Aerotransportada. Nada. Nem uma maldita palavra.

— Poderia ser uma terrível confusão.

Eisenhower se recostou na cadeira, olhou por cima de Alexander, sentiu uma forte reviravolta no estômago, agora bastante frequente. — Não há o que possamos fazer sobre isso, Alex. Neste momento, temos um plano para o dia 10, e é tudo.

— Não necessariamente, Ike. Só vamos adiante se você disser para ir. Talvez estejamos mandando nosso pessoal ao encontro de alguma coisa da qual eles não consigam sair. Como você vai explicar isso depois?

Eisenhower estava começando a se irritar agora, não queria esse tipo de pergunta de um subordinado. Todos os comandantes superiores que conheciam aquele extraordinário segredo já tinham enfrentado seu próprio dilema moral, ninguém mais vezes que o próprio Churchill. Churchill soubera com antecedência de pelo menos um bombardeio contra uma cidade britânica específica durante a campanha brutal da Luftwaffe contra os civis britânicos. Mas nenhum aviso foi expedido, ninguém foi preparado para esperar o ataque. Eisenhower nunca discutira esse tipo de coisa com Churchill, mas agora enfrentava a mesma espécie de dilema terrível. E, como Churchill, Eisenhower não podia dizer nada, não podia avisar as tropas, não podia dar nenhuma indicação que traísse o segredo vital.

— Não há nada que possamos fazer, Alex. Estou sob as mesmas ordens que você. Roosevelt, Churchill, Marshall, Brooke, todos guardam este segredo dentro de si, e todos sabemos que pessoas têm morrido porque não podemos contá-lo. Mas eu acredito que quebrar aqueles códigos nos fará ganhar a guerra no final.

— Não importa quantos homens perdermos nesse processo?

Eisenhower esfregou as mãos, lutou para se manter calmo. — Não vou discutir moralidade com você, caralho. Isto é uma guerra, não um jogo de críquete. Não a começamos e, se perdermos, teremos de nos preocupar com muito mais que nosso padrão moral. Você tem suas ordens. Neste momento, a Operação Husky está marcada para o dia 10 de julho. Você entende isso?

— Entendo perfeitamente, Ike. No entanto, eu me permitirei fazer uma breve oração por esses paraquedistas.

Malta — 9 DE JULHO DE 1943

Era quase meia-noite, a lua iluminava o terreno à sua volta, pradarias ondulantes, e, a sudoeste, o vasto mar aberto. Distante, na escuridão, estava a costa da Tunísia, o grande aeroporto de Kairouan, ponto de partida dos 264 aviões de transporte C-47. Ele olhou o mar negro, as luzes que dançavam, o luar partido pela fúria espumante da água batida pelo vento forte. Então olhou para cima, nenhum som a não ser o vento. Tinha a expectativa de ouvir os motores, de que os sons guiassem seus olhos para uma ou mais formações de aviões quando elas o sobrevoassem, pois Malta servia como um dos pontos de navegação deles. O pessoal da força aérea lhe havia dito para procurar luzes brancas piscantes, o reflexo do luar nos aviões, o único sinal visível da primeira grande onda do ataque.

Pensou na mensagem de Marshall, a urgência inconfundível de um homem nervoso demais para esperar o telegrama de Eisenhower.

O ataque acontecerá ou não?

A mensagem chegara muitas horas antes do horário-limite e Eisenhower ainda não estava pronto para responder, podia apenas esperar, em grande agonia, no quartel-general de Cunningham, olhando as máquinas de vento, os marinheiros britânicos fazendo suas estimativas, prevendo o imprevisível. Eisenhower tinha simplesmente ficado fora do caminho, deixando os especialistas em tempo fazerem seu trabalho, os relatórios sendo gritados para Cunningham no jargão deles, *força quatro* e, depois, *força cinco*. Ele não sabia o significado preciso, como isso se traduzia em quilômetros por hora, mas lá fora, depois de horas espiando as máquinas de vento girarem rapidamente, de pé contra o forte vendaval, Eisenhower sabia que podiam estar em sérios apuros.

Guardou o telegrama de Marshall no bolso, esperaria até o último minuto possível, sabia que, uma vez dada a ordem, não haveria retorno. Havia alguns relatórios encorajadores da marinha a sudeste da Sicília de que, já que as áreas de desembarque de Montgomery estavam principalmente na parte a sotavento da ilha, ali o equipamento de desembarque poderia avançar para a terra sem dificuldade. Mas ao longo da costa sul as ondas batiam nas pedras, grandes vagas sacudindo os navios e o equipamento de desembarque, fazendo com que as tropas de Patton se encolhessem no que Eisenhower só podia imaginar como uma praga crescente de enjoo.

Após longas horas com Cunningham, o tempo de Eisenhower estava se esgotando. Por fim houve algum encorajamento, os especialistas em tempo previram que, por volta da meia-noite, o vento amainaria consideravelmente. Foi a notícia em torno da qual tudo girou. Uma hora antes de os aviões partirem de Kairouan, Eisenhower passou uma mensagem de rádio para Marshall. O ataque aconteceria.

E LE TENTOU VER AS HORAS, ESTAVA MUITO ESCURO, OLHOU PARA CIMA novamente, ignorou os homens atrás dele, oficiais do estado-maior que vigiavam também, procurando algum indício dos aviões. Tinha parado completamente de pensar nos navios, sabia que Patton faria o que tinha de ser feito. Mesmo que houvesse uma demora ao longo da costa sul, Montgomery poderia desembarcar seus homens, o que atrairia a resistência do inimigo para aquela direção, tirando bastante pressão das zonas de desembarque americanas. Vai funcionar, pensou. Cento e sessenta mil homens. Não me importa quantos tanques eles tenham, nós temos um bom pessoal e, droga, simplesmente somos melhores que eles. Não há outro modo de se avaliar isso. Por que, diabos, os alemães estão lutando? Que *causa* é assim tão importante? Quando se fala de coragem, você tem que acreditar que vai morrer por alguma coisa que valha a pena. Morrer por um homem como Hitler não vale a pena.

Era uma conversa inútil para animar, e as palavras lhe fugiram do pensamento, substituídas pela única imagem, inevitável, contra a qual tinha lutado. Semanas atrás, havia passado longo tempo discutindo e analisando a operação com o comandante da Octogésima Segunda Aerotransportada, Matthew Ridgway, e com seu subordinado, Jim Gavin, o homem que lideraria os paraquedistas nos saltos. Eisenhower aprendera muito mais sobre operações de paraquedismo, coisas que jamais soubera antes, e as palavras de Ridgway o martelavam agora: *24 quilômetros por hora*. Isso era o limite, a velocidade máxima do vento que possibilitava um salto seguro, Ridgway insistira. Fechou os olhos então, sentiu o vento fustigando suas costas, pensou, está muito mais que isso agora. Não deveria estar. É meia-noite, pelo amor de Deus, e o vento não amainou. *Força cinco*. Será que Ridgway sabe disso? Gavin? Têm de saber, é o trabalho deles. Eles têm de saber o que estão lhes pedindo para fazer.

Ouviu uma voz atrás de si, braços levantados, apontando. Olhou para cima e então viu o brilho, mais reflexos, uma fileira de aviões. Forçou-se a acompanhá-los, tentou fazer uma oração, pedir alguma coisa, o quê? Proteja-os? Afastou esse pensamento, não, você não pode fazer isso. Não pode pensar nos soldados, no que possa acontecer. Eles são parte de um todo, e o todo é o que importa. É *tudo* o que importa.

Olhou para cima, o vento o balançava novamente, mais forte ainda.

32. ADAMS

Sobre o Mediterrâneo
9 DE JULHO DE 1943, MEIA-NOITE

CINQUENTA E SEIS QUILÔMETROS POR HORA.

Adams estivera perto do grupo de oficiais, ouvira os relatórios desfavoráveis e a resposta simples de Gavin: — Que diabos vocês esperam que eu faça quanto a isso agora?

Quando se reuniram perto dos aviões, os homens já haviam sido todos embarcados, com os bolsos e as mochilas estufados e pesados. Mais equipamentos estavam pendurados nos próprios C-47s, morteiros e metralhadoras pesadas envolvidos em lona, enganchados por baixo das asas. Adams tinha se esforçado para manter os olhos livres de poeira, tentando não pensar no que o vento forte poderia significar para os paraquedistas. Depois de verificar o próprio equipamento, dirigiu-se a cada um dos homens do grupo, numa preparação silenciosa, todos eles recheados e enrolados com todos os instrumentos e armas concebíveis que haviam sido treinados para carregar. Poucos soldados tentaram falar, gastando o nervosismo em conversa, principalmente com eles mesmos. Mas não houve piada ou provocação, ninguém queria brincar. Durante muitos meses tinham atormentado seus corpos e testado sua coragem, e Adams sentia a força disso, sabia que todos eles a sentiam; que havia uma espécie de poder neles que os tornava melhores soldados que qualquer um que enfrentassem, talvez que qualquer outra pessoa no mundo. À medida que a hora se aproximava, os sons se tornavam raros, os homens em volta afivelavam e apertavam as correias, colocavam os paraquedas nas costas, contavam as granadas e os pentes de munição, verificando cada peça do equipamento em cada bolso e, depois, verificando novamente.

Tinham subido nos C-47s depois de escurecer, perto de oito e meia, a preleção dos oficiais guardada em suas mentes. Era um voo de três horas e meia, quase todo sobre o mar, portanto todos tinham também coletes salva-vidas Mae West presos ao corpo, mais um estorvo. Ninguém tinha reclamado.

O C-47 transportaria um grupo de dezoito paraquedistas mais dois pilotos na frente, cuja tarefa era cumprir a rota traçada nos mapas. Voariam a baixa altitude, mantendo-se perto da água até que alcançassem o litoral. Os C-47s deveriam seguir um trajeto tortuoso em torno da grande frota invasora, evitando o fogo amigo dos mais que ansiosos atiradores de armas antiaéreas dos navios aliados. Mas as preleções tinham visado mais aos próprios paraquedistas, a localização das zonas de salto, o que encontrariam ali e o que deveriam fazer em relação ao que encontrassem. As zonas de salto ficavam vários quilômetros para o interior, a leste e ao norte da cidade costeira de Gela, diretamente ao norte do Rio Acate. Havia alvos específicos, um cruzamento estratégico de estradas que partiam do litoral para o interior, designado de Objetivo Y, que era defendido por uma forte concentração de casamatas e posições de peças de artilharia. A nordeste das zonas de salto ficava um morro chamado Piano Lupo, do qual se avistava o aeroporto de Gela. Se tudo acontecesse de acordo com o plano, as rotas vitais que o inimigo poderia usar para combater os desembarques anfíbios estariam fechadas e, uma vez capturado, o aeroporto de Gela poderia ser imediatamente utilizado para o transporte de suprimentos e reforços. Quando o Objetivo Y estivesse liberado, as rotas internas se abririam para as duas divisões de infantaria, a Primeira e a Quadragésima Quinta, os soldados que desembarcariam nas praias mais próximas das zonas de salto do 505º. A primeira parte da missão poderia ser a mais difícil, achar as zonas de salto ao luar, sob o impacto dos ventos que ainda tinham força de tempestade.

Adams não sabia quantos aviões haviam decolado dos vários aeroportos em torno de Kairouan, mas conhecia os homens, sabia que 3.400 paraquedistas estavam em voo no céu em torno dele, todos com a mesma tarefa, a mesma informação e todos levando o mesmo papel, a mensagem final que o coronel Gavin distribuíra a eles.

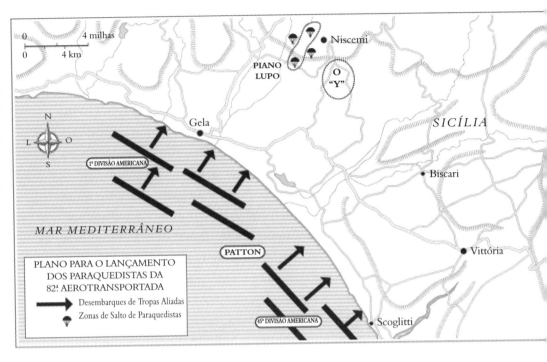

Soldados do 505º. Grupo de Combate

Nesta noite vocês embarcam para uma missão de combate pela qual nosso povo e os povos livres do mundo esperam há dois anos.

Vocês encabeçarão o desembarque de uma força americana na ilha da Sicília. Foram feitos todos os preparativos para eliminar as eventualidades. Vocês receberam os meios para realizar a tarefa e têm o apoio do maior poderio aéreo reunido na história mundial.

Os olhos do mundo estão sobre vocês. As esperanças e as orações de todos os americanos vão com vocês...

ADAMS SENTOU-SE NA FRENTE, MAIS PERTO DOS PILOTOS, SERIA O último homem a sair do avião. Ao fundo, estava Ed Scofield, o capitão, enrolado e enterrado sob o fardo de equipamentos e instrumentos, espremido contra o homem a seu lado. Scofield estava sentado no lugar mais próximo da porta de saltos aberta e, quando chegasse a hora, quando a luz verde piscasse, seria o primeiro homem a saltar.

O avião mergulhou, adernou para um lado, o piloto o equilibrou novamente, gemidos dos homens. Eles estavam acostumados a sacolejos e bolsões de ar, mas aquilo era diferente, uma violência no céu em volta deles que agarrava o avião como um brinquedo de criança, jogando-o de um lado para o outro. Adams tinha tentado dormir, um conselho enfático dado por Gavin. O capitão Scofield lhes havia lembrado que, uma vez em terra, provavelmente ninguém faria nada além de se deslocar e lutar. Amanheceria seis ou sete horas após estarem em terra, e seria um longo dia.

Adams se recostou, a cabeça alta por causa do paraquedas. Não tinha sono, a mente trabalhava furiosamente, espiando os outros, vigiando os soldados que poderiam fraquejar, que poderiam necessitar de uma sacudidela extra de seu sargento. Não queria acreditar que alguém pudesse desmoronar agora. Aqueles homens tinham passado por muitas situações, e até o elo mais fraco da corrente era bastante forte para levar a cabo o trabalho que deveriam realizar. Listou os nomes em pensamento, tentou prever. McBride, O'Brien? Ultimamente têm estado bastante bem. Diabos, eu estava reclamando do deserto tanto quanto eles, e eu cresci nesse tipo de merda. Fulton? Não, ele é bom. Uma barriga fraca não quer dizer que ele não seja um bom soldado. Adams se recostou novamente, respirou fundo, sentiu a calma do ar fresco. Era a única bênção, uma friagem forte, o turbilhão de solavancos do voo amainado pelo frescor em volta. Não havia pior combinação para se enjoar num avião que atmosfera agitada e calor, e eles tinham suportado bastante disso sobre Fort Benning. Mas agora, mesmo na friagem, Adams observava seus soldados cuidadosamente, procurando sinais denunciadores, mãos cobrindo bocas, homens se dobrando para a frente de repente, cheiros nauseantes que contagiariam os outros. Alguns, poucos apenas, mais cedo, alguns homens tinham sucumbido nas primeiras horas de voo. Mas era um tipo diferente de náusea, o medo que revirava o estômago, a primeira vez que todos enfrentariam o inimigo. Adams sabia que cada homem se atinha aos próprios pensamentos, alguns rezavam, outros recitavam cartas que deixaram para trás, *talvez eu não volte...*, outros simplesmente olhavam para seu medo, fazendo o possível para afastar as fantasias aterrorizantes sobre o que os aguardava em terra. Quando os cheiros de vômito deslizaram pelo avião, todos sabiam que alguns estavam mais preparados que outros.

Ele também havia deixado cartas, uma para a mãe, naturalmente. Essa tinha sido fácil, cheia de emoção e suave confiança, todas as coisas que ela esperava ler, que qualquer mãe queria ler. Mas depois tinha escrito para o irmão, surpreendendo a si mesmo, as palavras fluíram numa torrente rápida, coisas que não diria a mais ninguém, com as quais sabia que os censores poderiam criar problemas. Não fazia ideia ainda do tipo de experiência que seu irmão tinha tido, de como era verdadeiramente a vida de um fuzileiro naval no Pacífico, se Clayton realmente enfrentara os japoneses, se fora ferido, se ao menos estava vivo. Não, Adams pensou, o exército me avisaria. Pelo menos deveriam avisar. Mas quem diabos sabe como aquelas florestas são, ilhas no meio do nada. Clayton pode nunca receber a maldita carta. Mas eu precisava escrevê-la. Tinha que contar a alguém. Aposto que ele faria o mesmo. Talvez já tenha feito. Pensou em Gavin, em uma reunião, um dia de manhã, passados meses agora. *Se algum homem lhe disser que não tem medo do combate, a primeira coisa que você faz é apertar a mão dele. Depois, é chamá-lo de mentiroso.* Houve protestos depois, os rapazes falantes discursaram sobre todas as coisas que fariam com os nazistas. Mas Adams sabia, instintivamente, que Gavin estava certo, que quando chegasse a hora, quando os saltos os deixassem bem no meio do campo inimigo, ou exatamente ao lado de uma casamata cheia de armas, bem, sem dúvida, eu terei medo. E isso é... agora mesmo.

Inclinou-se para a frente, viu Scofield no fundo do avião, olhando para baixo pela porta de saltos. Tinham feito uma aposta, alguns homens discutiam sobre o que o capitão faria na hora de saltar. Tinha se tornado um costume agora que cada soldado, ao saltar, gritasse "Gerônimo". Era incerta a origem do costume, alguns afirmavam terem sido eles que iniciaram o ritual. Adams estava convencido de que a origem fora um filme a que assistiram em Fort Benning. Era uma história fácil de esquecer, uma típica versão de Hollywood sobre caubóis e índios, exceto por um momento de clímax, quando o famoso chefe indígena gritava o próprio nome ao se dirigir voluntariamente para a morte saltando de um despenhadeiro. Apenas os mais influenciáveis acreditavam que o Gerônimo real fizera isso, mas os soldados decidiram que era uma forma teatral de sair do avião. Os oficiais em geral ignoravam o ritual, mas o capitão Scofield era mais próximo de seus homens que outros oficiais, e tinha comentado que poderia adotar aquele grito. Adams tinha suas dúvidas. Uma coisa era imitar um índio famoso quando se tinha em mente que o salto mortal era sobre uma zona de saltos na Geórgia. Outra coisa completamente diferente era um oficial imitar um vigoroso abraço na morte certa quando o salto podia ser exatamente isso.

Tentou enxergar o relógio, estava muito escuro, sabia que já voavam há horas. *George Marshall*. Sacudiu a cabeça. *George Marshall*. Ideia de alguém querendo fazer uma piada, talvez. Mas vamos lembrar. Muito melhor.

Era a senha de chamada; quando estivessem em terra, no escuro, ninguém sabia se o primeiro homem com quem fizesse contato seria amigo ou inimigo. Todo o grupo de salto tinha recebido as senhas, a saudação com uma palavra: *George*; e a resposta: *Marshall*. Podiam ter inventado coisa melhor, pensou. Que tal *Rita Hayworth*? Bem, talvez não. Até os boches poderiam responder àquela. Examinou os homens mais próximos, inclinou-se para a frente de novo, olhou as fileiras de homens frente a frente, ninguém se mexia. No fundo do avião, Scofield subitamente se levantou, para sua surpresa, e o capitão se dirigiu para a frente do avião, os homens recolhendo pés e pernas, abrindo caminho. Adams sentiu um baque de preocupação, esperou Scofield se aproximar, e perguntou: — O que há, capitão?

Scofield o ignorou, entrou na cabine, sua voz mal chegava a Adams por cima do zumbido dos motores:

— Vocês querem me dizer onde diabos nós estamos?

Adams sentiu uma pontada de curiosidade, inclinou-se, olhou para fora da pequena janela em frente. Não havia nada para ver, o luar refletia na água negra que deslizava a poucas centenas de metros abaixo deles. Torceu o corpo, olhou para trás, a janela perto da cabeça, viu um ponto de luz baixo no horizonte. E então, uma fileira de luzes brancas, subindo, e mais outra, e seu cérebro engrenou. *Fogo antiaéreo*.

Scofield ainda estava na cabine, trocando palavras com os pilotos, e Adams olhou para os riscos das balas traçantes, mais delas, mais perto então. O avião balançou de repente, um clarão branco em seus olhos, xingamentos altos ao seu lado, os homens acordando.

— Que diabos é isso?

— Batemos?

— O que é, sargento? O que está acontecendo?

Adams falou alto: — Calem a maldita boca! É fogo de terra. Estamos chegando perto. Fiquem calmos. Não podemos fazer nada.

Olhou pela janelinha novamente, ouviu Scofield, um grito forte: — Virem esse avião filho da puta na direção oposta!

O avião mergulhou para um lado, uma virada forte, mais riscos de luz branca, um ronco pesado, o avião jogava, outro clarão brilhante. Scofield permaneceu na cabine, e Adams percebeu que se erguera, fazendo esforço sob o peso do equipamento, mas simplesmente não conseguia ficar sentado. Esgueirou-se atrás de Scofield, perguntou: — O que está acontecendo, senhor? Estamos bem?

Scofield virou-se para ele então, olhou além dele, para os soldados. — Tudo bem, agora não há segredos. Vocês precisam saber que nossos pilotos não têm certeza de onde estamos. Viram aquelas traçantes? O fogo de terra?

— Sim, senhor.

— Deveria estar do lado direito! O litoral deveria estar naquela direção... a norte de nós. Mas o fogo está à esquerda! Os idiotas que pilotam este avião não conseguem achar nem suas bundas com cabos de vassoura! Sente-se, sargento! Vamos resolver isso nem que eu tenha que atirar estes idiotas no oceano e eu mesmo pilotar esta coisa!

Adams obedeceu, sentiu uma nova espécie de medo, percebeu que Scofield estava zangado como nunca o vira. Olhou novamente pela janela às suas costas, não se via mais o litoral, o avião ainda balançava com as rajadas de vento, outro solavanco forte. Ouviu Scofield mais uma vez:

— Lá! Sigam aquela praia! Veem aqueles navios? São nossos! Fiquem bem longe deles. Há baterias de fogo antiaéreo mais à frente, dirijam-se para lá. Tem que ser o inimigo. Se estão atirando, quer dizer que nossos aviões estão passando por lá. Mantenham-se em direção ao oeste!

Adams espiou os homens, viu rostos olhando para a frente, homens tensos e silenciosos, a única voz era a do capitão. Viam-se mais clarões agora, à direita, e subitamente ouviu-se um som de estalos como o chocalhar de muitas bolinhas contra a cobertura de alumínio do avião. Agora os soldados se mexeram, viraram para as janelas às suas costas, movimentos inúteis com tantos equipamentos.

Adams disse: — Fiquem parados! São apenas fragmentos de obuses, munição usada. Se formos atingidos por alguma coisa pesada, não teremos tempo de nos preocupar com isso. Todos vocês, segurem as correias, mantenham os braços apertados contra o corpo. Devemos estar chegando perto.

Scofield ainda estava falando com os pilotos; disse: — Ali! Um lago! Está nos mapas. Virem para o norte.

O capitão se afastou da cabine, olhou para Adams. — Acho que está tudo bem. A zona de desembarque está se aproximando. — Scofield começou a andar para o fundo do avião, passou devagar pelos homens. — Segurem-se, rapazes. Há alguns aviões junto conosco ainda e estamos prestes a voar sobre a terra. Deve haver uma recepção para nós.

O avião deu um solavanco forte novamente, as asas girando para um lado. Adams se recostou no assento, sabia que não havia nada para ver agora, nenhum motivo para fazer outra coisa que não sentar e esperar. O avião começou a subir, ganhar altitude, as asas balançando fortemente. O avião pulou mais uma vez, outro clarão, os homens reagiram, reflexo, gritos agudos. Ouviu-se um som novo, outro chocalhar, diferente, como uma rajada de pequenas pedras. Estilhaços de projétil de novo, pensou. Estamos atravessando a confusão. Olhou para a cabine, os pilotos focavam adiante, estabilizando o avião tanto quanto possível, ainda subindo, uma longa sucessão de riscos brancos de balas traçantes elevando-se à frente. O avião mergulhou de novo, uma virada brusca à direita, o estômago de Adams tentava se recuperar, mais solavancos, o avião equilibrou-se mais uma vez.

A luz vermelha subitamente piscou, surpreendeu-o, os outros reagiram com uma mistura de gritos e resmungos.

Scofield ficou de pé, gritou: — Enganchar! Checar equipamento!

Os homens se levantaram, lutando com o peso do equipamento, formaram uma fila, cada um enganchando sua corda de comando automático no cabo acima da cabeça. Adams fez o mesmo, não podia avistar a porta agora, passou as mãos pelos cintos e bolsos, fez o mesmo com o soldado à sua frente. Ouviu uma voz, baixa, mal distinguiu as palavras. Era Scofield de novo:

— Deus os abençoe, rapazes.

Adams se inclinou para o lado, podia ver Scofield na porta, olhando para fora, esperando. Ninguém falou então, não havia som, a não ser o ronco surdo dos motores do avião, a fúria do vento, pontos e clarões de luz em todas as direções, jatos de fogo de metralhadora como pequenas fontes por todos os lados. Sentiu o coração disparar, as mãos frias, olhou adiante do homem à sua frente, todos estavam paralisados, todos os olhos na luz vermelha. Suas pernas tremeram e ele fechou os olhos, tentou preencher o espaço negro e vazio com alguma imagem, alguma lembrança, o irmão. Mas não havia nada, nada na mente, a não ser a luz vermelha, e ele abriu os olhos, fixou a luz, zangado com a luz que os prendia ali, que os mantinha naquela caixa mortal, naquele caixão de estanho. Maldita!

E, então, a luz ficou verde.

A palavra explodiu do fundo do avião, correu para a frente, transpassou-os, atraiu-os para a porta, o grito final de Scofield:

— *Gerônimo!*

ADAMS PERMANECEU DEITADO E IMÓVEL, O CORAÇÃO BATENDO forte, inventariou as dores, segurou as correias com força, puxou o paraquedas para si, achatando-o, num ritmo lento e constante. Continuou deitado de costas, podia enxergar traços brancos de fogo, o matraquear das metralhadoras, nenhuma direção, nenhum objetivo. Estavam em todo lugar. O paraquedas achatado agora, e ele saiu do arnês, rolou, puxou a Thompson das correias nas costas, sentiu os bolsos, os volumes pesados, pentes de munição, granadas, tudo ainda onde deveria estar. Rolou para um lado, enfiou um pente na metralhadora, devagar, empurrando, o *clique* o fez se encolher. Puxou o ferrolho para trás, segurou-o, deixou-o deslizar para a frente devagar, uma carga na câmara, a arma carregada, pronta, a energia disso perpassou-o. Graças a Deus. Ao menos posso lutar contra alguém.

Rolou novamente e ficou deitado de costas, olhou para cima, estrelas, a lua baixa no horizonte, afundando, menos riscos brancos agora. Enxergou silhuetas de galhos de árvores de um lado, pensou, *mata*. Muito bem, é um bom lugar para se ficar. Rolou e ficou de joelhos, levantou-se, tentou enxergar alguma coisa, manteve-se imóvel, um animal, tentando ouvir a presa, qualquer movimento, o único som era um batimento rápido e forte nos ouvidos, o próprio coração. As metralhadoras continuavam a matraquear, mas mais longe, muito mais longe, nenhum perigo, e ele olhou para a mata negra, agarrou a Thompson, tocou novamente na bolsa de pano com as granadas, começou a andar.

O terreno era relvado e ele descia um morro, lenta e firmemente, passos leves, olhos atentos, nada à vista, árvores negras, moitas e, então, um muro baixo. Parou, agachou-se, olhou por cima do muro, boa cobertura, bom lugar para se sentar. Apurou o ouvido novamente, nenhum som, sentiu uma onda súbita de medo, raiva dele mesmo, onde diabos está todo mundo? Vontade de gritar. O quê? Alguma coisa... diabos, a senha. *George*. Não, ainda não. Os boches podiam estar em qualquer lugar. Metralhadoras.

Olhou para cima, examinou o céu, viu a Ursa Maior,⋆ a ponta da grande "concha" apontando para a Estrela do Norte. Uma vez em terra, o procedimento era que o último homem do grupo se deslocasse na direção oposta àquela em que o avião estava voando, era a melhor maneira de encontrar os outros. E, quando saltamos, pensou, estávamos voando para o norte. Encostou-se no muro, tentou se acalmar, desacelerar a respiração. Bom muro. Pedras grossas. Maldição, não posso ficar aqui. Scofield, onde diabos está Scofield? Ao sul daqui, com certeza. Não podemos estar muito distantes. Onde diabos estão todos os outros? Havia muitos aviões, tem que haver rapazes por todo este maldito lugar. Alguém deve estar machucado, sempre há alguém machucado. Mas fique quieto, sem gritos, não agora, não aqui.

Ouviu ruídos agora, um motor, olhou na direção do barulho, viu um sinal de movimento, reflexo, um caminhão. O caminhão passou devagar, a não mais que 45 metros de distância, sem luzes, vozes baixas. Agarrou a Thompson, ficou paralisado, imobilidade perfeita, boa cobertura junto à pedra. Não vá atirar em nada. Pode haver mais uma centena. Estão apenas patrulhando. Sabem que estamos aqui. Nenhum holofote, graças a Deus. Será que acham que não os escutamos? Ainda respirava forte, fechou os olhos, apertou os braços contra o corpo, devagar, calma. Apenas... encontre alguém.

O caminhão já tinha ido embora, silêncio, mais disparos, bem distantes, vozes, abaixo dele, além do muro. Imobilizou-se novamente, as vozes silenciaram, agora um homem, estrangeiro, palavras sem sentido ditas suavemente, um murmúrio. Adams sentiu gelo nas entranhas, mãos suadas segu-

---

⋆ Nos EUA, a constelação da Ursa Maior é chamada de Big Dipper, que quer dizer Concha (colher) Grande (N.T.).

rando a Thompson, as granadas debaixo dele, fora de alcance. Maldição! Ouviu passos, próximos, atrás do muro, um homem ria, baixo, suavemente, outra voz, zangada, calou o homem. Adams olhou as próprias pernas, percebeu que uma estava esticada, o muro mal tinha noventa centímetros, a bota refletia o luar como uma luz brilhante no terreno escuro. Maldição! Maldição! Ainda havia passos, passaram por ele, afastaram-se, e, agora, outra voz, além do muro, do meio das árvores:

— *George!*

Os homens próximos ao muro pararam, silêncio, e Adams tentou vê-los em pensamento, olhando na direção do som estranho, apontando, ordens silenciosas. Adams pulsava de raiva, pensou, não, seu idiota. Seu estúpido... quem, diabos... qual é o seu problema? Não grite! Os passos se afastaram depressa, barulho de capim, os homens longe do muro, e Adams puxou a perna, uma respiração longa e lenta, ajoelhou-se, levantou-se, olhou por cima do muro. Não havia nada, mata negra, luar sobre árvores retorcidas. Agora conseguia ver o caminho onde os homens estavam, um caminho largo na extremidade mais afastada do muro, uma estrada tosca. Esperou, escutou, nada, ergueu-se, levantou os pés, passou as pernas por cima do muro, para o outro lado. Desceu, esforçou-se para ouvir, a voz novamente:

— *George!*

Ele sentiu as entranhas se revirarem, não, não, maldito, e depois outro grito, a mesma voz:

— *Ei!*

E então o grito curto e alto.

Olhou na direção dos sons, as vozes chegavam novamente, chamavam, palavras estrangeiras, sombras surgindo, quatro homens entraram no caminho, luar nos rifles, capacetes, os homens a poucos metros de distância, afastaram-se. Apontou a Thompson, pensou, uma rajada rápida pegava todos eles. Mas surgiu outro caminhão agora na estrada além do muro, rodava depressa, e ele puxou a metralhadora novamente para perto do peito. Não, não seja estúpido. Uma centena desses sacanas cairia sobre você num piscar de olhos.

Ficou abaixado, afastou-se do muro, deslizou para o capim alto, passou adiante, o terreno duro e plano. Árvores ao redor, um galho baixo bateu no seu capacete. Maldição! Abaixou, apoiou-se num joelho, o luar interrompido pelo ajuntamento denso de galhos, percebeu que era um pomar, fileiras de árvores. Penetrou mais, na direção de onde ouvira os sons, passos leves, a Thompson apontada para a frente, viu um volume brilhante, luar num paraquedas pendurado no alto de uma árvore de galhos emaranhados. Aproximou-se, podia enxergar uma massa escura embaixo do paraquedas, o homem pendurado um pouco acima do chão, quieto, imóvel, e Adams foi até lá, pôs a mão na bota do homem, sentiu a umidade fria, o cheiro forte de sangue e urina, o cheiro da morte.

Recuou, virou-se para a estrada. Eu consigo achá-los, os patifes. Os filhos da puta! Ele estava indefeso!

— *George!*

Era um sussurro forte, atrás dele, e Adams se imobilizou, ficou em silêncio, o pensamento girando em torno do som, do significado. Sentiu um fluxo de energia, tentou falar, uma crosta seca na garganta, a palavra saiu num grasnido rouco:

— Marshall!

O homem se aproximou dele, um outro, e Adams sentiu a respiração novamente, reviravoltas frias no estômago. Graças a Deus!

— Recruta Fulton... Companhia A.

— O'Brien...

— Adams. Calem a boca, seus idiotas!

— Sargento! Diabos, sargento!

Os sussurros aumentavam de volume, e Adams puxou Fulton pela camisa, um grunhido baixo e urgente: — Cale a boca! Há inimigos por toda parte!

O'Brien se aproximou do homem morto. — Nós o ouvimos, sargento. Chegamos tarde demais para ajudá-lo. Boches filhos da puta.

Adams os puxou para o chão, cochichou: — Provavelmente carcamanos. Não deve haver muitos boches por aqui. Vamos cortar as correias e descê-lo, e depois vamos em direção ao norte. Devemos encontrar mais caras. Temos que achar o capitão.

Adams procurou no bolso da calça e tirou um pequeno canivete, o mesmo que todos carregavam com o único objetivo de cortar as correias caso acabassem pendurados numa árvore. Era mais uma parte do treinamento, mas Adams sabia que era um falso conforto, já que, se você caísse numa árvore, poderia estar muito lacerado para fazer qualquer coisa em relação a isso. As correias foram cortadas, o soldado foi baixado, e Adams se inclinou e tirou o capacete dele.

— Oh, Cristo! É McBride!

Os outros estavam abaixados ao lado de Adams, e Fulton disse: — Temos que enterrá-lo.

— Agora não. Sabemos onde ele está. Vamos voltar para pegá-lo. Temos que ir para o norte, imediatamente!

Não podia deixar que hesitassem, nenhuma emoção, agora não, não com tanto ainda por fazer. Eles eram três em três mil homens e estavam perdidos no quintal do inimigo. Adams se afastou, os outros atrás dele, bem próximos, caminhou abaixado no meio das árvores, mantendo-se perto do limite do pomar. Olhou novamente para o céu, para a Estrela do Norte. Na grande claridade dos céus do Novo México, havia passado noites estudando as estrelas, procurando meteoros, dando nome às constelações. Agora, elas eram seu guia e, por agora, eram o único guia de que precisavam.

Eram cinco homens atrás dele, o pelotão se abria um pouco em leque, esgueirando-se por trechos de moitas cerradas, mais muros, limites baixos que pareciam separar campos abertos de relva e pomares. A lua havia desaparecido, o último brilho laranja abaixo do horizonte, mas seus olhos tinham se aguçado, assimilavam as características do terreno, marcos se fixavam em seu cérebro, sombras que tinham significado.

O fogo de metralhadora tinha recomeçado, principalmente a distância, em várias direções, não havia como afirmar se realmente havia um combate organizado. À medida que foram se movimentando na direção norte, acabaram-se os pomares, e ele manteve os soldados ao lado de uma vala de drenagem; um dos homens tinha se abaixado, verificado, confirmado a profundidade, um fundo macio de lama e água. No lado mais próximo da vala o terreno se elevava, uma encosta ampla de morro salpicada de trechos escuros. Adams juntou os homens, sussurrou através da respiração pesada:

— Vamos para o terreno mais alto. Talvez possamos avistar uma aldeia, algum tipo de ponto de referência. Continuem abaixados. Não deixem que eles vejam vocês!

Eles tomaram novamente a formação em leque, e ele ouviu um homem gemer, tropeçar, o terreno era rochoso e duro. Praguejou consigo, mas não havia o que dizer, não era preciso lembrar que o inimigo poderia estar em qualquer lugar em torno deles. Focalizou um grande trecho de arbustos, conduziu-os naquela direção, pensou, um abrigo ao menos, talvez haja alguma coisa para se ver de lá. Seria bom saber onde diabos todos estão.

Respirava pesadamente, alcançou a moita, uma massa densa de arbustos espinhentos, os soldados pararam perto dele. Puxou o cantil, sacudiu-o, ainda quase cheio, tomou um gole.

— E agora, sargento?

— Vamos continuar andando. Não estamos fazendo nada de importante por aqui. Vamos para o alto, mas vamos parar um pouco antes de chegar ao topo. Vamos dar uma olhada em volta.

— *George!*

Eles se imobilizaram, cabeças viravam para todos os lados, tentando localizar a voz.

— George, seus lerdos.

Adams sorriu, um alívio ofegante, conhecia a voz. — Marshall, senhor.

Era o capitão Scofield.

A moita diante deles se agitou então, e Adams viu Scofield se esgueirando na direção dele, outros emergindo da moita. Percebeu que havia cerca de doze homens na encosta, a moita lhes dava uma cobertura perfeita. Eles não falaram nada, apenas resmungaram baixo, Scofield se aproximou, pôs uma mão no ombro de Adams, sussurrou:

— Vocês são seis? É tudo?

— Todos os que encontramos. Mataram McBride.

— Mataram vários, sargento, e temos vários muito arrebentados. Montamos um posto de socorro lá atrás numa vala de drenagem, no pé deste morro.

— Nós vimos a vala, senhor.

— Se tivessem continuado a andar, vocês iriam direto ao encontro deles. Nós vimos vocês subirem o morro, deixamos vocês chegarem bem perto para saber quem eram vocês. Eu ouvi vocês conversarem. Carcamanos não falam inglês. — Scofield parou, olhou para trás, na direção do topo do morro. — Metralhadoras inimigas estão posicionadas ao longo da próxima cadeia de morros, mais ou menos de quatrocentos a quinhentos metros ao norte. Várias casamatas, parece. Talvez uma casa também. Caminhões chegam e partem. Eles estavam atirando nas sombras durante um tempo, mas alguém no comando provavelmente os calou. Mais provavelmente carcamanos. Os boches teriam saído à nossa procura. Os carcamanos preferem ficar parados. Agora temos quinze homens. Dois carregadores de morteiros, uma bazuca. É o suficiente para se fazer alguma coisa. Eu não vou simplesmente sentar e esperar o dia amanhecer. O esperado é que entremos em combate com o inimigo, e ele está bem ali. Eu prefiro fazer isso no escuro.

Scofield se abaixou, riscou um fósforo, um breve clarão coberto por sua mão.

— Três da manhã. Você fica na ponta direita, eu fico na esquerda.

Scofield se afastou, Adams assimilou as ordens, tão prosaicas. Empertigou-se, sentiu as pernas tremerem, examinou a encosta do morro. De um lado, Scofield reunia os homens, mais sussurros. Adams sentiu uma estranha calma, podia sentir que Scofield tinha controle completo, a missão singela, *fazer alguma coisa*. Bem, diabos, o que mais estamos fazendo aqui? Permaneceu imóvel por um bom tempo, olhou para o topo do morro, e então seu cérebro começou a trabalhar, as perguntas, quantos homens estão lá, quantas metralhadoras? Imagino que não importe. Não há meios de descobrir até lhes darmos alguma coisa em que atirar. Quinze homens. Olhou para a Thompson, tocou o ferrolho, a arma ainda estava pronta, sem ter atirado, nenhum alvo ainda. Estava impaciente agora, andou para a direita, ainda abaixo do topo, espiou Scofield, que lhe fez um rápido sinal com a mão, apontando para a esquerda. Adams esperou os homens se posicionarem e de repente se sentiu ridículo, infantil, quinze homens, um *exército*, como crianças brincando de guerra num quintal. O frio tomou conta dele então, e não havia risos, a imagem absurda apagada pelo medo, um clarão de puro terror em seu cérebro se espalhando por ele inteiro, o tremor irritante nas pernas novamente. Agarrou a Thompson com força, lutou com ela, a voz aterrorizada em seu cérebro, o impulso de fazer qualquer coisa, menos avançar contra um grupo de metralhadoras. Havia outra voz, o aço duro, meses de treinamento, xingando-o, enchendo-o de vergonha. Agarre-a, senhor! Siga o comandante.

Os homens começaram a rastejar para a frente, Scofield conduzindo-os para cima e depois para a esquerda, em torno do topo do morro, mantendo-os abaixados. Adams sabia qual o seu papel, esperou o último homem entrar em linha. Estava fazendo o que tinha feito no deserto, o que tinha feito nos aviões, manter os homens juntos, fechar a retaguarda, nenhuma dispersão, ninguém ficando para trás. As vozes estavam caladas agora. Não havia para onde ir a não ser adiante.

A LUTA IRROMPEU BEM NA FRENTE, SENTINELAS INIMIGAS LOCALIZAram movimentos e sons na escuridão. Scofield ainda estava à esquerda, os soldados deitados junto a grupos de moitas baixas. O terreno atrás deles era um declive, fendas estreitas na encosta rochosa, uma subida suave que conduzia diretamente às casamatas. Adams deslizou para cima, para uma abertura rasa, tentou levantar a Thompson, as pedras ao redor dele muito apertadas, a mente trabalhando, maldição, de qualquer jeito não havia o que acertar. Posso me arrastar mais para cima.

Ouviu um baque oco às costas, o barulho de um morteiro, e se achatou contra o solo, sabia que tinha que esperar, o projétil fazendo um arco por cima da cabeça. E então ele caiu, um estouro forte, levantou a cabeça, tentou ver, o quê? Fogo? Nada mais, apenas escuridão, as metralhadoras inimigas provocando jatos de pedras novamente. Um novo baque, a espera, nova explosão, e Scofield gritando, pressionando as equipes de morteiros para continuar os disparos.

Ao longo das pedras ao lado dele, homens se arrastavam para a frente, estalos e clarões dos disparos de rifle, e Adams gritou: — Cessar fogo! Não há alvos! Economizem munição! — Ouviu movimento nas pedras abaixo, percebeu que, na verdade, podia enxergar, luz fraca, formas, pensou, está amanhecendo. Viu um homem se esgueirando, procurando, olhando para ele, Scofield.

O capitão engatinhou encosta acima, ficou perto, disse: — Vou avançar, vou levar um homem para me dar cobertura. Não podemos simplesmente ficar aqui, e eles são muito fortes para entrarmos em combate. Estão chegando reforços, com certeza. Todo mundo nesta região ouviu o tiroteio. Não podemos esperar! Dê-me dois minutos para me colocar em posição e depois faça alguns disparos de cobertura. Tente não acertar a minha bunda!

Adams não disse nada, vigiou enquanto Scofield escorregava morro abaixo, agachado no meio das moitas baixas. Olhou para o lado, rostos o espiavam, disse em voz baixa: — Ao meu comando, atirem pra valer. Depois fiquem abaixados. Eles vão responder.

Tentou enxergar Scofield, escondido pelas moitas, sentiu a própria impaciência, a Thompson fazendo suas mãos coçarem. O dia clareando, ele conseguia ver as mãos, pretas de sujeira, percebeu o sangue seco, sangue de McBride. Chega disso. Não vamos conseguir nada imóveis aqui. Dois minutos. Merda, perdi a porra do relógio.

— Mostrem a eles! Agora!

Os homens se ergueram, carabinas e submetralhadoras mandaram fogo em direção à fortificação inimiga. A resposta veio em seguida, Adams se jogou no abrigo, o ar e as pedras acima dele estilhaçados pelo fogo de metralhadoras, jatos de poeira e de entulho o atingiam. Esperou uma pausa nos disparos, levantou-se novamente, viu a forma da casamata mais próxima, mirou, esvaziou o pente da Thompson, os homens o imitaram. Deixou-se cair novamente, esperou, as metralhadoras cortando o ar acima dele, outro jato de pedras e de poeira. Curvou os dedos em torno da metralhadora, sentiu o calor do aço. O pente, pensou. Procurou no bolso, tirou outro pente, encaixou-o na arma, puxou o ferrolho. Os disparos tinham parado de novo, homens buscavam alvos na luz fraca; levantou-se devagar, podia ver tudo, além do morro, uma fileira de casamatas como grandes montes de feno de concreto, reunidas em torno de uma casa. Ouviu-se uma explosão, fragmentos de pedras de encontreo ao seu capacete, jogou-se no chão de novo, maldição! Estúpido! Fique abaixado! Viu os outros o olharem então, soldados em toda a encosta, rostos familiares. Fulton, sim, dessa vez sou eu o débil mental, e não você. Vamos rir disso depois. Os disparos das casamatas tinham cessado mais uma vez, pensou em Scofield. Bem, onde diabos está você? Adams suava, furioso, a Thompson apertada contra o peito, o cano contra a face. Maldição! Para onde ele foi? Será que o mataram?

Houve uma pausa silenciosa, vozes nas casamatas, seu rosto perto do chão, terra e pequenas pedras, não podemos ficar aqui à luz do dia, estes arbustos não são abrigo suficiente. Olhou para a direita, sabia que era o último da fila, mas não havia cobertura naquela direção, o terreno da encosta era descoberto, apenas pequenos pontos de moitas. Eles não podem nos cercar por este lado. A não ser que enviem uma enorme quantidade de homens. Pensou nas palavras de Scofield: *reforços*. Sim. Pode ser. Aqui estou eu, o sr. Flanco-de-um-Homem-Só. Maldição, capitão, que devemos fazer agora?

Ouviu-se uma forte explosão, gritos nas casamatas, estalos curtos de fogo de rifles. As metralhadoras inimigas recomeçaram, cortando o ar acima, e Adams ouviu outro estouro forte, as armas silenciaram. Ergueu-se para fora da brecha no chão, reconheceu o som, disse em voz alta: — Granadas!

Houve outro estrondo, outra granada, um clarão na casa, fumaça saindo pelas janelas, mais estalos de tiros de rifles. Havia gritos agora, em inglês, *Scofield*, e Adams respondeu, engatinhou para fora do abrigo, viu fumaça sair das fendas de uma casamata, sentiu uma explosão dentro de si, berrou: — Vamos! Avançar!

Escalou a terra fofa, os soldados atrás dele, uma breve rajada de metralhadora, depois silêncio, mais fumaça, homens gritando, gritos altos, uma onda de movimento para fora da casa. Adams abaixou, apoiou-se num dos joelhos, a Thompson apontada para a frente, os soldados se posicionaram atrás dele, espalhando-se para o lado, alguns perto da casa, abaixados contra a pedra plana. Scofield estava lá, próximo à casa, gritando para eles, acenando:

— Vão! Para dentro! Prisioneiros!

Adams correu para a frente, chegou à casa, ainda havia fumaça saindo de uma janela, homens gritando, palavras estrangeiras, ninguém atirava agora. Esgueirou-se ao longo da parede, mais homens seus se aproximavam, soldados saíam das casamatas, uniformes estranhos, mãos e lenços para o alto. Acabara.

T INHAM CAPTURADO CINQUENTA PRISIONEIROS, COM MAIS DE UMA dúzia de metralhadoras pesadas e um extraordinário suprimento de munição. Adams teve que acreditar que Scofield estava certo sobre os reforços inimigos, que o pequeno pelotão de paraquedistas não podia simplesmente ficar parado e esperar que o inimigo despejasse fogo sobre ele. Os prisioneiros representavam uma inconveniência, certamente, mas eles os acompanhariam, poderiam cumprir uma tarefa útil: transportar as próprias metralhadoras e as caixas de munição, pesadas. Podiam ser contidos por umas poucas Thompsons, por homens que guarneceriam a retaguarda, mantendo os prisioneiros juntos, fazendo-os andar, todos impelidos na direção do objetivo final, o lugar no mapa amassado na jaqueta de Scofield: o Objetivo Y. O incrível carregamento de metralhadoras pesadas era apenas uma das surpresas. A segunda surpresa vinha dos próprios prisioneiros. Não eram todos italianos. Entre eles, havia uma dúzia de alemães, homens que disseram pertencer à Divisão de Panzers Hermann Göring. Eram observadores da linha de frente, os olhos mais avançados de um inimigo que ninguém esperava ver. Adams tinha ouvido as instruções, que eles poderiam encontrar alguns engenheiros ou técnicos alemães, conselheiros dos comandos italianos. Mas os prisioneiros contaram uma história diferente. O inimigo certamente receberia reforços e, quando esses reforços surgissem, poderiam estar dirigindo tanques.

A GORA TINHAM NOVENTA HOMENS, HAVIAM ENCONTRADO UM grupo do pessoal do quartel-general e paraquedistas dispersos, um pelotão de combate antitanque, carregadores de bazucas, todos separados de seus respectivos comandos. Também encontraram o tenente-coronel Art Gorham, o comandante do batalhão, conhecido em toda a Octogésima Segunda Aerotransportada como *Nariz Duro*. O dia trouxe uma visão clara da disposição do terreno e a conclusão satisfatória de que Adams e Scofield realmente tinham aterrissado perto de sua zona de salto. Seu avanço cego os tinha conduzido diretamente através da larga e montanhosa elevação de Piano Lupo, exatamente onde deveriam estar. Com Gorham agora no comando, os paraquedistas se espalharam pelo cerrado aberto e desolado, ainda subindo, supondo que, quando alcançassem a posição favorável de onde o Objetivo Y pudesse ser observado, encontrariam o restante do 505º Regimento ou ao menos homens suficientes para que o assalto à fortificação inimiga pudesse ser realizado com o poderio necessário para cumprir a missão.

— Ninguém. Nem uma maldita alma. Três mil homens não podem simplesmente desaparecer. — Scofield baixou o binóculo, passou-o para Adams. — Aqui. Olhe você mesmo. A não ser que eu esteja cego, não há um só homem à vista. A gente imaginaria que pudesse ver alguém abaixado, pequenos grupos talvez. Há disparos a leste, mas muito longe. Podem ser alguns de nossos rapazes.

Adams levantou o binóculo, examinou o cerrado, terreno ondulado, desigual, quase sem árvores. Viu a estrada, uma faixa branca e poeirenta, um cruzamento e, num dos lados, uma fileira de cogumelos de concreto baixos e largos.

— Casamatas. Lá, naqueles morros acima da estrada. Mais de uma dúzia delas.

— Dezesseis. O coronel diz que é ele. O Objetivo Y. Os mapas o descrevem bastante bem. Isso é o que devemos atacar.

Adams baixou o binóculo. — Com o quê?

Scofield rolou e deitou de costas, escorregou morro abaixo, Adams o seguiu, e não ouviu resposta para sua pergunta. O coronel Gorham os esperava, disse: — Está bem claro o que devemos fazer. Podemos posicionar os morteiros naquele terreno baixo à esquerda, há alguns morros mais escondidos ali. Os homens restantes podem se espalhar ao longo de qualquer abrigo que encontrarem. Temos que usar o terreno e nos aproximar tanto quanto possível, deixar os morteiros arrebentá-los um pouco. Fazemos bastante barulho, pode ser que isso atraia alguns de nossos homens para fora dos esconderijos, e eles nos encontrem.

Adams olhou para baixo da encosta larga, viu os prisioneiros vigiados por uma dúzia de paraquedistas. Os italianos pareceram quase ansiosos para se render, tanto os oficiais quanto os soldados, os poucos alemães estavam mais taciturnos. Mas não havia desafio mesmo da parte deles, nenhuma raiva, todos pareciam exaustos da guerra, aceitando a prisão com estoicismo silencioso. Observou-os por um momento, perguntas surgiam dentro dele. Quantas batalhas? Onde? África? Rússia? Ou talvez tivessem estado ali o tempo todo. Mas já há algum tempo. Nenhum deles parece recruta. Seria bom nos livrarmos deles, não empatarmos nossos homens no serviço de guarda. Precisamos de todas as Thompsons de que pudermos dispor.

Olhou os paraquedistas então, deitados, alguns capacetes cobrindo o rosto, outros com cantis e latas de ração, a primeira oportunidade que tinham para comer. A maioria ainda trazia no rosto vestígios da cinza preta e mal cheirosa que Gavin tinha mandado que usassem como camuflagem. Acreditava-se que era melhor cobrir os rostos brancos à luz da lua, mas, agora, em pleno dia, os soldados só pareciam sujos. Gorham e Scofield continuavam sua discussão, e Adams sentiu fome, puxou uma lata de biscoitos do bolso e disse em voz baixa: — Maldição, parecemos um bando de selvagens.

Gorham parou de falar, olhou para ele, apontou um dedo para o rosto de Adams. — Absolutamente certo, sargento. Isso é uma vantagem. O general Ridgway disse que os carcamanos foram avisados de que somos condenados fugidos e índios caçadores de escalpos. Vamos aproveitar e fazer jus ao papel. Poderíamos assustá-los bastante para que simplesmente desistissem deste combate. A propaganda serve aos dois lados.

— Sim, senhor.

Adams esmigalhou os biscoitos secos na boca, pensou, sim, e isso também pode convencê-los a lutar como uns desesperados para evitar que os capturemos. Ele fez descer o mingau seco pela garganta com o último gole do seu cantil.

Gorham desceu o morro em direção aos soldados, e Scofield o seguiu, fazendo sinal para Adams os acompanhar. Os soldados começaram a se reunir, respondendo ao coronel. Gorham esperou que se aproximassem e disse em voz baixa:

— Está na hora de irmos. Nosso objetivo está além destes morros aqui, a perto de uns 2 mil metros. Não temos meios de saber o que nos espera, então atirem furiosamente contra qualquer um que não se pareça conosco e não parem de avançar. Há um bom lugar para os morteiros a cerca de meio caminho até lá, e podemos tornar as coisas bem quentes para quem quer que esteja naquelas casamatas. — Fez uma pausa. — Poderíamos esperar mais um pouco, e tentar juntar mais alguns homens. Mas eu não sei mais do que vocês sabem, e tudo o que sei é que um bando de paraquedistas desceu Deus sabe onde e que eles não estão onde esperávamos que estivessem. Mas *nós* estamos aqui, o inimigo está lá e ainda temos o nosso objetivo. — Ele apontou para o sul. — As praias ficam naquela direção e temos uma quantidade enorme de infantaria desembarcando. Este cruzamento à nossa frente liga duas estradas que saem de duas cidades-chave, ao norte daqui, onde o inimigo supostamente nos espera com força total. Quando souberem onde são nossas zonas de desembarque, eles transportarão tudo o que possuem naquela direção. Temos que tomar este cruzamento e, depois, mantê-lo. Se bloquearmos as estradas, poderemos atrasar o inimigo o suficiente para a infantaria ter tempo de montar e fortificar suas posições. Se cedermos, se o inimigo passar por nós, os rapazes na praia poderão enfrentar muitas dificuldades. Temos que fazer uma tentativa com o que temos. E vocês são o que temos.

Adams examinou os rostos, viu homens se olhando, sua contagem silenciosa de cabeças. Sim. Noventa homens. Gerônimo.

OS MORTEIROS COMEÇARAM A DESPEJAR OS SEUS OBUSES, CALCUlando o alcance, explosões de fumaça branca ondulando acima e em torno das casamatas de concreto. Os homens avançavam, alguns carregando as metralhadoras capturadas, caixas metálicas de munição, maiores que tudo o que os paraquedistas trouxeram consigo. Com todo o poder de fogo que a pequena força pôde reunir, os soldados de Gorham avançavam para a interseção, forçando caminho por sulcos fundos e depressões nas encostas em declive. Quando os homens se aproximavam do cruzamento, foram surpreendidos por uma enorme explosão, o ar acima rasgado por um pesado projétil de artilharia. Era fogo de longa distância, de, no mínimo, um navio, e, se a marinha tinha alguma ideia de que seu bombardeio seria eficaz, para os noventa paraquedistas que tentavam tomar de assalto as casamatas, ele produziu um resultado espantoso. Gorham reagiu rapidamente, confiando que o inimigo nas casamatas estivesse tão surpreso com a artilharia naval quanto ele. O plano era arriscado, o capitão Scofield instruiu um prisioneiro alemão que falava inglês para levar um ultimato para as fortificações de concreto. Segundo o ultimato de Scofield, a menos que os italianos se rendessem, ele direcionaria o fogo da artilharia naval para destruir todas as casamatas e matar todos os homens que defendessem a posição. Tivesse ou não notado que Scofield não tinha rádio, o fato é que o alemão fez o que lhe mandaram. O ultimato funcionou. Em minutos apenas, os italianos saíram das fortificações de mãos levantadas. O Objetivo Y, o importante cruzamento guardado por uma rede de defesas grandemente fortificadas e pesadamente armadas, rendeu-se por completo antes que qualquer de seus oficiais descobrisse exatamente quão poucos homens os confrontavam e quão impotentes os americanos estavam para mobilizar qualquer tipo de fogo da marinha.

33. ADAMS

NORDESTE DE GELA, SICÍLIA, OBJETIVO Y
10 DE JULHO DE 1943

—ALCANCE?

Scofield se ajoelhou no topo do morro, olhou atentamente pelo binóculo. — Mais ou menos uns 4 mil metros. Muita poeira. Podem ser blindados. Têm que ser.

Gorham esfregou a mão no rosto, olhou para Adams. — Espalhe-os nos dois lados da estrada, cobertura baixa. Ponha as metralhadoras pesadas no flanco. Todos abaixados. Até saber o que vem por aí, qual a força, vamos deixá-los no escuro.

Scofield fez um movimento com a mão. — Coronel, veículos se aproximam. Um caminhão pequeno, duas motocicletas. Estão à frente, mostrando o caminho.

Gorham engatinhou para o lado de Scofield, olhou através do seu binóculo. — Vêm bem depressa. — Gorham se voltou para Adams. — Mexa-se, sargento. Proteja o flanco da estrada, mantenha todos quietos. Devemos eliminar este grupo avançado, mas não até que estejam bem perto de nós. Vou ficar aqui, é uma boa posição de observação. Ninguém atira até que eu dê o sinal. Vocês ouvirão o meu grito.

— Sim, senhor.

Adams se afastou, atravessou depressa a estrada. Os soldados foram espalhados ao longo da crista de um morro próximo à estrada, protegidos por moitas baixas e densas. Ele subiu na direção deles, todos os rostos o olhavam, parou, ficou de joelhos, segurou a Thompson de lado, apontou para baixo, *fiquem abaixados*. Engatinhou até o homem mais próximo, viu que era Ashcroft, pequeno e magro, deitado numa trincheira rasa, poeira recente, levantada pelas botas do soldado. Bom, faça o que puder para criar algum abrigo. Olhou para os outros, olhares silenciosos, falou num sussurro áspero:

— Passe adiante! Ninguém atira até ouvir o comando ou até *me* ouvir atirar! Entendeu? Mostre que sim!

O homem mais próximo acenou para ele, polegar para cima, a ordem se espalhou pela elevação, mais acenos, e Adams olhou para todos, rostos sujos, carabinas e submetralhadoras apontadas para a frente. Atrás dele, seis homens subiram carregando três das metralhadoras italianas pesadas, e Adams fez sinal para que fossem para o lado, vigiou-os enquanto transportavam as armas morro acima. Mais quatro homens apareceram então, com mais duas das armas capturadas, suando sob o fardo das pesadas caixas de aço de munição. Adams os direcionou para o lado também, um murmúrio áspero: — Para lá! Espalhem-se pelo flanco!

Ainda de joelhos, avançou morro acima, forçou passagem por uma moita densa, espinhos longos, uma pequena cobra fugiu apressada. O suor escorria sobre seus olhos agora, o calor subia do terreno duro debaixo dele, entrava areia nas botas, na camisa. Maldição, que lugar é este? Pensei que seria bom sair do Novo México. Inferno, eu o trouxe comigo.

Esgueirou-se até o cume, podia ver a estrada à esquerda, apenas a uns cinquenta metros de distância, branca e calcária, a nuvem de poeira no horizonte estava mais perto, deslizando para o leste. Agora se ouviam sons, motores, ficou paralisado, olhou para a encosta baixa em frente, a estrada subia por ela e ultrapassava seu cume. Os sons eram distintos, o ronco áspero das motocicletas; abaixou-se, olhou através das moitas do cerrado, puxou a Thompson para cima, para o seu lado, apertou a extremidade da coronha contra o ombro. Elas apareceram então, as motocicletas subiam a elevação, a quatrocentos metros, o caminhão bem atrás, quatro homens. Seu coração disparou, ele piscava através do suor, olhou pelas miras de ferro da Thompson, mirou no homem da segunda motocicleta, mais uma parte do treinamento. Muitos estariam mirando no primeiro homem.

Eles se aproximavam, distraídos, e ele viu o caminhão claramente, a cruz negra, os capacetes característicos. *Alemães*. As mãos apertaram a metralhadora, o dedo dançando próximo do gatilho, os olhos nos alvos, a respiração longa e lenta. Lutava com a pulsação nos ouvidos, via-os se aproximarem, a noventa metros, mais perto ainda, a mente esperando ouvir a palavra, o comando único e curto:

— *Fogo!*

Adams apertou o gatilho, uma explosão de fogo da Thompson, o homem da motocicleta caiu, uma pilha de destroços. O morro explodiu ao seu redor, estouros fortes, estalos, e o caminhão girou para o lado, parou, dois homens pularam fora, encolhidos, os outros levantaram as mãos, gritos:

— *Kamerad!*

Viu Scofield na estrada, o capitão correu rápido para os alemães, mais dois prisioneiros, Scofield os puxou depressa para trás da crista do morro. A nuvem de poeira fervia sobre os morros largos à frente, a 1.600 metros, talvez menos, e ele ouviu Gorham bem atrás dele, surpreendendo-o.

— Bons tiros, soldados! Estejam prontos! Ainda não acabamos!

Gorham arrastou-se para o lado dele, estava com o binóculo, levantou-se acima da moita, examinou a situação.

— Caminhões e alguns tanques. Um oficial boche está me examinando com o binóculo, retribui o meu olhar. Talvez eu devesse acenar para ele.

Adams se pôs de joelhos, bem ao lado de Gorham, que disse: — Eles pararam. Estão tentando decidir o que fazer. Não têm ideia de onde se meteram.

Adams soprou a poeira do ferrolho da Thompson, examinou a extensão da beirada do morro, os soldados ainda abaixados e encolhidos, esperando. — Isso vai mudar bem depressa, senhor.

Gorham desceu rápido o morro, gritou: — Capitão! Traga a equipe da bazuca aqui para cima!

Adams os viu subir, quatro homens, transportando dois dos estranhos tubos de metal e uma caixa de projéteis parecidos com foguetes. Nunca atirara com uma bazuca, não tinha certeza do que se devia fazer com ela.

Gorham apontou para a crista do morro. — Descubram um bom lugar lá, no flanco. Pode ser a melhor chance que temos. Não se preocupem em atirar em qualquer tanque que esteja apontando para vocês, não vai ter a menor utilidade. Entenderam?

Os homens pareceram entender, e Adams olhou de novo para Gorham, pensou, não atirar num tanque que está prestes a mandar você para o inferno? Parece-me um mau conselho. Mas ele é o oficial. Gorham estava ao seu lado novamente, de pé em terreno descoberto, olhando de binóculo para os alemães.

— Eles ainda não estão se mexendo. Alguém lá está sentindo cheiro de armadilha. Espere... oh, inferno. — Ele desceu o morro novamente. — As mesmas ordens! Ninguém atira até eu dar o comando! Fiquem abaixados!

Adams olhou para longe, pensou, de que diabos ele está falando? Ergueu-se devagar, sua linha de visão se elevou, a nuvem de poeira tinha se desfeito. Eles estavam a não mais que oitocentos metros de distância, a estrada forrada de máquinas negras, caminhões pesados, tanques com canhões de cano longo e, atrás, caminhões transportando peças de artilharia. A coluna se estendia até curvas longínquas da estrada, mais tanques, bom Deus. Todo o maldito exército alemão. Agora enxergava a movimentação, que se espalhava ao longo de ambos os lados da estrada, *homens*, a pé, filas densas se dispersando, uma mancha que se disseminava lentamente. Sentiu frio novamente e se abaixou mais uma vez, procurou Gorham, o coronel estava no lado mais afastado da estrada, movimentava-se entre os soldados no flanco distante, dando-lhes as mesmas instruções. Olhou para baixo de sua posição na crista do morro, viu que os soldados o olhavam, curiosos, alguns espiando por cima das moitas.

— Vamos fazer mais uma vez! Passem adiante! Ninguém atira até que eu atire! Há infantaria vindo em nossa direção! Passem adiante!

A rotina se repetiu, os homens mostraram ter entendido as instruções, ele se levantou lentamente de novo, olhou para seu flanco, as metralhadoras pesadas bem-escondidas. Havia movimentação no morro baixo à frente, a onda de soldados avançava, figuras negras, ainda longe demais. Acomodou-se dentro da moita de novo, pensou, muito bem, fique abaixado. Eles ainda não sabem onde estamos. *O que* somos. A mente encobria o frio do peito, uma pergunta a ocupava. Eles não têm ideia do que está aqui em cima, e então mandam a infantaria para descobrir? Meia dúzia de tanques poderia nos varrer em dez minutos, e eles mandam... soldados. Espiou cuidadosamente através da moita, podia ver claramente a fila de soldados, ainda avançando, armas baixas, apontando para a frente. Eles fecharam a brecha rapidamente, passaram pelas moitas, e ele examinou a fileira, sem rostos, uniformes cinzentos, pensou, duzentos, não, perto de trezentos. Uma companhia completa. Eles estão apenas... vindo. Diabos, qual é o problema desse pessoal?

Ouviu-se um som ao longo da crista do morro, conversa nervosa, vozes baixas, olhou zangado para o lado, fez um forte som sibilante, deu um soco no ar, a ordem se espalhou rapidamente, os homens se calaram. Espiou para fora da moita de novo, viu rostos, a uns duzentos metros, os alemães ainda avançando, espalhados pelos dois lados da estrada. Vinham numa marcha constante, começaram a subir o morro baixo, ainda chutando as moitas compactas, uns cem metros, rostos sem expressão. Agora enxergava olhos, medo bruto, terror nos rostos imóveis, morte silenciosa, longos segundos, a ordem veio de trás dele, atingindo seu cérebro:

— *Fogo!*

Apertou o gatilho da Thompson, um jato sobre a fileira de soldados, seus homens na crista do morro despejando fogo novamente. A fileira de alemães pareceu desmoronar, homens caíam para a frente, alguns giravam para o lado, gritos agudos, alguns se abaixavam, atiravam de volta. Mais longe no morro, as metralhadoras pesadas golpeavam o ar, lençóis de fogo, riscos de luz branca rasgavam os alemães, estraçalhavam as moitas, retalhavam o chão. Viu homens levantarem os braços, tentando se entregar, mas o fogo era intenso demais, dedos firmes agarravam gatilhos pesados e em poucos minutos os alemães foram simplesmente liquidados.

Surgiram vozes então, movimentos nas moitas baixas, homens fugiam rastejando, gritos de seus sargentos. Adams sentiu as mãos tremerem, fixou os olhos nas formas retorcidas dos homens, alguns se levantando, tentando fugir, estalos de tiros de rifle, e então ouviu a ordem, Gorham:

— Cessar fogo! Mantenham sua posição!

Adams se ajoelhou, viu soldados alemães em fuga total, os sobreviventes, homens aterrorizados, desaparecendo atrás do morro distante. O terreno próximo ao topo do morro estava salpicado de homens mortos e feridos, movimento, gritos desesperados. Gorham estava novamente ao seu lado, Scofield também, os outros na crista do morro se levantavam, olhavam para longe como ele.

— Temos um homem ferido, senhor!

Gorham respondeu, algo sobre uma sacola médica, e Adams o ignorou, ignorou os soldados ao redor, olhou para os corpos, depois para mais adiante, além do morro ao longe, da estrada, dos tanques alemães, um oficial, em algum lugar, a decisão de um homem de segurar os tanques, de mandar seus homens para ativar essa armadilha sangrenta. Pensou nas palavras de Gorham, a propaganda, *selvagens americanos*. O ódio ferveu dentro dele, a Thompson apertada com força nas mãos, o aço quente perto do peito, a fumaça saindo ainda, em espiral, do cano. Vou achar aquele oficial alemão. Vou lhe mostrar o que um selvagem pode fazer.

Os prisioneiros estavam se tornando muito numerosos para serem controlados, os paraquedistas feridos não podiam ser tratados adequadamente, e os alemães feridos de forma alguma. Entre os noventa homens então sob o comando do coronel Gorham, por um triste capricho do acaso, só havia um paramédico. Cada paraquedista tinha seu próprio estojo médico de emergência, uma atadura, alguma sulfa, uma pequena seringa de morfina. O treinamento lhes havia ensinado como aplicá-las num companheiro ferido, e a maior parte dos soldados aceitara isso prontamente, nenhum deles querendo acreditar que talvez precisasse aplicar alguma daquelas coisas em si próprio.

Gorham não teve escolha senão aliviar o fardo, fazer os prisioneiros marcharem para o sul, em direção às zonas de desembarque, guardados pelo menor número de homens que a tarefa exigiria. Parecia haver pouca possibilidade de que os italianos em particular tentassem fugir. À medida que seu número aumentava, a realidade da situação parecia se concretizar para eles, e muitos estavam sorridentes e falantes, homens joviais que pareciam inteiramente satisfeitos de estar fora da guerra e sob a guarda dos americanos. Mas deslocar tantos prisioneiros através de terreno aberto era uma tarefa perigosa, já que qualquer um que observasse uma coluna de soldados inimigos poderia resolver despejar fogo de artilharia sobre eles. A marinha já demonstrara uma sinistra capacidade de dirigir fogo de artilharia pesada precisamente para onde isto teria o melhor resultado.

G ORHAM OS MANTEVE ESPALHADOS EM AMBOS OS LADOS DA estrada, a coluna de blindados alemães ainda quieta, Gorham e Scofield olhando através de seus binóculos, Adams por perto, aguardando ordens. Ele vigiava os soldados alemães feridos, homens que ainda tinham rifles, alguns tentando se arrastar, outros apenas chamando, gritos fracos, lamentos penetrantes.

Ao longo do morro, os americanos reagiam, um deles gritou: — Senhor! Podemos fazer alguma coisa?

Gorham abaixou o binóculo. — Não, soldado. Nós não temos suprimentos médicos e não podemos ser vistos. Estamos bem ao alcance daquelas armas boches e não precisamos de baixas do nosso lado. Apenas mantenha sua posição.

Scofield ainda segurava seu binóculo. — O que eles vão fazer? Eles devem saber que não temos artilharia.

Gorham sacudiu a cabeça. — Que nada. Algum coronel alemão lá desconfia de alguma coisa, pensa que estamos preparando uma emboscada. Provavelmente ele imagina que estamos escondendo o jogo e não quer cometer um erro. Se eu estivesse no lugar dele, mandaria aqueles tanques para os nossos flancos, para fazer uma varredura, testar se temos armas pesadas. É certo como o diabo que ele está pensando nisso.

O terreno diante da crista do morro subitamente explodiu em fogo, pedras e terra arremessadas contra eles, os dois oficiais caíram para trás, o rosto de Adams foi atingido por um jato de terra. Ele rolou para trás, abaixo da crista, ouviu homens gritando, segurou firme o capacete na cabeça, tentou enxergar. Gorham e Scofield se arrastavam, descendo o morro, Scofield chegou mais perto de Adams, uma mão forte agarrou a camisa de Adams, puxando-o morro abaixo.

— Você está bem?

Adams cuspiu terra da boca, piscou através da areia nos olhos. — Que diabo foi isso? O que aconteceu?

A explosão se repetiu, mais adiante no alto do morro, e Gorham então começou a gritar: — Fiquem abaixados! Atrás da crista!

Ouviu-se outra explosão forte, do outro lado da estrada, a encosta do morro foi jogada para cima numa nuvem de moitas e entulho, e Scofield disse: — Artilharia!

Adams limpou os olhos, os ouvidos zumbiam, viu homens se arrastarem novamente morro abaixo, para trás do cume, para melhor proteção. Houve outro estouro, atrás de onde estavam, o obus os ultrapassou. Adams sentiu Scofield puxá-lo, os dois homens estavam agora na base da crista, Scofield o arremessou com força para o chão.

— Diabos, capitão, estou bem!

— Cale a boca! Fique abaixado!

A poeira era densa em volta deles, uma brisa quente, e Gorham estava de pé, afastava-se, gritava com os homens, puxando-os todos para trás do cume.

— Canhões 88! Têm que ser! Não ouvimos eles chegando. Só o maldito impacto. Não há arco, só uma linha reta de tiro. Devemos ficar protegidos atrás do morro.

Adams estava confuso, pensou, linha reta? Nunca ouvi falar de um projétil de artilharia que não fizesse um som no ar primeiro, para você saber que ele estava chegando.

Houve outra explosão, mais terra choveu sobre eles, os homens deitados, colados ao chão, e Gorham voltou, disse para Scofield: — Temos que recuar! Eles nos mantêm imobilizados, eles podem mandar mais infantaria aqui para cima e não saberemos até que estejam bem na nossa frente. Esta crista não é lugar para nos entrincheirarmos contra aqueles 88. Vou até o flanco esquerdo, para recuar aqueles soldados. Capitão, faça o mesmo aqui. Recue para aquele terreno alto à direita, parece que está mais ou menos a oitocentos metros.

Scofield se levantou rapidamente, disse para Adams: — Vá para o flanco, traga as equipes da metralhadora e da bazuca primeiro! Não perca tempo por aí! Os boches podem avançar com aqueles tanques por este morro acima nos próximos cinco minutos!

Adams estava de pé agora, movendo-se depressa, ignorou os soldados, as perguntas. Dirigiu-se para o lado mais afastado do alto do morro, viu as guarnições da bazuca já em movimento, os atiradores das metralhadoras olhando-o de suas posições ao longo do cume.

— Vamos! Saiam!

Os atiradores arrastaram as metralhadoras de volta, alçando-as para os ombros, dois homens para cada arma, descendo no meio das moitas. Viu a última arma, os dois homens lutando, xingou, subiu o morro, disse: — Mexam-se! Qual é o problema?

Os homens seguravam a arma agora, viu que um deles era Fulton, o soldado magro, com o cano da arma agora sobre o ombro.

— Bom! Mexam-se! Aquele terreno alto... lá!

O estouro veio novamente, o projétil atravessou o topo do morro acima dele. O impacto o jogou no chão, o peito sem ar, arfando, sufocando no meio da terra. Rolou morro abaixo, tentou se levantar, viu a metralhadora, metal quebrado e torcido, a bota de um homem, um pedaço de pá. Sua mente o arrancou dali, não, não há nada que você possa fazer, procurou o segundo homem, viu-o então, o corpo estirado nas moitas, Fulton, o rosto virado para cima, sem capacete. Adams sentiu os joelhos tremerem, não podia evitar, deixou-se cair, ó Jesus, ó meu Jesus Cristo. Viu homens correrem, afastarem-se, para longe do fogo da artilharia, as ordens na cabeça, o comando de Scofield, *não perca tempo por aí*. Lutou para respirar, ainda sentia o golpe forte no peito, checou a Thompson, puxou o ferrolho, um cartucho novo, a arma pronta novamente. Houve nova explosão, na direção da estrada, onde tinha estado antes, ignorou-a, afastou-se com seus homens.

O BARULHO DOS TANQUES ERA CLARO E DISTINTO, E ADAMS PODIA sentir o ronco do aço no fundo das entranhas. Os soldados se encolhiam, abaixados novamente, outro topo de morro, não muito mais alto que o anterior, um número menor agora, homens feridos arrastados para uma área baixa, uma fenda profunda na encosta, uma sombra abençoada.

Não havia fogo de artilharia agora, os alemães se movimentavam, seu oficial finalmente tomara uma decisão, a coluna de blindados avançava. Adams escutava os sons, ouvia o que todos ouviam, a esteira dos tanques rolando na estrada bem compactada, os tanques escondidos apenas pelas nuvens de poeira e pela disposição do terreno. Não via Gorham já fazia um tempo, supunha que ele estivesse embaixo, no flanco, preparando alguma defesa da linha a partir daquele ponto. Adams abaixou a cabeça, encostou a beira do capacete na Thompson. Diabo de confusão, Jesse. Sempre achei que eram os fuzileiros navais que pegavam no pesado. Como, diabos, vamos sair dessa? Onde estão todos os outros? *Inferno*. Repetiu a palavra em voz alta. Descreve bem isto aqui. Mas não para Fulton. Maldição! Tentou não ver o rosto, Donnie Fulton, o homem do estômago fraco. Aquele obus. Deve ter vindo direto pelo chão, atingiu em cheio aqueles caras. O outro sujeito... quem era? Não vou saber até isto acabar, quem estiver faltando. Pedaços espalhados por toda a Sicília.

Scofield estava atrás dele, disse: — Ouçam! Há tanques se dirigindo para o nosso flanco esquerdo. Vou levar três guarnições de bazuca para aquela direção, ver se podem ser úteis. Sargento, você vem comigo. Todos os outros ficam escondidos aqui. Saiam apenas quando lhes for ordenado. Entenderam? Ainda temos uma tarefa para realizar que, neste momento, é atrasar o inimigo. Vocês lembram o que o coronel disse. Somos uma barricada. Portanto, bloqueiem a maldita estrada. Não sabemos o que está acontecendo nas praias, mas temos que dar à infantaria cada minuto que pudermos. Se algum homem sair deste lugar, eu atiro nele pessoalmente. Vamos, sargento.

Adams o seguiu, viu os carregadores da bazuca então, seis homens, um para cada tubo, um para cada caixa de projéteis. Eles caminhavam em silêncio, Scofield à frente, Adams na retaguarda. A terra era mais macia ali e Adams ouvia as moitas densas estalarem sob as botas. O calor o exauria, suor nos olhos de novo, limpou o rosto na camisa, areia áspera na pele. Eles entraram numa vala, areia branca seca, mais macia ainda, os homens lutando com as caixas pesadas. Scofield avançou, a vala se estreitava, moita cerrada na extremidade, arbustos altos. Ele parou, levantou a mão, e Adams ouviu os tanques, mais ao longe, Scofield avançou para dentro dos arbustos, olhou para fora.

— Uns quatrocentos metros. Eles estão espalhados, dirigem-se para a nossa esquerda. Estão tentando chegar atrás da nossa posição. — Ele se virou. — Rapazes, vocês já fizeram isso antes?

A maioria sacudiu a cabeça. Um soldado que segurava a bazuca disse: — Só em treinamento, senhor. Eu era bastante bom em explodir os caminhões velhos.

— Atiradores, como vocês se chamam?

— Gilhooly, senhor.

— Darwin, senhor.

— Feeney, senhor.

Scofield olhou para Adams. — Bem, vamos formar veteranos aqui, sargento. Não posso dizer que eu entenda alguma coisa sobre bazucas, mas aqui me parece um lugar ideal para uma emboscada. Espalhem-se, procurem um local bom para atirar. Ponham-se à vontade. Sargento, você vai para o flanco esquerdo. Aposto que estes rapazes podem derrubar um desses tanques no primeiro tiro, e você e eu poderíamos achar uma equipe de tanque em que atirar.

Adams olhou para os seis rostos, todos soldados jovens e amedrontados. O barulho dos tanques estava mais próximo agora, e Scofield disse: — Tomem posição. Escolham um alvo, mirem baixo na torre de tiro. Diabos, ao menos isso eles ensinaram a vocês, não?

— Sim, senhor.

Adams se achatou contra o lado da vala, enterrou as botas na areia macia, suspendeu-se, ficou surpreso ao ver um tanque passar perto, a uns cem metros, expelindo fumaça preta, cruz preta na torre de tiro. Havia outro atrás, mais quatro de um lado. Ficou olhando, sentia o ronco dos motores dos tanques em todo o corpo, o terreno tremia enquanto eles rolavam mais perto da vala. Sua mente congelou, seus olhos fixos na arma longa, canos curtos de metralhadoras apontados para fora em todas as direções. Focalizou o tanque mais próximo, a uns setenta metros, mais perto, reduzindo a velocidade, virando-se para evitar a vala. Sua mão agarrou a Thompson, sua mente gritava para ele, maldita arma inútil! O tanque estava a menos de cinquenta metros agora, a voz de Scofield novamente, com grande insistência:

— A qualquer hora agora. A qualquer hora, *agora*.

A bazuca mais próxima a Adams disparou, assustando-o, o projétil explodiu na base da torre de tiro do tanque, fumaça e fogo. As outras duas dispararam depois, um tiro direto no segundo tanque, mais fogo, fumaça espessa deslizando sobre as duas máquinas. Adams olhou, espantado; meu Deus, funcionou. Os tanques ficaram imóveis, rolos de fumaça irrompiam das escotilhas, homens gritavam, a fumaça deslizava pelo terreno aberto, escondendo os outros tanques. Adams apontou a Thompson, procurou alvos, nada, nenhum movimento, roncos novamente, os outros tanques ainda se aproximavam. Havia fogo de metralhadora agora, o ar rasgado acima dele, os homens se abaixaram, os motores dos tanques emitiam um rugido alto, mais perto, movimentavam-se em torno da vala.

Scofield gritou: — Recuem! Fiquem na vala, fiquem abaixados!

Os homens se moveram num único movimento, Adams à frente, olhou para trás, viu os rapazes andando depressa, impelidos por puro terror, as máquinas enormes rolavam ao lado da vala, passaram por eles, e agora estavam à frente deles. Adams parou, viu o tanque mais próximo, a torre de tiro girando, uma voz às suas costas:

— Abaixe-se!

Foi empurrado por trás, o rosto na areia macia, uma explosão forte acima dele, uma bazuca disparou, Scofield o puxou para cima.

— Vamos! Continuem a andar!

Adams ignorou a areia nos olhos, correu, permaneceu no terreno baixo e macio, os sons dos homens atrás dele, motores dos tanques, fogo de metralhadora. A vala ficou plana, parou, procurou freneticamente um abrigo, algum lugar baixo, as cristas dos morros eram familiares, declives suaves.

Scofield estava à sua frente agora. — Por aqui! Subam aquele morro!

Ouviu-se um estrondo como um trovão, o terreno levantou sob os pés de Adams, atirou-o para cima, fazendo-o rolar. Tentou enxergar, movimento, um homem corria, outro; seguiu, cambaleou, dor na perna, do lado, foi tropeçando morro acima, fogo de metralhadora cortava o terreno às suas costas. Tinha ultrapassado o cume agora, viu Scofield, outro homem, escorregavam pelo declive. Adams olhou para trás, um homem correndo muito, fogo de metralhadora, o homem desabou, a bazuca ainda na mão, batendo contra o chão. Adams disparou a Thompson, raiva inútil, o tanque virou em sua direção. Jogou-se morro abaixo, proteção, Scofield gritando para ele: — Mexa-se! Vamos!

Suas pernas eram como borracha, seu coração rasgava o peito, Scofield, à sua frente, apontava: — Lá!

Adams seguiu, os dois homens se jogaram numa fenda na encosta, o terceiro homem chegou depressa. Adams olhou para ele, um dos carregadores de munição, sem munição, sem bazuca. Scofield gritou na cara dele: — O que aconteceu com os outros? Você os viu serem atingidos?

O soldado estava paralisado, olhava para Scofield com olhos de animal selvagem, e Adams disse: — Eu vi um soldado cair, Darwin, acho. Não vi os outros. Não podemos ficar aqui, senhor.

— Não podemos uma ova! Aqueles tanques não vão gastar combustível nos caçando a porra do dia inteiro. Eles estão por trás do nosso flanco e não há muito que possamos fazer quanto a isso sem uma arma. Temos que achar um caminho de volta até o coronel, recuar todo mundo em direção à praia. Eu sei o que ele disse, mas não podemos deter os tanques. Fizemos o melhor que pudemos. Se não sairmos daqui, vamos apenas acabar prisioneiros. Estão prontos para serem capturados?

— Hoje não, senhor.

— Onde estão os tanques? Vejamos em que direção...

Ouviu-se um som alto e dilacerante, altíssimo, o ronco de um trem de carga, e então veio o impacto, o terreno tremeu embaixo deles. Adams se abaixou, e Scofield disse: — Que diabos será isso?

De novo, outro estrondo de trovão, longe, além da crista dos morros, os três homens envolvidos pela poeira, pelo fedor dos explosivos. Adams se firmou contra o chão, esperou, outro obus, o mesmo impacto, o chão o sacudiu. Scofield engatinhou para o seu lado, espiou para fora, depois se jogou depressa no chão, cobrindo a cabeça.

— Fogo de artilharia! Coisa grande!

Adams tentou escutar os tanques, ouvir qualquer outra coisa, em seus ouvidos uma névoa de surdez, outro obus causou impacto, mais longe, outros dois. Scofield subitamente lhe deu um tapa.

— Estão vindo do sul! A marinha! São tiros dos fuzileiros navais!

O terceiro homem estava abaixo deles, agarrou a bota de Adams, apontou para trás deles, além dos morros.

— Senhor! Infantaria!

Adams se virou, a Thompson subiu, viu uma dúzia de homens que avançavam rastejando, um deles com um rádio, a antena no ar acima dele.

Scofield disse em voz baixa: — Calma, rapazes. Aqueles parecem ser os mocinhos.

Adams escorregou para baixo, seguiu Scofield para fora da fenda, viu Scofield levantar os braços, pensou, sim, boa ideia. Levantou a Thompson bem alto, esperou o jovem recruta, seguiu-o para a área descoberta. O fogo de artilharia havia cessado, o ar denso de cheiros, pólvora e gasolina, fumaça negra subia de trás dos morros. Scofield manteve a Thompson no ar, e os soldados começaram a se levantar, gritando, a surdez que zumbia nos ouvidos de Adams se desfez o suficiente para as vozes o alcançarem, o homem com o rádio, outro a seu lado, um oficial.

— Por um triz. Lamento. Não pudemos evitar. Aqueles panzers estavam a ponto de causar sérios problemas ao seu pessoal. Parece que por enquanto os afugentamos.

Adams baixou a arma, piscou através da crosta e da sujeira nos olhos, viu rostos sorridentes, outro homem falando alto: — Ei, tenente, eles não parecem contentes de nos ver.

O oficial saudou Scofield: — Frank Griffin, senhor. Décimo Sexto Regimento de Infantaria. Os rapazes do coronel Crawford.

Scofield retribuiu a saudação, e Adams viu então a divisa no ombro de todos os homens. O jovem recruta estava certo. Eram da infantaria. Eram da Big Red One.

34. ADAMS

MORRO 41, NORTE DO MONTE PIANO LUPO, SICÍLIA
10 DE JULHO DE 1943

Q UANDO A LUTA ACALMOU COM O FINAL DA LUZ DO DIA, OS PARA-quedistas de Gorham se integraram ao Décimo Sexto de Infantaria, que tomou as encostas dos morros ao redor, contro-lando o terreno logo ao norte de Piano Lupo, que agora era conhecido como Morro 41, esperando, como os paraquedistas esperaram, para ver se os blindados alemães ainda voltariam. Com o cair da noite, a confusão nos dois lados tinha sido completa e sufocante. Os homens de Gorham ainda não tinham conseguido localizar mais ninguém do 505º, não tinham meios de saber que, quando os saltos aconteceram, os C-47s estavam dispersos pela tempestade numa extensão de cerca de 100 quilômetros, e alguns paraquedistas desceram tão longe que alcançaram as zonas britânicas no leste. Mas o caos trouxe vantagens, e, embora poucos paraquedistas tivessem encontrado mais que alguns companheiros, os pequenos pelotões tinham atacado vigo-rosamente todas as posições inimigas com que se depararam. Postes de telé-grafo e linhas telefônicas foram cortados, postos avançados de escalões de retaguarda foram assaltados. Tropas alemãs e italianas acampadas a quilôme-tros das linhas de frente foram subitamente atacadas pelo que supuseram ser tribos de maníacos pintados para a guerra. Com tanta confusão disseminada, as interrupções nas comunicações entre a linha de frente e os postos de quartéis-generais de retaguarda deram origem a boatos fantásticos. No fim,

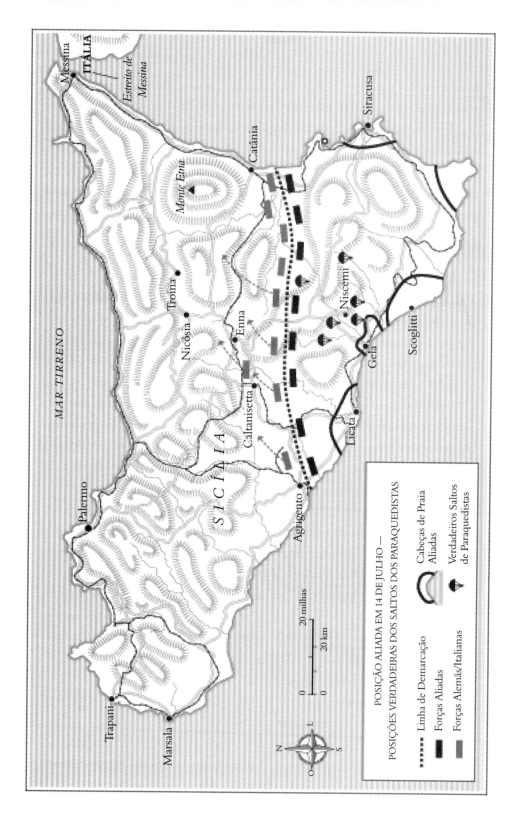

as notícias aos níveis mais altos do comando italiano, filtradas de volta, estimavam que mais de 100 mil americanos tinham vindo do céu.

Para os paraquedistas de Gorham, o dia terminou muito perto de onde tinha começado, os soldados ainda controlavam o terreno que protegia as cabeças de praia, onde a infantaria, a artilharia e os blindados americanos continuavam a desembarcar, fortalecendo e firmando o que ainda era uma posição vulnerável.

Adams bebeu o último gole de sua caneca de lata, café frio e amargo, que enrolava a língua. Na escuridão ao redor, homens trabalhavam, cavavam trincheiras, alguns parando para comer ou apenas para deitar e dormir. O coronel Gorham havia mantido Adams por perto, usando-o como ligação com a infantaria que lhes acrescentara força. Durante toda a primeira parte da noite, a tarefa de Adams fora ajudar a colocar a infantaria em posição, trabalhando junto com tenentes jovens e inexperientes, homens que consideravam os paraquedistas veteranos grisalhos, homens que enfrentaram o inimigo e sobreviveram. Não fazia diferença se a experiência que tanto inspirava a admiração dos oficiais de rosto liso da infantaria fosse de apenas um dia inteiro de combate.

Adams não sabia para onde Scofield tinha ido, mas havia trabalho a ser feito em todo o perímetro, homens energizados pelos sons que vinham dos morros em torno, blindados alemães se reunindo, esperando, como eles, o primeiro vestígio da luz do dia. Por agora, o trabalho de Adams estava feito, e ele havia retornado para junto de Gorham, tinha tido tempo de dar atenção à própria trincheira, à refeição, e de se preparar mais uma vez para o inimigo, que, mesmo agora, aproveitava a cobertura da escuridão para se aproximar da posição americana.

— Qual é o seu nome, sargento?

— Adams, senhor.

— Eu sei. Seu primeiro nome.

— Jesse, senhor.

— Bom trabalho hoje, Jesse. Muito bom trabalho. Alguns desses homens são seus soldados?

— Sim, senhor. Vários. Eu encontrei a maior parte do nosso grupo. Nós saltamos com o capitão Scofield.

Gorham pôs um pedaço de pão seco na boca, e Adams procurou nos bolsos outra parte do seu jantar. Encontrou uma lata de café instantâneo, despejou-o na caneca, uma cola negra no fundo da caneca agora. Procurou o cantil, de novo quase vazio, tinha feito o que muitos soldados fizeram, enchera o cantil num pequeno riacho ao pé do morro. Despejou a água na caneca, mexeu com o dedo sujo, despejou garganta abaixo, a garganta fechou, uma luta manter o café lá dentro.

Gorham pareceu ouvir seu gemido. — Coisa horrível. Detestável. Eu ficaria satisfeito com um copo de vinho italiano agora. Tenho certeza de que os boches têm o seu estoque.

— Sim, senhor. Vamos encontrar uns vinhos.

Adams olhou para além da encosta, nada para se ver, a escuridão escondia os soldados. Não podiam acender fogueiras, nada que atraísse os observadores inimigos, os homens se encolhiam dentro de trincheiras improvisadas. Apertou a jaqueta ao redor do corpo, não esperava aquela friagem áspera, a escuridão tinha trazido um cobertor de frio sobre o cerrado descoberto.

Gorham fez um barulho de mastigação com os dentes. — Maldição. Esta coisa deve ser sobra do Morro de San Juan.★ Lembre-me, sargento, quando voltarmos a um lugar onde tenha alguém importante, de apresentar uma requisição para rações decentes.

— Sim, senhor.

Adams viu que Gorham olhava para ele, não dava para ver sua expressão.

— Você não fala muito, não, sargento?

Adams escolheu as palavras com cuidado: — Nunca passei muito tempo conversando com oficiais superiores, senhor. Mas quando conversei, sempre achei melhor ouvir do que falar.

— Eu também. Você já esteve numa conferência com meia dúzia de generais? Bem, não, provavelmente não. Parece um pouco com aquele café que você acabou de beber. Difícil de engolir.

★ Morro perto de Santiago de Cuba. Capturado por forças cubanas e americanas em 1º de julho de 1898, durante a Guerra Hispano-Americana. (N. T.)

Adams estava surpreso com a abertura de Gorham, tinha ouvido falar muito de seu apelido, *Nariz Duro*. Gorham tinha reputação de exigir disciplina rígida, de ter pouca tolerância com quem não estivesse à altura do treinamento. Não era para ser assim, pelo menos não da parte de um oficial superior. O exército parecia insistir que não se ridicularizasse quem não suportasse o treinamento de paraquedista. Havia muitos bons soldados fora dos regimentos de paraquedistas, inclusive homens que Adams sabia que estavam na encosta junto com eles, homens da Big Red One, capazes de se comportar contra o inimigo tão bem quanto quaisquer outros. Mas dizia-se que Gorham não hesitava em esmagar um homem com palavras se ele não atingisse o padrão exigido. Adams não tinha problemas quanto a isso, achava que o exército devia treinar os paraquedistas para se tornarem algo especial, uma força de elite, o que, de qualquer modo, a maioria deles aceitava como seu papel. Nos uniformes, nas botas, nas insígnias, eram diferentes da infantaria, e todos os homens da Octogésima Segunda Aerotransportada se consideravam soldados superiores. Se o exército queria ou não que se gabassem disso, Adams realmente não se importava. Nem Gorham, aparentemente.

Adams sentiu que o cansaço avançava sobre ele, examinou o chão, terra macia, um bom lugar para uma trincheira rasa como cama. Revirou a mochila, puxou a pá.

Gorham disse: — Você pode me emprestar sua pá depois que terminar? A minha desapareceu.

— Eu cavo um buraco para o senhor. Onde o senhor o quer?

Gorham riu. — Você não acha que os tenentes-coronéis devem fazer seu próprio trabalho? Ou talvez você ache que eu esqueci como se cava um buraco na terra. Você termina aí e me dá a maldita pá.

Adams estendeu a pá. — O senhor primeiro.

Gorham riu novamente. — Cave o seu, sargento. Eu posso esperar.

Na escuridão, parecia haver algo na voz de Gorham, algo que Adams não havia notado antes. Juventude.

— Com licença, senhor. O senhor cursou a West Point?

— Sim. Turma de 1938.

— O senhor começou tarde?

— É o seu modo de me perguntar quantos anos eu tenho, sargento? Tenho 28 anos. A mesma idade que o capitão Scofield, acho. E você?

— Vinte e um anos, senhor. Não pretendia entrar no campo pessoal.

— Bobagem. Você tem o direito de saber quem é o homem que lhe dá ordens que podem levá-lo à morte. Sou do Brooklyn, Nova York, de origem. Cresci em Ohio. Minha mulher está em Bragg agora. Tenho um filho de seis meses. Talvez o veja antes de ele entrar para a faculdade. Você é casado?

Adams engasgou com a pergunta. — Santo Deus, não, senhor. Quer dizer... desculpe, nunca tive oportunidade. Não havia muitas garotas disponíveis no lugar de onde eu venho. Ou elas casam logo que acabam o ensino médio ou, as mais inteligentes, vão embora. Os rapazes também. Região de cobre, Novo México. Não é um lugar que atraia alguém que procura graduados de West Point.

— Por que você resolveu saltar de aviões?

— Eu gosto disso, senhor. O pagamento é bom. Eles me fizeram sargento bem depressa, disseram que haveria mais o que fazer do que berrar contra os resmungos no serviço das latrinas. — Fez uma pausa. — Estavam certos.

— Você sabe alguma coisa sobre a história dos paraquedistas? É interessante. Pense nisso, sargento. Imagine o primeiro cara que disse, ih, hoje eu vou subir bem alto num balão de ar quente e depois vou pular. Talvez eu não morra.

Adams trabalhava com a pá, a trincheira se aprofundava, tentou criar a imagem. — Bem impressionante. Precisou de coragem. Como ele podia saber ao menos como se comportaria um paraquedas, se funcionaria?

— Ele o testou. Um francês chamado Blanchard, em 1785. Sendo um bom francês, porém, não o testou pessoalmente. Resolveu testar primeiro com um cachorro. Ele de fato jogou o pobre coitado de um balão de ar quente. Funcionou. O cachorro chegou ao chão e aparentemente estava bem. Depois saiu correndo e ninguém nunca mais o viu. Eu não o censuraria por isso.

Adams parou de cavar, olhou para Gorham, tentou enxergar o rosto dele, pensou, ele é cheio de merda ou é apenas um bom contador de histórias?

— Com licença, senhor, mas como o francês sabia como construir um paraquedas? Adivinhou o desenho?

— Você é um cético, sargento. Mas é tudo verdade. O projeto se originou de Leonardo da Vinci e, em algum lugar, esses desenhos ainda podem ser vistos. Ele esboçou um cone de formato triangular, escreveu tudo sobre como ele funcionaria na realidade de acordo com seus cálculos cuidadosos. Claro, Da Vinci podia dizer tudo que quisesse. Ele não tinha um balão de ar quente ou outra coisa qualquer para fazer um teste verdadeiro. Se alguém aparecesse com um avião, Da Vinci poderia ter decidido conferir novamente os seus números.

— Se ele era tão inteligente, podia ter tido a ideia do cachorro. Podia ter atirado o cachorro da torre de uma igreja.

— Tem razão. Boa ideia. Imagino que foi por isso que você chegou a sargento.

Adams cavava novamente, Gorham comia alguma coisa de suas latas de ração, e Adams parou, colocou um pé dentro do buraco, comparou a profundidade à de um segundo buraco ao lado.

— Pronto, senhor.

— O que significa isso? Você cavou um buraco para mim?

— O senhor estava comendo, e eu estava com a pá na mão. Não foi absolutamente nenhum problema, senhor. Eu supus que, de qualquer modo, o senhor com certeza estava esperando que um recruta o cavasse.

Gorham riu novamente. — Foi por isso que me fizeram tenente-coronel.

Morro 41 — 11 de julho de 1943

Os blindados rodaram na direção deles na primeira luz da manhã, aço pesado em estradas rústicas, distribuindo-se no terreno aberto, os comandantes dos tanques procurando suas avenidas na vulnerabilidade das posições americanas. A infantaria tinha feito o que os paraquedistas fizeram ao lado, entrincheiraram-se em abrigos rasos, mas os tanques alemães continuaram a usar a escuridão para se espalhar em formações amplas, prontos para atacar duramente os americanos nos flancos e ao redor deles, e os homens nos abrigos pouco podiam fazer para detê-los.

Adams ouviu a primeira explosão, um trovão forte no morro atrás dele, um tiro direto numa trincheira estreita. Os gritos chegaram depressa, homens feridos e, então, novos sons, passando por eles, artilharia, obuses cortando o ar, vindos de trás, do sul, e sua mente se fixou num pensamento, *fogo amigo*.

O bombardeio aumentou, os projéteis caíam perto dos soldados, e Adams se grudou ao chão debaixo dele, as mãos agarrando a terra, os impactos o sacudindo. Homens gritavam em volta, as vozes apagadas pelo rugido dos tiros de artilharia. Seu cérebro gritava, xingava os homens lá longe, atrás dele, que diabos vocês estão fazendo? Estão atirando contra seu próprio pessoal! Sabia que havia operadores de rádio com a infantaria, pensou, malditos! Alguém ligue para lá, certamente algum observador idiota pode ver onde os obuses estão caindo! Eles estão atirando nos tanques e nós estamos bem no meio deles!

O fogo da artilharia começou a se afastar, cobrindo o terreno de um dos lados, os atiradores procurando alvos entre as formações de tanques em movimento. Adams deu um suspiro, o fogo de artilharia diminuía, sim, algum oficial deu uma bronca num observador. Se eu encontrar com você, vou agradecer. Agora os sons dos tanques estavam por toda parte ao redor dele, estouros de tiros morro abaixo, à frente, o ronco de motores pesados, o tinir do aço ficando mais alto. Levantou, deu uma olhada rápida, viu os tanques se movimentando em todas as direções, sem nenhuma formação, máquinas isoladas, torres de tiro girando, armas atirando, alvos próximos, impacto à queima-roupa. As metralhadoras dos tanques também atiravam, cada tanque tinha um arsenal próprio, os homens nas trincheiras estavam indefesos, a artilharia ainda arremessava terra e pedra perto dos tanques, mas não perto o suficiente. Gorham, ao seu lado, então olhou para cima, gritou alguma coisa, e Adams viu um homem abaixado, rastejando na direção deles, um capitão, jovem, jovem demais. O homem disse algo a Gorham, e Adams viu a divisa no ombro, infantaria, e o homem apontava para a crista do morro atrás.

Gorham assentiu, dispensou o homem com um aceno, gritou para Adams: — Reúna todos que puder! Vá com eles para um terreno mais alto, ou para qualquer lugar com uma boa cobertura! Os tanques estão se movimentando atrás de nós! Estamos a prestes a ser cercados!

Gorham então levantou-se e se foi, e Adams engatinhou para fora do abrigo, uma olhada rápida na Thompson, terra no carregador, respirou com força, puxou o ferrolho, liberou um cartucho novo. Correu os olhos pelas trincheiras rasas, uma padronagem de marcas de varíola sobre a vegetação baixa, viu homens disparando armas, exercício inútil, um homem arremessando uma granada, mais futilidade, o impacto somente aumentava a fumaça. Manteve-se abaixado, correu morro abaixo, gritou, para todos, homens o olhavam, alguns entendiam, saíam das trincheiras, afastavam-se rapidamente. Agora os soldados emergiam dos abrigos em pequenas ondas, nenhuma ordem, apenas saíam, a infantaria, homens inexperientes, tiros demais, próximos demais de um inimigo que nenhum deles havia enfrentado antes. Adams se deixou cair numa trincheira, gritou para quem quer que estivesse por perto: — Saiam! Recuem para o alto do morro!

Ninguém respondeu, o terreno à sua frente estava vazio, os homens já tinham saído. O som do aço estava próximo, o rugido de um só motor, fumaça negra, e um tanque subiu do terreno baixo, subitamente à sua frente, a uns cinquenta metros, rodando sem esforço ao longo do morro, a torre de tiro girando devagar, procurando, fogo disperso das metralhadoras. Adams levantou a Thompson, reflexo, abaixou-a novamente, fixou o tanque, muito maior do que o que vira no dia anterior, pensou, bom Deus, é um Tiger. Só pode ser.

A grande arma do tanque disparou, uma língua comprida de fogo, fumaça densa, o projétil voou exatamente sobre ele, uma explosão rápida mais acima no morro. Procurou as granadas, um dos bolsos estufado, tudo o que lhe restava, pensou, que diabos posso fazer? Subir na maldita coisa? O tanque se virou para ele, as esteiras rasgando o chão, subindo o morro, um aumento de potência, uma nuvem espessa de fumaça. As metralhadoras disparavam novamente e ele se abaixou rápido, o terreno tremia. Levantou a cabeça, o tanque estava a poucos metros de distância, não havia para onde ir, jogou-se, achatou-se dentro de uma trincheira rasa, os sons do tanque eram ensurdecedores, escuridão, um grande monstro de aço rolava sobre ele, o terror gritando alto no cérebro. O tanque continuou a se movimentar, segundos lentos, o terreno se aplainava ao redor, mais fumaça.

E, então, passou.

Sentou-se, olhou para o tanque, suor e lama nas roupas, terra nos olhos, o coração disparado. O tanque continuava a subir o morro, a grande arma disparou novamente, o projétil rasgou um buraco flamejante num grupo de arbustos. Adams pegou as granadas, as mãos tremiam, não, não seja idiota! É grande demais! Havia mais tanques a distância, um se virava em sua direção, seguindo o companheiro para o combate, o primeiro tanque se deslocava diretamente para os homens que Gorham tinha recuado, o abrigo inútil, nada para deter o Tiger. Adams gritou alto, fúria sem palavras, engatinhou para fora do buraco, movimentou-se abaixado ao longo das feridas profundas na terra, a trilha do enorme tanque. Viu homens correndo novamente, saindo dos abrigos, uma escalada louca para o outro lado do cume do morro, fogo de metralhadora no lado mais afastado, tanques lá também, a palavra de Gorham o golpeava: *cercados*. Não podemos simplesmente ficar parados aqui! Precisamos de bazucas! Onde? Estava frenético agora, subiu o morro, o fogo das metralhadoras por toda a parte, estalos de disparos de rifle, a defesa inútil da infantaria. O Tiger se fora por sobre a crista do morro, correu para lá, as mãos sobre as granadas. Maldição! Chegue perto dele! Você já teve a melhor chance!

O topo do morro estava imerso em fumaça cinzenta, uma névoa pútrida, caos abaixo dele, fogo e tanques e homens correndo. Os soldados se afastavam numa direção, um terreno com cortes profundos, outro morro, difícil para os tanques. Sim! Para lá! Havia homens ao redor dele agora, despedaçados e ensanguentados, algum movimento, os feridos, não havia sons, a não ser o terrível rugido dos tanques, o estrondo e o matraquear das armas. Desceu o morro, viu homens escalando o terreno irregular; um homem com uma bazuca emergiu das moitas, dirigiu-se para o terreno descoberto, apoiou-se em um dos joelhos, a bazuca no ombro. Era Gorham.

A arma do tanque disparou, golpeando o ar, uma explosão de fogo, fumaça, o cano apontado diretamente para Gorham. Adams sentiu as entranhas se revirarem, as pernas congelarem, caiu de joelhos, a fumaça se dissipava. Gorham estava estirado no chão, a bazuca torcida e dobrada, o tanque seguia adiante, mais alvos. Adams disparou a Thompson, fagulhas no tanque, agora corria, abaixou-se ao lado de Gorham, a terra rasgada fumegando, um rasgo profundo na testa de Gorham, um fluxo espesso de sangue.

Outros homens chegaram, um oficial, uma bolsa médica, e o chão entrou em erupção novamente, uma explosão bem próxima atrás deles, outro projétil, Gorham foi jogado para o lado, rolou sobre ele, Adams foi empurrado e caiu de costas. Tentou se mexer, Gorham sobre o seu tórax o esmagava, os sons eram um sino oco em seus ouvidos. Apareceram mais homens, sentiu mãos, limparam-lhe o sangue do rosto, retiraram o corpo de cima dele, os sons chegavam novamente, palavras, *paramédico*. Eles atendiam Gorham, mas Adams conhecia a expressão, o olhar fixo, sem vida, a bazuca ainda enganchada na mão dele, e Adams não queria ver isso agora, não podia ver a morte de Gorham, fechou os olhos, puxou a Thompson para junto do peito, deitou-se novamente no chão. Piscou com força, limpou a terra dos olhos, começou o velho ritual, pesquisando dores, qualquer coisa quebrada. Depois rolou de lado, levantou-se e seguiu os homens de volta para o abrigo.

A LUTA DUROU A MAIOR PARTE DO RESTO DO DIA, OS BLINDADOS alemães pressionavam fortemente em direção às cabeças de praia, os paraquedistas e a infantaria impotentes para detê-los. Mas os esforços de Gorham e o sucesso das ações do primeiro dia tinham retardado o avanço dos blindados alemães por 24 horas inteiras. Com o conforto de todo esse tempo, os desembarques ao longo do centro da área americana prosseguiram sem praticamente nenhum transtorno. Apesar do avanço poderoso dos panzers, as áreas de desembarque nas praias do sul agora estavam firmemente sob controle americano. À medida que os desembarques prosseguiam, os tanques e a artilharia foram finalmente trazidos para as dunas de areia, e operadores de rádio e observadores, auxiliados por aviões de reconhecimento, dirigiam as comunicações com os atiradores a bordo dos navios de guerra. Quando os blindados alemães ficaram ao alcance das cabeças de praia, o combate se tornou um duelo, não entre tanques alemães e infantaria americana, mas entre os panzers e os tanques e a artilharia americanos. Confrontados pelo poderio adicional das grandes armas da marinha inglesa, os alemães não puderam sustentar o ataque, e, ao cair da noite, os comandantes alemães não tiveram escolha senão recuar, salvando os blindados que puderam, e aceitar que seus esforços para impedir os desembarques americanos haviam falhado.

A leste, o coronel Gavin viu que estava muito além do que deveria, pois havia descido mais perto da zona de desembarque da Quadragésima Quinta Divisão. Mas Gavin fez o que Gorham tinha feito, reuniu os poucos homens que conseguiu encontrar e combateu da melhor forma que pôde. Gavin atingiu objetivos não planejados, uma série difícil de combates que proporcionou aos americanos tempo precioso para firmar ali sua posição. Ao longo de cada praia, em cada área dos desembarques britânicos na costa leste da Sicília até o desembarque da Terceira Divisão de Infantaria na zona mais a oeste perto de Licata, iam sendo feitos progressos, definhava a resistência do inimigo, incapaz de enfrentar a força da invasão.

Por todos os parâmetros, os saltos dos paraquedistas tinham sido um fracasso desolador, pois os 3.400 homens se dispersaram bem além das zonas de salto primárias, alguns dos C-47s e sua carga humana tendo sido levados pelo vento até as posições britânicas a leste. Mas em Piano Lupo, os objetivos foram alcançados, os alvos foram capturados e uma força muito poderosa do inimigo foi detida. A morte do tenente-coronel Arthur Gorham não obscureceu suas conquistas. Embora as ordens especificassem que ele atacasse seus alvos com um batalhão completo, ele havia conseguido um sucesso extraordinário com menos de cem homens.

35. PATTON

DURANTE AS SESSÕES ORIGINAIS DE PLANEJAMENTO DA OPERAÇÃO Husky, Eisenhower tinha sancionado a autoridade de Patton para requisitar mais efetivos para certas áreas ao longo das cabeças de praia, conforme Patton achasse adequado. Com o domínio ainda frágil das praias próximas a Gela, Patton achou que devia reforçar as tropas que lutavam para afastar os panzers e, portanto, no dia 11 de julho, cedo, ligou para Matthew Ridgway, que comandava a Octogésima Segunda Aerotransportada. Ridgway estava preparado para as ordens de Patton, que a Octogésima Segunda enviasse uma segunda onda de paraquedistas para saltarem em torno do aeroporto de Ferella, a oeste de Gela, aumentando consideravelmente a força das tropas terrestres que ainda poderiam estar sob séria ameaça dos blindados alemães.

Em 9 de julho, apenas uma seção do 504º Regimento havia feito o primeiro salto com o 505º Regimento, mas a maioria, uns 2 mil homens, havia ficado para trás. Enquanto os combates desesperados se desenrolavam nos morros ao sul da Sicília, os homens do 504º Regimento vagavam pelos aeroportos no entorno de Kairouan se perguntando se estariam destinados a permanecer na Tunísia desocupados, enquanto o restante da Octogésima Segunda Aerotransportada conquistava uma reputação de glória na Sicília. Mas, no fim da manhã de 11 de julho, Ridgway tinha passado adiante as instruções de Patton a seus oficiais e, quando as ordens chegaram aos paraquedistas, o estado de espírito mudou de desânimo para entusiasmo estridente. Ao cair da tarde, os equipamentos tinham sido carregados, os paraquedas presos aos soldados. Perto das oito da noite, com a escuridão pairando sobre os aeroportos, 144 C-47s de transporte levantaram voo. Os pilotos foram instruídos para voar nas mesmas rotas tortuosas que muitos deles haviam seguido duas noites antes, mas os ventos haviam amainado e, apesar da escuridão, supunha-se que a navegação seria muito menos complicada para este segundo salto. Mas havia um ajuste nas rotas em que os pilotos haviam voado através da horrível tempestade de 9 de julho. Com tantos navios da marinha ancorados perto das praias sicilianas, pensou-se que seria bem mais seguro para os sobrecarregados C-47s que voassem a última etapa de 56 quilômetros da missão mais para o norte, bem em cima da própria ilha, evitando atiradores antiaéreos nervosos a bordo dos navios, que já haviam sofrido numerosos ataques de aviões inimigos.

Durante o primeiro salto, em 9 de julho, os C-47s haviam atraído fogo de terra das próprias praias, posições dispersas de peças de artilharia, operadas principalmente por tropas italianas que não tinham uma verdadeira noção do que acontecia ao seu redor, e que não tinham razão para supor que o ruído dos motores dos aviões anunciava o começo de uma enorme invasão. Mas, dessa vez, as mesmas praias eram controladas por tropas impacientes, americanas e britânicas, com suas armas antiaéreas, que sabiam exatamente o que o inimigo podia fazer, que tinham sido bombardeadas e atingidas por aviões alemães dia e noite desde que começaram os desembarques.

Patton sabia que havia potencial para erros graves e expedira ordens para cada um de seus principais subordinados, para Bradley e os comandantes de divisões, passadas adiante para os oficiais que controlavam com rédea curta a disciplina de seus atiradores. As ordens eram claras e diretas, com detalhes da missão do 504º Regimento, quando e aonde os C-47s chegariam. O aviso final foi dado aos atiradores tanto de terra quanto do mar, as baterias antiaéreas deveriam estar seguras de seus alvos antes de atirarem.

Durante todo o dia e no começo da noite de 11 de julho, bem antes dos homens do 504º Regimento levantarem voo, aviões alemães continuaram a atacar, e os atiradores das armas antiaéreas aliadas responderam com intensidade exaustiva. Às dez e meia daquela noite, esses atiradores previam mais uma longa noite de ataques, e estavam impacientes por nova oportunidade de abater os aviões inimigos. À medida que o zumbido dos C-47s aumentava, as ordens dos comandantes de terra perdiam o sentido, os oficiais foram incapazes de controlar a intensidade nervosa dos atiradores. Quando os aviões começaram a passar, tudo começou com um soldado, sua disciplina cedeu, as mãos suadas num gatilho de aço. Nenhum oficial poderia controlar o que o soldado viu em sua mente, lampejos de luar em aviões que voavam baixo, bem acima da cabeça, sua mente revivendo a imagem de tantos bombardeiros que mergulhavam, as cruzes negras, tantas escapadas por um triz, o chão estremecendo abaixo dele tantas vezes. Quando o soldado puxou o gatilho, a reação foi previsível e trágica. Das baterias ao longo das dunas de areia, até as posições de artilharia nos navios próximos, a risca de fogo solitária rasgou os nervos tensos de todos os homens que controlavam as armas. Em segundos, o céu ficou aceso com uma tempestade de traçantes vermelhas.

Nos aviões, os paraquedistas indefesos sabiam que era fogo amigo, pelas aulas do treinamento. As traçantes dos inimigos eram brancas, o fogo aliado era vermelho. Com uma capacidade de manobra lerda, os C-47s não puderam evitar os efeitos devastadores dos tiros. Alguns simplesmente se desfizeram, explodindo no ar, para os atiradores uma *vitória* que só fez alimentar seu entusiasmo maníaco. Alguns aviões ficaram fora de combate, e os pilotos se dirigiram, sem alternativa, para as águas rasas, uma tentativa desesperada de salvar a si e aos soldados. Sobreviventes lutaram para sair dos destroços, somente para serem metralhados por soldados nas praias, e os homens que assistiam ao espetáculo estavam orgulhosos da precisão mortal de seus atiradores. Alguns pilotos simplesmente entraram em pânico, acenderam a luz verde de salto prematuramente, os paraquedistas obedeceram, ansiosos para escaparem; alguns não alcançaram a terra e se afogaram com o peso de seu equipamento. Os que tiveram sorte sobreviveram, e os pilotos que estavam no final da caravana e que perceberam o que estava acontecendo afastaram-se, voando depressa para o interior da ilha ou mudando inteiramente de direção para encontrar de novo o caminho para a segurança na Tunísia.

Embora muitas aeronaves tenham completado o percurso até o alvo, a maioria foi avariada, algumas mal conseguindo permanecer no ar. Vinte e três aeronaves foram completamente destruídas, algumas ainda ocupadas pelos soldados indefesos do 504º Regimento. Muitos paraquedistas morreram em consequência dos saltos, e alguns nunca foram encontrados.

HMS *Monrovia*, Quartel-general de Patton, perto de Gela, Sicília — 12 de julho de 1943

Desde os primeiros minutos da chegada de Eisenhower, Patton sabia que a visita seria de repreensão. Mas a fúria de Eisenhower não estava reservada apenas para Patton, e Patton compreendia que, independentemente da culpa que fosse atribuída a qualquer um abaixo dele, a responsabilidade de qualquer desastre recaía firmemente sobre os ombros do oficial comandante. Por ora, Patton só podia ouvir, assimilar a raiva de Eisenhower, construir a própria raiva, modelando e controlando seu temperamento, esperando ele próprio descobrir o que tinha dado tão terrivelmente errado. Apesar do bom trabalho ao longo das praias, dos esforços de tantos homens valorosos que haviam realizado tanto, toda a operação agora tinha um gosto amargo, uma mortalha fora jogada sobre ela por um ato ultrajante de estupidez. A palavra foi repetida por Eisenhower, *tragédia*, e Patton só podia concordar, permitir que Ike completasse o discurso, vermelho, andando de um lado para o outro na cabine. Mas Patton estava ficando mais irritado, não admitia ser advertido por ninguém, nem mesmo por Eisenhower:

— Maldição, Ike, mandamos avisos para todo mundo, avisamos a todos os comandantes em todas as áreas que os aviões viriam! Que mais eu poderia ter feito?

— Não quero ouvir isso, George. Este é o seu comando e era sua a responsabilidade de assegurar que seu pessoal soubesse quando os C-47s iriam chegar. O que você acha que vai acontecer no nosso país quando os jornais souberem disso? O que você acha que Marshall vai dizer, ou o presidente? O que vão contar para os pais desses rapazes? "Desculpem, mas cometemos um erro. Ninguém teve culpa." Não aceito isso, George! Nem o povo americano!

Patton se virou, andou para um canto da cabine, virou-se de novo, olhou Eisenhower de frente. Tenho problemas suficientes, pensou. Não preciso de uma guerra total com Ike.

Eisenhower disse: — Comece uma investigação, George. Converse com o pessoal da marinha. Tem dedo dos britânicos nisso também.

— Claro que tem dedo dos britânicos nisso. Fico contente que você perceba. Sei que você tem que me fazer uma advertência severa. Ótimo, eu consigo aguentar. Mas há outras pessoas que merecem advertência também. — Ele viu o rosto franzido de Eisenhower, maldição, cale a boca! Não mexa nesse caldeirão novamente. — Desculpe. Essa não é a questão, naturalmente. Veja, Ike, eu já pedi informações à marinha, e a todos os comandantes terrestres. Até agora, ninguém diz nada. Nenhum rapaz de 20 anos vai se apresentar e dizer ao seu oficial comandante que deu o primeiro tiro. Você quer que eu comece a substituir pessoal? Tudo bem, eu farei isso. Mandarei cada maldito tenente de volta para casa. Será que isso vai satisfazer o presidente?

— Pare com isso, George. Não quero enforcar um garoto porque ele cometeu um erro. Mas isso aconteceu porque esse garoto não estava preparado para a tarefa. Isso é falha do comandante dele e, se o comandante não estava preparado, a falha é sua. Se você quer comandar o grande espetáculo, George, você tem que aceitar a responsabilidade por ele. Não existe essa coisa de *ninguém é responsável*. Tenho certeza de que nunca poderemos saber como isso começou. Mas temos que encerrar isso e não apenas enterrando paraquedistas. Para começar, teremos que garantir que isso nunca mais vai acontecer!

Patton se enrijeceu. — Pode estar certo disso.

Eisenhower andava devagar de um lado para outro, e Patton podia escutar tiros de artilharia a distância. Eisenhower parou, escutou, o estrondo aumentava, diferente, não eram canhões, eram baques fortes: bombas.

— Eu pensei que havíamos limpado os céus. O inimigo ainda nos ataca pelo ar?

Patton deu de ombros. — Ataques dispersos. Há trinta aeroportos nesta ilha, Ike. Logo chegaremos a eles. Tenho de admirar os pilotos nazistas. Eles sabem que provavelmente não conseguirão retornar às bases antes de os Spitfires os derrubarem.

— O único inimigo que eu admiro é o que se rende, George.

Patton franziu o cenho, virou-se novamente. Não podia deixar Eisenhower perceber como se sentia, mas não lhe interessava ouvir discursos arrogantes de um homem que nunca havia enfrentado o fogo inimigo. Era muito comum, entre os homens no topo, haver muita conversa sobre forçar o inimigo a fazer isso ou aquilo. Tente uma vez, Ike. Depois me conte como fazê-los se renderem.

Eisenhower parecia ignorar a expressão mal-humorada dele, foi até uma pequena cadeira de madeira, sentou-se, olhou pela escotilha.

— Tive sérios problemas com todo o plano desse ataque aerotransportado, George. Clark, Ridgway... eu deixei que eles me convencessem. Não tenho certeza de que faria isso de novo.

Patton se colocou na frente de Eisenhower. — Não posso concordar, Ike. Aqueles rapazes abriram a porta. Os malditos boches tinham muito mais blindados aqui do que nossos rapazes esperavam. Poderíamos não ter alcançado nosso objetivo se aqueles tanques Tiger estivessem nos esperando bem na praia.

— Talvez. Mas eu soube que os paraquedistas se dispersaram pelo inferno todo. Tivemos sorte de não perder todos.

Patton aumentou o controle sobre as palavras, respirou fundo. — Discordo novamente, Ike. Isso trabalhou a nosso favor. Eles criaram uma grande confusão atrás das linhas inimigas em muito mais lugares do que pretendíamos. O pessoal de Allen me contou que os paraquedistas foram responsáveis por deter os panzers durante horas, se não durante um maldito dia inteiro. Devíamos distribuir algumas medalhas, Ike. Muitas medalhas. Pelos relatórios que eu vi até agora, eles desceram numa área superior a uns 100 quilômetros. Claro, você pode descrever isso como terem se *dispersado pelo inferno*. Eu descrevo isso como termos colocado homens valorosos em mais lugares do que o inimigo pôde dar conta.

Eisenhower sacudiu a cabeça. — Mas, se esses quase *100 quilômetros* estivessem mais para o interior da ilha, ou para o oeste, eles estariam tropeçando no meio de lugar nenhum, com nenhum inimigo à vista. Seria um esforço desperdiçado. Quando isto acabar, vamos examinar os fatos com rigor.

Patton trincou a mandíbula, disse devagar: — Como você quiser, Ike.

Houve um momento de silêncio, e Patton se balançou nos saltos das botas, as mãos crispadas às costas, pensou, saia, maldição! Tenho trabalho a fazer.

Eisenhower disse: — Alex lhe disse que quer se reunir com você? Com você e com Monty, assim que estivermos numa posição mais segura. A frente de Monty parece muito apertada, o porto de Siracusa está sob nosso controle. Lá, o inimigo está recuando em direção às grandes montanhas ao norte da posição dele. Você sabe o que precisa fazer aqui. Manter o inimigo recuando, manter aqueles panzers fora de nossas linhas de frente. Estamos intensificando os ataques aéreos, perseguindo aqueles tanques onde quer que os encontremos. Isso deve mantê-los em retirada. Soube que os italianos estão se rendendo em grande número.

— Sim, senhor, estão. Isso vai continuar. Se nós os pressionarmos o suficiente.

— Ninguém o está impedindo, George.

Patton não disse nada, esperou por mais.

Eisenhower se levantou, ajustou a jaqueta. — Estou indo, então. Gostaria de desembarcar, ver algumas das posições ao longo da praia antes de voltar para o quartel-general. Soube que os canadenses fizeram um trabalho excepcional a leste daqui. Gostaria de cumprimentá-los, ajudar no moral deles se possível. Acho que alguns de seus compatriotas lá no Canadá supõem que não lhes reconhecemos suficientemente o mérito.

— Boa ideia.

Eisenhower estava na porta da cabine então, olhou os mapas, pendurados baixo numa parede.

— Bom trabalho, George. Vamos finalizar isso, capturar todos eles.

— Já estou fazendo planos para isso, Ike.

Eisenhower se abaixou para passar pelo portal, e Patton soltou um longo suspiro, sentiu uma dor no peito, como se um punho gigante o mantivesse ereto. A cabine era escritório e camarote particular, e ele foi para o pequeno quarto, sentou-se na cama estreita. Pensou na tragédia, a perda de tantos paraquedistas, a estupidez daquilo. Era a escuridão, pura e simples. Por que diabos não poderíamos simplesmente tê-los mandado em plena luz do dia, protegendo-os com Spitfires? Quem está tomando essas decisões? Já há alguns meses isso o corroía, o controle que os britânicos pareciam ter sobre Eisenhower. Pensou nos sapatos de Eisenhower, a primeira coisa que tinha notado quando ele chegou. Sapatos marrons de camurça, como um marechal de campo inglês usaria. Maldição, Ike, você está se tornando mais *britânico* que eles. Faça com que todos fiquem felizes, não tome nenhuma decisão antes de discuti-la até a morte. Isso não vai durar, não pode durar. Eles vão usá-lo, vão cuspi-lo quando tiverem acabado com você, e nós outros descobriremos o que eles planejaram o tempo todo. Esta guerra não é sobre Hitler, é sobre a Inglaterra. Estamos aqui porque os ingleses nos querem aqui, mas, diabos, Ike, quando isto acabar, você vai ver como eles têm pouco apreço por nós.

Uma coisa eu tenho que admirar, pensou. Ainda estou aqui. Ike poderia ter me tirado daqui por causa dessa confusão dos paraquedistas e não o fez, pelo menos ainda não. Provavelmente devo isso a ele. Mas eles acharão um motivo, mais cedo ou mais tarde.

Levantou-se, foi para a cabine principal, examinou os mapas, ouviu vozes lá fora, tripulação britânica passando. Espiou pela escotilha, navios espalhados ao longo do litoral, movimentação por toda parte, os desembarques ainda continuavam, suprimentos e equipamento eram levados para terra num fluxo constante. Preciso sair deste navio, pensou. Em breve devemos estar em condições de conseguir a transferência do centro de comando para Gela, ou algum lugar próximo, estabelecer um quartel-general permanente. Vou receber críticas por isso, aposto. Os britânicos vão me querer aqui pelo tempo que conseguirem convencer Ike que é aqui que eu devo ficar. Este maldito navio parece uma prisão. Não posso nem mijar sem que algum inglês tome nota.

GELA, SICÍLIA — 14 DE JULHO DE 1943

Ele olhou para a cesta na mão do oficial de estado-maior. — Champanhe... e o que é isto? Queijo?

— Sim, senhor, foi tudo o que achamos.

Patton grunhiu, olhou em volta do aposento enorme, teto muito alto, pinturas ornamentais dispostas em toda a extensão das paredes de alabastro, arremates de mármore, o chão também de mármore.

— Que desperdício. Toda esta decoração num buraco de rato. O lugar todo se parece com isto?

— Sim, senhor. Algum oficial local morava aqui. Agora foi embora. O lugar estava vazio. Nós o limpamos um pouco.

— Limpem um pouco mais. Mas vai servir. Há quartos lá em cima?

— Sim, senhor. Os lençóis ainda estão nas camas. Não é um lugar muito limpo.

Patton passou à frente do oficial, as mãos nos quadris. — Eu trouxe meu saco de dormir. Vou usá-lo. Não gosto muito de percevejos. Dê as ordens ao estado-maior, organizem este lugar, façam isso rapidamente. Por agora, de qualquer modo, este é o nosso lar.

— Um dos quartos dá vista para o pátio, senhor. Devo guardar seu equipamento lá?

— Ótimo. Precisamos de um escritório, uma sala de conferências. Há alguma coisa parecida lá em cima?

— Sim, senhor. Há quatro quartos. Um é bem grande, tem privacidade. Eu o arrumarei imediatamente, senhor.

O oficial colocou a cesta na sólida mesa de jantar e se foi depressa. Patton foi até a mesa, sentiu um ronco no estômago, pegou uma bola de queijo, enrolada numa rede frouxa de tecido, segurou-a perto do nariz. O cheiro era sufocante, lembrava meia suja, e ele a deixou na mesa, virou-se, pensou, que tipo de gente pode viver assim? Beleza divina no teto, sujeira na despensa. Não me espanta que não consigam lutar direito. Nenhum desses carcamanos jamais comeu um filé.

Os ajudantes então chegaram, caixas de papéis, o aparelho de rádio, homens se movimentando com rapidez, seu chefe de estado-maior os orientando. Os homens passaram pela mesa, e Patton reparou nos olhares para o champanhe, a fome nos olhos. Ora, diabos, pensou. Isso não pode ser muito pior que as rações. Quando em Roma... sorriu, pensou, sim, essa é boa. Quando na Sicília, faça como os sicilianos. Bem, talvez não. Um conjunto bem nojento. Foi até a mesa, pegou a bola de queijo, evitou cheirá-la, apanhou um pequeno canivete. A lâmina cortou facilmente a rede de tecido, tirou uma fatia da bola de queijo, deslizou-a da lâmina para a boca. Tentou prender a respiração, o queijo era tenro, dissolveu-se rapidamente, escorregou pela garganta. O cheiro desapareceu com o gosto, ficou surpreso, pensou, diabos, isto é bem saboroso. Cortou outra fatia, olhou para o alto, examinou a pintura acima dele, a Madonna com o Filho, querubins gordos.

Quantos anos, imaginou, há quanto tempo isso está lá em cima? Mil anos, quinhentos? Era de imaginar que lutassem para nos manter fora daqui. Mas então deveriam ter lutado primeiro para manter os alemães fora. Agora temos que fazer isso por eles.

A casa rapidamente se tornou o quartel-general, guardas do lado de fora, moradores da cidade, curiosos, passando por lá. Espiava-os da janela do quarto, estudando a cidade, o povo, imaginando se haveria franco-atiradores, a vigilância ansiosa de seu estado-maior. Mesmo daquela distância podia perceber o mesmo tipo de miséria que tinha visto tantas vezes no norte da África. Tinha tão pouco apreço pelos sicilianos quanto pelos árabes, não pensava na *libertação* do povo que atravancava as estradas com burros e carrinhos de mão, uma inconveniência irritante para a movimentação dos blindados. Mas aqui havia problemas que os árabes pareciam evitar, um deles a fome, os celeiros vazios, consumidos pelas necessidades da guerra. A estação da colheita se aproximava, havia realmente campos vastos cultivados, o trigo amadurecendo, mas Patton tinha visto poucos homens sadios, pensou, claro que não, estão todos lá, nos morros, calculando se devem atirar primeiro em nós ou se ficarão em melhor situação atirando nos alemães a seu lado. Logo descobrirão a resposta.

Embaixo da janela, o pátio era pouco mais que um quintal, bodes e galinhas correndo, protegidos do povo por um sólido muro de pedra, e a ironia disso não lhe passava despercebida. Eu deveria simplesmente soltar a criação, deixar esse maldito povo ter um pouco de carne em suas panelas. Não, provavelmente não é uma boa ideia. Não podemos perder tempo controlando um tumulto.

Afastou-se da janela, podia ouvir a movimentação do estado-maior, o trabalho do exército ocupando a grande casa. Ainda estava com fome, pensou novamente no queijo estranho, ainda podia sentir o cheiro nos dedos, percebeu que podia sentir o cheiro dele nas paredes da casa. Nem pense nisso. Se o gosto é bom, não interessa muito com que diabos o fazem.

Saiu para o corredor curto, em direção à escada, um ajudante achatou-se contra a parede para deixá-lo passar. Deu uma olhada na gravata do ajudante, nó perfeito, apertado no colarinho, disse: — Bom! Mantenha-a assim. Isso nos fará ganhar esta maldita guerra.

— Sim, senhor.

Suas botas soaram no mármore escada abaixo e ele se dirigiu à mesa de jantar, ainda posta com as garrafas fechadas do champanhe, e mais queijo, muitos tipos diferentes. Seria seu almoço, a única coisa que o estado-maior tinha conseguido; pensou, se eu pudesse comer pelo menos um cachorro-quente. Só *um*.

OUVIU VOZES, AFASTOU-SE DA MESA DE JANTAR, VIU UM OFICIAL britânico à porta, familiar, um dos ajudantes de Alexander.

O homem o saudou: — Senhor! O general Alexander chegou. Ele pode se reunir com o senhor aqui, ou o senhor tem um lugar mais apropriado?

Patton colocou uma fatia de queijo na boca, pensou, maravilha. Ele está interrompendo o meu almoço. Que divertido.

— Entre, major. Há uma sala de conferência lá em cima, os mapas estão na parede, é um bom lugar para conversar e ter alguma privacidade.

O oficial ficou de lado, e Alexander apareceu, alto, magro, examinando a magnificência da sala.

— Muito agradável, devo dizer. Este é o seu quartel-general, general?

— Por enquanto. Importa-se de subir? Podemos conversar reservadamente. Ou o senhor tem outra razão para vir aqui?

Alexander passou por ele. — Sim, lá em cima. — Virou-se, fez sinal para seus ajudantes, três homens se adiantaram, subiram as escadas, oficiais com os quais Patton já havia tratado antes, um deles segurava um mapa enrolado debaixo do braço. Alexander falou atrás deles: — Vejam se conseguem achar uma cadeira confortável por aí. Essas estradas me deixaram com um pouco de dor nas costas.

— Acharemos alguma coisa, senhor.

Patton apontou a escada. — Depois do senhor.

Alexander começou a subir, e Patton parou, voltou para a mesa, agarrou a bola de queijo, meteu-a debaixo do braço e seguiu Alexander escada acima.

— É ideia de Monty. Ele encontrou um pouco mais de resistência do que havia calculado. O inimigo está bloqueado nas montanhas ao norte de Siracusa, e estabeleceu uma frente bastante compacta. Ele sugere que seja feito um giro para a esquerda dele, aqui, usando esta estrada, 124, através de Caltagirone, e que depois se avance através de Enna, removendo qualquer resistência lá, depois se pressione o inimigo pelo oeste. Ele já fez isso antes, você sabe, o velho gancho de esquerda. Bastante eficaz.

Patton sentiu o estômago pular, já estava segurando firme as palavras. Estudou o mapa, pôs o dedo na pequena cidade, disse: — O plano de Monty o coloca diretamente na nossa linha de avanço. O pessoal de Bradley está seguindo nesta direção no momento. É nosso objetivo usar a estrada como uma artéria principal para o nosso avanço pelas montanhas.

— Sim, eu percebo isso, claro. Mas Monty está muito insistente, diz que pode finalizar a coisa toda sem demora, uma vez que ele circunde os hunos que estão entrincheirados ao pé do Monte Etna. O inimigo tornou as coisas difíceis em Catânia, e Monty está com medo de se atolar. O objetivo final, naturalmente, é Messina e, com alguma velocidade, podemos atingir o inimigo antes que possa recuar e fortalecer sua posição lá. A melhor forma de Monty realizar isso é flanquear o Monte Etna pelo oeste e se desviar das posições inimigas mais fortes.

— Esta era a minha intenção desde sempre.

— Ah, sim; bem, Monty sugere que seu pessoal se dirija mais para oeste, protegendo, assim, o flanco dele. Ainda há muitas ameaças naquela direção, claro.

Patton sentiu a garganta apertar, as palavras se espremendo para sair: — O flanco dele? O Sétimo Exército vai servir para proteger o flanco de Monty?

— Bem, sim. Já que o Oitavo Exército está posicionado mais próximo de Messina, é perfeitamente óbvio que seja ele que avance para o objetivo de capturar o porto e barrar a capacidade de fuga do inimigo.

— Só que há uma enorme montanha no caminho.

— O Monte Etna, certamente. Os hunos estão fazendo bom uso das defesas naturais nas redondezas. Como eu disse, Monty tem tido dificuldades no avanço para o norte. Esse era o plano dele e, devo dizer, parecia razoável para mim. Uma vez que ele contorne o Monte Etna pelo oeste, os hunos podem ficar seriamente confinados, presos numa cilada com as costas contra a parede.

— Especialmente se estivermos protegendo o flanco de Monty.

— Naturalmente seu pessoal vai lidar com forças inimigas a oeste. Essas montanhas no centro da ilha podem se mostrar um tanto difíceis, mas Monty deve se arranjar com o pessoal dele. São veteranos, você sabe. Já viram coisa muito pior, certamente. Seu pessoal pode se responsabilizar pelo terreno aberto a oeste, deve encontrar um trajeto muito mais fácil.

Patton podia perceber desconforto no rosto de Alexander, fraqueza em sua decisão. O plano de Monty. Claro que o plano é de Monty. Era o plano de Monty quando ele ingressou no exército. Ele não quer apenas Messina, quer o cargo de Alex. E o de Ike. E o de Winston Churchill.

— E *Monty* tem um plano de como eu devo reposicionar as duas divisões de Bradley? A Quadragésima Quinta definitivamente planeja usar esta mesma estrada. Enna era seu próximo objetivo principal. — O cérebro se agitava, calor no rosto, as mãos fechadas com força, ele lutava para segurar as palavras dentro de si, pensou, talvez o Sétimo Exército devesse simplesmente voltar para a praia e tirar umas malditas férias.

— Eu deixaria isso a seu cargo, claro. Mas temos pressa. Monty já colocou o plano em ação. Poderia haver um problema logístico se seu pessoal começasse a se misturar com o dele.

— *Ele já está em movimento?*

Patton fixou o mapa, ignorou os detalhes, fogo vivo em seu cérebro. Que bom que Monty se importou em avisar a Alexander o que estava fazendo. Provavelmente um pensamento tardio.

Patton se afastou do mapa, tentou aquietar a fúria em seu cérebro. A sala ficou em silêncio por um bom tempo, os outros de pé, imobilizados e silenciosos.

Patton clareou seus pensamentos. — Bem, então eu devo conversar com Bradley imediatamente, informá-lo. Posso presumir que meus homens têm liberdade de atacar o inimigo quando o encontrarmos?

Alexander pareceu aliviado com a pergunta de Patton. — Ah, certamente. À medida que Monty avança para o norte, em direção a Enna, seu pessoal deve se movimentar com ele, em fileiras cerradas. Os hunos demonstram toda a intenção de recuar para Messina, mas ainda há sólidos bolsões de resistência. Algumas das montanhas a oeste de Enna são um tanto difíceis, poderiam oferecer boas posições defensivas para o inimigo.

— Eu estudei a topografia.

— Ah, bem, sim, claro que você a estudou.

Patton visualizou toda a operação em pensamento, o ego de um homem, uma fantasia vigorosa. Sim, isso é exatamente o que Monty tem em mente. Empurrar o corpo principal do inimigo para Messina, capturar o glorioso troféu que é a cidade e destruir o inimigo. E nós ficaremos sentados nas arquibancadas e seremos sua plateia. Pensou em Eisenhower. Você aprovou isso? Você ao menos tem conhecimento disso? E, se não tem, faz pouca diferença. Esta é a guerra de Monty, afinal.

Estudou novamente o mapa, seus olhos se desanuviaram, focou nos detalhes, a parte oeste da ilha; examinou em pensamento planos, alternativas. Apontou então para a costa sul.

— Ali. O senhor nos permitiria avançar para oeste até aquele porto, Agrigento? Já que vamos perder o controle daquele flanco, é razoável eliminar qualquer ameaça atrás de nós.

Alexander pareceu receber bem a sugestão. — Ah, sim, sem dúvida. Boa ideia, essa. É importante arrumar as coisas à medida que avançamos, defender o campo, pacificar os cidadãos.

Patton olhou para Alexander, a pele queimada de sol, o bigode, a postura distinta, o perfeito comandante britânico. Ike só pode desejar isso, pensou, toda essa *educação*.

— Muito bem. Devo pedir para ser dispensado desta reunião, senhor. Devo encontrar o general Bradley imediatamente, passar para ele os detalhes do plano de Monty. Não podemos deixar que nosso pessoal fique no caminho de Monty.

— G EORGE! VOCÊ FALA SÉRIO? — A ordem vem diretamente do Grupo de Exército, Brad, da boca de Alexander. Você tem que tirar a Quadragésima Quinta Divisão da estrada de Enna. Monty vai usá-la para flanquear o Monte Etna e empurrar o inimigo para Messina.

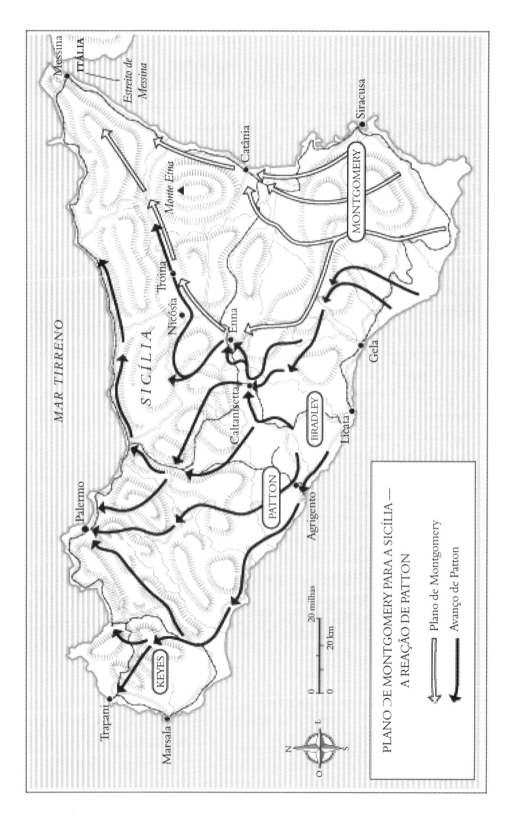

Bradley olhou para ele, de boca aberta. — George... que diabo está acontecendo? Estamos com a estrada ao alcance da artilharia agora. Provavelmente poderíamos capturar Enna em dois dias.

Patton se virou, olhou para os ajudantes. — Deixem-nos sozinhos um momento, senhores.

Patton esperou a porta se fechar, mordiscou o charuto, uma nuvem de fumaça se espalhou à sua volta. O fumo tinha um gosto amargo, áspero, e ele colocou o charuto na beira da mesa, não disse nada.

Bradley falou novamente: — George! Isso causará grandes problemas tanto para a Quadragésima Quinta quanto para a Primeira! Todo o avanço cessará! Tanto Allen quanto Middleton vão reclamar como o diabo! Que inferno...

Patton levantou as mãos, tinha previsto a explosão de Bradley. — Ordens, Brad.

— Ike sabe disso?... bem, diabos, claro que ele sabe.

— Não tenho certeza absoluta disso. É uma decisão de Monty.

— Decisão de *Monty*?

— Alexander está de acordo com ela, está carimbando tudo o que Monty quer fazer.

Bradley parecia atordoado, e Patton não conseguiu segurar mais, tinha lutado com o calor em seu cérebro muito tempo.

— Ordens, Brad! Nós obedecemos a ordens.

— Ordens de quem, George? De Monty?

— Parece que sim. O próprio comandante do Grupo de Exército está disposto a conceder autoridade a Monty. Parece que Ike também. Imagino que não temos escolha.

Bradley aproximou-se de uma cadeira, sentou-se, examinou a escuridão lá fora, as mãos penduradas entre as pernas. — Não faz sentido, George. Estamos avançando com todas as nossas forças, o inimigo está desmoronando em toda a extensão da nossa frente. Estamos arrastando prisioneiros aos milhares.

— Sim. Em toda a extensão da nossa frente. Mas não na de Monty. Ele se deparou com um muro de tijolos na costa, e isso é uma pílula que ele não quer engolir. Também não vai ser bom para a imagem dele em Londres.

Bradley olhou para ele então, inclinou a cabeça, parecia perplexo. — Por que você não está subindo pelas paredes por causa disso, George? Isso é uma estupidez escancarada e nunca vi você tão calmo.

— O Grupo de Exército nos deu permissão para avançar para o oeste, capturar Agrigento e avançar o seu pessoal para o norte, ao longo do flanco esquerdo de Monty. Isso é o que vamos fazer.

Bradley se levantou, aproximou-se do mapa na parede. — Certo. Mas o inimigo dá todos os sinais de recuo para Messina. Os alemães sabem que têm que proteger os estreitos. Estamos neutralizando seu transporte aéreo e os estreitos são sua esperança de terem suprimentos e até de fugir, caso se chegue a esse ponto.

— Sim.

Bradley estudou o mapa. — Você quer que eu avance para o norte, protegendo o flanco de Monty contra... o quê?

— Eu não dou a mínima para o flanco de Monty. Quero alguns troféus para nós. Neste momento, a maior parte de nossos suprimentos chega no porto de Siracusa. Temos que carrear tudo através das posições britânicas. Um desperdício ridículo de energia. Quero Palermo. Ali o porto nos permitirá abastecer nosso pessoal sem imobilizar tantos caminhões. Precisamos que nossos caminhões transportem homens, não camas de exército. Mobilidade. É a nossa força, Brad. Os britânicos levam semanas para pôr um único soldado de pé. Precisamos fazer progressos e vamos chegar lá. Monty não mudou. Cada movimento que ele faz é calculado, planejado até o último detalhe. Alex está com medo de que Monty se atole. Diabo, ele já está atolado! Se avançarmos como eu sei que podemos, o Grupo de Exército não terá escolha senão nos deixar ir adiante. Não há como Alex ordenar que detenhamos nosso avanço e paremos de chutar a bunda do inimigo só porque Monty não pode se apressar. Até Ike não apoiará isso.

— O que você está imaginando, George? Você tem um plano?

— Eu quero Palermo e quero bloquear aquela estrada costeira que vai para o norte.

— Temos ordens para chegar tão longe?

— Você executa a sua tarefa, e eu consigo as ordens. Se nós nos movimentarmos mais depressa que Monty, se fizermos maior progresso, então Alex terá que concordar em nos deixar livres. Eu quero Palermo, quero os portos da costa oeste, quero que você avance para o norte com toda a força que puder. Deixe que Monty arrebente seu nariz naquelas montanhas malditas. Cada vez que ele sofre um revés, dá um passo atrás, faz um novo plano, fala sobre ele, examina-o e, quando está com vontade, dá outro passo à frente.

— Não entendo, George. Você quer que Monty fracasse?

— Diabos, não. Somos *aliados*. Apenas quero que ele faça o que sempre faz, o que eles todos fazem. É só o *jeito* deles, Brad.

Bradley olhou para ele, uma longa e silenciosa pausa.

Patton pegou um papel, segurou-o. — Eu pretendo criar uma unidade adicional, sob Geoff Keyes, como um comando temporário. A Terceira Divisão, a Segunda Divisão Blindada, a Octogésima Segunda Divisão Aerotransportada e talvez um regimento da Nona. Ele se movimentará ao longo da costa oeste, capturará os portos menores, Agrigento, Marsala, Trapani, depois se dirigirá para Palermo a partir do sul. Com a Primeira e a Quadragésima Quinta, você deve avançar para o norte e chutar o inimigo para fora do seu caminho.

Bradley estudou o mapa. — Então, eu estarei protegendo o flanco de Monty.

Patton ignorou o mapa, pegou novamente o charuto, foi até a janela. Sentiu uma onda de energia, pensou em Alexander, as ordens vagas, a fraqueza, generais britânicos fugindo com planos próprios. Ótimo, podemos todos participar da festa.

Virou-se novamente para Bradley, deu uma tragada rápida no charuto, lutou contra o forte amargor. — Ora, sem dúvida você vai proteger o flanco de Monty. Você protegerá o flanco dele até atingir a costa norte. E, então, você o protegerá por todo o caminho até Messina.

Em 16 de julho, Bradley já havia manobrado e reposicionado com sucesso suas divisões em direção ao oeste, para permitir que Montgomery controlasse a estrada que daria ao Oitavo Exército britânico uma rota de avanço para os acessos ocidentais do Monte Etna. Quando os americanos ocuparam a nova posição, Bradley não perdeu tempo e conduziu o Segundo Corpo de Exército para o norte, através das passagens estreitas das montanhas centrais da Sicília. Embora a Quadragésima Quinta Divisão de Middleton só pudesse usar uma estrada principal, os homens de Bradley não hesitaram, e o inimigo não pôde fazer frente ao poderio do avanço americano. Em 18 de julho, Bradley capturou uma interseção-chave, a cidade de Caltanisetta.

A leste de Bradley, a Divisão Canadense, parte das forças de Montgomery, enfrentou forte resistência alemã ao sul da cidade de Enna, que ficava no caminho da manobra britânica de gancho esquerdo em direção ao Monte Etna. Em vez de entregar bons soldados para um massacre, o comandante canadense deslocou suas tropas para a direita, tentando se desviar totalmente da cidade. A manobra expôs o flanco direito da Primeira Divisão de Bradley, e poderia ter causado sérias consequências se os alemães tivessem percebido a oportunidade e estivessem inclinados a avançar para fora de suas defesas e atacar Bradley. Em lugar de recuar as tropas para proteger o flanco vulnerável, a Primeira Divisão, sob Terry Allen, simplesmente entrou na própria cidade de Enna, atacando os alemães tanto pelo sul quanto pelo oeste. Os alemães, surpreendidos, cederam rapidamente. Embora os canadenses, desconcertados, reagissem com gratidão à assistência de Bradley, no quartel-general de Montgomery a vitória em Enna foi transmitida aos meios de comunicação britânicos de uma forma que não espantou ninguém no acampamento americano. Quando os americanos já planejavam a próxima manobra para continuar o avanço ao norte da cidade, a BBC trombeteou a conquista, sustentando que Enna havia sido conquistada, naturalmente, pelas tropas britânicas de Montgomery.

Há muito tentando ignorar esse tipo de absurdo, Patton expediu suas congratulações a Bradley e aos homens sob seu comando. Mas Patton não perdeu tempo com os detalhes dos sucessos de Bradley. Tinha confiança em que, no avanço para o norte, Bradley teria tudo sob controle. O próprio Patton estava mais interessado no braço ocidental de seu avanço, nos portos ao longo da costa que lhe dariam depósitos de suprimento bem mais eficientes para seu exército. Em 22 de julho, com a Segunda Blindada liderando o assalto, a vanguarda do exército de Patton entrou em Palermo.

No leste, Montgomery continuava a lutar, enfrentando o grosso das forças alemãs que continuavam a recuar para Messina. Enquanto Montgomery tropeçava metodicamente em pesadas defesas alemãs, o rápido avanço de Patton tinha eliminado o inimigo em todo o oeste da Sicília e colocado todas as cidades costeiras daquela metade da ilha em mãos americanas. No mesmo dia em que os tanques de Patton entraram em Palermo, as tropas de Bradley completaram seu avanço para o norte, e a infantaria americana, exausta, surpreendeu-se olhando as águas azuis do Mar Tirreno. A não ser que Alexander pudesse ser convencido de que os britânicos precisavam de mais que apenas uma guarda em seu flanco, os americanos tinham chegado tão longe quanto lhes era possível ir.

36. PATTON

PALERMO, SICÍLIA — 23 DE JULHO DE 1943

PALERMO ERA UMA CIDADE GRANDE, MAIOR DO QUE PATTON espera-va, e apresentava um surpreendente nível de destruição, edifícios bombardeados e estilhaçados pelos ataques aliados de semanas antes. O porto propriamente dito estava entupido com destroços, e enge-nheiros americanos rapidamente começaram o trabalho de liberar as vias navegáveis vitais. A cidade em ruínas era um dos ônus da guerra, mas Patton enxergava adiante disso, via que, mesmo que dissessem que Palermo fora um porto próspero, era mais um lugar recoberto de sujeira. Embora Patton tivesse se surpreendido com a quantidade de destroços, a condição miserável dos civis esfarrapados e mal nutridos não era surpresa para ele.

Tinha chegado à cidade tarde da noite, tão tarde que Keyes e os outros oficiais generais estavam dormindo em camas recém-capturadas. Na manhã seguinte, sua presença foi anunciada na cidade, e Patton saboreou a grande visibilidade, sabendo que isso aumentaria o impacto do que os americanos haviam conquistado. Reagiu como sempre reagia, aproveitou a oportunida-de para andar entre os soldados, felicitá-los com sua simples aparição em suas fileiras.

Seu jipe rodava ao longo de uma caravana de caminhões, o tráfego para-va com frequência, as estradas atravancadas de veículos que se esforçavam para evitar os entulhos e os ajuntamentos de sicilianos, que empurravam suas carroças de novo para a cidade finalmente resgatada da guerra. Patton esperou pacientemente atrás de um caminhão coberto com lona, o caminhão de duas e meia toneladas que havia se tornado o burro de carga do exército. Então o caminhão se afastou para o lado, inclinando-se precariamente sobre uma descida íngreme; o motorista subitamente tinha se dado conta do jipe às suas costas, uma olhada de relance no espelho retrovisor e viu as três estrelas expostas com destaque no para-choque da frente, bem como a bandeira com três estrelas tremulando ao lado da capota.

O ajudante que dirigia o jipe passou à frente do caminhão, e Patton viu o motorista do caminhão saudá-lo com um sorriso amplo e radiante, e Patton agradeceu com uma breve inclinação da cabeça.

Num aspecto, a cidade de Palermo não diferia de muitas cidades menores que os americanos haviam ocupado. Em cada aldeia ou pequeno porto, Patton tinha passado no meio dos soldados com o tipo de pompa que esperavam dele, de pé no jipe bem característico, o capacete de aço polido, as pistolas lendárias no cinto. Eles o saudavam e gritavam vivas, como faziam agora, e ele retribuía a saudação, e os vivas ficavam ainda mais altos. Esses eram seus momentos mais gloriosos, bem longe do abafamento das salas de conferência, de todas aquelas conversas cautelosas, de homens cujos delicados dedos dos pés não se ousa pisar, homens que nunca souberam o que é sentir *isso*, o passeio entre as guarnições dos tanques e os motoristas dos caminhões e os artilheiros.

O jipe rodou até um cruzamento; num dos lados ficava o grande palácio, seu novo quartel-general, mais uma peça de extraordinária grandiosidade coberta por séculos de sujeira e abandono. Havia soldados por toda parte, que se juntaram quando o jipe parou; ele ficou de pé, ereto, olhou para eles, sem sorrir, a face severa do homem que controlava o poder que tinham dentro de si. As ruas eram uma confusão pisoteada de cores, flores, amassadas pelas botas dos conquistadores. Os civis tinham reagido aos soldados com um derramamento espantoso de afeição, vivas lacrimosos. E tantas flores. Havia civis também agora, o povo que se reunia onde quer que os soldados se reunissem. Eles saíam de pequenas casas arruinadas, abrigos improvisados, pessoas maltrapilhas, ansiosas, juntando-se ao longo das ruas secundárias. Olhou além dos capacetes dos homens que o saudavam, viu velhos sicilianos se aproximando, segurando caixas de... quê? Qualquer coisa que possam trocar por cigarros, pensou, talvez frutas, quinquilharias, sucata de um ou outro tipo.

Muitos comandantes se surpreendiam com o fato de os sicilianos mudarem tão rapidamente de uma hostilidade sem limites para uma afeição desmedida, uma lealdade recém-descoberta à causa das tropas americanas que marchavam através de suas cidades. Até os franco-atiradores haviam desaparecido, e Patton se perguntava se seus rifles ainda estariam escondidos em cantos secretos de uma centena de telhados, enquanto eles testavam o poder de permanência desses guerreiros recém-chegados, os homens que haviam vencido os cruéis alemães. Examinou os civis, pensou, nenhum jovem, naturalmente. Estão em nossos complexos de prisioneiros de guerra ou foram retirados daqui há pouco. Claro que os boches sabiam que esse povo estaria muito mais ansioso para voltar para casa do que para lutar e morrer pelos malditos nazistas. Eles provavelmente dispersaram os sicilianos por toda a Itália ou os levaram para a Sardenha, e agora todos os malditos carcamanos têm esperança de que nós despejemos alguns milhares de paraquedistas sobre eles também. Deem-nos tempo.

AEROPORTO DE SIRACUSA, SICÍLIA — 25 DE JULHO DE 1943

Ele fez a viagem num C-47, dois Spitfires britânicos o protegiam contra uma eventual intromissão de caças alemães. Mas a Luftwaffe parecia ter virtualmente desaparecido, e Patton estava curioso a respeito disso, imaginando se Kesselring já estaria deslocando homens e equipamentos para fora dos campos de batalha, que encolhiam na Sicília. Sem alemães com que se preocupar, tinha passado o tempo todo olhando para fora das janelinhas, ignorando o terreno desolado que corria abaixo, e focalizando o imponente cone do Monte Etna, sempre visível, lampejos de neve no pico que se elevava 3.200 metros acima das planícies ao redor. Era uma peça única de beleza numa terra que Patton já desprezava, e a viagem que fazia agora não ajudava a melhorar seu humor. Queria que a viagem terminasse depressa, queria retornar a Palermo, mas era uma formalidade de comando e, se esperava algo positivo para seu exército, tinha que jogar de acordo com as regras.

Não teve tempo para ficar impaciente, o voo mal durou uma hora, o C-47 desceu rapidamente no aeroporto. O avião deu um solavanco e rodou até parar; Patton viu oficiais, uma pequena multidão e, atrás deles, fileiras de caças britânicos na pista, com tripulações em atividade em volta. Desceu do avião, os oficiais se aproximaram, britânicos e sem sorrisos. Havia um americano uniformizado, Beetle Smith, uma surpresa.

Smith estendeu a mão. — Que bom vê-lo, general! Ike quer que eu participe, se você não se importa. Ainda estamos tentando coordenar os transportes da marinha, determinar o que o seu comando pode precisar. Pensei que fosse uma boa oportunidade para conhecer o coordenador naval de Monty e o G-4, general Miller.

Patton forçou um sorriso, não gostava de Smith, baixo e atarracado, a imagem perfeita de um soldado de escritório para Patton. — Que bom que você está aqui, Beetle. Você pode contar a Ike sobre o foguetório.

Smith deixou de sorrir, disse em voz baixa: — Há alguma coisa que eu devesse saber? Outro problema com Monty?

Patton levantou a mão, viu que os oficiais britânicos o espiavam. Um homem se aproximou mais, apontou para um hangar amplo. — General, eu sou o coronel Grayling. Bem-vindo a Siracusa. A reunião será ali dentro. Colocamos uma mesa, os mapas estão dispostos. Está tudo bem-protegido, naturalmente.

Patton se dirigiu para lá, seguindo as instruções do oficial, pensou, protegido de quê? De mim?

Nunca gostara das reuniões oficiais com Alexander, mas essa tinha peso, o foco no que estava por vir, não havia tempo para bater boca sobre que exército tinha feito as maiores conquistas. Era um ponto discutível para ele, de qualquer modo. Patton sabia que ganhara bons pontos com Alexander pelo extraordinário avanço de seu exército através do oeste da Sicília. Os americanos já estavam usando os portos ocidentais, especialmente Palermo, aliviando o congestionamento nas bases britânicas desse lado da ilha. Certamente Alexander não teria críticas, e Patton esperava ouvir uma boa quantidade de felicitações. Seria perfeitamente apropriado. Mas Alexander não seria o único oficial general na reunião.

Patton o viu então, um carro preto, comprido, as janelas levantadas, parado bem na frente do hangar. Um ajudante saiu do assento do carona, foi rapidamente para a porta traseira, abriu-a, deu um passo atrás com perfeita formalidade. Houve uma pausa e Patton caminhou energicamente, deixou Smith e os oficiais britânicos correrem para alcançá-lo. Não queria parecer atrasado, não seria o último em cena. A porta do carro permanecia aberta, nenhum movimento, e Patton chegou lá então, parou, controlou-se, percebeu que Montgomery o estava simplesmente vigiando, à espera do momento perfeito para sair do carro.

— Ah, general Patton! Que ótimo que veio! Muita confusão por estes lados, não é verdade? Muito bom trabalho, muito bom!

Montgomery estendeu a mão, e Patton a apertou, não disse nada, e Montgomery retirou a mão rapidamente. Houve uma pausa constrangedora, Patton examinava a estranha boina preta de Montgomery, grande demais para a cabeça dele, sempre quis saber por que ele a usava.

Montgomery disse: — Não vou desperdiçar o nosso tempo, general. Capitão Bailey, pegue o mapa, por favor.

O jovem oficial abaixou-se dentro do carro. Atrás de Patton, os oficiais britânicos estavam se agrupando, e o coronel Grayling disse: — Senhores, por favor, sigam-me por aqui. O general Alexander ainda não chegou. Arrumamos um local de reunião para os senhores aqui dentro. Bebidas e salgadinhos para todos e um pequeno almoço.

O ajudante de Montgomery saiu do carro com um mapa enrolado, e Montgomery disse: — Não é necessário. Discutiremos essas questões aqui mesmo. Não há tempo para trivialidades. Capitão, abra o mapa em cima do automóvel.

O ajudante obedeceu, desenrolou o mapa na capota do carro, Montgomery se aproximou, seus dedos correram pelo mapa. Patton chegou mais perto, ainda não havia falado com ele.

Montgomery disse: — Aqui. Veja esta linha, general. Eu desenhei uma demarcação separando nossos comandos. Pensei que esclareceria um pouco as coisas. Como pode ver, os hunos estão ancorados muito firmemente nas redondezas de Catânia. Eles estão utilizando o terreno traiçoeiro em torno do Monte Etna com grande proveito. Estou muito satisfeito que eles estejam completamente engarrafados onde estão. Isso nos permite uma flexibilidade considerável em relação a Messina. Concorda?

— Eu concordo que Messina deva ser nosso alvo imediato. Meus homens estão em posição para se deslocar para o leste a toda velocidade.

— Ah, sim, esperava que você dissesse isso! Então, você tem um plano?

Patton estava cauteloso, não esperava que ninguém lhe *perguntasse* coisa alguma na reunião, principalmente Montgomery. Inclinou-se mais para perto do mapa, apontou.

— Sim. A estrada costeira que sai a leste de Palermo está sob nosso controle e, quando estivermos em posição, poderemos usá-la com a máxima eficácia. Além disso, há esta... estrada paralela, a uns 30 quilômetros para o interior, que passa por Nicósia e Troina. Eu espero que em uma semana meus homens possam utilizar com vantagem as duas estradas para atacar o inimigo antes que ele consiga solidificar suas defesas. Se formos bem-sucedidos, poderemos empurrar o inimigo pelo caminho de volta até a Península de Messina, e lá os emboscaremos. Eu planejei várias operações anfíbias ao longo da costa norte, para desembarcar tropas na retaguarda de várias posições alemãs. Isso deve causar bastante estrago em suas fileiras e pode nos trazer um estoque considerável de prisioneiros. Naturalmente eu espero conseguir a aprovação de Alex para isso.

— Ah, excelente. Sim, sem dúvida. Então este é o plano.

Patton ficou empertigado, olhou para os homens reunidos atrás deles, viu assentimentos, aprovação.

— Não devemos dar oportunidade para que Alex dê a aprovação *dele*?

Então Montgomery riu, para sua surpresa. — Ah, caro rapaz, esta não é a questão aqui. Alex dará permissão para o plano, não há dúvida sobre isso. Eu só queria ter certeza de que você e eu estamos lutando a mesma guerra, hein? Nada complicado aqui. Sem dúvida, seu Sétimo Exército seguirá por estas duas estradas, com seus homens posicionados como você achar apropriado. Eu avançarei de baixo para cima, me deslocarei em torno dos dois flancos do Monte Etna. Isso deve dar dor de cabeça nos malditos hunos. Eles já estão olhando para trás, por assim dizer. Com o olho no prêmio e tudo o mais.

Patton sentiu um arrepio atrás do pescoço, pensou, de que prêmio estamos falando? Sentia-se desconfortável, cauteloso, não esperara cooperação alguma de Montgomery. Apontou para a extremidade leste da ilha. — Se o inimigo recuar como esperamos, eu darei prosseguimento aos ataques anfíbios. Certamente, uma vez que aceite a derrota, o inimigo tentará usar o estreito para escapar. Para que esta operação tenha sucesso completo, não podemos permitir essa fuga.

— Ah, não se preocupe, caro rapaz! A Real Força Aérea está sobre toda esta área. Se os hunos escaparem de nosso alcance, serão simplesmente cercados em Messina, sem nenhum lugar para ir. Deverá ser uma caçada aos patos para nossos rapazes do ar. O que os bombardeiros não conseguirem, a marinha conseguirá, estou absolutamente certo disso. Nossa tarefa, sua e minha, é garantir que os boches fiquem parados o tempo suficiente para os destruirmos completamente! Atingi-los dos dois lados assim... excelente! Trabalho rápido, certamente! Devemos ter esta ilha inteira em nosso bolso em um mês!

Um mês? Patton absorveu as palavras, pensou, ele realmente acredita nisso. Bem, claro. Com todo o *planejamento* dele, não consegue fazer nada depressa. Mas um mês é uma eternidade.

Na pista atrás deles, aviões tinham se movimentado num desfile constante, principalmente caças, as intermináveis missões contra as posições alemãs ao norte. Um avião aterrissou sozinho então, maior, um som diferente, seguido pela escolta de um grupo de caças, que passou por cima de suas cabeças.

Atrás de Patton, um homem chamou: — Senhor! O general Alexander chegou!

Patton espiou o avião, que taxiava perto agora, desligando os motores. Os oficiais se dirigiram para a aeronave, preparando as saudações costumeiras. Patton os acompanhou. Olhou para trás, para o carro, viu Montgomery ainda lá, estudando o mapa, o jovem capitão ao lado, segurando o mapa no lugar. Bem, pensou, eu suponho que Monty fale com Alex frequentemente, ele não precisa de formalidades. Ou de cortesia.

A porta se abriu e Alexander desceu do avião, palavras breves e rápidas com os oficiais, viu Patton, disse: — Bem-vindo, general. Fico feliz que esteja aqui. Estamos chegando perto, você sabe. Ainda temos um caminho duro, mas com o trabalho que seu pessoal fez, o inimigo deve saber que está derrotado. É só uma questão de tempo, suponho.

Sim, Patton pensou. Um mês.

Alexander focalizou Montgomery e disse: — Ah, Monty! Escritório no campo, pelo que vejo.

— Alex.

Patton se aproximou do lado do carro, os olhos em Alexander. Viu uma expressão fechada, incomum, uma tensão em Alexander, pensou, ele espera mais de Monty. E não está recebendo o que espera.

Alexander disse: — Temos algum tipo de estratégia em mente, Monty? Eu gostaria de ouvi-la.

— Não se preocupe, Alex. George e eu acertamos tudo. Muito simples, realmente, perfeitamente preciso. Os hunos estão quase no papo.

Patton ficou em silêncio, espiou Alexander cruzar os braços, balançar-se devagar, a expressão carrancuda se transformar num duro franzir de sobrancelhas. — Monty, eu gostaria de ouvir o seu plano, se você estiver de acordo.

Montgomery deu de ombros. — Estudamos os detalhes. George vê as coisas do mesmo modo que eu. Creio que não haverá dificuldades...

— *Diga-me qual é o seu plano.*

Era a primeira vez que Patton via Alexander levantar a voz; um silêncio frio manteve-os todos imóveis.

Montgomery fez uma pausa, sua voz estava baixa e calma: — Certamente, Alex.

Montgomery falou durante algum tempo, outros se juntaram a ele, os oficiais em torno adiantavam informações, completavam os detalhes, Smith também contribuía. Os detalhes não alteravam o plano geral, e Patton percebeu que todas as suas sugestões tinham sido aceitas sem discussão, o que era mais que simplesmente extraordinário. Enquanto a discussão continuava, Patton principalmente espiava e ouvia, e pôde perceber claramente a ira de Alexander. Repentinamente sentiu-se atordoado, muito feliz por Beetle Smith estar ali para testemunhar a cena e informar Eisenhower. Patton não costumava ser um espectador inocente, o único homem do grupo a não ser a fonte do conflito.

Depois de algum tempo ao sol, ao lado do carro de Montgomery, depois de os detalhes terem sido esboçados e analisados, Alexander silenciou a todos e olhou para Patton. — Que acha disso, general? Este lhe parece um plano que propicia aos americanos uma oportunidade de partilhar o espólio, por assim dizer. Ike tem sido muito insistente a respeito disso, assim como você. É aceitável para você?

— Sim, perfeitamente aceitável. Não levará um mês, no entanto.

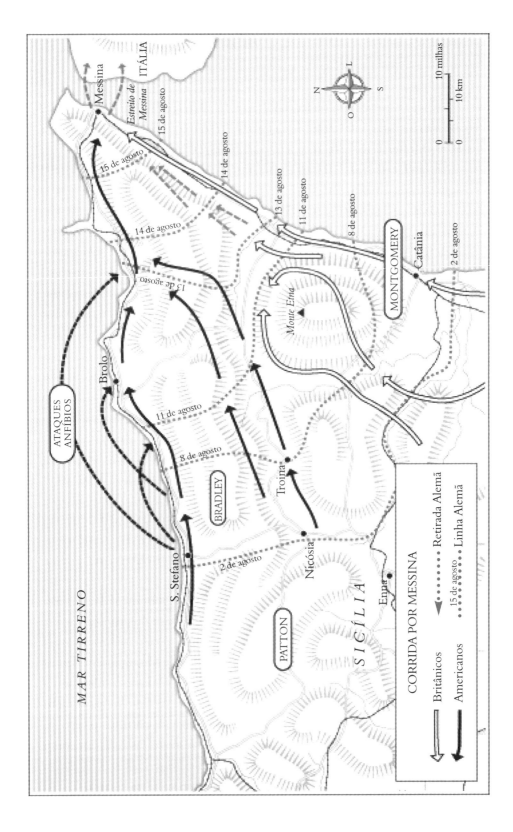

Alexander olhou depressa para Montgomery. — Uma declaração corajosa, George. A vitória favorece os ousados, certamente. Mas eu não o prenderei a esta declaração. Eu devo chamar a atenção para uma coisa. Este nível de cooperação deve certamente demonstrar que o meu comando, que o Décimo Quinto Grupo de Exército, está inteiramente aliado em pensamento. Isto foi assegurado a Ike várias vezes. Espero que isto o satisfaça, George.

Patton assentiu devagar. — Certamente parece que é assim.

— Muito bem. Vou retornar ao meu quartel-general. Os senhores têm a minha inteira confiança. Vamos realizar o trabalho, não?

Alexander se afastou rapidamente, e Patton ficou surpreso ao vê-lo embarcar no avião. O estado-maior de Alexander também estava surpreso, os oficiais se esforçando por alcançá-lo, os pilotos ainda na cabine, tão surpresos quanto os passageiros. Patton olhou para seu avião, a tripulação sentada à sombra da asa, os homens aguardando seu sinal, a ordem de que era hora de ir. Mas Patton não tinha certeza do que aconteceria agora, pensou no almoço, a sugestão oferecida pelo coronel britânico. Virou-se para Montgomery, que fez sinal para seu ajudante, e o jovem capitão enrolou o mapa.

Montgomery disse: — Eu não disse para você não se preocupar? Alex sabe que eu tenho as coisas sob controle aqui. Como ele disse, cabe a nós realizar o trabalho. — Montgomery rodeou o carro, o ajudante correndo para abrir a porta. Então Montgomery parou, enfiou a mão no bolso, tirou um pequeno isqueiro. Ele o estendeu para Patton, disse: — Por favor, aceite este presente, George. Prova de minha estima e tudo o mais. Quando chegarmos a Messina, eu farei uma comemoração formal, jantar, e outras coisas mais. Você leva este isqueiro, e nós acenderemos o charuto um do outro, hein?

Patton segurou o isqueiro entre os dedos, ficou olhando enquanto Montgomery entrava no carro. À sua volta, os oficiais se dispersavam, cada um com sua tarefa, ninguém parecia pensar em almoço.

O carro partiu, e Smith agora estava ali e disse: — Então, o que Monty lhe deu?

Patton levantou o isqueiro, examinou-o por um momento, moveu a pequena roda, viu o leve brilho da fagulha. — Provavelmente custou um níquel. Alguém deve ter lhe dado uma caixa dessas malditas coisas.

Smith não disse nada, e Patton começou a andar, atravessando a pista. Smith então falou: — Vou contar isso a Ike. Tudo. Estamos com você, George.

Patton levantou uma mão, um breve aceno, dirigiu-se para o avião, o pensamento nos mapas, as duas estradas que conduziam a Messina, a jactância de Montgomery, seu plano para um jantar, um acendendo o charuto do outro. Onde faremos isso, Monty? Em meu quartel-general ou no seu? Imagino que talvez dependa de quem chegar a Messina primeiro.

37. KESSELRING

ROMA — 25 DE JULHO DE 1943

ERA TARDE, A CIDADE ÀS ESCURAS POR CAUSA DOS RUMORES SOBRE bombardeios aliados. Tinha sido uma luta convencer alguém no governo italiano de que a cidade estava ameaçada, mas Kesselring havia recebido muitos relatórios da inteligência e interceptações de rádio e foi obrigado a acreditar que os Aliados decididamente pensavam em violar os acordos informais para que Roma fosse poupada. É nossa culpa, pensou. Nós colocamos este lugar em risco. Uma coisa é operar os aeroportos próximos e cercar a cidade com acampamentos de tropas, mas agora... a guerra chegou muito perto. A cidade poderia se tornar um campo de batalha. Nós a bombardearíamos se *eles* estivessem aqui? Sacudiu a cabeça, já sabia a resposta.

Olhou para as ruas escuras, viu carros com faróis acesos, uma violação direta à ordem de blackout. Tinha sido assim desde que as luzes se apagaram, muitos italianos ainda estavam alheios à guerra. Maravilhava-se com isso, pensou, eles são uma raça única, tão extasiados com sua história que são incapazes de enxergar o presente. Somos tão diferentes. Muito da força do *Führer* deriva do uso do passado como um instrumento, incitando a Alemanha contra os que a derrubaram, e que a manteriam subjugada ainda. Claro que é uma estratégia imperfeita. Tantas vezes Hitler preferiu virar as costas para os fatos como eles são e sonhar com um mundo como ele quer que seja. Isso é um luxo que um soldado não pode ter.

Afastou-se da janela, puxou a cortina preta sobre o vidro alto, foi até a escrivaninha, acendeu a pequena lâmpada. Quem está certo, afinal? Um soldado não pode pensar sobre isso também. Nós não ponderamos o valor de nossa causa, simplesmente lutamos para preservá-la. Podemos certamente estar lutando agora apenas para nos preservar. Pegou a garrafa de conhaque, tirou a rolha, aproximou-a do nariz, respirou o calor acentuado e floral. O pequeno cálice estava na escrivaninha, vazio, e ele serviu uma pequena quantidade, pensou, não demais. Não preciso de uma dor de cabeça de manhã. Virou-se para a cortina, pensou, uma noite quente, sem brisa. Eu deveria fazer uma caminhada. Eu realmente gostaria muito. Não, é uma bobagem pensar nisso. Já é tarde demais. Muito trabalho amanhã. Sempre há muito que fazer. Tenho que ver os relatórios, preciso saber dos passos do inimigo. Eu deveria convocar Hube, encontrá-lo frente a frente. Temos sorte de ter um homem como ele na Sicília, um homem em quem posso confiar. Pensou em Rommel, já tinha sentido o mesmo em relação a ele. Agora Rommel está no colo de Hitler, e isso deve estar acabando com ele.

Rommel havia passado seis semanas no luxo de Semmering, recuperando-se da doença, e Hitler havia esperado pacientemente seu retorno, ainda considerava a Raposa do Deserto com uma afeição parcial que fazia ferver o sangue do estado-maior superior alemão. Durante algumas semanas Rommel ficara próximo de Hitler, servindo como conselheiro, na verdade um assessor sem nada o que fazer. Mas, então, a inteligência alemã se convenceu de que os Aliados tentariam uma invasão da Grécia, para cravar uma cunha a oeste do exército alemão sitiado, que ainda estava enredado numa campanha maciça contra os russos. Rommel fora escolhido para liderar as forças que presumivelmente enfrentariam os Aliados quando estes desembarcassem em Tessalônica, a península grega que se projeta no Mar Egeu, o lugar mais lógico para tal desembarque.

Rommel está lá agora, pensou, reunindo homens para uma invasão que até Rommel sabe que não acontecerá. Não importa, ele fará o trabalho. Ele representará a comédia perversa, estudando os relatórios da inteligência de homens que ainda acreditam que a invasão da Sicília é uma simulação. Ainda há homens em Berlim que acreditam que os Aliados têm tantos recursos que podem montar operações onde quer que queiram. Kesselring sorriu apesar do desânimo, pensou em Hitler. Ah, mas nada lhe importa tanto quanto segurar Rommel perto de você, de modo que possa pousar a mão no ombro dele. A Grécia é melhor que a África. O *Führer* sabe o que eu sei, que nem sempre se pode confiar em Rommel para fazer o que queremos que ele faça. E se ele não estivesse na Grécia, então estaria aqui. O que faria na Sicília? Como lidaria com Montgomery dessa vez? Nunca saberemos a resposta. Os italianos não o querem. É minha segurança, a única coisa que me mantém nas boas graças de todos aqueles generais fofoqueiros de Berlim. Mais ninguém consegue se entender com os italianos.

Cheirou o conhaque, girou-o no cálice, bebeu um pequeno gole. Por mais quanto tempo isso vai importar? Por mais quanto tempo os italianos vão permitir que lutemos esta guerra no solo deles? Apesar do que Mussolini diz aos seus ministros, o exército italiano está se esfacelando, caindo aos pedaços, e isso só vai piorar. A única força que detém o inimigo na Sicília é a alemã. Hans Hube é o melhor que temos agora, talvez melhor que Rommel. Não podemos mais sonhar em empurrar o inimigo para o mar. Não teremos vitória na Sicília, apenas sobrevivência. Rommel entendeu isso na Tunísia, tentou muito convencer todos nós a nos retirar e salvar o exército. Mas Berlim ainda não queria ouvir esse tipo de conversa, e Rommel fez muito barulho sobre o assunto, desfilou sua causa com botas pesadas, nunca foi diplomata em relação a nada. Rommel acreditava ser ele próprio quem lutava na guerra, que se não fosse do jeito dele, seria um fracasso. Não importa que ele pudesse estar certo. Ele fez inimigos.

Kesselring sacudiu a cabeça. Mas ele tem um amigo. Não entendo por que Hitler o ama tanto. Se eu tivesse desobedecido tantas ordens, teria sido fuzilado.

Terminou o conhaque, pensou, eles virão. Haverá bombas aqui, e os italianos se sentirão ultrajados. O *Führer* tem que acreditar que isso nos ajudará, inflamará os italianos para se tornarem melhores combatentes, para expulsar os Aliados de sua terra. Sacudiu a cabeça, aproximou-se da luminária. Não, isso só os fará desistir. Este povo não é o povo britânico. Eles não têm esse tipo de decisão, não jurarão continuar a lutar ao ver seu país destruído.

Parou ao lado da luminária, ainda não estava pronto para a escuridão, pensou, tantos erros, tantos erros desastrosos de julgamento e estratégia e planejamento. O suposto é que se aprende com os erros, mas não pode haver lições quando os erros não têm fim.

Houve uma leve batida na porta, e Kesselring disse: — Sim. Entre.

A porta se abriu, e ele viu Westphal, o antigo ajudante de Rommel, agora seu chefe do estado-maior.

— Senhor, minhas desculpas. Mas é muito urgente!

Kesselring inclinou a cabeça, o ouvido treinado para escutar o som de bombas, mas só havia silêncio. — O que aconteceu?

— A notícia veio do palácio, senhor, diretamente do rei. *Herr* Mussolini foi deposto pelo Grande Conselho Fascista. Ele está preso.

Kesselring se apoiou na mesa, sentiu falta de ar. — Mas eu falei com ele ontem. Ele estava inteiramente confiante na lealdade deles. Não havia indício de que alguma coisa estivesse errada.

Westphal não disse nada.

Kesselring se aprumou novamente. — Assim, sem mais nem menos? Esta noite? Sem aviso?

Não houve resposta à sua pergunta, e ele olhou além de Westphal, tentou embaralhar nomes e rostos, todos os homens que tentariam chegar ao topo, as brigas que deveriam surgir. Quem se mantivera leal a Mussolini e quem o traíra? Isso tem importância. Quem está no comando agora? Pensou no rei, um velho frágil, Vitor Emanuel. A relação entre a monarquia e Mussolini fora tênue, e, embora Mussolini tivesse tomado o poder, sabiamente havia deixado o rei em seu trono, sabendo que o povo italiano amava o velho rei e respeitava sua influência.

— Comunique-se com o rei. Preciso me reunir com ele o mais breve possível. Isso muda consideravelmente a nossa situação.

— Imediatamente, senhor. *Heil* Hitler!

Westphal se foi, e Kesselring sentiu o calor do conhaque, alcançou novamente a garrafa, tirou a rolha, disse em voz alta: — Sim. Isto muda consideravelmente a nossa situação.

O GENERAL HANS HUBE ERA UM VETERANO DA PRIMEIRA GUERRA Mundial, tinha perdido o braço direito em Verdun, mas, ao contrário de tantos que portavam horríveis ferimentos, não perdera nada do espírito de luta e tinha continuado o que agora era uma longa carreira no exército. Hube tinha servido eficientemente na frente russa, sobrevivera ao desastre de Stalingrado e, ao mesmo tempo, chamava a atenção de Hitler como um dos principais generais combatentes do exército alemão. Agora comandava as forças alemãs na Sicília e, naquele teatro, só estava subordinado a Kesselring. Hube havia recebido o comando não por ambição, mas por uma forte recomendação de Rommel, que convencera Hitler de que Hube era o homem certo para virar a maré contra o poderio da invasão aliada. Kesselring deu pouco crédito às razões de Rommel para apoiar Hube, imaginou até que Rommel o havia sugerido para o comando porque achava que Hube fracassaria. Kesselring não podia evitar especular que o afastamento de Rommel das linhas de frente lhe teria sido mais doloroso que a doença que adquirira no deserto. Se Rommel realmente sentia falta da vida entre os tanques, Kesselring era levado a acreditar que Rommel talvez teria a tentação de criar um desastre, de modo a que só ele pudesse ir para o sul e salvar a pátria. Mas qualquer dúvida que Kesselring tivesse tido sobre Hube fora descartada. Nas duas semanas desde a chegada de Hube, Kesselring não tinha visto nada do derrotismo e da independência rebelde de Rommel. Melhor ainda, Hube parecia completamente livre das fantasias e ilusões que cercavam Hitler e seu estado-maior. Hube entendeu exatamente o que estava acontecendo na Sicília, qual era seu papel e estava realizando o trabalho com perfeita eficiência.

ROMA — 28 DE JULHO DE 1943

— Eu me reuni com o rei Vitor Emanuel. Felizmente, ele e eu sempre tivemos um relacionamento cordial. O rei me informou que Pietro Badoglio agora é o chefe do governo e assumiu o comando de todas as forças armadas italianas.

Hube disse: — Podemos confiar nele?

Kesselring deu de ombros. — Ele é o rei. Ele insiste em que é nosso aliado ainda e permanecerá assim, e que Badoglio continuará a cooperar conosco.

— O senhor acredita nele?

Kesselring sorriu. — Pouco importa no que eu acredito. Importa que continuemos a fazer o nosso trabalho. Tenho certeza absoluta de que o *Führer* está dedicando uma grande parcela de energia na reavaliação de nossa relação com o nosso aliado. No entanto, até que eu seja notificado do contrário, meu papel aqui não muda. Nem o seu.

— Certamente, senhor.

Kesselring não disse nada por um tempo, Hube conformado em esperar pelo que viesse.

— Você é um homem paciente, Hans. Não desfrutei de tanto luxo no passado.

— Não sei a que o senhor se refere.

— Não importa. Estou sendo indiscreto. Fale-me sobre os *seus* italianos.

Hube pareceu se encher de energia, o assunto se voltava para seus próprios interesses. — Não sinto que tenha havido uma mudança significativa. Desde a minha chegada, tenho sido bastante cuidadoso em não confiar seriamente no general Guzzoni e não considerei o exército italiano ponto forte no meu planejamento. Não tenho planos de posicioná-los em qualquer área que requeira grande habilidade ou sacrifício. Em toda posição onde há perigo de um ataque significativo do inimigo, nosso próprio pessoal tem sido usado.

Kesselring sorriu novamente, pensou, eu já ouvi isso antes. — E quanto aos oficiais?

Hube sacudiu a cabeça. — Os oficiais italianos não parecem afetados pela prisão de Mussolini, mas, claro, isso pode mudar. Como o senhor sabe, alguns dos oficiais superiores conhecidos por serem especialmente leais a Mussolini foram substituídos. Essas mudanças estão a cargo do general Guzzoni. Elas não me afetam.

Kesselring tamborilou os dedos sobre a mesa, pensou por um momento. — Quero que você continue com sua estratégia geral de retirada gradual. Mas você deve saber que, quando estivermos fora da Sicília, toda a Itália poderá se tornar uma região hostil. Não chegaram ordens de Berlim para mim, e eu suspeito que seja porque sou considerado amigo dos italianos. Mas já há movimento de tropas no norte, e eu recebi relatórios de que nossas forças estão se posicionando nos desfiladeiros das montanhas ao longo da fronteira da Áustria. Apesar do que me disse o rei, não acredito que o governo italiano permanecerá nesta guerra por muito tempo. Isso está no ar por aqui, em cada conversa sussurrada. A aliança entre nosso país e a Itália foi possível pela amizade do *Führer* com Mussolini, e, agora que Mussolini se foi, eu tenho tido indicações dos políticos italianos de que nossas tropas estão sendo vistas mais como um exército de ocupação. Tenho certeza absoluta de que o *Führer* não permitirá que a Itália escape, mas temo que já tenha escapado. — Kesselring fez uma pausa. — Estou muito mais preocupado em preservar as tropas e os equipamentos alemães do que em manter a Sicília.

— Sim, senhor, entendi isso desde o começo.

— O *Führer* certamente compreende que, no final, uma guerra de desgaste nos custará mais do que tudo o que possamos ganhar. É mais útil para nós atrasarmos os esforços que os Aliados possam fazer para ocupar a Itália. Qualquer manobra desse tipo provavelmente empurraria os italianos para fora desta guerra e é possível que os fizesse mudar por completo no que diz respeito à sua lealdade. Não tenho dúvida de que sempre foi intenção do inimigo usar a Sicília como base de lançamento de um ataque à parte continental da Itália. Churchill fala disso abertamente, e eu não creio que ele seja suficientemente inteligente para usar isso como uma espécie de artimanha. A catástrofe que aconteceu na Tunísia não pode se repetir na Sicília. Suas forças são necessárias para a próxima campanha, e eu não vou perdê-lo para um campo de prisioneiros aliado. Com essa finalidade, você utilizará um plano preciso de retirada e manterá o porto de Messina como seu principal ponto de evacuação. Isso deve ser feito cuidadosamente e com severas punições para o inimigo. O sucesso dessa retirada se baseará na sua habilidade em fazer o inimigo pagar muito caro pelo que ele acreditará serem sucessos. Estou confiante em que Montgomery nos fará essa gentileza, como na África. Ele é um homem metódico, lento para tirar partido de uma oportunidade. Isso será muito útil para você. Eu não conheço esse Patton. Ele pode ser muito mais perigoso, e você deve lhe ensinar a usar de cautela também.

— Senhor, há o risco de a própria evacuação ser desastrosa. O poderio naval e aéreo aliado...

— Há vantagens a que o inimigo não pode se contrapor, general. O estreito é apertado demais para que navios de guerra manobrem com eficácia. As travessias podem ser feitas à noite e, com apenas pouco mais de três quilômetros para transpor, podem ser realizadas rapidamente. Vou ordenar que todas as baterias antiaéreas disponíveis sejam transferidas para a área de Messina. Vamos usá-las em ambos os lados do estreito. Qualquer avião aliado que tentar interromper nossos planos encontrará um muro de fogo tal como nunca se viu.

— Senhor, pretendemos evacuar também as tropas italianas?

Kesselring pensou por um tempo. — Sua prioridade é preservar as tropas que estão mais bem-equipadas e mais dispostas a continuar esta luta.

Hube o examinou, olhos vivos. — Realizaremos nossa missão, marechal de campo. E o inimigo pagará com sangue cada passo que der.

D<small>IAS APENAS DEPOIS DA DERRUBADA DE</small> M<small>USSOLINI, AS TROPAS</small> alemãs começaram a se comportar como os italianos temiam, muito mais como um exército de ocupação do que como forças amigas protegendo um aliado. No norte, ao longo dos desfiladeiros das montanhas dos Alpes, as tropas alemãs cresciam em número, tropas que Kesselring sabia que poderiam se tornar uma força de invasão, com ordens para se dirigir ao sul para capturar artérias vitais de suprimentos e posições-chave defensivas por toda a Itália. Não foi surpresa para ninguém, especialmente para Kesselring, que Erwin Rommel fosse transferido de seu posto na Grécia e colocado na chefia do novo comando alemão, Grupo de Exército B, com quartel-general em Munique. Kesselring sabia que agora Rommel estava de olho no que ele fazia e, com apoio de Hitler, talvez tivesse a ambição de comandar todo o teatro. Mas Kesselring ainda tinha a Sicília pela frente e precisava focalizar seu objetivo principal, para garantir que as tropas alemãs na Sicília fossem capazes de lutar novamente, uma luta que Kesselring continuava a acreditar que envolveria toda a parte continental da Itália.

38. PATTON

PALERMO, SICÍLIA — 31 DE JULHO DE 1943

O JIPE QUE OS LEVAVA PASSOU POR PILHAS DE ESCOMBROS BRANCOS, restos de uma antiga igreja, uma visão a que Patton estava acostumado agora. Podia ver que Eisenhower estava assimilando a cena, parecendo claramente contrariado com a destruição de um lugar tão antigo.

— Suponho que tenha sido necessário.

Patton olhou para a frente, além do capacete do motorista, sentiu o gosto da poeira do carro de reconhecimento que os antecedia, não disse nada, pensou, não tive nada a ver com isso. Culpe a força aérea.

Subiram um morro, um local alto com vista para a baía. Patton conhecia o lugar, tinha ido lá mais de uma vez, gostava de ver os engenheiros trabalhando na zona portuária, homens que haviam limpado tantos destroços, abrindo as profundas passagens para os navios de suprimentos, o porto já recuperado e funcionando. O motorista diminuiu a velocidade, e Patton bateu no ombro dele.

— Aqui está bom.

O jipe parou, o carro patrulha em frente virou abruptamente, deslizando até parar. Atrás deles mais jipes se juntaram, um caminhão com uma metralhadora grande. Eram homens do Décimo Quinto Regimento, a unidade que o próprio Eisenhower havia comandado. Quando a notícia da visita de Eisenhower tinha filtrado através dos oficiais superiores, os soldados do Décimo Quinto solicitaram que lhes permitissem fornecer uma escolta, uma saudação ao antigo comandante, que Eisenhower descreveu como uma guarda de honra. Patton achava a escolta ridícula, um feriado para soldados que tinham coisas melhores a fazer. Não há nada nesta cidade que requeira tanta segurança, pensou. Mas não podia se opor, tinha experiência suficiente para não protestar contra qualquer demonstração que Eisenhower quisesse fazer.

Patton se levantou e saiu do jipe, foi até a beira da escarpa rochosa, as mãos ao lado do corpo, descansando na coronha das pistolas. Esperou por Eisenhower, que chegava agora ao seu lado, e Patton não disse nada, sabia que a vista inspiraria uma reação.

— Maravilhoso, George. Realmente maravilhoso. Ouvi dizer que o lugar era uma confusão só.

— Os engenheiros. Crédito a quem é devido.

Podia ouvir a respiração de Eisenhower, silêncio estranho, pensou, ele quer me dizer alguma coisa. Há de ser má notícia. Já vi isso antes, Ike lutando para achar a forma correta de dizer alguma coisa.

Após uma longa pausa, Eisenhower disse: — Soube que você quer substituir Terry Allen. Tem certeza disso?

— Sim. A Primeira fez tudo que exigimos dela, mas toda estrada tem um fim. Allen claramente foi além de suas próprias forças. Ele está no meio desta guerra desde Orã, faz jus a um descanso. Precisamos de energia nova no comando.

— Teddy também?

— Teddy também.

Teddy Roosevelt Jr. era o filho do presidente Theodore Roosevelt, tinha servido na Big Red One como o segundo no comando de Allen. Durante as semanas que antecederam a invasão da Sicília, a Primeira Divisão tinha se tornado fonte de problemas de disciplina, os generais não estavam à altura das expectativas de Patton quanto à administração de uma divisão de combate. Logo antes de seu embarque para a Sicília, houve uma completa quebra de autoridade, a divisão se envolveu numa onda de pilhagem e destruição em Argel que nem Allen nem Roosevelt se mostraram dispostos ou competentes para impedir. Na Sicília, os soldados da Big Red One haviam combatido razoavelmente bem, mas aparentemente nunca recuperaram o forte espírito de seus melhores dias no norte da África.

Patton esperava uma discussão, sabia que Teddy Roosevelt tinha amigos poderosos em Washington.

— A decisão é sua, George. Faça o que for melhor. Eu explico a Marshall.

Patton não disse nada, pensou, bem, isso é uma surpresa. Ike deixar eu dirigir meu próprio espetáculo.

Depois de um momento, Eisenhower disse: — Monty já está planejando a próxima operação. Sei que ele está muito ocupado neste momento, mas tem que olhar para a frente. Todos nós temos. Vamos entrar na Itália assim que as lanchas de desembarque puderem ser reunidas, e isso inclui as lanchas designadas para você.

— Eu só tenho duas dúzias. A marinha tem sido muito sovina com essas coisas.

— George, ajeite-se com o que você conseguir. Todos estão com os recursos bastante restritos nesta situação. Você ainda pretende lançar aquelas operações anfíbias?

— Perfeitamente. Se chegarmos às praias atrás das linhas boches, o trabalho da infantaria deve ficar muito mais fácil. Qualquer confusão que pudermos causar ao inimigo melhora a nossa situação. Ou você não concorda?

— A operação é sua, George.

— Seria muito melhor se eu tivesse cinquenta ou sessenta lanchas de desembarque.

Eisenhower não disse nada, e Patton sabia que ele tinha dado o seu recado. Não há nenhuma necessidade de amolar a marinha, pensou. Cunningham não pode ser aborrecido com detalhes que só ajudariam os americanos.

Eisenhower disse: — Os desembarques em torno de Nápoles serão uma operação de Wayne, você sabe. O Quinto Exército está treinando para isso já há algum tempo. Monty espera atingir o inimigo exatamente do lado oposto a Messina, e avançar diretamente da ponta da bota para cima. Com Wayne pressionando a partir do norte, quaisquer forças alemãs no sul da Itália serão isoladas. Poderemos enrolar a Itália como um tapete.

Patton respirou fundo, não disse nada. Esperava que Clark recebesse algum tipo de comando mais fácil, pensou, claro, quando nós abrirmos a passagem no meio dos alemães aqui, Wayne começará a *enrolar* a Itália. Clark deve estar dançando em Casablanca. Está bundeando há tempo demais, ansioso para fazer alguma coisa. Mas Monty? Não conseguirá engajar aqueles soldados em outra campanha tão cedo. Não sem um descanso.

— Você acha que Monty estará pronto para outra operação de larga escala tão cedo, Ike? Seu pessoal está ficando bem exaurido.

— O seu pessoal também. Temos que atacar com força enquanto o inimigo está vulnerável. Todos estão apoiando isso, principalmente Churchill. Mas obviamente não podemos fazer nenhuma manobra até que as coisas estejam seguras aqui. Tenho grandes expectativas quanto a você, George. Todos têm. Precisamos que esta situação seja resolvida rapidamente.

Patton engoliu a palavra *todos*. Será que isso inclui os britânicos?

— Vamos resolvê-la, Ike. Tudo está em seus lugares. Temos duas coisas acontecendo ao mesmo tempo lá. A Quadragésima Quinta está avançando no litoral, a Primeira está no interior. Bradley está preparado para colocar a Terceira atrás da Quadragésima Quinta. Tenho certeza de que os rapazes de Middleton precisarão de um descanso, e a Terceira pode assumir em seu lugar. A Nona está se preparando para embarcar aqui no porto para acrescentar efetivos à Primeira. Se precisarmos, poderemos tirar inteiramente a Primeira da linha, e deixar os rapazes de Eddy terem uma oportunidade. Os boches não podem fazer frente a tanto poderio. Estamos infernizando a vida deles, Ike. E não vamos parar até estarmos no centro de Messina.

— Excelente, George. Essa campanha fará nosso nome. O presidente está atento a cada relatório, Marshall também. Mas é mais que oficial. Havia muitas pessoas nos dois lados do Atlântico que pensavam que nós fôssemos um tigre de papel. A maldita BBC age como se nós não existíssemos, continua a informar ao povo britânico todo tipo de absurdos sobre Monty. Estou realmente cansado disso.

Patton estava surpreso, olhou para Eisenhower, viu raiva em seu rosto.

Eisenhower disse: — O problema é que não há nada que eu possa fazer quanto a isso. Churchill é um enorme espinho, você sabe. Ele vive fazendo comunicados ao Parlamento, aos jornais, fornece todo tipo de detalhe sobre as vitórias que estamos obtendo aqui. Ele informa à imprensa nomes de cidades que supostamente capturamos, lugares que ainda estão em poder do inimigo. Claro, nós as conquistaremos mais cedo ou mais tarde. Mas ele não consegue esperar pelos fatos. Ele adora os refletores, adora ser o mensageiro de boas-novas. Os britânicos precisam disso, imagino. O povo sofreu tanto nesta guerra quanto na anterior. Mas, diabos, eu queria que eles segurassem um pouco as rédeas.

— Eu sei de uma coisa que podemos fazer a respeito disso, Ike. Tomamos as cidades, agarramos os prisioneiros boches, cravamos algumas bandeiras americanas na frente desses idiotas da BBC, e eles terão dificuldade em afirmar que os britânicos estão vencendo todas as malditas batalhas.

— Cuidado, George. A BBC é problema meu. Mas numa coisa você está certo. Faça o trabalho depressa. Mostre a todas, não apenas à BBC, que nossos rapazes estão fazendo a parte deles. Esta é uma frente aliada, um só exército. Eu continuo a não tolerar nenhum tipo de picuinha nacionalista aqui, e vou fazer de tudo para manter isso fora dos jornais dos Estados Unidos. Mas, afinal, compete a você dirigir este trem. Eu gostaria de ver seu nome no jornal tanto quanto o de Monty.

Patton sorriu, fazia bastante tempo que não sentia muito afeto por Eisenhower; agora percebia, Ike está andando numa corda bamba, servindo a muitos senhores. A melhor maneira de pôr meu nome no jornal é colocar nossos rapazes no centro de Messina antes de todos os outros. Nem a BBC poderá ignorar *isso*.

D O FLANCO ESQUERDO DE BRADLEY NO LITORAL NORTE ATÉ A posição de Montgomery a leste eram dirigidos ataques contra posições alemãs que se defendiam com mais tenacidade do que até Patton esperava. A despeito da dificuldade do terreno, os homens da Primeira e da Quadragésima Quinta divisões avançavam duramente contra o inimigo, passando através de vales profundos e montes acidentados, defrontando-se com estradas destruídas e pontes explodidas. No leste, Montgomery também encontrava dificuldade, ainda confrontava forças alemãs que se aferravam fortemente às defesas nas escarpas em torno do Monte Etna. As baixas aumentavam de ambos os lados, mas as forças de Bradley continuavam seu avanço e, uma por uma, as aldeias costeiras, Celafù e San

Stefano, Brolo e Falcone, caíram em mãos americanas. No interior, por terrenos dos mais difíceis que os americanos já tinham encontrado, a resistência obstinada dos defensores alemães finalmente cedeu e as cidades serranas de Nicósia e Troina caíram nas mãos de Bradley. A leste, depois de uma semana de combates difíceis, as defesas alemãs perto de Catânia começaram a se retirar, e finalmente Montgomery avançou sobre os dois flancos da barreira da grande montanha. À medida que os alemães se retiravam, suas linhas de frente se contraíam, e os soldados protegiam uma frente que se estreitava a cada passo dado para trás. Apesar do terrível derramamento de sangue que cada ataque aliado infligia, o general Hube estava realizando exatamente o que Kesselring esperava. Com menos terreno para defender, os alemães começaram a manobrar tropas para fora de sua posição de linha de frente, deslocando-as para os pontos de evacuação em torno de Messina.

Muitos regimentos italianos continuavam a se desfazer, em rendições em massa que despejavam refugiados nas linhas americanas. Mas nem todos os italianos estavam felizes em depor os rifles. À medida que os alemães executavam sua retirada cuidadosamente controlada, muitos italianos seguiam com eles, ainda dispostos a lutar para deter o avanço aliado. Veteranos comandantes italianos estavam bem conscientes de que se demorassem e mantivessem seu pessoal nas linhas de frente, o que acontecera no norte da África poderia acontecer na Sicília também. Mais de uma vez, Rommel havia feito apenas esforços simbólicos para resgatar a lenta infantaria italiana. Dessa vez os italianos que ainda possuíam espírito de luta não planejavam ser deixados para trás para serem sacrificados, apenas para que os alemães pudessem levar a bom termo uma fuga rápida. Enquanto as linhas alemãs se contraíam, os comandantes italianos impeliam seu pessoal numa rápida retirada para Messina. Em 3 de agosto, os primeiros italianos a alcançar o estreito realizaram com sucesso a travessia para a parte continental. A grande evacuação havia começado.

PERTO DE CERAMI, SICÍLIA — 10 DE AGOSTO DE 1943

Os homens ficaram de lado, deixaram o jipe passar. Patton os olhava, via as saudações, homens gritando, sorrisos exaustos. Teve vontade de parar, falar com eles, queria encorajá-los, agarrá-los pelo colarinho, colocar fogo em seus passos. Deem-me só mais um pouquinho, pensou. Maldição, estamos chegando lá e, se dependesse de mim, já teríamos terminado esta luta. Tinha ficado impaciente com Bradley, com todos os comandantes, agitou-se até virar um tornado contra a marinha, os homens que pareciam atrasar e discutir cada operação. Os assaltos anfíbios não foram eficientes como havia previsto, os alemães muitas vezes se retiravam antes que os soldados pudessem desembarcar. Outros foram vítimas dos bombardeiros alemães, a preciosa lancha de desembarque destruída ou avariada antes mesmo que os soldados pudessem começar a operação. Velhas senhoras, pensou. E não só na marinha. Todos eles. Comandantes de infantaria que preferiam sentar a bunda que combater.

A BBC continuava com reportagens absurdamente parciais, e Patton soube que Londres era informada de que os americanos passavam a maior parte do tempo comendo uvas e desfrutando as praias, enquanto os valorosos soldados britânicos derramavam seu sangue num terrível combate em torno do Monte Etna. Patton, na realidade, precisava de pouco estímulo para achar defeitos em seus próprios oficiais, para acreditar que Bradley e seus comandantes de divisão poderiam estar empurrando os alemães para Messina num ritmo mais rápido. Agora, o povo britânico era informado de que os americanos estavam se divertindo na guerra às expensas de seus valentes rapazes. Um repórter da BBC, apenas um, pensou. Tragam-me este filho da puta e deixem-no andar por estes hospitais, deixem-no passear sua arrogância por estas montanhas. Vou lhe mostrar um feriado na praia.

Patton tinha tornado parte de sua rotina uma parada nos hospitais de campanha, tinha feito um grande esforço para conseguir a condecoração Purple Heart (Coração Púrpura) para os feridos, um prazer especial para ele e, certamente, pela surpresa que vira estampada no rosto de tantos soldados feridos, pois receber a medalha das mãos de Patton significava muito para aqueles homens também. Os hospitais eram obviamente lugares desagradáveis e, mais de uma vez, ao parar ao lado do leito de um ferido grave, ele pudera ver, pela reação dos médicos, que o homem não tinha chance de sobrevivência. Isso incomodava Patton mais do que ele admitia, e incomodava-o agora. As imagens não o abandonavam, um homem sem o topo da cabeça, o cérebro protegido por camadas de gaze branca, os médicos balançando a cabeça. Havia muitos outros, buracos cavernosos no tórax, homens se agarrando à vida por um fio de desespero. Não consigo olhar para eles, pensou, não dessa forma. Não para um de cada vez. Nenhum comandante pode dar-se a este luxo, enxergar seus soldados como... *homens*, com mulheres e mães.

Houve um acontecimento desagradável de outro tipo, uma imagem difícil de apagar também. O nome do homem tinha se fixado em sua mente, Kuhl, nenhum ferimento senão o de que *ele não se sentia bem*, e afirmava simplesmente que não conseguia aguentar. Aguentar o quê? Ser responsável por seus companheiros? Combater o inimigo? Patton tinha reagido ao soldado com raiva cega, tinha gritado com ele, ordenado que deixasse o hospital. Quando o soldado não reagiu, o próprio Patton o agarrou pelo cangote e o jogou para fora. Isso causou um escândalo no hospital, enfureceu os médicos, mas Patton os ignorou, afastou-se, confiante de que ao menos *um* covarde tinha sido corrigido. Eu faria isso de novo também, pensou. Não há lugar para isso em meu exército, de jeito nenhum. É uma doença, pura e simplesmente. Um homem estragado contamina um pelotão inteiro; um pelotão, toda uma companhia. Por menos, foram perdidas batalhas. Mas não no meu exército. Não enquanto, no mesmo hospital, houver soldados nos leitos lutando para sobreviver.

O jipe passou por um abismo profundo, rochoso, com homens trabalhando embaixo, pás e picaretas, escorando a estrada. Olhou para cima, para uma encosta sem vegetação, homens rebocando equipamento, peças de artilharia sendo levadas adiante. Apagou da mente a lembrança daquele vagabundo, focalizou nos feridos. Eles apreciam tanto minhas visitas e, maldição, é meu trabalho. Este exército padece muito de hesitação, de oficiais que preferem atrasar que avançar. Todos os malditos oficiais que eu tenho deviam passar algum tempo em seus próprios hospitais de campanha, ver o que acontece aos seus soldados por eles adiarem o combate por um dia ou uma semana. Era uma palavra obscena para ele, e ele a cuspiu, falou em voz baixa "*hesitação*".

Não vou admitir que ninguém aqui nos compare a Montgomery, pensou. Nunca ninguém me chamará de *cauteloso*. Mesmo que tenha que chutar algumas bundas bem-vestidas no quartel-general, exporei meu ponto de vista. Pretendo estar em Messina antes dos britânicos, e se, para realizar isso, houver o custo de vidas de soldados, bem, esse é o preço da guerra. Mas o custo será de muito mais vidas se sentarmos nossas bundas cansadas e *pensarmos* sobre isso.

Soprou através de uma nuvem de poeira, um caminhão chegou para o lado à frente dele, o motorista acenou ao passar. Seu motorista avançou precariamente com o jipe pela beira da estrada estreita, soldados à frente pularam para baixo, liberando o caminho, ainda acenando, gritando seu nome. Não respondeu, estava perto demais deles, dos rostos, os olhos vivos, pensou, eles são os instrumentos da guerra, e meu trabalho é usá-los como instrumentos de guerra. A vitória tem a ver com isso.

O jipe rodou para fora do desfiladeiro, subiu um morro, mais soldados em coluna na estrada, caminhões num amplo estacionamento, tendas brancas encimadas por uma grande cruz vermelha. Viu o letreiro então, *93º Hospital de Evacuação.*

— Pare aqui!

O motorista obedeceu, o jipe entrou no estacionamento, e homens de jaleco branco foram se juntando.

— Senhor!

— Bem-vindo, senhor.

Fez um sinal para eles, um breve aceno, dirigiu-se à tenda maior, sentiu o cheiro de sangue e desinfetante, respirou fundo, segurou a respiração por um momento, entrou na tenda.

Mais de uma dúzia de soldados estavam enfileirados, sangue nas ataduras, cabeças e tórax envoltos em branco, pernas nuas, o pé de um dos homens não existia mais, a perna encurtada terminava num amarrado de gaze branca. Alguns dormiam ou estavam inconscientes, e ele não queria pensar nisso, desviou o olhar das feridas, procurou os sorrisos. Então eles surgiram, vozes baixas, e ele sentiu o aperto familiar na garganta, falou com cada homem, palavras inúteis, sentiu-se impotente, fraco. Passou devagar por todas as camas, tocou a perna de um soldado, ouviu: — Deus o abençoe, senhor.

— Não, seja você abençoado, soldado. — Ele parou, olhou para trás para a fileira de soldados, queria dizer isso em voz alta, as palavras ficaram engasgadas. Sejam todos abençoados.

Virou-se, foi até o fim da fila, viu um homem sentado ereto, nenhuma atadura, o uniforme intacto, segurando os joelhos contra o peito com força, o capacete puxado sobre o rosto. Patton ficou curioso, aproximou-se do soldado, disse em voz baixa: — O que houve com você, soldado? Está ferido?

O rapaz olhou para cima, para ele, lágrimas no rosto, a pele branca e pálida. — São meus nervos.

O homem começou a chorar alto, grandes soluços, e Patton sentiu algo se revirar dentro dele, pensou, bom Deus, *outro*! Deu um passo atrás, abaixou-se, olhou no rosto do soldado.

— *O que você disse?*

— São meus nervos. Não suporto o bombardeio.

Patton sentiu um soco no peito, um raio de calor que queimava. — *Seus nervos! Merda, você não passa de um frouxo, seu covarde filho da puta!*

O soldado ainda chorava, os soluços terríveis atravessavam Patton, o perfuravam, a raiva se deslocava para seus punhos. Deu um passo para junto do soldado, seu cérebro gritava, pare com isso! Pare de chorar! Levou a mão para trás, o calor conduzia sua raiva, a queimação no peito, fúria crua, o rosto encharcado de lágrimas do rapaz, os soluços terríveis. Desceu a mão num movimento rápido, estapeou o rapaz, derrubando-o de lado, gritou de novo:

— *Pare com esse maldito choro! Não vou admitir que esses bravos soldados que foram feridos vejam um filho da puta covarde sentado aí chorando!*

Deu um passo atrás, viu o homem se endireitar, mais soluços, irreprimíveis, os olhos vermelhos o espiavam. Mas o homem não parou de chorar, e Patton pulou em sua direção, girou a mão com força novamente, o capacete do rapaz foi arremessado longe, o soldado agora com a cabeça descoberta, soluçando mais alto. Patton andou para trás novamente, percebeu os homens que haviam se juntado, os médicos, os feridos todos o olhando. Lutou para se acalmar, virou-se, viu um oficial de paletó branco, disse: — Não mimem esse covarde! Ele não tem nada. Não admito que os hospitais fiquem atravancados com esses filhos da puta que não têm coragem para lutar!

Olhou mais uma vez para o soldado, que se sentara ereto de novo, o rosto vermelho, os soluços se aquietando.

— Você vai para as linhas de frente e poderá ser ferido e morto, mas você vai lutar! Se não, eu o encosto num muro e ordeno que um pelotão de fuzilamento o mate de propósito!

O homem começou a chorar de novo, aumentavam as vozes atrás de Patton, a sala quente, girando, o ar fétido. Patton sentiu o estômago revirar, não podia escapar do som dos soluços do soldado, a fúria retornando, fogo em seu cérebro. As mãos envolveram a coronha da pistola, a arma se soltou do coldre.

— *Eu devia matá-lo pessoalmente, seu covarde chorão!*

O soldado olhava fixamente a pistola, e Patton a estendeu, tentou apontá-la para o rosto do rapaz, sentiu os homens à sua volta se aproximarem, suas mãos tremiam agora. Olhou para os lados, viu rostos, homens e mulheres, médicos, enfermeiras, uma multidão, olhando, olhos arregalados de choque. A pistola pesava em suas mãos, e ele olhou para baixo, a fúria posta de lado pelo horror sombrio. A arma deslizou de volta para o coldre, e Patton retrocedeu, virou-se para a abertura da ampla tenda, olhou o oficial novamente, ódio frio no rosto do homem. Patton tentou trazer a raiva para fora novamente, como ousa desrespeitar... mas o homem não se moveu, manteve os olhos fixos nele, decidido. Patton se virou então, dirigiu-se à abertura, o ar abençoado, forçou as palavras, gritou de novo:

— *Mandem este covarde filho da puta para as linhas de frente!*

Agora ele estava do lado de fora, mais pessoas se juntavam, seu motorista de pé junto ao jipe, esperando, obediente, e Patton subiu no jipe, disse: — Acabei de salvar a alma de um rapaz, se é que ele tem uma. Vamos. Bradley deve estar imaginando onde diabos eu estou.

O motorista obedeceu, o jipe rodou depressa, a multidão que vinha atrás dele emergiu da tenda do hospital, olhando-o ir embora.

Sul de Messina — 17 de agosto de 1943

O sol nascia, os morros áridos estavam sem vida, o ar frio da noite já esquentava. Os homens seguiam devagar o seu caminho, pisando em grandes rochas, montes de terra e concreto, as mãos estendidas, os soldados se ajudando através do terreno traiçoeiro. Acima deles, a ponte fora explodida e virara entulho, a estrada tinha simplesmente desaparecido. Estavam acostumados com isso agora, as unidades de comandos britânicos que haviam trabalhado febrilmente junto com seus engenheiros, avançando à medida que os alemães se retiravam, abrindo caminho por vales profundos, consertando ou liberando as estradas de modo que o resto do exército de Montgomery pudesse continuar o avanço para o norte. Era muito comum, muitas estradas eram simples cortes estreitos cavados nas encostas dos morros; os alemães detonavam a pedra em cima e as enterravam debaixo de toneladas de escombros. Os sulcos e as fendas profundas eram um desafio ainda maior, a destruição das pontes atrasava os veículos. Os engenheiros haviam usado todas as ferramentas de seu arsenal, todos os truques, roldanas e guinchos, alavancas e cabos, para transpor os abismos, criar leitos de estradas onde não havia nenhuma.

Os comandos saíram do desfiladeiro, rastejaram até o terreno plano, olharam para o norte, esperando enquanto um único jipe era puxado pelo desfiladeiro atrás deles. Com enorme esforço, ofegantes, mais homens trouxeram o jipe para a estrada, e os comandos, agradecidos, abriram espaço para seu oficial superior, que deslizou para o assento do motorista; outros homens se empilharam no jipe, o motor foi ligado, o jipe faria a arrancada final, a investida de três quilômetros até a cidade.

Seu nome era Jack Churchill, um tenente-coronel que comandava a Segunda Brigada de Comandos Britânicos. Enquanto dirigia para a cidade, ele mantinha os relatórios de reconhecimento em mente: os observadores lhe disseram o que ele próprio tinha visto. Tinha havido uma súbita ausência de fogo inimigo, as baterias de artilharia silenciaram, a infantaria nas rochas não procurava mais alvos entre seus homens. Os relatórios lhe diziam o que qualquer oficial podia constatar, que os alemães haviam se retirado para dentro da cidade. Mas os comandos sabiam mais que isso, sabiam, pelo silêncio, que os alemães não estavam guarnecendo suas defesas, que a própria cidade não se agitava com a atividade que eles haviam esperado. Noite após noite, os aviões da força aérea tinham feito ataques, despejando cegamente cargas de bombas sobre alvos que poderiam ou não atingir. Por quase duas semanas, navios de patrulha da marinha haviam chegado perto do porto, rápidos fragmentos de informação, confirmando uma movimentação maciça para dentro e para fora do porto. Mas o bombardeio que ele tinha previsto parecia não chegar nunca. Agora, nas estradas para a cidade, havia máquinas quebradas espalhadas, escombros da guerra, encostas de morros salpicadas de respingos escuros, o que restou das peças de artilharia e de suas guarnições.

Para ele era um mistério que os relatórios enviados a um tenente-coronel não fossem detalhados o bastante para lhe dizer exatamente o que acontecia. Era sua tarefa descobrir, afinal, avançar com seus homens, enfrentar qualquer reduto onde o inimigo ainda pudesse estar à espera. Enquanto dirigia o jipe, pensava na cidade, a temida inevitabilidade do combate casa a casa, franco-atiradores e artilharia escondida. Mas, se os alemães tivessem recuado para mais longe ainda, o mistério se aprofundava. Conhecia os mapas, sabia que além da cidade havia pouco espaço para manobras, pouco terreno para oferecer proteção eficaz aos alemães. Só havia uma possibilidade, a de que os relatórios superficiais sobre a evacuação da Sicília em curso, pelas forças alemãs e italianas, estivessem corretos. Se o inimigo se fora, se, de alguma forma, conseguira escapar das garras do exército de Montgomery, o oficial sabia que haveria grandes problemas, que altas vozes no quartel-general exigiriam explicações. Mas nada disso era problema seu, não naquela manhã cinzenta, não com uma cidade, cereja carnuda e madura, bem na sua frente. Era um momento que não havia previsto, uma honra que caía sobre ele por acaso. Seus comandos tinham feito um trabalho excelente, o inimigo havia reagido com recuo a muitos combates duros. Sorriu, pressionou o acelerador mais perto do chão, o jipe respondeu, pensou, sim, se o inimigo partiu, realmente partiu, então vamos receber o prêmio. Vamos capturar esta cidade. *Eu* vou capturar esta cidade.

Passaram por pequenos edifícios brancos, edifícios mais altos adiante, as águas negras do estreito se espalhando para o leste. Fez uma curva apertada, diminuiu a velocidade do jipe, a estrada se abriu numa rua larga, casas de teto plano, e então... pessoas.

Elas estavam ao lado da estrada, algumas acenando, outras simplesmente silenciosas, espiando este novo e estranho exército entrar em sua cidade. Mas quase não era um exército, apenas uns poucos soldados num jipe, e Churchill ignorou aquilo, pensava apenas no prêmio, a cidade de Messina. Viu uma ampla praça, desacelerou, mais pessoas, flores, vozes altas, e ele rodou devagar, arrastou-se em direção à praça, viu uma multidão no lado mais afastado. Parou o jipe, seus homens desceram, rifles preparados, a multidão se abrindo lentamente. Churchill avançou no meio dos rostos, todos civis, segurava uma carabina, cutucava com ela mais gente na multidão, mulheres, a multidão se abrindo, uniformes, um grupo de soldados sentado nos degraus de uma pequena igreja.

— Bem, bom-dia!

Churchill abaixou a carabina, conhecia os uniformes, os soldados dirigiram-se novamente a ele: — Bom-dia! Você é inglês, não? Bem-vindo à nossa cidade!

Churchill olhou para seus homens, sentiu a energia deles se esvair, praguejaram em voz baixa, apoiaram as carabinas no ombro. Ele deu um passo à frente, viu um oficial, um jovem tenente, estendeu a mão. Se não era para ser o seu momento, a sua conquista, de qualquer modo era uma vitória. Os soldados eram americanos. Patton tinha vencido a corrida.

39. EISENHOWER

ARGEL — 17 DE AGOSTO DE 1943

"ANEXO UM RELATÓRIO CHOCANTE NAS ALEGAÇÕES QUE CONTÉM sobre sua conduta pessoal. Espero que você possa me assegurar que nenhuma delas é verdadeira, mas as circunstâncias detalhadas que me foram comunicadas me levam a acreditar que deva existir algum fundamento para as acusações. Estou bem consciente da necessidade de dureza e rudeza no campo de batalha. Entendo claramente que medidas firmes e drásticas são às vezes necessárias para garantir os objetivos desejados. Mas isso não desculpa a brutalidade, os maus-tratos aos doentes, nem a exibição de temperamento incontrolável na frente de subordinados..."

Eisenhower parou, olhou para o secretário, o lápis em posição para as próximas palavras. Viu a surpresa nos olhos arregalados do homem e disse:

— Não diga nada, sargento. Dê-me um minuto.

Levantou-se, caminhou devagar, sentiu o suor na camisa, pôs a mão na parede, alongou os músculos doídos do ombro. Dane-se, George. Dane-se no inferno.

Voltou à escrivaninha, ignorou o sargento, pesou as palavras, esforçou-se para encontrar a frase certa. Então, o que faço agora? Arranco as estrelas do ombro dele? Quantas vezes ele já fez esse tipo de coisa? Se não fosse pela indignação de um médico do exército, eu poderia nunca ter tomado conhecimento disso. Provavelmente Bradley sabe, e sabe Deus quem mais. Mantiveram a maldita boca fechada, e eu não posso punir ninguém por isso. Os malditos médicos não são soldados, a eles não importa quem ouve as suas reclamações. Graças a Deus os rapazes da imprensa me escutam, ou o nome de Patton estaria em todos os jornais dos Estados Unidos: o general que esbofeteia seus soldados doentes.

Olhou para o mapa na parede, Sicília e Itália, pontos vermelhos marcando a nova operação, que chamavam de Avalanche. Por muitas semanas, planejadores do exército e da marinha tinham lutado para encontrar a forma mais eficiente de capturar o porto de Nápoles, tinham discutido a estratégia menos perigosa para atacar e possivelmente tomar os grandes aeroportos de Roma e Foggia. Viu Patton em sua mente, pensou, exatamente agora sua burrice me atrapalha, George. É esse o preço que tenho que pagar? Você vence uma campanha e me dá motivo para demiti-lo, tudo na mesma semana. Eu queria seu nome nos jornais, mas não por esse motivo, não por você ser um idiota. Olhou para o sargento, que ainda esperava, a ponta do lápis no papel.

— Muito bem, sargento. Vamos continuar. "Nos dois casos citados no relatório anexo, não é minha intenção atual instalar uma investigação formal. Além do mais, é profundamente desagradável para mim que tais acusações sejam feitas contra você no exato momento em que o exército americano, sob sua liderança, alcançou um sucesso do qual estou extremamente orgulhoso."

Parou novamente. Poderia haver muitos problemas por causa disso. Se eu não fizer algum tipo de protesto público, posso ser acusado de encobrir as acusações. A cabeça de George não será a única a ir para o cepo. Maldição! O que faço com você agora, George? Em que lugar posso colocá-lo, onde você ainda consiga fazer algo de bom? Esbofetear soldados num hospital. Outra pessoa poderia levá-lo à corte marcial. E essa pessoa poderia estar certa. Mas eu preciso de você, George. Este exército... *todos* os exércitos precisam de alguém que cuspa no olho do inimigo, que lhe chute a bunda. Mas não pode ser dessa forma. Um homem não pode se descontrolar.

Olhou para o sargento, encaminhou-se para a cadeira, acomodou-se devagar. Sentia dores agudas nas costas, que se irradiavam da dor incurável do ombro. O sargento o espiava, e Eisenhower disse: — Coisa terrível, não?

O sargento assentiu devagar. — Sim, senhor.

— É a carta mais dura que eu já tive que escrever. É preciso que você seja muito bom em manter a boca fechada.

Arrependeu-se dessas palavras, não tinha motivos para duvidar da capacidade do sargento de guardar um segredo.

— Sim, senhor, eu entendo. Eu também teria problemas com uma coisa dessas. É tudo verdade, senhor? O general Patton fez mesmo isso?

Eisenhower recostou-se na cadeira, passou a mão quente na testa. — Temo que sim. O relatório do médico é muito explícito. Ele afirma ter uma dúzia de testemunhas ou mais. O pessoal da imprensa também me procurou. George realmente meteu os pés pelas mãos.

O sargento ainda o olhava, perguntas na expressão.

— Você está se perguntando se vou substituí-lo, não?

— Não é meu papel perguntar, senhor.

— Eu preciso ouvir a versão de George sobre isso. Tenho esperança de poder convencê-lo a divulgar desculpas pessoais aos soldados atingidos e ao seu comando. Se competisse a mim, seria assim. Nós arquivaríamos o caso e nunca mais pensaríamos no assunto. O problema é que pode não ser de minha competência. — Examinou o rosto do sargento, que olhava para baixo, a expressão fechada, balançando a cabeça. — O que é?

— Estou apenas imaginando, senhor, como os homens vão receber isso. Quero dizer, os soldados dele. Não posso falar por ninguém, mas, se meu general comandante fizesse uma coisa dessas a um de meus companheiros, eu não me sentiria muito amistoso em relação a ele, se é que me entende, senhor.

— Eu sei o que você quer dizer. Mas, maldição, sargento, ele *vence*. Ele não dá desculpas, ele não inventa razões para ficar sentado, ele não é cauteloso. Ele sabe o que seus soldados podem fazer e os coloca nos lugares em que precisam estar. Há muito poucos neste teatro da guerra que podem pensar como ele, que podem conseguir os resultados que ele consegue. Isso vale alguma coisa, sargento, e não importa que isto exploda no meu rosto, não importa que os malditos jornais ponham isto na primeira página, temos que ter homens como Patton nas linhas de frente. Eu apenas desejo... — Parou, já tinha falado demais, pensou, você não precisa soterrar este homem com suas lamúrias. — Eu queria apenas poder fazer o meu trabalho, e que os outros fizessem os seus.

A INTRIGA EM ROMA CRESCIA DIARIAMENTE. COM A QUEDA DE Mussolini, o governo italiano estava em farrapos. Eisenhower havia previsto uma luta interna, certamente haveria uma quantidade de oficiais italianos ainda leais a Hitler, homens que fariam tudo que pudessem para manter algum tipo de controle, para convencer Hitler de que a Itália ainda era aliada. Examinou os relatórios, as interceptações da Ultra, pois Londres passava rapidamente para ele qualquer despacho com alguma notícia sobre a reação dos alemães ao caos.

Sentou-se à escrivaninha, leu o último despacho, pensou, se os alemães acreditam que os italianos vão abandonar esta guerra, pode correr sangue por toda parte. Eles podem começar a bombardear cidades italianas, numa demonstração de força apenas para intimidar quem deu motivo para os bombardeios. O rei permitirá que seu povo seja massacrado? Hitler mataria civis só para puni-los? Pergunta idiota. Ele já matou. No mínimo, os alemães testarão lealdades, descobrirão os italianos em que ainda podem confiar. Quantos serão? Quantos estarão mais interessados em preservar seus palácios do que em expulsar os alemães de seu país? Quantos estão dispostos a lutar batalhas sangrentas para afirmar seu ponto de vista? Qualquer guerra civil seria um acontecimento unilateral, certamente. Se os alemães tivessem ajuda de uma boa percentagem do exército italiano, poderiam esmagar quem se posicionasse contra eles. A não ser que estivéssemos lá para ajudá-los. Eles nos pedirão ajuda? Uma situação realmente complicada. Com Mussolini fora do caminho, há alguém no governo italiano com coragem suficiente para se arriscar a mobilizar os alemães? Teriam que ser muito discretos quanto a isso. Que esforço Hitler fará para manter o controle? Ele arriscaria matar o rei?

Os planejadores da Avalanche haviam especulado que talvez os alemães simplesmente se retirassem, levando suas tropas para o norte, além de Roma, permitindo que os desembarques aliados se realizassem sem oposição. Pensamentos que expressam o que se deseja, pensou. Os alemães não podem simplesmente nos entregar aqueles aeroportos, não vão nos oferecer uma área de lançamento perfeita para nossos bombardeiros. Já podemos alcançar cidades da Alemanha a partir de bases na Inglaterra. Isso nos daria tantas opções a mais! Os bombardeiros de longo alcance poderiam atingir até as posições russas, ou chegar perto o bastante para criar problemas nas linhas de abastecimento dos boches lá. Isso certamente faria Stalin feliz. Não, Hitler não facilitará assim as coisas. Pode ser que ele tenha entrado em uma enrascada na Itália, mas não nos entregará o país de mão beijada. Portanto, quanto tempo levará até que alguém em Roma entre em contato conosco e peça ajuda? Alguém na hierarquia italiana certamente deve enxergar essa alternativa, que a manobra inteligente seria retirar a Itália da aliança com Hitler.

Pensou em Palermo, em sua visita a Patton. A cidade havia sido completamente destruída pelos bombardeios aliados, havia muitos alvos militares que não podiam ser ignorados, alvos cuja destruição pôs abaixo muito mais partes da cidade do que se desejaria. Maldição, é a guerra. O Vaticano nos implora para não bombardearmos Roma, e, portanto, os alemães a utilizam como zona de estacionamento. Por quanto tempo vamos poder aturar isso? Ou os alemães disputarão conosco cada centímetro de cada rua, usarão o Coliseu como estacionamento de tanques, o Fórum Romano como depósito de munições? O que acontecerá então? Como Palermo, arrasamos a cidade? Certamente, isso é estímulo suficiente para os italianos desejarem sair desta guerra. Mas precisarão de nossa ajuda.

A COMUNICAÇÃO VEIO PRIMEIRO POR LISBOA, PORTUGAL, TRAZIDA pelas mãos do general Giuseppe Castellano, que afirmava representar o próprio marechal Badoglio. Castellano trazia documentos de apresentação do ministro britânico no Vaticano, documentos que pareciam confirmar que estava autorizado a falar pelo governo italiano. A proposta de Castellano era simples e direta. Se os Aliados desembarcassem tropas na parte continental da Itália, o governo italiano responderia expedindo uma ordem de rendição e imediatamente aderiria à causa aliada, levantando-se em armas contra os alemães.

Era uma notícia excelente. Mas Eisenhower não tinha poderes para responder oficialmente, podia apenas encaminhar a consulta aos governos aliados. Depois de um longo dia de expectativa e tensão, Eisenhower recebeu permissão para responder a Castellano em termos definidos. Os Aliados só aceitariam uma rendição incondicional. Também tinham a expectativa de que os oficiais superiores do exército italiano influenciassem seus soldados a fazer o que pudessem para cooperar com as operações aliadas. Embora Eisenhower não previsse que os italianos subitamente começassem a trocar tiros com os alemães acampados junto com eles, os Aliados insistiam que os italianos fizessem persistentes esforços para sabotar a infraestrutura dos alemães, inclusive pontes, estradas e aeroportos, bem como que atacassem e capturassem quaisquer fontes de suprimento local que os alemães usassem para manter seus homens em campo.

Enquanto Castellano esperava em Lisboa por uma resposta oficial, Eisenhower recebeu autorização para enviar dois de seus homens para negociar com ele. Logicamente, ele escolheu seu principal oficial de inteligência, general de brigada Ken Strong, bem como o chefe de seu estado-maior, Beetle Smith.

ARGEL — 20 DE AGOSTO DE 1943

— Você parece bem abatido, Beetle.

Smith tinha afundado na cadeira, o corpo roliço formava uma depressão no couro escuro.

— Eu não entendo desse negócio de espionagem, Ike. Há algo nessa coisa de olhar sobre o ombro para procurar agentes da Gestapo que não me atrai. Gostaria de ter passado mais tempo em Lisboa. Parece um bom lugar.

Eisenhower já estava impaciente. — Aquilo não eram férias. Conte-me o que aconteceu.

Smith respirou profundamente. — Castellano odeia os boches, não há dúvida quanto a isso. Os italianos insistem que lhes seja permitido estar lado a lado conosco como aliados plenamente reconhecidos. Ele afirma que o exército italiano está preparado para mudar de lado de um momento para o outro e para começar a atirar nos alemães.

— Não estou autorizado a oferecer nada disso a ele. Londres e Washington esclareceram suas posições. Nós nem sabemos quem está por trás deste oferecimento em primeiro lugar, em nome de quem Castellano fala, quantos do seu pessoal realmente acompanharão a proposta. É necessário ter coragem para fazer uma coisa dessas com 100 mil alemães no seu quintal. Eles não podem simplesmente dizer que são nossos aliados até que saibamos o que isso significa. As ordens que recebi me autorizam a obter a promessa deles de que servirão como nossos colaboradores. Você disse isso?

— Minhas palavras exatas. Eu enfatizei isso para ele. Não tenho certeza de que ele tenha entendido a diferença entre colaborador e aliado. Não tenho certeza se eu mesmo entendo. Eu acho que ele espera que, se prometer que os italianos não atirarão em nós, nós devamos fazer o mesmo. Eu expliquei que não era tão simples, que a definição precisa de *rendição* é uma das coisas com que ministros e diplomatas trabalham. Parece que, antes de tudo, ele é um soldado, e não se importa com nuanças e termos específicos de tratados. Mas uma coisa está clara: ele certamente é italiano. Falou longa e seriamente sobre a honra italiana, como ela é importante, como eles têm que preservá-la para os netos. No fôlego seguinte, falou sobre como eles estão ansiosos para trocar de lealdade, e como foram tão espertos em armar a demissão de Mussolini. A honra parece ser definida como o que quer que funcione na ocasião. Ele me lembra os franceses.

— Ele lhe disse onde Mussolini está agora, onde o estão mantendo?

Smith riu. — Não, nem uma pista. Acho que ele sabe. Ele diz que Hitler adoraria saber isso também, há agentes da Gestapo por toda parte, tentando encontrar indícios de onde o rei o escondeu. Castellano tem medo dos alemães, sem dúvida imagina que eles o fuzilarão no ato se descobrirem que ele está envolvido nisso.

Eisenhower tomou um gole do seu café, sentiu uma leve queimação no estômago. Olhou para o relógio, passava da meia-noite. — Você deve estar exausto. Tenho passado cada maldito minuto com o estado-maior e com os planejadores, examinando toda a logística da Avalanche. Wayne chegará aqui nos próximos dias, para receber as instruções finais. Monty e Alexander estão prontos para partir, mas provavelmente a parte de Monty na operação não será tão difícil. Se tivermos sorte... — Ele parou, detestava essa palavra.

— Se tudo correr de acordo com o plano, teremos Nápoles no papo bem depressa. Vai fazer Churchill feliz como o diabo. Monty está roendo as rédeas à espera de atravessar o estreito. Você sabe como ele fica. Fala o tempo todo que avançará direto bota acima. É o tipo de conversa que Churchill espera ouvir. Monty pode estar certo. Por tudo que temos visto, os alemães já se afastaram bastante do Estreito de Messina.

Eisenhower terminou o café, viu um profundo bocejo se espalhando pelo rosto de Smith.

— Desculpe, Ike. Maldito longo dia. Ah, mais uma coisa. Acho que é bem importante. Castellano estava ansioso para exibir o que ele sabe sobre posições alemãs, efetivos, todas essas coisas. Expôs tudo com bastante detalhe.

Eisenhower se endireitou. — Sim, isso seria considerado importante. Meu Deus, Beetle, só agora você pensou nisso?

— Desculpe, Ike. Tenho tudo por escrito.

Smith pôs a mão num bolso, tirou um pequeno rolo de papel. — O general Strong tem a cópia maior. Eu tomei nota para mim no caso de nós sermos separados ou se algo... ruim acontecesse.

Eisenhower pegou o papel, desenrolou-o, recostou-se na cadeira, sentiu o calor no estômago novamente. — Isso é exato? Bem, diabos, como você saberia?

Beetle pareceu ignorar o insulto. — Castellano foi bastante preciso, Ike. Ele queria nos dar alguma coisa que demonstrasse como eles eram sinceros, e como sua posição na hierarquia era realmente alta. Ele sabia que tínhamos dúvidas a seu respeito, se sua palavra valeria alguma coisa.

Eisenhower se levantou da cadeira, examinou novamente o papel. *Quinze divisões alemãs*. Foi até o telefone, pegou o fone, segurou-o na mão, sua mente foi ficando em branco, o cansaço tomando conta dele. Não, agora não. Eles também precisam dormir. Até de manhã nada mudará. No entanto, Clark tem que saber disso. Todos eles.

Ele se virou para Smith. — Você percebe o que isto significa?

— Lamento, Ike. Na verdade, não.

— Significa que há muito mais alemães na Itália do que calculamos. Significa que nossa pequena vitória na Sicília conquistou muito menos do que poderia ter alcançado. Nós os deixamos escapar, Beetle. Deixamos o inimigo fugir. Patton e Monty estavam tão envolvidos na sua maldita disputa, tão preocupados com quem tinha o maior volume dentro das calças... que perderam de vista o verdadeiro objetivo. Gastamos tanta energia para capturar um *lugar*, como se fosse um jogo de caça à bandeira. A Tunísia foi uma vitória, uma vitória honesta, arrasadora. Mas a Sicília... maldição, Beetle, nós não ganhamos nada lá. Deixamos o inimigo escapar. Nós deixamos que levassem embora suas armas, seus tanques e a maior parte de seu efetivo, e, agora, esse pessoal foi reforçado. Eu realmente não pensava que Hitler fosse despender tanta energia na Itália. Mas ouvimos que Rommel assumiu o comando lá e, sem dúvida, Hitler não o poria ali se não esperasse um combate. Mas *isso*... a não ser que Castellano esteja nos entregando uma informação falsa, os boches estão se mantendo firmes. Hitler está fazendo o jogo de esperar para ver. Isso quer dizer que Kesselring ainda está em Roma. Ele não estaria lá se não tivesse um exército para comandar, se não previsse que alguma coisa vai acontecer. Maldição!

Ensenhower pôs o papel no bolso, dirigiu-se à porta. — Avalanche... está tudo no lugar, Beetle. Marcamos para começar em duas semanas. A não ser que atrasemos toda a operação, é tarde demais para fazer mudanças importantes. — Ele parou. — Eu realmente esperava que eles tivessem ido embora. Eu pensei que talvez pudéssemos marchar sobre Nápoles e depois sobre Roma, agarrar o país todo sem um combate sério.

Cartago, perto de Túnis — 23 de agosto de 1943

Eisenhower tinha criado um quartel-general avançado em Cartago para ficar mais perto das operações na Itália, mas também para se aproximar dos vários quartéis-generais dos cabeças de cada ramo das forças armadas. Tinha ficado óbvio, durante toda a campanha siciliana, que ter os oficiais generais espalhados por todo o Mediterrâneo apenas aumentava a teia de complicações que sempre contaminava qualquer operação de larga escala.

Montgomery nunca havia mostrado hesitação a respeito de seu próprio plano de lançar sua força invasora da Sicília diretamente através do Estreito de Messina, avançando do pé da Itália para cima. Cada despacho, cada relatório da inteligência, parecia mostrar que os alemães tinham se retirado, que Montgomery provavelmente enfrentaria somente oposição local, principalmente de unidades italianas que seriam facilmente convencidas a se render. Uma vez estabelecido na parte continental, Montgomery deveria ampliar os ataques para introduzir uma cunha em direção aos portos de Taranto e depois Bari, na costa leste da Itália. Com o apoio dos navios de guerra de Cunningham, era improvável que os alemães pudessem deter Montgomery, principalmente em lugares que fossem atacados por terra e por mar. Mas a segunda ponta do plano inquietava Eisenhower e era motivo de preocupação para a maior parte dos outros. Era realista descrever o ataque de Montgomery como uma forte manobra diversionista, quer Montgomery gostasse da definição ou não. O ataque do Quinto Exército de Clark deveria ser o mais forte, desembarcaria o maior efetivo no Golfo de Salerno. O primeiro objetivo de Clark seria fincar uma cabeça de praia segura e, então, a força majoritariamente americana se dirigiria para o norte e o leste para capturar o porto de Nápoles. Embora a inteligência não detectasse grande concentração de tropas inimigas perto das áreas de desembarque de Clark, havia muitas baterias de costa, mecanismos de defesa espalhados ao longo de qualquer lugar que os Aliados pudessem usar para os desembarques. O que causava preocupação eram relatórios de que as tropas que guarneciam essas baterias haviam sido trocadas recentemente, de italianas para alemãs. Com tantas manobras nas bases aliadas, tanta preparação que a inteligência inimiga certamente podia observar, Eisenhower era levado a supor que tal troca de pessoal não era apenas um produto do acaso. Se os planejadores aliados consideravam o Golfo de Salerno como o lugar mais lógico para os americanos desembarcarem, agora parecia claro que Kesselring concordava.

O ALMOÇO FORA BARULHENTO, MONTGOMERY NA FORMA HABITUAL, os outros reivindicando os próprios interesses. Agora quase todos já tinham ido embora, Alexander e Tedder embarcaram nos aviões que os levariam para seus quartéis-generais. Cunningham viajou de carro até o porto próximo de Túnis, que ficava próximo. A maior parte dos oficiais do estado-maior também já partira, os oficiais de inteligência e de planejamento de Eisenhower se retiraram para seus escritórios, todos sentindo o peso do que se colocava à sua frente.

Com o almoço chegando ao fim, Eisenhower tinha visto a pergunta não verbalizada no rosto de Clark, tinha recebido bem a oportunidade de falar a sós com Clark.

— Senti a sua falta no meu escritório, Wayne. Houve situações em que eu precisava que uma bomba de honestidade fosse jogada sobre as lamúrias de alguém.

Clark esticou seu corpo comprido, acomodou-se numa cadeira. — Muita coisa aconteceu desde Gibraltar, Ike. Só nove meses e eu sinto que o mundo inteiro mudou. Eu queria ter participado mais disso.

— Cada coisa a seu tempo, Wayne. Você esteve exatamente onde precisávamos de você. Ninguém melhor para reunir um exército, para abrir caminho nos disparates administrativos. Eu precisava que você organizasse seu pessoal e o treinasse. Nós levamos um pé na bunda na Tunísia porque não estávamos preparados. Agora é diferente. Estamos prontos e isso se deve a você.

— Obrigado. O diabo é que...

— O quê?

— Eu me sinto como se estivesse numa colmeia. Uma coisa é coordenar as reuniões quando se está no comando, quando se pode mandar um idiota calar a boca. Mas aqui... grande parte da fúria é dirigida diretamente para mim. Todos têm a sua ideia sobre como eu deveria conduzir isso, todos apresentam algum motivo pelo qual seu plano é melhor que os dos outros.

Eisenhower viu algo no rosto de Clark que ele nunca tinha visto. *Incerteza.* — Você vai se sair bem, Wayne. Agora somos um exército maravilhoso. Ninguém mais é recruta. Somos todos veteranos.

— Você. Eu não. Nem Walker e Dawley.

— Meu Deus, Wayne. Pare com isso. Você tem bons homens sob seu comando e muitos veteranos bem ao lado deles. Você acha que eu o colocaria nessa situação se não acreditasse que você é a pessoa certa para lidar com isso?

Clark olhou para baixo, assentiu. — Estou só extremamente nervoso, Ike. Uma coisa é planejar no papel...

— Todos o apoiam, Wayne: Marshall, todos em Londres. Diabo, Churchill está dançando porque nós escolhemos você para esta tarefa. É o bebê dele, esta maldita campanha. Quando ele soube que eu queria você, parecia um garoto no Natal. Desde que desembarcamos no norte da África, todo bom oficial neste comando teve oportunidade de realizar algo importante. Esta é a sua. Esta operação abreviará a guerra e nos dará opções que não temos agora. Se tirarmos a Itália da guerra, poderemos finalmente... *finalmente* dirigir nossa atenção para a operação de travessia do canal. Até Churchill admite isso. Aceitamos quase tudo que eles queriam que fizéssemos aqui, cada maldita operação desde que estamos aqui foi impulsionada pelos britânicos. Eles estão realmente começando a falar sobre a França de novo, e dessa vez não é uma discussão. Tanto Churchill quanto Brooke insistem que comecemos a deslocar pessoal para a Inglaterra, que iniciemos o treinamento do pessoal e a montagem de uma operação para a próxima primavera. Marshall está eufórico, Wayne. Há dois anos ele vem pressionando para atacarmos a França, mas, até então, ele gritava para as paredes. Mas agora não. Com a Itália em nossas mãos, os ingleses estão abrindo a porta. É estimulante como o diabo, Wayne!

Clark assentiu. — Boa notícia, Ike. Grande notícia. Sabemos quem vai estar no comando?

— Ainda não. O tempo dirá. Talvez um britânico. Não importa agora. O que importa é que você faça o inimigo ficar de nariz sangrando na Itália e continue batendo nele até que ele desista. Bata duro nos alemães, tome Nápoles e os italianos vão se enfileirar ao seu lado. Os boches vão concluir que não podem suportar tanta pressão e em poucos meses... diabos, poucas semanas, você será o maior herói deste exército!

Eisenhower parou, sentia-se desconfortável, não gostava de ficar incensando ninguém, nunca fora dado a espalhar prognósticos. A estranha tristeza de Clark o aborrecia. Nem mesmo as interceptações da Ultra puderam lhe dizer o que Kesselring guardava na manga, o que os alemães realmente pretendiam fazer, como reagiriam aos desembarques aliados. E Rommel, atento, no norte, nos Alpes italianos, esperando... o quê? Mas eu me recuso a ver isso, pensou. Não quero que Clark hesite.

Clark pareceu ler seu pensamento, a forte ligação entre eles ainda inteira. — Vamos conseguir, Ike. *Eu* vou conseguir. Você tem razão. Temos bom pessoal.

— Perfeitamente.

Clark inclinou a cabeça, olhou para Eisenhower, uma mudança de humor. — Como está George? Eu não falo com ele há um tempo, desde... o problema.

Eisenhower se recostou na cadeira. — Até agora não é um problema. Ele admite que o que fez foi idiota e sabe muito bem que poderia ter lhe custado a carreira. Ele enviou a carta apropriada a Marshall, reconhecendo tudo, e eu me certifiquei de que ele pedisse desculpas ao rapaz que esbofeteou.

Isso foi extremamente duro. *Humildade* não é uma virtude na qual ele se destaque. Até agora conseguimos manter o fato em segredo. Os rapazes da imprensa poderiam ter feito um grande alarde disso, mas não fizeram. Eles sabem como George é importante para este exército. Nunca pensei que agradeceria a um bando de repórteres por terem bom-senso. — Eisenhower fez uma pausa. — Se eu conheço George, ele está enlouquecido à espera de alguma coisa para fazer. Não posso fazer muito a esse respeito, não neste momento. Bob Hope esteve aqui, e eu me certifiquei de que ele levasse seu espetáculo até Palermo. Ele trouxe Frances Langford, aquela linda cantora. Tenho certeza de que isso desviou o pensamento de George de qualquer outra coisa.

Eisenhower parou, não viu alteração na expressão de Clark. Deu-se conta então de que o interesse de Clark em Patton era simplesmente boa educação. Ou talvez apenas curiosidade. Sabia que Clark e Patton tinham pouca afeição um pelo outro, a diferença é que Clark escondia isso melhor. O comando da Avalanche na mão de Clark tinha sido uma estocada no flanco de Patton, uma atitude com a qual Eisenhower estava acostumado agora. Ele quer todos os malditos comandos em todos os campos de batalha. Agora não, George, não com a confusão que você mesmo aprontou pairando sobre sua cabeça. É hora de ficar quieto por um tempo.

CARTAGO — 29 DE AGOSTO DE 1943

Eisenhower observava o avião, um círculo amplo, o piloto o fazendo descer suavemente, sem nenhuma daquelas quedas que socavam o estômago, tão necessárias em pistas curtas ou em qualquer lugar em que o inimigo pudesse estar suficientemente próximo para posicionar fogo antiaéreo. Era assim em todo o norte da África e na Sicília agora, toda a região era uma base aliada segura, as tropas e o equipamento continuavam a ingressar, por navios e aviões de carga. Todos os portos controlados pelos aliados tinham se tornado colmeias de atividade, recrutas recém-treinados aumentavam o efetivo de veteranos; novos e modernos tanques, peças de artilharia melhores, muitos destinados à Itália, para as cabeças de praia que Clark e Montgomery estavam certos de conquistar. No Atlântico, os jogos mortais de gato e rato com os submarinos alemães tinham ficado cada vez mais unilaterais; destróieres britânicos e americanos, bombardeiros de mergulho e aviões torpedeiros infligiam enormes perdas aos submarinos alemães. À medida que a quantidade e a eficácia dos submarinos alemães diminuíam dramaticamente, comboios maciços dos Estados Unidos passavam por águas outrora perigosas praticamente sem serem molestados. Embora muitos desses navios continuassem a passar pelo Estreito de Gibraltar, aumentando o poderio sob o comando de Eisenhower, um número muito maior alcançava os portos das Ilhas Britânicas, na montagem de uma operação inteiramente nova.

Ao mesmo tempo que recebia bem o entusiasmo dos britânicos com a invasão da França através do Canal da Mancha, Eisenhower começava a se preocupar com a confiança demasiada que tinham de que a luta na Itália seria breve, e o resultado, o previsto. Essa energia era impulsionada principalmente por Churchill, e seus pronunciamentos impetuosos inspiravam o mesmo entusiasmo em Cunningham, Alexander e Montgomery. De Gibraltar ao Cairo, oficiais e ministros civis britânicos faziam brindes comemorativos, certos de que a estocada final na Itália separaria do resto da fortaleza de Hitler na Europa a sua parte mais vulnerável.

Eisenhower estava agradecido pelo entusiasmo que recebia de Marshall, entusiasmo de um tipo diferente. Os americanos, que haviam pressionado tão enfaticamente a favor da invasão da França, finalmente iam conseguir o que queriam. Os britânicos tinham escancarado a porta para o desejo americano de aplicar um forte golpe a noroeste da França. As atenções de Eisenhower ainda estavam diretamente focadas nos esforços de Clark em Salerno, mas já lhe chegavam ordens para começar a transferência de unidades americanas para a Inglaterra, para iniciarem treinamento sério para a invasão da costa francesa, prevista para a próxima primavera.

A operação agora era chamada de Overlord, e planejadores britânicos e americanos estavam mergulhados nos detalhes, preparando um plano que apagaria qualquer lembrança do fracasso do ataque a Dieppe. A invasão teria que ser projetada para levar uma poderosa força através das praias da França, para capturar cabeças de praia e posições fortificadas com um poderio suficiente para que Hitler não tivesse escolha senão reagir com o enfraquecimento de suas forças na Rússia e em quaisquer outros lugares em que a máquina de guerra nazista tivesse assegurado bases.

A autoridade de Eisenhower abrangia apenas o teatro do Mediterrâneo, e ele sabia que, com o planejamento da nova campanha já em andamento, pediriam que fizesse escolhas difíceis, que mandasse alguns de seus melhores oficiais, homens que assumiriam novas responsabilidades na Operação Overlord.

Enfrentava uma dessas escolhas agora. Acompanhou a aterrissagem do avião solitário, teve que esperar pacientemente enquanto o piloto taxiava em direção à pista. Em poucos segundos os motores foram desligados, as hélices diminuíram de velocidade e rapidamente a porta da parte posterior do avião se abriu. Eisenhower se dirigiu para lá, seus ajudantes se juntaram a pouca distância atrás. Viu um rosto, um oficial jovem, desconhecido, descendo depressa, uma continência brusca. Eisenhower a retribuiu, esperou, viu outro rosto, mais velho, o uniforme impecável, as três estrelas no ombro refletindo a luz do sol. A promoção a tenente-general ocorrera havia somente poucas semanas, ninguém questionara, nenhum ciúme, nada de intrigas e comentários maldosos sugerindo que o oficial não merecia a patente. Eisenhower não pôde evitar um sorriso, retribuiu a continência do oficial. Era Omar Bradley.

ELES CAMINHAVAM À BEIRA-MAR, E EISENHOWER OLHAVA PARA O MAR aberto, um destróier britânico ancorado. Era uma precaução de Cunningham, pois, com o quartel-general avançado de Eisenhower na cidade costeira, sempre havia o perigo de um ataque surpresa por bombardeiros de mergulho alemães ou comandos; a Luftwaffe ainda lançava ataques ocasionais.

— Não acredito, Ike. Como pode ser?

— Acredite. Marshall já aprovou a sua transferência.

Bradley caminhou em silêncio, e Eisenhower se surpreendeu com a falta de entusiasmo dele. — Há alguma coisa que você não esteja entendendo?

Bradley parou, virou-se para Eisenhower, pôs as mãos nos quadris. — Não entendo por que Marshall ou qualquer outro me escolheria para este trabalho.

Eisenhower podia perceber, não era apenas modéstia. Bradley parecia realmente preocupado.

— Brad, o trabalho é seu, a não ser que você possa me dar uma boa razão para escolhermos outra pessoa. — Ele fez uma pausa, esperou, Bradley em silêncio. — Bom. Você é o homem para a tarefa. Assim que você puder colocar seus assuntos em ordem aqui, você se apresentará ao general Devers em Londres e assumirá o comando do Primeiro Exército. Você fixará o seu quartel-general em Bristol, provavelmente. Embora, por título, Jake Devers comande as forças americanas no teatro europeu, não se engane com isso, Brad. Não pretendo que Devers comande tropas no campo. Não é o ponto forte dele. No final, o seu comando encabeçará nossa participação na Operação Overlord.

Bradley começou a andar novamente, esfregou as mãos. — Eu entendo. Quem me substituirá no Segundo Corpo de Exército?

— John Lucas.

Bradley assentiu, e Eisenhower podia perceber a mente dele em funcionamento, já digerindo, absorvendo tudo que poderia se colocar à sua frente. Então ele olhou para Eisenhower, um leve olhar furtivo.

— Você me diz que estou sendo promovido a comandante de exército. Isso é um tremendo afago nas costas. Não sei bem como reagir a isso. Vou me esforçar ao máximo, mas, Ike... algo não soa bem. Como isso vai afetar...

— Patton?

— Sim. Patton. Este comando deveria ser dele, Ike. Ele é meu superior hierárquico. Você está me empurrando escada acima, me passando na frente dele.

Eisenhower não disse nada, chutou a areia dura com a bota, deslocou uma pedrinha redonda e branca, chutou-a para a água. Bradley começou a falar, e Eisenhower levantou a mão.

— Você conhece George tão bem quanto qualquer um de nós. Preciso explicar isso a você?

— Você quer dizer... é tudo por causa do incidente dos tapas?

— O incidente é uma parte. Eu não deveria precisar soletrar isso para você, Brad. Esta operação vai envolver treinamento intensivo, uma coordenação difícil com os britânicos. Provavelmente Monty estará muito envolvido, e ainda não me disseram quem comandará o conjunto da operação. Não acredito que a decisão tenha sido tomada. Mas seja honesto comigo. Você acha que George é o homem certo para comandar uma coisa dessa complexidade?

— Não posso responder isso, Ike. George é o melhor chutador de bundas do exército.

— Bem, eu posso. O cargo é seu. Não é sempre que precisamos de chutadores de bundas, Brad. Você sabe muito bem que alguns dos subordinados de Patton não concordam com o estilo dele de fazer as coisas. — Eisenhower fez uma pausa, perguntou-se se Bradley se abriria com ele. Sabia que Bradley tinha ficado preocupado com a fixação de Patton quanto a Messina: talvez significasse a morte de mais soldados seus, e o prêmio não valia a vida deles. — Quero sinceridade, Brad.

— Ele tem seus meios, Ike. Geralmente funcionam. Você não pode discutir com o sucesso.

— Ao diabo com isso.

Bradley parou novamente, olhou para o navio britânico.

— Toda aquela demonstração vistosa fica bem nas capas de revistas. Mas eu ouvi os soldados, Ike, depois daquelas paradas que George liderava no meio da tropa, todos aqueles uniformes limpos, as bandeiras e as sirenes. Nem sempre eram bem-aceitas. Meus rapazes estavam combatendo o inimigo mais duro que já haviam enfrentado, em terreno mais difícil que qualquer coisa na África. Então George passava com suas sirenes gritando e esperava que o aclamassem. Eles o aclamavam, alguns deles. Mas não todos. Quando ele bateu naquele garoto... houve gente no meu estado-maior querendo vê-lo enforcado. — Bradley fez uma pausa, e Eisenhower podia ver que ele procurava as palavras. — Eu ouvi toda essa conversa sobre Rommel, de como ele vencia as batalhas porque estava lá com seus soldados. Não sei se tudo é verdade, quanto há de exagero dos alemães. Se Rommel se comportava como um de seus soldados, se parecia sentir o que eles sentiam, se estava disposto a pegar num rifle ou subir num tanque, sem dúvida posso entender como isso estimulava seus homens. Mas não é isso que George faz. Se ainda usássemos plumas nos chapéus, ele teria a maior. Se montássemos cavalos, o dele seria o cavalo branco. Não me entenda mal, Ike. Pode não haver melhor tático neste exército que George Patton. Ninguém sabe manobrar tropas debaixo de fogo como ele. Audácia, Ike. É o que é. Todo exército precisa de um Stonewall Jackson de vez em quando. Mas o uniforme de

Jackson não era impecável, ele não tinha um capacete polido e, se usasse pistolas com punhos perolados, ele as teria disparado contra o inimigo vez por outra. — Ele parou, olhou para baixo. — Minhas desculpas, Ike. Eu falei demais.

— Eu pedi para você ser sincero. Não posso discordar de nada do que você disse. Mas, neste momento, George não diz respeito a você. Não sei como ele reagirá à sua transferência, mas não posso me preocupar com isso agora. Tenho muito trabalho aqui. Marshall quer você na Inglaterra, e quanto mais cedo, melhor. Já estou recebendo ordens para preparar unidades de combate para segui-lo, e elas precisam iniciar o treinamento assim que as bases forem estabelecidas. Você está no comando lá, Brad. Não há ninguém neste exército que eu gostaria mais de ver ao volante.

40. ADAMS

ELES FORAM RETIRADOS DA SICÍLIA EM 20 DE AGOSTO, TODA A OCTO-gésima Segunda Divisão Aerotransportada foi realocada em torno dos aeroportos em Kairouan, na Tunísia. Quase imediatamente, os recrutas chegaram, novos soldados para completar a tropa desfalcada. Com os novos soldados veio novo treinamento, e os saltos continuaram. Como haviam feito tantas vezes, Adams e os outros mestres de salto guarneciam as saídas dos C-47s, instruindo e estimulando os rostos desconhecidos, assegurando que, quando saltassem numa zona de combate, eles saberiam que as aterrissagens de ranger os ossos não seriam diferentes das que haviam praticado com tanta frequência em Fort Benning. Naturalmente, nenhuma carga de treino adicional poderia levar a se prever como um homem realmente reagiria quando saltasse no meio de um ninho de metralhadoras inimigas.

Ao contrário do primeiro acampamento no norte da África, dessa vez o tormento e o tédio não se estenderam além de poucos dias. No começo de setembro, eles foram mandados de volta à Sicília, à base aérea de Licata, no litoral sul, e os homens no comando começaram a equacionar os problemas que tinham prejudicado o primeiro salto do 505º. Dispositivos localizadores e rádios portáteis eram tecnologia antiga, mas parecia que ninguém na Aerotransportada tinha considerado esse tipo de comunicação como absolutamente necessário em campo. Depois da Sicília, eles mudaram de opinião, estimulados pelos pilotos, que incitaram seus oficiais a descobrir melhores formas de guiá-los para as zonas de salto. A descida da Aerotransportada na Sicília tinha sido extraordinariamente valiosa, bloqueando o avanço alemão, o que talvez tenha salvado toda a operação. Mas a maior parte dos comandantes aliados, inclusive Eisenhower, considerava-a um feliz acidente. Independentemente de terem sido tão eficazes na Sicília, o salto dos soldados da Octogésima Segunda tinha sido uma grande confusão. De todas as direções chegaram críticas aos paraquedistas, e vazaram boatos de que a Octogésima Segunda poderia ser dispersada, ou renomeada como infantaria. Como a maior parte dos boatos, Adams sabia que era improvável que acontecesse uma mudança tão radical, mas como o próprio Eisenhower verbalizava sérias dúvidas sobre a eficácia da força de paraquedistas, os oficiais estavam levando os boatos a sério. O general Ridgway respondeu com vigor às críticas de Eisenhower e ordenou que se tomassem medidas para garantir que futuras missões de salto fossem equipadas com os instrumentos necessários, de maneira que os regimentos realmente aterrissassem nas áreas de salto determinadas.

Em Licata, alguns soldados foram organizados em unidades menores, treinadas para tarefas específicas. Essas unidades, chamadas de destacamentos precursores, compunham-se de paraquedistas cuja tarefa seria aterrissar vinte a trinta minutos antes do corpo principal para fixar pequenos transmissores de rádio que guiariam os pilotos para as áreas de salto corretas. Além dos rádios, alguns dos destacamentos precursores carregariam uma luz de krypton, um pequeno farol que emitia um único raio de luz muito brilhante, visível a quilômetros. Se tudo falhasse, os destacamentos precursores eram instruídos a, quando ouvissem os C-47s, acender uma simples fogueira na forma de um *T*, que marcaria claramente a zona de aterrissagem. Como exatamente os destacamentos precursores achariam as zonas corretas não era revelado a homens como Adams. Sua confiança nos destacamentos precursores era tão limitada quanto sua confiança em que algum oficial apareceria com um dispositivo qualquer projetado para tornar a vida do soldado mais simples. Seus homens concordavam, a maioria estava convencida de que ainda dependiam dos pilotos. Se os homens da cabine se perdessem, não haveria muita coisa que alguém em terra pudesse fazer.

Aeroporto de Licata, Sicília — 8 de setembro de 1943

Ele estava sentado debaixo da asa de um C-47 verificando novamente a mochila, matando o tempo. Os homens em volta esperavam como ele, nada a fazer até que viessem as ordens para embarcar nos aviões. Havia pouca conversa, até os novos soldados estavam quietos, a conversa nervosa era controlada, cada homem trancado em seus próprios pensamentos.

Contou as latas de ração, muito menos do que as que carregavam na Sicília. O equipamento pessoal dos soldados tinha sido restringido, cobertores, artigos de toalete e roupas extras reduzidos a um mínimo ou completamente eliminados. Era uma lição valiosa dos saltos na Sicília: o armamento tinha muito mais importância no campo que a comodidade pessoal. O campo siciliano lhes oferecera todos os confortos que um homem necessita para sobreviver. O que eles não podiam substituir eram as armas, as granadas, outros explosivos e peças para as metralhadoras pesadas. Em Fort Benning, os homens haviam treinado jogando o equipamento pesado separadamente, em fardos amarrados debaixo das asas dos C-47s. Mas a Sicília não era Fort Benning, e os homens tinham aprendido que tropeçar no escuro à procura de pacotes perdidos era uma maneira certa de atrair a atenção do inimigo. Na maior parte das vezes, os pacotes simplesmente se perdiam, muitos deles ainda estavam dispersos nos morros acidentados e moitas que se espalhavam pelo sul da Sicília. Se os soldados precisassem usar uma metralhadora pesada ou uma bazuca, tinham que achar um modo de carregá-la com eles.

Adams contou suas granadas novamente, olhou os outros, viu cada homem seguir seu exemplo. Seu pelotão tinha poucas caras novas, nenhum deles exibia ainda os sinais de que poderia se tornar um elo fraco. Eles tinham reagido bem ao treinamento, tinham feito dois saltos noturnos no entorno de Kairouan, sem desastres. Agora, eles estavam sentados perto das fileiras de aviões, tentando ficar fora do caminho das equipes de manutenção, enquanto aguardavam os oficiais lhes darem a ordem.

Scofield tinha se ausentado por um tempo, longas reuniões com os outros oficiais; Adams olhava, a intervalos de segundos, para o edifício baixo e quadrado na extremidade mais afastada da pista. Ele viu o capitão então, e outros, saindo apressados do edifício, andando rapidamente.

O coração de Adams pulou, e ele gritou: — Lá vamos nós! Mochilas prontas. Preparar para embarcar!

Scofield corria na direção deles, sacudia as mãos no ar, gritava: — Sair do alerta! A missão foi descartada!

Scofield fez sinal para os homens se reunirem, estava claramente zangado. Toda a companhia se aproximou, e Scofield dava passos pequenos, rápidos, num círculo apertado, os braços balançando como as asas de um pássaro enlouquecido.

— Maldição! É a segunda vez numa semana! As altas patentes não conseguem resolver o que fazer conosco! Não vamos a lugar nenhum hoje! O Gigante Dois está riscado. Igual ao Gigante Um. Eles fazem um plano, nos fazem ficar ligados para seguir em frente e depois algum general se acovarda!

— Por que, capitão?

A voz vinha de trás de Adams, um dos novos soldados, Unger, voz aguda de criança. Scofield olhou para o jovem, pareceu se acalmar, recobrar o controle. Adams viu que Scofield estava se recriminando, pensou, devagar, capitão. Oficiais não devem se queixar de generais, especialmente para recrutas com o rosto cheio de espinhas.

— Não se preocupe. Tudo o que você precisa saber é que recebemos ordens de sair do alerta. O coronel Gavin recebeu a comunicação do general Ridgway. As ordens vieram mais de cima. O coronel não me disse nada além do que eu vou dizer a vocês, portanto, sem perguntas. Não é mais segredo, então eu posso lhes contar que o Gigante Dois era um salto nos aeroportos em torno de Roma. Deveríamos aterrissar diretamente nos aeroportos, e os carcamanos estariam lá para nos ajudar. Eles tinham concordado em fornecer tudo o que precisaríamos para capturar as pistas de aterrissagem e defendê-las contra quaisquer unidades alemãs na área. Eles deveriam nos ajudar explodindo pontes, removendo baterias antiaéreas alemãs, e, quando atingíssemos o solo, eles nos abasteceriam com uma quantidade considerável de suprimentos. Aparentemente, o general Ridgway teve algumas preocupações a respeito disso e questionou se os italianos realmente entregariam o que prometiam. Parece que alguém acima dele compartilhou essas preocupações. Agradeçam à sua estrela da sorte, senhores. Poderíamos ter saltado diretamente para um massacre.

Adams tinha saído, engatinhando, de baixo da asa do avião, ficou de pé, disse: — E agora, senhor?

Scofield pôs as mãos nos quadris, sacudiu a cabeça. — Permanecemos em grande alerta. O 505º não é o primeiro grupo da missão, de qualquer modo. O 504º e o 509º tomarão a dianteira sob qualquer nova ordem. Fizemos a nossa parte na Sicília e, portanto, eles acham que podemos ficar para trás como reserva. Mas nenhum de vocês pense que estamos de férias. Eles podem nos chamar a qualquer hora. Parece que essa operação já está *fumtu*. Tanta confusão que já aconteceu... — Scofield parou. — Chequem o equipamento. Mantenham-se prontos para partir. Durmam um pouco. Comam alguma coisa. Se recebermos um chamado do general Ridgway, talvez tenhamos que estar a postos bem depressa.

Scofield se afastou, e Adams voltou para debaixo da asa do avião. Juntou seu equipamento. Os outros conversavam, resmungos baixos, principalmente os novos soldados, ele os ignorou, pensou, não tenham tanta pressa de levar um tiro na bunda.

— Sargento?

A voz era inconfundível, e ele se virou. — O que é, Unger?

— O capitão disse que essa operação está *fumtu*. Que diabo quer dizer isso?

Adams riu. — Você já devia saber, recruta, que neste exército há *snafu* e *fumtu*.

Unger olhou para ele, uma expressão vazia.

— Você é um homem de igreja, certo, Unger?

— Sim, senhor. Vou todo domingo.

— Muito bem, vou lhe dar a tradução correta. *Snafu*: situação normal cheia de confusões (*Situation Normal All Fouled Up*). Mas o que o capitão estava dizendo é que esta operação está *fumtu*: mais cheia de confusões que o normal (*Fouled Up More Than Usual*).

Os desembarques do Quinto Exército em Salerno começaram às 3h30 de 9 de setembro: quatro divisões, duas americanas e duas britânicas, complementadas por rangers e comandos americanos. Ao norte, a cidade de Salerno caiu facilmente nas mãos dos americanos, mas, no centro, as forças britânicas enfrentaram pesada resistência dos defensores alemães nos terrenos altos sobre as praias. Depois de um dia longo, de combates difíceis, os britânicos finalmente conquistaram sua cabeça de praia, com uma ajuda considerável do poder de fogo da artilharia naval ao largo da costa. No flanco direito dos desembarques, o Sexto Corpo de Exército americano, comandado por Ernest Dawley, encontrou apenas leve resistência e, ao cair da noite de 9 de setembro, tinha alcançado a maior parte de seus objetivos. Com os desembarques completos, o general Clark tinha todas as razões para acreditar que a Avalanche se iniciara e estava em curso.

Os reforços de Kesselring foram convocados rapidamente e, num espaço de horas após os desembarques, unidades alemãs de panzers já se dirigiam às cabeças de praia de Clark. No centro da cabeça de praia, o rio Sele desembocava no Golfo de Salerno e, ao longo da desembocadura do rio, haviam-se formado bancos de areia, impedindo que a lancha de desembarque levasse tropas para perto do rio. O resultado foi uma brecha de vários quilômetros de largura entre as tropas britânicas, ao centro, e o Sexto Corpo de Dawley, à direita. Em 10 de setembro, Dawley ainda acreditava que tinha o controle do seu setor e escolheu a Trigésima Sexta Divisão para fazer a maior investida para o interior, procurando capturar estradas, topos de morros e cruzamentos-chave. A Trigésima Sexta Divisão ainda tinha de ser testada em combate, mas, com pouca oposição, eles fizeram um bom progresso e cumpriram a maior parte dos objetivos de Dawley, estendendo a cabeça de praia bem para o interior. O que Dawley não percebeu foi que, à sua esquerda, os panzers de Kesselring estavam se dirigindo à praia e já começavam a preencher a brecha. Quando os alemães lançaram seus contra-ataques, os homens de Dawley se viram perigosamente flanqueados e logo estavam virtualmente isolados. Ao longo dos dois lados da brecha, as posições aliadas foram então engolfadas pelos blindados alemães e, à direita, os soldados inexperientes da Trigésima Sexta começaram a falhar. Nos três dias seguintes, os sucessos iniciais de Clark foram apagados pelos ataques alemães, e as cabeças de praia começaram a se desintegrar, soldados em pânico retornavam às praias, protegidos apenas pelo guarda-chuva do fogo da artilharia naval.

Em 13 de setembro, Clark enviou a Matthew Ridgway um pedido desesperado de ajuda, e Ridgway respondeu imediatamente. Naquela noite,

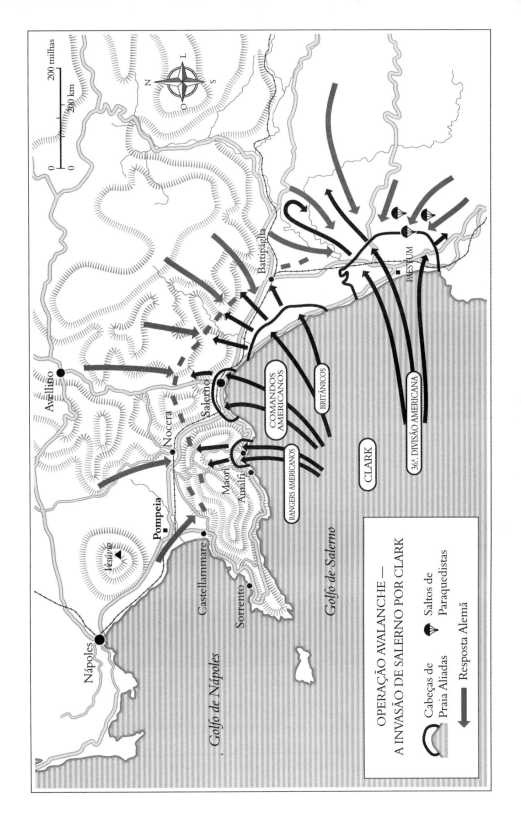

o 504º. Regimento de Infantaria Paraquedista do coronel Reuben Tucker realizou o primeiro salto da Octogésima Segunda Aerotransportada na Itália, uma tentativa desesperada de preencher a ampla brecha nas linhas aliadas e apoiar a avariada Trigésima Sexta Divisão. No dia seguinte, o 509º., sob o comando do coronel Edson Raff, recebeu ordens de saltar também. O 509º. tinha constituído a primeira onda da Operação Tocha, iniciara a invasão aliada do norte da África ao ser lançado ao acaso numa extensão de mais de 300 quilômetros de deserto. Durante toda a campanha da Sicília, os homens do 509º. suportaram impacientemente o calor do norte da África, enquanto o 504º. e o 505º. faziam o trabalho. Agora, Clark ordenou que o 509º. realizasse o mais perigoso salto da Aerotransportada. Eles tentariam capturar um cruzamento crítico perto da aldeia de Avellino, bem no interior e dentro do território inimigo, para impedir que mais reforços alemães alcançassem as tropas aliadas já cambaleantes. Se o 509º. conseguisse sobreviver, teria que aguentar até que alguém do Quinto Exército de Clark chegasse até sua posição. Se os alemães fossem bem-sucedidos em empurrar as forças de Clark de volta ao mar, o 509º. seria simplesmente engolido.

Em 14 de setembro, os homens do 505º. de Jim Gavin ficaram por perto dos aviões, perguntando-se se seriam usados de algum modo. No meio da tarde as perguntas tiveram resposta. Gavin soube, afinal, que eles não seriam retidos como reservas.

Aeroporto de Licata — 14 de setembro de 1943

Estavam acampados entre olivais, campos amplos de árvores antigas. Exceto pelas asas dos C-47s, as oliveiras propiciavam a única sombra próxima, o único lugar em que um homem podia descansar sem cozinhar ao sol.

Adams tinha dormido, deitado de costas, o capacete no rosto, o suor encharcava as roupas, uma brisa suave o refrescava. Agora estava acordado, esticou as pernas, levantou um pouco o capacete, olhou o relógio. Três horas, pensou. Se alguma coisa vai acontecer, é melhor que seja rápido. Ouviu vozes, o ruído de um homem engasgando. Ouviu risos, e Adams conhecia o ritual, empurrou o capacete, piscou contra a luz do sol. Viu Unger, o rapaz de joelhos, rosto vermelho, cuspindo furiosamente, tateando o cinto, querendo agarrar o cantil. Adams enfiou o capacete na cabeça, rolou para o lado, levantou-se. Já estava zangado, bateu a terra das pernas das calças, tinha passado vezes demais por esse ritual.

— Qual foi o idiota que o mandou comer azeitona? — Os soldados próximos a ele eram veteranos e todos se esforçavam ao máximo para segurar o riso. — Ninguém está disposto a admitir? Ótimo. Já que é esta a ideia que vocês têm de diversão, por que todos nós não comemos uma azeitona? Há milhões dessas malditas coisas, é só esticar a mão e agarrar uma. Vamos! Merecemos este prazer!

Agora todos o olhavam, estava sem paciência, sabia que se perguntavam se ele estaria falando sério. Arrancou uma azeitona de um galho acima dele, dura e preta, segurou-a no alto.

— Eles vendem estas coisas, vocês sabem. Eles as embarcam para toda a porra do mundo. Suas mães provavelmente as usam para cozinhar, certo? Bem, mastiguem, rapazes! Não há razão para deixar os soldados novos desfrutarem de toda a diversão!

Ele viu um soldado dar um passo à frente, cabeça baixa. Era Newley, o soldado falante de Chicago. — Fui eu, sargento. Ninguém mais.

Adams não ficou surpreso, já vira Newley vitimar mais de um recruta. — Você está com fome, Newley? Coma uma azeitona. Pegue um punhado.

— Eu não fiz por mal, sargento. Só estava brincando.

Agora Adams sentia calor, o sol atravessava os galhos das velhas árvores. — Esta é a Aerotransportada, recruta. Você deixou de *brincar* quando passou pelos portões de Fort Benning. Você notou quantos C-47s levantaram voo na noite passada?

Ele viu os homens em volta balançarem a cabeça, e Newley disse: — Sim, sargento.

— Era o cinco-zero-quatro. Você acha que aqueles rapazes estão *brincando* hoje? Vou lhe dizer uma coisa, Newley. Da próxima vez que nós embarcarmos num C-47, Unger vai se sentar bem ao seu lado. Quero que você salte logo na frente dele. Sabe por quê? Porque eu quero que você pense sobre o que Unger teve que realizar para estar aqui. Quero que você pense no que a *Aerotransportada* significa, o que vocês significam uns para os outros lá no escuro. Se você descer num trecho de arbustos espinhosos ou quebrar sua maldita perna numa vala, Unger pode ser a pessoa que vai salvar a sua pele. Ou pode não ser. Ele pode não ouvir você chamar. Ele pode pensar que sacana que você é e andar na direção contrária. Você gostaria que ele fizesse isso, recruta Newley?

— Não, sargento.

— Então dê o seu cantil para o Unger. Ajude-o a tirar essa merda da boca. E, Unger!

Unger ainda estava cuspindo, o rosto retorcido, as palavras saíram num grasnado: — Sim, sargento?

— Da próxima vez que alguém lhe disser para comer alguma coisa... certifique-se de que *ele* coma primeiro! Você recebeu instruções sobre isso no norte da África: as azeitonas têm que ser curadas antes de se tornarem comestíveis. Preste atenção da próxima vez. Neste pelotão eu não tenho lugar para um filho da puta burro.

— Sim, sargento.

Newley estava ao lado de Unger agora, os outros também, a brincadeira tinha acabado. Sempre havia os brincalhões, as peças pregadas nos recrutas. Era um bom divertimento em Fort Benning, rituais pelos quais todas as unidades tinham passado. Mas Adams não tinha disposição para isso agora, nenhuma energia para a maldade idiota de ninguém. Saiu do olival, olhou para o aeroporto, pensou, lembrem de tudo isso, rapazes. Especialmente os novos. Eles não viram a guerra ainda, não viram um homem se desfazer numa explosão de fogo, não limparam o sangue de um morto das unhas. Sei por que os veteranos fazem essas coisas. Eles precisam de um motivo para rir, não há nada engraçado por aqui. Não há nada engraçado no que aconteceu com McBride e Fulton. E com o coronel Gorham. Olhou para trás, os homens cuidando da rotina, alguns deitados, capacetes cobrindo os rostos. Não conseguia ficar zangado com nenhum deles, nem mesmo com aqueles de quem simplesmente não gostava. Somos uma unidade, uma maldita arma perigosa, e somos melhores nisso que quaisquer outros no mundo. Quer ser um filho da puta, seja um filho da puta com o inimigo.

Tinham dormido pouco na noite anterior, os veteranos ficaram acordados devido ao zumbido dos C-47s, quatro dúzias deles, recheados de homens do 504º. Havia um estranho vazio nisso, espiar outro regimento levantar voo enquanto se está deitado confortavelmente sob o cobertor. É provável que eles tenham sentido o mesmo em relação a nós, pensou, ao nos ver partir de Kairouan. Nenhum deles tinha ideia de que diabo íamos fazer na Sicília, quantos de nós não voltariam. E então eles voaram para o inferno na Terra, feitos em pedaços por nossos próprios rapazes. Uma estupidez terrível. Modo infernal de se morrer. Minha mãe não aceitaria uma coisa daquelas.

Ouviu um veículo, saiu do olival, viu a nuvem de poeira que seguia o jipe. O jipe se aproximou, parou, e ele viu Scofield, ficou surpreso em ver o coronel Gavin. Adams se empertigou, reflexo, fez continência, os oficiais andaram em sua direção.

Scofield disse: — Sargento Adams, cuide de seu pelotão. Recebemos ordens. Saltamos hoje à noite.

Gavin passou por ele, entrou no olival, os soldados respondendo com saudações curtas e entrecortadas:

— Senhor!

— Coronel!

Adams observou Gavin se movimentar entre os soldados, o coronel parecia inspecioná-los, classificá-los.

Depois de um momento, Gavin perguntou: — Quantos de vocês saltaram aqui em julho?

Adams levantou a mão, viu os outros, mais de quarenta dentre os cinquenta soldados do pelotão.

— Bom. Muito bom. Os rapazes do general Clark estão num diabo de enrascada naquela praia. Eles dependem de nós para sustentar a linha contra o inimigo. O cinco-zero-quatro teve uma experiência dura hoje, mas nós vamos descer bem ao lado deles. Amanhã de manhã, os boches devem ter uma surpresa.

Ele se virou para o jipe, parou. — Vocês precisaram usar uma bazuca na última vez em que lutaram?

Adams disse: — Sim, senhor. Alguns de nós estivemos em Piano Lupo, senhor.

Gavin olhou para ele. — Eu sei onde você esteve, sargento. Você usou a bazuca?

— Não, senhor. Mas o capitão e eu estávamos com duas guarnições antitanque. Eles puseram fora de combate um par de tanques antes... de serem atingidos.

Gavin pareceu reconhecê-lo, examinou-o por um minuto. — Você estava com o coronel Gorham.

— Sim, senhor.

Gavin se virou para os outros. — Uma coisa terrível. Precisávamos de uma porção de homens como Art Gorham. — E então Gavin fez um sinal em direção a Scofield. — Capitão, leia para os soldados aquele boletim que acabamos de receber.

— Sim, senhor. Bem aqui. "Do Departamento de Guerra G-2. A inteligência reuniu informações que indicam que a bazuca em uso por nossas tropas é inadequada para penetrar a blindagem frontal do tanque alemão Tiger."

Gavin olhou para Adams. — Que revelação, hein, sargento? A inteligência do exército averiguou que, se você quer destruir um blindado inimigo, não deve fazer isso pela frente.

— Sim, senhor. Eu estava ciente disso, senhor.

— Quando?

— Em Piano Lupo, senhor. Há dois meses. As equipes antitanque sabiam que tinham que atingi-los no flanco.

Gavin olhou para ele, olhar duro, parecia avaliá-lo. Adams se empertigou, pensou, tudo bem, cale a boca. Ele não precisa achar que você é um sabe-tudo.

Gavin manteve o olhar por um tempo, depois se virou, disse: — Em seguida eles vão nos dizer que acham que os C-47s talvez sejam muito lentos para evitar o fogo antiaéreo. Escritórios inteiros cheios desses gênios que realmente pensam que são soldados. Muito bem, preparem-se para ir, senhores. Temos um trabalho a fazer. Capitão, vamos andando.

Gavin e Scofield subiram no jipe, afastaram-se rapidamente, mais jipes apareceram, oficiais se movimentando entre seus soldados. Adams se abaixou, pegou a mochila, ajoelhou-se, apertou os cadarços das botas. Bateu nos bolsos vazios das calças largas, sabia que a munição e as granadas já estavam sendo distribuídas perto dos aviões. Olhou para Unger, pensou, não é possível que ele tenha 18 anos. Dezesseis, se tanto. Falsificou os documentos, com certeza. Nem se barbeia ainda.

— Unger!

— Sim, sargento?

— Você sabe o que é um boche?
— Sim, sargento.
— O que você vai fazer quando vir um?
— Vou explodi-lo, mandá-lo para o inferno, sargento.
Adams olhou para os outros, viu os sorrisos. Sim. Guerra é inferno.

O VOO FOI SUAVE, NENHUMA TURBULÊNCIA DE TORCER AS ENTRA-nhas como no primeiro voo para a Sicília. Adams conseguia ver a praia, indícios de branco captados pelo luar, uma ampla língua de terra que os mapas mostravam ser uma longa península. A área de salto era logo atrás, os oficiais asseguraram aos soldados que os destacamentos precursores chegariam lá primeiro, iluminando o caminho com um sinal de fogo, um *T* que seria facilmente visível para qualquer piloto na área. Adams se recostou no paraquedas, pensou, se eu fosse um artilheiro boche e visse uma maldita fogueira acesa e aviões inimigos no ar, imagino que aquela fogueira seria um alvo muito fácil. Quem pensou que aquilo era uma boa ideia? Olhou a fileira do outro lado, viu Gavin, não dava para ver os olhos, perguntou-se se ele estaria dormindo. Não esperava ficar no grupo de Gavin, tinha embarcado no avião esperando ver Scofield, a rotina normal. Mas Scofield estava atrás deles, no avião seguinte da formação, e Adams ficou curioso, perguntou-se se era apenas sorte ou se havia alguma razão para que Gavin embarcasse no seu avião.

Tinha começado a sentir mais do que simples respeito por Gavin, mais do que a lealdade de um sargento em relação a um oficial comandante. As patentes superiores sempre tinham um tipo de aura estranha, em grande parte fabricada pelos próprios oficiais, homens que se retratavam com algo heroico. Os soldados davam pouco valor a isso, aprendiam rapidamente a avaliar um homem pelo que podia fazer debaixo de fogo, não por sua boa figura em dia de parada. Adams certamente não havia percebido nada disso no coronel Gorham, e a morte dele parecia afetar a todos, inclusive Gavin. Adams desejava ter convivido com Gorham por mais que alguns dias, impossível não se surpreender com um homem capaz de dar a própria vida tentando duelar com um tanque. Adams sentia o mesmo em relação a Gavin, a aura de um tipo diferente, autoridade e respeito inspirados por um homem que parecia saber o que era olhar para a ponta de uma baioneta. Gavin era jovem demais para ter lutado na Primeira Guerra, não tinha aquele olhar vazio que Adams tinha visto nos velhos veteranos. Sempre havia oficiais que tentavam agir como os soldados que comandavam, uma atitude fingida para mostrar que eram companheiros. Isso raramente funcionava, a maior parte dos soldados não se interessava em ser *companheiro* de um oficial. Não importava o quanto os soldados se queixassem dos oficiais, quando o combate começava, todo soldado queria um homem *no comando*, uma voz alta para suplantar a extrema confusão. O barulho dos faladores, homens como o recruta Newley, não conseguia abafar o medo silencioso de todo soldado. Não eram somente o inimigo e as balas. Cada homem carregava a farpa da dúvida, imaginava se teria coragem, se correria, se causaria a morte de seus próprios homens por ter se descontrolado. Este era o trabalho do oficial, rasgar essa dúvida, desviar os soldados de seus pensamentos e mandá-los em frente como uma só arma, um punho perfeito. Nem todo tenente podia ser um estímulo. Mas Adams sentia aquele estranho ingrediente em Gavin, como sentia em Scofield. Era instintivo, a total confiança de que, se eles descessem no meio de uma terrível confusão sangrenta, Gavin era o homem que eles queriam que desse as ordens, o homem que os manteria vivos.

O avião começou a perder altitude, e ele ficou alerta, olhou para o local escuro perto da abertura. Depois de um bom tempo, a luz vermelha se acendeu, e os soldados reagiram com movimentos bruscos, grunhidos baixos. O voo tinha sido mais curto do que a maioria esperava, nada comparável à rota tortuosa que tinham seguido para a Sicília. Eles se levantaram imediatamente, e Adams enganchou seu paraquedas no cabo acima da cabeça e repassou a rotina. Gavin, na abertura, seria o primeiro homem a pular, Adams estava a três homens dele; ele viu o coronel olhando para fora, ouviu-o praguejar em voz baixa.

— Nada! Malditos!

Gavin olhou para a frente do avião, para os pilotos, Adams o observava, o rosto banhado em luz vermelha, furioso, a mão batendo na beirada da abertura. Adams sentiu um calafrio, pensou, alguma coisa está errada. Estamos perdidos? De novo, não! Será que alguém pode consertar isso? Que diabo devemos fazer...

A luz ficou verde.

Gavin se foi rapidamente, os soldados o seguiram de perto. Adams não hesitou, pôs as mãos do lado de fora, na superfície do avião, empurrou o queixo para dentro, olhou para a frente, e estava fora, caindo, o vento puxando. Firmou-se, o paraquedas se abriu com um puxão, as correias lhe deram um solavanco por baixo. Podia ver os primeiros paraquedas abaixo dele, deslizando lentamente, e ele olhou para o chão, tentou ver formas, não enxergou nada, vazio negro. Procurou freneticamente qualquer sinal do lugar para onde estavam descendo, arbustos ou árvores, obstáculos fatais. O praguejar de Gavin permanecia em sua mente, um lampejo de medo e, de repente, uma luz brilhante apareceu debaixo dele, uma estranha luz laranja, no formato de um *T. Fogueira*. Piscou com a luz, que o cegava, firmou-se novamente, sabia que estava próximo, os últimos segundos, apertou os joelhos um contra o outro, dedos dos pés para baixo, pensou nos destacamentos precursores lá embaixo, acendendo a fogueira, idiotas, tarde demais para ter utilidade, os pilotos acharam a área de qualquer jeito. Maldição. Bom trabalho.

DE MANHÃ, OS 2.100 HOMENS DE GAVIN TINHAM FORMADO UMA linha ao lado dos homens do 504º, aumentando consideravelmente a força da posição americana, e fechando uma parte importante da brecha que ameaçava toda a frente. Embora os alemães atacassem mais uma vez, seus comandantes perceberam que a maior oportunidade já havia passado, que os americanos não seriam simplesmente empurrados para o mar. Em vez de continuar um ataque custoso, os alemães começaram a recuar, reforçando suas posições ao norte e a leste.

Ao sul, as tropas de Montgomery tinham avançado pelo "dedão" da Itália acima sem praticamente nenhuma oposição, e forças britânicas tinham desembarcado no "arco" e no "salto" da bota também. Os alemães reagiram como esperado, e Kesselring demonstrou que não desejava um amplo confronto com o Oitavo Exército. Em lugar disso, os alemães reuniram suas forças, espalharam tropas de um lado a outro da Península Italiana, ao longo de terreno naturalmente defensivo, fazendo bom uso dos rios e das serras. Embora a Operação Avalanche de Clark tivesse sido finalmente bem-sucedida, o risco havia sido extraordinário, a disputa fora apertada demais para a aprovação de Eisenhower. A culpa recaiu imediatamente sobre Ernest Dawley, que havia confiado demais em suas tropas inexperientes. A infelicidade de Dawley era que ele compartilhava a mesma confiança entusiástica de muitos comandantes americanos. Para consternação de Eisenhower, a suposição de Dawley de que suas tropas poderiam varrer qualquer coisa com que se defrontassem tinha quase resultado numa catástrofe aliada. Dias depois da vitória em Salerno, Ernest Dawley foi substituído no comando.

À medida que os Aliados expandiam seus redutos ao longo do litoral, o 505º foi deslocado em direção à cidade italiana de Amalfi, e avançou para o terreno elevado de onde se avistava a Península de Sorrento, o que dava aos paraquedistas uma espantosa vista panorâmica da cidade de Nápoles. Durante duas semanas, as tropas aliadas enfrentaram vários tiroteios, cada lado testando a força do outro, mas os alemães continuavam a recuar o suficiente para evitar um confronto em larga escala. Enquanto os homens de Gavin forçavam o avanço, eles foram incorporados a uma unidade britânica mecanizada, o que lhes permitiu mais mobilidade quando mudavam de posição para se adequar à movimentação do inimigo. Tendo Nápoles como objetivo final, Gavin tinha finalmente recebido ordens de deslocar seus homens para fora do terreno elevado, e os paraquedistas esperavam entrar na cidade em meio a combates. Na manhã de 1º. de outubro, depois de breve resistência, a defesa alemã simplesmente se dissolveu. Jim Gavin e os homens do 505º. marcharam Nápoles adentro praticamente sem luta.

As forças aliadas continuaram a pressão contra os alemães, e o 505º. avançou para o leste da cidade, em apoio às unidades de infantaria britânicas e americanas que continuavam a buscar algum meio de superar em manobras as defesas alemãs. Mas a retirada de Kesselring tinha sido cuidadosamente organizada, os alemães cediam terreno com relutância, ganhando tempo para reforçar uma firme posição defensiva na retaguarda. As forças de Clark continuavam o lento avanço ao longo da costa, e as tropas de Montgomery avançavam para o norte pelo centro e ao longo da costa leste da bota italiana. Mas agora o plano de Kesselring tinha se tornado evidente. Os alemães se firmaram no terreno irregular ao longo do Rio Volturno, e, mais a leste, a infantaria alemã e unidades de panzers faziam uso eficaz do presente que os acidentados Montes Apeninos lhes ofereciam. Agora, qualquer confronto maior aconteceria num lugar escolhido por Kesselring.

NÁPOLES — 5 DE OUTUBRO DE 1943

A ordem partira do capitão Scofield, os soldados foram retirados da estrada para descansar numa plantação de limoeiros. Adams estava cercado deles agora, retorcidos, galhos nodosos protegidos por enormes espinhos. Eram semelhantes às oliveiras, antigos e retorcidos, mas a fruta era estranha, enormes esferas amarelas que mais pareciam melões. Ele já havia sofrido com a estupidez das experiências, tantos homens obcecados em provar essa fruta absurdamente esquisita, sem nenhuma semelhança com a ideia habitual de como um limão normal devia ser. Como Adams esperava, os limões eram amargos e espantosamente ácidos, e os soldados depressa se convenceram de que nenhum italiano poderia saber que gosto uma boa limonada tem.

Procurou um lugar para descansar as costas, evitou os espinhos ao lado dele, colocou a Thompson atravessada sobre as pernas. Viu Scofield na estrada, o capitão também o viu e se aproximou. Scofield sentou-se, pegou uma lata de biscoitos e estendeu-a para Adams.

— Não, obrigado, senhor. Comi uma lata de ensopado.

— Melhor que isto, sem dúvida.

Scofield bebeu do cantil, e Adams esperou, sentia que havia algo mais na escolha do capitão do lugar para se sentar.

— Temos novas ordens, senhor?

Scofield baixou o cantil, olhou para ele, apontou para a estrada branca.

— Os romanos construíram estas estradas, você sabe. Provavelmente cultivavam limões neste mesmo campo. Há muita história neste lugar. Cada vez que mandamos um edifício para o inferno, eu me pergunto há quanto tempo ele estava ali. A mesma coisa na Sicília. Os romanos construíram estas estradas para movimentar suas tropas, manter o controle sobre o império. Marchamos sobre os passos deles, sargento. De algum modo, acho que eles gostariam disso.

— Sim, senhor. Suponho que sim.

— Nem os tanques as estragam. Certos construtores de estradas dos Estados Unidos poderiam aprender alguma coisa aqui.

— Sim, senhor.

Scofield mexeu nos biscoitos. — Vou detestar perder você, sargento. Ninguém bota esses rapazes em forma como você.

Adams se empertigou. — Perder-me, como?

Scofield comeu outro biscoito, e Adams viu um breve sorriso.

— O que está acontecendo, senhor?

Scofield jogou de lado a lata vazia, desatarraxou a tampa do cantil. Tomou outro gole, recolocou a tampa, e Adams percebeu que ele se divertia.

— Senhor...

— Sargento Adams, o coronel Gavin foi substituído no 505º.

— *Quê?*

— Relaxe, sargento. O general Ridgway o indicou para ser promovido a general de brigada. Ele deve se tornar o segundo no comando de toda a divisão de Ridgway.

— Maldição! Vamos perder o coronel? — Subitamente, Adams ficou zangado, controlou as palavras, viu o leve sorriso no rosto de Scofield. — Eu não entendo, senhor. É uma notícia terrível. Quero dizer, é bom para o coronel, mas ninguém vai ficar feliz com isso.

O jipe passou por eles então, parou, e Adams viu o motorista examinando os rostos.

Scofield se levantou. — Aqui!

O motorista desceu, entrou no pomar. — Capitão, estou procurando...

— Sim, eu sei, cabo. Este é o sargento Adams.

O cabo era mais velho, surpreendentemente, tinha o rosto de um veterano. Ele examinou Adams, avaliando, o rosto um pouco franzido. — Sargento, tenho ordens de pegá-lo e levá-lo ao posto de comando do coronel Gavin. — Ele se afastou, estendeu a mão. — Depois do senhor, sargento.

Adams estava desconcertado, olhou para Scofield, para os rostos dos soldados que se juntavam, tão curiosos quanto ele. Agora Adams estava ficando nervoso. — O que está acontecendo, capitão?

— Ordens, sargento. Vá com o cabo.

Adams ficou de pé, colocou a Thompson no ombro. Olhou para os homens, nenhum sorriso, uma voz baixa:

— Algum problema com o sargento? O que ele fez?

Scofield estendeu a mão, Adams hesitou, percebeu o que o capitão fazia. Apertou a mão do capitão, sentiu o aperto forte, e Scofield disse: — Cuide-se, sargento.

Adams sentiu uma onda de frio se espalhar pelo corpo, seu pensamento formou um protesto, não, eu não vou a lugar nenhum.

— O senhor está me mandando para casa? Por quê?

— Para casa? Não, sargento. Você ainda tem trabalho a fazer.

505º REGIMENTO DE INFANTARIA PARAQUEDISTA,
POSTO DE COMANDO MÓVEL — 5 DE OUTUBRO DE 1943

— Sente-se, sargento.

Adams obedeceu, os calafrios ainda o percorriam, as mãos tremiam. Não disse nada, ficou espiando Gavin falar com um ajudante, o homem desapareceu pela porta. Então Gavin se virou para ele, e Adams se remexia, sentia-se desconfortável, pensou, você deveria estar de pé. Ninguém se senta na frente de um maldito general.

Gavin apontou para ele. — Cigarro?

— Não, senhor. Obrigado.

— Você é do sudoeste, não?

— Novo México, senhor.

— Belo estado. Amplos espaços. Bom lugar para se crescer.

— Sim, senhor.

— O que você pretende fazer quando voltar para casa? Você cria gado? Trabalha numa fazenda?

— Lá é área de mineração, senhor. Pode ser que eu não volte.

— Mineração? Eu não o culpo. Eu me criei na Pensilvânia, zona de carvão. Não consegui sair de lá tão rápido quanto gostaria. Parece que achei o meu lugar. Espero ficar no exército o resto da vida. Você já pensou nisso?

— Não, senhor. Imagino que deveria, senhor. Não tenho certeza do que quero fazer.

Adams nadava em perguntas, pensou, que lhe importa? Que diabos eu fiz? Gavin foi até uma pequena mesa, e Adams olhou em volta então, percebeu que havia cortinas nas janelas, era a casa de alguém. Claro, seu idiota. Eles não construiriam uma casa apenas para nós usarmos. Algum italiano deve estar reclamando como o diabo.

Ele focou o pensamento novamente. — Senhor? Peço desculpas, mas eu não sei o que estou fazendo aqui.

— Você precisa saber, sargento? Você precisa de todas as respostas?

Ele se deu conta então de que havia um significado na pergunta. — Não, senhor. Absolutamente não.

— Bom. Porque você não vai ter as respostas ainda. Você está aqui porque eu mandei chamá-lo. Vou ser retirado daqui. Você soube disso?

— Sim. O capitão Scofield disse que o senhor seria promovido. Parabéns, senhor.

— Guarde essa merda. Eu gritei como o diabo quando o general Ridgway me disse. Não, não é bem assim. Não se grita com Ridgway. Mas... acontece que essa promoção não é uma coisa tão ruim. Há mais nela do que apenas uma patente. Estou saindo da Itália. Não posso falar sobre isso com detalhes, mas me nomearam para uma nova tarefa, para ser parte do planejamento de uma nova operação. E vou levar você comigo.

— *Eu?* Desculpe, senhor...

— Isto não está aberto a discussões, sargento. Sei tudo sobre você. Sei como lida com os soldados, como você se comporta sob pressão. Eu disse a Ridgway que achava errado tirar bons combatentes do combate, que deveríamos estar usando homens como você, e eu, onde trabalhamos melhor. Esse tipo de argumento não cola no exército. Como eu disse, isso é sobre o planejamento de uma nova operação. Eu preciso dos melhores homens comigo, e você é um deles.

— Obrigado, senhor. Mas ainda não entendo. Que tipo de operação? Para onde vamos?

— Eu lhe falei, sem perguntas. Você está com o seu equipamento?

— Sim, senhor. Bem ali fora.

— Você pode deixar sua Thompson e suas granadas. Elas encontrarão um bom lar. Durante algum tempo, você não vai precisar de nada disso.

18 DE NOVEMBRO DE 1943

Seu uniforme estava limpo, o cabelo cortado, e ele ainda não tinha certeza se aquilo era uma espécie de pesadelo bizarro. Sentia falta do cinco-zero-cinco, de Scofield, de Unger, do resto deles, mas não havia tempo para reclamações. Gavin parecia entender e, no intervalo das longas horas de trabalho, lhe falava de missões e lembranças. Adams veio a entender que Gavin tinha toda a intenção de saltar de aviões novamente, que, independentemente daquele novo trabalho, da nova responsabilidade, de todo o trabalho administrativo, Gavin não era diferente dele. Havia uma diferença, claro. Gavin era um general de brigada, e Adams tinha ficado impressionado ao saber que a promoção tinha tornado Jim Gavin o general mais jovem do exército americano.

Dentro de poucas semanas, os segredos começaram a ser revelados, Gavin foi passando os primeiros detalhes do trabalho que Adams e os outros membros de seu estado-maior estavam prestes a começar. Não havia datas, nada específico sobre movimento de tropas, alvos, quem seria o inimigo ou onde ele estaria. Mas a cada dia a urgência parecia aumentar, preparativos inconfundíveis para Gavin embarcar finalmente para o novo quartel-general desta nova nomeação.

Com poucos dias de antecedência, Adams recebeu por fim a comunicação. Ele iria para a Inglaterra.

O VOO FORA ANGUSTIANTEMENTE LONGO, COM ESCALAS EM ARGEL e Marrakech. Na última etapa, tinham voado toda a noite, os homens esticados no chão do pesado avião de transporte, procurando dormir o quanto o ar gelado permitisse.

Adams estava acordado havia muitas horas agora, nervoso demais para dormir, sentado num malote de correio, olhava para fora da janela do transporte lotado, tinha visto o sol nascer sobre uma costa muito distante. Olhou o relógio, quase meio-dia. Bem, aqui talvez não. Onze, talvez. Sabe Deus. Eu deveria prestar mais atenção aos mapas.

Olhou para baixo, a asa bem à frente, dois dos quatro grandes motores do avião diminuíam levemente a atividade, o avião começava a descer. Uma sólida camada de nuvens estava abaixo, o avião penetrou a brancura nevoenta, não se via nada. Olhou para baixo, esperou, pensou, será que o tempo está muito ruim? Imagino que sim. Sempre ouvi falar que chove o tempo todo.

De repente as nuvens desapareceram, o avião saiu por baixo da suave camada cinzenta. Havia terra debaixo deles, tapetes verdes espessos, salpicados de pequenas cidades. Pressionou o rosto contra o vidro gelado, examinou o campo, tão diferente das paisagens áridas do norte da África e da Sicília. O avião continuou a descer, e ele sentiu o estômago apertar, o ar no avião ainda era penetrante e frio, não tão frio quanto o gelo no seu peito. Estava mais nervoso do que jamais havia ficado nos C-47s e, mesmo depois de semanas no escritório de Gavin, ainda sentia o medo persistente, a incerteza quanto ao que esperavam que fizesse. Ainda era muito estranho, muito diferente, os homens à sua volta estavam muito calmos, e ele pensou, eu não sou como eles. Que diabos estou fazendo aqui? Sou apenas um sargento. Eu berro com recrutas idiotas e salto de aviões. Pensou em Gavin, muitas fileiras à frente, pensou, por que precisam de alguém como o senhor? Somos alguma parte importante dessa nova operação? Bem, sim, maldição, ou não estaríamos aqui. Tenho que escrever para mamãe. Não, ainda não. Não posso contar nada. Ela não entenderia de qualquer modo. Como posso ser um herói na Inglaterra?

Olhou para fora, para o verde novamente, viu o aeroporto, sabia que era Prestwick, na Escócia. Olhou para Gavin outra vez, pensou, o senhor me prometeu que nós saltaríamos de novo. Se o senhor me tira do meu pelotão, se eu tenho que ficar no seu estado-maior por um tempo, tudo bem. Mas quando essa Overlord acontecer, é bom o senhor me mandar para lá carregando um paraquedas.

EPÍLOGO

D URANTE NOVEMBRO E DEZEMBRO, AS FORÇAS ALIADAS CONTI-
nuam a avançar para o norte da bota da Itália. Além de tirar a
Itália da guerra e possivelmente poder utilizar tropas e equipamento italianos contra os alemães, a invasão da Itália também é projetada
para imobilizar e possivelmente destruir um número significativo de tropas
alemãs que, de outra forma, poderiam estar disponíveis para resistir à invasão final da França. A estratégia funciona, mas não do modo que os aliados
esperam. Realmente, tropas alemãs são imobilizadas, mas não há uma vitória rápida para os aliados. Em lugar do sucesso rápido, o Quinto Exército, de
Clark, enfrenta um inimigo obstinado, e as forças alemãs opõem uma resistência muito mais vigorosa do que se esperava. As previsões de uma rápida
captura de Roma se mostram, infelizmente, otimistas. A cidade cai somente
em mãos aliadas em 4 de junho de 1944, dois dias antes do lançamento da
Operação Overlord. O general Mark "Wayne" Clark é criticado pelo que
muitos consideram avanços arrastados e táticas ineficazes, mas devem ser
reconhecidos o mérito do comandante alemão, Albert Kesselring, e a tenacidade dos soldados sob seu comando, cujo uso eficiente das defesas naturais
da Itália obrigam os Aliados a suportar uma luta muito mais onerosa e demo-
rada na Itália do que se esperava.

Enquanto planejadores em Londres e em Washington focalizam uma
atenção maior na invasão da França, recursos que poderiam ajudar o exérci-

to de Clark na Itália são gradualmente retirados. A estrutura de comando também começa a mudar, particularmente entre os britânicos. Embora Harold Alexander permaneça no comando geral das forças terrestres na Itália, seu principal subordinado, Bernard Montgomery, é enviado a Londres e, junto com Omar Bradley, será um dos dois principais comandantes terrestres da Operação Overlord. Mas durante todo o outono de 1943, há ainda um vácuo no alto-comando da Overlord. Chega a Eisenhower a informação de que está se formando um consenso e que o chefe do estado-maior americano, George C. Marshall, está sendo proclamado como a melhor escolha para o comando. Para enorme desapontamento de Eisenhower, fica sabendo que ele e Marshall vão, realmente, trocar de papéis. Quando Marshall for para a Inglaterra, Eisenhower voltará para Washington e ocupará o cargo de Marshall, tornando-se o chefe de estado-maior e a ligação entre o Departamento de Guerra e o Congresso. Eisenhower não se entusiasma pelo cargo.

No fim de novembro de 1943, o presidente Franklin D. Roosevelt se reúne com Winston Churchill no Cairo. Embora as reuniões sejam planejadas para a discussão de estratégias em relação aos teatros da Rússia, do Oriente Médio e do Mediterrâneo, Eisenhower é informado de que a decisão de nomear Marshall para o comando-geral da Overlord ainda não está sacramentada. Roosevelt lhe diz: — É perigoso brincar com um time que está ganhando. — Menos de uma semana mais tarde, Eisenhower recebe um telegrama de Marshall que elimina todos os boatos. Em 10 de dezembro de 1943, Dwight D. Eisenhower é nomeado comandante supremo da Força Expedicionária Aliada e, a partir de 1º de janeiro de 1944, ele assume o comando da Operação Overlord. A despeito de sua inquietação com o progresso de Clark na Itália, Eisenhower recebe bem a nova responsabilidade e, no dia de Ano Novo de 1944, deixa a África.

Apesar dos combates em curso na Itália, e terríveis batalhas ainda a serem travadas em Anzio e Monte Cassino, os Aliados agora colocam sua maior energia na invasão da França, que os planejadores marcam provisoriamente para maio de 1944. Os comandantes aliados e os líderes civis concordam que, se a guerra na Europa deve terminar, se Hitler deve ser derrotado, a Operação Overlord não pode falhar. Em 13 de janeiro, depois de uma breve visita aos Estados Unidos, Eisenhower fixa novamente seu quartel-general em Londres, e assim começará a maior concentração de tropas e equipamento militar da história.

Erwin Rommel

Com o avanço aliado na Itália obstruído pelas sólidas defesas de Kesselring, Rommel fica ocioso no Lago Garda, no norte da Itália, sem praticamente nada para fazer. Embora Rommel espere que Hitler o nomeie comandante-geral de todo o teatro italiano, tal manobra colocaria Rommel acima de seu antigo superior, Kesselring. Hitler e seu estado-maior, satisfeitos porque Kesselring está conduzindo suas forças com admirável habilidade, ignoram os desejos de Rommel. Frustrado como sempre com a inatividade, Rommel acolhe bem uma nova nomeação, mas sente que, mais uma vez, é posto no pano de fundo da guerra. Em 21 de novembro de 1943, seu Grupo de Exército B recebe ordens de se realocar na França, e ele transfere seu quartel-general para uma pequena cidade ao sul de Paris. Agora ele está sob o comando de Karl von Rundstedt, de 68 anos, um dos mais capazes e respeitados comandantes da Alemanha. Efetivamente, Rommel se torna o inspetor-geral não oficial das defesas alemãs ao longo da costa oeste da França, conhecidas como o Muro Atlântico de Hitler. Previsivelmente, a personalidade agressiva de Rommel entra em colisão com a do idoso Von Rundstedt que, como Hitler, desconsidera as previsões de uma invasão aliada na costa francesa.

George Patton

Para consternação de todo o comando aliado, o "incidente do tapa" de Patton se torna um fato público nos Estados Unidos quando é revelado em detalhe pelo colunista de jornal Drew Pearson. O alarde é imediato e prejudicial, provindo especialmente dos inimigos de Roosevelt no Congresso; um esforço enorme é feito no Departamento de Guerra e no comando de Eisenhower para desviar a atenção do ultraje bem-propagandeado, que certamente poderia pôr fim à carreira de Patton. Patton assume inteiramente a responsabilidade pela onda de sentimento negativo e, numa série de aparições bem-documentadas, ele se desculpa publicamente com suas tropas. Seu arrependimento pesa muito para aliviar os pedidos para sua demissão, da mesma forma que o apoio determinado tanto de Marshall quanto de

Eisenhower, que compreendem a importância de Patton como comandante de tropas em campo.

Enquanto o Quinto Exército de Mark Clark faz seu caminho pela Itália aos solavancos, Patton continua frustrado com o que ele considera a incompetência de mais um comandante aliado. Tem absoluta certeza de que ele deveria ter comandado a campanha da Itália.

À medida que homens e equipamentos são retirados do teatro do Mediterrâneo, o Sétimo Exército de Patton fica quase destituído de soldados. No fim de novembro, a Octogésima Segunda Divisão Aerotransportada e a Quadragésima Quinta Divisão de Infantaria são transferidas para a Inglaterra, como parte da montagem da Operação Overlord. Diante do comando de um exército inexistente, em 17 de novembro de 1943 ele escreve em seu diário:

Poucas vezes passei um dia mais infeliz. Depois de comandar 240 mil homens, agora eu tenho menos de 5 mil.

Em 25 de novembro, seu humor atinge o momento mais difícil:

Dia de Ação de Graças. Não tive nada por que ser grato, portanto não dei graças.

Apesar da tristeza de Patton, tanto Eisenhower quanto Marshall sabem que Patton não ficará simplesmente na Sicília. Embora Eisenhower diga a Marshall que Patton "raciocina apenas em termos de ataque" e que sua necessidade de "espetáculo" pode ser desastrosa, ambos concordam que Patton deve ter um papel significativo na Operação Overlord.

Em 25 de janeiro de 1944, depois de receber novas ordens, Patton parte para Londres agradecido. Ele ainda não está inteiramente ciente de que sua nova posição o colocará sob o comando de seu antigo subordinado, Omar Bradley.

Jack Logan

Depois de resgatado do campo de prisioneiros em Bizerte, Tunísia, Logan passa mais de um mês num navio-hospital americano no Mediterrâneo, sofrendo com o ferimento na perna, que se recusa obstinadamente a cicatrizar. Quando tem alta, é transferido de volta para o centro de tanques em Fort Knox, Kentucky. Promovido a sargento, serve como instrutor de novos recrutas e testemunha a intensa campanha do exército para modernizar e melhorar o projeto dos tanques.

Logan se esforça bastante para saber o que aconteceu com os companheiros de guarnição depois da batalha de tanques em Sbeïtla, mas nem os restos mortais nem o registro de captura deles são descobertos, e todos os homens, inclusive o capitão Roy Gregg, são permanentemente relacionados como desaparecidos em ação. Embora pretenda retornar à Tunísia, sempre acreditando que alguma documentação possa ser encontrada, nunca faz a viagem. É uma cruz que carrega pelo resto da vida.

Com o fim da guerra, dá baixa do exército e volta à cidade de São Petersburgo, Flórida, para a casa de sua família. Trabalha por breve tempo como policial na cidade, mas não consegue ignorar o amor pelas águas que circundam sua casa. Em 1955, compra um barco de pesca e se torna pescador, profissão que mantém até a morte em 2004, aos 86 anos. Embora os amigos saibam que ele serviu na guerra, quase nunca fala de suas experiências e se descreve simplesmente como "um veterano". Afirma nunca ter casado, mas várias senhoras idosas, que não explicam suas presenças, comparecem ao seu enterro.

HAROLD ALEXANDER

Permanece no comando-geral das forças aliadas na Itália até a captura de Roma em junho de 1944. Promovido a marechal de campo, é nomeado comandante supremo aliado no Mediterrâneo em dezembro de 1944 e ocupa esse posto até o fim da guerra. É o oficial general aliado que recebe a rendição final da Alemanha na Itália, em abril de 1945.

Depois da guerra, Alexander se torna o último governador-geral britânico no Canadá e, em 1952, recebe o título de Primeiro Conde de Túnis. Aposenta-se do serviço ao governo em 1954, depois de um melancólico período como ministro da Defesa de Churchill.

Escreve suas memórias, um livro amplamente rejeitado como impreciso e autorreferente, mas continua a ser uma figura popular na Inglaterra até sua morte, em 1969, aos 78 anos. Sempre considerado um administrador extremamente capaz, sua carreira, no entanto, é marcada por críticas à sua inabilidade em enfrentar e controlar os subordinados cujas personalidades dominavam a sua. O mais notável desses subordinados é Bernard Montgomery.

CLAUDE AUCHINLECK

Um dos comandantes ingleses mais capazes, nunca teve reconhecimento pelo trabalho de infraestrutura realizado no norte da África, que proporcionou muito do fundamento para a enorme vitória de Montgomery sobre Rommel em El Alamein. Muitas vezes traído pela hesitação ou total incompetência de seus subordinados, Churchill o culpa pela perda de Tobruk, e ele aceita a responsabilidade pelos fracassos de seu comando com a dignidade previsível. Frequentemente se ignora que seu substituto, Harold Alexander, e seu principal subordinado, Bernard Montgomery, adotam a mesma estratégia que Auchinleck já havia proposto para enfrentar Rommel.

Num gesto destinado a salvar as aparências para Auchinleck, Churchill lhe oferece o comando das forças britânicas na Pérsia, mas Auchinleck o recusa e, depois de quase doze meses de inatividade, é nomeado comandante em chefe das forças aliadas na Índia, posto que já havia ocupado. Lá, serve sob o lorde Louis Mountbatten, que comanda todo o teatro do Sudeste da Ásia. Os dois se chocam repetidamente e, depois da guerra, os conflitos continuam, principalmente sobre diferenças na forma de lidar com o turbilhão político da Índia. Por fim, Mountbatten prevalece e, em 1947, por insistência deste, Auchinleck renuncia ao seu comando.

Não sendo dado a alardear as próprias realizações, volta a Londres para levar uma vida de cidadão comum; torna-se ativo em várias causas civis, inclusive a da London Federation of Boys' Clubs.* Demonstra talento surpreendente como artista e, a despeito do grande interesse comercial em suas pinturas, nunca pratica a arte como algo além de um hobby. Desqualifica o próprio talento e afirma que o interesse em suas pinturas existe apenas porque "não se espera que um marechal de campo pinte".

Em 1967, Auchinleck surpreende os amigos ao se mudar para Marrakech, Marrocos, que acredita lhe propiciará, aos 82 anos, um clima mais adequado às suas doenças, embora permaneça com saúde excelente. Morre lá, aos 96 anos.

---

* Federação de clubes de rapazes trabalhadores que visavam oferecer-lhes mais oportunidades para melhorar suas condições econômicas pouco favoráveis. (N. T.)

ANDREW CUNNINGHAM

Quando o governo italiano negocia a rendição com Eisenhower, a marinha italiana também aceita os termos e, em setembro de 1943, a frota escapa de uma potencial captura pelos alemães ao fugir para a base inglesa em Malta. O idoso almirante Cunningham recebe o crédito por esse sucesso, e tem a palavra final no planejamento do controle aliado do Mar Mediterrâneo.

Em outubro de 1943, depois de quase quarenta anos de serviço naquele teatro, Cunningham é nomeado Primeiro Senhor do Mar, o cargo naval de maior patente das forças armadas britânicas. Serve como principal conselheiro naval de Churchill durante todo o resto da guerra, embora muitas vezes entre em choque com o impetuoso primeiro-ministro que, ele próprio um antigo senhor do mar, intromete-se com frequência nas áreas de responsabilidade de Cunningham.

Cunningham se demite do cargo em 1946, acreditando que seu serviço à Coroa esteja terminado. Mas não está inteiramente certo: em 1950 é nomeado Lorde Alto-comissário★ para a Assembleia-Geral da Igreja da Escócia.

Em meados da década de 1950, escreve suas memórias, uma narrativa extremamente popular de sua vida no mar. Amplamente considerado um dos mais realizados e capazes homens do mar britânicos, morre em Londres em 1963, aos oitenta anos. Naturalmente, é sepultado no mar.

ALBERT KESSELRING

O homem conhecido ironicamente como Al Sorridente continua a provar que seu otimismo sobre a capacidade de suas tropas é completamente fundamentado. Embora a estratégia de Kesselring contradiga o que tanto Hitler quanto Rommel considerem o uso mais sensato de tropas, Kesselring prova que a decisão de Hitler em apoiá-lo é extremamente benéfica para a causa alemã. Durante toda a invasão da Normandia, Kesselring permanece na Itália e, em meados de 1944, depois da queda de Roma, continua a retirar forças alemãs para o norte com obstinação sangrenta.

★ O Lorde Alto-comissário para a Assembleia Geral da Igreja da Escócia é o representante pessoal do soberano inglês nessa assembleia. (N. T.)

Em março de 1945, Kesselring substitui Karl von Rundstedt como o comandante de campo de mais alta patente na Europa Ocidental. Quando a Alemanha desmorona debaixo do peso dos exércitos aliados e russo, Kesselring, juntamente com o almirante Karl Dönitz, mantém o comando dos últimos esforços das forças alemãs. É capturado em maio de 1945 e acusado por uma corte britânica por crimes de guerra contra civis italianos, mas é poupado da execução e recebe uma sentença de prisão perpétua. Sua saúde começa a falhar e, como nunca foi ligado às atrocidades cometidas pelos nazistas, os britânicos o soltam da prisão em 1952. Pouco depois, ele completa suas memórias, que são publicadas um ano depois. Morre em 1960, em Bad Nauheim, Alemanha, aos 75 anos.

MARK "WAYNE" CLARK

Muitas vezes censurado por prolongar a guerra na Itália devido às suas operações arrastadas e ineficazes, Clark é, no entanto, elogiado por Eisenhower e Marshall como um dos mais capazes comandantes americanos. Apesar de a captura de Roma parecer uma conclusão lógica e bem-sucedida da campanha italiana, Clark insiste em perseguir as forças alemãs para o norte e, dessa forma, assegura que a luta desgastante entre pelo ano de 1945 adentro.

Em dezembro de 1944, substitui Harold Alexander como comandante do Décimo Quinto Grupo de Exército, e, em março de 1945, enquanto ainda combate forças alemãs no norte da Itália, é promovido ao posto máximo de general. Aos 48 anos, é o mais jovem general de quatro estrelas do exército americano.

Depois da rendição alemã, Clark comanda tropas americanas na Áustria, onde seu estilo diplomático sem subterfúgios o coloca em constante conflito com seus pares soviéticos. Em 1946, é transferido para Londres, onde continua a discutir assuntos relativos à soberania da Áustria e aos esforços aliados para lidar com o colapso da economia daquele país.

Em 1947, retorna aos Estados Unidos e se fixa em São Francisco como comandante do Sexto Exército americano. É nomeado pelo presidente Truman como primeiro embaixador americano no Vaticano, mas há grande oposição. A campanha italiana causara a destruição de muitos monumentos, inclusive a completa destruição do Monastério de Monte Cassino, ordenada por Clark. Podendo ou não ser considerado culpado, o fato é que os protestos dos católicos nos Estados Unidos e na Itália forçam Truman a retirar a nomeação.

Em 1950, suas memórias são publicadas e fornecem um exame sem restrições de sua vida como soldado, embora naturalmente justifique suas ações a todo momento, numa reação levemente velada a seus muitos críticos.

Dois anos mais tarde, Clark é nomeado supremo comandante das Nações Unidas na Coreia, substituindo o general Matthew Ridgway. Clark supervisiona as conversações de paz em Panmunjom e é bem-sucedido tanto militar quanto diplomaticamente em quebrar o impasse, o que, ao final, conduz ao término da guerra.

Em 1954, Clark é nomeado presidente da Citadel, em Charleston,★ Carolina do Sul, posição que ocupa até 1956. Permanece ativo depois de reformado, servindo como presidente emérito popular e muito respeitado daquela instituição. Morre em Charleston em 1984, aos 87 anos, e é enterrado na Citadel.

ROBERT MURPHY

O homem responsável por grande parte do trabalho político entre americanos e franceses no norte da África raramente recebe reconhecimento pelo que realizou no cargo. Eisenhower reconhece que os esforços de Murphy vão permitir uma ocupação muito mais pacífica do Marrocos e da Argélia do que o exército poderia conseguir exclusivamente pela força. Murphy é criticado por algumas pessoas do Departamento de Estado por ser um defensor de Henri Giraud e de Jean Darlan, e muitas vezes é rejeitado por seus pares na comunidade diplomática, especialmente os britânicos, que o consideram apenas como um lacaio de Eisenhower. É uma crítica injusta.

Continua a assistir Eisenhower com a delicadeza diplomática necessária no norte da África e, no fim de 1943, participa do planejamento da rendição da Itália.

À medida que Charles de Gaulle ganha influência no norte da África, Murphy requer transferência para outro posto, uma admissão educada de que ele simplesmente não pode lidar com De Gaulle.

★ A Cidadela, o Colégio Militar da Carolina do Sul, é uma universidade financiada pelo Estado localizada em Charleston; é uma das seis instituições superiores militares dos EUA. (N. T.)

Depois da guerra, Murphy assiste Eisenhower mais uma vez, ajudando-o a estabelecer uma administração aliada na Alemanha ocupada. Em 1952, torna-se embaixador americano no Japão, o primeiro homem a ocupar esse posto depois do fim da guerra. Mas Washington o chama um ano mais tarde, pois o Departamento de Estado reconhece que sua habilidade pode ser usada para ajudar no desenvolvimento da recém-criada Organização das Nações Unidas.

Aposenta-se em 1959, e recusa uma nomeação como embaixador na Alemanha, pois acredita que a energia necessária para o sapateado diplomático está mais presente em homens mais jovens. Publica suas memórias em 1964 e, ocasionalmente, serve como conselheiro diplomático dos presidentes Kennedy, Johnson e Nixon. Murphy desfruta de uma agradável aposentadoria na cidade de Nova York e morre em 1978, aos 84 anos.

PAUL TIBBETS

O piloto do B-17 *Red Gremlin*, que tantas vezes transportou Eisenhower e Clark pelos céus traiçoeiros entre Londres e o Mediterrâneo, não permanece no teatro da guerra depois de 1943. Embora Tibbets provasse ser um bom piloto de bombardeiro em numerosas missões de combate sobre a Europa e o norte da África, recebe uma tarefa radicalmente diferente. Promovido a coronel, Tibbets é transferido para Wendover Field, no Utah, onde começa o treinamento como piloto de bombardeiros muito maiores, os B-29. Na primavera de 1945, Tibbets é transferido para a Ilha de Tinian, no Pacífico ocidental. Participa de diversos bombardeios no Japão e, em 6 de agosto de 1945, é o principal oficial numa missão que mudará a História. Ele pilota o B-29 *Enola Gay*, que joga a bomba atômica em Hiroshima.

E

GENERAL DWIGHT D. EISENHOWER; GENERAL OMAR BRADLEY; SARGENTO JESSE ADAMS; CAPITÃO EDWIN SCOFIELD; GENERAL JAMES GAVIN; GENERAL BERNARD MONTGOMERY.

Esses homens, assim como Patton, Rommel e muitos outros, vão se combinar para criar o mais intenso evento histórico do século XX. Em junho de 1944, o mundo espera com a respiração suspensa os Aliados lançarem a maior e mais poderosa invasão militar da História. Mas essa é uma história à parte.

Leia também de Jeff Shaara:

ATÉ O ÚLTIMO HOMEM:
ROMANCE SOBRE A PRIMEIRA GUERRA MUNDIAL

"Cativante obra-prima baseada no assombroso conflito que ainda influencia profundamente o mundo em que vivemos. Com *Até o Último Homem*, Shaara consolida sua fama como escritor do quilate de um Tolstoi ou de um Homero em seu tratamento da temática bélica."

Steve Forbes

"Empolgante relato sobre a Primeira Guerra Mundial. Um exame de situações que vão de sistemas táticos a planos estratégicos. O leitor sente vivamente os horrores das trincheiras na França e é levado a mergulhar no oceano de manobras de líderes políticos e militares de ambos os lados em conflito. Jeff Shaara mostra o predomínio dos militares americanos no contexto de uma coalizão bélica — tão relevante hoje quanto o foi em 1918."

General Tommy R. Franks

"Um exame abrangente e profundo da Primeira Guerra Mundial, o romance de Jeff Shaara está repleto de lances e passagens verossímeis, desde o que diz respeito aos sentimentos dos soldados da linha de frente até os desafios do Alto Comando."

General Wesley Clark

"Mais uma vez, Jeff Shaara dá mostras de um dos mais raros talentos literários, permitindo que a literatura seja vista como história e esta seja lida como literatura. Agora fez esse talento brilhar em nova esfera, trazendo, à luz de um mundo de letras palpitante de vida, o palco e os atores da Primeira Guerra Mundial."

Joseph E. Persico

"O melhor romance sobre a Primeira Guerra Mundial desde *Nada de Novo no Front*, de Remarque, ao qual é muito superior em profundidade, abrangência e emoção. Este relato sobre a realidade dos combates será surpreendente e muito esclarecedor para todos os interessados em romances históricos ou em história contemporânea."

John Mosier

"*Até o Último Homem*, de Jeff Shaara, faz o leitor reviver a Primeira Guerra Mundial nos ares, em meio às agruras de um ambiente hostil e lamacento e nos conselhos governamentais de uma forma que o leva a entender com viva emoção as experiências dos que participaram dela. Von Richthofen, Lufbery, Ludendorff e Pershing parecem simplesmente ressuscitar."

General de divisão John S. Grinalds, oficial (reformado)
do Corpo de Fuzileiros Navais dos EUA

markgraph

Rua Aguiar Moreira, 386 - Bonsucesso
Tel.: (21) 3868-5802　Fax: (21) 2270-9656
e-mail: markgraph@domain.com.br
Rio de Janeiro - RJ